愛蔵版

英雄コナン全集 1 風雲篇

ロバート・E・ハワード

宇野利泰・中村融 訳

COMPLETE CONAN

COLLECTOR'S EDITION 1

THE CALLER OF STORMS

BY ROBERT E. HOWARD

新紀元社

愛蔵版

英雄コナン全集 1

風雲篇

ロバート・E・ハワード

宇野利泰・中村融 訳

新紀元社

COMPLETE CONAN

COLLECTOR'S EDITION 1
THE CALLER OF STORMS
BY ROBERT E. HOWARD

目次

ハイボリア世界

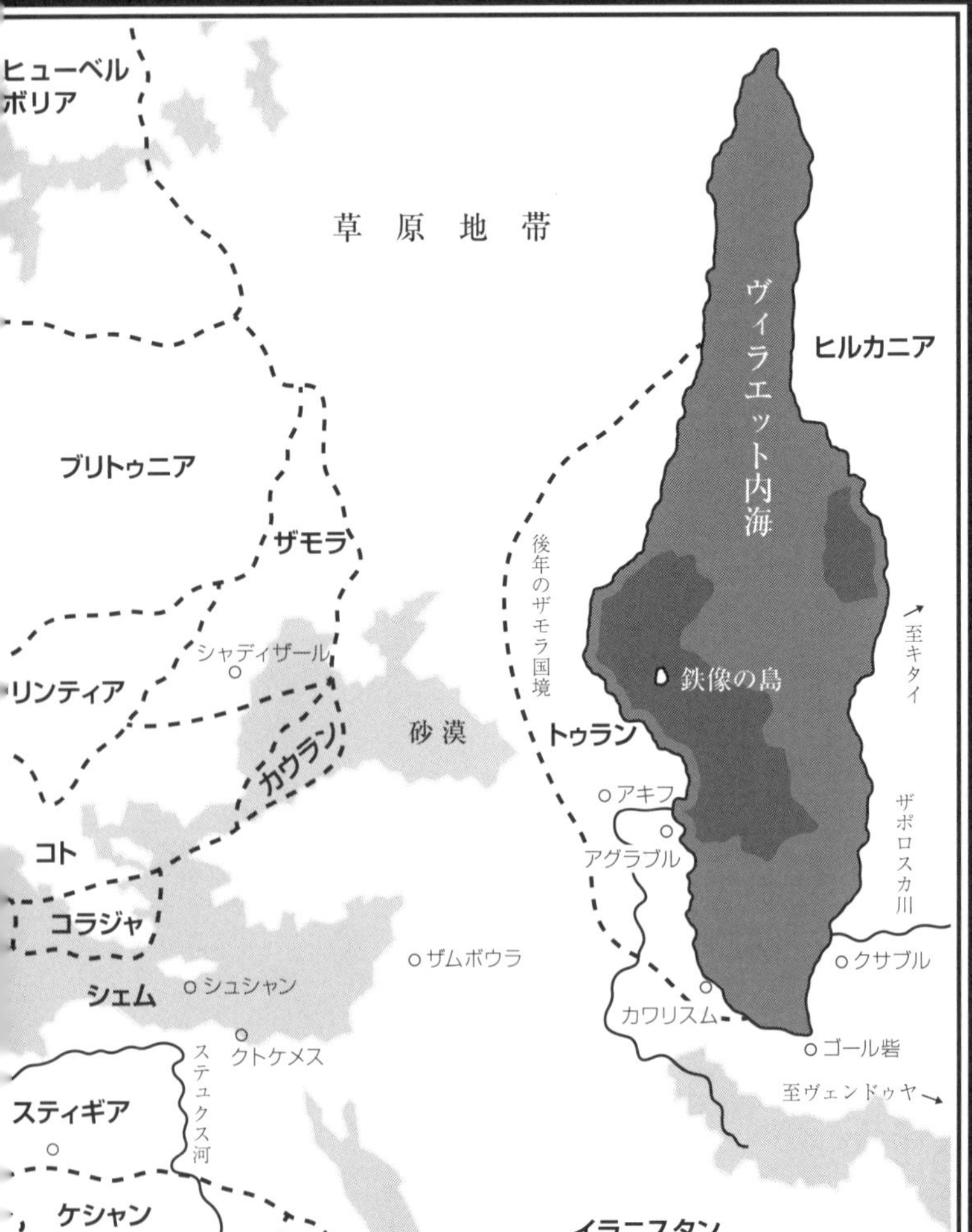

地図作成　倉本ヒデキ

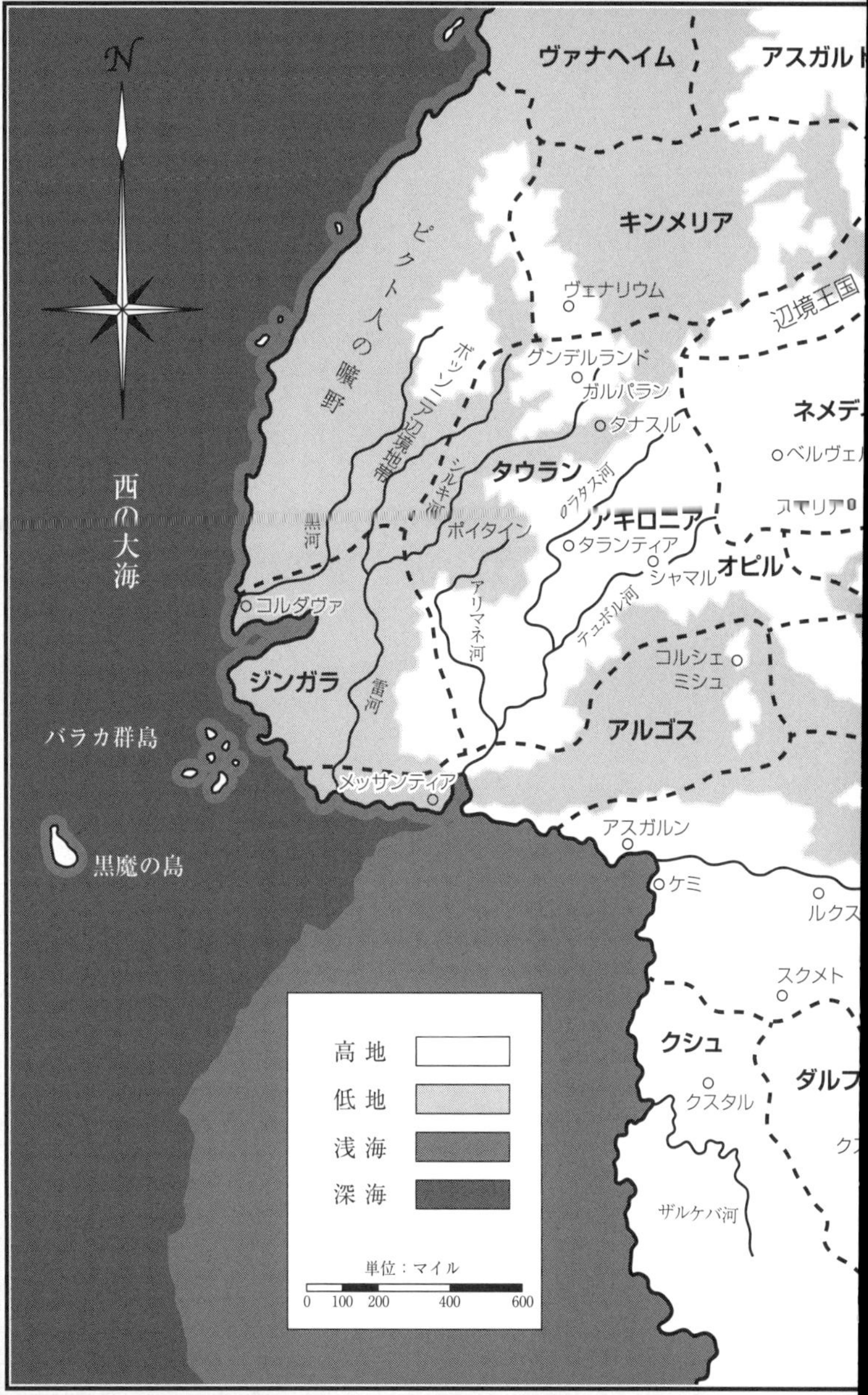
N
西の大海
バラカ群島
黒魔の島
ヴァナヘイム
アスガル
キンメリア
ヴェナリウム
辺境王国
ピクト人の曠野
ボッソニア辺境地帯
シルキ河
黒河
グンデルランド
ガルパラン
タナスル
タウラン
ネメデ
ベルヴェル
ラタス河
アキロニア
タランティア
シャマル
オピル
ポイタイン
コルダヴァ
アリマネ河
チュボル河
コルシェミシュ
ジンガラ
雷河
アルゴス
メッサンティア
アスガルン
ケミ
ルクス
スクメト
クシュ
ダルフ
クスタル
ザルケバ河
高地
低地
浅海
深海
単位：マイル
0
100
200
400
600

氷神の娘

The Frost - Giant's Daughter

剣戟《けんげき》の響きが途絶え、殺戮《さつりく》の叫喚《きょうかん》がやんだ。朱《あけ》に染まった雪原に静寂《せいじゃく》が垂れこめた。青白い太陽が、氷の曠野《こうや》と雪に覆われた平地を荒涼と照らし出し、倒れ伏した死者たちの裂けた胴鎧《どうよろい》や折れた刀身が銀色の光沢を放っている。戦死者たちは、生気のぬけた手にいまもなお折れた剣の柄《つか》を握り、冑《かぶと》をかぶった頭を末期《まつご》の苦悶《くもん》にのけぞらせ、赤色や金色の顎鬚《あごひげ》を厳然《げんぜん》と天空に向けている。それはあたかも、彼ら戦闘種族の守護神、氷と霜《しも》の巨人イミルに最後の祈りを捧げているかのようであった。

鮮血を散らした雪の吹きだまりと、胴鎧に身を固めた遺骸の向こうで、ふたつの人影が睨《にら》みあっていた。あらゆるものが死に絶えたこの戦場で、動いているものは、このふたりだけであった。凍《い》てついた空が頭上に拡がり、周囲は広大無辺な白い平原、足もとは戦死体の山である。ふたりの戦士は、亡霊が死者の世界の修羅場《しゅらば》をぬけ出して、会合の場所へおもむくかのように、戦死体のあいだをゆっくりと掻き分けていった。そして、いよいよ深まる静寂のなか、顔と顔とを向きあわせて立った。

両者ともに長身で、猛虎《もうこ》に劣らぬ体軀《たいく》の男である。どちらも楯《たて》を失い、胴鎧を打ちつぶされている。鎖帷子《くさりかたびら》に散った血が乾き、剣は赤く汚れ、角つきの冑に強烈な打撃の痕《あと》を残している。ひとりは顎鬚がなく、黒い頭髪を獅子のたてがみのように伸ばしている。一方、相手の男の巻き毛と顎鬚は、陽光に照らし出された雪の上の血のように赤かった。

「おい」と後者がいった。「名を名乗れ。そうすれば、ヘイムドゥルの剣の前に斃《たお》れたウルフヘレ一族最後のひとりが何者か、ヴァナヘイムにいるおれの兄弟たちに知らせてやれるからな」

「ヴァナヘイムでは無理だな」黒髪の戦士は唸《うな》るようにいった。「だが、きさまがここで死んで、その魂がヴァルハラの殿堂に招かれたら、きさまの兄弟たちに告げる機会もあるだろう。そのときは、キンメリアのコナンに会ったといえ」

ヘイムドゥルはひと声叫んで跳びかかり、その長剣が死の弧《こ》を描いて一閃《いっせん》した。コナンは思わずよろめき、目の前が赤い閃光《せんこう》でふさがれた。死の歌をうたう刀身が彼の冑にぶち当たり、青い火花を散らしたのだ。しかし、コナンはよろめきながらも、幅広い肩に渾身《こんしん》の力をこめて、唸りをあげる長剣を突き出した。その鋭い切っ先が真鍮《しんちゅう》の鎧札《よろいざね》と骨と心臓とを貫き、赤毛の戦士はコナンの足もとで息絶えた。

キンメリア人は長剣を引っ提げたまま突っ立っていたが、不意に胸のむかつく疲労感に襲われた。雪に反射するぎらぎらした陽光が、ナイフのように目を切りつけ、空は収縮して、異様に遠去かったかに思われた。彼は踏み荒された戦場——黄色の顎鬚の戦士たちと赤毛の敵とが、死の抱擁《ほうよう》にもつれて横たわっているところ——に背を向けて歩き出した。しかし、数歩と行かぬうちに、まばゆいばかりの雪原のきらめきが忽然《こつぜん》と消え失せ、暗黒の大波が押しよせてきて、彼を呑みこんだ。鎖帷子を着けた片腕で身を支え、獅子がたてがみをふるうように、目から黒い闇を払いのけようとしたが、そのまま雪のなかへ沈んでいった。

銀鈴《ぎんれい》を思わせる笑い声が、彼の眩暈《めまい》を切り裂いて、視野が徐々に明るくなってきた。顔をあげると、周囲の光景に異様なものが感じられた。それなのに、どこがどうおかしいのかが判然としない――天地の色合いに見慣れぬものがあるとでもいおうか。しかし、それについて長く考えている間がなかった。すぐ鼻の前に若い美女が、風に吹かれる若枝のように揺れながら立っているのだ。焦点の定まらぬ彼の目に、美女の姿態《したい》が象牙のように照りはえて映った。透き通った薄衣《うすぎぬ》を除けば、生まれたままの裸身である。すらっとした素足は、踏みしめている雪よりも白かった。彼女は、当惑した表情の戦士を見おろして、笑い声を浴びせていた。銀色にきらめく噴水のさざめきよりも甘く、残忍な嘲《あざけ》りの毒を含んだ笑い声であった。

「おまえはだれだ?」キンメリア人はたずねた。「どこから来た?」

「どこから来たっていいじゃない」女の声は、銀の弦《げん》を張った竪琴《たてごと》にもまして音楽的に響いたが、残忍さにも縁どられていた。

「おまえの仲間の男たちを呼び集めるがいい」といいながらコナンは、長剣の柄《つか》を握りしめた。「いまのおれは力尽きた状態だが、生きて捕虜になる男じゃないぞ。おまえ、ヴァニール族の女だな」

「そんなこと、いったかしら?」

コナンはふたたび視線を彼女の乱れた頭髪に向けた。最初ちらっと見たときは赤毛だと思ったが、いまあらためて眺めると、赤でもなく黄色でもなく、そのふたつの色が混合して、壮麗な光彩を放っている。彼は憑《つ》かれたように目を凝らした。妖精の秘蔵する黄金のような金色の髪。陽光が当たって、目にまばゆく反射してくるので、長く見つづけることもできなかった。眸《ひとみ》がやはり同じことで、純粋な青でも完全な灰色でもなく、そのあいだを色合いが絶えず変化し、光が躍り、いくつもの色が混ざりあい、なんと名付けてよいものか、コナンにはわかりかねた。赤いゆたかな唇が微笑を浮かべている。ほっそりした足から、波を打ってまばゆく輝く頭髪にいたるまで、その象牙色の裸身の全体が、夢のなかに見る神の姿のように、非の打ちどころのないものであった。コナンのこめかみで、血管が脈打った。

「見当もつかんな。おまえがヴァナヘイムの女で、おれにとっては敵方なのか、それともアスガルドの女で、味方と見てよいのか。このおれは遠い国々を経《へ》めぐってきた男だが、おまえみたいな女は、いまはじめて見た。その金髪の輝きが、おれの目をくらませる。こんな髪は見たことがない。エーシル族の娘たちは金色の髪を自慢にしているが、これほどみごとなものを持っているのはおらんだろう。イミルの神の名にかけていうが――」

「あら、イミルの神に誓うって、あんた、何者なの？」女はからかうような口調でいった。「氷と雪の神々を、あんたが知ってるわけがないじゃないの。あんたは南の国から、冒険を求めて、異国の人たちのあいだにまぎれこんだ男だろう？」

「では、おれの国の暗い色の肌をした神々に誓おう！」彼は怒りに駆られて叫んだ。「たしかにおれは、金髪のエーシル族の男じゃない。しかし、剣を揮《ふる》わせたら、おれにかなう者はいないのだ！　きょうも、八十人からの戦士が斃《たお》れるのをこの目で見た。そして、ウルフヘレの軍隊がブラギ族の狼どもと剣をあわせたこの合戦場《かっせんじょう》で、生き残ったのはおれひとりだ。さあ、女、いってくれ。雪の平原を横切る鎧のきらめきを見なかったか？　武装した戦士たちの大軍が、氷の上を行進するのを見なかったか？」

「見たわよ。白い霜が太陽の光にきらめくのを」女は答えた。「そして聞いたわ。いつまでも溶けることのない雪の上を、風が吹きぬけてゆく音を」

コナンは首をふって、溜息《ためいき》をついた。

「合戦の始まる前に、ニオルドの部隊が合流するはずだったんだ。どうやら、彼と配下の戦士たちは待ち伏せにあったと見える。そのせいで、ウルフヘレとその部下たちは全滅した。

ところで、ここから数リーグ四方に村などないと思っていた。戦場は僻遠《へきえん》の地にあったからな。しかし、そんな裸みたいな恰好では、この雪原を遠くまで歩いてこられたわけがない。おまえがアスガルドの娘なら、部族の者のところへ案内してくれ。打撃を食らいすぎたし、闘い疲れて気を失いそうなんだ」

「あたしの村は遠すぎて、いまのあんたじゃ歩ききれないわよ、キンメリアのコナン」と女は笑った。そして両腕を大きく拡げて、彼の目の前で躰《からだ》をくねらせて見せた。金色の髪を持った頭を情欲をそそるようにかしげ、長い絹糸のようなまつ毛の下で、目のきらめきを半ば翳《かげ》らせ、「どう？　あたしの躰、きれいじゃなくて？」

「きれいだとも。雪の上を裸で突っ走る夜明けの光みたいに」とコナンは小声で答えた。その目は狼のそれのように、ぎらぎら燃えている。

「だったら、起きあがって、ついてきたらいいわ。あたしの前で倒れているなんて、あんた、勇士のつもりなの？」彼女は怒りを掻き立てる嘲笑《ちょうしょう》をこめていった。「雪に埋まって、ほかのばか者たちといっしょに死んでゆく気なの、黒髪のコナン？　あたしの行くところまでは、ついて来られそうもないものね」
呪いの言葉を発して、キンメリア人はむくりと立ちあがった。青い目に焔《ほのお》が燃え、太刀傷《たちきず》のある浅黒い顔を引きつらせている。怒りが彼の魂を揺り動かしたのだ。しかし、いま彼の前で嘲弄《ちょうろう》の身振りをくり返している美しい肉体への欲望が、こめかみに高鳴り、野性の血が湧き立っているのも事実であった。肉体の苦痛に似た欲情が全身にみなぎり、そのため眩惑《げんわく》された視界に天と地が赤くちらついた。襲いかかる狂気のうちに、疲労と衰弱が一掃《いっそう》された。

無言のまま、彼は指を拡げて、彼女の柔らかな肌をつかみにかかった。彼女は甲高い笑い声をあげてすばやく飛びのくと、走りだした。走りながら、まっ白な肩越しに笑い声を浴びせてくる。コナンもまた低くうめいて、そのあとを追った。いまの彼は戦闘を忘れ、血にまみれて横たわる胴鎧を着けた戦士たちを忘れ、戦場にやって来なかったニオルドとその部下たちを忘れ果てていた。頭にあるのは、すぐ前方を風のように走ってゆく、ほっそりした白い肉体だけだった。

ぎらぎらと目にまぶしい白一色の雪原に、追跡劇がくり広げられた。踏み荒された赤い曠野《こうや》が背後に消えた。しかし、コナンはその種族特有の寡黙《かもく》なねばり強さで、なおも彼女のあとを追いつづけた。鎖帷子を着けた足が、凍りついた雪の表皮を破り、吹きだまりに深く踏みこむのだが、けもの同様の力で突き進んだ。しかし、女は水面にただよう羽毛のように軽やかに、雪の原野を踊るように走りつづけ、その裸の足が、凍った雪面を覆う霜に跡を残すこともなかった。コナンの血管では血が火と燃えているにもかかわらず、鎖帷子と毛皮の縁《ふち》どりをした胴着を貫いて、寒気が食い入ってきた。ところが、薄衣をまとっただけの女は、熱帯の地ポイタインの椰子《やし》と薔薇《ばら》の庭園で舞い狂うかのごとく、いとも軽やかに、いとも快活に走りつづけるのだった。

女が走り、コナンが追う――延々とそれがつづいた。キンメリア人の唇は乾き、黒い呪いがこぼれ落ちた。こめかみの太い血管が膨れあがり、激しく脈打ち、噛みしめた歯がガリガリと鳴った。

「逃がしはせんぞ！」コナンはわめきたてた。「おれを罠にかけるがいい。その足もとに身内のやつらの頭を山と積んでやる！　おれから隠れるがいい。山並みを引き裂いて、おまえをみつけ出してやる！　地獄の底まで追っていくぞ！」

気を狂わせるような嘲笑がもどってきて、未開人の唇から唾《つば》が泡となって飛んだ。彼女は曠野の奥の奥へと彼を導いて走っていく。やがて地勢が変わった。広々とした平原が低い丘陵地帯に席を譲り、小高い山が重畳《ちょうじょう》と連なって、しだいに高さを増していく。はるか北方にかいま見えるのは、屹立《きつりつ》する高山の連なり。遠い山巓《さんてん》は青く煙《けぶ》るか、永遠の雪をかぶった白い姿をさらしている。その山並みの上に、オーロラの光が流れ出した。それは天空に向けて扇形に拡がり、冷たく燃える光の刃が、つぎつぎと色を変え、ますます大きくなり、煌々と輝きだす。

頭上に電光が走り、パチパチいう音を発した。妖しい光を浴びて、雪が異様な輝きを見せた。霜に似た青かと思えば、氷上の深紅、冷たい銀色と移り変わる。この妖異に満ちたきらめく氷の世界を、コナンはしゃにむに突き進んだ。結晶した迷路ともいうべきここでの現実は、燦然《さんぜん》と輝く雪の上、彼の手の届かぬところを――永遠に手の届かぬところを、踊るようにして走りゆく白い裸身だけであった。

コナンはこの幻妖さを少しも怪しまなかった。巨大な人影がふたつ、行く手をさえぎるように出現したときでさえ、当然のことのように受けとった。巨人たちの鎖帷子の札《さね》は、霜を浮かして白く、冑と斧は氷に覆われていた。巻き毛の頭髪に雪の粉がきらめき、顎鬚には氷柱《つらら》が下がって、目の色は頭上を流れるオーロラの光と同様に冷たかった。

「兄さんたち！」女は叫んで、ふたりのあいだに走りよった。「見てよ、連れてきたわ！　殺すのにちょうどいい男を連れてきてあげたわ！　心臓をえぐりとって、湯気の立っているうちに、お父さんの食卓に供《そな》えたらいいわ！」

巨人たちは、凍りついた岸辺をこする氷山のきしみに似た咆哮《ほうこう》で応え、きらめく斧をふりかぶった。猛《たけ》り狂ったキンメリア人のほうも突進していった。氷の刃がコナンの目の前にひらめき、その光に目がくらんだが、コナンは力強い一撃を返した。その一撃が、相手の太腿《ふともも》を斬《き》り裂いた。うめき声をあげて、犠牲者が倒れた。それと同時に、コナンの躰も雪のなかにめりこんだ。生き残った相手の斧を左の肩に受けて感覚を失ったが、キンメリアの鎖帷子のおかげで命拾いしたのだ。そして、コナンは見た。生き残った巨人が、冷光のみなぎる空を背景に、氷を刻んだ巨神像さながらに立ちはだかっているのを。つづいて、またも斧の一撃。だが、コナンはとっさに身をかわした。わきに飛びのいて、そこに突っ立つと、斧は雪を突きぬけ、凍てついた大地に深く食いこんでいた。巨人はひと声わめいて、斧を引きぬいた。しかし、一瞬を逃さず、コナンの剣が唸りをあげてふり下ろされた。巨人は膝をついて、徐々に雪のなかに沈んでいった。その雪を、半ば切断された首からほとばしる血が深紅に染めた。

コナンはふり返って、女を見た。女は少し離れたところに立って、恐怖の目をみはり、彼をみつめていた。その顔から嘲りの色は消えている。彼は激しく叫びたてた。激情のあまり手が震え、剣の先から血のしずくが飛び散った。

「ほかの兄弟たちを呼ぶがいい！」彼は叫んだ。「そいつらの心臓を狼どもにくれてやる！　おまえを逃がすものか――」

恐怖の悲鳴をあげて、女は身をひるがえすと、飛ぶようにして走りだした。いまは笑っていなかった。白い肩越しに嘲りの声を送ってくることもなかった。救《たす》かりたい一心で必死に走った。コナンはこめかみが破裂しそうになり、目の前の雪が赤く揺らめいて見えるまで、全身の神経と筋肉を緊張させて追いつづけたが、女はしだいに遠去かり、いつかその姿が、空の妖《あや》しい光の下に小児《しょうに》ほどの大きさもなくなり、雪の上に躍る白い焔となり、最後には遠くかすかに、ぼうっと浮かぶ小さな点となった。しかしコナンは、歯茎《はぐき》から血が出るまで歯を噛み鳴らし、よろめく足でどこまでも追いつづけた。やがて、ぼうっと浮かんだ小さな点が、白く躍る焔に変わり、焔が小児の大きさにもどり、いつか彼女は、百歩と離れていない前方を走っていた。その間隔が、一歩ごとにせばまっていった。

いまの彼女は、金色の髪をなびかせて、苦しそうに走っている。早い息づかいが聞こえ、白い肩越しに投げかける表情に、恐怖の色が見てとれる。未開人の凄《すさま》じい耐久力が効を奏した。女のひらめかす白い脚の速度が鈍ってきた。足どりがふらつきだした。はやりにはやる野性の魂に、彼女の煽《あお》りたてる地獄の火が、いよいよ激しく燃えあがった。ついにコナンは、人間離れした咆哮をあげて女に迫った。彼女は、幽霊を目にしたようなけたたましい叫びとともに、くるっとふりむいて、コナンの手から身を守ろうと、両腕を突き出した。

コナンは長剣を雪の上に投げ捨て、女の躰を胸もとに引きよせた。彼女はしなやかな肢体《したい》をのけぞらせて、彼の鋼鉄の腕から逃れ出ようと、必死の思いであらがった。金色の髪が彼の顔にかかり、そのきらめきで目をくらませた。鎖帷子を着けた腕のなかで、すらりとした女体《にょたい》が身をよじる感触に、彼はわけがわからなくなった。そして、その力強い指先を女のなめらかな肌に食いこませた——なめらかだが、氷のように冷たい肌。あたかも血と肉を持つ人間の女ではなく、燃え盛る氷でできた女を抱きしめたかのようだった。その彼女が、金髪の頭を左右にねじって、赤い唇に押しつけられる激しい口づけを必死に避けようとした。

「おまえの躰は雪みたいに冷たい」彼は呆然として呟いた。「おれの血の火で温めてやるか……」

女は甲高い悲鳴と死に物狂いの身もだえで、男の腕からすべり出た。彼の手に、女が身に着けていた薄衣だけが残った。女は跳びすさって、男と向かいあった。金髪を乱し、白い胸を波打たせ、きれいな目に恐怖の火を燃えあがらせている。一瞬、彼は凍りついたように立ちすくんだ。雪を背に全裸で立った彼女の怖ろしいまでの美しさに、畏怖《いふ》のとりこと変わったのだ。

そのときだった。彼女は両腕を、空に輝くオーロラに向けてさし伸べた。そして、コナンの耳には永遠に消えることなく響きつづけるであろう声で叫びをあげた。

「イミルの神よ！　おお、あたしの父よ！　あたしを救けて！」

コナンは両腕を拡げて、彼女を捕えようし跳びかかった。その瞬間、氷山が崩落したような大音響とともに、空全体が氷の火に包まれた。象牙色をした女の躰も、青白く燃える冷たい焔に呑みこまれ、そのまぶしさにキンメリア人は、とっさに両手で目を覆った。ほんの一瞬、空も雪をかぶった丘陵も、音を立てて燃える白い焔と、蒼白い箭《や》に似た氷の光と、凍りついた深紅の火との浸《ひた》すところとなった。と、コナンはよろめき、叫びをあげた。女の姿は消えていた。きらめく雪の大地が空漠と横たわり、頭上高くでは、狂気におちいった霜白の空に鬼火《おにび》が明滅している。遠い蒼い山脈のあいだでは、巨大な戦車の轍《わだち》を思わせる雷鳴が轟き、その戦車を引く駿馬《しゅんめ》の蹄《ひづめ》が、雪からは稲妻を、空からはこだまを激しく打ち出すかのようだった。

と思うと、オーロラの光、雪に覆われた丘陵、燃えあがる空、そのすべてがコナンの視界でいきなり酔漢《すいかん》の足もとのように揺らめいた。幾千という火の玉が火花を散らして炸裂し、空自体が巨大な車輪となり、その回転につれて星の雨を降らした。足もとでは、雪をかぶった丘陵が大波のように盛りあがり、キンメリア人は雪のなかにくずおれ、ぴくりともしなくなった。

冷たく暗い宇宙のなか、その太陽は永劫《えいごう》の昔に死滅していた。コナンはそこに生命の動きを感じとった。異質で、想像もつかぬ形態の生命である。大地の揺れに躰が捕まり、前後左右に揺さぶられた。それと同時に手足を激しくこすられ、ついに彼は苦痛と憤怒《ふんぬ》のあまりわめき声をあげ、剣を手で探った。

「気がついたらしいぞ、ホルサ」声がいった。「急げ――こいつの手足をこすって、寒気を追い出さねば。もう一度、剣を揮えるようにしてやりたいからな」

「左手を開こうとせんな」別の声が唸るようにいった。「なにか握っておるようだが――」

コナンは目を開いて、こちらをのぞきこんでいるいくつかの顎鬚の顔をみつめた。鎖帷子と毛皮で身を固めた長身金髪の戦士たちに囲まれているのだった。

「コナン！　よく生きていてくれたな」

「クロムの神の名にかけて、ニオルドじゃないか」キンメリア人は喘ぐような声でいった。「おれは生きているのか？　それとも、おれたちみんなあの世へ行って、ヴァルハラの殿堂に集まっているのか？」

「みんな生きておる」エーシル族の男が、コナンの半ば凍りついた足を懸命に摩擦《まさつ》しながら答えた。「おれたちは敵の待ち伏せにあって、血路を開く羽目におちいったんだ。でなかったら、合戦の始まる前に本隊に合流できたんだが。戦場に駆けつけたとき、死体にはまだぬくみがあった。戦死者のうちにおまえの姿が見当たらんので、足跡を追ってきた。イミルの神の名にかけて訊くが、コナン、いったいなんのために、こんな北の荒地までさまよい出たんだ？　おれたちは、雪のなかで何時間も、おまえの足跡をたどってきた。雪嵐でも起きて、足跡を隠してしまったら、みつけられなかっただろう。イミルの神の名にかけていうが、その点、まちがいないことだぞ！」

「そうたびたび、イミルの神の名を出さんほうがいい」遠くの山々へ目をやりながら、戦士のひとりが不安そうにいった。「ここはあの神の国なんだ。いい伝えによると、向こうの山の頂《いただき》あたりに住んでいるらしいぞ」

「女を見たんだ」コナンが、朦朧《もうろう》としたまま答えた。「おれたちはあちらの平原で、ブラギ族のやつらとぶつかった。どのくらい闘いがつづいたものか、見当もつかん。生き残ったのはおれひとりだ。頭がくらくらして、気絶した。おれの目の前には、平原が夢のように拡がっていた。いまでこそ、なにもかもふつうで当たり前に見えるがな。そこへ女がやってきて、おれをからかった。地獄の凍った焔みたいに美しい女なんだ。この女をひと目見ると、おれは奇妙な狂気のとりこになって、この世のことはなにもかも忘れた。おれは女を追いかけた。その女の足跡を見なかったか？　でなかったら、おれが叩っ斬った氷の鎧を着けた巨人たちを？」

　ニオルドは首をふった。

「雪の上には、おまえの足跡しか残っていなかったよ、コナン」

「それなら、おれの頭が狂っていたんだな」と眩暈の醒めやらぬ顔でコナン。「それでも、おれにとっては、まっ裸で雪の野原を逃げていった金色の巻き毛の魔女も、ここにいるおまえたちも、同じように現実の存在なんだ。それなのに、まさにこの手の下から、氷の焔となって消えてしまった」

「こいつ、熱にでも浮かされておるんだ」戦士のひとりが呟いた。

「いや、そうじゃない！」年かさの男が叫んだ。その目は荒々しく、無気味に光っていた。「その女はアタリといって、氷と霜の巨人イミルの娘だ！　死者の横たわる戦場にあらわれて、死んでゆく者の前に姿を見せる。若いころのことだが、わし自身、この目で見た。ウォルラーヴェンの戦場で、瀕死の重傷を負って横たわっておったときのことだ。雪の上に転がる死骸のあいだを歩いてきたが、裸の躰が象牙みたいに光って、月の光を浴びた金髪が、目に痛いくらいきらめいておった。わしはそこに横たわったまま、死にかけた犬みたいに吠えたてた。それというのも、餉《は》って追いかけることもできんかったからだ。その娘、戦場から男たちを荒地へ誘いこみ、兄弟である氷の巨人たちに殺させる。湯気が立っとる赤い心臓をイミルの神の食卓に供えるためにだ。このキンメリア人は、そのアタリを見たんだ。氷神の娘をな！」

「ばかばかしい！」ホルサが吐き捨てた。「ゴルムじいさんもいよいよ耄碌《もうろく》したか。若いころ、頭に受けた太刀傷のせいだな。コナンは激しい闘いに錯乱したんだろう――見ろよ、冑がへこんでるじゃないか。これくらいひどく叩かれたら、頭がおかしくなっても不思議はない。それで幻を追いかけて、こんな荒地まで来てしまったわけだ。この男は南の国の人間だ。アタリの話を知ってるはずがないさ」

「なるほど、そのとおりかもしれん」コナンは呟いた。「なんにしても、奇妙すぎることだからな――クロムの神の名にかけて、なんだ、これは！」

彼は言葉を切って、握りしめた左手の拳《こぶし》からまだ垂れ下がっている品を睨みつけた。ほかの者は息を呑み、彼のかかげる薄紗《ヴェール》を無言でみつめるばかりだった――かすみのような薄衣。人間界の紡《つむ》ぎ車では紡ぎ出せる布地ではなかった。

象の塔

The Tower of the Elephant

I

大鎚《おおつち》横丁の酒場では、松明《たいまつ》の光がほのかに揺れていた。ここでは東方諸国から集まってきた盗賊どもが、夜毎《よごと》に酒宴《しゅえん》をもよおしている。この横丁にあるときは、だれはばかることなく蛮声《ばんせい》をはりあげ、歌いさんざめくのが自由だった。善良な街の人々は怖気《おじけ》をふるって近よらず、警備兵もまた、盗賊どもが掠《かす》めとった財貨の分配にあずかっていることから、その饗宴《きょうえん》に干渉しようとしなかったからである。

舗石《しきいし》も敷かず、曲がりくねってつづく街筋のそこかしこに、がらくたの山がうずたかく積みあげてあり、ぬかるみが鈍《にぶ》く光り、酔漢《すいかん》の群れがどら声をはりあげながら横行闊歩《かっぽ》している。狼が狼を餌食《えじき》にする物陰に鋼鉄の刃《やいば》がきらめき、暗闇からは女たちのけたたましい嬌声《きょうせい》が湧きあがる。取っ組みあいや殴りあいの物音。壊れた窓とあけ放たれた戸口から、毒々しい赤みを帯びた松明の光が洩れ、これらの家の外に立つと、饐《す》えた酒と汗じみた躰《からだ》の臭い、酒盛りの喧騒、拳《こぶし》で粗末な丸テーブルを叩く音、卑猥《ひわい》なざれ唄が、顔面への一撃のように襲いかかってくる。

その夜もまた、このような酒場のひとつで、煙に汚れた低い天井の下にさまざまな形のぼろ服をまとった無頼漢どもが集《つど》いあっていた――すり、こそ泥、かどわかし、押し込み、殺し屋。その相手を務めるけばけばしい装いをした売春婦、きいきい声をはりあげる女たち。一座を牛耳《ぎゅうじ》っているのは、この土地出身のごろつきたち――浅黒い肌に黒い目、腰に短剣を吊《つ》るし、胸には悪知恵を抱いたザモラ人である。しかし、異国から流れてきた狼どもも五、六人はいた。たとえば寡黙《かもく》で凶悪な巨漢は、ヒューペルボリア国の亡命者だ。肉の薄い大きな肩から広刃《ひろは》の長剣を吊るしている――というのも、この横丁では、男たちが公然と武器を携帯しているからだ。鉤《かぎ》なりの鼻に、青黒くちぢれた顎鬚《あごひげ》をたくわえたシェム族の詐欺師がいる。大胆な目をしたブリトゥニアの女を膝に乗せているのは、茶がかった頭髪のグンデルマン族。国から国を渡り歩く傭兵稼業で、敗北した軍団に見切りをつけて脱走してきたものである。そしてまた卑猥《ひわい》な冗談で一座を笑わせている、でっぷり肥った男は誘拐を生業《なりわい》とする者で、コトの国から遠路はるばる婦女誘拐の術を教授にきているのだった。ザモラ国の住民は、生まれつきその道に長《た》けているので、いずれ師匠に優る技倆《ぎりょう》を発揮するにちがいなかった。

いまこの男は、狙いをつけた女の魅力を述べたてていたのをひと休みして、泡立つ麦酒《エール》の大コップに口を持っていったところだった。厚ぼったい唇から泡を吹きとばして、話の先をつづけた。

「盗《ぬす》っ人《と》の守護神ベルの名にかけて、女を盗み出す秘法を見せてやろう。夜が明けんうちにザモラの国境を越えて、この女を連れ出してみせる。そこでは女を受けとるために、隊商が待っている。礼金は銀三百枚。オピルの大公が約束してくださった。なにしろこの獲物《えもの》は、すべすべした肌の若いブリトゥニア女、最上級のしろものなんだ。準備だけに何週間もかけた。乞食《こじき》の恰好で国境の街から街を捜しまわり、やっとのことで、大公さまのお眼鏡にかなう上玉《じょうだま》をみつけ出した。いや、ほんとに、ふるいつきたいくらいきれいな娘なんだ！」

そして彼は、よだれに濡れた唇《くちびる》で空中にキスをしてみせてから、

「シェム族の領主たちのうちにも、あの娘のためなら、象の塔の秘密と取り引きしてよいというのが何人かいる」と自慢話に結末をつけて、麦酒《エール》の大コップに注意をもどした。

短上衣《チュニック》の袖に触れた者があるので、話の腰を折られたのに渋面《じゅうめん》を作り、ふり返ってみると、長身のたくましい若者が立っていた。どぶ鼠の群れのなかにはいりこんだ灰色狼のように、盗賊どもの巣窟《そうくつ》には場ちがいの感じである。安物の短上衣《チュニック》が、しなやかでしかも頑健な体軀《たいく》を包みきれずにいる。広い肩幅、分厚い胸、締まった腰に太い腕。皮膚は辺境の陽に灼《や》けて浅黒く、青い目が暗い底光りをたたえ、広い額に乱れた黒髪が垂れ下がっている。腰帯に吊るした長剣の革鞘《かわざや》が、いまは手ずれで見るかげもない。

コト王国の男は、われ知らず身を退《ひ》いた。というのも、この若者が、彼の知るどの文明国の住人でもなかったからである。

「あんた、象の塔のことをしゃべってたな」ザモラ語ではあるが、異国なまりがいちじるしい。「その塔の話はよく聞くが、その秘密とは、どんなものだね？」

その異邦人の態度には、警戒を要するものは見られなかった。コト王国の男は麦酒《エール》の力もあったし、聴衆を前にしていることから、たちまち尊大ぶりをとりもどして、

「なんだ、おまえ、象の塔の秘密を知らんのか」と声をはりあげた。「あの塔には、ヤラという名の神官が住んでいる。この神官の持っている大きな宝石を、世間では〈象の心臓〉と呼んでいて、こいつがつまり、やつの魔法の秘密なんだ」

それを聞くと、未開人はしばらく考えこんでいたが、

「その塔を見たことがある」といった。「街より一段と高い位置の、広い庭園にそびえ立っていた。塀に囲まれてはいたが、番兵の姿を見かけなかった。塀にはちがいないが、よじ登るのは造作《ぞうさ》ないことだ。それでいて、秘密の宝石を盗み出す者がいなかったのは、どうしたわけなんだ?」

コト人は口をぽかんとあけて、相手の顔をみつめた。その頭の単純さに、むしろ呆《あき》れたものらしい。やがて彼が小ばかにしたように笑い声をあげると、ほかの連中もいっしょになって吹き出した。

「聞いたかよ、この田舎者《いなかもの》のいうことを!」とコト人は大声をはりあげた。「こいつ、ヤラの宝石を盗みに行きかねないぞ!」つづいてコト人は、高慢そうな顔つきで若者にいった。「どうやらおまえ、北方育ちの未開種族のひとりだな――」

「おれはキンメリア人だ」

異国の若者はそっけない口調で答えた。その国の名前となまりは、コト人にほとんど意味をなさなかった。彼の住みついている土地は、はるか南方、シェム族の国と境を接している王国で、北方の民族については漠然としか知らないのである。

「それなら、おれの話をよく聞いて、知恵を身につけることだぞ」彼はいった。そして、とまどいの表情を見せている若者に酒の杯《さかずき》を突きつけるようにして、「このザモラという国、特にこの街には、

世界じゅうのどこよりも度胸のいい盗賊が集まっている。その点、おれの国のコトも一歩を譲るくらいだ。もしあの宝石が生きた人間に盗み出せるものなら、とうの昔にやってのけたやつがいるはずだ。おまえは、あんな塀ならわけなく登れるといったが、登ってみたところで、すぐに引っ返したくなるのがオチだ。なるほど、あの庭園には、夜だって見張りは立っておらん。だが、それにはそれだけの理由があるんだ。つまり、人間の見張りはおらんということよ。おまけに、塔の下の階に武装した番兵の詰め所がある。首尾よく夜中に庭を徘徊《はいかい》する連中をやり過ごしたとしても、まだこの兵士たちの前を通りぬけねばならんのだ。宝石を収めてある場所は、塔のずっと上のほうだからな」

「だけど」とキンメリア人はいいはった。「庭へはいりこめさえすれば、兵士たちの目を避けて、宝石のある高い階まで登れぬこともなかろう」

ここでまたコト人は、唖然《あぜん》とした顔つきで相手をみつめていたが、

「こいつの言葉を聞いたか！」と大声に笑いだした。「北方の野蛮人は、鷲《わし》の翼を持っているとみえる。宝石の縁をめぐらした塔の頂上まで飛びあがる気でいるらしいぞ。あれは地面から百五十フィートの高さしかないからな。もっとも、円形の外壁が、磨きあげた鏡よりつるつるしているんだが！」

嘲笑《ちょうしょう》の声が部屋じゅうに高まるなかに、キンメリア人は当惑した表情で周囲を見まわした。いまの言葉のどこが笑いを誘ったのか見当もつかず、文明社会に足を踏み入れたばかりの若者には、このような非礼な扱いが理解できなかった。だが、文明人は概して未開人より非礼なものといえる。なぜかというに、いくら無礼な態度を見せたところで、頭蓋骨をぶち割られる怖《おそ》れがないからだ。とにかく若者は、とまどいと同時に口惜しさがこみあげてきて、さらにはまた恥ずかしさに顔が赤らみ、逃

げ出したい気持ちになった。しかし、コト人は調子に乗って、ますます若者をいじめにかかった。

「おまえ、自信があるんなら、ここにいる連中に教えてやってくれ。こいつら、おまえが生まれる前から泥棒稼業で暮らしているくせに、いまだに手を出さないでいるんだ。さあ、教えてくれ。どんな方法で、あの宝玉を盗み出す？」

「願いに勇気が結びつけば、きっと道が開けるものだ」追いつめられた恰好で、キンメリア人の若者は、憤然としていってのけた。

コト人はこの言葉を、彼個人の名誉を傷つけるものと受けとったのか、怒りで顔をまっ赤にした。

「なんだと？」彼はわめきたてた。「おれたちに仕事の道を教えるとぬかすのか？　おれたちみんなを臆病者だといって！　けしからん若僧だ。さっさと出ていけ！」そしてキンメリア人を激しく突きとばした。

若者もむっとした顔つきで、

「おれを侮辱《ぶじょく》して、しかも、突きとばしたな」

湧きあがる憤《いきどお》りに、彼は手を拡げてコト人を突き返した。その一撃で突かれた男はすっ飛んで、荒削りのテーブルに叩きつけられた。大コップの麦酒《エール》が撥ねかかって、怒りに燃えたコト人は、なにやらわめくと、剣を引きぬいた。

「野蛮人め！」彼は吠《ほ》えたてた。「きさまの心臓を突き刺してやる！」

鋼鉄がひらめき、一座の連中はあわてて身を避けた。逃げ出すはずみに一本きりの蠟燭《ろうそく》を蹴とばした者がおり、屋内はまっ暗闇に包まれた。腰掛けがひっくり返る音、逃げ出す足音、重なりあって倒れて罵《ののし》りあう声。と、苦痛の叫びがひとつ甲高《かんだか》くあがって、まっ暗な部屋のうちをナイフのように斬り裂いた。ふたたび蠟燭が灯ったときは、客の大半が戸口と壊れた窓から逃げ去ったあとで、残った連中は、酒樽《さかだる》の陰と酒卓《しゅたく》の下に身をひそめていた。未開人の姿は見あたらなかった。そして人けのなくなった部屋の中央に、斬り裂かれたコト人の死体が横たわっていた。キンメリア人は未開人に特有の過つことのない本能で、暗闇と混乱のさなかに闘争の相手を斬り殺していたのであった。

2

けばけばしい明かりと酔いどれどもの歓声は、キンメリア人の背後に消えた。若者は引き裂かれた短上衣《チュニック》を脱ぎ捨て、腰布と革紐《かわひも》を足首の上まで巻きつけたサンダルだけの裸体に近い恰好で、夜の街を歩いていった。身のこなしは大きな虎のような柔軟さで、陽灼《ひや》けのした皮膚の下に鋼鉄の筋肉が波打っていた。

いつしか神殿の建ち並ぶ街の一角にはいりこんでいた。周囲では数多《あまた》の神殿が、星明かりに白くきらめいていた——雪とも見まがう大理石の円柱、金色の円蓋《ドーム》、銀色の拱門《アーチ》。ザモラ人が崇《あが》める、一万からの神々の殿堂である。しかし、彼は見向きもしなかった。それというのも、ザモラ人の宗教というものを知っていたからだ。長いあいだ一個所に住み、文明の恩恵に浴してきた人々は、なにごとにつけ複雑精緻《せいち》を第一とするあまり、祭儀や因習の迷路にはいりこんで、事物の原初的な本質を見失っているものなのだ。彼は哲学者たちの集う中庭に潜入して、何時間も神学者や教師たちの論争に聞き入ったことがある。それは結論らしきものに達せず、聞いている彼を混迷の靄《もや》に包むだけで終わった。ひとつたしかだったのは、文明国の学者たちは揃いもそろって頭がおかしいということだった。

彼の国の神々は、単純で理解しやすい。主神はクロムと呼ばれて、高い山嶽《さんがく》の上に住み、その頂《いただき》から裁きと死の宣告をくだす。クロムの神に祈願《きがん》をこめるのは無意味である。なぜかというに、これは気むずかしい荒ぶる神で、なによりも弱者を嫌う。しかし、人間が生まれるにあたって勇気を授け、敵を打ち殺す意志と力をあたえてくれる。キンメリア人にいわせれば、神にそれ以上なにを期待するのか、ということになる。

このあたりは舗装が完備しているので、サンダルを履《は》いた彼も足音を響かせることがなかった。見回りの役人にも出会わなかった。大鎚《おおつち》横丁の盗賊たちも神罰の怖《おそ》ろしさを知っているだけに、神域には近よろうとしないからだ。前方の夜空に、象の塔がおぼろにかすんでそびえ立っていた。この異様な名は、どんな理由からつけられたのであろうか。街の住民も知らないようだった。彼はこれまで象という動物を見たことがなかった。しかし、それが巨大なけもので、からだの前後に尻尾《しっぽ》があるといった程度の漠然とした知識は持っていた。話して聞かせてくれたのは、諸国を遍歴《へんれき》して歩くシェム族の男で、ヒルカニア人の国でこのような動物を数千頭も見たと断言した。だが、周知のとおり、シェム族の連中は法螺《ほら》吹き揃いだ。いずれにせよ、このザモラの国に象は棲息《せいそく》していないはずである。

塔の放つ光の箭《や》が、星空に凍りついている。陽光の下《もと》だと、まぶしすぎて目も向けていられぬほど照り輝き、人々は噂して、この塔は銀で造られていると語った。完全な円筒形で、地上百五十フィートの高さがあり、頂を縁《ふち》どる部分に大きな宝石が無数に鏤《ちりば》めてあるので、星の光を受けるときは、燦《さん》然《ぜん》ときらめきわたるのだった。塔のそびえ立つ周囲は、異国風の樹木が風に揺れている庭園で、地形がすでに街よりは一段と高い個所にあるうえに、高い塀がとり囲み、その外側を深く掘り下げ、さらにもうひとつ、やや低めの塀がめぐらしてある。塔の内部から灯火がまったく洩れていないのは、窓が設けてないのであろうか――少なくとも、内側の塀の高さから上の部分は、文字どおりの暗黒だった。ただ、頂にめぐらしてある宝石の帯が、光輝を星空に凍りつかせていた。

二重の塀の外には、灌木《かんぼく》の茂みがつづいていた。キンメリア人はそれに忍びより、外側の塀の下に立った。高さを目で測ると、高いことは高いが、彼の跳躍力をもってすれば、笠石《かさいし》に指をかけられる。そのあとは、塀を乗り越えるのは児戯《じぎ》にひとしい。内側の塀にしたところで、同じ方法で征服できることはまちがいない。だが、内部には異様な危険が待ちかまえているという。それを考えると、さすがの彼も躊躇《ちゅうちょ》しないではいられなかった。この国の住民は、彼にとっては異様な謎で、彼の同族とは似ても似つかず――ここよりさらに西方にあたるブリトゥニア、ネメディア、コト、アキロニア、すなわち過去において、その文明の謎でたびたび彼を畏怖させた諸国の民とさえ同じ血は流れていないのだ。ザモラの民の血筋は太古にまでさかのぼり、彼の目撃した住民の行動から判断して、その性質は邪悪そのものといえる。

たとえばこの国最高の神官であるヤラ。この人物は宝石の塔に住んで、さまざまな奇怪な所業をなすという。一度、王宮の小姓《こしょう》が酔っ払って洩らしたのを聞いたことがあるが、それを思い出しただけで、キンメリア人は総毛立《そうけだ》つ気持ちに襲われるのだった――その話によると、かつて神官ヤラに敵意を抱く大公がいた。ヤラはそれを察しとると、笑いながら、大公の面前に光り輝く邪悪の宝玉を突きつけた。その不浄《ふじょう》な宝玉から目もくらむばかりの光線が流れ出て、大公の五体をとり巻いた。大公は悲鳴をあげて倒れたが、みるみるうちに躰《からだ》がちぢんで、ついには黒い小さな蜘蛛に変わった。それは部屋じゅうを逃げまわっていたが、とうとうヤラは無残に踏みつぶしてしまったというのだ。

神官ヤラは、魔法の塔から外出することが滅多になかった。それでいていつも、どこかの国か、どこかの男に呪いをかけていた。ザモラの王は死を怖れる以上に彼を怖れて、四六時中、酒浸りの毎日を送っていた。酔っていないことには、その恐怖に耐えられないからである。ヤラは非常な高齢で、数世紀は生きつづけてきたと噂されている。それもみな、彼の秘蔵する宝玉の魔力によるもので、これがあるかぎり永遠に生き延びるものといわれていた。世人はこれに〈象の心臓〉と名をつけた。象の塔内に収めてあるこの珍貴《ちんき》な品を呼ぶのに、これよりふさわしい名称を見いだせぬからであった。

キンメリア人の若者は、こうしたことをつらつらと考えながら、すばやく塀に身を寄せた。塀のなかを通り過ぎる男がいた。一定の歩幅で、腰の長剣が音を立てている。やはり庭園内には見回りの兵士がいるのだ。キンメリア人は息を殺して、見張りがつぎに巡回してくるのを待ちうけた。しかし、謎の庭園には、完全な静寂が垂れこめていた。

とうとう、好奇心が用心に優《まさ》った。キンメリア人はいとも身軽に飛び跳ねて、片手を塀の上にかけると、つぎの瞬間、その躰は広い笠石に乗っていた。身を伏せるようにして二重の塀のあいだをのぞきこむと、内側の塀に沿って、きれいに刈りこんだ灌木《かんぼく》の茂みがつづき、手前側の塀近くにはなにもなく、星明かりが中間の平坦な芝生に落ちていた。どこからか、噴水の音が聞こえていた。

キンメリア人は慎重に身をかがめ、塀のなかにすべり降りると、剣を引きぬいて、周囲を見まわした。身を隠すものもなく、満天の星の光を浴びて立つと、さすがに緊張感から躰が震えるのだった。その後は敏速に行動して、湾曲した塀の影をたどっていくと、やがて目をつけておいた茂みと並ぶ形になった。そして、腰をかがめて俊敏にそちらへ駆けよったところ、茂みの端近くにうずくまっている物に、あやうくつまずきそうになった。

すばやく左右へ目をやったが、敵らしいものの影はない。どんな物かと身をかがめてあらためる。仄暗い星明かりの下でさえ、彼の鋭い目は、屈強の男が倒れているのを見てとった。ザモラ王の近衛兵《このえへい》が着用する銀の鎧《よろい》と前立て付きの冑《かぶと》を着け、楯《たて》と槍《やり》とがそばに投げ出してある。首を絞められて死んでいるのはひと目でわかった。未開人は不安げに周囲に視線を走らせた。これが、先ほど塀の外で足音を聞いた警備兵であることは疑いなかった。あれからいくらも経《た》っていないのに、暗闇のなかから名状しがたい手が伸びてきて、この兵士を縊《くび》り殺したのであろうか。

薄暗がりのなかに目を凝《こ》らすと、塀に沿った茂みの向こうに、なにやら動いているものがある。すばやく近づいて、剣の柄《つか》に手をかけた。夜の密林を忍び歩く豹《ひょう》のように、物音ひとつ立てなかったはずだが、相手はそれを聞きとったとみえて、その大兵《だいひょう》の男が、塀を背にこちらの様子をうかがっている。しかし、少なくとも人間である。キンメリア人がほっと胸を撫でおろした瞬間、相手はさっと身をひるがえし、破れかぶれにも聞こえる声をあげて飛びかかってきた。握りしめた拳《こぶし》を突き出して、それが最初の攻撃だった。だが、それと同時に、キンメリア人の剣が星明かりにきらめくと、大男はさっと飛びすさった。そしてしばらくは、両者とも無言のまま、相手の出方をうかがっていた。

やがて怪しい男が口をきった。

「きさま、兵士じゃないな。おれと同じ盗《ぬす》っ人《と》か」

「そういうおまえはだれだ？」キンメリア人も、声を低めて訊いた。

「ネメディアのタウルスだ」

キンメリア人は剣を収めて、

「名前は聞いている。盗賊の王と呼ばれている男だな」

低い笑い声が返ってきた。タウルスはキンメリア人と同じくらいの背丈であるが、体重ははるかに優っている。よく肥えて、腹が出張《でば》っているものの、身のこなしは驚くばかりに柔軟で、強烈な磁力によるかと思われる迅速な行動をとる。いま、星明かりの下でも、その目のうちに俊敏《しゅんびん》ぶりが見てとれる。サンダルも履《は》かずに、細くて強靭《きょうじん》なロープを輪にして腰に巻いているが、それは一定の間隔で結び目を作ってあるように見えた。

「で、きさまはなんという男だ？」と声をひそめてタウルス。

「コナンという。キンメリア人だ」相手は答えた。「ヤラの宝玉、〈象の心臓〉と呼ばれている品を盗み出す方法をみつけにやってきた」

タウルスの大きな腹が波打っている。笑い声を押し殺しているのだろうが、それが嘲《あざけ》りの笑いでないことはたしかだった。

「ほ、ほう！　盗っ人の神ベルの名にかけていうが、あの品に目をつける勇気のある男は、おれひとりと思っておった。ザモラ人は自分たちを盗賊と呼ぶが――口ほどにもない連中よ。コナン、気に入ったぞ。それだけ度胸があれば、立派なものだ。おれはこれまで、ひとりだけで仕事をしてきたが、今夜にかぎり、仲間に入れてやってもいい。おまえにその気があればだがな」

「では、あんたもやはり、あの宝玉が狙いだったのか？」

「ほかに狙うものがあるか。おれは何カ月も計画を練ってきたんだ。しかし、おまえのほうは急に思い立って、その足でやってきたらしいな」

「警備の兵士を殺したのは、あんただな？」

「当たり前だ。おれが塀を乗り越えたとき、あいつは庭の向こう側を巡回しておった。おれは植込みに隠れたが、あいつはその音を聞きつけた。そうでなければ、聞きつけたと思ったのか。とにかく、おれのひそんでおる茂みへ近よってきたので、面倒な手を使わんで、うしろへ回りこむと、いきなり首をつかんで縊《くび》り殺してやった。たいていの人間がそうだが、あの男も暗がりだと盲目も同然なんだな。いい盗っ人になるには、猫みたいな目を持たねばならんものだ」

「あんたはひとつ、まちがいを犯したな」コナンがいった。

タウルスは、怒りに眼光を鋭くして、

「おれが？　このおれがやりそこなっただと？　そんなことがあってたまるか！」

「あの死骸を植込みの奥に隠しておくべきだった」

「見習い小僧の分際《ぶんざい》で、この道の達人に教えるつもりか。見回りの交代時間は、真夜中過ぎと決まっておる。いまだれかがやつを捜しにきて死骸がみつかりゃ、連中は泡を食ってヤラのところへすっ飛んでいく。たいへんです、凶漢《きょうかん》が侵入しました、とかわめきながらな。そのあいだに、こっちは逃げ出してしまえばよい。死骸がみつからなかったら、やつらは庭の茂みをくまなく捜しまわるから、おれたちは罠に落ちた鼠みたいに捕まっちまうだろう」

「なるほど、そのとおりだ」その説明にコナンもうなずいた。

「よし。わかればいいんだ。余計な話で時間を潰した。なかの庭には警備のやつらはおらん——ただし、それは人間の警備兵のことだぜ。その代わり、もっと物凄い番兵がいる。そいつらのせいで、長いあいだ、迂闊《うかつ》に手を出せずにいたんだ。しかし、とうとう、やつらを出しぬく方法をみつけた」

「塔の階下に詰めている兵士たちはどうするんだ？」

「神官ヤラが上層の部屋に住んでおる。そちらを通って塔内にはいりこみ——かなうものなら、出ていくつもりだ。その方法は訊くにはおよばぬ。手配はちゃんとつけてある。いったん塔の頂上に登って、そこからヤラの部屋へ降りるんだ。それでヤラの呪いをかけられる前に、あいつの首を絞めてくれる。とにかく、案ずるより産むがやすしだ。あいつの呪法で蜘蛛かひきがえるに変えられるか、世界最大の財宝と権力を手に入れるかのふたつにひとつだ。盗っ人で成功するには、危険な勝負に出なければならんものだ」

「人間に行けるところなら、おれは行く」コナンもまた、サンダルを脱ぎ捨てた。

「じゃ、ついて来い」

そしてタウルスは、ふりむいたとみるし跳躍し、塀に手をかけ、躰を引き揚《あ》げた。巨体にもかかわらず、その身軽さには目をみはるものがあって、笠石の端まですると登っていった。コナンもあとにつづいた。ふたりは登りきると、広い笠石の上にぴったり身を伏せて、小声で囁《ささや》きあった。

「ぜんぜん灯《ひ》が見えないな」とコナンがいった。塔の階下の部分は、塀の外から眺められる上層とさして変わらないようだった――完全な円筒で、外壁は燦然と輝いているが、内部の灯火はぜんぜん洩れていない。出入口がついていないのであろうか。

「あれで、扉と窓はちゃんとあるのだ。うまく造ったものだ」タウルスが説明した。「だけど、いまはぴたっと閉めてあって、兵士たちの呼吸に必要な空気は、上からはいってくる仕組みになっている」

庭園はおぼろな影の集合で、羽毛を思わせる灌木と、枝を広げた低い樹木が、星明かりを浴びて暗くかすかに揺れていた。しかし、コナンの鋭敏な第六感は、そこに待ちかまえている危険の気配を感じとった。目に見えぬ眼《まなこ》の燃えるような光をとらえ、あるかなきかのかすかな臭いを嗅ぎとり、猟犬が宿敵の臭いを嗅ぎつけたときのように、首筋に生えた短い毛が本能的に逆立った。

「ついてこい」タウルスが小声でいった。「おれのうしろを離れるんじゃないぞ。命が惜しかったらな」

ネメディア人は、腰帯のあいだから銅製の管状の物をとり出すと、塀の内側、芝生の上に飛び降りた。コナンもあとにつづいて降り立つや、剣に手をかけた。しかし、タウルスはそれを押しもどして、塀に背中をつけ、動こうともしなかった。緊張のうちに、何物かの出現を予想しているにちがいない。その視線は、コナンのそれと同様、数ヤード先の植込みの影にぴたっと釘づけになっている。その茂みは、そよとの風もないのに揺れていた。と、揺れる影のなかから、巨大なふたつの光る目があらわれた。その背後の闇にも、同じような光がきらめいている。

「ライオンだ！」コナンが低く叫んだ。

「そうだ。昼間は塔の地下の洞窟に眠っておる。この庭に番人がおらんのは、こういうわけがあるからだ」

　コナンはすばやく目の光の数をかぞえ、

「見えてるだけで五頭。茂みの奥にもっといそうだ。いまにも跳びかかって――」

「黙っておれ！」

　タウルスは叱って、塀を離れると、細長い管をかかげながら、剃刀《かみそり》の刃を踏む慎重な足どりで前進した。影のなかに低い咆哮《ほうこう》があがって、ぎらぎらする目が動きだした。巨大な顎《あご》がよだれを垂らし、ふさふさした尾が茶褐色の横腹を叩いているのであろう。あたりに緊張感がみなぎった――キンメリア人は剣の柄《つか》を握りしめ、突進してきた猛獣の体当たりにそなえて身がまえた。するとタウルスが、銅製の管《くだ》の口を唇にあてがって、力いっぱい吹いた。管の反対側の口から黄色っぽい粉が尾を引いて飛び出したと見ると、たちまち濃密な黄緑色の雲が植込みにかぶさって、ぎらぎら光る目を包み隠した。

　タウルスは急いで塀の下に駆けもどった。コナンはわけもわからず、目をみはっているだけだった。濃密な雲に包まれた植込みからは、物音ひとつ聞こえなかった。

「あの霧はなんだ？」キンメリア人は不安のうちに質問した。

「死だよ」ネメディア人は答えた。「風が起きて、あの霧がこちらへ吹きよせたら、おれたちは大急ぎで塀を乗り越え、逃げ出さなければならぬところだ。しかし、風は収まっているから、そのうちに消えて失《な》くなるはずだ。それまで、おとなしく待っておれ。ひと息でもあの霧を吸いこんだら最後、死んでしまうぞ」

　じきに黄色っぽい残りかすが、わずかに空中にただよっているだけとなり、ついには消散した。タウルスは若者をうながして歩きだした。茂みの前まで来て、コナンはあっと叫びを洩らした。茶褐色をした大きな形が五つ、影のなかに横たわっていた。爛々《らんらん》たる光輝《こうき》を放っていた目も、いまは永遠に曇って、甘ったるい臭いだけが消えずに残っていた。

「吠えもしないで死んでいった！」キンメリア人は思わず呟いて、「タウルス、あの粉はなんだ？」

「黒い蓮《ロートス》から採ったものだ。この植物は、キタイの国の密林の奥で花を開く。人間といっては、ユンの神に仕える黄色い頭顱《とうろ》を持った僧侶しか住まぬ土地だ。この花の臭いを嗅ぐときは、その場で死んでしまうのさ」

　コナンは巨獣のかたわらに跪《ひざまず》いて、もはやそれに人を害する力がないのを確かめると、首をふった。異国の魔法は、北方の未開人にとって神秘的で、怖れおののかずにいられないのだ。

「同じ方法で、塔の兵士たちもやっつけたらいいだろう」

「おれの持ってる粉末は、あれで全部なんだ。これを手に入れたこと自体が、世界じゅうの盗っ人たちのあいだでおれの名を轟かせられるほどの偉業なんだぞ。スティギアへ向かう隊商が持っておったのだが、金糸《きんし》織りの袋に入れ、とぐろを巻いた大蛇に守護させておった。おれは大蛇を目醒《めざ》めさせずに、まんまと盗み出してやった。おっと、ベルの神の名にかけて！　余計な話をしているうちに、夜が明けてしまうぞ」

　ふたりは灌木の茂みをぬけて、きらめく塔の基部に歩みよった。音を立てぬすばやい動作で、タウルスは結び目を作ったロープの輪をほどいた。その先端に強靭な鋼鉄の鉤《かぎ》がついている。コナンにも彼の計画がわかったので、あらためて訊くこともしなかった。ネメディア人は鉤の少し下でロープをつかむと、頭の上でふりはじめた。コナンはなめらかな塔の外壁に耳を押しつけてみたが、なんの物音も聞こえなかった。兵士たちが侵入者の存在を疑っていないのはたしかだった。彼らふたりが、木々の梢《こずえ》を渡る夜風ほどの音も立てなかったからであろう。とはいうものの、若い未開人の心は、異様な不安に苛《さいな》まれていた。あたり一面にただよっているライオンの臭いのせいであろうか。

タウルスの力強い腕が、躍るようななめらかな動きでロープを投げあげた。鉤が、口ではいいあらわしにくい奇妙な曲線を描いて高々と舞いあがり、塔の頂をとり巻く宝石の帯の向こう側に消えた。どうやら頂の縁の内部にしっかりとくわえこまれたと見える。というのも、慎重にロープを引っ張り、つぎにもっと強く引っ張っても、落ちて来なかったからだ。

「うまい具合に一発で引っかかってくれたよ」タウルスは小声でいった。「では、おれが――」

そのとき、コナンはくるっとふりむいた。未開人の本能が、音も立てずに襲いかかる死の凶手《きょうしゅ》を感じとったのだ。キンメリア人の目にちらりと映ったのは、星空を背後に、あと足で立った茶褐色の猛獣であった。彼の前にそびえ立ち、死の一撃を加えようとしているのだ。未開人はとっさに行動に移ったが、その半分でも迅速に動ける文明人はいないであろう。コナンは剣を引きぬくと、ありったけの神経と筋肉を張りつめさせ、星明かりに刀身をきらめかした。と同時に、人とけものがもつれ合って倒れこんだ。

意味のとれぬ呪いの言葉を呟きながら、タウルスがかがみこむと、さいわい彼の相棒の手足は動いていた。巨大なけもののの下敷きになりながらも、その下からもがき出ようとしているのだ。ネメディア人の驚いたことに、ライオンが死んでいることはひと目でわかった。頭蓋骨がまっぷたつに斬《き》り裂かれているのである。彼が死骸に手をかけると、コナンはその助けを借りて巨体を横へ突き飛ばし、まだ血のしたたる剣を握って起き上がった。

「怪我はなかったか？」タウルスが喘ぎ声で訊いた。いまの勝負のきわどさと、若者の目にも止まらぬ俊敏さに、なおも半信半疑の顔つきであった。

「クロムの神の名にかけて、大丈夫だ！」未開人は答えた。「しかし、危ないところだった。危険な目には幾度も遭っているが、こんどみたいに驚いたことはない。このライオンめ、跳びかかる前に、なんで吠えたてなかったんだろう」

「この庭のなかは、なにもかも変わっているんだ」とタウルス。「ライオンだって、吠えもせんで襲いかかる——そのほかのものも、みんな同じ手を用いる。だが、いまの騒ぎで少しは音を立てたから、番兵のやつら、眠りこんでおるか、酔いつぶれておるかでなければ、聞きつけたかもしれないぞ。このけものは庭の反対側にいたので、さっきの死の粉を浴びずにすんだのだろう。これで全部が片づいたわけだ。さて、これからロープをよじ登るんだが——キンメリア人には、大丈夫かどうか訊くまでもなさそうだ」

「おれの目方《めかた》で切れさえしなければ」コナンは剣の血を草の葉でぬぐいながら、唸るようにいった。

「おれの三人分でも切れっこないよ」タウルスが答えた。「死んだ女の髪で織りあげたロープだ。その材料を、おれは真夜中に墓場から持ち出して、ユーパス樹《じゅ》の毒汁に浸《ひた》しておいた。いっそう強度を加えるためだ。おれが先に登るから、すぐあとからついて来い」

ネメディア人は、ロープに手をかけると、膝をからめて登りはじめた。その巨体から受ける無器用な感じをまったく裏切って、猫のような敏捷《びんしょう》さで登っていく。キンメリア人もあとにつづいた。ロープはしきりと揺れたが、ふたりは少しもひるまなかった。ふたりとも、これ以上に困難な登攀《とうはん》を経験したことがあったのだ。頭の上では、塔の頂にめぐらした宝石が燦然《さんぜん》と光り輝いている。それは外壁の垂直面より張り出しているはずだから、ロープは壁面から一フィートほど離れていることになる。そのためか、登攀は案外と容易だった。

無言のまま登りつづけるうちに、視界にはいる街の灯がどんどん拡がっていき、頂をとり巻く宝石の光がいよいよまばゆく、満天の星の輝きも薄れて見えるくらいだった。ついにタウルスは手を伸ばして頂《いただき》の縁《ふち》をつかみ、躰《からだ》を引き揚げて乗り越えた。コナンもあとにつづいたが、目もくらむ光輝を放つ巨大な宝石群に魅せられて、一瞬、ぴたりと動きを止めた。星々のようにびっしりと銀にはめこまれた宝石類——ダイヤモンド、ルビー、エメラルド、サファイア、トルコ石、月長石。遠くから見れば、さまざまな光輝が混じりあって、白一色の脈打つ光となっている。ところがいま、こうして近くで見れば、その一個一個が百万の虹色の光を放っており、そのきらめきで眠りに誘いこまれそうだった。

「驚いたな、タウルス。これだけあれば、一生遊んで暮らせるだろう」

コナンが小声でいった。だが、ネメディア人はいらだたしげに、

「おいおい！　おれたちの狙いは〈象の心臓〉だ。あれさえ手にはいれば、この宝石も、そのほかの財宝も、おのずとおれたちのものになる」と答えた。

コナンは光り輝く縁を乗り越えた。塔の頂上は宝石をはめこんだ側壁よりも数フィート下にあり、平坦で、なにか青黒い材料を敷きつめ、あちこちに黄金が鏤《ちりば》めてある。それが星の光をとらえたところは、サファイアの一枚板の上に輝く砂金をばら撒《ま》いた感じだった。ふたりが侵入した場所とは反対側にあたる地点に屋上建物が見えているが、規模はひと部屋程度のもので、塔の外壁と同じに銀色に光る材料を用いて、比較的小型の宝石で図案がほどこしてある。扉はひとつきりだが、これは黄金の板で、表面に魚鱗《うろこ》状の刻み目を入れ、そこにはめこんだ宝石類が、氷のような光輝を放っている。

コナンは下界に拡がる灯火の海へ目をやってから、その視線をタウルスに移した。ネメディア人はロープを引き揚げ、輪に巻いているところだった。そして彼は、鉤がくわえていた個所をコナンに示した。縁の内側の光り輝く巨大な宝石のすぐ下が、数分の一インチほどくぼんでいる。

「これもまた、おれたちの幸運だった」ネメディア人は声をひそめていった。「おれたちふたりの目方がかかって、よくもこの宝石が飛び出さずにいてくれたよ。さあ、ついてこい。これからが本物の冒険のはじまりだ。いわばおれたちは、毒蛇の巣にはいりこんだわけで、相手がどこにひそんでおるか、わからんのだからな」

獲物《えもの》に忍びよる猛虎《もうこ》さながら、ふたりは暗い光輝を放つ床を、燦然ときらめく黄金の扉へ近づいていき、その前で足を止めた。タウルスの要領を心得た手が、用心深く扉板を押した。思ったより簡単に開いたので、ふたりは身がまえてのぞきこんだ。ネメディア人の肩越しに見えたその部屋は、壁面、天井、床のいたる個所に鏤めた大きな宝石が白色に照り輝き、灯火の代わりを務めているのだった。ただ、生きている者の姿だけがなかった。

「逃げ出すときの用心に」とタウルスがいった。「おまえ、縁をひとまわりして、下界をのぞいてこい。庭に兵士がうろついておるとか、怪しい気配がしたら、すぐに知らせにもどって来い。おれはそれまで、この部屋で待っておる」

理由にならぬ理由なので、相棒を疑う気持ちがわずかながらに芽生えたが、コナンはいわれるままに行動した。彼がその場を離れたと見ると、ネメディア人は部屋にすべりこんで、扉を閉めた。コナンは塔の頂を一周したが、海のように拡がった樹木の葉が波打っているだけで、懸念しなければならぬ動きは見られなかった。黄金の扉へもとりかけたとき、不意に屋上建物の内部で、断末魔の叫びに似た悲鳴があがった。

キンメリア人ははじかれたように駆けよった――と、輝く扉が勢いよく開き、冷たい光を背後から浴びて立っているタウルスの姿が見えた。躰を揺すって、唇を開いたが、喉からは乾いた音が飛び出しただけだった。タウルスは黄金の扉をつかんで躰を支え、屋上によろめき出ると、喉もとを掻きむしりながら頭から倒れた。その背後で、扉がさっと閉まった。

コナンは追いつめられた豹さながらにうずくまって、扉の閉まる直前、わずかの隙間から部屋の内部に視線を送ったが、倒れたネメディア人の背後にはなにも見えなかった――ただし、光線のいたずらでなければ、宝石のきらめく床を、矢のようなすばやさで影が走ったのかもしれない。タウルスのあとを追って屋上に出てくるものはなかった。コナンは相棒の上にかがみこんだ。

　ネメディア人の目はすでに光を失って、瞳孔《どうこう》が拡がっていたが、なぜかひどい困惑の色が残っていた。タウルスは両手で喉を掻《か》きむしり、口から泡を吹きつづけたが、急に全身を硬直させた。それが死の訪れであるのを、驚き顔のキンメリア人は見てとった。そして、どんな方法で凶手が襲ったのか、タウルス自身、知らないまま死んでいった気がしてならなかった。コナンは疑惑の表情で、謎めいた黄金の扉を睨みつけた。壁に宝石を鏤めた無人の部屋で、死の魔手が盗賊の王者を襲ったのだ。しかも、彼が庭のライオンにもたらした凶運にも匹敵する迅速《じんそく》で、謎めいた方法で。

　未開人の若者は、半裸の死骸を慎重に手で探って、傷痕《きずあと》をみつけようとした。だが、それらしいものといっては、両肩のあいだ、牡牛《おうし》のように太い首の付け根に、釘を深く肉に打ちこんでから引きぬいた痕《あと》のようなものが三つあるだけだった。その傷のへりが黒ずんで、かすかな腐敗臭を発散させている。毒を塗った吹き矢だろうか？　しかし、そうだとしたら、矢が傷口に残っているはずである。

　用心しながら、コナンは黄金の扉に忍びよって、そっと押しあけ、なかをのぞきこんだ。あいかわらず室内は無人のままで、数知れぬ宝石の脈打つ光を冷たく浴びていた。ふと気づいたのだが、天井の中央に異様な図案がある——黒い八角形で、その中心に四個の宝石が赤い光をきらめかして、室内の宝石が白色の光を放っているのと、きわだった対照を示していた。正面の壁面にもうひとつ同じ形の扉があるが、それには魚鱗《うろこ》状の刻み目が入れてなかった。死の魔手が出現したのは、あの扉からであろうか？　犠牲者を屠《ほふ》り去ると、同じ経路をとって消え失せたのであろうか？

背後の扉を閉めて、キンメリア人は室内へはいりこんだ。裸足《はだし》のことで、水晶の床を踏んでも足音を立てなかった。そこには椅子もなければテーブルもなく、奇妙な蛇の模様を織り出し、金糸《きんし》で刺繍した絹張りの床几《しょうぎ》が三、四脚と、銀縁でかがったマホガニー材の箱が何個か見られるだけである。がっしりした黄金の錠前で閉じられている箱もあるが、彫刻をほどこした蓋《ふた》をあけ放したものもあって、無造作に押しこんだ宝石の山が、キンメリア人の目をみはらせた。コナンは驚きの声を低く洩らした。今夜はすでに、この世に存在すると想像していたのを上まわる富を見せつけられている。とすれば、彼の狙う〈象の心臓〉の価値は、いかほどのものであろうか。それを考えただけで、眩暈《めまい》がする思いだった。

いま彼が部屋の中央に、身をかがめ加減にして注意深く頭を突き出し、剣をかまえた姿勢をとっているところに、またしても死の魔手が音もなく襲いかかってきた。飛ぶものの影が光り輝く床の上をよぎったのが、唯一の警告であった。本能的に横っとびに飛んだことで、かろうじて死を免《まぬか》れた。ちらりと目に映ったのは、毛むくじゃらの黒い怪物だった。それがよだれにまみれた牙を噛みあわせながら、さっと彼をかすめ過ぎた。と、なにかが彼の裸の肩に飛び散り、たちまち灼《や》けるような痛みが走った。地獄の劫火《ごうか》が、しずくとなってしたたり落ちたのであろうか。背後に飛び退《の》き、剣をかかげると、怪物は床を蹴って旋回し、驚くべき速さで襲いかかってきた。その正体は、悪夢のなかでだけ見る巨大な黒蜘蛛であった。

大きさは豚ほどもある。八本の毛だらけの太い肢《あし》を床に匍《は》わせ、猛然と突進してくる。邪悪の光を放つ四個の目が、怖ろしい奸智《かんち》をあらわし、牙から毒液がしたたる。怪物が襲いかかり、獲物を逃したとき、その数滴が跳ね散っただけで肩に灼けつくような疼痛《とうつう》が走ったのだから、即座に死をもたらす劇毒であるのは疑うべくもない。天井の中央に糸を張った巣からネメディア人の首に降ってきて、彼を殺したのはこいつだったのだ。階下と同様、階上の部屋も固く守られていることに思いいたらなかったとは、なんと迂闊《うかつ》であったことか！

このような考えが、怪物の襲来を目前にした瞬時のうちに、コナンの心をよぎった。飛び跳ねて襲撃を避けると、相手もまた彼の足もとで旋回して、攻撃をくり返した。こんど彼は横に飛んで突進を避け、猫のような敏捷さで斬り返した。長剣が毛むくじゃらの肢の一本を斬り飛ばし、ふたたび彼は命拾いをした。一方、怪物は彼のはすかいへ移動し、悪魔のように牙を鳴らした。だが、追撃はしてこず、身をひるがえすと、水晶の床を急いで横切り、壁から天井へと駆けあがった。一瞬そこに張りついた形で、敵意にぎらつく赤い目で彼を見おろした。だが、そのあとまたなんの前触れもなく、灰色の粘液を尾に曳《ひ》きながら飛びかかってきた。

コナンは一歩身を引いて、飛来してきた躰を避けようとした――と、つぎの瞬間、とっさに身をかがめ、飛んで来るロープに似た蜘蛛の糸にからめとられるのを間一髪のところで免れた。怪物の意図を察しとり、扉へ向かって走ったが、相手のほうが俊敏だった。ねばねばする糸を扉に投げかけ、彼を囚人に変えてしまったのだ。コナンは剣で糸を切り払おうとはしなかった。そんなことをしたら、この粘着性の物質は刀身にからみつく。そうなったら、払いのけているあいだに、敵の毒牙《どくが》が背中に食いこんでいるに相違ない。

つづいて生命を賭《と》した闘争がはじまった。人間の知恵と敏捷さが、巨大蜘蛛の邪智《じゃち》と速度に拮抗《きっこう》した。もはや毒蜘蛛は、床を横切って直接の攻撃をかけるとか、空中を飛来して躰を打ちつけてくるといった方法はとらなかった。天井と壁面を匍いまわり、ねばっこい灰色の糸を投げかけることで彼を捕捉しようと計っている。糸の輪が、悪魔のような正確さで襲ってくる。太さはロープほどもあって、いったんからみつかれたが最後、手足の自由が完全に失われる。必死の努力で切り離すことができたにしろ、それより先に怪物の毒牙にかかるのは必定《ひつじょう》だった。

室内狭しと悪魔の舞踏が継続した。人間の吐く荒い息づかい、照り輝く床をこする裸足の音、カスタネットさながらにカタカタと鳴る怪物の牙、そのほかは完全な無音だった。灰色の糸が輪になって床に散乱し、壁に張りめぐらされ、宝石箱と絹張りの床几を覆い、宝石をはめこんだ天井から花綱《はなづな》のように垂れ下がっている。鋼鉄の罠のようにすばやい目と筋肉のおかげで、コナンは糸に触れずにすんでいたものの、ねばつく輪の間近を通るたびに、裸の皮膚をかすめるのだった。いつまでも避けられるものでない——彼にもそれはわかっていた。天井から垂れ下がる糸に目を配るばかりでなく、床に散乱した輪からも目を離すことができない。さもなければ、足をとられてしまうだろう。遅かれ早かれその粘着力のある輪が大蛇のようにからみつき、彼を一個の繭《まゆ》に変えて、怪物のなぶりものとしてしまうであろう。

毒蜘蛛は床を縦横に走りはじめた。灰色の太糸を尻から吐きながら接近してくる。コナンは高く跳躍し、床几を飛び越えようとした。敵もまた旋回して、壁を駆けあがったが、その吐き出した糸が、生き物のように床から跳ねて、キンメリア人の足首にまつわりついた。彼は倒れながらも両手でかろうじて躰を支え、蜘蛛の糸から必死に身をふりほどこうとした。だが、それはしなやかな万力《まんりき》、あるいはからみついた大蛇のように肌を締めつけてくる。毛むくじゃらの悪魔も壁面から舞い降りて、捕獲の成就《じょうじゅ》を意図するように見えた。猛《たけ》り狂ったコナンは、宝石箱のひとつに手をかけ、全身の力をこめて投げつけた。さしもの怪物も意表を突かれた。黒い肢を枝のように拡げているところの中心に、宝石箱は大きな投げ矢となって命中し、さらには壁にぶつかり無気味な音を立てた。血と青黒い粘液が飛散し、押しつぶされた毒塊《どくかい》が、砕けた宝石箱もろともに床の上に落下してきた。床いっぱいに散乱した宝石のきらめくなかに、潰れた黒い躰が横たわり、毛むくじゃらの肢がむなしく動き、死んでゆく目が、燦然と輝く宝玉のさなかで赤い光を放った。

コナンは周囲を見まわしたが、ほかに怪物の出現する気配もないので、蜘蛛の糸を払いのけにかかった。足首と両手にからみついているそれは、驚くほどのねばり強さであったが、どうにかふりほどくことに成功すると、剣を拾いあげ、床に転がる灰色の糸の輪を避けながら奥の扉へ向かった。扉の向こうにどんな危険がひそんでいるかは知りようもない。だが、キンメリア人の血は沸き立っていた。ここまで来て、こうまで怖ろしい苦難を克服したからには、このあとなにがあろうと、この冒険を最後までやり通さずにはいられぬ気持ちであった。このきらびやかな部屋には、無数の宝石類がいとも無造作に散乱しているが、彼のめざす品は、この程度のものではないはずなのだ。

奥の扉にからみつく蜘蛛の糸をとり除くと、その扉もやはり鍵がかけてなかった。階下の兵士たちは、いまだに彼の闖入《ちんにゅう》に気づいていないのだろうか。ともあれ、ここは兵士たちの頭上をはるかに離れた高い位置にある。そして世人の噂が正しいとすれば、兵士たちは塔上層の異様な物音には慣れっこのはずだった。無気味な音や、苦悶のうめきや、戦慄の悲鳴は毎度のことなのだ。

ただし、悪神官ヤラのことは念頭を離れず、黄金の扉をあけたときも、不安な気持ちがなかったといえば嘘になる。しかし、扉の向こうでは階下へ通じる銀の階段が、光源も定かでない薄暗い光を浴びているだけだった。彼は剣を握りしめ、足音も立てずに降りていった。どこからも物音は聞こえてこない。やがて、血玉髄《ブラッドストーン》で縁どった象牙の扉の前に出た。耳を澄ましたが、内部は沈黙を守り、扉の下から幾筋かの煙がものうげに流れ出ているだけだった。キンメリア人にはなじみのない風変わりな異国風の匂いを含んでいる。銀の螺旋階段はさらにつづいて、薄闇のなかに消えているのだが、その暗がりからも音らしいものはのぼってこなかった。亡霊とあやかしの群れに占拠された塔内に、自分ひとりがとり残されたのであろうか、と彼は身の毛がよだつ思いに襲われた。

3

用心深く押してみると、象牙の扉は音もなく開いた。ちらちらと光っている入口に立ち、コナンは見慣れぬ場所へ来た狼のように内部をのぞいた。闘うにしろ逃げだすにしろ、いつでも対応できる身がまえである。そこは広大な部屋で、丸天井は黄金、四方の壁は碧玉《へきぎょく》、床は象牙で、ところどころが厚い絨毯《じゅうたん》に覆われていた。黄金の三脚台の上、青銅の香炉《こうろ》から、例の異国風の匂いを含んだ煙が立ちのぼっている。三脚台のうしろ、大理石の長椅子状のものの上に偶像が鎮座している。コナンは思わず目をみはった。その像の胴体は人間、裸の全身が緑色に塗りあげてある。しかし、頭部は悪夢や狂気のなかでしか見られぬものであった。躰《からだ》にくらべて大きすぎるばかりか、人間の様相をまったく欠いているのだ。大きく張り出した耳、巻きあがった長い鼻、その両側から生えている白い牙。その先端には黄金の球がはまっている。目を閉じている姿は、あたかも眠っているかのようである。

ならば、これこそが象の塔という名前の由来なのだ。その偶像の頭部は、彼がシェム族の旅商人から話を聞いた動物のそれとそっくりなのだから。これがヤラの崇《あが》める神。してみると、〈象の心臓〉と呼ばれる宝玉が、この偶像の内部に秘められているのは疑いない。

コナンは微動もしない偶像に目を据えたまま近づいていった。すると、偶像の目が突如として開いたのだ！　キンメリア人は立ちすくんだ。これは偶像ではなかった——生きている！　またしても罠に落ちたのか！

彼が殺戮の狂気にとらわれて、性急な行動に出なかったのは、大きすぎる恐怖に全身が痺《しび》れ、動きの自由が失われたからである。文明国の人間が、いまの彼の立場におかれたとしたら、自分の頭がおかしくなったのだと結論して、気やすめに逃れたことであろう。しかしキンメリア人は、おのれの感覚を疑う気持ちになれなかった。いま、古き世界の悪霊と向かいあっている。その実感が、彼の五官から視覚以外のすべてを奪い去っていた。

象は長い鼻を持ちあげ、しきりとそこらを探っている。黄玉《おうぎょく》の目は前方をみつめているが、そのうつろな色に、コナンはこの怪物が盲目であるのを知った。そうとわかると、凍りついていた神経がゆるんだ。音を立てずにあとずさりして、扉へもどりかけたが、怪物には聞こえたらしい。敏感な鼻を彼に向けて伸ばした。またしても恐怖がコナンをとらえたとき、その生き物が口をきいた。口ごもりがちな異様な声で、高さや音質が少しも変わらない。顎《あご》の構造が、人間の言語をしゃべるようにできていないのだ、とキンメリア人にはわかった。

「だれだ、そこにいるのは？　ヤラだな？　また、わしを苦しめにきたのか？　いくらいじめたら、いじめ足りる？　ああ、ヤグ・コシャよ！　おまえの苦しみに、終わりはないものか？」

視力のない目から涙がこぼれ落ちた。コナンの視線が、大理石の長椅子に載っている手足へそれた。すると、怪物が立ちあがって襲撃してくることはないと知れた。拷問の痕《あと》や、焼き鏝《ごて》を押しつけた痕は見ればわかる。滅多なことには動じぬ彼であったが、愕然《がくぜん》としてみつめるうちに、かつては五体満足だったものが、目をそむけたくなるほどに歪《ゆが》められているとわかってきた。すると、コナンの心をとらえていた恐怖と嫌悪が忽然《こつぜん》と消え去って、憐《あわ》れみの情が湧きあがってきた。コナンはもとより、この怪物の正体を知るわけもなかったが、古難の痕のむごたらしさを見せられては、彼自身が理由のわからぬ不可思議な哀しみのとりことなるのだった。自分の目にしているものが宇宙的な悲劇だという気がしてならず、恥ずかしさのあまり身がすくんだ。あたかも、全人類の罪をおのれひとりが背負いこんだかのように。

「おれはヤラでない」コナンはいった。「盗みにはいりこんだ者で、おまえを傷つける気なんかありはしない」

「そばへ寄ってくれ。さわらせてはもらえぬか」

生き物は口ごもりながらいった。コナンは躊躇《ちゅうちょ》することなく近づいていった。剣を手にしているのも忘れていた。鋭敏な鼻が伸びてきて、盲人が手探りをするように彼の顔と肩とを撫でまわしたが、その軽い感触は女の手を思わせた。

「たしかに、ヤラの仲間とちがう。悪魔の一族ではないな」怪物は溜息とともにいった。「おまえの躰には、曠野《こうや》の清浄なきびしさがただよっておる。わしはずっと昔から、おまえたちの仲間を知っておる。遠い遠い昔、別の世界の民が星まで届く宝石の塔を築いたころ、別の名前で知っておったのだがな。おや、おまえの指に血がついておるな」

「この上の部屋で毒蜘蛛を、庭でライオンを殺してきた」とコナンが小声でいった。

「今夜のおまえは、人間も殺したはずだ」と相手が応じた。「この塔の上で人殺しがあったのを、わしは知っておる。感じとったのだ」

「そのとおりだ」コナンは答えた。「屋上に盗賊の王が死んで横たわっている。しかしそれは、毒蜘蛛に咬《か》まれたからだ」

「そうであろう――わかっておるとも」人間離れした異様な声が、低い詠唱の響きを帯びてきた。「今夜は街の居酒屋で人殺しがあった。この屋上でも人殺しがあった。わしにはわかっておる。感じとれた。そして、つぎに行なわれる第三の殺人が、奇跡をあらわすことになろう。ヤラでさえ想像もできん奇跡――解放の奇跡を！　おお、ヤグの緑の神々よ！」

そこでまた涙がこぼれ落ち、責め苛《さいな》まれた肉体が、感情の変化につれて前後に激しく揺れた。コナンは呆然とみつめていた。

やがて激情が鎮《しず》まった。怪物は視力を欠いたおだやかな目をキンメリア人に向けて、長い鼻でさし招いた。

「わしのいうことをよく聞くがよい」異様なものがいった。「わしは醜《みにく》く、無気味に見えるであろうな？　いや、返事にはおよばん。いわんでもわかっておる。しかし、この目が見えたら、おまえの姿がわしには異様に見えるはずだ。この地球のほかにも世界がたくさんあって、そこの生物は、それぞれ異なった姿をしておる。わしにしてからが、神でなく、悪霊でなく、おまえと同様、血と肉をそなえた生き物だ。だが、ある部分、躰の組織がちがっておるし、形もまた、ちがった鋳型《いがた》で作られておる。

曠野の国に生《お》い育った若者よ。わしは非常な老齢なのだ。遠い遠い昔に緑の星から、仲間といっしょにこの惑星を訪れた。わしらの星はヤグと呼ばれて、この宇宙の外辺を永遠にめぐっておる。わしらはそこから力強い翼で、光より高速に宇宙空間を飛行してきた。それというのも、ヤグの王たちと争って敗れ、追放されたからだ。しかし、祖国へは二度と帰ることができなくなった。地球上で翼が萎《しな》びきって、肩から落ちてしまったのだ。わしらは地球の生物とは離れて住むことにした。当時は、奇妙な形状の怖《おそ》ろしい生物が地球上を歩きまわっておって、それらを相手に闘いをくり返すうちに、わしらは怖れられるようになった。おかげで棲家《すみか》に選んだ東方の仄暗い密林で静かに暮らせるようになった。

やがて人間と呼ばれる種族が、猿のあいだから生い育ち、ヴァルシア、カメリア、コモリアといった光り輝く都邑《とゆう》を造りあげるにいたった。しかし最初は、アトランティス、ピクト、レムリアなど、彼らより古い種族の攻撃を受け、四苦八苦のありさまだった。そのうちに大洋の波が溢《あふ》れあがり、アトランティスとレムリア、ピクト人の島々、そのほか古代文明の栄耀《えいよう》を誇った都邑を呑みこんでしまった。ピクトとアトランティスの生き残りが石器文明に後退した帝国を築いたが、血みどろな戦闘の連続で、これもやはり滅びることになった。ピクト人は底知れぬ野蛮の深みへと沈み、アトランティス人にいたっては猿人に返ってしまった。すると北極あたりに新しく発生した蛮族《ばんぞく》どもが、大波のように南下してきて、つぎの時代の文明を築きあげた。これがいま栄えておるネメディア、コト、アキロニアなどの新王国だ。そのほかにも、かつてはアトランティス人であった猿人の住むジャングルから、新たな名の種族が——つまりはおまえたちのことだが——勃興《ぼっこう》してきた。それにまた、大洪水に生き残ったレムリア人の子孫が、長いあいだの野蛮人の状態から立ちあがり、ヒルカニア人と名乗って西方へ押しよせてきた。もうひとつ、アトランティスが海の底に沈む以前に、古い文明を誇っておった種族がある。悪魔のような人間どもで、この生き残りがいまいちど文化と勢力を育てあげた——呪われたこの土地、ザモラ王国がそれなのだ。

そのすべてを、わしらは目にしてきた。いずれかの種族に手を貸して、永劫《えいごう》不変の大宇宙の法則を曲げることはしなかった。そしてわしらは、ひとりまたひとりと死んでいった。わしらヤグの星の生物も不死ではない。もっとも、わしらの寿命は惑星や星座の寿命に近いのだがな。ついには、わしひとりが残ることとなり、キタイの国の密林の奥、荒廃した神殿の内部に、黄色の皮膚をした古い種族から神として崇められ、遠い昔を夢見ながら余生を保っておった。そこへヤラが訪ねてきた。アトランティスが水底に沈む以前、地球の全土が未開状態にあったころから伝えられた暗い知識に精通していたからだ。

はじめはあの男、わしの足もとに坐って、天体ヤグの知恵を学んだ。しかし、わしの教えるものに満足しなかった。わしのそれは白い魔法で、やつが望んでおったのは、王たちを奴隷《どれい》にし、よこしまな野望を充《み》たすための悪の呪術であったからだ。わしとしても、永劫の時を通じて、意に染まぬ黒い秘法を学ばなかったわけではない。だが、それを教える気は毛頭ありはせなんだ。

ところが、あれの知識は思いのほか深かった。常闇《とこやみ》の国スティギアの闇に包まれた埋骨所《まいこつ》で、狡猾《こうかつ》きわまりない手管《てくだ》を身につけておったのだ。わしを罠にはめて秘法を盗みとるや、わし自身の力でわしを呪縛《じゅばく》し、奴隷の境遇におとしいれた。おお、ヤグの神々よ、その日からこちら、わしの杯《さかずき》がいかに苦い酒に満ちておったことか！

わしはあやつの手でキタイのジャングルから連れ出された。あそこでは、黄色の皮膚を持った僧侶たちの笛に合わせて灰色の猿たちが踊り、わしの住む寺院の壊れた祭壇に果物と酒を供《そな》えにきたものだ。いまのわしは、密林内の心優しい種族の神でなく――人間の形をした悪魔の奴隷なのだ」

またしても涙が、めしいた目から流れ落ちた。

「わしはこの塔内に閉じこめられた。塔そのものが、あの男の命令で、わしが一夜のうちに造りあげたものなのだが。それからというもの、わしは火と拷問によって、あやつのいいなりになってきた。この世のものならぬ責め苦。それがどんなものであったか、おまえにはとうてい理解できるものではない。かなうものなら、苦悶のなかで、わしはとうの昔にみずからの命を絶っていたであろう。しかし、あやつはわしを生かしつづけた――わしの手足を潰し、盲目にし、骨を折り――あやつの不浄な命令に従わせてきた。わしは三百年にわたり、この大理石の寝椅子の上から、あやつの命令を実行し、宇宙規模の罪で魂を黒く染め、知恵を罪悪で汚してきた。そうするしかなかったのだ。だからといって、わしの古代の秘密の洗いざらいを奪いとられたわけではない。最後には、〈血と宝玉〉の魔法を贈ってやることになろう。

どうやら、その最後のときが近づいたようだ。そしておまえが、わしにとっての運命の手だ。おまえに頼みたい。祭壇の上に宝玉が見えるだろう。あれをとって欲しい」

コナンは、怪物の示す黄金と象牙の祭壇をふりむき、深紅の水晶さながらに透き通った巨大な宝玉をとりあげた。なるほど、これが〈象の心臓〉か。

「これで偉大な魔法を行なえる。この地球上では、かつて見たためしがなく、こののち、百万年の百万倍のそのまた百万倍の永い後世まで、あらわれることのない力強い魔法だ。わしの生ける血によって、広大無辺《むへん》の青い宇宙空間で夢を見ていたヤグの緑の胸に生まれた血によって、その力を呼び出すのだ！

若者よ、おまえの剣でわしの心臓を切りとれ。その血を絞り出し、紅い宝玉に注ぎかけよ。つぎに、そこの階段をくだり、黒檀《こくたん》の部屋へ行け。そこにヤラが、蓮《ロートス》のもたらす邪悪な夢に浸っておる。名を呼べば、目を醒ますであろう。目醒めた彼にこの宝玉を突きつけ、こういえ。『ヤグ・コシャが最後の贈りものと最後の魔力をあたえる』とだ。そのあと、急いでこの塔を立ち去るがよい。怖れることはないぞ。行く手は開け、妨げるものなどありはせん。人間の生《せい》とヤグのそれとは別種のもの、人間の死とヤグのそれもまったく異なる。手足を折られ、盲目にされたこの肉体という檻から自由になれば、わしはふたたびヤグのヨガとなる。輝く朝の冠《かんむり》をいただき、翔《と》ぶことのできる翼を、踊ることのできる足を、見ることのできる目を、壊すことのできる手をとりもどせるのだ」

コナンは心の定まらぬままに、ヤグ・コシャ、またの名をヨガに近よっていった。そのためらいを感じとったかのように、相手はここを斬《き》れと示した。コナンは歯を食いしばり、剣を深く突き刺した。血が刀身から彼の手へ流れ落ちた。怪物の躰が痙攣《けいれん》しはじめたが、やがて仰向けに倒れると、微動だにしなくなった。生命が――少なくとも、彼が理解する意味での生命が――去っていったと確信すると、コナンは無気味な仕事にとりかかった。怪物の胸の内部を探って、心臓と思われる臓器をすばやくつかみ出した。これまでに見た心臓のいずれとも奇妙にちがっていたが。いまだに脈打っている臓器を光り輝く宝玉の上にかかげ、両手で強く絞りあげると、血液の雨が降り注いだ。すると、驚いたことに、宝玉の表面を伝って流れ落ちるのではなく、海綿に吸われる水のように、内部に沁《し》みこんでいくのだった。

宝玉をそっと持ちあげ、彼はその奇怪な部屋を出て、銀の階段へ向かった。背後をふり返りはしなかった。大理石の寝椅子の上の肉体に、ある種の変容が生じつつあるのを本能的に感知したが、それにもまして感知したのは、人間の目が見てはならないということだったからである。

彼は象牙の扉を閉め、躊躇することもなく銀の階段をくだった。怪物の指示を無視するという考えは脳裏に浮かばなかった。黒檀の扉の前で立ち止まり、扉板の中央に嘲笑《あざわら》う銀のしゃれこうべがはめこまれているのを見た。押しあけて、黒檀と黒玉の部屋をのぞきこむと、果たして、黒絹を張った寝椅子の上に痩《や》せさらばえた長身の男が眠りこんでいる。これが邪悪の神に仕える呪術師ヤラか！　まぶたは開いたままで、瞳孔が拡大していた。黄蓮《きはす》の香炉から立ちのぼる煙を浴びて、人知をはるかに超えたところにある夜の深淵をみつめるかのようであった。

「ヤラ！」死の宣告をくだす法官のように、コナンは声をかけた。「目を醒ませ！」

たちまち目が澄みわたり、禿鷹《はげたか》のような残忍な色に変わった。ヤラは絹の長衣《ちょうい》にくるまった長身を起こし、キンメリア人を見おろす形をとると、

「犬め！」とコブラを思わせる声で叱《しか》りつけた。「なにしにきた？」

コナンは黒檀の大テーブルに宝玉をおいて、

「この宝玉を届けにきた。使いの口上《こうじょう》はこうだ――『ヤグ・コシャが最後の贈りものと最後の魔力をあたえる』」

神官ヤラはたじろいだ。浅黒い顔が灰のように蒼《あお》ざめた。宝玉はもはや明るく澄んだものでなく、くすんだ底近くの部分が脈打ち、奇妙な煙が波となって、つぎつぎと色を変えながら、なめらかな表面まで立ちのぼってくる。ヤラは眠りに引きこまれるかのように、テーブルの上にうつぶして、両手で宝玉をつかむと、影の深いその内部に見入った。磁石かなにかの力で、震えおののく彼の魂が、肉体から抽《ひ》き出されてゆくかのようだった。コナンは自分の目を疑った。寝椅子から起きあがったときのヤラは見あげるような長身であったのに、いまはその頭が彼の肩あたりにあるのだ。とまどって目をしばたたき、その夜はじめて、おのれの五官を疑った。と、驚きのうちに彼は悟った。悪神官はしだいにちぢんでいく――彼の目の前で、小さく小さくなってゆくのだ、と。

舞台の上を観ている気持ちで目を注いでいたが、ついにコナンは非現実感に圧倒され、おのれ自身の存在にさえ確信を持てなくなった。ただひとつわかっているのは、地球の外の広大な宇宙には、彼の理解を絶する力が存在し、その証拠がいま眼前に現出しているという事実だけであった。

いつかヤラは小児《しょうに》ほどの大きさになり、さらに嬰児《えいじ》の姿をとり、テーブルの上で手足を拡げていた。それでも、宝玉は握りしめたままでいる。そのうちに呪術師は、この運命のよってきたるところに気づいたものか、やにわに跳《は》ね起きると、宝玉から手を離した。それでも五体の収縮はとどまろうとしない。いまは豆粒ほどの大きさに変わり、狂気のさまで黒檀の卓の上を駆けまわり、小さな腕をふり、蚊の鳴くような金切り声をあげている。

ついに、ちぢみにちぢんだその姿に比較して、宝玉が小山にも見える状態となった。悪神官は、宝玉のきらめきを避けるかのように両手で日を覆い、狂人さながらによろめきつづけた。宝玉の持つ目に見えぬ磁力が、彼を惹《ひ》きつけてやまないらしい。すでにその周囲を猛然と三回まわった。回を増すたびに、輪が小さくなっていく。ヤラは二度とも必死に向きを変え、卓の端まで走ろうとした。とそのとき、両腕を高くかかげると、観察者の耳にようやく届く小さな悲鳴をあげながら、きらきら光る球体めざして、まっしぐらに駆けていった。

コナンが身をかがめてのぞきこんでいる前で、ヤラは宝玉のつるつるすべる湾曲した表面をよじ登りはじめた。ガラスの山をよじ登るのと同じ難行苦行の末、悪神官はどうにかその頂《いただき》に立った。そこでまた両腕をふりあげ、神々しか知らない忌まわしいものの名を呼び、救いの手を求めていたが、突如としてその躰が宝玉の中心部へと吸いこまれていった。人が海底に沈むのと同じ状態で、煙のような波が湧きあがり、その頭上を覆い隠した。だが、そのすぐあと、深紅に染まる宝玉の中心部が澄明《ちょうめい》にもどり、はるか遠方から見るように、ちぢんだ豆粒ほどの彼の姿がいまいちど見えてきた。つづいてそこに、緑色の輝く翼を持つ人身象頭のものがあらわれた——もはや盲目でなく、足萎《あしな》えでもない。

悪神官ヤラは両腕をふりあげ、狂人のように逃げまわるが、復讐者はぴったりあとについて離れようとしない。と、巨大な宝玉そのものが、泡がはじけるように、七色の光彩を放つ虹となって消失し、黒檀の卓の上は、なにひとつなくなっていた。そして、どういうわけかコナンにはわかった。階上の部屋におかれた大理石の寝椅子、あのヤグ・コシャ――あるいはヨガ――と呼ばれる宇宙を越えてきた異様な存在の躰が横たわっていたところもまた、同様に空虚なものと変わっていることが。

キンメリア人はふりむいて、その部屋から逃げ出した。銀の階段を駆け降りたが、頭が混乱していたこともあって、塔から脱出するには、侵入したのと同一の経路をとるべきことに思いおよばなかった。影の深い銀の螺旋《らせん》階段をくだり、輝く階段を降りきったところが、かなりの大きさの広間になっていた。彼はつかの間足を止めた。そこは兵士たちの詰所《つめしょ》であった。銀の胴鎧《どうよろい》がきらめき、宝石入りの剣の柄《つか》が光っている。兵士たちは酒宴《しゅえん》をもよおしていたものと思われるが、いまはだらしなく身を投げ出し、垂れた頭の上に冑《かぶと》の前飾りが揺れ、周囲の酒の染《し》みに汚れた瑠璃《るり》の床には、さいころだの酒杯だのが散らばっている。全員が死んでいるのだ――彼にはそれがわかった。約束は果たされた。予言は実現したのだ。これが呪術であるか、魔法であるか、あるいはまた、緑の翼の投げかける巨大な影が騒々しい酒宴を静まらせたのか、コナンには知るよしもなかったが、脱出の道に危険がなくなっているのは明白であった。銀の扉が開いていて、白みかけた暁方《あけがた》の空をのぞかせていた。

木《こ》の葉《は》のざわめく庭に出たキンメリア人は、夜明けの風が運んでくる灌木《かんぼく》の茂みの冷たい芳香《ほうこう》を吸いこむと、夢から目醒めた男のように歩きだした。しかし、不安げにふり返って、出てきたばかりの奇怪な高塔を仰ぎ見た。いまのいままで、魔法の呪縛にとらわれていたものか、妖術のとりこになっていたものか、ないしは、すべての出来事を夢に見ていたものか……。見あげると、高塔の宝石を鏤《ちりば》めた頂が、明るさを増しつつある暁方の赤い光に照り映えながら大きく揺れている。と、つぎの瞬間、それは大音響とともに崩壊して、光りきらめく破片の山と変わっていた。

石棺《せっかん》のなかの神

The God in the Bowl

夜警《やけい》のアルスは震える手に弩《いしゆみ》を握りしめた。全身にじっとりと玉の汗が浮かんでくるなか、磨きあげた床に手足を拡げて横たわる醜悪《しゅうあく》な死体をみつめた。彼でなくても、真夜中の人けのない場所で、《死》に出遭《であ》うのは、身の毛のよだつ思いである。

アルスが立っている広い回廊には、各所に壁龕《へきがん》が切ってあり、大蠟燭《ろうそく》が焔《ほのお》をあげている。壁龕と壁龕のあいだは、黒ビロードの壁掛けが覆い、壁掛けの切れ目には、交差した剣や楯《たて》のたぐいを飾ってあるが、そのどれもが異形なものであった。そのほかにも、ここかしこに奇怪な姿の神像が据えてある――石を彫ったもの、珍木《ちんぼく》を刻んだもの、青銅、鉄、銀などの金属を鋳《ふ》いたもの――それが、黒光りするマホガニー材の床の上に、朦朧《もうろう》とした影を落としている。

夜警のアルスは身震いをした。雇われて数カ月になるが、彼はまだこの建物に慣れていなかった。途方もなく風変りな構造で、世界各地の珍奇な品々を収集した博物館であるが、世間ではカリアン・プブリコの聖堂と呼んでいた。そしていま、アルスは人けのない真夜中に、広大な廊下の静寂のなかに立って、手足を拡げて横たわる死体を見おろしているのだが、これがこの聖堂の所有者、富と権力を誇るカリアン・プブリコであった。

夜警の鈍重《どんじゅう》な頭脳にも、変わりはてた大富豪の姿は異様すぎるものに映った。いつものカリアン・プブリコなら、金箔《きんぱく》をおいた四頭立ての馬車をパリアン公道に駆らせ、傲然《ごうぜん》と四方を睥睨《へいげい》し、旺盛《おうせい》な生命力をその黒い目にきらめかしている。彼に反感を抱く人々も、いまここに、半壊《はんごわ》れの油樽《あぶらだる》のような恰好で倒れている姿を見て、彼と気づくとは考えられない。豪奢《ごうしゃ》な長衣は引きちぎられ、紫色の胴着もねじくれ、顔が黒ずみ、目は顔から飛び出さんばかり。あんぐりと開いた口から無気味に垂れ下がった舌、むなしく床を引っ掻いたような痕のある肥えた両手。太い指には宝石が燦爛《さんらん》と輝いていた。

「なんで指輪を盗んでいかなかったのかな？」

夜警が不安げに呟いたところに、またしてもぎょっとすることが起きて、首筋の毛が逆立った。多くの出入口を覆っている黒絹の垂れ布のひとつを押しのけ、廊下へはいってきた男がいるのだ。

見るからに頑健《がんけん》そうな長身の若者で、腰布を巻いただけの半裸体に、革紐《かわひも》を足首の上まで巻きつけてサンダルを履き、皮膚は曠野《こうや》の太陽に灼けて、褐色に光っていた。アルスはおどおどしながら、若者の広い肩、厚い胸、太い腕を見た。気むずかしげな広い額からして、ネメディア人でないことがひと目でわかる。乱れた黒髪の下に、沈鬱《ちんうつ》な翳《かげ》の射した険呑《けんのん》そうな青い目。革鞘《かわざや》に収めた長剣を腰に吊るしている。

夜警のアルスは、肌が総毛立《そうけだ》つのを感じて、こわばった手で弩《いしゆみ》を握り直した。問答無用でこの異国人の躰《からだ》に太矢を射こんでやろうかと思ったが、万が一、最初の射撃に失敗して、殺しそこねたときのことを考えると、軽率な行動にも出られなかった。

異国人は、床上の死骸をみつめていたが、驚きというより、好奇の色が強かった。

「なんでこのお方を殺した？」アルスはこわごわ訊いてみた。

相手は乱れた髪の頭をふって、

「おれが殺したんじゃない」と答えた。ネメディア語ではあるが、未開人なまりが耳立った。「で、この男、だれなんだ？」

「カリアン・プブリコさまだ」アルスは尻ごみしながらいった。

とたんに、相手の気むずかしげな青い目に興味の光がさした。

「というと、この建物の持ち主だな？」

「そうだ」アルスはいまや、壁ぎわまであとじさっていた。そして、そこに垂れているビロードの太い紐を握り、力いっぱい引っ張った。外の街路に、けたたましい鐘《かね》の音《ね》が響きわたった。その鐘は、巡邏隊に急を告げるために、店舗と住宅を問わず、どこの家にもそなえつけてあるのだった。

異国人はびっくりして、

「なんて真似をする」といった。「巡邏隊《じゅんらたい》がやってくるじゃないか」

「おれは夜警だぞ、若僧」アルスは勇を奮って叫んだ。「そこを動くな。ちょっとでも動いてみろ、この太矢で、きさまの胸を射ちぬいてくれる」

彼の指が弩の引き金にかかった。見るからに凶悪な四角な鏃《やじり》が、未開人の広い胸もとに狙いを定めた。相手は眉をひそめ、浅黒い顔を下げた。怖れているわけではないが、おとなしく夜番のいうなりになるか、なにか突発的な行動に出るか、迷っている様子だった。アルスは唇を舐めた。異国人の煙《けぶ》った目に、殺人の意図と争っているさまがはっきりと見てとれて、血の凍る思いを味わった。

そのとき扉の開く音と、がやがや騒ぎたてる大勢の声を聞いて、やれ、助かったと深く息をついた。五、六名の男が廊下へ飛びこんできた。異国人はそれを見ると、猟師に囲まれたけもののように、身をこわばらせ、目を光らせた。ひとりを除いて、全員がヌマリア巡邏隊の赤い制服を着て、短剣を帯び、矛槍《ほこやり》を手にしている——先端が鉞《まさかり》になった長柄《ながえ》の武器である。

「これはいったいどういうことだ？」先頭の男が大声に問いただした。冷たい灰色の目と、鋭く締まった顔つきで、この男ひとりが平服《へいふく》を着用し、兵士たちには欠けた威厳の持ち主だった。

「ああ、ミトラの神の名にかけて、デメーリオさま！」アルスが安堵の滲《にじ》む声で叫んだ。「今夜のおれは運がいい。合図の鐘で、こんなに早く巡邏隊が飛んできてくれるし——しかも、あなたまでごいっしょとは！」

「わしはディオヌスといっしょに巡回しておったのだ」デメトリオは答えた。「聖堂の前を通りかかったところ、非常を告げる鐘の音が鳴り響いた。ところで、倒れておるのはだれだ？　おお、聖堂の主人その人じゃないか！」

「さようで」アルスは答えた。「倒れているだけじゃありません。殺されているんです。聖堂内をひと晩じゅう見回るのがわたしの役目で、ご承知のとおり、この建物内には、おびただしい財宝が収集してあるからです。カリアン・プブリコさまは、富裕な後援者を数多くお持ちです——学者、王族、その他、珍奇な品を収集される裕福な方々です。ところで、ほんの数分前、柱廊玄関の扉をあらためましたところ、かんぬきを差してあるだけで、鍵がかけてありませんでした。あの扉のかんぬきは、内と外との双方からかけはずしができるのですが、大きな錠前のほうは、外側だけしかかけられません。

そしてその鍵は、カリアン・プブリコさまおひとりがお持ちなんです。いまもその死体の腰帯にぶら下げてあるのがそれです。

当然ながら、様子がおかしいのに気づきました。カリアン・プブリコさまは聖堂の閉鎖時刻が来ますと、ご自分の手で鍵をおかけになる習わしなんです。それに、きょうは日暮れどきに東側の郊外にあるお屋敷に帰られてから、一度もお姿を見ておりません。かんぬきの鍵はわたしも持っておりますので、扉をあけて廊下を通りかかりますと、このとおり、死体となって転がっておいでした。わたしはぜんぜん手を触れておりません」

「なるほど」とデメトリオは鋭い視線を陰鬱《いんうつ》な異国人に向けて、「で、この若者は？」と訊いた。

「こいつが殺したんです！　疑いの余地はありません！」夜警のアルスは叫びたてた。「この男、あの戸口から出てきました。どこか北方の野蛮人――たぶんヒューペルボリア人かボッソニア人でしょう」

「おまえは何者だ？」とデメトリオが訊く。

「おれはコナンだ」未開人は答えた。「コナンというキンメリア人だ」

「この男を殺したのか？」

キンメリア人は首をふった。

「返事をしろ！」質問者は叱《しか》った。

未開人の暗い翳のある青い目が、ぎらっと怒りの光を放った。

「おれは犬じゃないぞ」と憤慨した声で答える。

「ふん、生意気な野郎だ！」デメトリオの連れである大柄な男がせせら笑った。巡邏隊長の記章をつけている。「野良犬の分際で！　市民の権利を持っておるつもりか？　すぐに吐かせてくれる！　おい、おまえ！　白状しろ！　なぜこのこの方を殺した――」

「まあ、待て、ディオヌス」とデメトリオが制して、「若者、わしはこのヌマリアの都で、審問所の長官を務めておる者だ。どういう理由でここにおるのか、わしに話してきかせたほうが身のためだぞ。人殺しをしたんでなければ、証《あかし》を立てたらどうだ」

キンメリア人はためらった。怖れるわけではないが、少しばかり当惑している様子だ。文明社会の複雑な法制を前にすると、未開人は常にそうなるのだった。その仕組みは、彼にとってはまったくの謎なのである。

「この男が考えておるあいだに」とデメトリオはアルスに向き直って、「おまえの説明を聞いておこう。夕方、カリアン・プブリコが聖堂を出ていくところを見たのかね？」

「見たわけではありません。わたしが巡回をはじめるのは、いつもカリアンさまがお帰りになったあとです。しかし、玄関の大扉にかんぬきし鍵が下りていました」

「カリアン・プブリコが、夜になって出直してきたとしたら、おまえに姿を見られずに建物内にはいることができるのか？」

「もちろん、できますが、そういうことはないでしょう。聖堂は大きいので、一周するのに数分はかかります。カリアンさまが郊外のお屋敷からもどってこられたのなら、道中が長いものですから、もちろん馬車に乗ってこられたはず――カリアン・プブリコさまが徒歩で街をお歩きになるなど、聞いたこともありません。仮にわたしが聖堂の裏手にいたにしても、石畳の道を駆ってくる四輪馬車の音を聞きのがすわけはありません。夕暮れどきに通りを行き交う馬車を別にすれば、今夜のわたしは、一台の馬車も見ていないし、音も聞いてはいないのです」

「玄関の大扉には、宵《よい》のうちに鍵がかけてあったのだな？」

「その点、まちがいありません。どの戸口も、わたしが巡回中に何度も確かめておきました。あの大扉も外側から戸締りがしてあったのです。少なくとも、半時間前までは――それが、最後に確かめた時刻なんで」

「呼び声とか、争闘の音など聞かなかったか？」

「聞いていません。もっとも、それは不思議ではありません。このとおり、壁の厚い建物ですから、ちっとやそっとの音では通りませんし、分厚い壁掛けのおかげで、ますます音が通りにくくなっておりますので」

「そんな質問に手間をかけるのは無意味ですぜ」頑強な隊長が不平をいった。「容疑者から自白を引き出す方がはるかに簡単だ。犯人はここにいる。こいつの仕業に相違ない。審問所にしょっぴいていって、骨が砕けるまでひっぱたけば、口を割るに決まってる」

デメトリオは未開人に目をやった。

「いまの言葉は理解できたか？」と審問所の長官がたずねた。「なにかいうことは？」

「おれの躰に手をかけるやつは、地獄に堕《お》ちた先祖たちにあいさつに行くことになると覚悟するがいい」キンメリア人はたくましい歯を噛み鳴らし、目に剣呑《けんのん》な怒りの火をきらめかせた。

「人殺しがおまえの仕業でなければ、この建物へ何しにきた？」デメトリオはなおも追及した。

「盗みにはいった」仏頂面《ぶっちょうづら》で、若者は答えた。

「なにを狙って？」

「食い物だ」コナンは一瞬いいよどんだあとに答えた。

「嘘をつくな！」デメトリオが叱りつけた。「ここに食糧がないことは、おまえだって承知のはずだ。嘘をつくな。本当のことをいえ。でないと――」

キンメリア人は剣の柄《つか》に手をかけた。猛虎《もうこ》が口を開いて、牙をむき出すのに似た威嚇《いかく》を示す動作だった。

「脅《おど》し文句は、臆病者を怖がらせるのにとっておけ」青い目に怒りをくすぶらせて、未開人は唸るようにいった。「ネメディアの街育ちの人間なら、この犬どもの前でぺこぺこするかもしれないが、おれは曠野に生まれて育った男だ。もっとたわいのないことで、おまえたちよりましな男を殺してきたんだぞ」

隊長のディオヌスは怒りのあまり、なにかいいかけたが、不意に口をつぐんだ。兵士たちも矛槍をかまえたまま、どうしたものかとデメトリオの命令を待った。呆《あき》れてものもいえないが、泣く児も黙る巡邏隊をこうまで侮辱《ぶじょく》したからには、当然、この野蛮人の逮捕命令が出るものと考えていた。しかし、デメトリオはなにもいわなかった。彼は知っていたのだ。他の者たちが愚《おろ》かすぎて知らないとしても、文明の辺境の彼方《かなた》、人生が絶えざる生存の闘いである場所で育った男の鋼鉄の罠のような筋肉の力と、目にも止まらぬ俊敏《しゅんびん》さを。避けられるものなら、キンメリア人が野蛮人らしく無鉄砲に暴れだす事態は避けたい。さらに長官の心には、この若者に嫌疑をかけるのをためらうなにかがあった。

「わしは、カリアンを殺したのがおまえだといっとるわけでない」彼は嚙みつくようにいった。「だが、状況がおまえに不利なことはわからんわけでもあるまい。この聖堂へどうやってはいってきた？」

「裏手にある倉庫の陰に隠れていた」コナンは不機嫌な顔つきで答えた。「するとこの犬が」――親指を夜警のアルスに突きつけて――「見回りにやってきて、角を曲がっていった。おれはやり過ごしておいて、壁に走りより、よじ登って――」

「嘘だ！」アルスが口をはさんだ。「あんな垂直な壁をよじ登れるものじゃない！」

「おまえ、知らんのか？　キンメリア人は、切り立ったような崖でもよじ登っていく」長官のデメトリオがいらだたしげにいった。「尋問はわしの役だ。さあ、コナン、その先をつづけろ」

「建物の角《かど》は彫刻飾りが多いので、造作《ぞうさ》なく登れた」とキンメリア人。「この犬がひとまわりしてくるまでに、おれは屋根に達していた。屋根を横切ると、明かりとりの天窓に行きあたった。鉄の棒が通してあって、なかから鍵がかけてあった。おれは剣でその棒をまっぷたつに切る羽目になり――」

夜警のアルスは、その鉄棒の太さを思い出して、思わず息を呑んだ。そして急いで野蛮人から身を遠去けた。若者はじろりと見やっただけで、話をつづけた。

「物音でだれかが目を醒《さ》ますかもしれなかった。だが、それくらいの危険は仕方ない。おれは天窓をぬけて、上の階の部屋へはいった。だが、そこには足を止めずに、まっすぐ階段へ――」

「階段の場所をどうして知った？」と審問所の長官。「階上の部屋は、カリアンの召使いか後援者でなければ、はいるのを許されておらんのだぞ」

コナンは目にかたくななものを浮かべて、沈黙を守った。

「階段に達したあと、なにをした？」とデメトリオが話の先をうながす。

「階段を降りたところが」キンメリア人はぼそりといった。「垂れ布の下がったあの扉のうしろの部屋だった。階段を降りるとき、どこかで扉の開く音を聞いたので、垂れ布のあいだからのぞいてみると、この犬が死んだ男のそばに立っていた」

「隠れていた場所から出てきた理由は？」

「日が暮れるころ、聖堂の外でこの夜警を見かけた。ここでこいつを見たときは、てっきりこいつも盗っ人だと思った。こいつが警鐘のロープを引っ張って、弩をかまえたとき、はじめて夜警だとわかったんだ」

「たとえそうであっても」と審問所の長官は追及の手をゆるめず、「なぜのこのこ出てきたのだ」

「ひょっとしたらと思ったからだ。こいつもあの品を盗みにきたんじゃないかと――」キンメリア人はしゃべりすぎたかのように、あわてて口をつぐんだ。

「おまえが狙っていた品だな！」とデメトリオが決めつけた。「語るに落ちるとはこのことだ！　おまえは、あるはっきりした目的があってここへ来た。階上の部屋には、貴重な財宝がたくさん収めてある。しかし、いま自白したとおり、おまえはそこに足を止めなかった。建物の造りを知っていたからだ――つまり、聖堂の内部をよく心得ているだれかに派遣されて、特殊な品を盗みにはいったにちがいない！」

「そしてカリアン・プブリコを殺すためにだ！」そう叫んだのは、巡邏隊長のディオヌスだった。「ミトラの神にかけて、これで、なにもかもわかったぞ！　おい、おまえたち、こいつを逮捕しろ！　夜が明けるまでに白状させてやる！」

異国の呪い文句を口走ると、コナンはすばやく跳びすさって、剣をぎらりと引きぬいた。鋭い刀身で風を切り、

「命が惜しかったら、ひっこんでろ！」青い目をぎらぎらさせながら、未開人は大声に怒鳴った。「商人を嚇《おどか》したり、淫売女《いんばい》を裸にして鞭《むち》でひっぱたき、口を割らせるのはできるだろうが、山嶽《さんがく》育ちの男はわけがちがうんだぞ！　何人か地獄の道連れにしてやる。おい、そこにいる夜番《やばん》、弩をいじくってるな――今夜の勤めが終わる前に、その腹を蹴とばして、胃袋を破裂させてやるぞ！」

「待て！」長官のデメトリオは兵士たちを制して、「ディオヌス、部下に手出しをさせるな。わしはまだ殺人を犯したのがこの若者だとは納得しておらん。気の早いばか者め」低声《こごえ》で付け加える。「応援が来るか、こやつに剣をしまわせるまで待て」デメトリオは、文明化した精神という優位を失いたくなかった。肉体がものをいう事態となれば、未開人の荒々しい力のせいで、状況が一挙に不利にならないとも限らない。

「わかりましたよ」隊長は不服そうにいった。「みんな、あとへ退《さ》がれ。だが、こいつから目を離すんじゃないぞ」

「剣をわしによこせ」デメトリアがいった。

「取れるものなら、取ってみろ！」コナンはいよいよ、いきりたった。

デメトリオは肩をすくめて、

「いやならいやでよい。だが、逃亡を企《くわだ》てても無駄だぞ。弩を持った兵四人が、この建物の外で見張っ

ておる。わしらは非常線を張ってから、建物にはいることにしておるのだ」

未開人はかまえていた剣を下ろした。ただし、警戒の態度はほんの少しゆるめただけである。デメトリオは向き直って、死体をあらためていたが、

「首を絞めて殺してある」と呟くようにいった。「剣を使えば迅速かつ確実なのに、首を絞めるとはおかしい。キンメリア人は血の気の多い種族で、剣を手に生まれてきたようなものだ。これまで、彼らがこんな手段で人を殺したのを聞いたことがない」

「たぶん、嫌疑をそらすつもりなんでしょう」ディオヌスが小声でいった。

「それも考えられるな」そしてデメトリオは、手慣れた様子でさらに死体を調べ、「死亡してから、半時間は経過しておるな」と呟いた。「神殿にはいった時間について、コナンのいうところが真実なら、アルスが死体を発見する以前に殺す時間はなかったはずだ。もっとも、嘘をついておるとも考えられる——もっと早いうちに侵入しておったのかもしれん」

「おれは、夜番が最後の見回りをすませたとみて、壁をよじ登ったんだ」コナンは抗議した。

「おまえがそういうだけだ」デメトリオは、文字どおり肉が潰れて紫色に変わっている死人の喉をみつめて考えこんだ。脊椎《せきつい》骨がひび割れたのであろう。首がだらりと垂れ下がっている。デメトリオは不審げな表情で首をふり、

「なぜだか理由はわからんが、腕より太い綱《つな》を使ったものと思われる」と呟いた。「それにしても、よほどの力で締めあげんことには、首の骨まで折れんはずだが」

そして腰をあげ、いちばん近くにある扉へ歩みよった。

「この扉のそばの台座から、胸像が転げ落ちておるな。磨きあげた床に傷がつき、戸口の垂れ布も引きちぎられたようになっておるではないか――たぶん躰を支えようとしたのであろう。カリアン・プブリコは、向こうの部屋で襲われたにちがいない。おそらく彼は、襲撃者の手を逃《のが》れたか、逃げるとき、相手の躰まで引っ張ってきたと見える。とにかくプブリコはこの廊下へ逃げこんだが、よろめいて倒れたのだろう。それを殺人者が追ってきて、息の根を止めたに相違ない」

「この野蛮人が殺したんじゃなければ、犯人はどこにいるんです？」隊長がきつい口調で質問した。

「わしはまだ、キンメリア人が犯人でないと断定したわけではない」審問官は答えて、「とにかく、向こうの部屋を調べてみることだ――」

いいかけて、長官はふりむき、聴き耳を立てた。街路に四輪馬車のガラガラという音が突如として響きわたり、急速に近づいてきて、唐突に止まったのだ。

「ディオヌス！」審問官が大声を出した。「部下を二名やって、あの四輪馬車をつかまえさせろ。駅者《ぎょしゃ》を連れてくるんだぞ」

「あの音からしますと」夜警のアルスが説明した。この男は、街路の物音のすべてを心得ているのだった。「馬車の止まったところは、プロメロの家の前です。絹商人の店のちょうど向かい側にあたります」

「プロメロというのは？」デメトリオ長官が訊いた。

「カリアン・プブリコさまの執事です」

「その男も連れてこい。駅者といっしょにだ」デメトリオは命令した。「そのふたりが来るのを待って、向こうの部屋をあらためるとする」

二名の兵士が飛び出していった。デメーリオはその後も死体をあらためていた。ディオヌス、アルス、残った巡邏隊の兵士たちがコナンの監視をつづけた。この若者は、剣を引っ提《さ》げたまま、凄《すさ》まじい形相で突っ立っている。その姿は赤銅の彫像さながらである。やがて外にサンダルの足音が響いて、二名の兵士にともなわれたふたりの男がはいってきた。ひとりは色の浅黒い屈強の男で、革のヘルメット帽をかぶり、鞭を手にして、四輪馬車の馭者服である長い胴着を着けている。もうひとりは、小柄なうえに、ひどくおどおどして、職人階級から成りあがって富裕な商人の片腕としての地位を獲得したと、ひと目でわかるタイプの男であった。

手足を拡げて床に横たわった死体を見ると、小柄な男は叫び声をあげ、尻ごみをして、

「ああ、こうなることはわかっていたんだ！」

「おまえが執事のプロメロだな。で、そちらの男は？」

「エナロです。カリアン・プブリコの馭者で」

「おまえは主人の死体を見ても、たいして驚かんようだな」とデメトリオ。

「驚くわけがありますか」馭者は黒い目をきらめかした。「あたしがやりたくてもやれなかったことを、だれかがやってくれたただけの話です」

「ほう！」審問官は呟いた。「おまえ、自由民か？」

エナロはきびしい表情を見せて、片肌を脱いだ。肩に債務奴隷《さいむどれい》の烙印《らくいん》が押してあった。

「今夜、おまえの主人がここに来たことを知っておったのか？」

「知りませんね。夕方、いつものようにここまで馬車で迎えにきて、プブリコを乗せ、屋敷へ向かいました。ところが、パリアン公道まで行かんうちに、ひっ返せとの命令なんです。プブリコはえらく興奮しているようでした」

「すると、プブリコを乗せて、この聖堂までもどったのだな」

「それがちがうんで。プロメロの家の前で止まれというんです。そして夜半を少し過ぎたころ、もう一度迎えにくるようにと命令して、あたしを帰しました」

「それはいつのことだ？」

「暗くなって、じきでした。街にはほとんど人影がなかったけど」

「それからどうした？」

「あたしは奴隷詰所《つめしょ》へもどって、プロメロの家へ迎えにいくまで、ぶらぶらしていました。そこからまっすぐやってきたところを、この人たちにつかまったんです。プロメロの門口で話しているところをね」

「なんのためにカリアンがプロメロの家へ行ったか、見当がついておるか？」

「彼は仕事のことを、奴隷に話すような男じゃありませんぜ」

そこでデメトリオは、プロメロに向き直って、

「おまえはこの件でなにを知っておる？」

「なんにも知っちゃいません」歯をガタガタいわせて、執事は答えた。

「駅者のいうように、カリアン・プブリコがおまえの家を訪れたのは、たしかなんだろうな？」

「はい」

「いつまでおった？」

「ほんの少しの時間で。すぐにお帰りになりました」

「おまえの家から聖堂へ向かったのか？」

「そんなことまで知っちゃいません！」執事の声が緊張のあまり甲高《かんだか》くなった。

「おまえの家へ行った理由は？」

「それは――わたしと事業上の打ち合わせのためで」

「嘘をつけ！」デメトリオが叱りつけた。「彼はおまえの家へなにしに行った？」

「存じません！　わたしはなにも知っちゃいません！」プロメロの声はヒステリックになりつつあった。「わたしに関係ないことです――」

「ディオヌス、こいつの口を割らせろ」

デメトリオ長官は厳然と命令した。するとディオヌスは唸るような声をあげ、部下のひとりにうなずいてみせた。その部下は凶暴な笑いを浮かべて、ふたりの捕虜へ近づいていった。

「おれがだれだか、知らんわけはあるまい」兵士は顔を突き出して、震えている獲物《えもの》を見下すようにして睨《にら》みつけながらいった。

「ポストゥモさんです」馭者は暗い表情で答えた。「審問所で女の目玉をえぐり出したお人《ひと》。その女が、恋人の罪をかばっただけのことで」

「おれは一度だって、口を割らせるのに失敗したことのない男だ」巡邏隊員は吠《ほ》えたてた。そして太い首筋の血管を膨《ふく》れあがらせ、顔面を紅潮させて、執事の上着の衿《えり》もとを引っつかむと、力いっぱいねじあげた。小男は半ば首を絞められた恰好だった。

「鼠め、素直に申しあげろ！」ポストゥモは唸り声でいった。「審問官どのにお答えしろ」

「ああ、ミトラの神にかけて、お慈悲を！」哀れな男は金切り声をあげた。「わたしはけっして――」

ポストゥモはまず捕虜の顔の右半面に強烈な平手《ひらて》打ちを食わせた。つづいて、左半面を殴りつけ、小男がその場に匍《は》いつくばったと見ると、たてつづけに蹴りはじめた。それが正確に、ぴしぴしと急所に決まるのだった。

「お、お慈悲を！」犠牲者は泣き声をあげた。「申しあげます――なにもかも――」

「だったら立て、腑抜け野郎！」ポストゥモが尊大に怒鳴りつけた。「倒れたまま泣いてたんじゃ、お答えができんだろう」

ディオヌス隊長はすばやい視線をコナンに投げ、反応をうかがいながら、

「巡邏隊にたてつくと、どんな目に遭うかわかったろうな」といった。

キンメリア人は泣いている執事を蔑んで、嘲笑《あざわら》うような唾《つば》を吐き、

「こいつは意気地なしで阿呆だ」と唸るようにいった。「おれにさわってみろ。さわったやつの臓腑《ぞうふ》を床の上にぶちまけてくれるぞ」

「申し立てる用意ができたか？」デメトリオは疲れたような声で執事に訊いた。この場面の単調さに辟易したと見える。

「知ってることはすべて申しあげます」小男は殴られた犬のように、痛みでしくしく泣きながら立ち

あがって、涙混じりに語りだした。「カリアンさまが拙宅《せったく》へおいでになられたのは、わたしが家に帰り着いた直後でした――わたしは、だんなさまと同時に聖堂を出たのです――そして馬車を帰してしまわれました。だんなさまは、話の内容をひと言でも人にしゃべったら、馘《くび》にするぞといい渡されました。はい、ごらんのとおり、わたしはみじめな男で、友人もなく、引き立ててくださる人もなく、カリアンさまからお暇を出されたら、飢え死にしなければなりません」

「きさまの一身上の問題までかまっておれるか」デメトリオ長官は決めつけて、「カリアンは、いつまできさまの家におった？」

「あと四半刻《しはんとき》で夜半というころまでで。これから聖堂へ行くが、仕事をすませたらすぐ屋敷へもどる、といい残して出ていかれました」

「聖堂での仕事というと？」

プロメロは、怖ろしい主人の秘密を明かしたものかどうか迷った。だが、おどおどしながら視線をポストゥモの方に向けると、大きな拳《こぶし》を固め、にたにた笑っていたので、急いでまたしゃべりだした。

「聖堂に、調べておきたい品がおありだったのです」

「それにしても、ひとりでやってきて、人目につかぬように気を遣ったとは、おかしな話だな」

「と申しますのは、それがカリアンさまの財産でないからで。けさ早く到着した南方の国からの隊商が届けた品なんです。どんなものか、届けた隊商自身が知ってはいないので。途中で出遭《であ》ったスティギアの隊商から、ハヌマルのカランテスに送り届けるように依頼されたのだそうです。はい、ハヌマルのカランテスというのは、イビスの神の大祭司です。隊商の隊長は、直接カランテスに引き渡すことを条件に相当の謝礼金を受けとっているのです。ところがこいつ、横着《おうちゃく》な男でして、目的地のアキロニアへの道がハヌマルを通過しないことから、ひとまず聖堂に預かってもらって、カランテスにとりにこさせようと考えたわけです。

カリアンさまはお引き受けになって、しかも、こちらから使いを出して、預かっていることをカランテスに知らせておくとおっしゃいました。しかし、隊商が立ち去ったあと、使いの件を口にしますと、カリアンさまは、まあ待てとおっしゃるだけで、隊商がおいていった品を眺めて、考えこんでおられました」

「それはどんな品だ？」

「東方の国の石棺《せっかん》みたいな形で、スティギアの古代墳墓《ふんぼ》でみつかるものと似ています。ただし、けさ預かった品は円形で、蓋《ふた》付きの青銅壺にそっくりなんです。材料は赤銅かと思われますが、もっと硬くて、南スティギアのもっと古代の立石《メンヒル》に見かけるような象形文字が彫りこんであるのです。蓋は、模様を彫り刻んだ赤銅らしい帯金で本体にぴったり縛《しば》りつけてありました」

「で、中身は？」

「隊商たちも、そこまでは知らないようでした。委託した連中の話だと、ピラミッドのはるか下の墓穴で発見されたとても高価な遺物だとか。これをカランテスに贈るのは、『送り主がイビスの神の祭司に敬愛の念を抱いているから』だそうです。カリアン・プブリコさまのお考えでは、中身はおそらく巨人王の王冠だろうとのことでした。つまりその、スティギア人の先祖がやってくる以前に、あの闇の国に住んでいた巨人族の王なんです。カリアンさまは、蓋に彫りつけた意匠《いしょう》をお示しになって、これが王冠の形だと断言されました。伝説によれば、巨人族の王がかむっていたものだそうです。だんなさまは、壺を開いて中身をあらためるとおっしゃいます。伝説にあらわれる王冠のことを考えて、居ても立ってもいられないご様子でした。その王冠には、古代の種族しか知らない珍しい宝石がいっぱい鏤《ちりば》めてあって、その一個だけでも、いまの世界の宝石全部より値打ちがあるそうですから。

わたしは、くれぐれもお気をつけになるようにと、ご注意申しあげました。しかし、先ほど申しあげましたように、だんなさまはわたしの家におられ、夜半少し前になりますと、おひとりで聖堂へお出かけになって、見回りの夜番が通り過ぎるのを暗がりにひそんでお待ちになりました。そして夜番が裏手に向かったのを見きわめてから、腰帯に吊るした鍵でなかへおはいりになったのです。それをわたしは、絹商人の店の陰から見届けて、まっすぐ家へもどりました。もし王冠とか、そのほかなんにせよ高価な品が壺のなかにあれば、聖堂のどこかへお隠しになって、こっそりお帰りになったはずです。明朝、ご出勤になったとき、大声に叫びたてて、盗賊が押し入って、カランテスのために保管しておいた品を盗んでいったと騒ぎだすご計画だったのです。今夜のご主人の行動を知っているのは、わたしと馭者のふたりだけで、ふたりとも裏切ることはありませんから」

「しかし、夜警がおるぞ」デメトリオが異を唱えた。

「カリアンさまは、夜警に姿を見られるおつもりはありませんでした。夜警が盗賊の手引きをしたといいたてて、罪に落としてしまう手も考えておいででした」

プロメロのその言葉に、アルスは思わず唸《うな》り声をあげて、まっ青な顔になった。雇傭主に裏切られるところだったと、身に染みてわかったからだ。

「で、その骨壺《こつつぼ》はどこにある?」

デメトリオの質問に、プロメロは隣の部屋を指さした。審問官が唸り声で、

「ほう！　カリアンが襲われた、まさにその部屋ではないか」

プロメロは蒼白になり、華奢《きゃしゃ》な手を揉みあわせて、

「不審に思われますのは、スティギアの人間がカランテスに贈り物をしたことです。古代の神像だの奇怪なミイラなどが、隊商路で運ばれてきたのは、これまでにもないわけではありません。しかし、スティギアの人間が、イビスの神の祭司にそうまで好意を示すとは考えられないことでして。あの国の住民は、いまでも大魔神セトを崇《あが》めているはずです。大魔神セトは墳墓の暗闇でとぐろを巻いていまして、この世の創《はじ》めから、イビスの神とは絶えず闘いをくり返しております。従って、カランテスも生まれてからずっとセトの祭司たちと闘ってきました。どうもこの話には、深い謎が隠されているように思えてなりません」

「その骨壺とやらを見せてくれ」

デメトリオ長官にいわれて、プロメロはためらいながらも、隣の部屋へ案内した。ほかの連中も、コナンを含めて、そのあとに従った。巡邏隊員たちはコナンから警戒の目を離さなかったが、若いキンメリア人は平気な顔で、むしろ好奇心に駆りたてられている様子だった。彼らは引きちぎられた垂れ布を分けて、廊下よりいっそう照明の暗い部屋にはいった。両側に扉がついていて、それぞれがつぎの部屋に通じている。壁に沿って奇怪な像が並べてあった。遠い異国、風変りな人々の神々だろう。プロメロがいきなり鋭い叫びをあげた。

「あっ！　壺が！　蓋があいてます――なかは空《から》です！」

部屋の中央に、異様な形の黒い円筒状のものが据えてある。高さはおよそ四フィート。底と口との中間あたりが膨らんで、そこのさしわたしは三フィートほどもあろうか。彫刻で飾った厚い蓋が床においてあり、そばにはハンマーとたがねが転がっていた。デメトリオはのぞきこんで、一瞬、不可解な象形文字に眉を曇らせたが、コナンにふりむいて、

「この品か、おまえが盗みにはいったのは？」と訊いた。

未開人は首をふって答えた。

「どうやって運びだすっていうんだ？　人がかつぐには大きすぎる」

「帯金はこのたがねで切断してある」デメトリオが考えこんだ顔で、「よほど急いだのだな。ハンマーを叩きそこねた痕《あと》がいくつも残っておる。蓋をあけたのはカリアンだろう。それを何者かが近くでうかがっておった――あの垂れ布の陰からだろうな。カリアンが蓋をあけたところで、この殺人者が襲いかかった――もっとも、カリアンを殺しておいて、犯人自身が蓋をあけたとも考えられるが」

「これは気味の悪い品です」執事は震えながらいった。「古代も古代、よほど大昔のもので、聖器とも考えられぬくらいです。こんな金属を見た者が、正気の世界におりましょうか？　アキロニアの鋼鉄よりもっと硬く、それでいて、あちらこちらが腐食して、虫食いの痕みたいなものが見られます。象形文字の溝に黒い土のかけらがこびりついておるのをごらんください。はるか地中の土のような臭いがします。それから、ごらんください――この蓋の上を！」プロメロは震える指でさし示した。「これをなんだとお考えです？」

デメトリオは身をかがめて、彫刻してある意匠に目をやり、

「なるほど、王冠をあらわしたものらしいな」と、いった。

「ちがいます！」プロメロが叫んだ。「カリアンさまにご注意申しあげたんですが、お聞き入れになりませんでした。これは鱗のある蛇が尻尾《しっぽ》を口にくわえて、とぐろを巻いているところで、セトの神を描いたものです。古代の蛇、スティギア人の神です！　ごらんのとおりこの壺は、人間世界のものにしては古すぎます。セトが人間の姿をして、地上を歩きまわっていた時代の遺物です！　セトから生まれた種族が、彼らの王の骨をこの壺に収めておいたにちがいありません！」

「では、その腐った骨が生き返って、カリアン・プブリコを絞め殺し、逃げ去ったというのか？」デメトリオが嘲《あざけ》った。

「この壺に収まっていたのは人間ではありません」執事は目をみはって壺をみつめながら、囁くような声で答えた。「そんなことのできる人間が、どこにいます？」

デメトリオはののしり声を発すると、きっぱりといった。

「コナンが殺したのではないとしたら、犯人はいまなおこの聖堂内にひそんでおるはずだ。ディオヌスとアルスは、わしといっしょにこの部屋にとどまれ。容疑者三名もやはりそうだ。そのほかは全員で屋内《おくない》の捜索にあたれ！　アルスが死体を発見する以前に犯人が逃亡したのだとしたら、その脱出径路は、コナンが忍びこんだもののほかには考えられん。その場合、未開人の言葉に嘘がなければ、必ずその姿を見とがめられておるはずだ」

「おれはだれも見かけなかった。この犬のほかは」とコナンは夜警を指さした。

「当たり前だ、見かけんわけさ。殺したのはきさまだからな」と巡邏隊長のディオヌス。「時間の無駄になるだろうが、法規でやむを得んから、聖堂内の捜査をはじめる。その代わり、怪しい者がほかにおらんとわかったら、きさまを火あぶりにするから覚悟しておれよ。野蛮人は知るまいが、文明国の法規はきびしいものだ。職人を殺したやつは鉱山送り、商人を殺したら絞首刑、上流社会の方たちのときは、火あぶりと決まっておるんだ！」

コナンは返事の代わりに、唇を狂暴にまくりあげ、歯をむき出した。兵士たちは捜索を開始した。階段をあがり降りし、調度を動かし、扉を開き、たがいに連絡をとりあっているのが、部屋に居残った者にも聞きとれた。

「コナンよ」とデメトリオがいった。「ほかに侵入者がおらんと判明したときは、どんな事態になるか承知なんだろうな」

「おれが殺したんじゃない」キンメリア人は怒気《どき》をあらわして応《こた》えた。「仕事の邪魔をされていたら、あいつの頭を叩き割っていただろうが、死体に出っくわすまで、顔を見たこともないんだ」

「いずれにせよ、おまえはだれかの依頼をうけて、今夜この建物内に盗みにはいった」とデメトリオ。「その点を隠しだてするので、殺人の嫌疑まで受ける結果になった。さっさとしゃべった方が身のためだぞ。盗みにはいっただけでも、鉱山で一年はお勤めするに充分な犯罪で、罪を認める認めぬは問題でない。だが、真相をありのまま申し立てれば、火あぶりは免れるかもしれん」

「じゃ、いおう」未開人は不服そうに答えた。「おれはザモラ産の酒杯、ダイヤモンド入りのやつを盗みにはいった。頼んだ男が建物の図面をよこして、どこに隠してあるかを教えてくれた。この部屋がそれなんだ」とコナンは指さして、「シェム族の青銅神像のうしろの壁龕の奥だ」

「この男の話は嘘じゃありません」執事のプロメロがいった。「隠匿《いんとく》場所の秘密を知ってるのは、世界じゅうに五人といないはずですけど」

「きさま、それを手に入れたら、頼んだ男に渡す気が、ほんとにあったのか？」ディオヌス隊長が鼻で笑って、「それとも、ちゃっかり自分のものにする気だったのか？」

そこでまた未開人の目に怒りの火が燃えあがった。

「おれは犬じゃない！」コナンは声を殺していった。「約束は守る男だ」

「で、何者に依頼された？」

デメトリオが質問したが、コナンはむっつり黙りこんで、答える気配は見せなかった。

そこへ捜査を終えた兵士たちがもどってきた。

「隠れている男なんかいませんでした」と彼らは口々に報告した。「見落とした個所はひとつもなく、この野蛮人がはいってきたという天窓《てんまど》のある屋根にも登ってみたんです。たしかに、鉄棒がまっぷたつに切ってありました。しかし、そこから逃げ出したとしたら、建物をとり囲んでいる見張りの目に止まるはずです。われわれが来るより先に逃げていなければの話ですが。それに、下から天窓に手をかけるには、家具かなにかを積みあげて足場を作ったことになりますが、そんな真似をした形跡は見当たりません。ひょっとしたら、アルスが巡回を開始するちょっと前に、玄関の扉をあけて逃げたんじゃないでしょうか？」

「あの扉には内部からかんぬきがかけてあったし、それをはずす鍵は、アルスの手に一個あり、あとの一個はいまだにカリアン・プブリコの腰帯にぶら下がっておる」

「首を絞めるのに使った綱をみつけました」ほかのひとりが別のことをいいだした。「黒い綱で、人間の腕より太く、おかしな斑点がありました」

「なんだと？　どこでだ？」ディオヌス隊長が大声にいった。

「この隣の部屋です」兵士は答えた。「大理石の柱に巻きつけてあるんです。下手人は、あそこなら探索を免《まぬか》れると考えたに相違ありません。手が届きませんでしたが、あれにまちがいありません」

　そしてその兵士は、一同を隣室へ案内した。大理石の影像を並べたてた部屋で、その柱の一本を指さした。実用というよりは、影像を引きたてる目的でしつらえられた柱の一本である。兵士は立ち止まり、目をみはって、

「なくなっている！」と叫んだ。

「最初からなかったんだろう！」隊長のディオヌスが叱りつけた。

「ミトラの神にかけて、たしかにありました！」兵士は断言した。「あそこに葉の形を刻んでありますね。ちょうどあの真上で柱に巻きついていました。天井近くで明かりが届かないんで、はっきりとは見えませんでしたが、あったことはたしかです」

「酔っておったのじゃないか」デメトリオ長官もたしなめ、そちらに背を向けて、「人間が巻きつけるには高すぎる場所だ。蛇でもなければ、このなめらかな柱をよじ登れるものでなし――」

「キンメリア人ならできるぜ」ほかの兵士が口のなかで呟いた。

「なるほど、できるかもしれん。コナンがカリアンを絞め殺し、凶器の綱を柱に巻きつけ、廊下を渡っ

て、階段のある部屋に身をひそめたわけだ。だが、おまえがそれを見かけたあと、どうしてとり除くことができたんだ？　この男は、アルスが死体を発見してからは、われわれのそばを離れておらんぞ。いや、コナンは殺人を犯しておらん。思うに、真犯人はカリアンを殺したあと、壺の品を入手し、いまも聖堂内の秘密の隠れ場所に身をひそめておるにちがいない。その男が発見できんとなると、法の権威を維持するために、やむをえずこの未開人に罪を負わせねばなるまいが、しかし——おや、プロメロはどこへ行った？」

彼らは、廊下のものいわぬ死体のそばへもどっていたのだが、ディオヌス隊長が威嚇の滲む大声でプロメロの名を呼んだ。すると執事は、空の壺がおいてある部屋からいきなり出てきた。ぶるぶる震えて、顔に血の気がまったくなかった。

「こんどはどうした？」デメトリオがいらだたしげに訊いた。

「壺の底に象徴をみつけました！」プロメロが震え声でいった。「古代の象形文字でなく、ごく最近彫りつけたもので、トート・アモンのしるしです。トート・アモンとは、スティギアの魔術者、カランテスには終生の敵にあたります！　この男が、亡霊の出没するピラミッドの下の穴蔵であの壺を発見したのでしょう。古代の神々は人間とちがって不死のものです。死ぬわけでなく、長い眠りにはいるだけで、それを崇拝者が壺へ閉じこめると、異国人の手では眠りを醒ますことができません。トート・アモンがカランテスに贈ったのは、《死》でありました。欲に目がくらんだカリアンさまが、その《恐怖》を解き放してしまわれました。それがわたしたちの近くにひそんでいます。いまこのときも忍びよろうとしているのかも——」

「おしゃべりのばかめ！」ディオヌス隊長が嫌悪もあらわに叱りつけて、プロメロの口のあたりを殴りつけた。ディオヌスは物質主義者であり、かような迷信には我慢ならないのだ。

「では、デメトリオさま」と審問官に向き直って、「ほかに方法もないようですな。この野蛮人を逮捕する以外に――」

そのときキンメリア人があっと叫んだ。つられて全員がふり返る。未開人は彫像の部屋に隣接する部屋の扉を睨んでいた。

「見ろ！」彼は声をはりあげた。「あの部屋でなにか動いた――垂れ布のあいだに、たしかに見えた。長い黒っぽい影みたいなものが、床を横切ったんだ！」

「なにをいうか！」兵士のポストゥモが嘲笑って、「あの部屋は捜査ずみで――」

「たしかに見たんですよ！」執事のプロメロが、興奮した様子でヒステリックに口走った。「あの部屋は呪われています！　壺から魔物があらわれて、カリアン・プブリコさまを殺したんです！　人間にはできなくても、魔物なら隠れられる。いまそいつがあの部屋にいるんです！　ミトラの神さま、わたしたちを闇の魔力からお守りください！　セトの落とし児のひとりが、あの気味の悪い壺のなかにいたんです！」そしてディオヌスの袖にしがみついて、「隊長さま、あの部屋をもう一度お捜しになってください！」と叫んだ。

隊長はしがみつく執事の手を不快そうにふり払った。するとポストゥモがいいことことを思いついたという顔で、

「捜したけりゃ自分で捜せ！」というが早いか、プロメロの首と腰帯を引っつかんで、悲鳴をあげる

のにもかまわず扉まで引きずっていった。そこでいったん足を止めて、哀れな小男を部屋に放りこんだ。その勢いで執事は床にばったりと倒れ、失神しかかった。

「そのくらいにしておけ」

ディオヌスは唸るようにいってから、無言をつづけているキンメリア人へ目をやって、手をあげた。コナンの目が青い炎をあげはじめ、張りつめた空気がパチパチと音を立てるようだった。そのとき、またも邪魔がはいった。外の見張りのひとりが、男を引きずりながらはいってきたのだ。引きずられているのは、豪奢な服装をした細身の男であった。

「こいつが聖堂の裏手をうろついていました」兵士は賞賛の言葉を期待して、得意そうな顔つきだったが、案に相違して受けとったのは、髪の毛が逆立つような叱責《しっせき》だった。

「その紳士から手を離さんか、このそそっかしい愚か者め！」隊長は叱りとばした。「きさま、アストリアス・ペタニウスさまのお顔を知らんのか。市長閣下の甥御《おいご》さまだぞ」

見張りの兵は顔を赤らめて、こそこそと引きさがった。めかしこんだ若い貴族は、刺繍《ししゅう》で飾った袖口を気にして払いながら、

「詫《わ》びの言葉をいわんでもよいぞ、ディオヌス」と舌のもつれるようないい方をした。「これも職務熱心のあまりとわかっておる。おれは深夜におよんだ宴会の帰りで、酔いを醒まそうと歩いておったところだ。見張りの兵が大勢いるのは、なにかあったのか？　ひょっとして、人殺しでも？」

「はい、殺人です」隊長が答えた。「しかし、容疑者はこのとおり逮捕してあります。審問官は疑問を持っておられるようですが、この男の仕業にちがいありません」

「なるほど、見るからに凶悪そうな男だな」若い貴族は小声でいった。「この男の罪状を疑う理由があるのか？　こんな凶悪な顔は、おれとしてもはじめて見た」

「なに？　はじめて見た？　ふざけたことをいうな、腐った犬め」キンメリア人がわめきたてた。「ザモラ産の酒杯を盗めと、おれを雇ったのはきさまじゃないか。宴会の帰りだ？　笑わせるな！　酒杯を受けとろうと暗がりで待っていたくせに！　おれはきさまの名前を明かす気持ちはなかった。だが、そっちがその気なら仕方ない。さあ、この犬どもにいって聞かせろ。おれがこの建物の屋根によじ登ったのは、夜番が最後の巡回をすませたあとだったことをだ。そうすれば、夜番が廊下へはいって死体をみつける前に、この肥《ふと》った豚を殺す時間がなかったのがわかってもらえるんだ」

デメトリオはさっとアズトリアスをうかがったが、若い貴族は顔色も変えなかった。

「この若者の言葉が真実であれば」審問官がいった。「殺人の嫌疑は晴れます。窃盗も未遂の理由で不問に付すことができましょう。そこでこのキンメリア人は、家宅侵入の罪名による十年間の重労役と決定します。しかし、あなたのお言葉があれば、彼のために逃亡の機会を作ってやることもできないわけではありません。もちろん、その間の事情は、われわれ以外の者の知るところではありません。賭博の借財などを支払う必要から、このような手段を用いる若い貴族が、あなたおひとりでないことは、わたしも承知しています――いかがでしょう、この結末はわれわれにおまかせになっては？」

コナンも期待の目を若い貴族に向けた。だが、アズトリアスはその細い肩をすくめただけで、あくびを嚙み殺す恰好で白くて華著な手を口もとへ持っていった。

「こんな男、見たこともない」貴公子は答えた。「おれに雇われたとは、とんでもないいいがかりだ。

犯した罪は、償《つぐな》いをさせたほうがいい。見たところ、頑健な体軀《たいく》の持ち主だ。鉱山の労役仕事も、本人のためになるのじゃないか」

コナンは目をぎらつかせ、刺されたかのように若い貴族をみつめた。兵士たちが緊張して、矛槍を持ち直した。ところが拍子抜けしたことに、コナンは諦《あきら》めた様子でがっくりと頭《こうべ》を垂れた。しかし、未開人の太くて黒い眉の下から、細められて一条《ひとすじ》の青い炎のようになった目が兵士たちに向けられていたのは、さしものデメトリオにも見てとれなかった。

キンメリア人はコブラを思わせる身のこなしで、いきなり打ちかかった。長剣が蠟燭の火にきらめいて、アズトリアスは悲鳴をあげたが、肩口から血の雨が降り、恐怖に凍りついた貴公子の首が飛んだ。コナンは猫同様の敏捷さで身をひるがえすと、審問官の腿《もも》の付け根めがけて鋭いひと突きを加えた。デメトリオは本能的に飛びすさったので、切っ先がわずかにそれ、太腿に突き刺り、骨をかすめて、脚の反対側まで突きぬけた。デメトリオは苦痛のうめきを洩らすと、その場に片膝をついた。躰から力がぬけ、痛みで吐き気がこみあげてきた。

コナンは攻撃の手をゆるめなかった。ディオヌス隊長が矛槍をふりかぶり、風を切る刃《やいば》に頭蓋を割られるのを防いだ。刃の狙いはわずかにそれて、矛槍の柄をまっぷたつにし、隊長の頭から片方の耳を斬り落とした。未開人の目にも止まらぬ速さに、兵士たちは呆然《ぼうぜん》とするばかりで、手を出すこともできずにいた。その敏捷で獰猛《どうもう》な攻撃の前に幻惑されて棒立ちとなり、その半数は反撃する暇もなく斬《き》り伏せられていたにちがいない。ただひとり、ポストゥモが、腕前というよりも幸運であろうが、キンメリア人に飛びついて、剣を持つ右手を羽交《はが》い締めにした。だが、コナンの左手に頭を叩かれ、ひと声あげて、その場にぶっ倒れた。目がひとつ飛び出して、あわてた彼は赤く口をあけた眼窩《がんか》を押さえた。

コナンは襲いかかる矛槍から跳びすさり、とり囲んだ敵兵の輪を跳び越した。夜警のアルスが弩に矢をつがえようとあせっているところへ着地すると、その腹を強烈に蹴あげて、転倒させた。夜警は顔面蒼白に変わり、げっと腹のなかのものを吐き出したが、その口もとをコナンのサンダルの踵《かかと》が踏みつけた。夜警はもう一度ぎゃっと叫んだ。歯がそっくり砕け、引き裂けた唇のあいだから血混じりの泡が吹き出した。

そのとき、全員の動きが凍りついたように停止した。さっきポストゥモがプロメロを投げこんでおいた部屋から、魂を締めあげるような恐怖の叫びがあがったのだ。ビロードの垂れ布を分け、執事がよろめきながらあらわれた。そこに突っ立ち、頭の弱い子供のように泣きじゃくって躰を震わせている。大粒の涙が蒼ざめた顔を伝わり、しまりなく垂れ下がった唇へと流れていく。

だれもが呆気《あっけ》にとられて、泣きわめく執事をみつめた。コナンは血のしたたる剣を提げたまま、兵士たちは矛槍をふりあげたまま、デメトリオは床にうずくまって、太腿から噴き出す血を止めようとあせり、ディオヌスはそがれた耳の跡を押さえ、アルスは涙のうちに砕けた歯のかけらを吐き出し、そしてポストゥモまでが吠えたてるのをやめ、無事だったほうの目をまたたいて、視界を覆う赤い霧を透《す》かして目を凝らしながら。

プロメロはふらつく足どりで廊下へ出てくると、彼らの前にばったり倒れ伏した。耐えがたいほど甲高い、狂気に満ちた笑い声をほとばしらせ、彼は金切り声で叫んだ。

「神の首のなんと長いこと！　ハ、ハ、ハ。ああ、長い首、呪われた長い首だ！」つぎの瞬間、激しい痙攣《けいれん》を起こして躰をこわばらせ、影の多い天井をうつろな目で見あげるばかりとなった。

「死んだ！」ディオヌスは畏怖《いふ》の声で呟いた。彼自身の傷はもちろんのこと、血刀《けっとう》を提げた未開人がすぐそばに立っているのも忘れている。執事の躰をのぞきこんでいたが、豚のように細い目をぴくぴくさせて立ちあがると、「どこにも傷を受けておらんようだが、いったい、あの部屋でなにが起きたのだろう？」

　そのとき恐怖がその場の全員をとらえた。口々になにやらわめきながら、みながいっせいに外側の扉めがけて駆け出すと、金切り声をあげて扉の前でつかみあい、狂人のように外へ逃れ出ようとした。アルスもあとにつづいた。ろくに目の見えないポストゥモは、傷ついた豚のように悲鳴をあげ、おれひとりを置き去りにするなと哀願しながら、必死に立ちあがり、つまずきながら仲間を追いかけた。彼は同僚のあいだにばったりと倒れ、恐怖に泣き叫ぶ仲間たちに蹴られたり、踏みつけられたりした。だが、四つん這いの姿勢で仲間のあとを追った。そのまたあとにはデメトリオがつづいた。審問官は未知の恐怖に直面する胆力の持ち主だったが、ひどい怪我を負っているうえに、自分を襲った剣がまだ間近にあった。血の噴きあがる腿を押さえ、足を引きずりながら、デメトリオは仲間のあとを追った。兵士たち、馭者、夜警、傷ついている者もいない者も、ひとしく金切り声をあげながら、外の街路へ飛び出していった。建物を見張っていた兵士たちも、原因を問いただす余裕もなく、同じ恐怖に巻きこまれ、潰走《かいそう》の列に加わった。広い廊下に、床の死体三個を別にして、コナンひとりが居残った。

　未開人は剣の柄《つか》を握り直し、問題の部屋へはいっていった。豪奢な絹の壁掛けが垂れ下がり、長椅子だの絹のクッションなどが乱雑に散在しているところに、金箔《きんぱく》を捺《お》した衝立《ついたて》がおいてあって、その上から、《顔》がキンメリア人を見おろしていた。

コナンはそれを意外そうな表情でみつめた。冷たくととのった目鼻立ち、古典的なその美しさは、人間のものとは思われなかった。脆弱《ぜいじゃく》、憐憫《れんびん》、残忍、慈悲、そのような人間感情はいっさいあらわれていない。名工の手が大理石に刻んだ神の仮面といおうか。それでいて、まがうかたなく、生《せい》の徴《しるし》がそこにあった——キンメリア人には知識もなく、理解もできぬ冷厳で異様な生の徴が。彼はふと思った。衝立のうしろには、大理石でできたような完全無欠の全身像があるのではないか。この顔に、神々《こうごう》しいまでの美しさがそなわっていることからして、全身像もまた完璧なものであるのは疑いない。しかし、彼に見ることができたのは、美しくととのった神を思わせる顔だけで、それが妙な具合に左右に揺れている。そして、ふっくらした唇を開いてし、ひと言いった。ゆたかに響くその声には、キタイの国の密林の奥深く、忘却のうちにとり残された神殿の黄金の鐘の音を思わせるものがあった。それは人間の諸王国が興る以前に忘れられた未知の言葉であったが、それが「かかってこい！」という意味であることが、コナンには理解できた。

そこでキンメリア人は進み出た。決死の跳躍をし、剣を鋭く揮《ふる》った。美しくととのった顔が、衝立の前に落ちて転がった。黒い血が噴き出して、彼の足もとに降りかかる。それに触れるのを怖れて、コナンはあとじさった。そのせつな、コナンの肌が総毛立った。というのも、背後の物の痙攣に合わせて衝立が大きく揺れたからだ。彼は人が死ぬところをいやというほど見てきたし、断末魔の声を何十回となく耳にしているが、こうまで悲痛な叫びが人間の喉から洩れたのは聞いたことがなかった。つ

づいて、もがき、のたうつ音がした。あたかも太い綱が激しくのたうちまわっているかのように。

ようやく動きが収まり、コナンは気おくれしながら衝立のうしろに目をやった。と、強烈な恐怖に襲われて、キンメリア人は逃げ出した。走りに走り、空が白みはじめ、ヌマリアの都の尖塔が遠く背後に消えるまで、無我夢中で走りつづけた。頭のなかは悪夢のようなセト、そしてセトの子供たちのことでいっぱいだった。その一族は、かつてこの地上をあまねく支配したが、いまは黒いピラミッドの底深く、暗黒の穴蔵のなかに眠っているという。金箔を捺した衝立の向こうにあったのは、人間の躰でなく――きらめきながら、とぐろを巻いた、頭のない巨大な蛇の死骸だけだった。

館のうちの凶漢たち

Rogues in the House

逃げる者、死ぬ者、黄金の床《とこ》に眠る者

——古謡——

I

王宮内に宴会がもよおされたときのこと、この都市の事実上の支配者である赤い神官ナボニドウスが、若い王族ムリロの腕に慇懃《いんぎん》な態度で手を触れた。ふり返ったムリロ公子は、謎に満ちた神官の目に出遭《で》《あ》って、そこにどんな意味がひそんでいるかと怪しんだ。ふたりのあいだには、なんの会話も交わされなかった。ただ神官ナボニドウスは一礼して、ムリロの手に金の小箱を押しつけた。若い王族は、ナボニドウスが理由のない贈り物をする男でないのを承知していただけに、機会を待って宴会の席をぬけ出し、急いで自室にもどった。小箱をあけると、人間の耳が入れてあった。特徴のある傷痕《きずあと》を見て、何者の耳であるかを即座に知った。貴公子の全身におびただしい汗が噴き出した。宴会の席での赤い神官の無気味な眸《ひとみ》には、予想どおり深刻な意味があったのだ。

しかしムリロは、その匂い高い漆黒《しっこく》の巻き毛と優美な衣服にもかかわらず、その首筋に短剣を押しつけられて膝を屈するような臆病者ではなかった。これはナボニドウスの悪いいたずらで、彼を嘲弄《ちょうろう》するだけなのか、それとも亡命者の途《みち》を選び、国外へ退却せよとうながしているのか、そこまでのところは知りようがなかった。ただわかっているのは、即座に死の手が伸びるわけでなく、なお数時間は自由な行動が許されている点であった。おそらく、その数時間を熟慮に費やせというのであろう。しかし、彼はそのどちらかを決めるのに考慮を必要としなかった。彼に必要なのは道具であり、さいわいその道具は運命が用意していてくれた。その場所は、この都市のむさくるしい片隅、下等な居酒屋と娼婦《しょうふ》宿が蝟集《いしゅう》している裏町。紫の塔のそびえ立つ大理石と象牙の王宮の一角に住む貴族階級には、思い浮かべるだけで身震いの出る汚辱《おじょく》の街であった。

　このスラム街のはずれにアヌーの神の殿堂があって、それは信仰の場所というより、むしろ世俗的な用途にあてられていた。祭司は腹の出張った小肥《こぶと》りの男で、盗品の故買《こばい》と、官憲への諜報《ちょうほう》仕事をあわせ行なうことで、いやがうえにも肥えふとっていた。その界隈《かいわい》は俗称を〈迷路〉と呼ばれるほどで、曲がりくねった街筋が入り組んでつづき、不潔な居酒屋が軒を並べ、この王国に巣食う大胆不敵な盗賊どもにとっては、またとない楽天地であった。ここを根城にする盗賊たちのうちでも、とりわけ勇敢なのが、外人傭兵稼業を放棄したグンデルマン族と、未開人そのままの生活様式を変えないキンメリア人であった。アヌーの神の祭司の密告によって、グンデルマン族は捕えられ、市場《バザール》のある広場で絞首刑に処せられた。だが、キンメリア人は逃げのびて、これが神官の悪辣《あくらつ》な裏切り行為によるものと知ると、夜陰《やいん》に乗じてアヌーの神殿に忍び入り、祭司の首を刎《は》ねた。つづいて都内に大混乱が生じたが、殺人者の捜索はいっこうに実を結ばなかった。やがて娼婦のひとりが彼を売った。女の手引きで、警備兵の一隊が売春宿の隠し部屋を急襲すると、未開人は酔いつぶれて、正体もなく眠りこんでいた。

兵士たちがつかみかかると、若者はぼんやりとした顔で目を醒ましたが、たちまち獰猛《どうもう》さを発揮して、隊長の腹を裂いて臓腑《ぞうふ》をつかみ出した。兵士たちの輪を突破して、逃げのびていたとしても不思議はない。だが、酒がまだ彼の五官を鈍らせていた。頭も視界もはっきりしないまま出入口へ突進したところ、あいにくとそれが扉でなく、石の壁であった。彼は頭を激突させて意識を失った。気がついたときは、この都市でももっとも頑丈な土牢《どろう》のなかにいた。石壁に鉄鎖《てっさ》でくくりつけられては、未開人の膂力《りょりょく》をもってしても、どうにもならなかった。

その土牢をムリロ公子が訪れた。仮面を着け、黒マントで躰《からだ》を包んでいる。キンメリア人は相手をじろじろと見て、これを死刑執行人の訪れと受けとった。ムリロ公子は若者を坐らせ、興味の目で観察した。薄暗い土牢の内部で手足を鉄鎖に縛られた現状であるが、それでもこの若者が、原始の力の持ち主であるのを即座に見てとった。筋骨たくましい体軀《たいく》。そこには大熊の腕力と豹《ひょう》の敏捷さがあわせそなわり、獅子のたてがみを思わせる黒い総髪《そうはつ》の下に青い目が光って、消したくても消せない野蛮さをありありと示していた。

「囚人よ、生命は惜しいのであろうな?」

ムリロ公子がいうと、未開人はなにやら呟いて、その目に新しい関心がひらめいた。

「逃がしてやってもよいぞ。恩にきて、ひと働きする気があればだが」

キンメリア人は無言であったが、目の色の真剣さが返事の代わりだった。

「殺してもらいたい男がある」

「だれを？」

ムリロは声を落として、

「ナボニドウス、王宮つきの神官だ！」

キンメリア人は驚きはもとより、当惑の表情も見せなかった。文明人の心に沁みこんだ権威者への畏怖《いふ》の念を、この若者はまったく欠いていた。王者であろうと乞食《こじき》であろうと、彼にとっては同じ人間だった。そして牢獄の外に殺し屋はいくらでもいるのに、なぜこの貴公子が土牢を訪ねてきたのかもたずねなかった。

「いつ、ここを逃げ出せるんだ？」彼は語気を強めて訊いた。

「一時間以内にだ。この土牢にはひとりだけ夜番《やばん》がいるが、これは買収可能だ。いや、すでに買収してある。見ろ、これがおまえを縛っている鎖の鍵だ。いますぐ鎖をはずしてやる。おれが立ち去ったあと一時間したら、夜番のアティクスがこの独房の扉の錠をはずす。おまえは着ている短上衣《チュニック》を裂いて、その布切れでアティクスの躰を縛りあげろ。そうしておけば、アティクスがみつかったとき、外部の者の手引きで脱走したものと解釈されて、嫌疑がかからんですむ。そのあとすぐに、赤い神官の家に忍びこみ、殺害にとりかかれ。仕事がすみしだい鼠酒場へ行けば、待機している男が黄金の袋と馬一頭を手渡す。それを受けとったら、至急街を離れ、曠野《こうや》へ逃げこめばよい」

「早いところ、このいまいましい鎖をはずしてもらおう」キンメリア人は急《せ》きたてた。「それから、その夜番にいいつけて、食い物を持ってこさせてくれ。クロムの神の名にかけていうが、きょう一日、腐ったパンと水しかあてがわれなかった。腹がすいて死にそうなんだ」

「すぐに届けさせる。だが、忘れるなよ。おれが屋敷へもどるまで、逃げ出してはならぬことを」

鉄鎖をはずしてもらうと、未開人は立ちあがって太い腕を伸ばした。それは薄暗い土牢内でも強い力にあふれて見えた。ムリロとしては、おのれの計画を完遂する者はこのキンメリア人をおいてほかにないと、あらためて感じるのだった。くり返し指示をいって聞かすと、貴公子は牢獄を立ち去った。その前に夜番のアティクスに、大皿いっぱいの肉と強い麦酒《エール》を囚人のもとに届けるようにいいおくのを忘れなかった。夜番が彼の命令に従うことは疑いなかった。大金をつかませておいたばかりでなく、その弱味となるたしかな情報を握っていたからである。


部屋へもどったムリロ公子の心は、恐怖を完全に制御しうる状態にもどっていた。ナボニドウスの凶手《きょうしゅ》が身におよぶにしても、王の意向を表面に立てなければならぬ——その点もまた疑いの余地がなかった。近衛兵《このえへい》の一隊がいまだに屋敷の門を叩かぬことからしても、ナボニドウスがいまのところ讒《ざん》言《げん》を王の耳に入れていないのは確実だった。だが、夜の明けしだい、王に讒訴《ざんそ》するのは目に見えている——もっとも、彼が明日まで生きながらえていればであるが。

ムリロは、キンメリア人が約束を守ることを信じていた。しかし、首尾よく目的を果たしうるかどうかは別個の問題で、これまでにも赤い神官の暗殺を企《くわだ》てた者は何人もいるが、揃いもそろって原因も知れぬ怖ろしい死をとげている。もっとも、その刺客たちはみな都会育ちの連中で、未開人の狼にも似た本能を欠いていた。ムリロは彼独自の秘密情報網によって、キンメリア人が監禁されている事実を知っていたので、切りとられた耳を入れた金の小箱を手にしたとき、これに問題の解決を託したわけなのだ。

貴公子は部屋へもどると、コナンと呼ばれる若者のために乾杯し、その夜の計画の成功を願った。その後、酒杯《しゅはい》を重ねているうちに、密偵のひとりが報告を持ち帰った。夜番のアティクスが逮捕されて、牢獄へ幽閉《ゆうへい》されたという。しかも、キンメリア人は逃亡していないのだ。

ムリロ公子は、ふたたび血が凍りつくのを感じた。運命の糸は思わぬ方向へそれ、いまさらながらナボニドウスの邪悪な力を見せつけられることになった。この赤い神官は、人知をはるかに超えた能力をそなえ、犠牲者の心を読みとり、操り人形のように踊らせることができるのではないだろうか——身の毛もよだつ強迫観念が胸中で膨《ふく》れあがった。貴公子は絶望のあまり、無謀に近い行為に踏みきる気持ちになった。黒いマントの下に長剣を隠し、秘密の裏口から屋敷を出て、人けの絶えた街筋を急いだ。ナボニドウスの屋敷に到着したのは、ちょうど真夜中だった。暗い夜空に石塀が浮かびあがっていた。これが庭を囲んで、周囲の敷地から隔《へだ》てているのだ。

高い塀ではあるが、乗り越えられぬものではない。ナボニドウスは石の塀ごときものに万全の信頼をおいていないので、怖れるべきものは塀の内部にあった。それがどのようなものであるか、ムリロ公子も正確なところは知らなかった。少なくとも獰猛な犬が庭園内を徘徊《はいかい》していて、忍び入る者を発見するときは、猟犬が兎《うさぎ》を引き裂くように寸断してしまうのであろう。しかし、それ以外のものについては、ムリロもあえて考えようとしなかった。たまたま公式の用務で屋敷を訪れた者の報告によると、ナボニドウスは宏壮な屋敷内に、簡素ではあるが高級な調度品に囲まれて住んでいながら、意外なほど小人数の召使いを使っているだけであった。実際、来客の前に出てくるのは、ヨカと呼ばれる寡黙《かもく》な長身の男ひとり。ほかに、おそらくは奴隷《どれい》であろうが、屋敷の奥で用を足している男がいたが、これは物音を立てるだけで、姿を見せたことがなかった。そして、この奇怪な屋敷内でのもっとも奇怪な存在は、ほかならぬナボニドウス自身だった。陰謀にかけては驚くべき手腕の持ち主で、国際外交の機微を完全に把握することにより、この王国の最高実権者に成りあがっていた。国民、大臣、いや国王までが、彼の操る糸の先で人形同様に踊らされているのだった。

ムリロ公子は塀を乗り越え、庭園内に降り立った。広大な敷地は、葉をそよがせる灌木《かんぼく》の茂みが拡がって、暗い影の世界だった。木々のあいだに、さらに黒々と浮かびあがる建物では、どの窓にしろ灯の色を見せていない。若い王族は足音を忍ばせながらも、すばやく植込みを通りぬけた。いまにも猛犬の吠える声が聞こえるのではないか、影のなかからその巨体が躍り出てくるのではないかと、つかの間不安に襲われた。そのような襲撃に自分の長剣が対抗できるものか、自信はまったくないのだが、それでも彼は躊躇《ちゅうちょ》しなかった。猛犬の牙によって死ぬのも、首斬《くびき》り役人の斧《おの》の下に死ぬのも、死ぬことに変わりないからだ。

そのうち彼は、なにやら大きな物につまずいた。身をかがめて、おぼろな星明かりに透《す》かしてみると、地面に力なく横たわっている物が見分けられた。庭園内を警護する猛犬だった。ただし、死骸である。首の骨を折られたうえに、大きな牙の痕らしいものがついている。人間のなせる業ではない、とムリロには感じられた。猛犬は、それ以上に獰猛な怪物に襲われたのだ。ムリロは不安を感じて、しばらくは暗い植込みを見まわしていたが、けっきょく肩をひとつすくめて、静まりかえっている建物へ近よっていった。

最初に押してみた扉は、鍵がかけてなかった。剣を手に注意しながらはいりこむと、そこは影に包まれた長い廊下で、突き当たりにかかった垂れ布の下からぼんやりした光が洩《も》れていた。屋内は完全な静寂に支配されていた。ムリロはすべるような足どりで廊下を進み、垂れ布の隙間からのぞきこんだ。そこは照明の輝く部屋で、すべての窓をビロードのカーテンが覆い、光線が射しこまないようにしてある。人の姿は見えなかった。もっしも、生きている人間はという意味で、代わりに身の毛のよだつようなものを見た。家具が破損し、垂れ布が引き裂かれ、激闘の行なわれた事実を告げている中央に、人間の死体が横たわっているのだ。腹を下にした姿勢だが、首をねじ曲げ、顎《あご》が肩のうしろへまわった恰好だった。顔面を怖ろしい形相《ぎょうそう》に歪め、足をすくませて突っ立った王族を横目で睨《にら》んでいるかのように思われた。

ムリロはその夜はじめて決意を動揺させ、侵入した方向へ不安げに目をやった。つぎの瞬間、死刑執行人の手斧と断頭台の記憶に覚悟を決め、部屋の中央に横たわり歯をむき出している死体を避けてまわりこみながら、室内を横切った。この死人の正体は、顔を見るのははじめてだが、その姿かたちからして、ナボニドウスの陰気な従者ヨカと想像された。

カーテンのかかった扉の奥をのぞくと、そこは広い円形の部屋で、磨きあげた床と高い天井の中間あたりを回廊がとり巻いている。飾りたてた調度類は王の私室に劣らぬ豪華さだった。部屋の中央に華麗な彫刻をほどこしたマホガニー材のテーブルを据え、その上には酒瓶と豊富な食料が並べてある。

と、ムリロ公子は躰をこわばらせた。大型椅子の幅広い背が彼のほうを向いて、それに腰かけている男の服装は見憶えのあるものだった。朱色の袖に包まれた腕を椅子の腕に載せ、見慣れた緋色《ひいろ》のガウンについた頭巾《ずきん》をかぶった頭を、なにか考えこむように前に折り曲げている。赤い神官ナボニドウスとは、王宮での会議で何百回も顔をあわせているが、いつもこのような姿勢をとっていた。

激しく打つおのれの心臓に呪いの言葉を浴びせながら、若い王族は長剣をかまえ、いつでも突き出せる態勢を崩さず、忍び足に部屋を横切った。獲物《えもの》は身動きひとつせず、慎重に進む彼の足音も聞こえない様子だった。赤い神官は眠りこんでいるのであろうか。それとも、これもやはり死骸で、大きな椅子にへたりこんでいるのだろうか？　ムリロが敵まであと一歩のところへ近よったとき、相手はとつぜん椅子から立ちあがって、彼と向きあった。

ムリロの顔から血がさっと退いた。指のあいだから長剣がすべり落ち、磨きあげた床にけたたましい音を立てた。蒼《あお》ざめた彼の唇から怖ろしい叫びが洩れ、躰の倒れるどさっという音がつづいた。そのあと、赤い神官の屋敷内をいまいちど静寂が支配した。

2

キンメリア人コナンの監禁されている土牢《どろう》をムリロ公子が立ち去った直後に、夜番《やばん》のアティクスは囚人のところまで皿に載せた食料を運んでいった。牛の肉の大切れに麦酒《エール》を大コップ一杯、それにこまごました品を添えてあった。コナンはむさぼるように食べはじめ、一方アティクスはその夜最後の巡回を行なって、どこにも異状がないのを確かめた。偽装脱獄を目撃されぬための配慮であった。しかし、彼がこの行為に熱中しているところへ、近衛兵《このえへい》の一隊が土牢へ押し入ってきて、アティクスを逮捕した。ムリロはこの命令の趣旨を誤解した。それはコナンの脱獄計画が発覚したからでなく、ぜんぜん別個の理由によるものであった。アティクスは以前からならず者の社会とつきあいがあり、それを隠さなくなってきていた。その旧悪のひとつが処罰に結びついたのだ。

もうひとりの獄卒《ごくそつ》が当夜の宿直に就いた。これは頑固一徹《がんこいってつ》の気性で知られ、どんな賄賂《わいろ》を提供されようと、義務に違背《いはい》する怖《おそ》れのない男だった。融通のきかぬ性分だけあって、おのれの任務の重要性が頭にこびりついていた。

夜番のアティクスが法官の役所へ連行されたあと、この獄卒が規則に従い、監房の巡回を行なった。コナンの監房の前まで来ると、なんとこの重大犯人が鉄鎖を解かれ、骨つき肉の最後のひと切れをかじっているではないか。彼の正義感を揺るがし、激昂《げきこう》を呼ぶ事態である。かっとなった獄吏《ごくり》は、思わぬ過誤を犯してしまった。牢獄内のほかの区域から獄吏たちを招集せずに、彼ひとりだけで監房内へはいりこんだのだ。それがこの男の職務上の最初の過ちであり、最後の失敗であった。コナンはかじっていた骨を揮《ふる》って、獄卒の頭を叩き割り、その短刀と鍵とを奪いとると、おもむろに土牢を立ち去った。先ほどムリロ公子がいったとおり、夜間の任務に就いている獄卒は一名だけだった。キンメリア人は奪いとった鍵を使って、やすやすと塀の外に出て、すぐに屋外の空気を吸っていた。ムリロの計画どおり脱獄に成功して、自由の身となったかのようである。

牢獄の塀の暗い影のなかに足を止めて、未開人コナンはつぎの行動を考えた。脱出は彼自身の力によったもので、ムリロの恩を受けたわけでない。だが、鉄鎖をはずして食物をあてがってくれたのは、この若い王族である。それがなければ、この脱出も不可能であっただろう。煎《せん》じつめれば、ムリロ公子に恩義があることになる。コナンは義務を果たさずにはおかない性分であったので、貴公子との約束を守る考えになった。しかし、それに先立ち、片づけておかねばならぬ彼自身の用件がある。

コナンはぼろぼろに破れた短上衣《チュニック》を脱ぎ捨てて、腰布ひとつの裸体になると、夜の街を歩きはじめた。進むにつれて、短刀を握る指に力がこもってきた。獄卒から奪いとってきた広刃《ひろは》の短刀——両刃で刀身の長さが十九インチ、殺人にはあつらえむきの凶器だ。彼は狭い路地と影のうちに沈んだ広場をぬけ、やがてめざす区域に行きあたった——俗に〈迷路〉と呼ばれている一角である。迷宮さながらに錯綜《さくそう》した街筋であるが、彼は自宅同様に知りぬいていた。暗い路地にさらに暗い路地がつづき、思いがけないところに塀に囲まれた小広場があり、その先にまた曲がりくねった路地がつづく。うさんくさい物音、鼻をつく悪臭。舗石《しきいし》のない道は、泥と汚物の混ざりあったぬかるみの連続である。もちろん下水のあるわけがなく、投げ捨てられた台所の廃物が不快な臭気をただよわせている。注意して歩かないことには、足を踏みはずし、道路わきの汚水溜《だ》めに落ちこみ、腰まで漬かりかねない。それにこの界隈《かいわい》では、死骸につまずくのもめずらしいことでなかった。それはみな喉を切られるとか、頭を打ち割られるとかしたもので、泥濘《でいねい》のなかに転がっているのだった。正常な生活をしている人々が〈迷路〉に近づくのを避けているのは、それだけの理由があるからだ。

コナンはだれにも見られることなく目的の場所に到着した。ちょうどそのとき、是が非でもつかまえたいと望んでいた相手が立ち去るところだった。キンメリア人は家の外の中庭にうずくまった。彼を官憲に売った女が、二階にあるその部屋から、新しく情夫《じょうふ》にした男を送り出しているのだった。その若い殺し屋は、背後の扉が閉まると、ぎしぎし音を立ててきしむ階段を手探りしながら降りてきた。なにかしきりと思案の様子なのは、〈迷路〉の住人の例に洩れず、法に背《そむ》いた仕事に関係することを考えているのであろう。階段の途中まで降りて、男は急に足を止めた。髪の毛が逆立った。階段の下の暗闇に大きな影がうずくまって、狩りをする野獣のような目をきらめかしているのだ。男が生きて最後に聞いた音は、野獣のそれそのままの唸《うな》り声であった。つぎの瞬間、怪《あや》しの物が襲いかかってきて、鋭い刃《やいば》が男の腹を斬り裂いた。ぎゃっとひと声うめき、男は階段を転げ落ちた。

　未開人はしばし暗闇に両の目を光らせ、悪鬼《あっき》さながらの姿で突っ立っていた。いまの物音が夜のしじまを破ったことはわかっている。だが、〈迷路〉に住む人々は、自分の問題以外のことには関心を持たない。暗闇の階段で断末魔の叫び声があがるのも日常茶飯なのだ。そのうちにだれか様子を見に出てくるであろうが、それも危険な時間が過ぎ去ったあとと決まっている。

　コナンは階段を登って、よく知っている扉の前に立った。内部から差し金が下ろしてあったが、扉板の隙間《すきま》に短刀の刃をさしこんで撥《は》ねあげた。なかに踏みこみ、背後の扉を閉め、彼を売った女と向きあった。

　淫婦《いんぷ》は下着だけの恰好で、寝乱れたベッドに脚を組んで腰かけていた。彼を見ると、幽霊が出現したと思ったものか、蒼白な顔に変わった。しかし、階段の下での叫び声を聞いていたし、男の手の短刀が朱《あけ》に染まっているのを見ると、ことのしだいを悟った。だが、自分の身を案じるのにかまけて、新しい情人の死を悼《いた》んでいる暇はなかった。無我夢中で命乞いを開始したが、怖ろしさのあまり支離滅裂になった。コナンはひと言も答えず、そこに突っ立ったまま、憎悪に燃える目で女をみつめ、短刀の刃先を胼胝《たこ》のできた親指であらためていた。

とうとう彼は部屋を横切った。女は壁ぎわまでさがり、狂気のように哀訴《あいそ》の言葉を泣き声でくり返した。しかし、彼は乱暴な手つきで女の黄色い前髪を引っつかむと、ベッドから引き離した。短刀を鞘《さや》に収め、泣きわめく女を左腕でかかえこみ、大股に窓へ向かった。この種の家屋は大部分が同じ構造にできている。各階ごとに窓の外に出っ張りを設け、それが家屋をひとまわりしているのは、部屋と部屋とを連絡させる必要があるからだ。コナンは窓を足で引きあけ、狭い出っ張りへ踏み出した。もしも近所に目醒《めざ》めている者があれば、異様な光景を目撃することになったであろう。狭い出っ張りの上を慎重な足どりで渡っていく男、その腋《わき》の下では半裸の女が足を蹴あげて泣きわめいている。その結末は、女はもとより、目撃者のだれもが察しとれたはずである。

めざす位置までくると、コナンは足を止めて、自由なほうの手で躰を壁に支えた。屋内で人声が急に高まった。どうやら死骸がついに発見された様子だ。コナンに抱きかかえられた女は、すすり泣きのうちにも身をよじって、またも新しく哀訴をくり返した。彼は下の路地の汚物やぬかるみをちらっと見おろした。そして、わずかのあいだ屋内のざわめきと女の嘆願に耳を傾けたあと、女の躰《からだ》を汚水溜め目がけて無類の正確さで投げおろした。数秒のあいだ女は足を蹴あげ、もがき、あがき、呪いの言葉を吐きつづけた。彼は小気味よさそうに低い笑い声をあげた。それから顔をあげ、屋内の騒ぎがしだいに高まるのを聞きとって、いよいよナボニドウスを殺しに行くころあいだと考えた。

3

金属性の音が反響して、ムリロ公子は意識をとりもどした。うめき声をあげ、ふらつく躰《からだ》を起きあがらせようと努めた。そこは沈黙と暗黒の世界で、おれもついに盲目になったのかと、一時は恐怖感におののいた。つづいて意識を失うまでの記憶がよみがえり、全身に鳥肌が立った。触感で現在身を横たえているのが石畳《いしだたみ》の上であるのがわかる。なおも手を伸ばすと壁に触れた。これも同様に板石が張ってある。公子は立ちあがって壁に身をもたせ、これからどんな行動をとったものかと考えた。しかし、方針の立つわけもなかった。ここがなんらかの牢獄であるのは推定できるが、その所在場所と、閉じこめられてからの経過時間は、まったく見当がつかなかった。金属性の響きを聞いた記憶がぼんやりと残っていた。あれは地下牢の鉄扉が下りて監禁されたときの音だろうか、それとも死刑執行人の到来を告げるしるしだろうか。

こう考えて彼は激しく身震《みぶる》いし、壁を手で探りながら歩きはじめた。最初はじきに監房の端に行きつくものと予期していたが、しばらくすると、廊下を進んでいるのだという結論に達した。彼は落し穴なり、ほかの罠なりに落ちこまないように気を配って、さらに壁伝いに歩きつづけた。やがて闇のなかの近くになにかがあるのを感じとった。目に見えたわけでないが、耳がかすかな音を聞きとったのか、第六感で感じとったのか、とにかく危険を察知したのだ。足が止まり、全身の毛が逆立った。まちがいない、なにか生きているものが目と鼻の先の闇のなかにうずくまっている。

すると相手のほうから声をかけてきて、公子は心臓の止まる思いがした。だがその声には、聞きおぼえのある未開人なまりがあった。

「ムリロ！　あんたなのか？」

「コナン！」若い王族も驚きから立ち直って、闇のなかを手探りすると、手が幅広い裸の肩に触れた。

「よかったよ、あんたとわかって」未開人はほっとしたようにいった。「あぶなく、肥《ふと》った豚みたいに突き刺すところだった」

「ミトラの神の名にかけて、ここはどこなんだ？」

「赤い神官の屋敷の地下、穴蔵《あなぐら》のなかだ。だけど、あんたはどうして――」

「いまの時刻は？」

「真夜中ちょっと過ぎだ」

ムリロは頭を揺すって、支離滅裂になった知力をとりもどそうとした。

「あんた、こんな場所でなにをしてるんだ？」キンメリア人がさらに質問した。

「ナボニドウスを殺しにきた。おまえの牢獄で、看守が交代させられたと聞いたので――」

「交代はしたが」コナンが唸り声でいった。「新しい看守の頭をぶち割って、ぬけ出してきた。何時間も前にここへ来ていてもよかったが、ちょいと用事を片づけてきたんだ。さて、あんたとふたりでナボニドウスという男を捜すことになるのかな？」

ムリロは身震いして、

「コナンよ、ここは大悪魔の屋敷なのだ！　おれは人間である敵を求めてきたが、相手は地獄から出てきた毛むくじゃらの悪魔だった！」

コナンは不安げな声を洩《も》らした。この若者は手負いの虎と同じで、相手が人間であるかぎり怖れることを知らないが、原始人の本能から、超自然の存在には迷信的な恐怖心を抱いているのだ。

「おれはこの屋敷に潜入した」ムリロ公子は声を低めて語りつづけた。まるで暗闇のそこかしこに聴《き》き耳を立てている者がいるかのように。「外の庭に、ナボニドウスの番犬が殺されていた。屋敷のなかにはいると、従者ヨカの死体にぶつかった。首の骨を折られていた。それからナボニドウスのうしろ姿を見た。いつもの長衣をまとって、椅子に腰かけていた。おれは最初、彼もまた死んでいるのかと思った。せめてひと刺ししてやろうと忍び足で近づいていくと、彼はいきなり立ちあがって、ふりむいた。ああ、神々よ！」そのときの恐怖感がよみがえったのであろう。若い王族は声を途切らせた。

「コナンよ」と彼は囁《ささや》くように話をつづけた。「おれの前に立ったのは、人間でなかったのだ！　姿かたちは人間と似ていないこともないが、悪神官の緋色《ひいろ》の頭巾《ずきん》の下からおれに笑いかけているその顔は、狂気と悪夢から生まれたものだった。黒い毛に覆われて、豚のように小さな目が、赤くぎらぎらきらめいている。鼻は平《たい》らで、ふたつの穴が大きく開いている。垂れ下がった唇がねじくれ、黄色い牙をむき出して、犬の歯にそっくりなのだ。緋色の袖口からのぞいている手は形がいびつで、やはり黒い毛が密生していた。これだけのものを、おれはひと目で見てとったが、あまりの怖ろしさに意識を失った」

「それから？」キンメリア人は不安げに先をうながした。

「気がついたのは、ほんの少し前だ。怪物によって、この坑《あな》に投げこまれたにちがいない。コナンよ、おれは前から薄々思っていたのだ、ナボニドウスのやつは完全な人間ではないとな。あいつは悪魔だ——人間に化けた悪魔なんだ！　昼間は人間を装って歩きまわっているが、夜になると本来の姿に返るんだ」

「なるほど」コナンも応じて、「自由自在に狼の姿をとれる人間がいるのは、だれでも知っていることだ。しかし、なんのために家来を殺したんだろう？」

「悪魔の心が、われわれ人間にわかるわけがない」ムリロ公子は答えた。「それより、いまのわれわれの問題は、どうやってこの坑からぬけ出すかだ。人間の武器では人に化けた悪魔を殺せるものでない。ところで、おまえはどうやってここへはいりこんだ？」

「下水道を伝って来た。庭に見張りがいるのはわかっていた。下水道なら、この穴蔵に通じる坑道と繋《つな》がっているはずだ。かんぬきをかけてない扉をみつけて、屋敷にはいりこめばいいと思った」

「では、おまえがはいってきた道から逃げ出せる！」ムリロ公子は喜んで叫んだ。「それで助かった。いったん蛇の巣のようなこの地下坑をぬけ出せば、近衛隊《このえへい》に身を託して、一か八か都を逃れ出られるやもしれん。さあ、行こう！」

「それがだめなんだ」キンメリア人は愚痴《ぐち》のようにいった。「下水道の出口はふさがれてしまった。おれが坑道へはいりこんだとたん、天井から鉄格子が落ちてきた。おれが稲妻よりすばやかったから救かったんで、あぶなく虫けらみたいに圧しつぶされるところだった。持ちあげようとしたが、あの鉄格子、動くものじゃない。象の力を使ったにしても、びくともしないだろう。格子の穴も小さすぎて、兎《うさぎ》より大きなものはぬけ出せんのさ」

ムリロ公子は呪詛《じゅそ》の叫びをあげた。氷のように冷たい手が、背すじを撫《な》であげ、撫でおろした。なるほど、ナボニドウスが屋敷への出入口を無防備にしておくはずがない。コナンは野獣に劣らぬ敏捷《びんしょう》さを身につけていたから救われたのだ。そうでなければ、落下してくる墜《おと》し格子が、彼を串刺しにしたはずである。坑道内を彼が歩いたせいで、隠された押さえ金がはずれ、鉄格子が天井から落ちてきたに相違ない。要するに彼らふたりは、生きながらこの坑道内に囚われの身となってしまったのだ。

「こうなっては、道はひとつしかない」ムリロ公子は全身に汗をしたたらせていった。「それは、別の出口を捜すことだ。もちろん、そこにも罠が仕掛けてあるのを覚悟しなければならぬが、そのほかには方法がない」

未開人も同意の言葉を吐いて、ふたりは手探りのまま廊下を進みはじめた。そのあいだにも、ムリロの頭に疑問が浮かんだ。

「この暗闇で、どうしておれとわかった？」

「あんたの髪の匂いに記憶があった。おれの牢屋に訪ねてきたとき、嗅《か》いでおいたんだ」コナンは答えた。「さっき闇のなかにうずくまって、近よってくるやつの腹を斬《き》り裂いてくれようと身がまえたとたん、あのときの匂いが流れてきた」

ムリロ公子は黒髪の先を鼻に押しつけてみた。文明人としての彼には、そうしてみても、匂いを嗅ぎとれるか嗅ぎとれないかだ。未開人の感覚がどれほど鋭いか、あらためて思い知らされた形だった。

手探りの行進をつづけるうちに、手が本能的に剣の鞘《さや》に伸びた。と、それが空《から》っぽなのに気づいて、ののしり声が出た。その瞬間、前方がわずかに明るくなってきた。じきに廊下が急角度に折れたところに行きあたった。そこから光が洩れているのだ。ふたりは揃って角の向こうをのぞきこみ、同伴者にもたれるような形になったムリロは、連れの巨躰《きょたい》がこわばるのを感じた。若い王族にも見えた――廊下の角を曲がった個所に半裸の男がぐったりと横たわっている。遠くの壁に幅広い銀色の円盤があって、それが放つ光線に照らされているのだ。うつぶせの姿勢で倒れているのだが、見慣れている印象なのが不思議だった。不吉な予感にとらわれた若い王族は、キンメリア人をうながして、足を忍ばせて進み出ると、倒れている男の上にかがみこんだ。嫌悪の気持ちを抑えながら、肩口をつかんで仰向かせた。そして信じられぬ思いで驚きの叫びをあげた。キンメリア人も凄じい唸り声をあげた。

「ナボニドウスだ！　赤い神官！」ムリロは口走った。あまりの意外さに頭のなかが渦巻いていた。「だれがこんなことを――いったいなにが――」

神官はうめき声を洩らして、身動きした。コナンは猫のようなすばやさで彼の上にまたがり、短刀を心臓の上にあてがった。ムリロはその手首を押さえ、

「待て！　殺すのはまだ早い――」

「なぜ、いけない？」キンメリア人は不服そうな顔つきで、「こいつは悪魔の姿を脱ぎ捨てて眠っている。目を醒《さ》まして、おれたちふたりを八つ裂きにするのを待つつもりか？」

「そうではないが、とにかく待て！」ムリロ公子は熱心に制して、彼自身の乱れた知力をととのえようと努めながら、「見るがいい！　この男は眠っているのではない――剃りあげたこめかみのところが青く膨《ふく》れあがっているのが見えるだろう。ここを殴りつけられ、気を失っているのだ。何時間も倒れ

ていた様子ではないか」

「だけど、さっきのあんたの言葉だと、この上の部屋のなかで、こいつが悪魔に変わったのを見たとか――」

「たしかに見た！　さもなければ――おっと、この男、息を吹きかえしそうだ！　短刀を鞘に収めろ、コナン。この屋敷の謎は、考えていたよりよほど複雑なものらしい。殺す前に、この男と話しあってみる必要がありそうだぞ」

　ナボニドウスは漠然と手をあげて、傷ついたこめかみをさすってなにごとか呟き、目を開いた。一瞬、三者ともに思考力を欠いた状態であった。と、つぎの瞬間、三人は急に生気をとりもどした。ナボニドウスが起きあがり、ふたりをみつめる。さしも剃刀《かみそり》なみに鋭敏《えいびん》な彼の頭脳も、瞬間的に混濁した様子であったが、すぐにいつもの活力をとりもどした。鋭く周囲へ目をやったが、その視線をムリロ公子の顔に据えて、

「これはこれは、ムリロ殿下。むさくるしい陋屋《ろうおく》にご光来をたまわったわけですな」と冷ややかに笑い、若い王族の背後に立つ偉丈夫《いじょうふ》の姿を見て、「壮漢《そうかん》をお連れになったご様子だが、わたしの粗末な生命を奪うのに、あなたの剣だけでは不充分とお考えでしたか」

「余計な饒舌《じょうぜつ》は無用だ」ムリロ公子はいらだつように応じた。「いつからおまえ、この場所に倒れておった？」

「意識を回復したばかりの男に、いささかご無理な質問ですな」神官は答えた。「わたし自身、いまが何時であるかを知らぬ状態でして。ただ、わたしが襲われた時刻――あれは夜半に達する一時間ほど

前のことでした」

「すると、この上の部屋でおまえ自身の長衣をまとって赤い神官を装っておったのは、いったいだれなのだ？」とムリロ公子。

「タクでしょうな」とナボニドウスが、口惜しそうにこめかみの傷をさすりながら答えた。「さよう、タクにちがいありません。わたしの長衣を着用しておりましたか？　けしからん犬め！」

コナンはふたりの会話の意味が理解できずに、もじもじと躰《からだ》を揺すり、なにごとか生まれた地の言葉で呟いた。その様子をナボニドウスはちらっと見やって、

「殿下の用心棒は、わたしの心臓の血に飢《う》えておるらしいですな」といった。「わたしの忠告を入れて、国外へ逃亡するくらいの知恵はおありかと思っておったのですが」

「おまえの警告を信用するほどお人よしではないのでな」ムリロがいい返した。「ともかく、おれの現在の関心は、この屋敷のうちにある」

「そこで、この殺し屋をお連れになりましたか」ナボドニウスが小声でいった。「わたしはかなり以前から、殿下の陰謀を見ぬいておりました。顔色の冴えぬ宮内大臣をこの世から去らせましたのも、理由はそこにありました。彼は死に臨《のぞ》んでいっさいを打ち明けましたが、その告白のなかに、彼を買収し、国家の機密を盗ませ、それを敵国に売った若い王族の名が含まれていました。ムリロ殿下、あなたはご自分の行為を恥ずかしくお感じにならぬのですか？　白い手をした売国奴の行為を？」

「おまえの所業にくらべれば、なにを恥じることがあろうか、この禿鷹《はげたか》の心臓を持つ簒奪者《さんだつしゃ》め」ムリロは即座に応じた。「この王国のすべてを、おまえ自身の飽《あ》くなき欲望のために利用し、政治について

は無関心を装うことで王を欺《あざむ》き、富豪にとり入り、貧者を圧迫し、国家の将来をおのれ一個の野心の犠牲とすることもいとわない。おまえは餌箱に鼻面を突っこんだ肥えた豚と変わることがない。おれよりもはるかに悪辣《あくらつ》な盗人だ。ここにいる三人のうち正直な男とは、このキンメリア人ひとりであろう。なぜかというに、盗みも殺人も正々堂々と行なっているからだ」

「なるほど。とにかく、極悪犯人が揃ったわけですな」ナボニドウスは平然たるもので、「で、これからの殿下のお考えは？　わたしの生命はどうなります？」

「失踪《しっそう》した大臣の耳を見て、おれは自分の運命を悟った」唐突にムリロがいった。「おまえの讒言《ざんげん》で王の兵力が発動するものと考えた。どうだ、それにちがいあるまい？」

「仰《おお》せのとおりです」神官は答えた。「大臣を退《しりぞ》けるのは容易なことです。しかし、殿下はご身分が高貴すぎます。そこで明日、殿下に関してちょっとした笑い話を王のお耳に入れようと考えていました」

「その笑い話で、おれの首が飛ぶわけか」ムリロ公子がいった。「そうすると、王はまだおれの外交方針に気づいておられぬようだな」

「現在のところはですな」ナボニドウスが溜息混じりに応じた。「しかし、この壮漢が短刀をかまえておるからには、その笑い話が王のお耳に届くこともないでしょう」

「おまえはこの鼠穴の出口を知っておるはずだ。生命は救けてやると約束しよう。われわれの脱出に協力し、おれが外国と通じていたことについて、ひと言も洩らさぬと誓えばだ」

「神官が誓いを守ったことがあるか？」コナンが口を出した。ふたりの会話の趣旨が理解できたとみえる。「こいつの喉首を掻《か》っ切らしてくれ。血の色を見ておきたい。〈迷路〉の噂で、この悪神官の心臓は黒いと聞いた。そうだとしたら、血の色もやはり黒にちがいない――」

「黙っておれ」ムリロ公子は小声で制して、「彼の口から脱出方法を聞き出さぬことには、われわれはこの坑道内で死なねばならん。さあ、ナボニドウス、返事を聞きたい」

「狼が片脚を罠にくわえこまれた状態で、返事をしないわけにもまいりませんな」神官は笑って、「現在のわたしは、殿下の支配下にある男です。ここをぬけ出すには、われわれ三者が一致協力する必要があります。誓っていいます。生き延びることができたら、殿下の策略に富んだご計画については、なにもかも忘れましょう。ミトラの魂《たましい》にかけて誓います！」

「その言葉で満足した」ムリロ公子がいった。「赤い神官にしても、よもや誓言《せいげん》を破るとは思われん。では、ここから出るとしよう。わが友コナンは下水道からはいりこんだが、はいると同時に墜《おと》し戸が落下し、退路を遮断した。おまえはその戸を押しあげることができるか？」

「坑道の内部からでは不可能です」神官は答えた。「操縦桿《かん》を設置してある場所が坑道の上の部屋にあるからです。従って、出口はひとつしかありません。これからそれをお目にかけます。しかし、殿下ご自身は、どんな方法ではいられました？」

ムリロ公子は簡略な言葉で経過を説明した。神官ナボニドウスはうなずきながら、こわばった躰を引き起こした。足を引きずって廊下を進んでいくと、その幅が拡がって広大な部屋のようになり、その奥にある銀の円盤に近づいていった。近よるにつれて明るさが増してきたが、光輝というにはほど遠いもので、ぼんやりした明るさの域を脱しなかった。円盤のすぐそばに、上層への狭い階段が通じていた。

「あれです、もうひとつの出口といいますのは」ナボニドウスはいった。「あの階段の上の扉は、おそらくかんぬきが下りていないでしょう。ただし、そこを通りぬけようと考えるより、喉を掻っ切ったほうがましだといえるのです。まあ、円盤をのぞいてごらんなさい」


銀盤と見ていたのは、じつは壁にはめこんだ大きな鏡だった。その上の壁に銅製らしい管がこみいった形状で突き出ていて、その先端が直角に折れ、下方に向いている。その銅製管のなかには、小型の鏡が複雑な構造で並べてあった。ムリロ公子はふたたび目を壁の大きな鏡に向け、あっと叫んだ。コナンも公子の肩越しにのぞいたが、同じ唸り声を洩らした。

それはちょうど広い窓から照明の明るい室内を眺めている感じで、鏡面に映じた部屋の壁にも、ビロードの壁掛けのあいだに大型の鏡がかけてある。絹張りの床几《しょうぎ》に黒檀《こくたん》と象牙《ぞうげ》の腰掛け。どの出入口も垂れ布によってさえぎられているが、そのうちひとつだけあけ放してあり、その前に大きな黒い生き物が腰を下ろしている。華やかに飾りたてた室内とはきわだった対照を示す醜悪《しゅうあく》さであった。

ムリロ公子はそれを見るや、ふたたび全身の血が凍りつく思いに襲われた。まるでそれが、彼の目を真正面から見すえている感じを受けたのだ。思わず鏡から身を退くと、コナンが挑むように頭を突き出し、顎を鏡面に触れんばかりにしてのぞきこんでいたが、なにやら彼自身の国の言葉で威嚇か反抗の文句を口走った。

「ミトラの神の名において、ナボニドウス」動揺したムリロ公子は、喘ぐようにいった。「あれは何者だ？」

「あれがタクです」神官は、こめかみをこすりながら答えた。「世間は猿と見ていますが、本物の人間とちがう程度に本物の猿とも異なっています。あの種族ははるか東方、ザモラ国の東部国境に近い山《さん》嶽《がく》地帯に棲息していて、数はさして多くありませんが、いまのうちに根絶《こんぜつ》してしまわぬことには、十万年かそこらのあいだに人間となるでしょう。目下は形成段階にあって、遠い先祖のような猿そのものでなく、遠い子孫が変わるであろうような人間ともいえぬ状態です。容易には近づくこともできぬ高い岩山に棲み、火を知らず、住居や衣服を作ることを知らず、武器の効用も知っていませんが、ある種の言語は持っています。断音だけで成り立っているしごく単純なものですが。

わたしはあのタクを子供のうちに手に入れました。いろいろと教えこみますと、実際のけものには不可能と思えるほど、迅速かつ完全に習得するのでした。そこで護衛者を兼ねた召使いとしていましたが、人間であるのは半分だけ、しかも家畜として主人の命令どおり従順に仕《つか》える性質でないのを、つい、うっかりしました。あの半頭脳のうちには憎悪と怨恨《えんこん》とが残存し、みずからの獣的な野心がひそんでいたのでしょう。

なにはともあれ、予想もしなかったときに襲いかかってきました。昨夜、突如として狂暴状態をあらわしたのです。その行動は、狂気におちいった獣類のものに見えますが、じつは長い時間をかけての計画の結果であったにちがいないのです。

争いごとが起きた物音を聞きつけて、わたしは様子を見に庭へ出てみました。わたしとしては、殿下がうちの番犬に引きずり倒されたものと思いこんだからです。ところが、植込みの影から血をしたたらせたタクが出現しました。その意図を察しとるより早く、やつはキャッキャッと声をあげて飛びかかり、わたしを人事不省《じんじふせい》に打ち倒しました。その後はまったく記憶がありませんが、想像するところ、その半人間的頭脳の気まぐれから、長衣をもぎとっただけで、わたしの命まで奪う気持ちはなく、坑道に投げこんだものと思われます。その理由は、神でないかぎり知るよしもありません。庭から出てきたとき、番犬をやつが殺したことはまちがいありません。そしてわたしを打ち倒したあと、ヨカを殺害しました。殿下が屋敷のなかでごらんになった死骸がそれでした。ヨカであればわたしの救助に駆けつけて、常づね好感を持っていなかったタクの仕業《しわざ》とみるや、あえて立ち向かったのでしょう」

ムリロは鏡のなかの野獣に目をやった。それは閉ざされた扉の前に、驚くほどの辛抱強さで待機している。毛皮さながら、びっしり毛に覆われた巨大な黒い手を見ただけで慄然《りつぜん》とせずにはいられぬものがある。たくましい体軀《たいく》は幅が広く、前かがみ。不自然なほど幅広の肩が、赤い長衣からはみ出して、その肩にも同じ黒い毛が密生している。緋色の頭巾の下からのぞいている顔は、野獣そのものだった。それでいてムリロは、タクをただのけものと見るべきでないとのナボニドウスの言葉を疑うことができなかった。暗赤色の目、ぎくしゃくした姿勢、人間離れした外見のうちにも、真の獣類とは明瞭に異なったものがある。怪物めいた躰に知能と魂が宿り、いずれは人類に近いものに成育する芽生《めば》えをあらわしている。ムリロ公子は、彼の同胞と、そこにうずくまっている怪物とのあいだに、わずかとはいえ戦慄すべき親近性を見いだして、かつては人類が苦しみながら通りぬけてきた獣性の深淵を思い起こし、呆然《ぼうぜん》と立ちすくむばかりか、吐き気さえもよおさずにはいられなかった。

「やつめ、おれたちを見ている」コナンが呟いた。「なんでまた、攻撃してこないのだろう？　あいつなら、こんな窓ぐらい造作《ぞうさ》なくぶち破れるはずだが」

それでムリロにもわかったが、コナンは鏡ではなく窓の向こうを見ているると思いちがえているのだった。

「こちらを見ておるわけじゃない」神官が教えた。「これに映っておるのは階上の部屋で、タクが見張っておる扉は、そこの階段の上のものだ。これは単純な鏡のからくりだよ。ほら、向こうの部屋の壁にも鏡がかけてあるだろう。あれが部屋の内部を映し、送写管に送りこむ。それがほかの鏡につぎつぎと受け渡され、最後にこの大きな鏡に拡大されて映るのだ」

ムリロは、このような発明を完成させた神官の頭脳が、時代を数世紀先駆していることを悟った。しかし、コナンはあくまでも妖術のなす仕業と解釈して、それ以上に頭をわずらわすことをやめた。

「この坑道を構築した目的は、牢舎と同時に避難所にも当てるためでした」神官は説明をつづけて、「ここへ難を逃れたことは一度にとどまらず、奸悪《かんあく》な意図を持ってわたしを捜しに来た者たちに凶運が降りかかるのを、この鏡を通して見守ったものです」

「しかし、タクがあの扉を見張っているのはどういうわけだ?」とムリロがたずねた。

「坑道の墜《おと》し戸が落ちた音を聞きつけたからにちがいありません。その戸と階上の部屋とのあいだを鐘が繋《つな》いでいるのです。彼は坑道に忍びこんだ者があるのを知り、階段を登ってくるのを待ちかまえているのでしょう。ああ、わたしの教えこんだことを、しっかり憶えこんだものと見えます。以前、あちらの壁に垂れているロープをわたしが引っ張ったとき、あの扉をぬけてきた男の身に降りかかったことを見ていたので、それと同じ真似をしようと待っているのでしょう」

「では、彼が見張っているあいだ、われわれはどんな行動をとったらよいのか？」とムリロが重ねて訊いた。

「彼の様子をうかがっている以外にどうしようもありません。彼があの部屋にいるかぎり、階段を登っていくわけには参りません。彼はゴリラの力を持ち、われわれをあっさり八つ裂きにしてしまいます。しかも筋力を揮うまでもありません。われわれが扉をあければ、ロープを引くだけで、われわれを永劫《えいごう》の地獄に落とすことができるのです」

「どうやって？」

「わたしは、あなたたちの脱出に手を貸すと約束しました」神官は答えた。「しかし、わたしの秘密まで打ち明けるとはいわなかったはずです」


ムリロ公子は言葉を返そうとしたが、急に身をこわばらせた。出入口のひとつの垂れ布をこっそり押しあける手が鏡面に映ったからだ。つづいて垂れ布のあいだに暗鬱《あんうつ》な顔がのぞいて、ぎらぎらする目に悪意をこめて、緋色の長衣をまとってうずくまっている怪物をみつめた。

「ペトレウスだ！」低い声でナボニドウスが叫んだ。「なんと、今宵は禿鷹どもの集まる夜とみえる！」

その顔は垂れ布の開いたところを離れなかった。闖入者《ちんにゅうしゃ》の肩の上からさらに何人かの顔がのぞいた——どれもみな暗い面長《おもなが》の顔で、熱心なうちにも凶暴な表情を浮かべている。

「あの連中、なにしに来たのかな？」ムリロ公子は、無意識のうちに声を低めていった。その場所で語る言葉が彼らの耳に届くわけもないのに。

「決まっていますよ。ペトレウスとその一味の狂信的な若い愛国主義者が、赤い神官の屋敷でほかにすることがありますか」ナボニドウスは笑い声をあげた。「ごらんなさい。最悪の敵と思いこんでいる男のうしろ姿を、いかに熱心にみつめていることか。彼らも殿下と同様な過《あやま》ちを犯しているのです。事実を知ったときのあの連中の表情を見るのは、さぞ愉快でありましょうな」

ムリロは返事をしなかった。事件のすべてが、きわだった非現実の雰囲気を帯びていた。まるで人形芝居を見ているか、あるいは彼自身が肉体を離れた亡霊に変じて、おのれがその場にあるのを見られることなく、生きた者の動きを眺めているかのように感じられた。

ペトレウスは指を唇にあてがって、音を立てるなと注意したうえで、一味の陰謀者たちにうなずいてみせた。タクは刺客の闖入に気づかずにいるのであろうか。若い貴族にはなんともいえなかった。猿人の姿勢は変化を見せず、若者たちの忍び入る扉に背を向けたままでいる。

「彼らは殿下と同じ意図を抱いているのです」ナボニドウスは貴公子の耳もとで囁いた。「ただ、その理由は利己《りこ》的というより愛国的なものでしょう。番犬が死んだので、屋内へ忍び入るのは造作なくできたはずです。わたしとしても、彼らの凶手《きょうしゅ》から免《まぬか》れる機会を得たわけで、わたしがいまのタクの場所に腰かけていたとしたら――壁まで跳んで――あの綱を引き――」

ペトレウスが身軽に部屋の入口に片足をかけると、ほかの仲間たちも短剣を鈍く光らせ、そのあとにつづいた。突如、タクが立ちあがってふりむいた。想像もしなかった怪奇な形相《ぎょうそう》。彼らとしては、憎むべきものであるが見慣れたナボニドウスの顔を見るものと予期していただけに、数時間以前のムリロ公子同様、神経に恐慌をきたさざるを得なかった。悲鳴をあげてペトレウスは尻ごみし、一味を背後に押しもどした。彼らはよろめき、たがいにぶつかりあった。その瞬間、タクは壁までの距離をひと跳びに跳んで、出入口近くに垂れている太いビロードのロープを力強く引いた。

と同時に垂れ布が左右に開き、出入口をはっきり示したかとみると、なにか銀色にきらめくものが激しい勢いで落下してきた。

「やつめ、憶えていたのだ！」ナボニドウスは歓《よろこ》んで躍りあがった。「やはり半分は人間で、わたしのしたことを見て、忘れていなかったのだ。ほら、見なさい！　あれを！　あれを！」

ムリロ公子は見た。出入口に落下したのは厚いガラス板で、それを透《とお》して陰謀者たちの蒼ざめた顔が眺められた。ペトレウスはタクの攻撃を防ぐかのように、両手を突き出しはしたが、その手が透明の障壁にぶつかった。その身振りからして、仲間になにかいってるのがわかる。垂れ布は完全に左右に分かれ、地下道内の三人は、愛国者たちの侵入した部屋での一部始終を見てとれた。とり乱した愛国者たちは部屋を横切り、侵入してきたらしい出入口へと急ぐのだが、目に見えぬ壁に妨げられたかのように、立ち止まっただけだった。

「ロープを引いたので、部屋が封鎖されてしまったのです」ナボニドウスは笑いつづけている。「仕掛けとしては簡単なもので、ガラス板が出入口の溝に沿って上下するようにしてあるだけです。ロープを引くと、ガラス板を押さえている発条《ばね》がはずれ、すべり落ちてきて、自動的に鍵がかかり、外部からでなくては操作できなくなる。ガラスは破壊不能のもの、たとえ木槌《きづち》で叩こうと、砕くことのできないものです。おお！」

閉じこめられた男たちは、恐怖のあまり狂乱状態におちいっている。扉から扉へとつぎつぎと走りよっては、透明の壁をむなしく打ちつけ、いまは部屋の外にうずくまっている冷酷非情な黒いけものに拳《こぶし》をふってみせた。それから、ひとりが頭をのけぞらせ、天井を仰ぐと、悲鳴をあげはじめた。唇の動きでそれとわかるのだ。そのあいだも天井を指さしている。

「ガラス板が落下すると、破滅の雲が降りてくる仕組みなのです」赤い神官がけたたましく笑った。

「あれがすなわち、キタイの国のさらに東方、死の沼で採《と》れる灰色の蓮《ロートス》の粉末でしてね」


天井の中央から金色のつぼみをつけた房《ふさ》が垂れ下がっていた。それが大きな彫刻の薔薇の花びらのように開いて、そこから灰色の霧が出てくると、またたくまに部屋いっぱいに充満した。たちまち室内の情況が、ヒステリックなものから狂気と恐怖のそれに変わった。閉じこめられた男たちはよろめきはじめ、酔っ払ったようにくるくると走りまわっている。口もとを歪め、泡まで吹き出しているのは、笑いにむせているのであろうか。そのうち短剣と歯でたがいに襲いかかり、斬りあいを開始して、狂気の大虐殺といった光景を展開させた。ムリロは見ているうちに強烈な不快感に襲われ、呪われた室内の絶叫を聞きとれぬのがせめてもの救いと思った。それはちょうど、衝立《ついたて》に映った影絵のように、音のない惨劇だった。

戦慄の部屋の外でタクが獣類らしい歓喜をあらわし、毛むくじゃらの長い腕を高くかかげ、ぴょんぴょんと飛び跳ねている。ムリロの背後に立ったナボニドウスが、悪魔のように残虐な笑いを洩らしていた。

「はっ、みごとな突きを入れられたな、ペトレウス！　さすがの彼も、あれで腹を引き裂かれた。さあ、こんどはおまえがやられる番だぞ、若い愛国者！　そう！　その調子だ。これで全員が死ぬか傷つくかした。生き残ったやつらは、よだれを垂らし、歯をむき出し、死人の肉に啖《くら》いつこうとしておる」

ムリロは身震いした。背後でキンメリア人も聞き慣れぬ言語で呪いの文句らしいものを呟いている。灰色の霧に包まれた部屋には、死が見られるだけであった。斬り裂かれ、腹を断ち割られ、手足を失い、陰謀者たちは血みどろの山となり、口を大きくあけ、血に染まった顔を天井に向け、ゆっくりと舞い降りてくる灰色の渦をうつろに眺めているだけである。

タクは巨大な地霊《ノーム》といった恰好で身をかがめながら壁に近よっていき、そこに垂れているロープをおかしな手つきで横に引いた。

「あれは奥の扉をあけているのです」ナボニドウスが説明した。「ミトラの神にかけて、あいつ、思ったより人間に近づいておる！　ごらんなさい。室内の霧が外へ流れ出した。ほら、だいぶ薄らいできた。あいつは危険がなくなるのを待っておるのです。こんどは境板《パネル》をあげるでしょう。なかなか用心深い。灰色の蓮《ロートス》の魔力が、狂気と死をもたらすのを承知しておるのです――おお、これは好都合だ！」

その叫びの激しさに、ムリロはぎくっとした。

「この機を逃す手はありません！」ナボニドウスは大声でいった。「あいつが数分間でも上の部屋を離れたら、一《いち》か八《ばち》か、この階段を駆けのぼってみるのです！」

三人が緊張のうちに見守っていると、怪物は出入口の外へ姿を消した。ガラス板をあげたとみえて、垂れ布がふたたび閉じて、死の部屋を隠した。

「さあ、機会到来ですぞ！」ナボニドウスが喘ぐように叫ぶ。その顔に玉のような汗が噴きだした。「たぶんあいつは、わたしがやったことを見ていたので、そのとおりに死骸を取り片づけておるのでしょう。さあ、急いで！　わたしのあとについて、その階段を駆けのぼるのです！」

そして彼は階段へ向かったが、その敏捷さがムリロ公子を驚かせた。若い王族と未開人も、すぐそのあとにつづいた。階段を登りきると、ナボニドウスはそこの扉を押しあけ、安堵《あんど》の吐息を洩らした。三人は下の鏡で眺めていた広い部屋へ飛びこんだ。タクの姿は見られなかった。

「タクはいま死骸の転がっている部屋にいる！」こんどはムリロ公子が叫んだ。「やつがさっきの連中を閉じこめたように、こんどはやつを閉じこめたらどうだろう？」

「いや、それはいけません！」ナボニドウスが急いで制した。その顔は異様なほど蒼白に変わっている。「あいつがそこにいるかどうかはわからない。とにかく、われわれの手が罠のロープに達する前に、あいつが向こうの部屋からもどってくるかもしれないのです！　ついてきてください、この廊下を行きます。わたしの部屋まで行きつけば、あいつを斬り殺す武器が手に入れられます。この部屋から出られて、しかも罠の仕掛けてない場所といえば、この廊下しかありません」

ふたりはナボニドウスにつづいて、死の部屋の扉と向かいあった位置にある垂れ布の下がった出入口をすばやく通りぬけ、廊下へ出た。廊下の左右には、いくつもの部屋が並んでいた。ナボニドウスはもどかしげに両側の扉をいちいち押してみたが、どれもみな鍵がかかっていて、廊下のはずれに行きつくまで、ひとつとして開く扉はなかった。

「これは弱った！」赤い神官は壁にもたれかかった。皮膚の色まで蒼ざめていた。「扉は残らず閉まっていて、鍵はタクに奪われた。これでは、けっきょく罠に落ちたことになる」

この男がこれほどとり乱したところを見て、ムリロ公子は唖然とした。それでもナボニドウスは、どうにか気をとり直し、

「あのけだものには、おののかざるをえんのです」といった。「あなた方もわたしのように、あの獣人が人を引き裂くところを見ていれば――まあ、ミトラの神が助けてくださるでしょう。しかし、こうなったからには、運を天にまかせて闘うしかありません。さあ、来なさい」

神官はふたりを導いて逃げ出してきた出入口へもどり、垂れ布のあいだから部屋のなかをのぞいてみた。ちょうどタクが、反対側の出入口から出てきたところだった。獣人がなにかを感じとっているのは明瞭だった。小さな耳をぴくぴくさせ、怒ったように周囲を見まわしてから、一番近くの出入口に歩みよって、垂れ布を引きあけ、その背後をのぞきこんだ。

ナボニドウスは木の葉のように震えながら一歩退き、コナンの肩をつかんでいった。

「きみのその短刀で、あいつの牙と闘う勇気がおありか？」

キンメリア人は目を輝かして、その気持ちのあることを示した。

「では、急いで！」と赤い神官は声をひそめていうと、若者を垂れ布のうしろへ押しやり、壁のすぐそばに立たせた。「まもなくあいつはわしらを発見する。そうしたら、わしらがあいつをおびきよせる。きみのわきを通り過ぎるとき、短刀をあいつの背中に突き立ててくれ。ムリロ公子、あなたは一度姿

を見せておいてから、廊下へ逃げ出してくださいい、素手で闘ったところで勝ち味はありませんが、どっちみち見つかったら、命はないのですから」

ムリロ公子は全身の血が凍りつく思いを味わった。しかし、鋼鉄の意志を固めて、出入口から室内へ足を踏み入れた。タクは部屋の反対側にいたが、くるっとふり返り、公子を睨《にら》みつけ、雷鳴のような唸り声をあげて突進してきた。緋色の頭巾をうしろへ飛ばし、不恰好な黒い頭をさらけ出した。黒い両手と赤い長衣が、いっそう赤くきらめいた。牙をむき出し、曲がった両脚に巨躰《きょたい》を載せた奇怪な足どりで突進してくるところは、深紅と黒の夢魔そのものだった。

ムリロ公子は向きを変えて、廊下をさして駆けもどった。毛だらけの怪物に迫られて、生命を賭けての疾走だった。そして怪物が垂れ布のかたわらを走りぬけるとき、そのうしろから飛び出してきた大きなものが、猿人の肩に突き当たり、同時にそのたくましい背に短刀を突き刺した。タクは怖ろしい悲鳴をあげながら、その勢いに負けて倒れこみ、襲撃者も同じように床に転がった。たちまちその場で手足をぶつけあい、引き裂かんばかりの死闘が始まった。

未開人は猿人の胴に脚をからめ、背中にしがみついた体勢を変えまいと努め、短刀をたてつづけに突き刺した。一方、相手に噛みつこうと大口をあけたタクは、からみつく敵をふり放し、前へまわして、巨大な牙の届く位置へ引きよせようと必死だった。格闘のあいだに緋色の長衣はぼろぼろになり、キンメリア人と獣人は廊下を転げまわった。ムリロ公子は手もとの椅子をふりあげたが、そのあまりの速さに、ふり下ろすことができなかった。下手をしたら、キンメリア人に叩きつける怖れがあるからだ。そしてコナンに先制の有利さがあり、猿人には手足に長衣がからみつく不利があったにかかわらず、タクの強い力がすぐに相手を圧しだした。猿人は容赦なくキンメリア人を胸の前まで引きずっていった。猿人の強打の威力たるや凄まじく、十数人を叩き殺せそうなほどだった。コナンの短刀に胴や肩や牡牛のそれのような首筋を何度も何度も突き刺され、数十カ所の傷口から血を流しているが、人類とは異なる生命力を誇るタクは、切っ先に絶対的な急所を貫かれないかぎり、死ぬどころかキンメリア人の息の根を止め、引きつづき、コナンの仲間を殺戮《さつりく》することにもなるであろう。

　コナンは自身が野獣に変わったように奮闘し、喘ぎの声だけが沈黙の廊下に響いた。怪物は黒い爪と奇形的な手の凶悪な把握力で若者の皮膚を引き裂き、かっと開いた口で喉もとを狙った。そのとき、好機をうかがっていたムリロが躍りかかるようにして、力いっぱい椅子をふり下ろした。人間の頭であれば、叩きつぶすに足る力だった。椅子はタクの斜めになった黒い頭蓋をかすめただけだが、それでも怪物は瞬間的に頭がぐらついたものか、握りしめていた手がゆるんだ。その一瞬の隙にコナンは血を流しながらも飛びかかり、短刀を柄《つか》もとまで猿人の心臓に突き立てた。

　激しい痙攣《けいれん》に全身を震わせ、獣人は床から起きようとしたが、やがてぐったりと身を沈めた。鋭い目がどんよりと曇り、太い手足をぴくぴくさせていたが、それもしだいに強直していった。

　コナンはよろめきながら立ちあがって、汗と流血を目から払いのけた。短刀からも、指のあいだからも血がしたたり落ち、太腿《ふともも》、両腕、胸のあたりへかけて筋を引いた。よろめく躰をムリロの手が支えてくれたが、未開人はその手をいら立つようにふり払って、

「おれひとりで立てないのは、死んでいくときだ」と傷を負った口でいった。「そうはいっても、大瓶

いっぱいの酒が欲しいな」

ナボニドウスは自分の目が信じられぬように、いまは動くこともなく横たわる猿人の死骸を見おろしていた。身に着けた緋色の長衣がずたずたに引き裂け、黒く毛深い躰をさらけ出しているのが、ぞっとするような醜悪さである。それでいて、けものというよりは人間に近く、さらになにか得体の知れぬ悲哀感をただよわせている。

キンメリア人もそれを感じとった様子で、息をはずませながらいった。

「今夜おれが殺したのは人間であって、けものでない。こいつを、おれがこれまでに闇の国に送りこんだ族長たちの仲間に加えてやろう。そうすれば、おれの女たちが、こいつの魂のために歌ってやるだろう」

ナボニドウスは身をかがめて、金の鎖についた鍵の束を拾いあげた。闘争のさなかに猿人の腰帯から落ちていたのだ。それから彼は、ふたりをうながして、そばの部屋へ導いた。扉の鍵をはずして、ふたりの先に立ってなかへはいる。それはほかの部屋と同じに、照明が輝いていた。赤い神官はテーブルから葡萄《ぶどう》酒の瓶をとりあげ、水晶の杯《さかずき》に満たし、貴人と未開人が飢《かつ》えたように飲み干すのを見て、低い声でいった。

「怖ろしい夜だったが、そろそろ夜明けが近い。あんたたちは、これからどうなさる?」

「コナンの傷の手当てをしたい。包帯その他の品を持ってきてもらえぬか」

ムリロ公子の言葉にナボニドウスはうなずいて、廊下に通じる扉のほうへ動いた。頭を下げたその様子になにか異様なものを感じて、ムリロは鋭く神官のうしろ姿をみつめた。扉の前で赤い神官はいきなりふり返った。その表情が一変している。目に例の残忍な火がきらめいて、唇が声を立てずに笑っている。

「悪人は相身《あいみ》たがいというが」その声は、いつもの彼の嘲《あざけ》りの響きがあった。「愚者《ぐしゃ》に情けは無用という。そして、ムリロよ！　あんたはその愚者だ！」

「なにをいうのか？」若い王族は一歩踏み出した。

「退《さ》がれ！」ナボニドウスは、鞭《むち》を揮《ふる》うような鋭さで一喝《いっかつ》した。「近よると、生かしておかんぞ！」

　ムリロの血が凍りついた。赤い神官の手が太いビロードのロープをつかむのを見たからで、そのロープは、扉のすぐ外の垂れ布のあいだに下がっているのだった。

「なんたる不埒《ふらち》な背信！」ムリロ公子は叫んだ。「さっきの誓いを忘れたか！」

「たしかに誓った。しかしあれは、王におまえの告げ口をせぬといっただけだ。そのほかのことを誓った憶えはない！　わしの手を、わしの意のままに動かしてなにが悪い。これほどの好機を無駄に見過ごすわしだと思うのか？　通常の情況なら、王の裁可《さいか》も得ずに、わしの独断でおまえを殺すわけにはいかん。しかし、いまなら、この場でなにが起きたか、知る者はひとりもおらん。おまえはタクや自称愛国者のばか者どもといっしょに死んでいったと信じられる。真相はだれも知らずに終わるのだ。それにしても、今夜はわしにとって永久に忘れられぬ一夜となった。股肱《ここう》の家来を死なせはしたが、その代わり、危険な仇敵《きゅうてき》を何人もとり除くことができた。退がれ！　わしはいま出入口に立っておる。おまえらが飛びかかってきても、わしの手がこのロープを引き、おまえらを地獄へ送りこむであろう。この部屋の仕掛けは灰色の蓮《ロートス》とちがうが、効果的なものであることに変わりはない。わしの屋敷は、どの部屋にしろ、それぞれ罠が設けてある。それに気づかぬとは、ムリロよ！　おまえもよほどの愚か者で――」

目にも止まらぬ速さでコナンの手が床几《しょうぎ》にかかって、それを投げつけた。ナボニドウスは叫び声をあげ、本能的に腕をあげたものの、すでに遅かった。思わぬ飛び道具に頭を打ち割られ、赤い神官の躰が大きく揺れたと見ると、徐々に拡がってゆく暗紅色《あんこうしょく》の血だまりのなかにうつぶせに倒れた。

「こんなやつでも、血は赤いのだな」コナンは吐き出すようにいった。

ムリロ公子はテーブルに躰をもたせ、汗でこびりついた頭髪を震える手で掻きあげた。その口からは、安堵の吐息が弱々しく洩れていた。

「夜が明けた」と貴公子はいった。「なにか別の怪しい仕掛けにかからぬうちに、さっさと外へ出ることだ。人目に触れずに外壁を乗り越えれば、今夜の出来事とわれわれの関係も知られずにすむ。守備隊には頭をひねってもらって、独自の解釈による報告書を作ってもらおう」

そしてムリロ公子は、血に染まって横たわっている赤い神官の死骸を見て、肩をひと揺すりして、

「けっきょく、この男こそ愚か者だった。余計な嘲弄《ちょうろう》に無駄な時間を費やしさえしなければ、簡単にわれわれを罠に落とすことができたのに」

「身から出た錆《さび》だ」とキンメリア人は落ち着いた声でいった。「悪人が最後にはたどらねばならぬ道をたどっただけのこと。この屋敷の財宝に未練がないこともないが、ここはやっぱり立ち去ったほうがよさそうだ」

暁方《あけがた》の光の射し初めた庭へ出ると、ムリロ公子がいった。

「赤い神官は闇の底に沈んだ。従って、この都におけるわが前途は明るくなった。いまや怖れるものはなにもない。しかし、おまえはこれからどうする気だ？〈迷路〉には悪神官の一味が——」

「とにかく、この都にはうんざりだ」キンメリア人はにやりと笑った。「たしかあんたは、鼠《ねずみ》酒場に馬を待たせてあるといったな。その馬が隣の王国までどんなに速く連れていってくれるものか知っておきたい。今夜のナボニドウスと同じ道をたどる前に、旅してみたい公道が、まだたくさんあるんでね」

黒い海岸の女王

Queen of the Black Coast

1　コナン、海賊団に加わる

春は春で、緑の葉が芽ぶき、
秋は秋で、暗い焰《ほのお》がその葉を彩《いろど》る。
しかしわたしは、心の純潔を守りぬく、
ひとりの男に、熱い思いをそそぐために。

――ベーリトの唄

波止場《はとば》へ向かう傾斜した街筋に蹄《ひづめ》の音が高らかに響いた。人々は罵《ののし》りわめいて四散《しさん》したが、その目の前を黒い駿馬《しゅんめ》にまたがった鎖帷子《くさりかたびら》姿の男が、緋色《ひいろ》の寛衣《かんい》を風になびかせて箭《や》のように過ぎていった。はるか後方、街中《まちなか》に追跡者の叫び声が聞こえたが、馬上の男はふりむこうともしなかった。そして船着場《ふなつきば》に到着すると、桟橋《さんばし》の直前で手綱《たづな》を引き絞り、なおも突進しようとする馬の歩みを止めた。そこには船首を高くそびえさせた幅広のガレー船が舫《もや》ってあったが、だんだら縞《じま》の帆の下と櫂座《かいざ》のあたりに水夫たちが集まって、きょとんとした顔で馬上の男をみつめていた。船首に立っている黒鬚《くろひげ》を生やした頑強な体軀《たいく》の男が、このガレー船の持ち主であろう。いまは舫い綱を杭《くい》から解いて、船を動きだそうとしているところだった。騎馬の男は鞍《くら》から飛び降りると、大きく跳躍して、中甲板《かんぱん》に飛び移った。それを見て、黒鬚の船主は怒りの声をはりあげた。

「だれの許しを得て乗りこんだ？」

「いいから、早く船を出せ！」闖入者《ちんにゅうしゃ》は激しい身振りで吠《ほ》えたてた。手にしている長剣から赤いしずくが飛び散った。

「しかし、この船の行き先はクシュの沿岸だぞ！」と船主は説明した。

「だったら、おれもクシュへ行く。もう一度いうぞ。早く船を出せ！」

船主が街路の方向へすばやい視線を投げると、そこを騎馬武者の一隊が疾駆《しっく》してくるところで、そのはるかうしろには、肩に弩《いしゆみ》を背負った弓隊が従っていた。

「代金は払ってもらえるんでしょうな」船主が訊いた。

「鋼鉄の剣で支払ってやる！」甲冑《かっちゅう》の男は、長剣を陽光に青くきらめかして、「クロムの神にかけて、ぐずぐずしていると、水夫たちの血でこのガレー船を染めてくれるぞ！」

船主は理性に富んだ男だった。長剣を携《たずさ》えた相手の傷痕《きずあと》が目立つ浅黒い顔が、激しい感情でこわばっているのを見ると、さっそく大声で水夫たちに命令をくだし、力強く船を舫い杭から突き放した。

ガレー船は明澄《めいちょう》な水上にすべり出て、櫂《かい》がリズミカルな音を立て、陽光の下《もと》にきらめく帆が風を孕《はら》んだ。軽い船は風に乗ると、しだいに船脚《ふなあし》を速めながら、白鳥のような形で出帆《しゅっぱん》した。

波止場では騎馬武者の一隊が剣を打ちふり、脅し文句をわめいたり、船を止めろと叫んだりする一方、弓隊に向かって、船が射程から出ぬうちに急げと命じていた。

「吠えたいだけ吠えさせろ」長剣の男はせせら笑った。「船をこのまま進めてくれ、船長さん」

船主は舳先《へさき》の小さな甲板から降りて、漕《こ》ぎ手《て》席のあいだを通り、中甲板に登っていった。闖入者は帆柱《ほばしら》を背に、長剣をかまえた姿勢で鋭い目を周囲に配っていた。船主も相手をじっとみつめたままでいるが、腰帯に挟んだ剣へ手をやるような軽率な真似は避けた。思わぬ闖入者は長身の偉丈夫《いじょうふ》で、黒の鎖帷子、磨きあげた脛当《すねあ》て、つやつやと光っている、牡牛《おうし》の角《つの》をつけた鋼鉄の冑《かぶと》などで装い、肩に羽織《はお》った緋色の寛衣を海の風にはためかしている。駱駝《らくだ》の皮の広幅帯に金の留《と》め金が光り、そこに長剣の鞘《さや》を吊るし、角つきの冑の下には、額《ひたい》の上を四角く切った黒い総髪《そうはつ》とくすんだ色の青い目が、きわだった対照を示していた。

「こうして、ひとつ船で航海することになったからには」船主がいった。「今後、仲良くしていきたいものだ。わしの名はティトー。アルゴスの港々で船籍を持つ船主だ。いまはクシュへ向かうところだが、この航海の目的は、黒人の国々の王たちに繻子玉《しゅすだま》、絹、砂糖、真鍮柄《しんちゅうづか》の剣を届け、象牙《ぞうげ》、コプラの実、銅鉱石、奴隷《どれい》、真珠といった品と交換することにある」

長剣を提《さ》げた男は、急速に遠去かっていく波止場をすばやく見やった。そこでは追跡者の一隊が、いまだにあちこち動きまわっている。船脚の速いガレー船に追いつく軽艇《けいてい》はないかと捜しまわっているにちがいなかった。

「おれはコナンというキンメリア人だ」壮漢《そうかん》は答えた。「このアルゴスに傭兵志願でやってきたが、当分、戦役《せんえき》の起こるあてもないので、腕の揮《ふる》いようがないままに終わってしまった」

「近衛兵《このえへい》の一隊に追われていたな。なにをしでかしたんだ?」ティトーが質問した。「もちろん、その理由はわしの知ったことじゃないが、ただ――」

「おれには隠すことなどなにもない」キンメリア人は答えた。「おまえたち文明人のあいだでかなりの月日を過ごしたが、おまえたちの生き方は、おれにはさっぱり理解できん。

昨夜、ある居酒屋で王の近衛兵の将校が若い兵士の女に乱暴を働いた。当然のことだが、兵士は将校を刺し殺した。ところが文明国の法律とはおかしなもので、悪いやつでも近衛兵を殺すと罰を食《くら》うらしい。そこで兵士とその女は逃亡した。そのあと、おれがその場に居合わせたとの噂が立って、きょうのことだが、法廷へ呼び出された。法官が訊くんだ。若い兵士の逃げた先はどこかとな。そこでおれは、あいつはおれの友だちだから、裏切るわけにはいかんと答えてやった。すると法官はまっ赤になって怒りだした。国家と社会への忠誠義務、そのほかなにやかやと、おれにはわけのわからんむずかしいことを長々と講釈したあとで、おれの友だちの逃げた先をいえと命じるんだ。おれもとうとう腹が立ってきた。こっちの立場を話してやったのに、ちっとも相手に通じんのだからな。

しかし、おれは腹の虫を押さえつけて、怒りを見せまいと苦労した。それだのに法官のやつ、おれが法廷を侮辱《ぶじょく》したとわめきたて、友だちを裏切って口を割るまで土牢《どろう》に投げこむとの宣告だ。それでわかった。やつらはみんな気が狂っている。で、おれは剣をぬいて、担当の法官の頭蓋を叩き割った。それから法廷を飛び出して、そばに繋《つな》いであった大法官の乗馬が目に触れたんで、それに飛び乗り波止場へ急いだ。そこで外国行きの船を見いだせると思ったからだ」

「そういうわけか」ティトーはきびしい語調でいった。「わしも金持ちの商人との訴訟沙汰で、法官たちには煮え湯を飲まされてきたから、やつらにいい感情は持っておらん。あの港にふたたび停泊すれば、きびしく尋問されるに決まっておるが、脅迫されて仕方なしに乗船させたと答弁すればすむことさ。ところで、その剣を鞘に収めてくれ。わしらは平和な船員で、あんたに対しなんの底意をも抱いてはおらん。いや、それどころか、あんたみたいな戦士が同船していてくれたら、安心して航海できるというものだ。さあ、船尾の楼《ろう》甲板へ行って、麦酒《エール》でも飲もうじゃないか」

「けっこうだね」キンメリア人は素直に応じて、長剣を鞘に収めた。

アルゴス号は小型ではあるが、頑丈に造られていて、ジンガラ国、アルゴス国、さらには南方の沿岸地方にある諸港を巡航し、交易に従事している典型的な貿易船だった。従って航行範囲はもっぱら海岸線に沿っていて、大洋に乗り出すことは滅多になかった。湾曲した船首が高くそびえ、船腹は広く、舳先から船尾にかけて優美な曲線を描いている。その船は、船尾からつづく長い櫂座で漕ぎ手が大櫂を操作するのだが、主な前進力はだんだら縞の絹帆と船首の三角帆に頼っている。櫂を用《もち》いるのは、風がまったく凪《な》いだときと、入り江や小さな港を出入りする場合だけである。左右の舷側《げんそく》にそれぞれ十名の漕ぎ手がいた。中甲板から船首にかけて五名、船尾へ向かって同じく五名である。もっとも貴重な積み荷は、甲板と前甲板の下にロープで結びつけてある。水夫たちは甲板の上か、漕ぎ手席のあいだで眠るのだが、悪天候のさいは天幕を張って風雨を防いだ。乗り組んでいるのは漕ぎ手が二十名、大櫂の操作を受け持つ三名、それに船主と、以上で全員だった。

かくてアルゴス号は、変わりない好天候に恵まれて、南方への航行をつづけていた。一日ごとに、照りつける太陽の下に暑熱《しょねつ》が増して、天幕が張りっ放しになった。その天幕もやはりだんだら縞の絹地で、陽光にきらめく主帆《しゅはん》、船首のきらびやかな金細工、そしてまた舷側の飾りと釣り合ったものであった。

　やがてシェムの国の海岸が見えてきた。なだらかに起伏する牧場《まきば》がつづき、はるか遠くに都邑《とゆう》の塔の白い頂が烈日に映えている。青黒い顎鬚《あごひげ》を伸ばした鉤鼻《かぎばな》の男たちが、海浜に馬を止めて、疑わしそうな目でガレー船を眺めている。しかし、彼らの船は寄港しなかった。シェム族相手に交易したところで、利益はほとんどなかったからだ。

　船主ティトーは、ステュクス河が大量の水流を大洋に注ぎこんでいる広い湾にも、ケミの都の巨大な城がその黒い影を紺碧《こんぺき》の海面に落としている水域にも近づこうとしなかった。特別の用件のないかぎり、ここの港に立ちよる船はなかったのだ。そこでは血に染んだ祭壇の上で裸身の女たちが悲鳴をあげ、彼女たちの犠牲によって永遠に立ちのぼる煙のなかで、黒い呪術僧が怖《おそ》ろしい呪文を唱えている。太古の蛇神、ハイボリア人には大魔神、しかしスティギア人にとっては真の神なるセトが、帰依《きえ》者《しゃ》たちのあいだに、きらめく蛇身《じゃしん》を匍《は》いまわらせているという。

　船主ティトーは、鏡のようにおだやかな水面を持つその入り江にも船を近づけなかった。城郭《じょうかく》の立つ岬の突端《とったん》から蛇の舳先を持つゴンドラ船がすべりよってきて、赤い大輪の花を髪に挿《さ》した女が、黒色の肌を惜しげもなくさらして、大胆きわまる姿勢で水夫たちに誘惑の声をかけたときでさえそうだった。

　いまや内陸にはきらめく塔も見えていない。彼らのガレー船は、スティギアの南国境を過ぎて、クシュの海岸沿いに航行していた。海と、海にまつわるあれこれは、北方の山嶽《さんがく》地帯に故郷を持つコナンにとって尽きることのない神秘であった。この放浪者は、たくましい海の男たちの少なからぬ興味の的《まと》で、水夫たちのほとんどが、コナンの種族のひとりさえ見たことがなかったのだ。

彼らは揃って背が低く、ずんぐりした躰つきで、典型的なアルゴスの水夫だった。コナンの身の丈《たけ》は、彼らの上にぬきんでて高く、その膂力《りょりょく》にしても彼らのふたり分を凌駕《りょうが》していた。彼らも勇敢で頑健であったが、コナンのそれは狼の我慢強さと生命力であり、鋼鉄の筋肉と、世界各所の曠野《こうや》における苛烈《かれつ》な生活で研《と》ぎすまされた神経をそなえていた。なにかにつけて高らかに笑いだすが、怒るのも早く、それが強烈なのだ。驚くほどの大食漢であり、酒が彼の情熱であると同時に弱点でもあった。多くの点で小児《しょうに》さながらの純真さを保ち、文明人の駆け引きには疎《うと》いが、生まれつき知力が優《すぐ》れ、自己の権利をあくまで固執《こしつ》し、飢《う》えた虎にも劣らぬ危険な存在といえた。まだ若年とはいえ、戦役と放浪生活で鍛練され、多くの国々に滞在していたことは、服装からしても明瞭である。角つきの冑はノルドヘイムに住む金髪のエーシル族のもの、鎖帷子と脛当てはコト人の工芸技術の優秀さを示し、腕と脚とを包む鉄具足《てつぐそく》はネメディア国の産物。腰に佩《さ》している広刃《ひろは》の長剣はアキロニアの工人《こうじん》が鍛えた逸品であるし、その華美な緋色の寛衣は、オピルの国以外では織ることのできない品であった。

こうして彼らのガレー船は南方へ進み、船主ティトーは、高い防壁をめぐらした黒人たちの聚落《しゅうらく》を捜しはじめた。しかし、入り江に船を近よらせても、そこに見いだしたものは、裸体の黒人たちの死骸が散乱し、煙がくすぶっている廃墟にすぎなかった。ティトーが舌打ちをしていった。

「以前はここで、いい商売をしたものだ。海賊の仕業《しわざ》にちがいないな」

「もしやつらに出遭《であ》ったら？」コナンは長剣の鯉口《こいくち》を切って訊いた。

「わしの船は戦闘用のものでない。だから闘わずに逃げる。もっとも、前に一度、海賊船の襲来を受けて撃退したことがある。同じことを、やってやれないものでもあるまい。相手がベーリトの雌虎号《めすとらごう》でないときはだ」

「ベーリトというのは？」

「凶暴な女海賊だ。とうに縛《しば》り首になって当然のやつさ。わしの目に狂いがなければ、この入り江の村を破壊したのは、あの女の手下の仕業だ。いつかそのうち、帆桁《ほげた》の端からあの女が首を吊られるのを見たいものだ！　黒い海岸の女王と呼ばれているように、シェム族の女でありながら、黒人の海賊どもを指揮して貿易船を襲っては、多くの交易商人を海の底に沈めている」

そしてティトーは、船尾の楼甲板の下から刺子《さしこ》の胴衣《どうぎ》、鋼鉄の冑、弓矢のたぐいを運び出してきて、「追い詰められたら、抵抗したところでどうなるものでもないが」と愚痴《ぐち》のようにいった。「闘いもしないで命を諦めてしまうのも、腹の虫が収まらんことだからね」

ちょうど日の出のころ、見張りの男が大声にわめいた。船首の右前方に島がひとつ浮かんでいるが、その長く突き出た先端をまわって、死をもたらす凶悪なガレー船が、蛇身を思わせる細長い形をあらわしたところだった。舳先から船尾まで盛りあがった甲板がつづき、双方の舷側では四十梃の櫂が水を切り、低い手摺《てす》りのあたりに裸の黒人どもが群がって、口々になにごとかわめきたて、長円形の楯《たて》に槍《やり》を打ちつけている。檣頭《しょうとう》に深紅色の三角旗が、長く尾を曳《ひ》いてひらめいていた。

「ベーリトだ！」ティトーが顔色を失って叫んだ。「急ぐんだぞ！　針路を変えて、入り江に突っこめ！　追いつかれる前に岸辺に到着できれば、命だけは救《たす》からんものでもない！」

かくてアルゴス号は急回頭し、椰子《やし》の木に縁《ふち》どられ、白波に洗われている海浜めがけてまっしぐらに突進した。船主ティトーは大股に甲板を動きまわり、息を切らして櫂を押す漕ぎ手たちを激励した。その黒鬚は逆立ち、目が血走っていた。

「弓を貸してくれ」コナンが要求した。「男の操る武器とも思えんが、おれはヒルカニア人のあいだにいたとき弓術を学んだことがある。向こうの甲板にいる何人かを射倒《いたお》したら、いくらかましだと考える」

コナンは船尾の楼甲板に立って、水面を軽々と切って近よってくる蛇に似た形の海賊船を眺めていたが、陸地育ちの彼にしても、アルゴス号がこの競争に遅れをとるのは、はっきりと見てとれた。すでに海賊船の甲板から放たれる矢が、鋭い音を立てて海面に落ちている。それは、こちらの船から二十歩と離れていないところだった。

「思いきって闘ったほうが利口だぞ」キンメリア人は大声に呼ばわった。「でないと、おれたちみんな、背中に矢を受けて死んでしまうだろう。一戦も交えることなくしてな」

「野郎ども、がんばるんだ！」

ティトーがたくましい拳《こぶし》をふりまわして、わめきたてた。鬚面《ひげづら》の漕ぎ手たちも唸《うな》り声をあげ、懸命に櫂を押した。筋肉が盛りあがり、皮膚の上を汗が流れ出した。小型ではあるが頑丈な造りのガレー船は、きしみの音を立てながら、水面を引き裂くように進んだ。しかし、風が落ちて、帆が垂れ下がっている。海賊船は情け容赦なく迫ってくるが、磯ぎわまではなお一マイル近くあった。そのとき舵取《かじと》りの男がひとり、あっとうめいて櫂座から転げ落ちた。首筋に長い矢が突き刺さっている。ティトーが飛んでいって、その部署を代わった。コナンは上下する船尾の楼甲板に大股を拡げて突っ立ち、弓に矢をつがえた。いまや海賊船上の動きがはっきり見てとれる。漕ぎ手たちは、舷側に沿って並べられた楯の列に隠れているが、狭い甲板上を走りまわっている戦士たちは丸見えだった。肌を絵の具で染めあげ、羽根飾りをつけている以外は丸裸で、槍と斑点つきの楯をふりまわしていた。

舳先の一段高い台上に、すらっとした人影が立っていた。その白い肌がきらめいて、周囲をとり巻く男たちの黒檀《こくたん》の皮膚ときわだった対照を示している。疑いもなくベーリトだった。コナンは耳もとまで矢筈《やはず》を引き絞った——だが、なにかの気まぐれか、一瞬その手を止めた。そして放った矢は、彼女のそばに立つ羽根飾りをつけた長身の戦士の躰を貫いていた。

綱をたぐるような勢いで、海賊のガレー船は軽装船に追いついてきた。飛来する矢が雨のようにアルゴス号の周囲に落下し、水夫たちが叫びだした。舵取りの全員が、針差しさながらに矢を受けて倒れ、ティトーひとりが大櫂を操作していた。呪いの言葉を吐き、筋肉の盛りあがった両足を踏んばっていたが、そのティトーもやがてはひと声うめいて、その場にくずおれた。長い矢が強壮だった心臓に突き刺さったのだ。アルゴス号は方向を失って、波のうねりのあいだに揺れていた。混乱状態におちいった水夫たちが騒ぎだした。しかし、コナンはいつものやり方で指揮をとった。

「みんな、甲板へ登れ！」無気味な音を響かせて矢を放ちながら、彼は叫んだ。「剣を握るんだ。海賊どもに喉を掻《か》き切られる前に、やつらにも手傷を負わせてやれ！　いまさら、いくら漕いだところで意味がないぞ。あと五十漕ぎもしないうちに、やつら、乗り移ってくるにちがいないんだ！」

絶望のうちに水夫たちは櫂を捨てて、それぞれ武器をつかんだ。しかしそれも、勇敢ではあったが無益な行為だった。矢を一度放つのがやっとのことで、海賊どもに追いつかれた。舵取りを失ったアルゴス号は横向きになっていたのだが、その船体のなかほどに、海賊船がその鋼鉄の舳先を叩きつけてきた。鉤棹《かぎざお》が船腹をくわえこみ、高い舷側越しに黒人の海賊団がいっせいに矢を射ちこんだ。刺子の胴衣を貫かれて、哀れな水夫たちがばたばたと倒れるところに、槍を手にした一隊が躍りかかって、虐殺の仕上げを行なった。海賊船の甲板の上にも五つほど死体が転がっていて、それはコナンの弓術の腕前を示すものだった。

アルゴス号での戦闘は短く、血みどろのものであった。ずんぐりした水夫たちは、長身の黒人たちの敵でなく、ひとり残らず斬《き》り倒された。ほかの個所では、特殊な様相を持つ闘いが展開されていた。場所は高く反《そ》りあがった船尾の楼甲板で、そこに立ちはだかったコナンが、海賊船の甲板と同じ水準にいた。鋼鉄の舳先がアルゴス号の船腹にめりこんだとき、彼は両足を踏んばって衝撃に耐え、同時に弓を投げ捨てた。長身の海賊がひとり、手摺りを飛び越えたが、空中でキンメリア人の長剣にとらえられた。剣が相手をあざやかに両断したので、胴体はこちらへ、両脚は向こうへと落ちていった。つづいて怒りに燃えたコナンは、舷側に山と重なった手足のない死体を残し、手摺りを飛び越え、雌虎号の甲板に乗り移った。

たちまち彼は、突き出される槍、ふり下ろされる棍棒《こんぼう》の嵐の中心におかれた。しかし、彼の剣は、目もくらむばかりのすばやさで前後左右を斬り払った。槍は彼の甲冑に撥《は》ねつけられるか、空《くう》を突くかし、コナンの長剣が死の歌をうたった。その種族特有の狂気めいた闘争本能に支配され、血走った目の前に理性を失った怒りの赤い霧を揺らめかせ、コナンは海賊どもの頭蓋を断ち割り、胸を粉砕し、手足を切り落とし、臓腑《ぞうふ》を引き裂き、脳漿《のうしょう》と血を甲板上に撒《ま》き散らし、ときならぬ修羅場《しゅらば》を現出させた。甲冑に身を固めたコナンは、帆柱を背に、足もとに死体の山を築いていった。その凄《すさ》まじさに、敵は怒号《どごう》をあげながらも、いったんは後退を余儀《よぎ》なくされた。そして彼らはいっせいに槍を持つ手をふりあげ、それを投げつけようとした。いまや覚悟を決めたコナンが敵の集団のなかに飛びこんで、斬り死にしようと身がまえたとき、鋭い叫び声が起きた。ふりあげた海賊どもの腕が凍りついた。彼らは彫像のように動きを止めた。黒人の大男たちは槍を投擲《とうてき》の姿勢で、鎖帷子の剣士は血のしたたる長剣をかまえたままで。

黒人たちの前にベーリトが飛び出してきて、彼らの槍をはたき落とした。それからコナンへ向き直ったが、彼女の胸は盛りあがり、両の目がきらめいていた。驚きの指が彼の心臓を熱烈に捕えた。すらりとした躰は、女神さながら。しなやかであると同時になまめかしかった。彼女が身に着けているものは、広幅の絹の腰布ひとつであった。その象牙色の手足と、同じ象牙色の胸の高まりは、激しい戦闘のさなかにあっても、キンメリア人の脈搏《みゃーくはく》に火と燃える情熱を送りこまぬはずがなかった。スティギア国の夜のように漆黒《しっこく》のゆたかな髪が、なめらかな肌の背に波を打っている。彼女は黒い眸《ひとみ》をキンメリア人に向けた。

彼女は沙漠の風さながらに野性そのもので、雌豹《めひょう》のような柔軟さと凶暴さをあわせ持っていた。手下の鮮血をしたたらせた長剣を怖れる様子もなく、コナンのそばに近よってきた。長身の戦士に近よりすぎたこともあって、その長剣が彼女のしなやかな太腿《ふともも》に触れた。敵意に煙《けぶ》る暗い目を見すえて、彼女は赤い唇を開いた。

「おまえはだれなんだい？」彼女は問いかけた。「イシュタール女神の名にかけても、おまえみたいな種族は見たことがないよ。これでもあたしは、ジンガラの海岸から南の果ての極熱の土地まで荒らしまわった女だけれど。おまえ、どこから来たんだい？」

「アルゴスからだ」彼は罠《わな》にかかるのを気づかって、言葉少なに答えた。彼女のほっそりした手が腰帯に挟んだ宝石で飾った短剣に走るときは、平手《ひらて》の一撃で彼女を甲板上に叩き伏すつもりだった。とはいえ、恐怖心を抱いていたわけではなかった。彼はこれまで、文明人にしろ未開人にしろ、数多くの女をその鋼鉄の腕《かいな》に抱いてきた。しかし、このベーリトのように、眸のうちに火と燃える光を持つ女は見たこともなかった。

「おまえはハイボリア種族みたいに惰弱《だじゃく》な男じゃないね！」その彼女が叫ぶようにしていった。「気性が激しく、きびしいこと、灰色狼そっくりだ。その目は都の灯で曇らされたことがないし、腕の力は、大理石の壁のなかの生活で弱められていないと見たよ」

「おれはコナン、キンメリアの男だ」彼は答えた。

南方異国の民にとって、北方の国土は神秘に閉ざされた謎の領域であり、そこには金髪碧眼《へきがん》の凶悪な巨人種が住みついていて、おりあるごとに松明《たいまつ》と剣を手に氷の砦《とりで》を出て南下してくると考えられていた。しかし、彼らの侵寇《しんこう》もシェムの国のような南方まではおよぶことがなかったので、このシェムの娘には、エーシル、ヴァニール、キンメリア諸民族のあいだに差別をつけることができなかった。ただ女性の本質的な誤《あやま》ることのない直感で、これが自分の真の愛人であると見てとっていた。どこの種

族の男であるかは問題でなく、むしろ、見知らぬ遠方の国の魅力をつけ加えてくれるともいえるのだった。

「そしてあたしはベーリトよ」まるで〝あたしは女王よ！〟とでもいうように、彼女は叫んだ。

「あたしをよく見な、コナン！」彼女は両腕を大きく拡げた。「あたしはベーリト、黒い海岸の女王よ。おお、北方の虎よ。おまえは、おまえを育てあげた雪の山々みたいに冷たい。あたしをお抱き！　この躰を、おまえの激しい愛で押しつぶしておくれ。そしてあたしと大地の果てまで、大海の果てまでいっしょに行くのだ。あたしは、火と鋼鉄と殺戮《さつりく》の女王――おまえはあたしの王におなり！」

コナンの目は、血に濡れた戦士たちの列を、そこに嫉妬《しっと》と怒りの表情はないかと見まわした。なにもなかった。黒い顔からは怒りが消えていた。それでコナンは、この男たちにとってベーリトは女以上の存在であること、その意志には絶対的に従順であらねばならぬ女神であるのを知った。アルゴス号に目をやると、それは大きく傾いて、鉤棹によって支えられ、甲板を赤い波に洗われていた。つづいてコナンは、青い水に縁どられている岸辺を、碧《みどり》にかすむ遠い海上を、そしてすぐ目の前に立っている生気に満ちた女を見た。すると彼の野性の魂《たましい》が彼を揺り動かした。紺碧に輝く領域を求めて、白い肌を持つ若い雌虎とともに――愛しあい、笑いあい、放浪し、掠奪し――

「よし、いっしょに航海しよう」彼はその長剣から赤い血のしずくを払い落としていった。

「おい、ヌヤガ！」彼女の声が弓弦のように響いた。「急いで薬草を持っておいで。おまえの主人の傷を手当てするんだ！　あとの者は獲物を掻き集めて、あの船を突き放しておしまい！」

コナンが船尾の楼甲板の手摺りに身をもたせると、年老いた呪医《じゅい》が手足の傷の手当てにあたり、一方、悲運に遭ったアルゴス号の積み荷が、手ぎわよく雌虎号に移され、甲板の下の小船室に収められた。水夫と海賊たちの死体は水中に投げこまれ、周囲を泳ぎまわっている鮫《さめ》の餌食《えじき》にされ、負傷した黒人たちは中甲板で包帯を巻かれていた。鉤棹がはずされると、アルゴス号は音もなく血に染まった波間に沈んでいった。そして雌虎号は、リズミカルな櫂の響きとともに、南方に向かって動きだした。

　船が鏡のような紺碧の水面を走りだすと、ベーリトが船尾の楼甲板へ登ってきた。彼女の目は、闇のなかの雌豹のそれのように燃えていた。そして身に着けている物を脱ぎはじめ、サンダルと絹の腰布をコナンの足もとに投げやった。まったくの裸身になると、爪先立ちをして、両腕を上方に伸ばした。まっ白い裸体の線が震えている。そして彼女は、命知らずの男たちに叫びかけた。

「青い海の狼たちよ、あたしの踊りを見るがいい――ベーリトの求愛の踊りを！　アスカロンの王たちの裔《すえ》、ベーリトの踊りを！」

　そして彼女は踊った。沙漠のつむじ風のように旋回し、消えることのない焔《ほのお》のように跳躍し、創造と死を急《せ》きたてるような踊りだった。その白い足が血に濡れた甲板上に飛び跳ねると、死にかけた男たちも死を忘れて、凍りついたように彼女の動きをみつめた。やがて青ビロードのような宵闇《よいやみ》の空に星が白くまたたきはじめ、旋回するベーリトの躰を象牙色の焔に変えた。彼女は荒々しい叫びをあげて、コナンの足もとに身を投げかけた。するとキンメリア人の体内では、肉欲の盲目的な潮《うしお》が湧きあがり、あらゆるものを押し流した。そして彼コナンは、激しく喘ぐ彼女の躰をかかえあげ、銅鎧《どうよろい》の黒い胸板に骨も砕けとばかり抱きしめた。

2 黒い蓮《ロートス》

死の城跡の崩れた石が、
彼女の眸《ひとみ》を捉える邪悪の光。
それと知って、狂気が喉をかきむしる、
恋仇《こいがたき》の出現を見たかのように。

——ベーリトの唄

雌虎《めすとら》号の航行する海岸では、黒人の村落が震えおののいた。夜間、太鼓《タムタム》が打ち鳴らされ、海の女悪魔が配偶者を見いだしたとの噂が流れた。傷ついたライオンの怒りを持つ鋼鉄の男だという。そして屠《ほふ》り去られたスティギアの船の生き残りは、ベーリトとあわせて、青く鋭い目を持つ白人の戦士を心の底から呪った。スティギアの領主たちは、その後長いあいだこの男を忘れることができず、その記憶が、来たるべきときには血の色の実を結ぶ苦《にが》い樹となった。

しかし、風のまにまにといった形で雌虎号は南方の海岸を航行してまわり、けっきょく流れの淀んだ大河の広い河口に錨《いかり》を下ろした。その両岸にはジャングルが生《お》い茂って、謎の城壁のように奥地の模様を包み隠していた。

「これがザルケバ河。ザルケバって、死ということ」ベーリトが説明した。「水が有毒なの。ほら、暗い陰気な流れじゃない？　だから、この河には毒のある爬虫類《はちゅうるい》しか棲《す》めないのよ。黒人でも避けて近よらない河。一度、あたしの手から逃れたスティギアの船が、この河をさかのぼって姿を消したことがあったの。あたしは、ちょうどこの場所に錨《いかり》を下ろしていると、何日か経《た》って、その船がまた黒い流れをくだってきたわ。甲板は血だらけで、船員の姿が見えず、ひとりだけ生き残りがいたけれど、これも気が狂っていて、わけのわからぬことを口走りながら死んでいったわ。積み荷は手も触れずに残っているのに、乗組員の全部が、謎の沈黙のうちに姿を消してしまったのよ。

この河の上流のどこかに都があるんだと思うわ。度胸よく、河の途中までさかのぼってみた水夫たちがいて、その連中の話だと、ずっと上流にとても大きな城壁と立派な塔が見えてたそうなの。ねえ、コナン。怖《おそ》れを知らないあたしたちでしょう。その都を襲って、ひと稼ぎしてみましょうよ！」

コナンはうなずいた。彼はなにごとによらず、彼女の計画に従うことにしていた。掠奪《りゃくだつ》行為の方針を立てるのが彼女で、それを実行するのが彼の役割だった。襲撃先がどこか、闘う相手がだれかは、彼にとっては問題でなく、襲撃し闘うことに彼の人生の喜びがあった。

戦闘と襲撃の連続によって、乗組員の人数はしだいに減少して、いまやこの大きなガレー船を動かすに足る最少限度、八十名ほどの槍兵《そうへい》を残すだけであった。南方の海に散在するいくつかの島王国を巡航すれば、新しい兵士たちを補充できるのだが、ベーリトはその長い航海に時間を割《さ》く気持ちになれなかった。この最新の冒険が、彼女の心を駆りたててやまぬからで、雌虎号は謎の大河の口に針路を向け、漕《こ》ぎ手が力強く櫂《かい》を押すと、船は幅広い流れをさかのぼりだした。

彼らは海からの眺望をさえぎっている謎の屈曲部をまわって、奇怪な爬虫類がとぐろを巻いている砂州《さす》を避け、日没時には緩慢《かんまん》な流れのかなりの距離を克服していた。その間、一匹の鰐《わに》も見ることもなく、水を求めて河岸へ近づく四足のけものも翼ある鳥にも出遭わなかった。月の出に先立つ暗闇の時刻に、船は両岸に断崖が迫っている個所をぬけたが、そこに謎めいた動きの気配と忍びやかな足音を聞き、異様な目の光を見た。そして一度は、人間のものとは思えず、しかも人間の嘲笑《ちょうしょう》に似た声があがった——猿の叫び声よ、とベーリトが説明して、つぎのようにつけ加えていった。悪人の魂《たましい》が、過去の所業の罰として、人間に似たけものの体内に閉じこめられているのだと。しかしコナンは、その言葉に疑問を持った。かつてヒルカニアのある都邑《とゆう》で、黄金造りの檻《おり》に入れられたけものを見たことがある。あれが猿だと教えてもらったが、そのけものの目は底知れぬ悲しみをたたえていて、いまこの黒いジャングルから、つん裂くように聞こえてくる哄笑《こうしょう》の悪魔めいた響きとは、似ても似つかぬものであったからだ。

やがて月が昇った。黒檀《こくたん》の横縞《よこじま》がはいった血のきらめき。そしてジャングルは、それを迎えて怖ろしい狂気の国となって目醒《めざ》めた。咆哮《ほうこう》が引きつづき、さしもの黒人の戦士たちさえ震えおののいた。しかし、コナンはすぐに気づいたのだが、それらの吠《ほ》え声は、ジャングルのはるか奥から聞こえてくるのだ。けものもまた、人間同様、ザルケバの黒い流れを怖れて水辺には近よらぬものらしい。

木々の黒い茂みと揺れている葉群《はむ》れの上に昇った月が、河面《かわも》を銀色に照らし出した。彼らの船の航跡は、燐光《りんこう》を放つ泡を長く尾に引いて、光り輝く宝石の道を思わせている。櫂が光の水に漬かり、銀色に凍りついてはぬけ出てくる。戦士たちの頭飾りの羽根が風に揺れ、剣の柄《つか》と武具に鏤《ちりば》めた宝石が、氷のようにきらめくのだった。

ベーリトがそのしなやかな肢体《したい》を、甲板に拡げた豹《ひょう》の毛皮の上に伸ばしたとき、その黒い巻き毛に飾った宝石から氷の火が冷たい光輝を放った。肘をつき、顎《あご》をほっそりした手に載せた姿勢で、彼女はコナンの顔を見あげていた。コナンはかすかな風に黒い総髪《そうはつ》をなぶらせ、彼女のかたわらでゆったりと横になっている。ベーリトの目は、月光に燃えあがる黒い宝玉であった。

「謎と恐怖があたしたちをとり囲んでいるのよ、コナン。そしてあたしたちの船は、恐怖と死の領域に漕ぎ入っているところなの」彼女はいった。「あなた、怖くない？」

コナンは返事の代わりに、鎖帷子《くさりかたびら》を着こんだ肩を揺すってみせただけであった。

「あたしだって怖くなんかないわ」考えこみながら、彼女はいった。「これでもあたしは、一度だって怖がったことのない女よ。牙をむき出した死神の口のなかをのぞきこんだことも数知れずあるのよ。コナン、神はどう？　神だったら怖い？」

「おれは、神々の影を踏んづけないようにしている」未開人は保守的な意見を述べて答えた。「そのあるものは荒ぶる神で、人に害を加え、ある神々は人助けをもっぱらにしている。少なくとも祭司たちはそういっている。たとえば、ハイボリアのミトラは強力な神だ。なぜならば、ミトラ神を崇《あが》めるハイボリア人が、世界じゅうに彼らの都を築きあげているからだ。しかし、彼らハイボリア人にしてからが、セト神には恐怖心を抱いている。そして、盗賊の守護神ベルは良き神だ。おれはザモラの国で盗賊稼業をやっていたとき、この神のことを知ったのだ」

「あなたの種族の神はどんななの？　あなたがその名を呼ぶのを聞いたことがないけど」

「主神はクロムといって、高い山の上に住んでいる。しかし、この神に呼びかけたところで、なんの意味もありはしない。人が死のうと生きようと、クロムの神は頓着《とんちゃく》しないのだ。むしろ、その注意を惹《ひ》かないように黙っているのが利口といえる。あの神が持ちきたすのは罪の宣告で、幸運ではないのだ！　残忍で、愛を持たぬ神。しかし、人が生まれてくるにあたって、闘って殺戮《さつりく》する力をその魂に吹きこんでくれる。これ以外に、神々になにを願うことがある？」

「だけど、死の河の向こう岸にある世界のことは？」彼女の質問は執拗だった。

「おれの種族の宗教には、現世についても、来世についても、希望なんてものはない」コナンは答えた。「この世界で人間はむなしく闘い、むなしく苦しみ、戦闘という輝かしい狂気のうちにだけ歓《よろこ》びを見いだす。死んでゆくときは、灰色の霧に包まれた、氷のような風の吹きすさぶ国に魂がはいってゆき、永劫《えいごう》の末まで喜びも知らずにさまよいつづけるだけだ」

ベーリトは身震いをして、

「そんな運命に遭《あ》うより、どんなにつらい人生でも生きているほうがまだましね。コナン、あなたって、いったい、なにを信じているの？」

彼は肩をすくめて、

「おれは多くの神々を知っている。神々を否定するやつは、深く信じすぎるのと同様に、盲目なんだ。死んだ先のことは、おれの知ったことじゃない。それは、ネメディアの懐疑論者のいうように、なにもない無の世界かもしれない。あるいは、氷と雲に閉ざされたクロムの神の領域か、ノルドヘイム人の崇めるヴァルハラの殿堂と雪原かもしれない。要するに、おれにはわからんし、わからんでもいいことだ。おれはこの世に生のあるかぎり、生き甲斐のある生き方をするだけだ。赤い肉の豊潤《ほうじゅん》な汁と舌を刺す強烈な酒を、白い腕《かいな》の熱い抱擁を、青光りする刃が深紅の焔《ほのお》をあげる戦闘の狂喜を味わえば、それで満足だ。現実と幻影の問題は、学者や祭司や哲人といった連中に考えさせておけばいい。おれにはわかっている。人生が幻影なら、おれもまた幻影にすぎん。そうだとしたら、幻影こそおれにとっての現実だ。おれは生き、生《せい》とともに燃え、愛し、殺し、それで満足する」

「だけど、神々は現実に存在するのよ」彼女も彼女自身の思考の線を追って、「とくにシェム族の神々が――イシュタール、アシュトレト、デルケト、アドニス、みんなそうだわ。ベルだってシェム族の神よ。ずっとずっと昔に古代のシュミルに生まれて、ちぢれた頬髯《ほおひげ》と妖精めいた賢い目を持って、太古の王たちの宝石を盗みに、笑い声をあげながら出かけたんだから。

　死後の世界だって、ちゃんとあるのよ。それはあたしにわかっているし、それから、キンメリアのコナン」――彼女はしなやかに膝立ちになると、豹のように彼を抱擁し――「あたしの愛がどんな死よりも強いことも知っているわ。あたしはあなたの腕に抱かれて、あたしたちの激しい愛に燃えているのよ。あなたの強い力が、あたしをつかまえ、揉みくしゃにし、征服し、激しいキスであたしの魂を吸いつけたのよ。あたしの心は、あなたの心に融《と》けあい、あたしの魂は、あなたの魂の一部となったわ！　もしもあたしが先に死んで、あなたがまだ生きて闘っていたら、あたしは死の深淵から、あなたを助けるために駆けつけるわ――そうよ、あたしの魂が、水晶のように澄んだ天国の海を紫の帆をかけて走っていようと、地獄の業火《ごうか》のなかでのたうちまわっていようと、必ずあなたのそばにもどってくるのよ。あたしはあなたのもの！　どんな神でも、どんな神の永遠でも、あたしたちふたりの仲を切り裂くことはできないわ！」

船首の見張り台から悲鳴があがった。ベーリトを押しのけて、コナンは跳《は》ね起きた。その長剣が月光を浴びて銀色にひらめき、眼前の惨状に髪の毛が逆立った。甲板の上で、黒人の戦士がひとり吊しあげられている。男の躰《からだ》を支えているのは、舷側《げんそく》の手摺《てす》りにまたがっている、大樹《たいじゅ》の幹《みき》に似た、しなやかな黒い物であった。コナンはひと目で、それが巨大な蛇であるのを見てとった。船首の側面を匍《は》いあがって、不幸な戦士をその口にくわえたのだ。甲板の上で高々と鎌首《かまくび》を持ちあげると、鱗《うろこ》が月光に濡れて癩者《らいじゃ》の肌のように光る。襲われた男は悲鳴をあげ、大蛇の牙に捕えられた鼠のように身もだえしていた。船首に駆けよったコナンは、長剣を揮《ふる》って、人間のそれより太い蛇の胴をほとんどふたつに断ち斬《き》った。血が手摺りを浸《ひた》して、瀕死の怪物は河の上に躰を乗り出し、犠牲者を口にくわえたまま、うねりうねって水中に沈んでいった。そのあとしばらくは水が大きく撥《は》ねかえっていたが、やがては血汐《ちしお》の泡を残して、人と爬虫類がともども姿を消していった。

その後はコナン自身が見張り役に就いたが、暗い水底から匍い出る怪物はほかには見られず、いつか暁《あかつき》の光がジャングルの上を明るくすると、木々の茂みのあいだにそびえ立つ塔が、いくつか黒い牙のように眺められた。コナンは、彼の緋色《ひいろ》の寛衣《かんい》にくるまって甲板の上に眠っているベーリトを大声で呼んだ。彼女はすぐに眸《ひとみ》を輝かして駆けよってきた。そして、急いで弓と槍《やり》をとりあげるようにと戦士たちに命令をくだした。そのときの彼女は、その愛らしい目をかっとばかりに見開いていた。

しかし、彼らの船がジャングルに覆われている岸辺を過ぎて、その向こうの湾曲部へ達してみると、都邑《とゆう》と想像していたものが、廃墟にすぎないのを発見した。崩れ落ちた船着場の石畳《いしだたみ》はもちろんのこと、かつては街路、広大な広場、大きな中庭であった個所の舗石《しきいし》のあいだを、雑草や悪臭のただよう水草が生い茂っている。河に面したところを別にして、あらゆる方向からジャングルが侵入してきて、倒れた円柱、崩れた築山《つきやま》などを毒々しい緑一色に埋め隠し、そこかしこに、いまは傾《かし》いだいくつかの塔が、朝空を背景にして酔った男のような姿をさらし、砕け落ちた壁の向こうには柱の基石がのぞいている。それらの残骸の中央に、細い円柱と並んだ大理石のピラミッドが、いまなお厳然たる姿を見せ、頂上になにやらうずくまっている形がある。コナンは最初それを神像だと考えたが、鋭く目を凝《こ》らすことで生き物であるのを見てとった。

「大きな鳥だな」船首に立っている戦士のひとりがいった。

「いや、コウモリだ。化け物コウモリだよ」別の戦士がいいはった。

「猿みたいだね」これはベーリトの言葉だった。

その瞬間、問題の生き物は大きな翼を拡げて、ジャングルの内部へと飛び去った。

「あれは翼のある猿だ」老ヌヤガが不安そうな顔で説明して、「こんな場所に来るよりか、喉を掻き切って死んだほうがましだったぞ。ここは呪われた土地だ」

しかしベーリトは、老人の迷信を一笑に付して、ガレー船を岸辺に寄せるように命令し、崩れかけている船着場につけさせた。まっ先に船から飛び降りたのは彼女であった。そのすぐうしろにコナンがつづき、ふたりのあとから黒檀《こくたん》の肌の海賊団が、朝風に白い羽根飾りをなびかせ、槍をかまえ、周囲のジャングルに疑わしげな目を向けながら行進した。

すべてのものを押し包んで、蛇の眠りを思わせる無気味な沈黙が立ちこめていた。廃墟のなかのベーリトは、絵のような姿であった。そのしなやかな肢体にあふれる生命力が、彼女を囲む荒廃と腐朽《ふきゅう》とに異様なほどきわだった対照を示している。太陽が徐々にジャングルの上に昇り、陰鬱《いんうつ》な焰を燃えあがらせ、そびえ立つ塔の群れに鈍《にぶ》い金色の光を浴びせて、その影を崩れ落ちた壁の下に沈ませた。ベーリトは、腐朽した基石の上で傾いている細い円塔を指さした。幅の広い舗石が、ひび割れのあいだに雑草を生い茂らせ、左右に倒れた円柱をおいた形で塔までつづいている。舗石道のはずれに巨大な祭壇が残っていた。ベーリトは足早に古代の石畳を踏んで進み、祭壇の前に立った。

「これは古代の住民の神殿なのよ」彼女はいった。「ほら、見てごらん。祭壇の側面に血を流す溝が切ってあるだろう。一万年のあいだ、雨に当たっていても、黒い血の痕《あと》が消えていないのよ。壁はみんな崩れ落ちてしまったけど、この石の基盤だけは、時の流れも自然の力も無視して残っているんだわ」

「その古代の住民というのは、どんな連中だった?」コナンが訊いた。

彼女はほっそりした両腕を力なく拡げて、

「伝説のうちにも、この都のことは語られていないのよ。だけど、祭壇の両わきに手をかける窪《くぼ》みが見えるじゃないの。古代の祭司たちは、彼らの宝物を隠すのに祭壇の下を利用したものだわ。おまえたち、四人がかりなら、この祭壇を持ちあげることができるだろう。さあ、やってみな」

そして彼女は一歩下がって場所をあけ、斜めにそびえ立つ塔を見あげた。黒人のうちでも力のある三人が、石にうがってある窪みに手をかけた――それは奇妙なほど人間の手にそぐわぬ窪みであった――そのときベーリトが鋭い叫びをあげて、背後へ跳びすさった。三人の男はその場に立ちすくんだ。コナンは彼らに手を貸そうと身をかがめたところだったが、驚いて罵声を発しながらふりむいた。

「草むらのなかに蛇がいる！」彼女は叫んで、さらにうしろへ下がった。「早く殺しておしまい。ほかの者は、石を持ちあげるのよ」

コナンはすばやく彼女のそばへ寄り、もうひとりの男がコナンと交替した。コナンは急いで草むらのあいだに蛇を捜し、一方、四人の黒い大男たちが足を踏んばり、唸り声をあげ、黒檀の皮膚の下の筋肉に力を入れた。祭壇は動く様子を見せなかったが、急に一方の側に回転した。それと同時に、頭上になにかのすべる軋《きし》みが生じて、塔が崩れ落ちてきた。四人の黒人は砕けた石材の下敷きになった。

仲間の黒人たちのあいだで、だれかが恐怖の叫びをあげた。ベーリトは華奢《きゃしゃ》な指先をコナンの腕に食いこませて、

「蛇なんかいなかったのよ」と囁《ささや》いた。「あなたを呼びよせるための策略だったの。古代の人間は、宝物を守るためにずいぶん工夫をこらしたものなので、あたしはそれを怖れたってわけ。さあ、石をとり除いてみましょう」

海賊団全員がヘルキュレスのような努力をした結果、四人の男の砕けた死体をとり出すことができた。そして血に染まった彼らの死体の下に、堅い岩を刻んだ穴蔵を発見した。祭壇は、石の棒とその受け口を蝶番《ちょうつがい》にして穴蔵の蓋《ふた》に造ってあるのだった。一見したところ、穴蔵の内部では何百万とい

う宝石の刻み面が朝の陽《ひ》をとらえて、火のような光の流れを湧き出させているかのようだった。海賊たちは驚きのあまり、目の前に横たわる夢のような財宝から目を離すことができずにいた。ダイヤモンド、ルビー、血玉髄《ブラッドストーン》、サファイア、トルコ石、月長石《げっちょうせき》、オパール、エメラルド、紫水晶、そのほか名も知らぬ宝石類が、淫蕩《いんとう》な女の目のような光を放っている。穴蔵はその縁《ふち》まで光り輝く宝石が満ちみち、朝の太陽に照らされて、揺れ動く焔の海なのだ。

ベーリトは叫び声をあげて、血に染まった石材のかけらの上に両膝をついて、光の海のなかにその白い腕を肩までさし入れた。そしてなにかをつかみ、腕を引き出すと、もう一度、叫びを洩《も》らした――深紅にきらめく宝石の長い連《つら》なりが、黄金の細い糸の上に凍りついた血のかたまりのように眺められ、その光輝に出遭うと、金色の陽光も鮮血のかすみに変わった。

ベーリトの目は、恍惚《こうこつ》状態におちいった女のそれであった。シェム族の魂は、財宝その他、物質的な豪華さを見るときは必ず目を輝かし、酔い痴《し》れるものである。しかも、いま彼女の眼前にあるそれは、宝石に飽きあきしたシュシャンの皇帝の魂さえ揺り動かさずにはおかぬ財宝であったのだ。

「さあ、みんな、この宝石を運び出すのよ！」彼女の声は感動のあまり甲高く響いた。

「見ろ、あれを！」

部下の黒人がたくましい手を雌虎号の方向へ突き出した。ベーリトは急いでふり返った。深紅の唇を半ば開いて、すぐにでも命令をくだそうとしていた。競争相手の海賊船が留守中の雌虎号を襲って、獲物の掠奪を企《くわだ》てたものと考えたのだ。しかし、舷側から黒いものの影が身を起こして、ジャングルの上へ翔《と》び去ってゆくのを見たにとどまった。

「化け物猿がおれたちの船を調べていやがったんだ」黒い海賊たちが、口々に不安の言葉を呟いた。

「それがどうしたっていうのさ！」ベーリトは叱《しか》りつけるようにいって、もどかしそうに垂れ下がる巻き毛を掻《か》きあげ、「槍と上衣《うわぎ》で吊り台を作るのよ。そうしたら、この宝石をそっくり運ぶんだよ――あら、あなた、どこへ行くの？」

「ガレー船をあらためてくる」コナンは答えた。「コウモリ野郎め、船底に穴をうがったかもしれない」

コナンは裂け目のできた船着場を駆け降りていって、船に跳び乗った。そして甲板の下をすばやく調査し、大コウモリに似た怪物が翔び去った方向へ暗い視線を投げて、畜生！ と叫んだ。それから急いで穴蔵の掠奪作業を監督しているベーリトのもとへもどった。ベーリトは首飾りを巻いていて、裸の白い乳房の上に赤い血のかたまりのような宝石が、暗い光輝を放っていた。穴蔵の内部では、まっ裸になった大柄な黒人が宝石の山に股まで漬《つ》かって、大きな手に光り輝く物をすくいあげては、上で待ちかまえている仲間の手に移している。虹色の光を凍りつかせた糸が、黒い指のあいだに垂れ下がり、赤い焔のしずくが手からこぼれ落ち、星明かりと虹の高い山を築いている。ちょうどそれは、黒い巨人が業火のきらめく地獄の穴に両足を踏んばって立っている恰好で、高くかかげる手には星がいっぱい載っていた。

「空飛ぶ悪魔め、貯水槽を打ち破っていきおった」コナンがいった。「おれたちみんな、この宝石に気をとられていたので、あいつの立てる物音を聞き洩らした。見張りをひとり残しておかなかったとは、ずいぶんと迂闊《うかつ》だった。この河の水が飲めるわけじゃなし――これから二十人ほど引き連れて、ジャングルのなかへ水を捜しにいってくる」

ベーリトは彼をぼんやりみつめた。その目のうちに、奇妙な情熱の光がうつろな焔を燃やし、指で胸の宝石をいじっていた。

「じゃ、そうしてもらおうかしら」と彼女はコナンの言葉もうわの空で、「あたしは、この獲物を船に運びこんでおくわ」


ジャングル内に足を踏み入れると、たちまち金色の陽光が灰色に変わった。アーチを描いて伸びている緑の枝から、つる草が大蛇のように垂れ下がっている。戦士たちは一列縦隊になって、原始時代さながらの薄明のなかを、白い亡霊に引率された黒い幻《まぼろし》のように進んだ。

下生えはコナンが予想したほど密生していないし、地面にしても軟弱ではあったが、ぬかるんではいなかった。河から離れるにつれて登り勾配《こうばい》になり、緑に波打つ茂みの奥深く、彼らの行進はつづいたが、いつまで経っても水の痕跡《こんせき》は見当たらない。小川の流れもなければ、淀んだ水たまりも発見できないのだ。とつぜんコナンが足を止めた。部下の戦士たちも玄武岩《げんぶがん》の彫像のように凍《こお》りついた。それにつづく沈黙のあいだに、キンメリア人は苛立つように首をふって、

「前進しろ」と副隊長のヌゴラに命じた。「おれを残して、まっすぐ進むんだ。おれの姿が見えなくなったら、その場所で待っておれ。どうやら、あとを尾《つ》けられているらしい。なにか聞こえた」

黒人たちは不安げに足踏みをした。しかし、命令どおりに歩きだした。彼らが行進をはじめると、コナンはすばやく大樹の陰に身を隠して、いま来た径《みち》を眺めやった。この枝葉の密にからまったなかか

ら、どのような敵が出現しても不思議はない。だが、なにごとも起こらなかった。行進する槍兵たちの足音が、遠くかすかに消えていった。コナンは、周囲の空気が嗅《か》ぎ慣《な》れぬ異国的な香りに満たされているのを急に感じとった。なにかがそっと彼のこめかみを撫《な》でた。すばやくふりむくと、緑濃い奇妙な形の葉をつけた茎《くき》の群れのあいだに、いくつかの大輪の黒い花が彼に向かって首を動かしている。そのひとつが彼に触れたのだ。それはしなやかな茎を彼のほうへ傾けて、さし招いてでもいるように、花弁を大きく拡げ、風もないのにさらさらと鳴っている。

コナンは思わず飛びのいた。それが黒い蓮《ロートス》であるのを知ったからだ。その汁は死であり、その香りは夢魔の眠りをもたらすのである。しかし、彼はすでに妖異な眠りに引きこまれていくのを感じていた。剣をあげて、蛇のようにうねっている茎を切断しようとしたが、腕が麻痺《まひ》して動こうともしなかった。声をあげて部下を呼びもどそうとしても、喉の奥がかすかに鳴るだけであった。つぎの瞬間、驚くほど急激にジャングルが波打ち、彼の目の前から消えていった。そのとき、ほど遠からぬところで凄《すさ》まじい絶叫があがったが、それも彼の耳には届かなかった。コナンは膝から崩れ、大地に力なく倒れ伏していたのだ。うつぶせに横たわる彼の上に、大輪の黒い花が、風もない大気のなかに首をふっていた。

3　密林の恐怖

呪われてあれ、夜の蓮《はす》のもたらした夢、
おれの命を、物ぐさなものに変えた夢、
剣のしたたらす熱い血を、
見ようともしない躊《ため》いがちな時間。

——ベーリトの唄

最初は完全な虚無《きょむ》の暗黒を、宇宙空間の冷たい風が吹きぬけるだけであった。やがて、その果てしない虚無の拡がりのうちに、漠然《ばくぜん》とした物の姿が、巨大でしかもうつろいやすい形で出現しはじめた。あたかも暗闇が実体に凝固《ぎょうこ》しつつあるかのように。風が吹き、渦を巻き、暗黒のピラミッドが旋回して轟音《ごうおん》を立てている。そこから形状と次元が生じたかと思うと、突如、雲が吹き飛ばされたように、暗闇が両側から巻きとられて、限りなくつづく平原を流れる大河の岸に、暗緑色の石で造られた巨大な都邑《とゆう》が浮かびあがった。この城郭《じょうかく》の内部には、異様な形態の生物が蠢《うごめ》いているのだった。姿かたちからいえば、明らかに人類の範疇《はんちゅう》には属していない。翼を生やし、均整のとれたその肢体《したい》は、英雄を思わせるものがある。人類を頂点とする神秘的な進化の樹の枝でなく、それとはまったくちがった異種の樹《き》に咲いた豊艶《ほうえん》な花であろ。翼を除けば、体軀《たいく》は人類に相似《そうじ》している。最高の形態をそなえた人類にせよ、大猿とそれほどの相違がないのと同程度に。精神的、審美的、知的な面における発達は、人類をはるかに凌駕《りょうが》していた。つまりは、人類がゴリラを凌駕するのと同程度に。しかし、彼らがこの巨大な城都を建設した当時、人類の祖先は原始時代の海の泥濘《でいねい》からまだ匍《は》い出てきていなかったのだ。

これらの生物も、すべて血と肉から造られているものと同様、死すべき運命にあった。その寿命は驚くほど長くはあったが、生きて、愛し、そして死んでいった。何百万年という計り知れぬ歳月が経過したあと、変化が始まった。風に吹かれるカーテンに映された絵のように、景観がきらめき、揺れ動いた。歳月が、磯辺を洗う波のように、都邑とそれを囲む田野《でんや》の上を流れて過ぎた。その波のひとつひとつが変化をもたらした。この惑星上のどこかで磁気の中心が移動していたのだ。氷河と氷原が新しい地極へ向かって後退していった。

大河の流域も変化した。平原は爬虫類《はちゅうるい》の棲《す》みつく悪臭ただよう沼沢《しょうたく》と変わり、肥沃《ひよく》な牧場《まきば》が拡がっていたところに森林が盛りあがり、最後は湿潤《しつじゅん》なジャングルと化した。歳月の変化は都邑の住民にも同一の作用をおよぼしたが、彼らは新しい土地に移り住もうともせず、人類には不可解な理由から、太古以来の都邑のうちで、その運命に甘んじた。かくして、かつては肥沃を誇っていた土地が、陽光の射しこまぬジャングルの黒い泥地にしだいに深く沈んでいって、いつかこの城都の住民たちも、鳥獣の鳴き声のかまびすしい密林内の混沌に閉じこめられた。凄《すさ》まじい地震がくり返し大地を揺るがし、夜間には火山が噴きあげるまっ赤な火の柱が、暗い地平線を無気味に染めあげた。

都邑の周囲にめぐらした城壁と郭内にそびえ立つ高塔が大地震で崩壊したあと、数日にわたって大河の流れが漆黒《しっこく》に変わった。致死的な毒性を持つ物質が地中深くから湧出《ゆうしゅつ》した結果であり、これらの住民が数千年のあいだ飲みつづけてきた水に、怖《おそ》ろしい化学的変化が生じたことを物語るものであった。

その水を飲んで多くの住民が死亡した。そして生き残った者にも、徐々に、微妙にではあるが怖ろしい変化をおよぼした。激変した環境に順応するため、彼らは本来の水準からはるか下まで落ちこんだ。しかし、致死的な水はそれ以上に凶悪な変化を強《し》いて、彼らはついに獣類同然の世代へ堕《お》ちていかざるを得なかった。翼を持つ神々は翅《はね》のある悪魔の群れと変わり、彼らの祖先が集積した知識もすべて歪《ゆが》み、ねじられ、よこしまな方向へ落ちこんでいった。一度は人類には想像もできぬほどの高所に到達した彼らの文化は、人間の見るもっとも狂った悪夢にもあらわれぬほど、堕落の底に沈澱したのである。共食いが理由で早く死ぬことになり、深夜のジャングル内の暗闇では、宿怨《しゅくえん》による家族間の死闘が引きつづき行なわれた。そして最後に、彼らの都邑の苔《こけ》むした廃墟を、ただひとつの影、見るも忌わしい姿に退化したものの影が、人知れず徘徊《はいかい》するだけとなった。

それから、はじめてこの土地に人類がはいりこんだ。黒い皮膚、鷹のように鋭い顔立ちの男たちで、銅と革の甲冑《かっちゅう》に身を固め、弓矢を携《たずさ》えている――先史時代のスティギアの戦士であった。総勢でわずか五十名。そのだれもが、長いあいだの苦難と飢《う》えとで見る影もなく痩《や》せ衰えて、ジャングル内をさまよいつづけたために皮膚が傷つき、血を流し、包帯に血が凝固しているのが、熾烈《しれつ》な戦闘を切りぬけてきたことを語っていた。彼らの心のなかには、戦役《せんえき》と敗北の記憶が渦巻いていた。より強力な部族の侵寇《しんこう》をこうむり、闘いに破れた彼らは南方に追いやられて、ジャングルと大河の緑の海に迷いこんだのであった。

　疲れ果てた彼らは、廃墟を見いだし、そこに身を横たえた。すると、百年に一度、満月の光のなかでだけ咲く赤い花が波のように揺れて、彼らを深い眠りに引き入れた。そして眠りこんでいるあいだに、赤い目をした醜悪《しゅうあく》なものが物陰から忍びよってきて、兵士たちの頭上と周囲で、身の毛もよだつ怪奇な儀式を執《と》り行なった。影の多い空に月がかかって、ジャングルを赤と黒とに塗りあげ、眠りこんでいる戦士たちの上では、深紅の花が血の滴《したた》りのようにきらめいた。やがて月が沈むと、妖術者の目が、黒檀《こくたん》の夜にはめこんだ赤い宝石と変わった。

　暁《あかつき》が訪れて、河の面《おもて》に白いヴェールが拡がるころには、ひとりの男の姿も見えなくなっていた。斑《まだら》模様のある大きなハイエナが五十四匹で輪を作り、その中央に毛むくじゃらの躰《からだ》に翼を持った醜悪な怪物がうずくまっているだけである。ハイエナは、小刻みに震える、尖った鼻面を蒼ざめた色の空に突きつけて、地獄に堕ちた魂《たましい》のように吠えたてていた。

　それからは情景がめまぐるしく転換して、前の場面の終わりと後のそれのはじめとが重なりあうほどであった。黒いジャングル、緑の石の廃墟、暗鬱《あんうつ》な瘴気《しょうき》に煙《けぶ》る河を背景に、動きが混乱し、光と影が交錯し融《と》けあった。黒人たちが、舳先《へさき》に髑髏《どくろ》をつけた丸木舟で河をさかのぼってきたり、あるいは槍《やり》を手に身をかがめた形で木々のあいだを忍びよってきたりしたが、薄闇のなかに赤い目とよだれに濡れた牙を見て、悲鳴をあげて逃げ出した。死んでゆく男たちの叫び声が影を揺るがすうちに、闇を透《とお》して足音がひたひたと鳴り、吸血鬼の赤い目が爛々《らんらん》と輝く。月光の下では奇怪な饗宴《きょうえん》がもよおされ、赤い月面をコウモリに似た影がくり返しかすめて過ぎた。

その後、これら印象派の絵画を思わせる風景と対照的に、明確な形状をそなえたものの動きが出現した。夜の白々《しらじら》明ける時刻に、ジャングルに覆われた河岸の出鼻をまわって、黒光りする男たちを満載した大きなガレー船が進んできた。その船首には、鋼鉄の鎧《よろい》を着こんだ白い肌の巨人が突っ立っていた。

このときになって、コナンははじめて夢を見ているのに気づいた。その瞬間まで、個別の存在という意識がなかった。しかし、雌虎《めすとら》号の甲板《かんぱん》を踏み歩いている自分の姿を見て、いまだに眠りのなかにありながら、自己の実在と夢との双方を認識した。

彼がこの現象を不思議に感じているあいだにも、場面はさらに転換して、ジャングル内の空《あ》き地があらわれた。そこにヌゴラと十九名の黒人槍兵《そうへい》が、だれかを待ち受けるようにたたずんでいた。待たれている男が自分だと気づいたとき、空から凶悪な物が舞い降りてきて、無神経に突っ立っていた黒人の一隊は、恐怖の叫び声をあげた。そして恐怖に気が狂ったかのように武器を投げ捨て、ジャングル内をいっさんに逃げ出した。しかし、そのすぐ背後を、よだれをたらす怪物が、翼の音を立てながら追いすがってゆく……。

この光景のあとにしばらくは混乱と潰走《かいそう》とがつづいたが、そのあいだにコナンは、乏《とぼ》しい力をふり絞って目を醒《さ》まそうとした。おぼろげながら、黒い花のかたまりが首をふりつづけている下に横たわっている自分の姿が見える気がした。その　方、灌木《かんぼく》の茂みを縫《ぬ》うようにして、醜悪なものの影が匍《は》いよってくるのが見えた。彼は必死の努力でおのれを悪夢に縛りつけている目に見えぬ絆《きずな》を切り離して、すっくと立ちあがった。

そしてコナンは、当惑の眸《ひとみ》で周囲を眺めやった。すぐそばに黒い蓮《ロートス》が揺れている。彼は急いでそれから遠のこうとした。

その近くの軟弱な土の上に、なにかのけものが茂みから飛び出すために一歩踏み出し、すぐにまたそれを引っこめたような足跡が残っていた。それは、信じられぬほど大きなハイエナのものに似ていた。

彼はヌゴラの名を呼んだ。ジャングルの上には原始時代さながらの静寂が立ちこめていて、彼の叫びはなんともはかなく、嘲《あざけ》りの声のように空虚に響いた。太陽は見ることもできなかったが、曠野《こうや》育ちの彼の本能が、その日も終わりに近づいていると教えてくれた。何時間ものあいだ無意識で横たわっていたのを知って、総毛立《そうけだ》つ思いに襲われた。彼は寸刻をおかずに槍兵たちのあとを追った。前方の湿った粘土《ねんど》の上に足跡がくっきりと残っていて、彼らが一列になって走っていたのが見てとれる。まもなく彼は空き地に到達し——ぴたりと足を止めて、背筋に鳥肌立つ感じを受けた。その空き地こそ、黒い蓮《ロートス》の夢のなかで見たそれとまったく同じものであったからだ。そして楯《たて》と槍が、彼らの潰走のさまを告げるように散乱しているのだった。

足跡が空き地から走り出てジャングルの茂みのなかへつづいているのを見て、槍兵たちが無我夢中で逃走したのがわかる。足跡の上に足跡が重なって、木々のあいだを闇雲に縫い進んでいるのだ。キンメリア人は急いでそれにつづいたが、とつぜん彼の意表を突くようにジャングルが切れて、小山のような岩の上に出た。それは急傾斜していて、突端《とったん》は四十フィートの高さのある断崖になっていた。そしてその崖ぶちに、なにものかがうずくまっている。

最初、コナンはそれを大きな黒ゴリラと見た。しかし、なおも目を凝《こ》らして、猿のような形でうずくまっているのが黒人の大男であるのを知った。長い腕をだらりと垂らして、ゆるんだ唇から泡を吹き出している。コナンの近づくのを見ると、すすり泣きに似た叫びをあげ、大きな手を突き出し、彼をめがけてつかみかかってきた。そのときはじめて、それがヌゴラであるのをコナンは知った。声をかけてみたが、黒人はとりあう様子もなく、白目をむき出し、歯をきらめかせ、顔は人間のものでなかった。

正気の人間が狂気を目にしたとき必ず襲われる恐怖感で全身を総毛立たせながら、コナンは剣を引きぬき、黒人の躰を突き刺していた。倒れながらもつかみかかろうとするヌゴラの鉤《かぎ》なりの手を避けて、コナンは崖ぎわへ急いだ。

眼下に広がるごつごつした岩場に目をやったコナンは、しばらくのあいだ動くこともできなかった。そこにヌゴラに率いられた槍兵たちが横たわっている。ねじくれた姿勢で、ぐったりとしたところは、手足が砕け、骨が折れているのを語るものだ。ひとりとして動く者はなかった。血汐《ちしお》の飛び散った石の上に大きな黒蠅《くろばえ》の一団が雲のように群がって、蟻《あり》もすでに死体をかじりはじめていた。周囲の木々の梢《こずえ》には肉食鳥の何羽かが止まり、ジャッカルが一匹、崖の上を見あげて、そこに人間が立っているのに気づくと、こそこそと立ち去っていった。

少しのあいだ、コナンは凍りついたように動かなかった。が、急に身をひるがえすと、もと来た道を走りもどった。丈高《たけたか》く伸びた草や灌木の茂みを駆けぬけ、径《みち》を横切って蛇のように匍っているつる草を跳び越え、なにものも顧慮《こりょ》しない疾走だった。右手の剣が低く揺れ、陽灼《ひや》けした顔がいつになく蒼白《そうはく》に変わっていた。

ジャングル内を支配している静寂は破られていなかった。太陽は沈み、黒い泥地から大きな影が匍いのぼりつつあった。忍びよる死の影と凄まじい荒廃のなかを走りぬくコナンの姿は、緋と青の鋼鉄の閃光《せんこう》と見えた。影の世界を走りぬけて、夕闇のただよう大河の岸にたどりついたとき、彼自身の喘《あえ》ぎのほか、聞こえる音はなにもなかった。

腐《くさ》れ朽《く》ちた船着場にガレー船が舫《もや》ってあり、廃墟が灰色の黄昏《たそがれ》のうちに、酔いどれさながらに傾いていた。

そして石のあいだのそこかしこに、なまなましい緋色《ひいろ》の斑点が、赤絵の具を刷毛《はけ》で無造作に撥《は》ねとばしたように散在していた。

コナンはふたたび死と荒廃の跡を見た。彼の前には部下の槍兵たちが横たわり、彼を迎えて立ちあがることもしなかった。彼らはジャングルの端から大河の岸にかけ、朽ち折れた柱のあいだ、崩壊した船着場に沿って、引き裂かれ手足を失い、半ば食い荒され、人間とも思えぬ姿に変わっているのだった。

死体というか、死体の残骸というか、その周囲には大きな足跡がおびただしく見受けられ、それはハイエナのものに似ていた。

コナンは無言で船着場に歩みより、ガレー船に近づいた。甲板の上に、黄昏時のかすかな光を受けて、象牙色にきらめくなにかがあった。キンメリア人は言葉もなく、黒い海岸の女王の亡骸《なきがら》をみつめた。それは彼女所有のガレー船の帆桁《ほげた》の端に吊るされているのだった。そして帆桁と彼女の白い喉のあいだには、ひと連なりの深紅色の宝石が垂れ下がり、灰色の光を浴びて、鮮血を思わせるきらめきを見せていた。

4　空からの襲撃

あのひとを囲む黒い影が、
血に飢えた口をあけ、
雨よりも濃く、赤い滴《しずく》をしたたらす。
だが、この愛は、死の呪いより強く、
地獄の鉄の壁にしても、
あのひととのあいだをひき離せぬ。

——ベーリトの唄

黒い巨人のようなジャングルが、その黒檀《こくたん》の腕で廃墟の散在する地域を完全に包み隠していた。月はまだ昇らず、そよとの風もない夜空に、星が死の臭いをただよわす琥珀《こはく》の斑点となって燃えている。崩壊した数多い塔のあいだにあるピラミッドの上に、顎《あご》をたくましい拳《こぶし》で支えて坐《すわ》りこんでいるキンメリア人コナンの姿が、鉄の像のように見受けられた。ときおり黒いジャングルの影のなかに、ひたひたと忍びやかに歩きまわる足音が聞こえ、なにかの目が赤くきらめいた。死人たちの躰《からだ》は、倒れた位置にそのまま横たわっていた。しかし雌虎号《めすとらごう》の甲板《かんぱん》では、壊れた床几《しょうぎ》、折れた槍《やり》の柄、豹《ひょう》の皮などを積みあげ、その上に黒い海岸の女王が最後の眠りにはいるために、コナンの緋色《ひいろ》の上衣《じょうい》にくるまれて、火葬の時を待っている。本物の女王のように横たわっているのだ。その周囲には、彼女の戦利品が山になっている。絹布《けんぷ》、金糸《きんし》を飾った織り物、銀の打ち紐《ひも》、宝石と金貨を詰めた箱、銀の鋳塊《ちゅうかい》、宝玉入りの柄を持つ短剣、純金の楔《くさび》でとめた神龕《しんがん》といった品々である。

しかし、この呪われた都邑《とゆう》からの掠奪品《りゃくだつひん》は、コナンがすでに未開の国の神々への呪いとともにザルケバ河へ投じてしまったので、その所在は暗鬱《あんうつ》の色をたたえて流れる河の水が知るだけであった。いま、コナンはピラミッドの上に沈痛な顔で坐りこみ、目に見えぬ敵の襲来を待ち受けていた。魂《たましい》のなかの黒々とした憤《いきどお》りが、あらゆる恐怖を追いのけていた。暗い闇のなかから、どのような姿で邪悪なものが出現するか、彼に予測できるわけでなく、気にかけてもいないのだった。

彼は黒い蓮《ロートス》が見せてよこした幻影を実在の姿と考えて、もはや疑わなかった。ヌゴラとその兵士たちは、ジャングル内の空き地で彼が追いつくのを待っているあいだに、翼を持つ怪物が空から舞い降りるのを見て、その恐《おそ》ろしさに震えおののき、盲目的な潰走《かいそう》状態におちいったにちがいない。そして断崖から転落してしまった。指揮者のヌゴラだけは、どうにかこの怖ろしい運命を逃れはしたが、狂気までは免《まぬか》れることができなかった。一方、その悲惨事の直後――あるいはその直前かもしれないが――この河畔《かはん》において同じような殺戮《さつりく》が完了していた。それはおそらく戦闘というより虐殺《ぎゃくさつ》に近かったと思われる。超自然的な恐怖によって黒人たちはすでに戦意を失っていて、人類とはまったく別種の敵に襲撃されるや、防御のひと太刀《たち》を揮《ふる》うこともなく死んでいったとみてもまちがいないのだ。

なぜ彼ひとりがこうまで長いあいだ生きながらえていられるのか、その理由については思いあたるところがなかった。河を支配している大いなる悪意が、さらに多くの悲嘆と恐怖を彼に加え、苦しめぬこうとするのであろうか。これまでの経過からしても、人類的ないし超人類的な知力の介在は明らかだった——まずこちらの戦力を二分するために船内の貯水槽を叩きこわした。つづいて黒人の槍兵《そうへい》隊を断崖から追い落とした。そして最後に——最大の悪ふざけというべきか——ベーリトの白い首に深紅のネックレスを首吊り綱のように巻きつけた。

キンメリア人をとっておきの生贄《いけにえ》として温存しておいて、精神的な苦痛を究極の段階まで味わわせ、最後にはほかの犠牲者のあとを追わせ、悲惨なドラマの幕を下ろすのが正体不明の敵の意図であるらしい。コナンはその点を思い、唇に微笑を浮かべずとも、その目は鉄の哄笑《こうしょう》に輝いていた。

月が昇って、キンメリア人の角《つの》を飾った冑《かぶと》をきらめかせた。谺《こだま》を呼びおこす音ひとつない静寂だったが、急に夜の空気が引きしまって、ジャングルが息を止めた。コナンは本能的に長剣の鞘《さや》に手をやった。彼が腰を下ろしているピラミッドは四面体のもので、そのひとつ——ジャングルに向いている面——には広い階段が刻んであった。いま彼の手はシェム族の用いる弓を握っていた。ベーリトが生前、部下の海賊たちに使用法を教えていたものだ。そして足もとに矢がひと束《たば》ね、矢羽《やばね》を身近に向けておいてあり、そこに彼は片膝をついた。

ジャングルの木々の下、暗闇のなかに動くものがある。月が昇ったので、突如、頭と肩の形が黒々と浮きあがった。輪郭《りんかく》からしてけものだ、とコナンは見た。そしてそれが、いま影のなかから、身をかがめたままの姿勢で音もなく、すばやく、走りよってきた——二十匹の、躰に斑点のある大きなハイエナだ。よだれに濡れた牙が月光にひらめき、目が現実のけものにはありえぬきらめきを見せている。

二十四匹だとすると、海賊たちの槍先が何匹かを屠《ほふ》った計算になる。コナンはそれを考えながら、矢《や》筈《はず》を耳もとまで引き絞った。そして弓弦《ゆづる》が轟《とどろ》くと、焰《ほのお》の眸《ひとみ》を持った影のひとつが高く跳《は》ねあがり、落下してのたうちまわった。しかし、そのほかの野獣はためらう様子もなく突進してきた。それを迎えて、キンメリア人の矢が死の雨のように降り注いだ。それを射ち出す鋼鉄のような筋肉は、力と正確さを兼ねそなえ、地獄の溶岩に劣らず燃えたぎる憎悪にあと押しされていた。

その狂暴な憤りのうちにも、コナンの狙いは過《あやま》たなかった。夜の空気は、矢による殺傷の音で満たされた。突進してくる野獣の被害にはおびただしいものがあって、ピラミッドの基盤にたどりつけたのは半数にも達せず、ほかのハイエナたちは、広い階段の上に転がっていた。焰の色に燃える彼らの目を睨《にら》みつけて、コナンは彼らの正体がけものでないことを知った。けものにしては大きすぎるばかりでなく、瀆神《とくしん》的ともいえる差異が感じとれるのだ。死体の散在する沼地から立ちのぼる黒い霧にも似た瘴気《しょうき》を発散させている。神を無視したいかなる黒魔術がかかる生きものをこの世に現出させたのか、コナンには見当もつかないが、いま彼が目《ま》のあたりにしているものが、スケロスの泉よりもさらに邪悪な魔術の産物であるのは明白であった。

コナンはすばやく立ちあがって、力いっぱい弓を引き絞り、最後に残った矢を、彼の喉元めがけて跳びかかってくる毛むくじゃらの大きな姿にまっ正面から狙い射った。矢は月光にきらめいて光線の速度で走り、飛翔《ひしょう》する進路は見てとることもできなかったが、目標の人獣は空中でもんどり打ち、まっさかさまに落下した。矢は全身を貫いていた。

しかし、そのあとただちに残りのものが襲いかかってきた。焔の目と濡れた牙の悪夢さながらの襲撃である。鋭くふり下ろすコナンの剣が、先頭の一匹をまっぷたつに斬《き》り裂いた。それにつづく死にもの狂いの彼らの体当たりに、さすがのコナンも横倒しにさせられた。それでも剣の柄《つか》の先で相手の小さな頭蓋を叩き割っていた。骨の砕ける音がして、血と脳漿《のうしょう》が手の上に撥《は》ねかかった。接近戦では長剣が役立たぬのを知って、彼は素手で二匹のけものの喉につかみかかった。相手もまた無言の怒りのうちに、彼を引き裂こうと必死なのだ。不快な臭気が鼻をついて、コナンは息が詰まり、おのれの汗で目が見えなくなった。鎧《よろい》を着けていなかったら、その瞬間にずたずたに引き裂かれていたであろう。だが、つぎの瞬間、彼の右手が毛深い喉をがっしとつかんで、みごとにかっ裂いていた。左手はもう一匹の喉をつかみそこねたが、前脚を捕えてへし折った。短い吠《ほ》え声があがった。この凄惨《せいさん》な闘いのあいだ、それが唯一の叫びだった。傷ついたけものの喉からほとばしったその悲鳴は、怖ろしいほど人間の声に似ていて、ぞっとしたコナンは思わず手をゆるめた。

引き裂かれた頸静脈《けいじょうみゃく》から血を湧出《ゆうしゅつ》させながら、けものは断末魔の痙攣《けいれん》にも似た凶暴さで、コナンの喉に牙を押しつけてきた。コナンは激しい痛みを感じたが、ちょうどそのとき、相手は息絶えて、その場に倒れた。

前脚をへし折られたほうは、三本の脚で跳びあがり、コナンの腹を切り裂きにかかった。狼同様の凄《すさ》まじさで、事実、コナンの鎧の一部が引きちぎられた。死んでいくけものは投げとばして、コナンは暴れまわる三本脚の怪物をかかえこみ、全身の力を両腕にこめ、血の噴き出る唇からうめき声をあげながら、高々と持ちあげた。とたんに彼の躰の平衡《へいこう》が崩れ、胸のむかつく熱い臭気が鼻孔《びこう》を襲い、牙が首筋に噛みついてきたが、どうにか骨を砕くに足る力で、相手を大理石の階段上に叩きつけることができた。

彼は両脚を大きく踏んばってよろめく躰を支え、むせび泣きにも似た声を立ててひと息ついた。ジャングルと月光が、血の色に染まって揺らめいて見えた。そのときコウモリの翼の羽搏《はばた》く音が、彼の耳に大きく響いた。身をかがめて長剣を拾いあげ、その場にふたたび突っ立つと、酔漢《すいかん》のようにぐらつく足を踏みしめた。そして長剣を両手で高くかかげ、目に流れ入る血をふり払って、敵はどこかと頭上を仰ぎ見た。

しかし、空から襲撃が来る代わりに、すぐ足もとのピラミッドが急に揺らめきだした。ひび割れの音が大きく轟き、頭上の円柱が竿《さお》のように揺れている。一瞬のうちに生命力をとりもどしたコナンは、思いきり宙を跳んだ。足の着いたところは階段の途中であったが、そこも激しく揺れていた。再度の決死的な跳躍で大地に降り立つことができた。が、足が地に着くか着かぬうちに、山の崩れるような轟音とともにピラミッドが崩壊し、円柱は破片となって雪崩《なだれ》落ちてきた。目もくらむ破局の一瞬、空にも大理石の破片が降り注ぐかと思われた。と、つぎの瞬間、粉々になった石の残骸が、月光の下に白々《しらじら》と積み重なった。

コナンは身を震わせ、躰の半ばを埋めている石の破片をふり落とした。降りかかる石のひとつを冑に受けて、少しのあいだ気を失っていたようだ。円柱の大きなかけらが両脚を押さえつけて、動くこともできなかった。ことによると、そこの骨が折れているかもしれない。黒い巻き毛が汗で貼りつき、喉と手の傷から血がしたたっている。のしかかっている大理石の山と闘いながら、片手を突いて躰を起こしてみた。

その瞬間、星空を横切って、すぐそばの草地に降り立ったなにかがあった。身をよじって、コナンはそれを見た――翼を持ったあいつだ！

怖ろしい速度で、それはコナンを襲ってきた。瞬間的にコナンが見てとったものは、混乱した印象にすぎなかった。人に似た形であるが、非常に巨大な躰を湾曲した小さな脚で支え、突き出した毛むくじゃらの腕の先には黒い爪を持つ不恰好な拳。そして、いびつな形の頭にははっきりと見てとれる顔の造作は、血のような色の目だけ。それは人でなく、けものでなく、悪魔ですらなく、人間を超えるものと人間に到らぬものとの特徴をあわせそなえていた。

しかしコナンは、一貫した思考を行なっている時間がなかった。身を投げるようにして、とり落とした長剣を拾いあげようと焦《あせ》ったが、わずかの差で指が届かなかった。絶望的な気持ちのうちにも、脚を押さえつけている大理石の破片をつかんで、こめかみの血管を怒張《どちょう》させながら、崩れた石の残骸の下からぬけ出ようともがいた。瓦礫《がれき》は徐々に動きだした。しかし、起きあがるに先立って怪物が襲いかかってくるのは明らかで、黒い爪の伸びたその手が、死を意味するものであるのも疑いなかった。

翼をそなえた怪物は、ためらうことなく、真一文字に突進してきた。それは黒い影のように、うつぶせに倒れているキンメリア人の上にのしかかった。両腕を大きく拡げて――その瞬間、それとその犠牲者とのあいだに白い閃光《せんこう》が走った。

狂ったようなその瞬間に、彼女がそこにいた――引きしまった白い姿が、雌豹の激しい愛情に脈打っている。キンメリア人はめくるめく思いのうちにも、襲いかかる死と彼とのあいだに、月光を浴びて象牙色にきらめく彼女のしなやかな肉体を見た。そして黒い眸の輝きを、つややかに光るゆたかな髪を。その胸を盛りあげ、赤い唇を開き、鋼鉄の鐘が鳴り響くような鋭い叫び声をあげて、彼女は怪物の胸もとめがけて突進していった。

「ベーリト！」

コナンが叫ぶと、彼女はちらっと視線を向けた。黒い眸に愛情の火が燃えさかっていた。赤々とした焔と灼《や》けただれた溶岩の強烈さで、根源的な感情が裸の姿を示しているのだ。そして彼女は消えた。キンメリア人の目には、思わぬ恐怖にたじろいだ翼のある悪鬼《あっき》が、攻撃を防ぐべく両腕をかかげているのが見えるだけであった。コナンは知っていた。いま現実のベーリトは死体となって、雌虎号の甲板で火葬用の薪《たきぎ》の上に横たわっている。それでいて彼の耳には、彼女の情熱的な叫びが鳴り響いていた――「あたしは死のなかにいるけど、あなたが生きて闘っているかぎり、必ず、死の深淵から立ちもどって――」

裂帛《れっぱく》の気合いとともに、彼は石の破片を撥ねとばして、起きあがった。怪物はふたたび襲いかかったが、コナンは跳びあがって迎え撃った。全身の血管に狂気の火が燃えたぎっていた。上膊《じょうはく》の筋肉を綱を張ったように引きしめ、踵《かかと》を軸《じく》に力強い大きな弧を描くようにして長剣を揮うと、それは飛びかかってくる相手の腰の少し上をとらえた。節《ふし》くれだった両脚と胴体が別々の方向へ転がった。コナンの長剣が、毛むくじゃらの怪物の躰をまっぷたつに斬り裂いたのだ。

コナンは月光の輝く沈黙のうちに突っ立って、血のしたたる剣を手に引っ提《さ》げたまま、敵の死骸を見おろしていた。赤い眸が、まだ生きているもののように激しく彼を睨みかえしていたが、どんよりと曇っていった。巨大な両手を痙攣するように握りしめたが、そのままの形で硬直した。かくして、世界最古の種族は根絶《こんぜつ》した。

コナンは顔をあげて、怪物の奴隷《どれい》であり、死刑執行者であったけものたちの姿を無意識のうちに捜し求めた。しかし、一匹として見当たらなかった。彼が見いだしたものは、月光に濡れた草地に散在している人間の死骸で、けもののそれではなかった。鷹のような顔、黒い皮膚の男たちが裸のまま、矢で射ぬかれ、剣の一撃で手足を斬り落とされて横たわっているのである。そして彼の見ている前で、塵《ちり》に変わりつつあった。

奴隷たちが彼との死闘をつづけているあいだ、翼を持った悪鬼はなにゆえ救援に来なかったのであろうか？　彼らの牙の届く範囲に近づいたとき、奴隷たちが反逆に転じるのを怖れたからであろうか？　いびつに歪んだあの頭蓋のなかには、なみなみならぬ術策と配慮がひそんでいたものと思われるが、それもけっきょくは役立つことなく終わったのだ。

キンメリア人は向きを変え、朽《く》ちはてた船着場を大股に歩いてガレー船の甲板にもどった。長剣を幾度か揮って舫《もや》い綱《づな》を断ち切ると、彼は船尾の楼《ろう》甲板に立った。雌虎号は暗い水の面《おもて》にゆっくりと揺れ動き、徐々に大河の中央に向かってすべり出すと、最後には流れに乗った。コナンは大櫂にもたれかかった姿勢で、暗澹《あんたん》たる眼差しを上衣にくるまっているものの姿に向けた。それは、女王の身代金《みのしろきん》ともいうべき財宝を火葬用の薪として、その上に横たわっていた。

5　燃えあがる火葬台

いまや、おれたちふたりの旅の終わるとき、これを限りに。
櫂《かい》よ、さらば。風の奏《かな》でる竪琴《たてごと》よ、さらば。
黒い岸辺を脅かした緋《ひ》の三角旗よ、さらば。
そして、世界をめぐる青い海に、彼女を返そう、
海があたえてくれたおれの彼女を。

――ベーリトの唄

ふたたび、暁《あかつき》の光が海面を染めた。いよいよ赤さを増した色が河口にみなぎった。キンメリアのコナンは白い砂浜に立ち、長剣に身をもたせて、最後の航海に出てゆく雌虎《めすとら》号を見守っていた。鏡のようになめらかな波のうねりを眺める彼の目は、光をまったく失っていた。すべての栄光と偉業は、青い起伏を見せる大海の彼方《かなた》に消えた。紺青《こんじょう》から濃紫《こいむらさき》へと、神秘の色を深めてゆく水面をみつめるうちに、激しい反撥《はんぱつ》感が彼を襲って、その全身を震わせた。

ベーリトは海のものだった。彼女はそれに光彩と魅力をあたえていた。彼女を失った海は、南の極から北の果てまで、荒涼不毛の曠野《こうや》にもどった。彼女は海に属していた。だからコナンは彼女を海にもどした。永遠の謎に包まれた大海に。彼にできることはそれだけだった。青くきらめくその光彩も、いまの彼には、背後にざわめく緑の茂みにも増して反撥を覚えるものであり、彼としては、その彼方に拡がる未知の曠野に突き進んで行かねばならなかったからである。

雌虎号には舵《かじ》をとる者がなく、緑の波を切る櫂《かい》の漕《こ》ぎ手もいなかった。しかしそれは、鋭い音を立てる風を受けた絹の帆をいっぱいに膨《ふく》らませ、大空を翔《か》けて巣に急ぐ白鳥に似た形で速度をあげているのだった。そして甲板《かんぱん》から焔《ほのお》があがり、さらに高くあがり、帆柱《ほばしら》を舐《な》め、緋色《ひいろ》の外套《がいとう》にくるまって輝く火葬台の上に横たわる人影を包み隠した。

このようにして、黒い海岸の女王はあの世に去った。そしてコナンは、血に染まった長剣に身をもたせて無言のまま立っていた。いつしか赤い焔の輝きも青い朝靄《あさもや》の彼方に薄れ、大海の上いっぱいに金と薔薇の色の光がきらめきだした。

消え失せた女たちの谷

The Vale of Lost Women

I

太鼓と、巨象の牙で作った喇叭《らっぱ》の音が、うるさいばかりに鳴り響いていたが、それもリヴィアの耳には遠く、鈍い、混乱した呟きとしか聞こえなかった。大きな小屋のなかの寝床に横たわっている彼女は、精神錯乱と半意識状態のあいだをさまよいつづけていた。外部の物音も動きも彼女の五官に影響をあたえることはほとんどない。彼女のまぶたの裏には、震える太腿から血を流し、もだえ苦しむ弟の裸体姿が、混乱して朦朧《もうろう》とした形ではありながら、それでいておぞましいほど鮮明に映《うつ》し出されているのだった。人物の影が黒々と混じりあう悪夢のような光景を背にして、その白い裸身が残酷なくっきりした輪郭を描き出している。そして苦悶の叫びに混ざりあって、悪魔的な笑い声が猥雑《わいざつ》に轟き、いまだに空気を揺るがしているかのように思われた。

いま彼女が意識しているのは、宇宙の他の部分から截然《せつぜん》と切り離された個人としてのものではない。彼女自身も強烈な苦悶の底に浸り、その苦悩が、肉体的な疼痛の形をとっているのであった。なればこそ、考えることもなく動くこともなく横たわり、その間、小屋の外では太鼓が轟き、喇叭が吼え、堅い大地を裸の足が叩き、掌《てのひら》が軽く打ちあわされるのに合わせて、未開人の男女が単調であるゆえにいっそう無気味な歌声をあげている。

しかし、彼女の凍りついた心的状態にも、個人としての意識がようやく滲《にじ》み出てきた。まず最初に、彼女自身の肉体が傷つけられずにすんだことに鈍い驚きをおぼえた。奇跡に近いことだが、感謝の気持ちも湧かなかった。それはどうでもよいことに思えた。機械的に行動して、寝床の上に躰《からだ》を起こし、鈍い眸《ひとみ》であたりを見まわした。それから手足が、目醒《めざ》めつつある中枢神経に呼応するかのように、弱々しくはあるが動きはじめた。靴を履いていない足が、堅く踏みならされた泥の床を不安そうに踏んでみた。つぎには指が、いまは身に着けている唯一の衣服となった、丈の短い下着の裾を発作的に引っ張りあげた。ずっと以前の出来事のように思われたが、そのほかの衣服は、乱暴な手によって残らず躰からむしりとられていた。激しい驚きと恥ずかしさで泣き出してしまったことを、彼女はひとごとのように思い出した。いまになってみると、そのような小さな蛮行にあれほどの悲しみを感じたことが、むしろ奇妙にさえ思われるのだった。この世の出来事はみな同じようなものであるが、暴行とか侮辱とかいっても、要するに程度の問題にすぎないのだ。

小屋の扉が開いて、黒人の女がひとりはいってきた――雌豹のようにしなやかな躰が、磨きあげた黒檀《こくたん》のように光って、身に着けているものといっては、歩くときにしねしねと動かす腰のまわりを覆った絹布《けんぷ》だけであった。よこしまな意図を秘めた目をぎょろつかせると、その白目《しろめ》に外の火明かりが反射した。

女は食べる物を運んできたのだ――燻製の肉、焼いた芋ととうもろこし、パンの大きなかたまりを竹の鉢に入れて、ヤラティ・ビールを満たした金細工の壺を添えてあった。女は寝床の上にそれらを下ろしたが、リヴィアは見向きもしないで、竹の若枝で編んだござを垂らした正面の壁をみつめるだけであった。若い黒人の娘は、黒い目と白い歯をきらめかせて笑った。それから唇に底意地の悪い音を立て、からかうような抱擁《ほうよう》をすることで、言葉よりもさらに露骨に淫らな意味をあらわすと、くるりと向きを変え、またもしねしね尻をふりながら小屋を出ていった。彼女の尻の動きには、文明諸国の女が言葉であらわすよりもはるかに挑発的な軽蔑の念が表現されているのだった。

だからといって、この黒人娘の言葉なり行動なりが、リヴィアの意識の表面さえ掻き乱したわけでなかった。彼女の関心のすべては、依然として彼女自身の内部に向けられていた。心に灼きつけた映像の生々しさが、目に見える世界をいまだに非現実的な幻と影と思わせているのであった。機械的に、味わいもせずに、彼女は食事をとり、飲み物を飲んだ。

そのあと、やはり機械的ながら、彼女はとうとう立ちあがると、おぼつかない足どりで小屋を横切り、竹の隙間から外をのぞいた。太鼓と喇叭の音が急激に変化したことが、彼女の心の漠然とした部分に反応して、明確な意志のないままに、その理由を突きとめる気になったのだ。

はじめのうちは、目にはいるものの意味をひとつとして理解できなかった。なにもかもが混沌として、暗い影のなかにいくつもの形が動き、混じりあい、のたうちまわり、曲がりくねっている。血の色に鈍くきらめくものを背景に、形にならぬ黒いかたまりが強烈な影を刻んでいるのだが、やがて動きと物体がそれらしい姿をとりはじめて、彼女の目にも、燃えあがる火を中心に男女の群れが動きまわっているところだとわかってきた。赤い焔が銀や象牙の装身具にきらめき、白い羽根飾りがそのぎらぎらする光を受けて揺れている。裸の黒い躰が腰をふりながら歩きまわり、ぴたっと停止しては、おかしな姿勢をとる。その影法師が闇にくっきり浮きあがり、焚火《たきび》の焔に赤く染め出される。

羽根飾りのついた冑《かぶと》と豹の皮の腰布を着けた巨漢たちを左右にはべらせて、でっぷり肥った男が象牙製の床几《しょうぎ》に腰を下ろしていた。見ただけで胸がむかつく醜悪な人物で、腐敗したジャングルの湿気《しっき》と夜の闇のように淀《よど》んだ沼の臭気をただよわすひきがえるを連想させる。まるまるした両手をなめらかに膨らんだ腹の上において、首筋に脂肪の皺《しわ》がより、円《まる》い頭顱《とうろ》を突き出している。ただしその目は、死のような夜の闇のなかでも石炭の火さながらにきらめいて、肥満した肉体の鈍重さとは裏腹に驚くばかりの生気を示していた。

彼女の視線がその厭わしい人物に止まると、緊張感に躰がこわばり、狂暴な生命力が、またしても波のようにその全身を貫いた。彼女は意志のない自動人形から、突如として針や火の痛みを感じて生きてわななく肉体へと変貌したのだ。苦痛は憎悪に呑みこまれ、その憎悪はあまりの激しさに苦痛と変わった。彼女は躰が鋼鉄と化したように、硬さともろさをあわせ感じた。いうなれば、憎悪が手に触れることのできる物となって、視線に沿って流れ出ていく気持ちで、その力が憎悪の対象を彫刻のある床几から突き落として、殺してしまうのは当然に思えた。

しかし、バカラの王バユユは、捕虜の精神力によって心に動揺をおぼえたにしても、そのような気配すら示さなかった。かたわらに跪《ひざまず》いた女が捧げ持つ器から絶えずとうもろこしをすくっては、蛙のような口いっぱいに詰めこんで、押しあうようにして左右に居並ぶ部下たちの作る広い通路を眺めやっていた。

リヴィアも汗まみれの黒人たちの列が形作るその通路を目で追った。耳をつんざく太鼓と喇叭の音から判断して、よほど重要な人物があらわれるものと思われた。そして彼女が見守るうちに、その人物がやってきた。

三列横隊の戦士の一団が、群衆のあいだを分けるようにして、象牙の床几めざして行進してくる。揺れる羽根飾りときらめく槍。黒檀の肌をした槍兵《そうへい》たちの先頭に立つ男を見て、リヴィアの心は激しく騒いだ。一瞬、心臓が止まったが、すぐにまたどきどき打ちはじめた。息づまるような感じであった。まっ黒な夜の闇を背景に、その男の姿がくっきりと映し出された。引き連れた部下たちと同様、豹の皮の腰布と羽根をつけた頭飾りといった装いだが、この男は白人なのだ。

へりくだった態度をとるわけでなく、男は大股に象牙の床几に向かって歩みよった。そして彼が床几にうずくまった小男の王の前で立ち止まると、太鼓と喇叭の音がぴたっとやんで、その場を沈黙が支配した。リヴィアも緊張した。それがなんの前兆か、漠然としか知りようもないのであったが……。少しのあいだ、バユユ王は床几に腰を落としたままで、猪首《いくび》を前に突き出していた。その恰好は、いよいよ大きなひきがえるを連想させた。それから、相手のゆるがぬ凝視の前に心ならずも引っ立てられたように、よたよたと躰を起こし、剃りあげた頭をぶざまにふってみせた。

たちまち緊張がほぐれた。集まった村人たちから大声のどよめきがあがり、見知らぬ白人の合図で、その部下の戦士たちが槍をあげて、バユユ王に敬意を表した。この男がだれであるにしろ、バカラのバユユ王が挨拶のためにたちあがったところを見れば、この野蛮な土地で勢力を持っている人物にちがいない、とリヴィアは考えた。その勢力とは軍事上の威圧を意味する――これら獰猛な種族が尊敬するものは、暴力だけなのである。

そのあともリヴィアは小屋の壁の隙間に目をあてたまま、見知らぬ白人の様子を見守った。彼の部下の戦士たちは、バカラの住民に交ざりあって、踊り、食事をとり、ビールを呷《あお》っていた。彼自身は、部下の主だった何人かと、バユユ王とバカラの領袖《りょうしゅう》たちといっしょにござの上に脚を組み、酒宴を楽しんでいた。白人はほかの男たちと変わることなく、料理鍋のなかに手を突っこみ、ビールの壺に鼻の先を突っこむ。バユユ王もまた同じ壺から飲酒しているのを見ると、この白人が王者に対する敬意をもって処遇されているのが明瞭だった。彼のための床几が用意してなかったので、バユユ王もまた床几を捨てて、客人と並んでござの上に坐った。新しいビールの壺が運ばれてくると、バカラの王はわずかばかりすするだけで、すぐにそれを白人の手に渡した。武力だ！　このような優遇はすべて彼の持つ武力――強い力と戦闘上の威信を示すものだ！　リヴィアの心に、思わず息を呑むような計画が形をとりはじめて、躰が震えだした。

そこで彼女は、痛くなるほど目を凝《こ》らして白人の一挙一動をみつめ、あわせて彼の外観をなにひとつ見逃すまいと努めた。長身ではあったが、背丈の高さにしろ、筋骨のたくましさにしろ、大男の黒人たちと格段の差があるわけでない。ただ、その身のこなしに大きな豹を思わせる柔軟さがあった。火明かりを浴びると、目が青い焔のようにきらめいた。くるぶしのあたりを革紐で締めつけているサンダルが足を保護し、広い腰帯から革の鞘《さや》に収めた長剣を吊るしている。異国的でなじみのない容貌で、リヴィアはこのような顔立ちの男を見たのははじめてであった。しかし彼女は、彼がどの種族に属するかを確かめてみようとはしなかった。その皮膚が白いというだけで充分であったのだ。

何時間かが過ぎて、酒宴のざわめきも徐々に弱まり、男女ともに酔いつぶれ、眠りに落ちていった。そして最後にバユユ王がふらふらと立ちあがって、両手をかかげた。それは酒宴の終了を告げる合図とみるより、食べくらべ、飲みくらべに降参したしるしというに近かった。戦士たちがよろめく王の躰を支えて、小屋へ運んでいった。白人は、信じられぬくらいの量のビールを飲んでいたのに、少しも乱れた様子を見せずに立ちあがると、バカラの首長たちのうちのどうにか歩くことのできる連中につき添われて、賓客用の小屋へ向かった。その姿は小屋のなかに消えた。そしてリヴィアは、彼の部下の槍兵のうち十二人ばかりが、小屋の周囲に槍をかまえて陣取るのを見た。この賓客は、バユユ王の友情を信じて、命を預ける気持ちにまではなっていないと見てよさそうだった。

リヴィアは視線をめぐらせ、村を見わたした。随所に走る道筋に酔いつぶれた男たちが転がっているところは、最後の審判の夜の暗澹たる光景を思わせないでもなかった。名誉ある防衛任務を受け持つ男たちが、聚落《しゅうらく》の外辺を固めているのはもちろんであるが、いま彼女の目にはいったかぎりでは、この村のなかで起きている者といっては、賓客用の小屋の周囲に並ぶ槍兵だけであった。しかもそのうちの何人かは、槍にもたれかかって、舟を漕ぎはじめていた。

心臓を激しく鼓動させながら、彼女は忍び足で監禁された小屋の裏手へまわり、いびきをかいて眠りこんでいるバユユ王がおいた見張りのそばを通りぬけ、彼女の小屋と賓客用の小屋とのあいだを象牙色の影のように横切って進んだ。四つん這いの姿勢で小屋の裏手ににじりよると、黒人の大男がひとり、そこにうずくまって、羽根飾りをつけた頭を膝に押しつけ眠りこんでいた。彼女は身をよじってそのわきを通りぬけ、賓客用の小屋へ近よった。彼女は最初その小屋に閉じこめられていたので、内部の様子を心得ていた。壁に狭い隙間があって、内部に吊るしたござで隠してある。それを見て思い出したが、彼女はその弱々しい力をふり絞って、この隙間から逃げ出そうと哀しい努力を試みたものであった。その隙間を前にして、彼女は横向きの姿勢をとり、躰をしなやかにくねらせて半ばはいりこむと、内側のござをわきに押しのけた。

外部の火明かりが小屋の内部を照らし出した。ござを元の位置にもどしたとき、押し殺した低い声がなにか呟くのを聞いた。同時に万力のように力強い手が彼女の髪をつかみ、その躰を隙間から引きずりこみ、泥の床に投げ落とした。

不意を打たれてたじろぎながらも、彼女は気をとり直し、額に乱れかかる髪を払いのけ、そこに突っ立っている白人の顔を見あげた。彼は傷痕のある浅黒い顔に驚きの色を浮かべ、抜き身の剣を引っ提げたまま、目をかがり火のように輝かせていた。しかし、その表情が怒りであるか、疑惑であるか、あるいは単なる驚きによるものか、彼女には判断がつかなかった。男は彼女に理解できない言葉で話しかけてきた。喉頭音《こうとうおん》の多い黒人の言語ではなかったが、そうかといって、文明国の言葉の響きも持っていないのだった。

「お願いですわ！」彼女は懇願した。「大きな声をお出しにならないで、あの男たちに聞かれたら――」

「おまえはだれだ？」男は耳ざわりなアクセントのあるオピル国の言葉で訊いた。「クロムの神の名にかけていうが、こんな地獄みたいな土地で白人の女に出会うとは、考えてもいなかった！」

「わたしの名はリヴィア。バユユ王の捕虜になっている女です。お願いです。どうか、わたしの話をお聞きになって！　長いあいだ、この小屋にいるわけにいきませんの。あちらの小屋にいないことを気づかれぬうちに、もどらなければならないのです。

わたしの弟は――」といいかけて、彼女の声は涙に途切れたが、すぐに言葉をつづけた。「弟はテテレスといって……わたしたち、オピルの国の貴族で、科学者でもあるケルクス家の者なのです。こんど弟が、スティギアの王の特別許可を得まして、魔術師たちの都ケシャタへその技術を学びに行くことになりましたので、わたしもいっしょに旅立ちました。弟はまだ少年といってよいくらいの齢《とし》なので……」

彼女はそこで口ごもって言葉を途切らせた。異国の男は無言で、目を輝かせ、彼女を見おろしているだけだった。眉を寄せたその表情からは、なにを考えているか読みとれなかった。この男の様子には、なにか荒々しい、曠野《こうや》のように親しみにくいものがあって、それが彼女をおびやかし、不安な気持ちにさせるのだった。

「そのケシャタの都が、クシュの黒人たちに襲われました」彼女は急いで話の先をつづけた。「わたしたちが駱駝《らくだ》の隊商の列に交じって、その都へ近づいているところでした。護衛の者は逃げ去ってしまって、わたしと弟は黒人たちの捕虜になりました。といって、害を加えられる危険はなくて、黒人たちがスティギア人と交渉するための人質なんです。身代金さえ手にはいれば国へ送り返してやるといっていました。ところが、首長たちのひとりが身代金をひとり占めにしたくなって、ある夜、部下といっしょに、わたしたちを天幕から盗み出して、はるか南東に向かって逃げ出しました。そしてクシュの国境にさしかかったとき、そこでバカラの掠奪者の一隊の襲撃に遭って、クシュ人はみな斃《たお》されてしまいました。そうしたいきさつでテテレスとわたしは、こんなけものの棲み処に連れてこられて――」

彼女は発作的に泣きだした。「――けさ、弟はわたしの目の前で手足を切り取られ、殺されてしまいました……」彼女は口をつぐむと、そのときの悲惨事を思い出したものか、一瞬、意識を失いかけた。

「黒人たちは弟の躰をジャッカルの餌食《えじき》に投げあたえました。わたしは気を失って、それがどのくらいのあいだか、自分でもわかりませんけど……」

語尾が薄れて消えたが、リヴィアは目をあげて、暗い表情で聞き入っている異国の男の顔を見やった。激しい憤《いきどお》りが彼女の全身をよぎった。彼女は拳をふりあげ、男のたくましい胸を連打した。しかし男は、彼女の拳など蠅の唸りほどにも気にかけなかったのである。

「どうして口のきけないけものみたいに黙って突っ立っていられますの?」彼女は押し殺した声で叫んだ。「あなたもやはり、ほかの男たちと同じけものなの? おお、ミトラの神よ! 以前わたしは、男性はだれでも名誉を重んじるものだと信じていました。でも、いまではわかりましたわ。だれだって代償が欲しいのだって。あなたは――名誉がなにか知っていまして?――あるいは、憐れみとか、思いやりとかがなにかを。あなたはほかの連中と同じ野蛮人なのね――肌の色が白いだけで、魂はあの連中と同じようにまっ黒なんだわ。

あなたと同じ肌の色をした男がひとり、あの犬みたいな黒人の手でむごたらしい殺され方をしたっていうのに――そして白人の女が彼らの奴隷にさせられるのに、ぜんぜん平気な顔をしていらっしゃるのね! だったら!」

リヴィアは彼から身を離した。荒い息をつき、激情のあまり面変《おもが》わりしていた。

「代償をさしあげますわ！」狂ったようにいい捨てると、彼女は着ているものをむしり取って、象牙色の胸をさらけ出し、「この胸、美しいと思いません？　煤色の肌をした娘たちより、わたしのほうが望ましい女ではありませんか？　血を流すだけの価値がある報償じゃありませんかしら？　白い肌の処女は、殺戮の代償に相当しませんの？

あの黒い犬バユユを殺して！　あの男の呪われた首が、血に染まった泥のなかに転がるところを見せて！　殺して！　あの男を殺して！」感情のたかぶりが極点に達して、彼女は握りしめた拳を打ちあわせた。「そのあとでわたしを連れ出して、あなたのしたいようになされればいいわ。わたし、あなたの奴隷になるつもりよ！」

少しのあいだ彼は口をつぐんだまま、殺戮と破壊を思いやる巨大な彫像のように、剣の柄《つか》をいじりながら、動こうともしなかった。

「自分の躰なら、どうにでもできるみたいな口ぶりだな」彼がいった。「それに、あんたのその躰を提供すれば、王国を左右する力が生じるとでも思っているようだが、なんでおれがあんたを手に入れるために、バユユ王を殺さなくてはならんのだ？　この土地では女なんて料理用のバナナ同様の値段で手にはいる。その女が喜んでついてくるか、いやいやながらか、そんなことはたいした問題じゃない。あんたは、あんた自身を買いかぶりすぎているようだ。仮におれがあんたを欲しがったとしても、バユユと闘うまでのことはない。彼としては、おれと闘うよりも、あんたを素直に引き渡すことだろうよ」

リヴィアは喘《あえ》いだ。体内の火が残らず消えて、目の前で小屋全体がぐるぐるまわりだした。彼女はよろめき、寝床の上にへなへなとくずおれた。苦悩が心を打ちひしぎ、完全な無力感が残酷にも意識を突き刺したのだ。人の心というものは、無意識のうちになじみ深い価値や観念に固執しがちで、たとえそのようなものが通用しない異質の環境や条件の下におかれても、その習慣は容易に変わることがない。リヴィアは最悪の経験をしながらも、自分の思いどおりにことを運ぶための切り札は自分の肉体の提供にあると本能的に考えていたのであった。それがなんの効果もないことを知らされて、打ちのめされた気持ちになった。男たちを勝負のための駒として動かすことができない。彼女自身が、無力な駒にすぎないのだ。

「わかりましたわ。世界のこちら側とあちら側では、風俗習慣がぜんぜんちがうってこと、あちら側のそれで、こちら側の男も動くものと考えていたわたしがばかだったことが」彼女は力なく呟いた。なにをいっているのか、彼女自身、意識もしていなかった。事実それは、彼女を叩きのめしたこの考えが、声となって流れ出てくるにすぎないのだ。予想もしていなかった運命の新しい展開に、呆然となった彼女は身動きもせずに横たわっていた。しばらくして、白い肌の野蛮人の鋼鉄の指が、彼女の肩をつかんで、ふたたび立ちあがらせ、

「あんたはおれを野蛮人と呼んだ」と耳ざわりな声でいった。「たしかにそのとおりで、おれは野蛮人であることをクロムの神に感謝している。あんたにしても、胆《きも》っ玉の小さな文明国の弱虫どもを護衛に使わんで、辺境育ちの男たちを連れてきていたら、今夜、豚みたいな黒人王の奴隷にならずにすんだはずだ。おれはコナンというキンメリア人で、剣の刃先ひとつで生きぬいてきている。しかし、白人の女が黒人の餌食にされるのを黙って見ているような犬畜生じゃない。それに、あんたはご親切に

もおれを盗人呼ばわりしてくれたが、おれはいやがる女を手ごめにしたことのない男だ。風俗習慣は国によってそれぞれちがうものだが、力のある男なら、どんな土地へ行こうと生まれた国の風習を押し通すことができるものだ。それに、おれのことを意気地なしと呼んだ男はいないのだ！

あんたが老婆で、悪魔の寵愛《ちょうあい》する禿鷹みたいに醜かったとしても、白人だというだけで、おれはあんたをバユユ王の手から救い出してやっただろう。

だが、あんたは若くて美しい。しかもおれは黒い牝犬どもを見飽きて、うんざりしているところだ。あんたの思いどおりに動いてやろうじゃないか。それというのも、深い意味があってのことじゃない。あんたの天性のどこかに、おれのそれと一致するものがあるからだ。さあ、自分の小屋へもどるがいい。バユユも今夜は酔いつぶれて、あんたの小屋へ出向いていくことはあるまい。明日は明日で、あの男の躰に暇ができないようにとりはからってやる。明晩、あんたが暖める寝床は、バユユのためのものでなく、このコナンのそれであるだろう」

「どんなふうにやってのけますの？」入り乱れる感情に身震いしながら、彼女は訊いた。「あなたの部下の戦士は、あれで全部ですの？」

「あれだけいれば充分だ」コナンは唸るように答えた。「みんなバムラの男で、戦争という乳首を吸って育っている。おれがこの土地へ出向いてきたのは、バユユの要請に応えてのことだ。彼はおれの助勢を得たうえで、イヒイ部落の襲撃を企てている。といったわけで、今夜おれたちはもてなしにあずかった。明日は作戦会議を開く予定だ。しかし、おれがあいつを片づけたら、作戦会議は地獄で開かれることになるだろう」

「彼との休戦の約束を破るのですか？」

「この土地での休戦の約束は、破られるために作られる」コナンは猛々しい口調でいった。「バユとしても、イヒイとの休戦の約束を破ることになるんだ。そして、おれといっしょにイヒイの部落を掠奪したあとでは、こちらの油断をみすまして、おれを始末しにかかるだろう。ほかの土地では極悪《ごくあく》の裏切りとみられるものが、ここでは賢い知恵なのだ。おれはバムラの戦闘隊長の地位に就くまでに、黒人の土地が教える教訓のすべてを学びとった。さあ、小屋へもどって眠るがいい。あんたの美しさはバユのためのものでなく、コナンにあたえるためにあると知ったのだからな！」

2

リヴィアは神経を緊張させ、身震いしながら、竹を編んだ壁の切れ目越しに外の様子を見守っていた。前夜の乱痴気騒ぎにぼんやりした頭で、太陽が高く昇ってから起き出した黒人たちは、その日一日を、その夜の酒宴の準備にかかりきっているのだった。キンメリア人のコナンは、一日じゅうバユの小屋のなかに坐《すわ》りこんだままで、彼とバユのあいだにどんなことが起きていたものか、リヴィアとしては知りようもなかった。彼女は小屋にはいってくる唯一の人間——彼女のために食事と飲料を運んできはするが、悪意を露骨に示している黒人の娘に、興奮を気《け》どられまいとするのに苦労した。しかし、淫らがましい娘は、前夜の酒宴で飲みすぎたとみえて、捕虜の態度の変化に気づくことはなかった。

やがてふたたび夜が訪れて、かがり火が聚落《しゅうらく》を照らし出した。首長たちはいまいちどバユユ王の小屋を出て、酒宴を開き、正式な作戦会議に臨むために小屋のあいだの広場に坐りこんだ。今夜は前の晩ほどビールのがぶ飲みは行なわれなかった。リヴィアは、バムラの兵士たちがさりげない態度で首長たちの輪へ集まっていくのに気づいた。食べ物の壺をあいだに挟んで、バユユの向かい側に席をとったコナンは、黒人部隊の戦闘隊長である大男のアヤと笑いあい、しゃべりあっていた。

キンメリア人は大きな牛の骨にかぶりついたが、リヴィアがその姿を見守るうちに、肩越しにちらっと視線を走らせた。それが待ちかまえていた合図であったかのように、バムラの戦士たちは全員、指揮官の動きに視線を集中させた。コナンは微笑を浮かべたまま、近くの壺に手を伸ばそうとする恰好で立ちあがった。と見るや、猫のようなすばやい動きに変わって、かぶりついていた太い牛骨でアヤの頭に猛烈な一撃を加えた。頭蓋を打ち砕かれたバカラの戦闘隊長がその場に倒れると同時に、バムラの戦士たちが血に狂った豹のような行動を開始し、凄まじい叫喚《きょうかん》が夜空を截断《せつだん》した。

料理用の鍋がひっくり返り、そこに集まっていた女たちに火傷を負わせた。逃げまどう黒人たちの躰がぶつかるので、小屋の竹の壁はたわいなく押し曲げられ、苦痛の悲鳴が夜の闇を引き裂いた。そして、それらすべてを圧して、猛り狂うバムラの戦士たちの口から勝ち誇ったように、「イー！　イー！　イー！」と鬨《とき》の声があがり、槍の穂先が毒々しい深紅にきらめいた。

かくてバカラの聚落は、殺戮の血に染《そ》んだ混乱の場と化した。侵略者たちの行動はまったくの不意打ちで、不運な村人たちの身心を麻痺させた。客人たちが襲撃するなどとの考えは、ついぞ彼らの頭に思い浮かばなかったのだ。槍の大部分は小屋のなかに積み重ねてあったし、戦士の多くは酔いつぶれた状態に近かった。アヤの死を合図に、バムラの戦士たちのきらめく剣が、疑いもしなかった村人たち百人の躰を突き刺し、そのあとに大虐殺が展開されたのであった。

　リヴィアはのぞき穴の前で彫像のように血の気を失い、躰を凍りつかせていた。金色の髪をうしろへ掻きあげ、こめかみのあたりに垂れ下がる巻き毛を両手できつく握りしめた。大きく見開いた目は焦点も定まらず、全身が硬直した。苦痛と怒りの叫びが、肉体に加えられる鞭のように彼女の神経を責めさいなんだ。剣と槍に追いまくられる姿が、彼女の目の前からかすんでいくが、すぐにまたぞっとするばかりの明瞭さで、視野のうちに飛びこんでくる。槍が身もだえする黒人の躰を突き刺して、血をほとばしらすところを見た。棍棒が唸り、けもののような力でちぢれ毛の頭の上にふり下ろされるのも見た。焚火の燃えさしが跳ねとんで火花が散り、小屋の草葺き屋根がくすぶりだし、やがて火を吹きはじめた。ここでまた新しい苦悶の叫びがあがった。犠牲者たちが生きながら、燃えあがる小屋めがけて放りこまれるのだ。肉の焦げる臭気が、汗と鮮血に濁った夜の大気を胸のむかつくものに染めあげていくのだった。

　リヴィアの張りつめていた神経は我慢の限界に達した。彼女はくり返し大声で叫んだが、その甲高い苦悩の絶叫も、炎と殺戮のどよめきに呑みこまれていった。拳を握りしめて、こめかみを叩いてみた。理性が揺らいで、その叫びをいっそう無気味に響くヒステリックな笑いと変えた。こうして無残に死んでいくのは敵なのだ――これこそ自分が熱心に望み、もくろんでいたことなのだ――この凄まじい虐殺は、自分と弟とに加えられた悪事に対する報復にすぎないのだ、と彼女は自分にいい聞かせようとした。しかし、それもむなしかった。彼女は理屈の通らぬ狂気めいた恐怖のとりことなっていた。

　血のしたたる槍の下で大規模な殺戮に遭っている犠牲者たちには、なんの憐憫《れんびん》も感じていない――彼女にもそれはわかっていた。彼女が抱いている感情といえば、盲目的で、純粋で、狂気を孕《はら》み、理性を超越した恐怖だけなのだ。黒人たちと対照的なコナンの白い躰が彼女の目を惹きつけた。彼の長剣が一閃するたびに、その周囲で黒人たちがばたばたと倒れていった。揉みあいへしあい逃げまどう群れが、焚火のまわりをかすめて過ぎるのだが、その中央に肥満した小男がもがいているのが見受けられた。コナンは群衆を押しのけて進んでいたが、もつれあう黒人たちの陰に隠れてその姿も見えなくなった。群衆のあいだから、聞くに耐えぬような甲高い悲鳴があがった。一瞬、群衆が左右に割れて、その向こうに血を流してよろめいている醜いものの姿がちらっと映った。だが、すぐにまた戦士たちは群がりあい、夕闇を走る稲妻の光のように、群衆のなかで鋼鉄の刃《やいば》がきらめきだした。

　けもののような吠え声が起こった。その原始的な歓喜の響きは、身の毛のよだつものであった。群衆を掻き分けるようにしてコナンの長身があらわれ、娘がちぢこまっている小屋の方向へ大股で近づいてきた。手に気味の悪い戦利品を引っ提げていた――火明かりに赤く照らし出された黒人王バユユの首であった。いまのそれは生気をまったく失って、黒い目がどんよりと濁り、白目だけが飛び出している。顎が、にたにた笑っている白痴のように、だらんと垂れ下がっていた。赤い血がぼたぼたと地面に降り注いでいる。

　リヴィアは思わずうめき声をあげて、あとへ退がった。コナンは代償を支払い、その無気味な証拠を手に、報酬を求めてやってくるのだ。熱い血にまみれた手で彼女を抱き、殺戮に喘いでいる口を彼女の唇に押しつけてくるであろう。それを考えたとき、彼女は半狂乱の状態におちいった。悲鳴をあげ、裏口に駆けよると、扉に体当たりをした。扉が倒れ、彼女は外へ飛び出すと、黒い影と赤い焔のなかを白い幻となって広場を突っきって走った。

自分にも説明のつかぬ本能が、馬を繋いである囲いの方向へ彼女を導いた。ちょうどひとりの戦士が馬囲《うまがこ》いの遮断棒を下ろそうとしていたところで、彼女が矢のようにそばを通り過ぎると、驚きの叫び声をあげた。そして手を伸ばし、彼女の着衣の衿《えり》のあたりをつかんだ。彼女は気が狂ったようにもがいて、男の手のなかに着衣を残して躰を引き離した。馬の群れが荒い鼻息を立て、彼女のそばをかすめて逃げ出した。その暴走に巻きこまれて、戦士は砂埃のなかに転がった。痩せてはいるが筋ばって屈強なクシュ産の馬は、火と血の臭いで、すでに狂気の状態になっていたのだった。

彼女は一頭の馬の風になびくたてがみを無我夢中でつかんで、引きずられながらも、爪先で大地を蹴り、躰を撥ねあげ、いきり立つ馬の背によじ登った。恐怖に狂った馬の群れは、焚火めがけて走り入り、小さな蹄《ひづめ》で火を蹴ちらし、あたり一面に目もくらむばかりの火花の雨を降らせた。仰天した黒人たちの目に、風のように走り去るけもののたてがみに裸身でしがみつき、金色の乱れ髪をなびかせた娘の姿が映った。馬はまっすぐ防壁に向かって進み、息を呑むような跳躍を見せて壁を跳び越えると、夜の闇の奥へ消えた。

3

リヴィアは馬をどの方向へ向けることもできなかったが、その必要もないように思われた。喚声と火の輝きは背後に薄れてゆき、いまは風が髪をなぶるだけ。手足に当たるそれも心地よい。たてがみをしっかりとつかんで、この世界の縁《へり》を越え、苦悩と悲嘆と恐怖から逃れて、ひたすら馬を走らせること。彼女の意識にあるのは、それだけであった。

このようにして何時間ものあいだ、クシュ産の頑強な馬はひたすら走りつづけ、やがて星明かりの下の山の尾根にたどりついたが、そこで馬がつまずいたので、彼女はまっさかさまに馬の背から投げ出された。

落ちたところは柔らかいクッションのような草の上であった。彼女は半ば気絶したような状態でそこに横たわり、乗ってきた馬がだくを踏んで走り去る足音を夢うつつに聞いていた。よろよろと起きあがったとき、最初に感じとったのは、死のように深い静寂だった。野蛮な種族が間断なく轟かす喇叭《らっぱ》と太鼓の音に、何日ものあいだ神経をいらだたせてきたあとでは、柔らかな黒ビロードの感触の静けさが、肌にうれしく感じられた。濃紺の夜空を無数の大きな白い星が埋めていた。月はないが、星の光が地上を照らし出している。ただそこには、なにやら知らぬものの影が群がって、妖しい気持ちに惹き入れられてゆく。彼女の立つ地点は草に覆われた高台で、そこから星明かりの下でビロードのようになめらかに見える斜面がゆるやかに伸びている。はるか彼方に、こんもりした森が黒々とした姿を示している。ここに存在するものは夜の闇と、夢幻境のような静寂と、星のあいだを吹きぬける微風《そよかぜ》だけであった。

そこは広々と拡がって、まどろんでいるような土地であった。微風に暖かく愛撫され、彼女は裸身であるのに気づいて、手で躰を覆おうともじもじした。やがて夜の寂寥《せきりょう》と、途切れることのない孤独が、ひしひしと心に沁みわたった。ここに存在するのは、彼女ひとりだけなのだ。高台の頂《いただき》に裸で立っても、目にはいるものはひとつとしてなく、夜の闇と囁く風の音だけの世界であった。

彼女は不意に夜の闇と孤独とを喜ばしいものに思った。ここには彼女をおびやかす者はだれひとりとしていないし、野蛮で乱暴な手が捕えにくることもない。彼女は前方の斜面を見おろした。それは深い谷の底に消えていて、葉叢《はむら》が波打ち、谷間のいたる個所に散らばるたくさんの小さなものが、星明かりを白く反射していた。大きな白い花だろうかと考えたとたん、ぼんやりした記憶が呼びさまされた。それは黒人たちが怖ろしげに話していた谷のことであった。バカラ族の祖先が移ってくる以前に、この土地には褐色の肌をした異種族が住みついていたのだが、その若い女たちが逃げこんだという谷だ。侵略者の凶手から逃れさすため、古代の神々が彼女らを白い花に変えてしまったという。その谷に近づく者はないというのだ。

しかしリヴィアは、あえてそこへ行こうと考えた。華奢《きゃしゃ》な足でビロードの感触を持つ草を踏んで、斜面をくだっていこう。揺れる白い花のあいだに住みつくとしよう。怖ろしい伝説の残る谷間にはいりこめば、彼女に乱暴な手を加えようと追ってくる男もいないだろう。コナンはいった——約束は破られるためにあるのだと。自分も彼との約束を破ろう。失われた女たちの谷へはいって、孤独と静寂のなかに身をおこう……かくて彼女は、夢のようなとりとめのないことを意識しながら、ゆるやかな斜面をくだりだした。左右に切り立つ谷間の壁が、しだいに高くなっていった。

しかし、斜面の傾斜はゆるやかで、谷の底に降り立っても、険しい壁にとり囲まれている気はしなかった。周囲は絶え間なく影の動く草の海。大輪の白い花が揺らぎ、囁きかけてくる。彼女はあてもなくさまよい歩き、小さな手で葉叢を掻き分け、葉を渡る風の声に耳を傾けては、どことも知れぬ渓流の音を聞きつけて、子供っぽい喜びを見いだした。現実を離れた異様な雰囲気のとりことなって、夢うつつの状態で歩きまわっていたそのあいだ、ひとつの考えが、絶えず彼女の頭のなかを反復していた。この場所にいるかぎり、男たちの獣性から安全に守ってもらえるとの考えである。涙がこぼれ出たが、それは喜びの涙だった。芝地に長々と身を横たえ、柔らかな草を握りしめ、新しくみつけたこの保護者を永遠にそこにとどめておきたいとでもいうように、胸にきつく押しあてた。

それから白い大きな花を摘んで、金髪を飾る花かずらを作った。谷のなかのあらゆるものと同様、花の香りもまた夢幻的で、名状しがたい魅惑に溢れていた。

やがて彼女は、谷の中心部にある草の生い茂る湿地に出た。そこに人の手で刻まれたような大きな石が、羊歯《しだ》と花と花輪に飾られているのを見いだした。それをみつめて立っているあいだに、周囲に生気がみなぎり、なにかが動く気配を感じた。ふりむいた彼女の目に、濃い夜の影のなかから音もなくあらわれる人影が映った――漆黒の髪に花を飾って、しなやかな裸身がほっそりと見える、褐色の肌をした娘の群れであった。夢のなかの生き物のように、娘たちは無言で近づいてくる。だが、彼女たちの目を見たとたん、リヴィアは恐怖に襲われた。星明かりを受けて明るく輝いているが、それは人間の目でなかった。姿こそ人間の形をしているが、心に異様な変化が生じていて、その変化がきらめく目の光に反映しているのだ。リヴィアの全身を戦慄が波のように走って過ぎた。新しくみつけたこの楽園にも、邪悪な蛇がその無気味な頭をもたげているのだった。

しかし、逃げ出すこともできない。しなやかな褐色の肌をした娘たちに、周囲をぐるっと囲まれていたからだ。なかでもっとも美しい娘が、震えているリヴィアのそばへ近よってきて、しなやかな褐色の腕で彼女を抱きしめた。褐色の肌の娘の息は、星明かりに揺れる白い大輪の花がただよわす香りとまったく同じだった。娘はリヴィアの唇にその唇を押しつけて、長い怖ろしいキスをした。オピルの娘は、背筋を冷たいものが走るのを感じた。手足の力がぬけ、白い大理石の彫像のように、口をきくことも動くこともできずに、相手の腕に抱かれているだけであった。

柔らかな手がすばやく彼女を抱きあげて、花床の中央にある祭壇の石上に横たえさせた。褐色の肌の女たちが手を繋ぎあって輪を作り、暗い気分のみなぎる異様な踊りを踊りながら、祭壇の周囲をまわりはじめた。太陽の光も月の光も、このような踊りの上に注がれたことは絶えてないものと思われた。大きな白い星はますます白くなり、いよいよその輝きを増した。まるで陰気な踊りの不吉な魔力が、宇宙の怖るべき存在の反応を惹き起こしたかのようであった。

単調な歌声が低く響きだした。遠くかすかに聞こえる渓流の轟きのほうが、まだしも人間的であるといえた。その歌声は、星の光の下に揺れ動く大きな白い花が立てる音に似ていた。意識はありながら動く力がない状態で、リヴィアは横たわったままでいた。自分の正気を疑う気にはならなかった。理性による判断や分析が必要とは思えなかった。彼女にしても、彼女のまわりで踊っている異様な生き物にしても、ひとしく実在なのだ。悪夢の実在性と、その生々《なまなま》しい現実的な動きを見せつけられて、彼女はどうするすべもなく、石の上に身を横たえたまま、星の群がる夜空を眺めていた。その夜空から――彼女は人知を超越した理解力で知っていた――なにかが彼女を訪れてくる。はるか昔、褐色の肌をしたこれらの裸の娘たちを、いま見るような魂のない生き物に変えてしまったなにかが……。

最初に頭上高くあらわれたものは、星のあいだに浮かびあがった黒点だった。それが徐々に大きくなり、彼女に近づくにつれてコウモリほどに膨れあがった。そして大きくなることをやめないが、形には変化が見られなかった。彼女の頭上、星のあいだを飛翔していたが、錘《おもり》を落下させるような勢いで、急に地上めざして舞い降りてきた。翼を大きく拡げ、横たわっている彼女をその影に包んだ。すると彼女のまわりで歌声が高まった。魂なきものの歓喜《かんき》の歌。暁《あかつき》の露に濡れた花のように、新鮮な薔薇色の生贄《いけにえ》を求めて飛来する神を迎える歌。

いまそれは彼女の真上に浮かび、それを見た彼女の心がちぢみ、冷たくなり、小さくなった。翼はコウモリのそれに似ているが、躰と彼女を見おろしている黒い顔は、海、陸、空、いずれの場所にも見いだすことのできぬものであった。彼女がそこに見ているものは、夜の闇の深淵から生まれ出た冥界の魔王、狂人の悪夢にもあらわれることのない宇宙の根源的な邪悪が凝り固まった恐怖に相違なかった。

そのときまで彼女に口をきけなくさせていた目に見えぬ呪縛を破って、彼女は凄まじい悲鳴をあげた。すると、その悲鳴に答えて、力強い男の声が響いた。そして大地を轟かすようにして駆けよってくる足音を聞いた。たちまち彼女の周囲に、急流の渦巻きにも似たざわめきが生じた。白い花々が激

しく揺れ動き、褐色の肌の娘たちは姿を消した。頭上では大きな黒いものの影が宙を舞っている。しかし、彼女は見た。星明かりに、頭の羽根飾りを揺るがせながら突進してくる長身の白い姿を。

「コナン！」

われ知らず、彼女の口から叫び声が洩れた。なにやら意味のとりかねる鋭い叫びをあげながら、この未開人は宙を飛んで駆けよると、長剣を星明かりにきらめかして、空に向かって激しく突きあげた。大きな黒い翼が、舞いあがっては舞い降りる。リヴィアは恐怖に声もなく、キンメリア人が頭上に舞う黒い影に包まれるのを見た。彼は荒々しく息を吐き、足で大地を踏みつけ、白い花を踏みつぶした。ふりまわす彼の剣が大気を切り裂き、夜の闇にこだました。しかし彼の躰は、猟犬に捕えられた鼠《ねずみ》のように、あちこちへ投げつけられた。草地の上におびただしい血が飛び散って、そこに積み重なっている白い花びらの絨毯《じゅうたん》と混ざりあった。

その後も彼女が、悪夢のなかの出来事のような呪われた闘いを見守るうちに、黒い翼の怪物に動揺の様子があらわれ、その躰が中空でよろめきはじめた。傷ついた翼に激しい音をさせ、怪物は相手を離して空高く翔びあがると、星の群れに交じりあうようにして消えていった。勝利者もふらふらとよろめきながらも剣をかざし、脚を大きく踏んばり、呆然と空を見あげて突っ立っていた。その勝利に、むしろ驚いているようにも見えたが、身の毛のよだつこの闘いを再開する気がまえは、いかんなくあらわれているのだった。

そのつぎの瞬間、コナンは喘ぎながらも一歩ごとに剣の血をしたたらせ、祭壇の石に近づいていった。分厚《ぶあつ》な胸を大きく波打たせ、全身が汗に光り、首と肩から腕を伝わって血が流れ落ちていた。彼の手が娘に触れると、いままで捉えられていた呪縛が解けたものか、彼女は跳ね起きて、コナンの手を怖れるかのようにあとずさり、祭壇の石からすべり降りた。コナンは石に身をもたせて、足もとでちぢこまる彼女を見おろした。

「あんたが馬に乗って村から出ていくのを、おれの部下が見ていた」と彼はいった。「おれはさっそくあとを追って、逃げた方向を突きとめようとした。松明《たいまつ》の光では、それも容易な仕事でなかったが、ともかく、あんたが馬から投げ出された場所まで跡をたどることはできた。だが、そのときには松明の火が燃えつきていたから、草の上に裸足《はだし》の跡をみつけることができなかった。しかし、谷間に降りていったことは見当がついた。部下がついてこようとしないので、おれひとりが徒歩でやって来た。ここはどんな悪魔の棲む谷だ？　あれはいったい、なにものなんだ？」

「神よ」彼女は小声でいった。「黒人たちが話していたわ――ずっと遠くからやってくる、大昔の神だって！」

「外界の闇に棲む魔物だな」コナンは唸るような声でいった。「ああ、別に珍しいやつらじゃない。この世界を取り巻く光の帯の外側には、ああいう魔物が、蚤《のみ》かなんかのようにはびこっているんだ。ザモラの賢者たちがそう話しているのを聞いたことがある。やつらのうちには、地上にたどりつくのもいるが、たどりついたとなると、なにかこの世界のものの姿、肉体を持つものの形をとらなくてはならんのだ。おれみたいな男が、剣さえ手にすれば、やつらの牙や爪に引けをとるものじゃない。地獄の悪魔だろうと、この世の化け物だろうと、束になってかかってこいだ。さあ、行こう。おれの部下が谷の向こうで待っている」

なんと答えてよいやら言葉がみつからず、彼女はじっとうずくまったままだった。コナンは顔をしかめて、その姿を見おろした。やがて、彼女が口を開いた。

「わたし、あなたから逃げたわ。あなたを出しぬいて、逃げ去ろうと考えたの。あなたとの約束を守る気持ちはなかったのよ。たしかに、あなたのものになると約束した。でも、できることなら、あなたから逃げ出したかった。あなたの好きなように罰していただくわ」

コナンは髪をふるって汗と血を払い落とし、剣を鞘《さや》に収め、

「立つがいい」と唸るようにいった。「おれがしたのは、汚ない約束だった。黒犬バユとのことは、べつに残念とも思っていない。だが、あんたは売ったり買ったりされる売女とちがう。男の生き方は、国がちがえばいろいろと変わるものだが、どこにいようと、豚みたいになってはならんのだ。しばらく考えてみて、それがわかった。約束だからといって、あんたをおれのそばにおくのは、腕ずくでいうことをきかせるのと同じだ。それにあんたの躰は、こんな土地で耐えていけるほど丈夫じゃない。その躰は、都邑《とゆう》や書物や文明的な風俗習慣が生み出したものだ。あんたの罪というわけじゃないが、おれといっしょに暮らしたら、すぐに死んでしまうだろう。死なれたんじゃ、おれの女としての役には立たん。さあ、これからあんたをスティギアの国境まで連れてってやる。それから先はスティギア人が、オピルのあんたの家まで送ってくれるだろう」

彼女は顔をあげて、聞きちがいではないかというようにコナンを見あげた
「家へ?」彼女は機械的にくり返した。「わたしの家へ?　オピルへ?　故郷の人たちのところへ?町や塔や平和や、わたしの家のあるところへ?」不意に涙が目にいっぱいになって、彼女はその場に

跪《ひざまず》くと、コナンの膝を抱きしめた。

「おいおい」コナンは当惑した表情でいった。「そんな真似やめてくれ。あんたをこの土地から送り返すのを、おれの好意と考えているらしいな。いって聞かせなかったか、その理由を？　あんたという女は、バムラの戦闘隊長にふさわしい女じゃないんだよ」

黒い怪獣

Black Colossus

「夜の力が支配するとき、運命が、悠久の時を経た花崗岩の王座から立ちあがった巨像さながら、この世界の回廊を歩きまわる――」

E・ホフマン・プライス
「サマルカンドから来た女」

I

謎に満ちたクトケメスの廃墟には、太古からの静寂が垂れこめるばかりだった。しかし、そこには恐怖があった。盗賊シェヴァタスは恐怖におののき、息づかいも荒々しく、食いしばった歯のあいだに鋭い音を立てていた。

崩壊と荒廃の巨大な遺跡のただなかに、生命を持つ極微の実在として、彼ひとりが立っていた。南国の太陽が強烈な熱をもってきらめかす蒼穹《そうきゅう》には、一羽の禿鷹の影もなかった。いたるところに忘れ去られた時代の奇怪な遺跡が盛りあがっている。破損した巨大な円柱、空に突き立つ鋸歯《のこば》に似た小尖塔《せんとう》。崩れ落ちた壁はうねうねと長い線を描き、巨大な石材が転がり、砕け散った偶像の凶悪な顔を、浸蝕する風と砂嵐が摩滅《まめつ》させていた。地平線の端から端を眺めやっても生命のしるしはひとつもなく、長期間干あがったままの蛇行する河床《かわどこ》に二分された裸の沙漠が、無限の彼方《かなた》まで拡がっているだけである。いま、この広大な廃墟の中心部、きらめく牙のような円柱がそそり立ち、沈没船の折れた帆柱《マスト》を思わせているあいだに、これらすべてを支配するかのように象牙の円蓋《えんがい》が威圧的な姿を見せ、その前に盗賊のシェヴァタスが、五体を震わせながら立ちすくんでいるのだった。

円蓋に覆われたこの建物の基盤は、大理石の巨大な台座で、往古《おうこ》の大河の岸に生じた段丘からそびえていた。幅の広い階段を登っていくと青銅の扉に達し、建物自体は、いま述べた基盤の上に巨大な卵を半分に割った形で載っている。建築資材はすべて象牙を使用し、それがいまなお、だれとも知れぬものの手で磨きぬかれていたかのように、燦然《さんぜん》たる光輝《こうき》を放っている。小尖塔の先端にかぶせた黄金の尖った冠《かんむり》も同様なひらめきを見せており、円蓋の丸みの上を数ヤードの長さで匍っている金の象形文字にしてもそうであった。ただし、それらの文字を解読できる者は、この地上にひとりとして生存していない。しかしシェヴァタスは、それがあらわす意味を漠然とだが推察して、総毛立《そうけだ》つ思いを感じていた。なぜかというに、彼自身非常に古い氏族の出で、その氏族の伝説は、現在の諸部族には夢想することも不可能な奇怪な形をそなえているからだ。

シェヴァタスは生まれついての屈強にして柔軟な体軀《たいく》に恵まれ、いまや盗賊の王国ザモラにあって、首領と仰《あお》がれる身に成りあがっている。小さな円《まる》い頭を剃りあげ、身に着けているものは赤い絹地の腰帯ひとつであるが、その氏族の者の特徴で、皮膚の色は浅黒く、禿鷹を思わせる引きしまった顔に黒い目が鋭い光を放っている。先細りのした長い指は、蛾の翅《はね》のようにそわそわと動き、金糸《きんし》を鱗状《うろこ》に縫いこんだ腰帯に、柄に宝石を鏤《ちりば》めた細身の短剣を飾りつきの革鞘《かわざや》に収めて吊り下げている。シェヴァタスはこの武器を、一見大げさと思えるほど注意して扱った。事実、その裸の太腿に短剣の鞘が触れただけで、ぎょっとするような恰好を見せた。もっとも、彼が気を遣うことにも、理由がないわけではなかったのである。

このシェヴァタスは盗賊のなかの盗賊ともいえる存在で、その名は大鎚《おおつち》横丁の盛り場の居酒屋や、ベルの神殿の下にある影の濃い片隅などで畏敬《いけい》の念をもって口にされ、死後千年ものあいだ俗謡《ぞくよう》にうたわれ、口碑《こうひ》のうちに残った。しかしいまのシェヴァタスは、心のうちの恐怖におののきながら、クトケメスの象牙の円蓋の前に立ちつづけているのだった。どのような呆《うつ》け者でも、この建物には不自然なところがあるのを見てとれる。三千年の長きにわたって風と太陽にさらされてきたはずなのに、その黄金と象牙とが、名も知れぬ河岸に、名も知れぬ者の手で建てられた日そのままの姿で、鮮烈な光輝を放っているのである。

この不自然さは、魔物の棲処《すみか》とも思われる廃墟にただよう妖気と符合したものといえた。この沙漠地帯は、シェムの領地の南東に、謎に満ちた拡がりを見せて横たわっていた。シェヴァタスも知っているように、ここから道を南西にとり、駱駝《らくだ》の背に揺られる旅を数日間つづけると、ステュクスの大河が目路《めじ》にはいってくる。大河はその地点で直角に折れ、西方の無人の地域に向かい、末は遠い大海へ流れこむ。大河の屈折点からスティギア国の領土がはじまる。そこは陽灼けした肌を持つ南国の女王の支配下にあり、大河の水に潤うところから、周囲とり巻く沙漠とは打って変わった肥沃《ひよく》な土地であった。

これまたシェヴァタスの知識のうちにあることだが、道を東方にとるときは、沙漠は徐々に矮樹草《わいじゅ》原に移行し、ついにはヒルカニア人の建設したトゥラン王国に到達する。この王国は広大な内海の沿岸を中心に、蛮族文化の華を咲かせているのである。そしてまた、北方への旅を一週間つづけると、沙漠はいつか荒涼たる丘陵群が交錯するなかに消え、その丘陵を越えたところに高地ながら肥沃な田野《でんや》が拡がり、これがハイボリア人の国家群のうちでもっとも南方に位置するコト王国であるのだ。さらにまた西方への道をとれば、沙漠はシェムの大牧草地帯に没し、牧草地帯は遠く大洋の岸辺まで伸びている。

これらすべての事実を、シェヴァタスは特別の知識として意識することもなく、世人《せじん》がその居住する町の街路に明るいのと同様に知りぬいていた。彼はもともと遠路の旅行を日常仕事としている男で、諸王国の財宝がその獲物であった。しかしいまはその男が、最大の冒険と最高の財宝を目前にして逡《しゅん》巡《じゅん》し、身震いしているのであった。

この象牙の建物内に、トゥグラ・コタンの遺骨が収めてあるという。黒い魔道士であるこの人物は、三千年の昔、クトケメスの都に君臨していた。当時はスティギアの諸王国が大河の北方へ版図を拡げ、遠くシェムの大牧草地帯を越え、コトの高地まで支配下に収めていた。やがてハイボリア人の大移動集団が、北極に近い彼ら種族の発祥地から南方へ進出してきた。それは何世紀、何世代にもわたる種族の大移動で、クトケメスに君臨した最後の魔法使いトゥグラ・コタンの治世に、灰色の目と黄褐色の髪を持つ蛮族が、狼の毛皮と鎖帷子《くさりかたびら》に身を装《よそお》い、鉄の剣の力でコトの王国を切りとろうと、この肥沃な高地をめざして北から侵略してきたのだった。そして怒濤《どとう》のような凄まじさで、たちまちのうちにクトケメスを席巻《せっけん》し、大理石の高塔を血汐《ちしお》に染め、北方のスティギア人王国を焔と破壊のうちに滅亡させた。

しかし侵略者たちが都邑《とゆう》の街路を打ち砕き、熟したとうもろこしでも刈りとるように射手たちを斬り倒しているあいだに、トゥグラ・コタンは奇怪な猛毒を嚥《の》みくだしていた。その遺体を、仮面をつけた神官たちが、トゥグラ・コタン自身があらかじめ用意しておいた墳墓に埋葬して、その扉を閉ざした。そして彼の帰依者《きえしゃ》の大多数も、この墳墓の周辺で朱《あけ》に染まって死んでいったが、蛮族の兵士たちには扉を押し破ることができず、象牙の建物にしても、大鎚や火焰によって損なわれることがなかった。そこで蛮族たちは、廃墟と化した大都邑をそのままに放置し、ふたたび馬を駆って立ち去った。かくて象牙の円蓋に覆われた墳墓のなかに、偉大なる魔法使いトゥグラ・コタンは、その後の長年月を何に妨《さまた》げられることもなく眠りつづけているのだった。そのあいだには、荒廃という名のとかげが崩れ落ちた円柱をかじり減らし、かつてはその領土を潤していた大河も砂の底に沈み、干あがっていった。

象牙の建物のなか、朽ち果てた遺骨の周囲には、珍貴な財宝がうずたかく積みあげてあるとの伝説が諸国に拡まり、これまでにも数知れぬほど多くの盗賊どもが、それを手に入れようとしてきた。しかし、ほとんどの者が墳墓の入口で死亡し、運よく生き延びた連中にしても、その後の毎日を奇怪な悪夢に悩みつづけ、ついには唇から血汐を噴き出し、狂死の淵に追いやられるのだった。

以上の事実を知るからこそ、シェヴァタスは墳墓を目の前にして戦慄《せんりつ》しているのである。その恐怖は、蛇が魔道士の遺骨を守護しているという言い伝えを思い浮かべたからではない。トゥグラ・コタンの伝説には、いずれも恐怖と死とが屍衣《しい》のようにまとわりついていた。シェヴァタスが立っている位置から大広間の廃墟が見てとれるのだが、ここで祭儀が行なわれたとき、数百人の捕虜が鉄鎖《てっさ》に繋《つな》がれたまま跪《ひざまず》き、法衣の王の命令一下《いっか》、スティギアの蛇の神セトへの生贄《いけにえ》として首を打ち落とされたのであった。そしてまた、どこかその近くに恐怖に満ちた暗い穴があいていて、悲鳴をあげる犠牲者たちがそこへ投げこまれる。そして、より深く、より地獄に似た洞穴《ほらあな》から匍いのぼってくる形状も定かでない怪物の餌食とされるのだった。これらの伝説がトゥグラ・コタンを人間以上の存在にし、彼への崇拝が、いまなお混血種族の頽廃した宗教のうちに残存し、その信者たちは貨幣に彼の肖像を刻印した。この貨幣をもって、死者が黄泉の国の暗い大河——ステュクス河は、この世におけるその投影にすぎない——を渡るための通行権を買いとることができる。シェヴァタスは死者の舌の下から盗み出した貨幣の上に、この肖像を見たことがある。そしてそれが消えることなく彼の脳裡に焼きつけられているのだった。

しかし、彼はどうにかこの恐怖心を払いのけて、青銅の扉に向かって階段を登っていった。なめらかな表面を持つ扉板には、さし金もつまみ突起《とっき》も見当たらなかった。彼が進んで黒い祭儀に近づき、深夜、大樹の陰に身をひそめ、魔道士スケロスの心酔者たちの無気味な囁《ささや》きに耳を傾け、盲目の哲人ヴァテロスが著《あらわ》した鉄で装丁した禁制の書に読みふけったのも、無駄な努力ではなかったのだ。

彼は門扉《もんぴ》の前に膝をついて、すばやく動く指を敷居の上にすべらせた。その鋭敏な指先が、いくつかの突起を探り当てた。目で見つけるには小さすぎて、指で触れるにしても、よほどの熟練者でないかぎり気づくこともないものであった。それを彼は注意して押しながら、ある独特のやり方で、はるか昔に忘れ去られた呪文を呟いた。そして最後の突起を押すと、目にも止まらぬすばやさで飛びあがり、扉のまったただなかに鋭く強い一撃を平手《ひらて》であたえた。

発条《ばね》とか蝶番《ちょうつがい》とかのきしむ音はしなかったが、扉が内側に引き下がって、シェヴァタスの食いしばった歯のあいだから激しい吐息が洩れた。そこに短くて狭い回廊がのぞいている。引き下がった扉板は、突き当たりの凹所《おうしょ》に収まっている。この隧道《すいどう》の床、天井、壁面のどれもが象牙を材料に作られていて、一方の壁に口をあけた穴から、何やら躰をうねらせる怪物が無言のうちに頭を持ちあげ、ぎらぎら光る目で侵入者を睨みつけた。それは全長二十フィートあまりの大蛇で、鱗を虹色にきらめかせていた。

盗賊は、いかなる暗黒の穴が建物の下にあって、この怪物を生かしておいたのだろうと推測して時間を空費する愚は犯さなかった。細心の注意を払って剣をぬいた。とたんに、刀身から緑がかった液体がしたたり落ちた。それは半月刀に似た大蛇の牙から流れ出るよだれとまったく同じに見えた。それも道理で、シェヴァタスの刀身は同類の蛇の毒液に浸してあったのだ。この毒液は悪鬼の跳梁《ちょうりょう》するジンガラ国の沼沢《しょうたく》から持ちきたったもので、その入手の顚末《てんまつ》そのものが、一個の武勇譚《たん》といえるものであった。

シェヴァタスは足の親指の付け根の膨らみを使い、膝をわずかに曲げて、いつ何時《なんどき》なりと閃光のすばやさで前後左右のいずれの方向へも飛びのける身がまえをして、油断のない前進をつづけた。案の定、大蛇が弓なりに鎌首《かまくび》をもたげ、その全身を叩きつけてきた。電光さながらのこの急襲を免れるには、それと同等の敏速な行動が必要であった。とはいえ、いかに神経と目の働きが鋭敏であったにしても、好運に恵まれぬときは、シェヴァタスはその場で命を失っていたことであろう。彼の練りあげた計画である、横へ飛びすさって伸びきった大蛇の首に斬りつけるもくろみも、めくるめくばかりの速さを持つ大蛇の襲撃の前には意味もないものになりかねなかった。盗賊には剣を前に突き出す余裕もなく、思わず目をつぶって悲鳴をあげた。剣はたちまち手からもぎとられ、回廊の上から下までがのたうちまわる大蛇でふさがれた。

シェヴァタスは目をあけて、驚いたことにまだ生きている自分に気づいた。しかも怪物のぬらぬらした巨軀が波打ち、異様にねじれて、その大きな顎に剣が突き刺さっていた。まったくの僥倖《ぎょうこう》で、闇雲にふりまわす切先《きっさき》に蛇のほうから躰を打ちつけてきたのだ。ややあって、刃の毒が急所にまわったのであろうか、蛇はとぐろを巻いた巨躰を光らせるだけで身動きもしなくなった。

盗賊シェヴァタスは怖《こわ》ごわ大蛇の躰をまたいで、その先の扉を押した。こんどは扉が横にすべって、円形建物の内部をさらけ出した。シェヴァタスは思わず、あっと叫んだ。真の闇とばかり想像していたところに、人間の目には耐えられぬほどの強烈な光が深紅色《しんこうしょく》に鼓動し、脈打っているのだ。その光輝は、円天井高くはめこまれた巨大な赤い宝石が放つもので、数々の財宝を見慣れたシェヴァタスではあるが、この絢爛《けんらん》たる光景には口をあけて見守るばかりだった。ありとあらゆる種類の財宝が、所せましと積みあげてある――ダイヤモンド、サファイア、ルビー、トルコ石、オパール、エメラルドの山。翡翠《ひすい》、黒玉、瑠璃《ラピス・ラズリ》製の寺院《ジクラート》。金の楔《くさび》で作られたピラミッド。銀塊《ぎんかい》を刻んだ丘上神殿。金糸織りの鞘と、宝石入りの柄を持つ剣。彩色した馬毛の前立て、あるいは黒と緋《ひ》の羽根飾りをつけた金の冑《かぶと》、銀の小札《こざね》の胴鎧《どうよろい》、三千年の昔に埋葬された戦士王の愛用した宝石を鏤《ちりば》めた馬具。そしてまた一個の宝石を彫りあげた酒杯《しゅくはい》。金をかぶせ、月長石の目をはめた髑髏《どくろ》杯。宝石と人の歯を相互に綴《つづ》った首飾り。象牙の床に金の粉埃がうずたかく積もって、深紅の輝きの下、百万の光の生みだす燦爛たるきらめきを見せている。魔法と光彩の妖《あや》しの世界に、盗賊王シェヴァタスはサンダル履《ば》きの足で星屑《くず》を踏みしめ、しばらくは動くこともできずにいた。

しかしそのあいだもシェヴァタスの目は、燦然と光り輝く宝石の山の中央、赤い宝玉の真下に据えられた水晶の壇に注がれていた。その壇上には、何世紀もの時の流れに塵《ちり》と化した死者の骨が横たわっているはずである。なおも目を凝らしたとき、盗賊王の浅黒い顔から血の気がさっと引いた。骨髄《こつずい》が凍りつき、背中の皮膚が恐怖におののき、ちぢみ、唇が声もなく動いた。しかし、つぎの瞬間には、おのれ自身の声が凄まじい悲鳴に変わり、円天井の下に無気味に反響するのを聞いた。そのあとはふたたび、千古《せんこ》以来の静寂が謎に満ちたクトケメスの廃墟を押し包んだ。

2

噂が牧草の国を流れ伝わって、ハイボリアの国の諸都市に達した。長袖の白衣姿で沙漠に駱駝《らくだ》の長い列を追う隊商の、鷹《たか》の目を持つ痩身《そうしん》の男たちが、この知らせを運んできたのだ。そして牧草地帯の鉤《かぎ》鼻《ばな》をした牧夫《ぼくふ》たちが語りつぎ、噂は天幕の住人から、石造りの城砦《じょうさい》都市の住人へと拡まっていった。これらの小都市国家では暗青色の鬚をちぢらした王が、太鼓腹《たいこばら》の神々を崇拝し、奇妙な祭儀を行なっていた。噂はさらに痩身の山地族が隊商から徴収する通行税で暮らしている丘陵地帯から、青い湖と大河を見おろす肥沃な高地に威容を誇る壮麗な都邑《とゆう》におよんだ。さらに牛車と牛の群れ、富める商人、鋼鉄の鎧の騎士、射手、神官たちがひしめく幅広の白い街道に沿って、噂は伝わっていた。

　噂の発生地は、コトの高地のはるか南方、スティギア国の東部に拡がる沙漠で、遊牧民を統率する新しい預言者が出現したことを伝えている。その噂によれば部族間の戦闘があり、沙漠の南東部に禿《はげ》鷹《たか》たちが結集し、世にも恐ろしい統率者が、またたく間に膨れあがった大軍を勝利に導いたという。スティギア国は北方の国々にとって、常に変わらず脅威的な存在であったが、この動きに関係がなかったことは明らかである。なぜかというに、この国自体が東部国境付近に大軍を集結させ、沙漠の魔道士の軍勢との戦闘のため、国じゅうの神官を総動員して呪法を行なわせている現状なのだ。この魔道士は〈薄紗《ヴェール》の男〉ナトークと呼ばれている。常に顔を隠しているからである。

　しかし、魔道士の軍勢は路《みち》を北西にとり、シェムの牧草地帯を潮のように席巻《せっけん》し、暗青色の鬚を持つ王たちは、太鼓腹の神々の祭壇の前に死んでいき、石造りの城砦都市は血にまみれた。そしてナトークとその狂信者の軍がめざす先は、ハイボリア人の文明が栄える高地の大都邑にあるとの噂であった。

　沙漠地方からの蛮族の侵攻は、格別珍しい出来事ともいえなかった。しかし、この新しい動きには侵略以上のものの臭いがあった。風評の伝えるところでは、ナトークは三十の遊牧種族と十五の都市を支配下におき、その陣営には反逆したスティギアの王子がひとり加わっているとのことである。そしてこの王子が因《いん》となって、本物の戦争に発展する様相が顕著《けんちょ》であったのだ。

　ハイボリア人の国家のほとんどについていえることだが、増大する沙漠からの脅威を無視してかえりみぬ傾向があった。しかし、コトの冒険者の剣がシェム人の土地から切りとって建設したコラジャ国だけは、その危険を考慮しないわけにいかなかった。ここは位置がコト王国の南東にあたるだけに、まっ先に侵攻軍の矢面《やおもて》に立つのが予想された。しかも、その若い王がオピル国の王宮に囚われの身になっている。奸智に長けたオピルの王は、莫大な身代金と引き換えに若いコラジャ王の身柄を釈放するか、それとも仇敵《きゅうてき》であるコト国王の手に引き渡そうか、目下《もっか》思案の最中であった。吝嗇《りんしょく》をもって知られるコトの王は、黄金を出さぬ代わりに、友好条約を結ぶ用意があると申し出ている。その間、主権者を失ったコラジャ王国の統治は、若い王の姉にあたるヤスメラ姫の白い手にゆだねられていた。

姫の美しさは、吟遊楽人《ぎんゆうがくじん》の歌によって西方世界の隅々にまで拡まり、事実、王者にふさわしい誇りが彼女のものであった。だが、その夜の彼女は、すべての誇りを外套《がいとう》のように脱ぎ捨てていた。そこはヤスメラ姫の居室。おびただしい瑠璃《ラピス・ラズリ》を散らした円天井《まる》、珍奇な毛皮を敷きつめた大理石の床、壁には金の帯状装飾が惜しみなくめぐらしてある。いま、絹の天蓋《てんがい》をつけた寝台を黄金の壇上に据え、それを囲んでビロードの寝椅子を並べ、その上に貴族の娘十人が眠っている。いずれも、ほっそりした手足にはめた宝石を鏤《ちりば》めた腕輪と足飾りが、さも重たげに見えている。しかし、ヤスメラ姫ひとりだけは、絹の寝台に横たわっていなかった。屈辱的な嘆願者のように、黒髪が白い肩にかかるしなやかな裸体を大理石の床に伏せ、細い指をからみあわせて、手足の血も凍るばかりの恐怖に身もだえしている。美しい目がうつろに開き、黒髪の根元が逆立ち、柔軟な背筋に沿って鳥肌が立っているのだった。

彼女の頭上、大理石の部屋のもっとも暗い隅に、形をとらぬ朦朧《もうろう》とした影がひそんでいた。肉と血を持つ生き物の形をとるわけでなく、暗黒の凝り固まったもの、視界に映る滲《にじ》み、夜の闇が生んだ奇怪な夢魔《むま》。もしそこに、ふたつの目と思われる黄色の火がきらめいていないときは、睡眠剤に麻痺した頭脳が作り出した幻とみなしたことであろう。

しかもそれが声を発した——人間のものとは思われぬ低いかすかな歯擦音《しさつおん》、ほかのなによりも蛇の舌が鳴らす無気味に柔らかい音に似た響き、明らかに人間の唇から洩れる声ではなかった。それでいて、そのかすかな音と、その意味する内容が、耐えることもできぬ凄まじい恐怖でヤスメラ姫の心を満たした。彼女は繊細な躰を鞭打たれたようにわななかせ、全身をねじ曲げることで、心に忍び入る邪悪の声を払いのけようと焦《あせ》った。

「姫よ、そなたはわしのものと定められておる」満足げな囁き声がいった。「長い眠りから目醒める前に、わしはそなたに目を止め、恋焦《こ》がれておった。だが、現在のわしは、敵の凶手《きょうしゅ》を免れるために太古の魔法を用いたことで、みずからを呪縛しておる。わしは〈薄紗《ヴェール》の男〉ナトークの魂だ！　姫よ、仰ぎ見よ！　やがてわしは、ふたたび人間の形をとる。そのときはそなたも、わしを愛しく思うことになるであろう！」

奇怪な歯擦音はしだいに薄れて好色な含み笑いと変わった。ヤスメラ姫はうめき声をあげ、恐怖と恍惚《こうこつ》感の入り混じった忘我《ぼうが》の状態で、大理石のタイルを小さな拳《こぶし》で叩いた。

「いまのわしは、アクバタナの王宮の一室に眠っておる」歯擦音がつづいている。「わしの躰は、骨と肉との枠《わく》のうちに横たわっておる。だがそれは、しばしの間、魂のぬけ出た空虚《くうきょ》な殻《から》にすぎぬ。そなたがその宮殿の窓から外を眺めたとすれば、わしを拒んだところで意味のないことを悟るであろう。沙漠は月下《げっか》の薔薇園《ばらぞの》、そこでは十万の戦士が焚き火の花を咲かせておる。膨《ふく》れあがり、勢いにのった兵士たちが雪崩《なだれ》のように進撃し、わしは旧敵の土地へ攻めよせるであろう。そして彼らの王の髑髏《どくろ》を酒《しゅ》杯《はい》にし、女子供をわしの奴隷《どれい》の奴隷のそのまた奴隷とする。わしは眠りの底に沈んでおった長い歳月のあいだに、強い力を身につけた……。

いや、その話はさておいて、姫よ！　その暁《あかつき》には、そなたがわしの妃《きさき》だ！　そしてわしが、忘れ去られた太古の快楽がどのようなものであるかを教えてやる。わしとそなたは――」黒い巨大な影が浴びせかける卑猥《ひわい》な言葉の奔流《ほんりゅう》の前に、ヤスメラ姫は躰をすくめ、その優美な裸の肉をさいなむ鞭から逃れようとするかのように、身もだえした。

「忘れるでないぞ！」怖ろしい影が囁くようにいった。「そなたをわしのものとして迎えにくる日も、遠い先でないことを！」

ヤスメラ姫はタイルの床に顔を押しつけ、淡桃色の耳を細い指でふさいだ。だが、コウモリの羽搏《はばた》きに似た異様な声は、変わることなく聞こえてくる。やがて、おそるおそる顔をあげると、奇怪な幻のひそんでいた場所には、月光が窓越しに、銀の剣のように射しこんでいるだけであった。姫は手足をわななかせて立ちあがり、ふらふらと歩くと繻子《しゅす》の寝椅子に身を投げだし、声をあげて泣いた。貴族の娘たちは眠りつづけていた。しかし、そのうちのひとりが目を醒ました。あくびをしてほっそりした躰を伸ばし、目をしばたたいてあたりを見まわした。即座に寝椅子に歩みよってそこに跪《ひざまず》くと、ヤスメラ姫の柔らかな腰に腕をまわして、

「どうなさいました？――やはりあれが――？」と訊いた。大きくみはった黒い目が恐怖に怯《おび》えている。ヤスメラ姫は、発作的に彼女を抱きしめ、

「そうよ、ヴァテーサ、あれがまたあらわれたの！　はっきり見えたわ――しゃべる言葉も聞こえた

わ！　名前をいったの——ナトーク！　あれがナトークよ！　悪夢じゃないのよ——みなが薬を盛られたみたいに眠りこけているあいだに、わたしの上にのしかかってくるのよ。どうしたら——ああ、いったいどうしたらいいのかしら？」

ヴァテーサはふくよかな腕にはめた金の腕輪をまわしながら、考えこんだ。

「王女さま、そのような怖ろしい魔物を人間の力で追い払えるとは思えませぬ。イシュタールの神官たちの護符《ごふ》にしたところで、何の役にも立ちますまい。いっそ、いまは忘れられたミトラの神の託宣《たくせん》をお求めなされては」

たったいま怖ろしい驚きを経験したばかりなのに、ヤスメラ姫は全身をわななかせた。昨日の神々が、明日は悪魔となる。コトの王国では、ミトラ神崇拝《すうはい》をやめてからすでに久しく、ハイボリアの唯一神が持つ数々の力は忘れられ、ヤスメラ姫にしても、それが遠い古代の神だというだけで凶悪な神性のものと思いこんでいる。畏《おそ》れ崇《あが》めるに足る神はイシュタールであり、コトの多くの神々であると教えられていたのだ。コト人の文化と宗教は、シェム人とスティギア人の気質の影響を受けて、複雑な混和《こんわ》状態にある。ハイボリア人の簡明直截《かんめいちょくさい》な生活様式は、東方諸国の華美《かび》で官能的、しかも専制主義的な風俗によって大幅な修正を受けていたのであった。

「ミトラの神がお助けくださるかしら？」ヤスメラ姫は熱心さのあまり、ヴァテーサの手をつかんで、「わたしたち、長いことイシュタール神ばかり崇めていたし——」

「お助けくださいますとも！」ヴァテーサはオピルの神官の娘だった。彼女の父は、政敵の凶手を逃《のが》れてコラジャ国へ移ってきたもので、故国の風俗習慣をいまだに保っている。「神殿を捜しましょう！　わたくしもごいっしょしますわ」

「では、急いで！」と姫は立ちあがったが、ヴァテーサが服を着せかけようとすると、その手を払いのけて、「神殿に詣《もう》でるのに、絹の服を着て行くのはおかしなことよ。お願いする者にふさわしく裸のままで跪《ひざまず》くわ。ミトラの神から、謙虚な心の欠けた女と思われないために」

「つまらないことをおっしゃるわ！」ヴァテーサ自身は、これを正しい信仰とみなしていないので、尊敬の気持ちはほとんどないのだった。「ミトラ神なら、まっすぐ立っているほうをお喜びになりますわ──虫けらみたいに腹這《ば》いになったり、聖壇の上にけものの血を注ぎかけたりするよりも」

そのようにたしなめられて、ヤスメラ姫は侍女が着せかける袖のない絹の軽衣《けいい》を身に着け、その上から絹の短上衣《チュニック》を羽織り、腰にビロードの広帯を巻いた。ほっそりした足に繻子《しゅす》の上履《うわば》きを履くと、ヴァテーサの淡桃色の指が、波打つ黒髪を巧みに揃えてくれた。やがてヴァテーサが姫の先に立ち、金糸を縫いこんだ重い垂れ布をわきへ引くと、それが隠している扉の黄金のかんぬきをはずし、曲がりくねった狭い廊下へ出た。それからふたりの女性は急ぎ足に狭い廊下を進んで、その端にある扉をあけると、そこもまた廊下で、こちらは前のものよりよほど広い。そしてここには、羽根飾りの前立てつきの金鍍金《めっき》の冑《かぶと》に銀の胴鎧《どうよろい》、金の打ち出し彫りの脛当《すねあ》てをつけた衛兵がひとり、長柄《ながえ》の戦斧《せんぷ》を手にして立っていた。

驚いて声をあげようとするのを、ヤスメラ姫が手で制した。兵士は敬礼して、ふたたびそこに青銅像のような直立不動の姿勢をとった。ふたりの女性は広い廊下を進んでいった。高い壁に沿って配置してある金属の籠《かご》のなかでかがり火が燃えているだけで、その無気味な光のうちに、廊下は果てしなくつづいているようである。階段を降りると、そこの壁の隅にまつわりつく染みのような影を見て、ヤスメラ姫は身震いをした。とかくするうちに、三階下まで降りて、ようやくふたりは狭い廊下の端に足を止めた。その拱門《アーチ》状の天井は宝石を鏤《ちりば》め、床に水晶の板を敷き、壁には金の帯状装飾がほどこしてあった。この光り輝く狭い廊下を、手を握りあったふたりが、金色の大きな扉へ向かって足音を立てぬように急ぐのだった。

ヴァテーサが扉を押しあけると、少数の信者を除いてとうの昔に忘れ去られた聖堂があらわれた。このコラジャの宮廷を訪れる異国の王族たちには、いまだにミトラ神信仰を持つ者が少なくないので、その聖堂を保存してあるのだった。ヤスメラ姫自身はこの宮殿で生まれながら、一度も聖堂内に足を踏み入れたことがなかった。イシュタールの神殿の華麗な装飾にくらべると、無装飾ともいえる簡素な作りで、ミトラ神信仰の特徴である質実な威厳と美を示していた。

天井は見あげるばかりの高さだが、円蓋《えんがい》状ではなく、白大理石を平らに張り、壁も床も同じ材料を使用し、壁には黄金の帯状装飾をめぐらしてある。生贄《いけにえ》の血を流した痕《あと》もない透明な緑《りょく》硬石の祭壇のうしろ、台座の上に神性をあらわす像が据えてあった。ヤスメラ姫は畏怖《いふ》の目でミトラの神像をみつめた。たくましい肩から流れる曲線と凜然《りんぜん》たる容貌──直視しているつぶらな目、族長風の顎鬚《あごひげ》、額に巻いた飾り気のない帯でとめてある巻き毛の髪。彼女の知識の外《ほか》のことであったが、これこそは最高の芸術形式──因襲《いんしゅう》にとらわれた象徴的手法に妨《さまた》げられぬ高度の審美意識を持つ種族にしてはじめて可能な、自由豁達《かったつ》な芸術的表現である。

彼女はその前に膝をつき、ヴァテーサの忠告も忘れたように床にひれ伏した。そしてヴァテーサもまた、大事をとって王女の例にならった。なんといっても、彼女はまだ年歯《とし》《は》がいかず、ミトラ神の聖堂の内部には彼女を怯えさせるものがあったのだ。しかしそうであっても、彼女はヤスメラの耳もとにつぎの言葉を囁かずにいられなかった。

「この神像は神性を象徴しているだけのもので、ミトラの神のお姿がどんなであるかを知っている者はおりません。ただ単に、人間の心に描けるかぎり完璧に近い理想的な人の姿で、その神性を表現したにすぎないのです。この冷たい石像のなかにミトラの神が存在しているわけでなく、その点、神官たちの教えによれば、石像のなかにいらっしゃるイシュタールの神とはちがいます。ミトラの神はどこにでもいらっしゃいます――わたくしたちの頭の上に、わたくしたちの身のまわりに、そして星々のあいだの高いところで、ときおり夢を見られていらっしゃるのです。でも、この聖堂には、ミトラ神の神性が集まっておられます。ですから、お祈りになったらよろしいと思いますわ」

「なんといってお祈りしたらいいの？」畏怖に打たれて口ごもりながら、ヤスメラ姫は小声でいった。

「あなたさまが口にお出しにならないうちから、ミトラの神は、あなたさまのお考えをご存じのはずで――」ヴァテーサがいいかけた瞬間、頭上に声がして、ふたりの女は思わず息を呑んだ。太く低く、おだやかな鐘《かね》の音《ね》を思わせる声が響いてきたのだ。神像からとは思えないが、だからといって聖堂内の他の場所からとは、なおのこと考えられない。肉体をともなわぬ声が話しかけてくる事態にヤスメラ姫はふたたび身を震わせたが、こんどは恐怖のおののきでも、嫌悪によるものでもなかった。

「口に出さずともよい、娘よ、おまえの求めるものが何であるかはわかっておる」聞こえてくる声は、金色《こんじき》の浜に律動的に打ちよせる波に似て、音楽的な心地よい響きを持っていた。「おまえの王国を救う道がひとつある。この王国を救うことで、長い歳月の闇のなかから匍《は》いのぼってきた大蛇の毒牙から全世界を救うことができる。おまえひとりで夜の街へ出て、最初に出遭《であ》った男の手におまえの王国をゆだねるがよい」

声は反響もせずに消えた。女ふたりは顔を見あわせていたが、立ちあがると、そっと聖堂を出て、ヤスメラ姫の居室にもどるまで言葉も交わさなかった。王女は、黄金の横桟《よこざん》をはめた窓の外をみつめた。月が沈んで、真夜中はとうに過ぎ、都城内の屋根屋根と庭園から聞こえていた歓楽のざわめきも、いまはまったく絶えていた。コラジャ城内は星明かりの下で眠りにはいり、そしてその星は、庭のなか、街路上のあちこち、あるいは民人《たみびと》の眠る家の平屋根の上におかれた金属製の籠《かご》に燃えるかがり火が夜空に反映しているもののように見えた。

「どうなさいます?」震えながら、ヴァテーサが小声で訊いた。

「外套をおよこし」ヤスメラ姫は引きしめた口に決意を示して答えた。

「でも、こんな時刻に街へおひとりで!」ヴァテーサがいさめた。

「ミトラの神のお告げだわ」王女は答えた。「あれが神の声であったにせよ、神官のさかしらごとであったにせよ、わたしはあのお告げどおりに行動するわ!」

しなやかな躰をゆったりした絹の外套に包み、薄紗《ヴェール》を垂らしたビロードの帽子をかぶると、王女は急ぎ足に廊下をぬけて、青銅の扉に近づいた。十名あまりの槍兵《そうへい》が、扉を通りぬける王女の姿を見て、ぽかんと口をあけた。宮殿のこの一翼だけが直接市街に通じていて、そのほかの部分は全部が広い庭園に囲まれ、高い壁で仕切られていた。王女は、一定の間隔をおいて配置されたかがり火に照らされている街路へ出た。

そこで一瞬ためらいの色を見せたが、決意のぐらつかぬうちにと、ヤスメラ姫は背後の扉を閉めた。人影もなく静まりかえった街筋を見わたしたとき、かすかな戦慄《せんりつ》が全身を走った。この高貴な女性は、付き添いもなしに宮殿の外へ出たことは一度もなかったのだ。しかし気をとり直し、急ぎ足に歩きだした。繻子の上履きを履いた足で舗装された道路を軽く踏むと、柔らかな足音がして心臓が喉までせりあがった。彼女の耳には、それが洞穴《ほらあな》のように暗い都邑《とゆう》内のいたる個所に雷鳴のように反響して、ぼろをまとって下水道を棲処《すみか》にしている鼠のような目をした男女を目醒めさすかと思われた。どの暗がりを見ても暗殺者が待ち伏せしているような気がしたし、家々の閉ざされた戸口が、暗闇を徘徊するならず者の隠れ場と感じられた。

そして歩きだしていくらも経《た》たぬうちに、飛びあがるほど驚くことが起きた。前方の無気味な街路上に人影がひとつあらわれたのだ。彼女はすばやく物陰に身をひそめた。いまではその陰が、またとない避難の場所と思われた。心臓が早鐘《はやがね》のように打っていた。近づいてくる人影は、盗賊のように人目をはばかるわけでなく、危難《きなん》を気遣う旅人のようにおずおずしてもいなかった。足音を忍ばせる必要はなく、その気もないとはっきり示して、深夜の道路を大股に歩いてくる。無意識のうちに肩で風を切り、事実、その足音は舗装した街路に鳴り響いた。そしてかがり火のそばを通り過ぎるとき、王女の目にその姿が明瞭に映った——傭兵であろうか、鎖帷子《くさりかたびら》を着こんだ長身の男であった。ヤスメラ姫は気を引きしめると、いっそうきつく外套を身に巻きつけて、影のなかから飛びだした。

「だれだ！」叫んだ瞬間、男の剣は半ば鞘走《さやばし》っていた。しかし、目の前にいるのが女ひとりだと見てとると、彼は手を止め、彼女の頭越しに、共謀者はいないかとすばやい一瞥《いちべつ》で闇の奥を探った。

　そのあともしばらくのあいだ男は彼女の前に突っ立ち、鎖帷子に包んだ肩に無造作に羽織った真紅色の外套の上から長剣の柄《つか》に手をかけたままでいた。松明《たいまつ》の光が脛当《すねあ》てと冑《かぶと》の磨かれた青い鋼鉄に鈍く反射しているが、その眸《ひとみ》には、より毒のある青い火が燃えていた。姫は最初の一瞥で男がコト人でないのを見てとった。そしてその言葉を聞いて、ハイボリア種族の者でないことも知った。服装から見て、傭兵部隊の隊長といった様子であった。およそどこの国の傭兵部隊にしろ、その兵士たちは世界各地からのあぶれ者の集団で、文明国の男もいれば蛮族出身の者もいた。そしてこの戦士には、蛮族出とはっきりわかる残忍なところがあった。文明人であるかぎり、どんな乱暴者であろうと犯罪者であろうと、この男の目のように青く凄まじい火をきらめかせてはいないものだ。男の息は酒臭かったが、足をよろめかす様子もなく、口のもつれるところもなかった。

「締め出しを食わされたのか？」荒々しい響きのコト語で訊いて、男は彼女へ手を伸ばした。その指が彼女のふっくらした手首を軽く握っただけだが、その気になれば楽々と骨を砕けることがわかった。

「おれもやはり締め出された口で、最後の酒場を追い出されてきたところだ――夜が更《ふ》けたからといって、飲み屋は店を閉めなけりゃいかんとは、臆病な改良主義者にイシュタールの神の呪いあれだ。『男たちを酒浸《びた》りにさせておくより、夜は眠らせるのが肝心だ』とでもいうんだろう――なるほど、それで主人のために、よく働き、よく闘うことになるだろうよ！　でも、そんなやつらは、おれにいわせりゃ胆っ玉の小さい宦官《かんがん》だ。コリンティアの傭兵部隊にいたときなど、夜通し飲みつづけ、女を抱いていたが、夜が明ければ、その日いちにち闘いぬいたものだ――血が剣の溝を伝わって流れ落ちたくらいさ。ところで、おまえは何で締め出しを食ったんだ？　さあ、そのろくでもない薄紗《ヴエール》つきの帽子なんか脱いじまえ――」

　ヤスメラ姫はしなやかな躰をひねって男の手を避けたが、拒絶した印象をあたえないように気を遣った。身に迫る危険がひしひしと感じとれた。なにしろ酔い痴《し》れた蛮人とふたりきりでいるのだ。仮に身分を明かしたところで、この男は一笑《いっしょう》に付すか、立ち去るかのどちらかかもしれない。それにまた、この男に喉を掻《か》き切られる危険がないともいいきれない。蛮族はとかく理由のない行動に出るものだ。彼女は昂《たか》まってくる恐怖と必死に闘った。

「ここではお話しできないわ」と姫は笑いながらいった。「いっしょにいらして――」

「どこへ行くんだ？」野性の血は沸き立ったが、彼は狼のように用心深かった。「盗賊どもの巣へ連れていこうというのか？」

「ちがうわ。誓ってもよくてよ！」男がふたたび薄紗《ヴエール》をもぎとろうと手を伸ばしてくるのを、ヤスメラ姫は懸命に防いだ。

「あばずれ女め、悪魔に食われてしまえ！」男は不機嫌にわめいた。「おまえもヒルカニアの女同様、性悪《しょうわる》だぞ。いやらしい薄紗《ヴエール》なんかかぶりくさって！　おい――ちょっとでいいから顔を拝ませろ！」

　さえぎる間もあたえず、男は姫の外套をもぎとったが、同時に低く、あっと叫んだ。そして外套を手にしたまま、酔いも少しは醒《さ》めたような目つきで、彼女の豪奢《ごうしゃ》な衣裳をみつめていた。その目のなかに疑惑の色が重苦しく揺らめいている。

「だれだ、おまえは?」彼は小声でいった。「街の女とは見えんな――その服を手に入れるのに、情夫《じょうふ》を王宮に忍びこませでもしたのなら別だが」

「気にしなくていいのよ」姫は思いきって、鎖帷子に包まれた男のたくましい腕にその白い手をかけた。「さあ、いらして。こんなところは、早く引き揚げましょう」


男はなおも躊躇《ちゅうちょ》してから、大きな肩をすくめてみせた。姫の見たところ、彼は半信半疑ながら、彼女をどこかの貴族の娘と考えているらしい。礼儀正しい愛人の態度にうんざりして、夜の冒険を求めて出てきた女と見ているのであろう。しかし、けっきょくは彼女がふたたび外套をまとうにまかせて、あとからついてきた。いっしょに歩きながら、ヤスメラ姫は横目遣いに男の様子を観察した。獰猛《どうもう》な力をそなえたたくましい躰の線は、鎖帷子をもってしても隠しきれるものでなかった。その身辺に、何か原始人風な精悍《せいかん》さと、馴致《じゅんち》されていない荒々しさがただよっている。平素見慣れている従順で柔和な廷臣たちとはあまりにも異質な存在なので、熱帯の密林を見る思いだった。もちろん彼女はこの男を怖れた。そして、その生々しい動物的な力と厚顔無恥な野蛮性には嫌悪さえ感じられると自分自身にいい聞かせるのだが、心の内部で息をひそめていた危険なものが、ともすれば彼女をこの野性の男へ傾斜《けいしゃ》させるのだった。どの女の魂にも隠されている原初への嗜好《しこう》感情が掻きたてられ、反応する。腕をつかむ男の手に力が加われば加わるほど、その感触に本能的な何かが身内をうずかせる。これまでは多くの男が彼女の前に跪《ひざまず》いた。しかし、いまいっしょにいる男は、どんな相手の前にも膝を屈することがないものと思われる。彼女の恐怖は、鎖に繋がれていない猛虎《もうこ》を導く立場におかれた者のそれであり、それが彼女を怯えさせると同時に魅惑した。

姫は宮殿の門前で足を止め、軽く扉を押した。横目で連れの男の様子をうかがうと、その目には疑惑の色はまったくなかった。

「ほう、王宮だな」男は破《わ》れ鐘のような声でいった。「すると、おまえは侍女か？」

その言葉に異様な嫉妬をおぼえて、姫はわれながら驚いた。これまでに侍女のだれかがこの戦場の荒鷲《あらわし》を宮殿内に引き入れたことがありはしないかとの嫉妬だった。衛兵たちは、王女が男と連れ立って門を通るのを見ても無表情のままでいたが、男のほうは、見慣れぬ群れに出遭った獰猛な犬の目つきを示した。姫は垂れ布を下ろした戸口から居室へ男を導いた。男はそこに突っ立って壁掛けの図柄に見とれていたが、やがて黒檀《こくたん》の卓においてある水晶の酒瓶に目を止めた。満足げな吐息を洩らしてそれをとりあげ、いきなり口へ持っていった。ヴァテーサが奥の部屋から走り出てきて、「ああ、王女さま——」と叫んだ。

「王女だと！」

酒瓶が床に落ちて砕けた。と同時に、傭兵は目にも止まらぬすばやさでヤスメラ姫の帽子から薄紗《ヴェール》をもぎとると、彼女を睨《ね》めつけた。そして毒づきながらあとずさると、青光りのする広刃《ひろは》の剣を引きぬいた。その目は罠にかかった猛虎のように爛々と輝いていた。部屋の空気は緊迫して、嵐の前の静けさだった。ヴァテーサは怖ろしさに口もきけず、床にしゃがみこんでしまったが、ヤスメラ姫はたじろぐ様子もなく、激昂《げっこう》した未開人に相対《あいたい》した。自分の生命そのものが、この場の均衡《きんこう》ひとつにかかっているのを悟ったからだ。相手の男は、疑惑と理不尽な狼狽《ろうばい》にいきり立ち、ちょっとしたきっかけで、剣を揮《ふる》いかねない状態にある。しかし彼女はこの危機にあたって、ある種の激しい歓喜を味わっているのだった。

「気にしなくていいのよ」姫はいった。「わたしはヤスメラ姫だけど、怖れることはないのよ」

「なんでまた、こんな場所へおれを連れこんだ？」男はわめきたて、ぎらぎら光る目で室内を見まわし、「どんな罠を仕掛けておいた？」

「そんなもの、ありはしないわ」姫は答えた。「ここまで連れこんだ理由は、おまえの力で救《たす》けてもらいたかったからなの。神々に——そしてミトラの神に祈願《きがん》をかけたところ、今夜街で最初に出遭う男の助力を仰げと、お告げをいただいたの」

この説明は、彼にも理解できるものであった。蛮族もまた、神託を仰ぐことがある。鞘に収めはしなかったが、いちおう剣を下ろした。

「なるほど、あんたがヤスメラ姫なら、助力が必要なこともわかる」男は唸《うな》るようにいった。「たしかに、この王国はひどい混乱状態におちいっている。だからといって、おれがどんな役に立つのかね？だれかの首をかっ切れというんなら、もちろん——」

「坐ってちょうだい」王女はいった。「ヴァテーサ、お酒を持ってきてあげて」

男は用心しながらも姫の言葉に従った。しかし、腰を下ろした場所は、壁を背にした部屋じゅうを見わたせる位置で、しかも抜き身のままの剣を鎖帷子《くさりかたびら》で覆った膝に横たえている。油断のない男の様子を、王女は満足そうに見やった。暗青色にきらめく剣が、流血と劫掠《ごうりゃく》の物語を伝えているようだ。

彼女にはそれを持ちあげることもできそうになかったが、彼女が乗馬鞭を揮うのと同様に、この傭兵戦士が、それを片手で軽々と扱うことは疑いなかった。姫はあらためて男の手の大きさと力強さに目を止めた。それは穴居人《けっきょじん》のずんぐりした未発達の手ともちがっていた。そのたくましい指が自分の黒髪をつかむところを思い浮かべて、姫はうしろめたい動揺を感じた。

ヤスメラ姫が向かいあった位置にある繻子の長椅子に腰を下ろすと、男は安心した様子だった。鉄冑《かぶと》を脱いで、卓の上におき、頭巾《ずきん》を撥ねのけ、鎖を幅広の肩に垂らした。この男のハイボリア種族との相違が、いっそう明瞭に彼女の目に映った。傷痕のある陽灼けした顔に憂鬱《ゆううつ》の色が濃く、邪悪も悖《はい》徳《とく》も示すわけでないが、何か目鼻立ちに不吉な影をただよわせ、くすんだ色の青い眸《ひとみ》が、さらにその印象を強めている。広い額に、鴉《からす》の羽のような漆黒の総髪《そうはつ》が垂れかかっていた。

「で、おまえはだれなの?」王女がだしぬけに訊いた。

「コナンといって、傭兵部隊の槍兵隊長だ」返事といっしょに酒杯を一気にあけて、もう一杯とさし出し、「生まれはキンメリアさ」

その地名は、彼女にはほとんど意味をなさなかった。彼女が漠然と知っているのは、そこが荒涼たる未開の山地で、ハイボリア種族の諸国家の北辺を固める前哨基地の外にあり、凶悪で猛々《たけだけ》しい気質の種族が住んでいるということだけであり、その種族のひとりも見たことがなかった。

彼女は顎を両手で支え、多くの男の心をとりこにした澄んだ黒い眸で彼をみつめていたが、

「キンメリアのコナン!」と、ふたたび話しかけた。「いまおまえは、わたしには助力が必要だといっ

たわね。なぜなの？」

「そんなのだれにだってわかることさ」彼は答えた。「あんたの弟の国王は、オピルの国に囚《とら》われの身だ。コトの国では、あんたを奴隷にしようと企《たくら》んでおる。それから例の魔道士だ。こいつはシェム人が憎いと見えて、地獄の苦しみと破壊をもたらしてやると叫び立てておる。それに加えて、もっと悪いことに、あんたの軍隊では、毎日のように兵士の逃亡がつづいている」

姫はすぐには答えなかった。王女に向かってこれほど率直にしゃべる男がいるとは、彼女にとってはじめての経験であった。廷臣たちの言葉とちがって、ご機嫌とりの空言《くうげん》でなかったのだ。

「なぜ兵隊たちが逃亡するのかしら、コナン？」と訊いてみた。

「コトの国に雇われていくのもいる」と答えてから、コナンは瓶の酒を、さもうまそうにぐっと飲んで、「コラジャ王国の滅亡が間近いと考えている者も多い。ナトークとかいう犬の話に怯えてしまった者も大勢いる」

「傭兵部隊は踏みとどまってくれるかしら？」彼女は心配そうに訊いた。

「給料を払ってくれているうちはね」彼はあけすけにいった。「あんたたちの政策なんぞは、おれたち兵士にとってなんの意味もないことだ。おれたちの指揮官アマルリック将軍は信頼していい男だが、あとの連中、つまりおれたちみたいな兵士となると、戦場での掠奪だけが楽しみな人間だ。もしあんたがオピルの要求を容れて、国王の身代金を支払うとなると、おれたちは給料をもらえるかどうかも怪《あや》しくなる。そうなったら、おれたち兵士はコト国王の傭兵部隊へ乗り換えてしまうかもしれん。もっとも、あのろくでもないしみったれに親しみはこれっぽちも感じないがね。そうでなければ、この都を掠奪するかもしれないぜ。城内での闘いでは、いつも掠奪品が豊富なものだ」

「だったら、みんな、ナトークのところへ行きそうなものだけど」

「あいつに何が支払える！」とコナンは鼻の先で笑って、「持っているのは、シェムの街で分捕《ぶんど》った太鼓腹の青銅像ぐらいなものだ。ナトークを相手に闘っているあいだは、おれたち兵士を信じていて大丈夫だ」

「おまえの仲間の兵士は、おまえの命令に従うかしら？」彼女はいきなり質問を変えた。

「それは、どういうことだ？」

「つまり」とヤスメラ姫は静かにいった。「いまわたしは、おまえをコラジャ軍の総指揮官にするつもりでいるのよ！」

コナンは口へ運びかけた酒杯の手を止めて、にやりと笑った。その目に新しい光がきらめいて、

「総指揮官だって？　クロムの神にかけて、こいつは驚きだ！　しかし、香水の匂いをぷんぷんさせたあんたの貴族どもが、なんというかね？」

「わたしの言葉に背《そむ》くわけがないわ！」彼女が手を叩くと、ひとりの奴隷がはいってきて、うやうやしく敬礼をした。「テスピデス大公に、すぐ来るようにおいい。それからタウルス首相とアマルリック卿。それにシュプラス公《アガ》（ハワードの造語。トルコ語の尊称のもじり）も。

わたしはミトラの神を信じるわ」そして彼女は視線を転じてコナンを見た。この壮漢《そうかん》はいとも無関心に、ヴァテーサが震えながら運んできた料理をむさぼるように食べている最中だった。「おまえ、ずいぶん数多くの戦争を経験しているのだろうね？」

「おれは戦闘のさなかに生まれてきた」彼は大きな肉のかたまりを関節のところから強い歯で食いちぎりながら答えた。「誕生と同時に聞いた物音が、剣の打ちあう響きと殺戮《さつりく》の叫びだった。血讐《けっしゅう》、部族間の戦闘、国と国との大戦役《せんえき》——あらゆる戦闘を経験した男だ」

「でも、部下を指揮して、戦列を敷《し》くことができるかしら？」

「とにかく、やってみるさ」彼は平然として答えた。「大規模な斬りあいもたいして変わるまい。相手の隙《すき》を狙って——突いて、斬りつける！　向こうの首が飛ぶか、こっちの頭が打ち落とされるかだ」

奴隷がまたはいってきて、高官たちの到着を告げた。ヤスメラ姫は謁見の間に出て、背後にビロードの垂れ布を下ろした。貴族たちは膝を折って礼をしたが、こんな夜遅く呼び出されたことに驚いている様子だった。

「あなたたちに来ていただいたのは、わたしの決心を伝えるためです」ヤスメラ姫はいった。「いま、この王国は危機に瀕していて——」

「仰《おお》せのとおりです、王女さま」そういったのはテスピデス大公——黒い髪をちぢらし、香水をふりかけた長身の男である。片方の白い手で先の尖《とが》った口髭を撫で、もう一方の手には、黄金の留め金でとめた緋色《ひいろ》の羽根飾りのあるビロード帽。先の尖った繻子《しゅす》の靴に、金の縫い取りをほどこしたビロード地の礼服《コート・アルシー》といういでたちだった。物腰《ものごし》にいささか気取りが目立つが、絹の服の下にある筋肉は鋼鉄のように引きしまっていた。「オピル国により多くの身代金を提供して、弟君国王の釈放をはかられるのがよろしいかと考えます」

「小官はその意見に反対です」首相のタウルスが割ってはいった。これは相当の年輩男で、白貂《しろてん》の毛皮で縁《ふち》どりした長衣を着け、長年国政をとってきた気苦労からの疲れが、顔の皺《しわ》にあらわれていた。

「われわれはすでに、この王国を破産させるほどの金額を申し入れておりまする。これをさらに増額したところで、オピルの貪欲《どんよく》心を煽《あお》り立てるだけに終わりましょう。王女さま、前々からくり返し申しあげておりますとおり、わが国軍が沙漠の侵攻軍と一戦を交えるまでは、オピルは静観をつづけるにちがいありません。もし戦闘の結果がわれわれに不利であれば、オピルはコスス王をコト国に引き渡すでありましょう。しかし、わが軍が勝利を得るときは、すでに提供を申し出た金額と引き換えに、王の身柄を還《かえ》してよこすに間違いありません」

「しかも……こうしているあいだに」アマルリック将軍も口を出した。「兵隊たちの脱走が日ごとに起きています。傭兵たちは、国策の決定が遅れている理由を知って不安を感じているのです」将軍はネメディア出身の男で、ライオンのような黄髪を持った巨漢だった。「このさい肝要《かんよう》なのは、迅速に行動を開始することです。少しでも――」

「わたしたちの軍隊に、あす、南方へ進撃してもらいます」姫はきっぱり答えた。「そして、そこにいる男が軍勢を指揮します！」

そして彼女はビロードの垂れ布を横へ引き、芝居がかりにキンメリア人を指さした。しかし、それは必ずしも当を得た発表時期とはいえなかった。コナンはいま椅子に手足を伸ばし、黒檀の卓に足を載せて、両手でしっかりと握った牛の骨をしゃぶるのに余念がないのだ。胆《きも》をつぶした貴族たちに無関心な視線を投げ、アマルリック将軍にはちらっと白い歯を見せただけで、あとは食欲を満たすのに夢中だった。

「ミトラの神よ、われらをお守りあれ！」アマルリック将軍が大声をはりあげた。「あれは北方人コナンだ。わが部隊のごろつきどものうちでも、第一の暴れ者で知られた男だ！　とうの昔に縛り首にしておったところだが、剣の腕前が優れておるんで、つい見逃しておいたのだが——」

「王女さま、おたわむれが過ぎますぞ！」テスピデスも貴族的な顔を曇らせて叫んだ。「この男は野蛮人——卑賤《ひせん》の生まれで、教養もない輩《やから》ですぞ！　このような男の指図を受けろとは、われわれ貴族を侮辱なさるものです！　わたくしはとうてい——」

「テスピデス大公」とヤスメラ姫はその叫びをさえぎって、「あなたは綬帯《じゅたい》の下にわたしの手袋をお持ちですね。それを還していただきます。そのうえで、お行きになるがよろしい」

「行く？」大公はぎょっとして、「行けとはどこへ？」

「コトへでも、冥府《めいふ》へでも！」姫は答えた。「わたしの希望どおりに仕《つか》えぬかぎり、仕えてもらう意味はありませぬ」

「そ、それは誤解です、王女さま」大公は深く傷ついた様子で頭を低く下げ、「あなたさまを見捨てる考えなど毛頭ございません。王女さまのご命令とあれば、わたくしめの剣を、この蛮族に提供するのも惜しみません」

「で、あなたは、アマルリック卿？」

アマルリック将軍は口のなかで呪いの言葉を呟いてから、にやりと笑った。冒険に生死を賭ける真の軍人は、いかにそれが思いがけぬものであろうと、運命の変遷《へんせん》に驚かされてはならぬものらしい。

「あの男の指揮に従いましょう。短い人生を楽しく送る。それがわたくしの持論でして——人殺しの名人コナンが指揮をとるとあれば、人生の短さと楽しさの双方がかなえられるでありましょう。やれやれ！　しかし、このやくざ犬に、人殺しの集団以上のものを指揮した経験があったとしたら、甲冑《かっちゅう》もろともこの男を呑みこんでみせますが」

「公《アガ》、あなたは？」ヤスメラ姫はシュプラスに向き直った。

シュプラスは諦《あきら》めきった面持《おもも》ちで肩をすくめた。彼は、コトの南の国境一帯に勢力を張った種族の典型で、長身痩軀《そうく》、沙漠を根拠地にする純血種の一族以上に、鷹を思わせる細おもての鋭い顔をしていた。

「イシュタールの神の思《おぼ》し召《め》しとあれば、王女さま」先祖伝来の宿命観が、彼にこの言葉を吐かせた。

「では、しばらくお待ち」とヤスメラ姫は命じた。するとテスピデスは憤激《ふんげき》のあまりビロード帽を嚙んだ。タウルスはがっかりしたように口のなかで何やら呟き、アマルリック将軍は部屋のなかを大股に歩きまわり、黄色の口髭を引っ張っては、飢えたライオン然とした笑いを浮かべていた。それを尻目に、ヤスメラ姫は垂れ布の向こうに姿を消すと、手を叩いて奴隷を呼んだ。

王女の命令で、コナンの鎖帷子《くさりかたびら》に代える甲冑が運ばれてきた——喉《のど》当て、鉄靴、胴鎧、肩甲《けんこう》、脛《すね》当て、腿《もも》当て、そして鉄冑。ヤスメラ姫がふたたび垂れ布を開いたとき、コナンはそこに光り輝く鋼鉄の甲冑姿で立っていた。金札鎧《かねざね》を着け、面頰《めんぼお》をあげ、冑の上に揺れる黒い羽根飾りが、浅黒い顔に影を落としている。凜然《りんぜん》たるその姿には、不平満々のテスピデスさえ、強烈な印象を受けたことを認めぬわけにいかなかった。アマルリック将軍の口もとから嘲笑《ちょうしょう》の色が掻き消えた。

「これはこれは」将軍はおもむろにいった。「紋章入りの鎧を着けたコナンを見るとは、想像もしておらなかった。その鎧に恥じるような失敗をせんでくれよ。しかし、コナン。わしはこれまで諸国の王の甲冑姿を見てきたが、これほど王者らしいのには出遭わなかったぞ！」

コナンは無言をつづけた。いま、彼の心を漠然とした影が、予言のようによぎっていた。後年《こうねん》、この夢が現実となったとき、アマルリックのこの言葉が思い出されることになる。

3

早暁《そうぎょう》の靄《もや》のなかに、コラジャの街路は、南門から出発する騎馬軍団を見物する群衆でひしめいていた。ついに軍団が行動に移ったのだ。先頭を進むのは騎馬の戦士たちの一隊で、美々《びび》しく仕上げた金札鎧《かねざね》と、鉄冑《てつかぶと》の上にはためく彩色した羽根飾りが見物人の目を惹いた。絹と漆革《うるしがわ》、金の留め金で飾った軍馬が、乗り手の手綱《たづな》さばきのままに、あるいは旋回し、あるいは跳躍してみせる。朝陽の光に林立する槍の穂先がきらめき、槍旗《そうき》が微風《そよかぜ》にはためき、騎士たちはそれぞれ貴婦人たちからの贈り物の手袋、スカーフ、薔薇《ばら》といった品を冑あるいは剣帯に結びつけていた。このコラジャの槍騎兵部隊は、テスピデス大公の率いる五百名の精鋭で、大公自身はヤスメラ姫との結婚を望んでいるとの噂だった。

その後につづくのは、脚長の馬に乗った軽騎兵部隊——この騎手たちは、痩身《そうしん》で鷹《たか》のような顔をした典型的な山地族であった。先尖《さきとが》りの鉄冑に、朝風になびく長袖服の下に鎖帷子《くさりかたびら》を光らせ、その主な武器はシェムの強弓《ごうきゅう》で、五百歩幅も矢を飛ばすことができる。この部隊の総勢は五千、尖った冑の下に痩せた顔を不機嫌に曇らせたシュプラスが、先頭で馬を進ませていた。

それときびすを接するようにして、コラジャの槍兵隊が進軍してきた。騎兵だけが唯一の名誉ある戦士と見られているハイボリア種族の国家では、槍兵は常に少数部隊であるのだ。その兵士もやはり、騎士たちと同じに、往古《おうこ》のコト族の血を引いているのだが、没落した家門の子息、ならず者、馬や金札鎧を買えぬ貧しい若者たちから成っていて、兵員は五百にとどまっていた。

殿軍《しんがり》を務めるのが他国人から成る傭兵部隊で、千人の騎兵と二千の槍兵である。騎兵の乗る背の高い馬は、乗り手同様にたくましく獰猛《どうもう》なもので、これは先頭部隊のそれとちがって旋回も跳躍も見せなかった。これら職業的な殺し屋、血なまぐさい戦闘を生きぬいてきた古強者《ふるつわもの》たちは、ぞっとするほど冷徹な表情をしていた。頭から足の先までを鎖帷子に包み、鎖頭巾《ずきん》の上から面頬《めんぼお》のない冑をかぶっている。楯《たて》に飾りがなく、長い槍に三角旗がついていない。鞍《くら》の前輪《まえわ》に、戦斧《せんぷ》か鉤《かぎ》釘つきの鉄矛《てつほこ》を載せ、各々《おのおの》が腰に長剣を吊るしている。槍兵たちも似たような装備で、こちらは騎兵の槍の代わりに葉形の穂先の矛を手にしている。

傭兵部隊は各種族の出身者、多くが犯罪の前歴を持つ男の集団である。ゆっくりした話し方のうちに激情的な性質を隠している長身痩軀《そうく》のヒューペルボリア人、北西部の丘陵地帯から出てきた黄褐色の髪のグンデルマン族、肩で風を切るコリンティアからの脱走兵、黒い剛毛の口髭と火のように激しい気性のジンガラ人、はるかな西方から流れきたったアキロニア人。しかし、色の浅黒いジンガラ人を除けば、いずれもハイボリア種族の者ばかりだった。

これら総勢の後から、大きな軍馬にまたがった騎士を先に立て、近衛《このえ》隊から選りすぐった戦士の群れに囲まれた一頭の駱駝《らくだ》が、豪奢《ごうしゃ》に飾り立てた恰好で進んできた。その背に据えられた絹の天蓋《てんがい》の下に、絹衣に包まれた乗り手のすらりとした女性を見いだすと、いつも忠誠心を忘れたことのない民衆が、革の帽子を投げあげて、熱狂的な喝采を送った。

金札鎧を着たためか、落ち着かぬ気分におかれたキンメリアのコナンは、感心しかねるといった目つきで飾り立てた駱駝を見やった。それから金糸で綴じあわせた鎖帷子、黄金の胸当て、馬毛の前立てが揺れる冑といったきらびやかないでたちで、かたわらに馬を進めているアマルリック将軍に話しかけた。

「王女がいっしょに行くといって聞かないんだ。躰《からだ》つきはしなやかだが、戦闘仕事にはひ弱すぎる。とにかく、あの長衣だけは脱がせることだな」

アマルリック将軍は黄色の口髭を歪めて、にやにや笑いを押し隠した。明らかにコナンは、蛮族の女たちがしばしばそうするように、ヤスメラ姫が剣をとって、戦闘に加わるものと思いこんでいるのだ。

「ハイボリアの女は、おまえたちキンメリアの女とはちがって、闘いなんかせんものだ、コナン」将軍が説明して聞かせた。「ヤスメラ姫がいっしょに来るのは、戦争を見物したいからだ。いずれにせよ」といいかけて将軍は鞍の上で躰の位置を変え、声をひそめて、「ここだけの話だが、姫は王宮に残っている勇気がなかったのではないかな。何かを怖れておられて――」

「叛乱《はんらん》をか？　怪しいやつがいるのなら、進軍に先立って、縛り首にしておくんだったな――」

「そんなことでない。侍女のひとりから聞いたことだが、あの宮殿には、夜になると、妖《あや》しの物があらわれて、ヤスメラ姫をおびやかす。これがどうやらナトークの仕業らしい。いいか、コナン、おれたちの闘う相手は、生身の人間とはちがうんだぞ!」

「そうだとしても」キンメリア人は唸るような声でいった。「そいつの来襲を待っているより、出かけていって、ぶつかったほうがましだろう」

そして彼は、輜重車《しちょうしゃ》や非戦闘従軍者の長い列を見やってから、鎖帷子に包んだ手で手綱を引きしぼると、傭兵たちが進軍にさいして口にするいいまわしで、つぎのように呼びかけた。

「おい、みんな! 地獄行きと掠奪品のどちらかだぞ——さあ、出発だ!」

長い列の背後でコラジャ城の重い城門が閉じた。熱心な顔が、城壁のはざまから列をなしてのぞいている。彼らはみな、いま見送っている軍勢の前途には、生か死か、ふたつにひとつが待ちかまえているのを承知しているのだ。そしてこの軍勢が敗北の憂き目を見れば、コラジャ国の将来は血によって記されることになる。南方の沙漠地帯から押しよせてくる蛮族の群れに慈悲を期待できるかどうか、それはまったく未知の事実に属することであった。

終日、部隊は小さな川に区切られた起伏する牧草地を越え、徐々に登り勾配《こうばい》に移行しはじめた地形に向かって行軍をつづけていった。行く手に横たわる低い連丘《れんきゅう》が、東から西へかけて切れ目のない城壁の形を作っていた。その夜、部隊は連丘の北の斜面で野営をした。そこに鉤鼻《かぎばな》で火のような目をした山地族の男が何十人と山を降りてきて、宿営の火のまわりにしゃがみこみ、謎に包まれた沙漠からの風評を話して聞かせた。彼らの話のうちには、魔道士ナトークの名が、のたくる蛇のように、くり返し口にのぼされた。ナトークの意のままに大気の悪魔が雷と風と霧をもたらし、地獄の悪鬼《あっき》は、怖ろしい怒号で大地を揺るがす。ナトークは虚空《こくう》から火をとり出して、城壁をめぐらした都市の門を焼き払い、鎧を着けた戦士たちを黒焦《こ》げの骨の小片に変えてしまうというのであった。彼に従う戦士は沙漠を覆い隠すほど多数で、しかもそれに反逆王子クタムンの率いる五千のスティギア兵が、戦車を擁《よう》して加わっているとのことだ。

しかしコナンは動じる色もなく、山地族の伝える噂に耳を傾けていた。戦闘は彼の職業である。人生そのものが永遠につづく戦闘であり、誕生以来、死が忠実な道連れであった。それはいつも無気味な姿で彼につき従っている。賭博《とばく》台のそばでは肩越しに立ち、酒を飲んでいるときは、その骨ばった指で酒杯《しゅはい》をがたがたいわせる。彼が眠ろうと横になれば、頭巾をかぶった奇怪な影となって、頭上に朦朧《もうろう》とあらわれてくる。しかしコナンはそれが出現したところで、王が酌取《しゃくと》り男の存在を気にかけぬとまったく同じで、完全に無視してのけた。もちろん、いつの日かその痩せこけた手が彼を捕えることであろう。しかし、そのときはそのときのこと、いまはこの現在を生きるだけで、彼は充分満足しているのだった。

しかしほかの者たちは、彼ほどには恐怖に無頓着《むとんちゃく》でいられなかった。歩哨《ほしょう》線から大股にもどってきたコナンは、外套にくるまったほっそりした人影が手を伸ばして彼の袖を引きとめたので、足を止めた。

「ヤスメラ姫か！　天幕のなかでおとなしくしておれ！」

「眠れないの」姫の黒い目は、暗い影につきまとわれていた。「コナン！　わたし、怖いのよ！」

「兵士のうちに、あんたの怖れている男がいるのか？」すでに長剣の柄に手をやって、コナンは訊いた。

「いいえ、人間ではないの」彼女は身震いをした。「コナン、おまえにも怖いものがあって？」

コナンは顎を引っぱって考えながら、「ないこともない」と、とうとう認めた。「それは神々の呪いだ」

その返事に、彼女はまたしても身震いした。

「わたしは呪われているのよ。地獄から匍《は》い出てきた悪鬼に狙われているの。毎夜、それが影のなかにひそんで、怖ろしい秘密を囁くの。わたしを地獄へ連れていって、王妃にするって。怖ろしくて眠ることもできない――宮殿にはいりこんだように、天幕のなかにも忍び入ってくるにちがいないわ。コナン、おまえは強い――わたしのそばにいて！　わたし、怖いの！」

彼女はもはや王女ではなく、怯《おび》えた娘にすぎなかった。誇りは崩れ落ち、恥も外聞もなく、ありのままの自分をさらけ出していた。気も狂わんばかりの恐怖に、勇士のなかの勇士である彼の救いを求めにきたのだ。先には不快をおぼえた彼の非情なところまで、いまは彼女を惹きつけていたのだった。

答えの代わりにコナンは緋色《ひいろ》の外套を脱いで、いつどのような場合でも優しさはおれの知るところでないというように、手荒く王女の躰をくるんだ。鉄のような彼の手が一瞬ほっそりした肩にかかったので、姫はふたたび戦慄《せんりつ》した。だが、それは恐怖のためではなかった。彼の手が触れただけで、動物的な生命力の波が、電撃のように彼女の躰を通過したからだ。あたかも、彼のありあまる力の幾分かが彼女に分かちあたえられたかのようであった。

「では、ここに横になるがいい」と彼は揺らめく小さな火のそばの、きれいに掃《は》き浄《きよ》められた大地を指さした。王女の身分に生まれた女性が、戦士の外套にくるまって、野営のかがり火のそばの裸の大地に横になるのを、彼は少しも不釣り合いと考えていないのだ。しかし、彼女は異議を唱えるわけでなく、素直に男の指示に従った。

コナンも彼女のそばの丸石に腰を下ろし、長剣を膝の上においた。青光りのする鋼鉄の鎧が照りかえす火明かりで、彼自身の姿までが鋼鉄像のように見えた。強靭《きょうじん》な力も暫時《ざんじ》静止した。休息しているわけでなく、少しのあいだ動きを止め、次の凄まじい行動に移る合図を待っているのだ。火明かりがその目鼻に躍《おど》って、影のようでありながら、それでいて鋼鉄のように固い物質を刻んだもののように見せている。顔の皺一本動かなかった。しかし、彼の目の奥には強烈な生命力が火を燃やしているのだ。彼はただの未開人でなく曠野《こうや》の一部、自然のままの生命力、その血管には狼の血が流れ、その頭脳には北国の夜を覆う底知れぬ暗黒がひそみ、その心臓には燃えあがる森林の火が激しい脈を搏《う》ちつづけているのだった。

ようやく安心感に包まれたヤスメラ姫は、甘美《かんび》な夢と黙想《もくそう》のうちに、いつか眠りに落ちていった。この異国の勇士がそばにいてくれれば、暗闇のなかで燃える目の淫《みだ》らな影に襲われることがないと、なぜかわかったからだ。しかしまたしても彼女は、目に映るものに怯《おび》えるのではなく、計《はか》り知れぬ恐怖におののきながら目を醒《さ》ますことになったのである。

彼女を目醒めさせたのは、囁くような低い声であった。目をあけて、彼女はかがり火の火勢が衰えているのに気づいた。大気のうちには、すでに暁《あかつき》の気配があった。丸石に腰かけているコナンの姿がぼんやりと浮かんでいて、その長剣の青いきらめきが彼女の目をとらえた。衰えかけたかがり火の薄い光のうちに、別の人影がコナンのすぐそばにうずくまっているのが見てとれる。目醒めきらぬヤスメラ姫の目にも、徐々に様子が判然としてきた。白いターバン、その下の鉤形に曲がった鼻、きらきら光るガラス玉のような目。そしてその男が、彼女には理解しにくいシェムの方言で早口にしゃべり立てている。

「嘘だったら、ベルの神に腕を萎《しな》びさせられてもいい！　正真正銘、ほんとの話だ！　デルケトの神に誓ってもいいぜ、コナン、おれは嘘つきの名人だが、古い仲間には嘘をつかん。あんたが鎖帷子《くさりかたびら》を着こむ前、おれたちは仲間を組んで、ザモラの地を荒らしまわった仲だ。その仲間に、嘘なんかつくものか！

おれはナトークを見たんだぜ。やつがセトの神に呪文を唱えているとき、ほかの連中といっしょに、その前に跪《ひざまず》いていたんだ。だけどおれはほかのやつらとちがって、砂のなかに鼻を突っこむような真似はしなかった。おれはもともとシュミルの盗賊で、この目はいたちの目よりも鋭いんだ。おれはそっと顔をあげて、やつの薄紗《ヴエール》が風にはためくのを盗み見た。折よく薄紗《ヴエール》が横になびいて、おれは見た――見たんだぜ――ベルの神よ、わたくしめにご加護を。とにかく、コナン。おれは見たんだ。血管の血が凍りついて、毛が逆立《さかだ》ったよ。目に映ったものが、まっ赤に灼《や》けた鉄みたいに、おれの心に焼きこまれた。その事実を確かめるまで、おれの気持ちは落ち着かなかった。

そこでクトケメスの廃墟《はいきょ》まで出かけていった。象牙の円蓋《えんがい》建物の扉はあけっぱなしで、その扉口に剣を刺しとおされた大蛇が横たわっていた。扉のなかにも男の死骸が転がっている。これがすっかり干からびて、はじめはだれの死骸か見分けがつかなんだが――よくよく見ると、何とこれが、ザモラ人のシェヴァタスなんだ。この世界でただひとり、おれより腕の優れたやつと認めておった盗賊王だ。財宝には手がつけてなく、死骸のまわりに、きらきら輝く山になっておったよ。それだけだった」

「そこに、ほかの骨は――」コナンが訊きはじめると、

「なんにもなかった！」シェムの男は熱っぽい口調でそれをさえぎり、「何もありゃせん！　死骸がひとつ、それだけだった！」

一瞬、沈黙が支配し、ヤスメラ姫は忍びよる名状しがたい恐怖に身をすくめた。

「ナトークはどこからあらわれたか？」シェム人の震える囁き声が、またも聞こえてきた。「あれは夜の沙漠からあらわれたんだ。世界が闇に沈んで、身震いする星々のあいだを、狂った雲が泣きわめきながら逃げていく夜、風の咆哮《ほうこう》に曠野《こうや》の精霊の叫び声が混ざりあう夜、吸血鬼がうろつきまわり、魔女が裸で風に乗り、曠野の向こうから人狼の遠吠えが聞こえてくる夜、あいつは黒い駱駝《らくだ》にまたがって、風のように走ってきた。そのまわりには鬼火《おにび》が飛びかい、闇のなかに駱駝の割れた蹄《ひづめ》の跡が光っておった。そしてナトークが、アパカのオアシスにあるセトの神殿の前で駱駝を下りると、駱駝はたちまち夜の闇に消えた。沙漠の部族民から聞いたことだが、いきなり大きな翼を拡げて、あとに火の尾を引きながら、夜空の雲へ翔《と》びあがっていったそうだ。その夜からこちら、それらしい駱駝を見た者はないんだが、真夜中に獣人めいた黒い影がナトークの天幕にはいっていって、夜が明けるまで、明かりもつけない暗がりで何かあの男と話しあっているとのことだ。いいか、コナン、ナトークというやつ――まあ、聞くがいい。おれが見たあいつの姿かたちを話してやる。あの日シュシャンで、風が

あいつの薄紗《ヴェール》を吹きのけたとき、おれが見た姿をだ！」

ふたりの男は、近々と身を寄せて何かをみつめている。そしてヤスメラ姫は、シェムの男の手のうちに金貨のきらめきを見てとった。コナンがなにごとか呟いたが、そのとき不意に暗黒が彼女を襲った。王女ヤスメラは、生まれてはじめて気を失った。

4

暁《あかつき》の色が、ようやく東の空に見えはじめたとき、軍団はふたたび行進を開始した。部族民の男たちが、長い距離に疲れた馬を駆り立て、宿営地にたどりつき、沙漠の軍勢がアルタクの泉に露営《ろえい》していると報告したのだ。そこで軍団は、輜重車《しちょうしゃ》の列を後に残し、丘陵地帯にあわただしい前進をつづけている。ヤスメラ姫も同行していたが、その目は不安にとり憑《つ》かれていた。得体の知れぬ恐怖が、昨夜シェム人の手中にあった金貨を見てから、いっそう凄まじい形をとりつつあった。堕落したズギテ教の信徒たちがひそかに鋳造《ちゅうぞう》した金貨に刻印された、三千年以前に死んだ男の顔。

山道はぎざぎざの断崖と、狭い峡谷の上にそびえ立つ、一本の木も生えていない岩山のあいだを、うねりくねってつづいていた。あちこちに村落があり、泥を塗って固めた石の小屋が、かたまりあうようにして建っている。そこから集落の若者たちが飛び出してきて、すでに従軍している身内の者と合流したので、丘陵地帯を横断し終わるまでに、軍団は三千名におよぶ部族民の射手《しゃしゅ》を加えて膨《ふく》れあがっていた。

突如として道が丘陵地帯を出た。南方へ拡がる広大な平原が目の前に開け、兵士たちは息を呑んだ。南側で丘陵は完全に姿を消して、コトの高地とその南方の沙漠とに挟まれた地形がはっきりと見わせるのだ。軍団の通りぬけてきた丘陵はコトの高地の一端《いったん》にあたり、途切れることのない壁となって伸びていた。ここは荒涼たる不毛の土地で、ザヘーミ族だけが住みつき、隊商路を守って生活の資にしているのだった。丘陵を越えたところに、生命の影のない沙漠が、砂埃を立てて拡がっているが、その地平線の向こうにはアルタクの泉があり、そこにナトークの軍勢が集結しているのだった。

軍団はシャムラの峠を見おろす地点に到達した。この隘路《あいろ》を通って北方と南方の富が交流し、コトコラジャ、シェム、トゥラン、スティギアなど各国の軍隊が進撃をくり返してきた。塁壁《るいへき》の役目を務める切り立った崖が、この地点だけ途切れているからで、沙漠のなかに突き出た連丘《れんきゅう》の形作る幾多の不毛の峡谷は、この個所ひとつを除いて、あとはことごとく北の端を峨々《がが》たる岩山で閉ざしている。そしてその一個所が、このシャムラの峠であるのだ。その形状には、丘陵地帯から伸びた大きな手を思わせるものがある。二本の指を開いて扇状の谷を形作り、指に該当するものが左右につづく尾根であり、その外側は切り立ったような絶壁、内側もまたけわしい斜面である。谷は狭《せば》まるにつれて登り勾配となり、雨水にえぐられた斜面に両側を守られた台地にまで登りつめる。この台地に泉が湧き、林立する石の塔にザヘーミ族が住みついている。

コナンはその地点に馬を止めて飛び降りると、金札鎧《かねざね》を脱ぎすて、着慣れた鎖帷子《くさりかたびら》に着替えた。テスピデスも手綱《たづな》を引きしぼって、「なぜこんなところで駐軍するんだ?」と訊いた。

「ここでやつらを待ち伏せする」それがコナンの返事だった。

「平地へ馬を進めて迎え撃つのが、騎士にふさわしい戦法だぞ」大公は噛みつくようにいった。「兵士の数ではおれたちのほうが劣っている」キンメリア人が反駁《はんばく》した。「おまけに、あの土地には水がない。この台地に野営をして――」

「わしとわしの部下は、谷間にくだって野営する」テスピデスは怒っていった。「わしらは先鋒部隊であるし、少なくとも、ぼろをまとった沙漠の寄せ集め軍に怖気《おじけ》をふるうような者とはちがう」

コナンが肩をすくめてみせると、腹を立てた貴族は馬を駆って去っていった。アマルリック将軍は大声に命令をくだして部下の行進を止め、谷間に向かって斜面を駆け降りていくきらびやかな騎馬の一隊を見守った。

「ばかなやつらだ！　携帯食糧はじきに尽きるし、馬に水をやるにも、また泉まで駆けのぼらねばならんというのに！」

「させておくさ」コナンはいった。「おれの命令に従うのが、あの連中には我慢できんことなのだ。では、われらのやくざ仲間に鎧をゆるめて休息しろといおう。難路を急がせての行軍だった。馬に水をやり、兵士には兵糧を詰めこませるんだ」

斥候《せっこう》を出す必要はなかった。目をさえぎるもののない沙漠は、南の地平線まで見通しで、そこに低く垂れこめる白い雲のかたまりが、ようやく視野をさえぎっている。その間、この眺望の単調さを破るものは、何マイルか沙漠にはいりこんだところにある石の廃墟だけで、それは部族民の話によると、古代スティギアの神殿の遺跡だそうである。コナンは射手たちを下馬させて、部族民の部隊といっしょに尾根沿いの場所に陣どらせ、傭兵部隊とコラジャの槍兵《そうへい》部隊は、泉を囲む台地に配置した。そしてその背後、狭い山道が台地へ開けるあたりに、ヤスメラ姫の天幕を張った。

敵の姿は見当たらず、戦士たちははじめてくつろぐことができた。各自が鉄冑《てつかぶと》を脱ぎ、その下の錣《しころ》頭巾《ずきん》を鎖帷子の肩に撥《は》ねのけ、腰帯をゆるめた。あちこちに野卑《やひ》な冗談が飛びかい、戦士たちは牛肉を噛み、麦酒《エール》の大杯《たいはい》に鼻を突っこんだ。尾根沿いに陣どった山地族も斜面に腰を下ろして、棗椰子《なつめやし》やオリーブの実をかじった。コナンも冑《かぶと》をとって丸石に腰かけ、休息をとっていたが、そこへアマルリック将軍が大股に近づいてきた。

「コナン、ナトークについての部族民の話を聞いたか？　彼らがいうに――いや、ばかばかしすぎて、くり返すのも気がひける。おまえはどう思う？」

「種子のうちには、地中に埋まったまま、何世紀ものあいだ腐りもしないで生きているのがあるそうだ」コナンは答えた。「だが、ナトークはまちがいなく人間だ」

「おれもそう考えたいが」アマルリック将軍は自信なさそうにいった。「それはともかく、みごとに兵を配置したな。千軍万馬の将軍でも、これだけの布陣はむずかしかろう。ナトークの悪魔に不意打ちを食らうことはあるまい。それにしてもひどい霧だ！」

「最初は雲だと思ったが」コナンがあいづちを打った。「あのうねり立つ様子はどうだ！」

雲と見ていたものは濃い霧のかたまりで、変わりやすい大洋の波濤《はとう》のように、北へ向かって移動してくる。そして見る見るうちに沙漠一帯を覆い隠し、スティギアの廃墟を呑みこみ、なおも大きくうねりながら前進をつづけている。兵士たちも驚き呆れて見守っていた。見たことも聞いたこともない現象――不自然で不可解な出来事だった。

「斥候を出しても役に立たんな」アマルリック将軍が不快そうにいった。「これでは何も見ることができん。先端がすでに丘陵の裾に達しておる。この峠道と尾根全体を覆いつくすのも間があるまい――」

コナンもいまは不安の思いで渦巻く濃霧をみつめていたが、急に身をかがめて、大地に耳を押しつけた。そしてはじかれたように跳ね起きると、大声にわめいた。

「騎馬隊と戦車だ。総勢数千！　馬の蹄《ひづめ》で大地が揺れている！　おい、みんな！」その大声が峡谷一帯に響きわたり、くつろいでいた兵士たちを驚かせた。「冑と矛《ほこ》をとれ！　隊伍《たいご》を組むんだ！」

これを聞いて、戦士たちが先を争って整列し、急いで冑を着け、楯《たて》の帯皮に腕を通したとき、とつぜん濃霧が、いまはもう用ずみだといわぬばかりに、きれいに消えてなくなった。本来の霧であれば徐々に薄らいで消えていくものだが、焔をひと息に吹き消したと同様、いきなり晴れあがってしまったのだ。幾層にも重なりあった霧の海に包まれていた沙漠一帯が、ふたたび太陽の輝く空の下に元の不毛な姿をとりもどした――だが、そこはもはや無人の世界でなく、生きた戦士たちの群れがひしめきあい、その凄まじい喚声が丘陵を揺るがしているのだった。

唖然《あぜん》として見おろす兵士たちの脚下には、照り輝く青銅と黄金の海が拡がり、そのなかに槍の穂先が、無数の星のようにきらめいている。霧が晴れるとともに、沙漠の侵攻軍は緊密な陣形を作り、燃えるような陽射しのもとで凍《こお》りついたかのように動きを止めた。

最前列にいるのが長い戦車隊で、戦車を引くスティギア産の駿馬《しゅんめ》が、裸体の御者《ぎょしゃ》がたくましい脚を踏んばり、黒い腕に力こぶを作って反《そ》り返るたびに、頭の羽根飾りを震わせ、鼻を鳴らし、後足で立ちあがる。戦車上の長身で鷹《たか》のような顔の戦士たちは、黄金の玉を三日月が支えている青銅冑をいただき、強弓《ごうきゅう》を手にしている。彼らは並みの射手でなく、戦闘と狩猟のうちに人となった南方の国の貴族たちで、弓でライオンを射倒すのを日常の仕事としていた。

その後に従うのは、半野生の馬にまたがった荒くれ男の集団——スティギアの南方、牧草地に築かれた最初の強大な黒人王国クシュの戦士たちである。強靭かつ柔軟な彼らの躰は漆黒《しっこく》に輝き、鞍《くら》も馬勒《ばろく》もなしに、まったくの裸身で馬を駆っていた。

その後から、沙漠全体を埋めつくさんばかりの大軍団が、怒濤《どとう》のように押しよせてくる。十万にもなんなんとする好戦的なシェムの若者たちである。小札《こざね》の胴鎧と円筒状の冑をつけた騎士たち——ニプル、シュミル、エルクその他シェムの城邑《じょうゆう》都市の傭兵部隊《アッシューリ》（ハワードの造語。アッシリアの首都、および主神の名のもじり）と、白い長衣の蛮族の集団——遊牧の民なのだ。

いま陣列は乱れて渦巻いた。戦車隊が片側に退《しりぞ》き、主力部隊が心もとなげに進み出た。一方、谷の底では味方の騎士たちが馬にまたがり、そのあいだにテスピデス大公が、コナンの立っている地点まで斜面を馬で駆けのぼってきて、下馬することもなく鞍上《あんじょう》からいきなり声をかけた。

「霧が晴れてしまったんで、敵はとまどっておるぞ！　いまこそ攻撃の時だ！　クシュ人は弓を持っておらんし、先発部隊は全部やつらだ。わしの騎馬隊が突っこめば、やつらはシェム人の陣列へ押しもどされ、敵の陣形は崩壊する。あとにつづいてくれ！　ただ一撃で、この戦闘はわが軍の勝利だ！」

コナンは首をふった。

「まともな敵が相手の闘いならそのとおりだろうが、この混乱は本物ではなさそうだ。おれたちを突撃に誘いこむ罠の気がする」

「それなら動かぬというのか？」激情に顔を赤くし、テスピデスが叫んだ。

「分別《ふんべつ》が肝心だ」コナンがいって聞かせた。「こちらには地の利があるので――」

口汚い罵声《ばせい》とともにテスピデスは馬首をめぐらして、部下の騎士たちがいらいらしながら待機している峡谷へ、馬を飛ばしてもどっていった。

アマルリック将軍が首をふって、

「あいつを行かせたのはまずかったぞ、コナン――ほら、見ろ！」

コナンは毒づきながら跳ね起きた。テスピデスは部下のかたわらを駆けぬけていた。興奮した彼の声はかすかに聞きとれただけだが、進撃してくる敵軍勢を指さす身ぶりで、何を命令したかが明瞭だった。つぎの瞬間、鋼鉄の鎧をまとった五百名の部隊が、槍を下に向け、四辺の空気を揺るがして、谷の斜面を駆け降りていった。

ヤスメラ姫の天幕から小姓《こしょう》が走り出てきて、甲高い声でコナンに呼びかけた。

「閣下、王女さまがおたずねです。なぜテスピデス大公のあとにつづいて援護なさらないのかと」

「あの男みたいな大ばかでないからだ」唸《うな》るようにいうと、コナンはふたたび丸石に腰を下ろして、大きな牛の骨をしゃぶりはじめた。

「やあ、コナン、だんだん貫禄がついてきたな」アマルリックがいった。「以前のおまえなら、ああいった気ちがい沙汰《ざた》をむしろ歓迎しておったのだが」

「そのとおりだ。おれひとりの命だけを考えればいいときにはな」コナンが答えた。「だがいまは――

おや、あれは何だ？　いったい何が――」

沙漠の大軍は停止していた。その一端から突進してくる戦車があるのだ。裸の御者が、気が狂ったかと思われるほど馬を鞭打ち、車上には長身の男が、風に白衣をたなびかせている。男は腕に大きな金色の壺をかかえ、それからは一本の細い筋が流れ出て、陽光にきらめいている。戦車は沙漠の軍勢の前面を、右端から左端まで、砂地に車輪の痕《あと》を航跡《こうせき》のように残して走りぬけた。何か粉末状のものを撒いたと見えて、一本の細い線が砂上に長く残り、燐光《りんこう》を放つ蛇が匍《は》った痕のようにきらめいている。

「あれがナトークだ！」アマルリック将軍が叫んだ。「やつめ、何か撒いていったが、何のためだ？」

進撃に移ったコラジャの騎馬隊はしゃにむに猛進し、あと五十歩幅ほどで、隊列も不揃いなクシュ人の兵団に殺到する勢いを示した。しかし、クシュ人たちは槍をかかげたまま、動く様子も見せなかった。いまやコラジャ軍の先頭の騎士たちは、砂上に細い一線のきらめく地点にまで迫っていた。彼らはその地を匍う蛇のような怪しいものに目もくれなかった。しかし、蹄鉄《ていてつ》を打った馬の蹄《ひづめ》が粉末の線に触れた瞬間、鋼鉄が燧石《ひうちいし》に激突したような、いや、それよりはるかに怖ろしい現象が生じた。凄まじい爆発が沙漠一帯を揺るがし、白い焔を吹きあげ、大地はばら撒かれた粉末の線に沿ってまっぷたつに割れたかに見えた。

一瞬のうちに騎馬隊の最前列は焔に包まれ、鋼鉄の鎧を着けた騎士たちは馬もろとも、火に飛びこんだ虫同然に、白熱の光のなかで死んでいった。つぎの瞬間、後につづく戦列が、黒焦《こ》げの死体の上に馬を乗りあげたが、勢いづいた馬を抑えることができず、味方をつぎつぎと押しつぶしていった。かくて突撃場面は急転して、地獄さながらの修羅場と化し、鎧を着けた騎士たちが、傷ついて悲しげにいななく軍馬のあいだで無残な死骸と変わっていくのだった。

いまや混乱した見せかけをかなぐり捨て、沙漠の軍勢は元の整然たる陣形にもどり、クシュの蛮族らしい掃蕩戦《そうとう》に移っていた。負傷兵と見れば槍を突き刺し、倒れている騎士たちの冑を石と金鎚《かなづち》で打ち砕いた。そのすべてがあっという間の出来事で、斜面の上で眺めていた部隊の者は唖然とするだけであった。沙漠の大軍はふたたび前進を開始して、焼け焦げた死体の山を避けるために隊列をふたつに分けた。丘陵の上で叫び声があがった。

「おれたちの相手は人間じゃないぞ！　悪魔と闘うことになるんだ！」

ふたつの尾根に陣どる山地族に動揺の色が見えはじめた。ひとりの男が、顎鬚から泡をしたたらせ、台地へ向かって駆けだした。

「逃げろ！　逃げるんだ！」よだれを垂らしながら、その男が叫んでいる。「ナトークの魔法に太刀打《たちう》ちできるものじゃないぞ！」

コナンはひと声うめいて丸石から跳びあがると、近づいてきたその男を手にした骨で殴りつけた。男は鼻と口から血を噴き出して倒れた。コナンは長剣を引きぬき、その目を青いかがり火のように光らせ、

「みんな、持ち場へもどれ！」とわめいた。「一歩でも退《しりぞ》いてみろ。素ッ首《そくび》を斬《き》り落としてくれるぞ！　闘うんだ、わかったか」

敗走は、はじまったときと同じ早さで収まった。コナンの獰猛《どうもう》な個性の力が、渦巻く恐怖の焔に冷水を浴びせたのだ。

「各自、部署に就け」急遽《きゅうきょ》、彼は指示をあたえた。「持ち場はあくまで固守するんだぞ！　たとえ相手が悪魔であろうと、このシャムラ峠で食いとめてみせる！」

台地からの傾斜がはじまるところに、傭兵部隊の兵士たちが腰帯を締め直し、槍を握りしめて整列した。その背後に馬にまたがった槍騎兵隊が、そして側面にはコラジャの槍兵が、予備軍として待機した。しかし、天幕の入口に蒼白の顔で物もいえずに立っているヤスメラ姫には、押しよせる沙漠の大軍にくらべるときは、あまりにも味方の兵員数が少なすぎて心もとなく思われるのだった。

コナンは槍兵のうちに加わっていた。侵攻軍が戦車に乗ったままで、射手の待ちかまえる峠まで突進してくるはずがないと知っていたのだ。だが、騎馬の兵士が馬を下りるのを見て、驚きの声を洩らした。原始的な沙漠の軍勢には、糧食の補給を担当する輜重《しちょう》隊がついていない。兵士はそれぞれの鞍《くら》がしらに水筒と糧食袋を引っかけているのだが、いま彼らは最後の水を飲み干して、水筒を投げ捨ててしまったのだ。

「やつら、死ぬ覚悟でいる」徒歩の敵兵たちが陣形を組み直すのを見やって、コナンは呟いた。「むしろ騎馬で突っこんできてもらいたかった。傷ついた馬が暴れて、やつらの陣形を乱してしまうからな」

侵攻軍は巨大な楔《くさび》形の陣形を作りあげた。楔の先端はスティギア人部隊で、本陣は遊牧民部隊に側面を守られた鎖帷子《くさりかたびら》姿の傭兵部隊《アッシューリ》である。密集隊形をとり、楯《たて》をあげて前進し、その背後に停止したままの戦車の上に背の高い人影がひとつ、ゆるい白衣の腕をあげて不可解な呪文を唱えていた。

沙漠の軍勢が広い谷の入口に達すると、山地族はいっせいに矢を放った。保護陣形をとっていたにもかかわらず、前線にいる敵の兵士は、数十人ずつ倒れていった。しかしスティギア人部隊は弓を捨て、矢の雨を避けるために冑の頭を低くし、楯越しに黒い目をぎらつかせつつ、倒れた仲間をまたぎ越え、躊躇《ちゅうちょ》することなく突進をつづけている。しかも、シェム人部隊が負けじと矢を射返すので、飛び交う矢が空一面を覆った。コナンは押しよせる槍の大波を見おろし、こんどは魔道士がどんな新しい恐怖を祈り出すかと考えていた。そして、なぜか理由はわからぬが、このナトークの奇怪な呪力は、魔道士の例に洩れず、攻撃よりも防御にあるような気がした。攻撃を仕掛ければ、破滅を招くことになりそうだ。

しかし、敵の軍勢を死の顎門《あぎと》へ駆りたてているのは、魔法の力に相違なかった。しゃにむに進んでくる沙漠の大軍がこうむった被害を目《ま》のあたりに見て、コナンは息を呑んだ。敵軍の楔形隊形の一端は崩れだした模様で、谷を見おろす斜面はすでに死者で覆われていた。だが、生き残った敵兵は、流血にひるむ様子もなく、気が狂ったような前進をつづけている。そして弓の数量の絶対的な多さで、崖の上の射手たちを窮地に追いやりはじめた。上方に向かう矢の雨が勢いを増し、山地族は身を隠すほかなくなったのだ。恐慌状態におちいった山地族は、とどまるところを知らぬ敵兵の前進に、罠にかかった狼のように目をぎらつかせ、狂ったように矢を射つづけるだけであった。

沙漠勢が隘路《あいろ》の入口に近づいたとき、丸石が大きな音を立てて落下し、幾十人となく兵士を押しつぶした。しかし、それも彼らの突撃態勢を崩すまでにいたらなかった。コナンの勇敢な兵士たちは、白《はく》兵戦《へいせん》が避けがたいのを覚悟して気を引きしめた。密集隊形と優秀な武具に守られた相手は、弓矢の攻撃には大勢に影響するほどの被害を受けずにすむのだ。いまコナンが危惧しているのは、敵の巨大な楔形陣が、あまり強固でない味方の陣列と激突するときのことであった。その猛襲を阻止し得るものがないのは、いまや明らかである。コナンは近くに立っていたザヘーミ族の肩をつかんで、訊いた。

「西の尾根を越えたところに、行きどまりの谷があるな。あれへ騎馬で降りる道はないのか？」

「ないこともないが、径《みち》といえんほど険しくて、危険この上もないですよ。この土地の人間のほかには、ぜんぜん知られてないやつでね。だけど――」

コナンは、大きな軍馬にまたがっているアマルリックのところまで、そのザヘーミ族を引っ張っていって、

「アマルリック将軍！」と噛みつかんばかりの激しさでいった。「この男について行ってくれ！　向こう側の谷へ案内してくれる。谷へ降りたら、尾根をまわって、敵の背後を襲う。何もいわずにやってくれ！　無謀な作戦なのはわかっているが、このままじゃ身の破滅だ。どうせ死ぬなら、相手を痛めつけてやりたい。急いでくれ！」

アマルリック将軍は口髭を逆立て、荒々しい笑みを浮かべてうなずいた。ややあって、その配下の槍騎兵を率いて道案内のあとにつづき、台地から入り組んだ山峡へと出発した。そのあとコナンは、長剣を手に引っ提《さ》げ、槍兵のところへ駆けもどった。

コナンの到着は早すぎはしなかった。ふたつの尾根に陣どるシュプラス配下の山地族が、敗北の予感に血迷ってか、死にもの狂いに矢の雨を降らし、峡谷の底と斜面では、敵兵が蠅のようにばたばたと死んでいった――そしてスティギア人は怒号《どごう》をあげ、食いとめようのない勢いで駆けあがってきて、

傭兵部隊との斬りあいを開始していた。

鋼鉄の鎧が激しい音を立てて激突し、陣列は乱れ、揺らいだ。それは、戦役《せんえき》のあいだに生《お》い育った貴族と職業的な兵士の闘いだった。楯と楯とが揉みあい、その間隙《かんげき》を縫って突き出される槍に、血がほとばしった。

コナンは剣の海の向こうにクタムン王子の力強い姿を見かけたが、荒い息を吐いて斬りつけてくる黒い男たちとの接近戦に忙殺《ぼうさつ》されて、近づくこともできなかった。敵のスティギア部隊の背後から、傭兵部隊《アッシユーリ》が何やら大声にわめきながら、大波のように押しよせてくる。

その遊牧民軍は、崖を両側からよじ登ってきて、尾根を固めている同種族の山地人とのあいだに死闘を開始した。尾根一帯は、凄まじくも残忍な決戦場と変わり、狂い立った部族民同士が、狂信と積《せき》年《ねん》の確執《かくしつ》に口から泡を飛ばす死闘のうちに、たがいに引き裂き、斬りあい、死んでいった。そこへ裸身で乱髪をなびかせたクシュ人部隊が、怒声をあげながら斬りこんできた。

汗にかすんだコナンの目には、双方の大軍が尾根と尾根のあいだの峡谷を埋めつくし、渦巻く鋼鉄の大海と変わったように映っていた。戦闘は血なまぐさい膠着《こうちゃく》状態におちいった。山地族が尾根を堅《けん》持《じ》し、血のしたたる槍を握った傭兵たちは、血まみれの大地に足を踏んばり、峠を固守《こしゅ》している。有利な地形と鎧とが、圧倒的な数の敵兵力と、しばらくのあいだ均衡を保っているのだ。しかし、それがいつまでつづくわけがない。目をぎらつかせた顔ときらめく槍とが、怒濤《どとう》のように斜面を匍《は》いのぼってきて、しかもスティギア戦隊の間隙《かんげき》は、傭兵部隊《アッシユーリ》が埋めつくしているのだった。

コナンはアマルリック将軍配下の槍騎兵部隊が、西の尾根をまわりこんでくる姿を目で捜した。しかし、いまだに戦場に到達しないし、味方の槍兵隊は、激しい攻撃の前に動揺の色を見せはじめていた。いまはコナンも、勝利と生存の望みを放棄せざるを得なかった。そこで、荒い息の隊長たちに大声で命令をあたえておいて、一時その戦闘現場を離れ、はやり立って武者震いしているコラジャの予備軍へ向かって台地を走りだした。ヤスメラ姫の天幕には目もくれなかった。王女のことなど忘れていた。いま彼の頭にあるのはただひとつ、おのれが死ぬに先立って、敵を殺さずにおかぬ野獣の本能であったのだ。

「きょうはおまえたちが騎士になる日だぞ！」コナンは血のしたたる剣をかかげ、荒々しい笑い声をあげながら、近くに集結している予備隊に山地族の馬を指さしていった。「全員、馬に乗れ。おれといっしょに地獄へ向かうのだ！」

山地育ちの馬は、コトの鎧を着けた乗り手が肌に合わぬのか、ともすれば棹立《さおだ》ちになりがちだったが、コナンは喧噪《けんそう》を上まわる笑い声をあげ、馬に乗った予備軍の歩兵隊を引き連れ、台地から分かれている東の尾根へ向かった。半ば野生のシェムの馬にまたがった五百名の歩兵が——貧しい貴族たち、家門を継げぬ末弟たち、一家のもて余し者といった連中の集団だが——どのような騎兵隊も突撃を敢《かん》行《こう》したことのない斜面を怒濤のごとく駆けくだったのだ！

死闘が展開されている峠の隘路を馬の蹄の音を轟《とどろ》かせて走りぬけると、死体の散乱する尾根に出た。彼らはそこから、険峻《けんしゅん》な急斜面を逆落《さかお》としに駆け降りる攻撃を開始した。その間、二十名ほどは馬の足をすべらせ、同僚の馬の蹄にかかった。斜面の下では敵兵が腕をふりあげ、わめき声を立てている。

コラジャの一隊は轟音をあげて突進し、若木の森を押しつぶす雪崩《なだれ》の凄まじさで敵のあいだを駆けぬけた。さらに密集した沙漠の兵団を寸断し、踏み殺された死者の山を残して、敵の本陣へと突入していった。

そして沙漠の兵団が混乱しだしたとき、西の尾根の端からアマルリック将軍指揮下の槍騎兵隊が姿をあらわした。その到着が遅れたのは、途中、外側の谷で敵の哨兵《しょうへい》隊に遭遇し、これを撃退するに手間どったからだが、鋼鉄の楔形隊形のまま、敵軍の奥深く突入し、これを四散させた。この攻撃は完全な不意打ちであり、敵の殿軍にまで動揺が伝わった。優勢な敵に側面を攻撃されていると思いこんだ遊牧民の集団は、沙漠からの分断を怖れてか、たちまち逆上状態におちいって、潰走《かいそう》の気配を見せはじめた。そしてそれが、猛攻をつづけていた先鋒部隊にまで破壊的な影響をおよぼした。コナンの率いる騎兵たちは、これら浮き足立った敵軍のあいだを駆けめぐり、つぎつぎと馬蹄《ばてい》にかけていく。尾根の上で闘っている沙漠の兵士たちのあいだにも動揺が生じ、それと見て戦意をとりもどした山地族は、猛然と逆襲に転じ、敵兵を斜面から追い落としにかかった。

不意打ちに狼狽《ろうばい》した侵攻軍は、援軍の兵力を見きわめる余裕もなく、戦列を崩しはじめ、いったん壊乱状態に移った体勢の立て直しは、魔法使いの力をもってしても不可能なことであった。気負いたったコナンの部下の兵士は、冑と槍の海の向こうに、戦斧《せんぷ》と鎚矛《つちぼこ》を揮《ふる》って総崩れの敵軍のなかを着実に突き進んでくるアマルリック将軍の槍騎兵隊を見るや、勝利の確信をなおのこと強め、その喜びに心臓を高鳴らせ、その腕をさらに鋼鉄の堅さにした。

峠の入口を固めていた槍兵の一隊が、足首を没するばかりの血の海を蹴立《けた》てて進撃に移り、動揺の色の濃い敵軍に激しく襲いかかった。スティギア人部隊は一歩も退く様子を見せなかったが、いかんせんその背後の傭兵部隊《アッシューリ》が、すでに陣列を崩して潰走しつつあったのだ。それと見た味方の傭兵部隊は勢いに乗って、最後のひとりまで斃れた南の国の貴族たちの死体を踏み越え、逃げまどう沙漠兵の追撃に移り、あとに死骸の山を残した。

崖の上には、心臓を矢で射ぬかれたシュプラス老将軍の死体が横たわっていた。そのそばで、鎖帷子に包んだ太腿《ふともも》を槍で貫かれたアマルリック将軍が、海賊顔負けの口汚い罵声を飛ばしている。コナンが命じて騎乗させた決死隊のうち、馬上に残っているのは百五十名足らずであった。しかし、侵攻軍の撃退には成功した。沙漠の遊牧民と鎧姿の槍兵たちは、決戦場を逃れて馬を繋《つな》いである幕営地へ急ぎ、それに山地族が追い討ちをかけ、先を争って斜面を駆け降り、逃亡兵の背中を剣で突き刺し、負傷者の喉を掻き切っている。

渦巻く緋色《ひいろ》の混乱のなかに、突如、亡霊かと思われる奇怪な人影が出現し、コナンの乗馬は棹立ちになった。それは鎧を切り裂かれて、下帯ひとつの裸身に前立てつきの冑をかぶったクタムン王子で、四肢《しし》が鮮血でまっ赤に染まっている。怖ろしい絶叫とともに折れた剣の柄《つか》をコナンの顔に投げつけ、同時に躍りかかって、コナンの馬の手綱をつかんだ。不意をつかれたキンメリア人が、馬上で大きくぐらついたところに、黒い肌の大男は、いななく馬を凄まじい力で前後左右に引きずりまわした。馬はよろめいて、血みどろの砂泥と蠢《うごめ》く負傷兵のなかに地響き打って倒れた。

しかしコナンは、いち早く鞍から飛び降りていた。クタムンは唸り声をあげて襲いかかってきた。狂った悪夢のような戦闘のうちに、コナンはどうにかこの男を仕留めることができたが、どうやって殺したのかはまったく記憶に残らなかった。ただわかっているのは、スティギアの王子の握った石に、くり返し冑を痛撃され、飛びかう火花に目がくらんだこと、そして再三再四、敵の躰に剣を突き刺したはずなのに、王子の凄まじい生命力は何の痛痒も受けなかったことのふたつである。しかし、コナンの視界が朦朧《もうろう》とかすみかけたせつな、急に相手の躰に痙攣《けいれん》が走って、ついでその強烈な把握力がゆるむのを知った。

コナンはよろめきながら立ちあがり、凹《へこ》んだ冑の下に流れる血をぬぐって、眼前に拡がる凄惨な破壊の痕をぼんやりと見やった。尾根から尾根へかけて、おびただしい死骸が重なりあい、赤い絨毯《じゅうたん》となって谷間をふさいでいる。血汐《ちしお》の海さながらで、波頭《なみがしら》のひとつひとつが死体の山なのだ。それが峠の隘路を埋め、斜面を覆っているのだが、下の沙漠ではいまだに殺戮が継続している。かろうじて死を免《まぬが》れた敗残兵が、馬のところまでたどりつき、広漠たる砂地を逃げのびていく。そのあとを追う勝者の人馬も、いまは疲労の極に達している——追跡している味方の兵がいかに少数であるかを知って、コナンは慄然《りつぜん》とした。

怖ろしい悲鳴が起きたのは、その時だった。戦車が一台、死人の山をものともせず、飛ぶようにして谷を登ってくる。戦車を引いているのは馬でなく、駱駝に似た巨大な黒いけものであった。戦車の上には、長衣を風になびかせたナトークが突っ立っている。そして御者台には、黒い人間の形をした生き物がうずくまり、一方の手に手綱を握り、一方の手で狂ったように鞭を揮っている。あれが猿人というものであろうか？

火のような突風をともなって、戦車は死体の散乱する斜面を駆けのぼり、ヤスメラ姫の天幕めざしてまっしぐらに進んでいく。王女の護衛兵は敗残兵の追跡に狂奔《きょうほん》中で、そこには王女ひとりだけであった。コナンは凍りついたように突っ立っていたが、とり乱した彼女の悲鳴があがって、ナトークの長い腕が王女の躰を戦車の上にさらいあげるのを見た。奇怪な巨獣は首をめぐらして、もと来た道をひっ返して谷をくだった。ナトークの腕のなかで身もだえしているヤスメラ姫を傷つけるのを怖れて、だれひとり矢を射ることも、槍を投げつけることもできずにいた。

コナンは人間のものとも思えぬ叫び声をあげ、落ちていた剣を引っつかむと、矢のように走りゆく怖るべき戦車の前に躍り出た。だが、剣を突き出したときには、黒い怪獣の前足が雷電のように襲いかかり、彼の躰は遠く跳ねとばされ、目がくらみ、打ち身を負った。そして戦車は、彼の麻痺した耳にヤスメラ姫の悲鳴を残したまま、猛烈な騒音を立てて走り去った。

しかしコナンは人間離れした絶叫を口からほとばしらせると、血の沁《し》みた大地から跳ね起き、折よくそばを駆けぬけようとする乗り手を失った馬の手綱をとらえ、馬の突進を止めることなく鞍に飛び乗り、猛《たけ》り狂って遠去かりゆく戦車のあとを追った。コナンの馬は飛ぶようにして谷を駆け降り、シェム人の天幕を旋風のように通り過ぎ、懸命に逃げる沙漠の騎手と、それを追う味方の騎士を追いぬいて、果て知れぬ砂地の上をひたむきに走った。

戦車は疾駆《しっく》し、コナンはそのあとを追いつづけたが、彼の馬はしだいによろめきだした。そのころには、あたり一面、目をさえぎるもののない曠野《こうや》が拡がり、無気味な落日の荒涼とした光のなかに浸っていた。やがて行く手に古代の廃墟が浮かびあがってきた。すると、人間とは思えぬ奇怪な御者が、血も凍る異様な叫びをあげて、ナトークと姫を戦車からふり落とした。ふたりが砂の上に転がると同時に、呆然とみつめるコナンの眼前で、戦車とそれを引く怪獣に怖るべき変化が生じた。いまや駱駝とは似ても似つかぬ姿と変わり、横腹から大きな翼を拡げ、目もくらむような焔の尾を引きながら、空高く舞いあがったのだ。その焔のなかでは人間に似た形の黒い影が、勝利の叫びかと思われるものを無気味な声でわめき散らしている。そして戦車は、悪夢のなかの魔神のすばやさで空の彼方《かなた》へと消えていった。

ナトークは跳ね起き、必死に追って来る者にすばやく一瞥《いちべつ》を投げた。コナンは剣を低くふりまわし、赤いしずくを飛び散らせながら、ひたすら馬を飛ばしてくる。魔道士は失神している姫を小脇にかかえると、いち早く廃墟のなかへ逃げこんだ。

コナンも馬から飛び降り、ふたりのあとを追って廃墟のなかへ駆け入った。外は夕闇が急速に垂れこめているところだったが、廃墟の内部は妖《あや》しの光が照り輝いていた。黒い硬玉《こうぎょく》の祭壇の上にヤスメラ姫の裸身が横たえられ、無気味な光の下に、象牙のようにきらめいている。姫の衣服は急いで剥ぎとられた様子で、床の上に散らばっていた。ナトークはキンメリア人と向きあう位置にあった。人間離れした背の高い痩《や》せぎすの男で、微光を放つ緑色の絹服を身に着けている。魔道士が薄紗《ヴエール》をさっと撥ねのけると、コナンはそこに、ズギテの貨幣に描かれていた顔を見た。

「やあ、退がれ、犬め！」その声は、巨大な蛇が立てるしゅうしゅういう音に似ていた。「わしはトゥグラ・コタンだ！　久しいあいだ墳墓のうちに横たわって、目を醒《さ》まし、自由になる日を待っておった。はるか昔、蛮族の凶手から身を守ってくれた魔法が、わしを呪縛《じゅばく》の下にもおいたのだ。しかし、わしは知っておった。いつの日か、わしを自由にする者があらわれるのを――そしてその男がようやくあらわれ、定められた役目を果たし、三千年のあいだ死んだことのない死に様をとげたのだ！

　愚かな男よ、わしの民を追い散らしたからといって、わしまで征服したと考えておるのか？　わしが使役する悪魔に裏切られ、見捨てられたとでも思うのか？　わしはトゥグラ・コタン、この世界を支配すべき身だ。おまえらのとるに足らぬ神々とはわけがちがうぞ！　沙漠はわしの民で満ちみち、地上の悪霊はすべて、あらゆる蛇類と同様に、わしの命令に従うのだ。女への欲望が、わしの魔力を弱めたのはたしかだ。いまはその女もわしのものとなり、その魂を啖《くら》おうとしておる。わしはふたたび征服し得ぬ者となるのだ！　退がれ、愚か者！　おまえらごときに、このトゥグラ・コタンが征服されようか！」

　彼の投げた杖が足もとに落ちたのを見て、コナンは思わず叫び声をあげ、あとずさった。落ちたとたんに、杖は身の毛もよだつ変化をとげたのだ。その輪郭が融《と》けてねじれ、笠状の頭を持つ毒蛇《コブラ》が、立ちすくむキンメリア人の前に、しゅうしゅういう音を立てて鎌首をもたげた。コナンはひと声わめいて剣をふり下ろし、奇怪なものの姿をまっぷたつに断ち斬った。だが、彼の足もとに転がったのは、ふたつに切断された黒檀《こくたん》の杖にすぎなかった。トゥグラ・コタンは無気味な哄笑《こうしょう》をあげて躰をひねると、床に積もった埃のなかから、いやらしく匍いまわっている物をつまみあげた。

　伸ばしたその手のなかに、何やら生き物が蠢き、よだれを垂らしている。これは影の詐術《さじゅつ》でなく、トゥグラ・コタンが素手でつかんでいるそれは、沙漠におけるもっとも凶悪な生き物、その尾のとげのひと刺しがたちどころに死をもたらす、長さ一フィートを超える黒蠍《くろさそり》であった。骸骨めいた魔道士の顔に、ミイラのような薄笑いが浮かんだ。コナンは一瞬躊躇《ちゅうちょ》したが、いきなり剣を投げつけた。不意をつかれたトゥグラ・コタンは、投げられた剣を避ける間がなかった。剣の切先《きっさき》が心臓の真下に突き刺さり、肩のうしろに突きぬけた。魔道士は床にくずおれ、手にした猛毒の生き物をその躰で押しつぶした。

コナンは大股に祭壇に歩みよって、血まみれの腕でヤスメラ姫を抱きあげた。姫はとっさに白い腕《かいな》を鎖帷子を着けた男の首に投げかけ、激しく泣きじゃくりながら、彼を離そうとしなかった。

「離すんだ、困った女だな!」彼は叱った。「きょうは五万からの男たちが死んでしまった。おれのしなければならんことが――」

「いいえ、離しません!」恐怖と情熱に駆られた彼女は、その瞬間、彼同様の野性の女に変わり、強い力でしがみついた。「二度とこの手を離しません! わたしはあなたのもの。火と鋼鉄と血にかけて! そしてあなたは、わたしのものです! 都《みやこ》へもどれば、わたしは人民のためのものになってしまいます。ここにいるあいだは、わたしはわたしのもの――そして、あなたのものなの! あなたを行かせはしないわ!」

彼はためらった。激しい情熱が湧きあがって、頭がくらくらした。この世のものとも思われぬ毒々しい輝きが、影の濃い室内になおもたゆたって、トゥグラ・コタンの死に顔に妖異な翳《かげ》を投げかけている。歯をむき出して、地獄の笑いをふたりに見せている顔。いまこの時にも沙漠や丘陵の上、死者の海のあいだでは兵士が死につつあり、傷と渇きと狂気に吼え猛り、幾多の王国が大きく揺らいでいる。だが、やがてコナンの心に激情の赤い潮が湧きあがり、それらすべての考えを押し流し、目の前で鬼火《おにび》のような微光を放っている白くか細い躰《ぼそ》を、その鋼鉄の腕に骨も砕けとばかり抱きしめた。

月下の影

Shadows in the Moonlight

I

丈《たけ》高い葦《あし》の茂みを踏みしだき、二頭の馬が駆けぬけていく。と、凄まじい転倒の響き、絶望的な悲鳴。死んでゆく駿馬《しゅんめ》の下から、その乗り手がよろめきながら立ちあがった。腰帯つきの短上衣《チュニック》にサンダルを履いた、すらりとした躰《からだ》つきの女性であった。黒髪が白い肩にかかり、両の目を罠《わな》に落ちたけもののように見開いている。彼女は狭い空き地を縁《ふち》どる葦の茂みにも、背後の岸辺を洗う青い水にも目をやらなかった。大きく見開いたその眸《ひとみ》は、苦痛に満ちた激しさで、あとを追ってくる馬上の男に向けられていた。その男は衝立《ついたて》状の葦の茂みを分けてきて、彼女の前に降り立った。

長身でほっそりしているが、鋼鉄さながらに頑健な筋骨の持ち主だった。銀色に光る薄手の鎖帷子《くさりかたびら》が、そのしなやかな躰の頭からくるぶしまでを、手袋でもはめたようにぴったり包んでいる。黄金細工をほどこした円蓋《えんがい》状の冑《かぶと》の下から茶色の目を光らせて、嘲弄《ちょうろう》するかのように彼女の肢体《したい》を眺めやった。

「近よらないで、アムラト王《シャー》！」彼女は恐怖の叫びをあげた。「この躰に指一本でもおさわりになったら、わたし、湖に身を投げて、溺れ死んでみせますわ！」

男は笑い声をあげた。その笑いは、絹張りの鞘《さや》を刀身《とうしん》がすべる音に似ていた。

「いや、溺れはせんよ、オリヴィア。ひどく混乱しておるようだな。というのも、このあたりの水ぎわは浅瀬つづきで、おまえが深みにたどりつく前に、おれの手に捕えられるに決まっておるからだ。それにしても、愉快な追跡をさせてもらった。おかげで家来どもめ、すっかり遅れおった。だが、ヴィラエット内海の西には、おれのイレムについてこれる馬がおらん証拠だ」アムラト王は、背後に立つ脚が細くて背の高い沙漠育ちの駿馬を顎で示した。

「わたしを行かせて！」絶望の涙で顔を汚し、女は哀訴をつづけた。「まださいなめ足りないとおっしゃるの？　屈辱と苦痛をあたえ、女の誇りまで奪いとったのではありませんか？　いつまでこんなひどい目に遭《あ》わなくてはならないのですか？」

「おまえの泣きごとや、哀願や、涙や、身もだえが、おれに楽しく思えるかぎりだ」王は微笑を含んで応じた。事情を知らぬ者には憐憫《れんびん》を示すものと思われる微笑である。「オリヴィア、おまえには奇妙な力強さがある。おまえなら飽きずにすむかもしれん。これまでどんな女にもすぐ飽きてしまったおれだが、おまえばかりはいつも新鮮で、穢《けが》れるということがない。おまえをそばにおいておけば、毎日、新しい歓《よろこ》びが味わえるというものだ。

それはさておき——いっしょにアキフへもどるとしよう。みじめなコザックどもが、おれたち征服者をもてなすのに懸命になっておる都《みやこ》へだ。その征服者であるおれが、愚かな逃亡者、分別《ふんべつ》が足りんが、なんとも愛らしい女をとりもどそうと追いかける羽目になるとはな！」

「いやです！」彼女は身をよじって、葦の根元を洗う青い水へ向きなおった。

「いやとはいわさんぞ！」あらわな怒りが、燧石《ひうちいし》からほとばしる火花のようにきらめいた。と同時に、王は彼女の手首をつかんでいた。か細い女の脚では、飛びのくこともできぬすばやさだった。その手を残忍にねじりあげられて、彼女は悲鳴とともに膝をついた。

「あばずれめ！　おれの馬の尻尾《しっぽ》にくくりつけ、アキフまで引きずっていくところだが、格別の慈悲をもって鞍《くら》の前壺《まえつぼ》に乗せてやる。ありがたいと思わんと罰があたるぞ。その代わり、アキフへもどったら――」

が、そこで王は驚いて罵声を発し、女の手を放した。そして背後に飛びのくと、すばやく剣をぬき放った。何やら憎悪《ぞうお》の言葉をわめきたて、葦の茂みのあいだから飛び出してきた男があったのだ。

跪《ひざまず》いたままの姿勢でオリヴィアが見あげると、蛮人であろうか、狂人であろうか、目に凶暴な光をたたえた男が、アムラト王に躙《にじ》りよっていくところだった。たくましい体軀《たいく》で、紐《ひも》つきの腰布を巻いただけの半裸体。その腰布も血に汚れ、乾いた泥がこびりついている。黒い総髪《そうはつ》が泥と血にまみれ、胸から手足へかけて乾いた血痕《けっこん》が筋を描き、右手に引っ提《さ》げた長剣にしても、そのまっすぐな刀身が乾いた血に覆われているのだ。乱れた巻き毛の房《ふさ》の下では、血走った目が、青い焔《ほのお》をあげる石炭のようにぎらついていた。

「やい、ヒルカニアの犬め！」この異様な男は、未開人なまりの言葉を吐いた。「復讐の悪鬼どもが、きさまをここへおびき寄せてくれたようだな！」

「コザックか！」あとずさりをしながら、アムラト王はわめきたてた。「逃げのびたやつがいたとは知らなかった。きさまたちみんな、イルバルス河沿いの草原に死骸をさらしておるものと思っておったが」

「おれのほかは残らず死んだ！」男も大声にわめき返した。「それからずっと、おれはこういう出遭いを願っていた。蕁麻《いらくさ》の刺毛《さしげ》のあいだを腹這いで逃げたときも、岩石のあいだに身をひそめて、蟻に肉を噛《か》まれていたときも、あるいはまた、泥沼に口まで漬かっていたときも――この機会の訪れを夢見ていた。だが、その夢が実現するとは思っていなかった。ああ、これもまた、地獄の神々に祈願をこめたおかげか！」

異様な男の血に渇した歓びは、見るも凄まじいものがあった。顎《あご》が痙攣《けいれん》的に音を立て、黒ずんだ唇《くちびる》が泡を浮かせている。

「近よるな！」アムラト王は相手を睨《ね》めつけて叫んだ。

「ハハハッ」その笑いは森林狼の吠え声に似ていた。「アキフの主権者アムラト王よ！　きさまに会えてどんなにうれしいことか――おれの仲間を禿鷹《はげたか》の餌食《えじき》にし、二頭の荒馬に引き裂かせ、目を潰し、手足を切りとり、不具者に変えたアムラト――やい、犬め、うす汚い犬め！」声は狂気の叫びへと高まり、男はいきなり躍りかかった。

その形相《ぎょうそう》に怯《おび》えながらも、オリヴィアは男の動きから目をそらすことができなかった。剣を合わせたとたんに、男はその場に転倒した。狂人にしろ蛮人にしろ、裸身の男が、鎖帷子で身を固めたアキフの占領者に太刀《たち》打ちできるものであろうか。

剣と剣とが打ちあい、火花が飛んだが、その瞬間、ふたりの躰は離れていた。だが、引きつづき広刃《ひろば》の大刀が細身の長剣をかすめて、アムラト王の肩にふり下ろされた。その打撃の凄まじさにオリヴィアは思わず悲鳴をあげた。鎖帷子の断ち切られる音に交じって、肩の骨が砕ける音がはっきりと聞こえた。ヒルカニア人はよろめいた。顔色が土気色《つちけ》に変わり、鎖帷子の輪のあいだに血しぶきが飛び跳ねた。そして細身の長剣が、感覚を失った指のあいだからすべり落ちていった。

「四つ裂きにせい！」アムラト王は苦しい息の下からいった。

「なに、四つ裂き？」異様な男の声は怒りに震えている。「よし、四つ裂きにしてくれる。きさまがおれの仲間にしたようにだ。覚悟していろよ、穢らわしい豚め！」

オリヴィアは目をつぶった。それはもはや闘いではなく、憤怒《ふんぬ》と憎悪が狂気にまで高まった末《すえ》の血塗られた残虐行為であった。戦闘、拷問、皆殺し、そして恐怖におののき、渇きに狂い、飢えに苦しむ逃走を経験した結果が、この異様な男を復讐の鬼に変えたのだ。そしてアムラト王が慈悲や憐憫の対象となる男でないのもオリヴィアは知っていた。それでも目をふさぎ、両手を耳に押しあて、血のしたたる大刀がふりあげふり下ろされる光景や、肉切り庖丁に似た音、臨終《りんじゅう》のさいのごぼごぼいう声、細って消えていくその声を締めだざずにはいられなかった。

目を開くと、異様な男が、かろうじて人間の死骸とわかる血みどろの物体に背を向けるところだった。男の胸は疲労と激情で波打ち、額《ひたい》には汗が玉をなし、右手は血汐《ちしお》をしたたらせていた。

男は彼女に声をかけなかった。いや、目をくれようともしないのだ。水ぎわに生えた葦の茂みを大股に突っ切り、腰をかがめて、何かを引きよせようとしている。小舟が葦のあいだの隠し場所からあらわれた。そのとき彼女にも男の意図が呑みこめて、雷に打たれたように行動に移った。「置いていかないで！　いっしょに連れていって！」と泣き声をはりあげ、よろめきながらも立ちあがり、男に走りよった。「待って！　いっしょに連れていって！」

男はふり返って、彼女をまじまじと見た。その様子が、さっきとはすっかり変わっていた。血走った目にも正気の色がもどっている。いま流した虐殺の血が、憤怒の火を消したかのように。

「おまえはだれだ？」と男が語気を強めて訊いた。

「名前はオリヴィア。あの男に捕えられていたの。逃げだして、追いかけられて。だから、あの男はこんな場所へ出向いてきたのよ。ああ、置いていかないで！　もうじきあの男の部下が駆けつけてくるわ。その死骸をみつけて――わたしがそばにいるのを見たら――ああ！」あとの言葉は恐怖のあまり嘆きの声に消え、白い両手を揉みあわすだけであった。

男は当惑したように、彼女をみつめていたが、

「おれといっしょのほうが、まだしも無事と思っているのか？」と問いただした。「おれは蛮地の男だぞ。おまえの顔つきを見ても、おれを怖れているのがわかる」

「そうよ、怖いことは怖いわ」感情を偽《いつわ》るには気もそぞろの状態なので、率直な返事だった。「あなたの顔を見るだけで、怖ろしさに総毛立《そうけだ》つくらい。だけど、ヒルカニア人はもっと怖いわ。いっしょに連れてって！　あの連中、主人の死骸のそばでわたしをみつけたら、つかまえて、拷問にかけるに決まっているわ」

「それなら、いっしょに来るがいい」男が身を退《の》けてくれたので、彼女は身をちぢめ、男の躰に触れないようにして、すばやく小舟に乗りこんだ。彼女が舳先《へさき》に腰を落ち着けると男も乗りこみ、櫂《かい》を操《あやつ》り、舟を岸から離した。つづいて櫂で水を掻《か》き、丈高い葦のあいだをようやくぬけ出し、広い水面にすべり出た。それからは両手にそれぞれ櫂を握り、大きく、なめらかに、平衡《へいこう》のとれた動きで漕ぎはじめた。その動きに合わせて、腕と肩と背中の厚い筋肉がさざ波を打っている。

しばらくはふたりとも無言だった。若い女は舳先にうずくまり、男は櫂を漕ぎつづけた。そのあいだ彼女は怖いもの見たさで男の顔をみつめていた。ヒルカニア人でないことはたしかだが、ハイボリア種族とも似ていない。その身辺には、未開の土地に生《お》い育った者に特有な狼を連想させる峻烈《しゅんれつ》さがただよっている。戦闘につづき沼地に隠れひそんでいたことから、憔悴《しょうすい》し、泥に汚れているものの、その容貌は素朴なきびしさを反映して、邪悪や悖徳《はいとく》の翳《かげ》は見られなかった。

「あなた、どこの国の人？」彼女は訊いてみた。「さっきアムラト王が、コザックと呼んでいたわね。あの結社の人ですの？」

「おれはキンメリアのコナンだ」男はそっけない口ぶりで答えた。「コザックのやつらといっしょだった。そう呼ぶのは、ヒルカニアの犬どもだがな」

彼女は漠然とではあるが、男の故郷キンメリアのことを聞いていた。それははるか北西、彼女の種族が創りあげたいくつかの王国の北境を、さらに遠く北方へ越えたところにあるという。

「わたしはオピルの王の娘です」彼女はいった。「コト王国の王子の妃《きさき》になるのを拒《こば》んだばかりに、父によってシェム族の首長のひとりに売られました」

キンメリア人は驚いて、唸るような声をあげた。

彼女は口を歪めて、ほろ苦い笑いを洩らし、

「ええ、文明国の人たちは、自分の子供を奴隷《どれい》として蛮族に売りわたすことが珍しくないのです。それでいて、あなたたちのことを野蛮人と呼ぶのですよ、キンメリアのコナン」

「おれたちは自分の子供を売りとばしはしない」キンメリアのコナンは目を怒らせ、顎を突き出すようにしていった。

「そう——わたしは売られました。でも、沙漠の男に虐待されたわけではありません。その男はアムラト王の歓心を買いたがっていたので、たくさんの貢物《みつぎもの》のひとつにわたしを加えて、紫の庭園のあるアキフの都へ連れていきました。それから——」女は身震いして、その顔を両手で覆った。

「恥ずかしさのあまり消えてなくなりたいくらいです」と、ほどなくして言葉を継ぎ、「それでも記憶のひとつひとつが、奴隷商人の鞭《むち》のように心をさいなみます。わたしはアムラト王の宮殿におりました。それが数週間前、侵略者の一団がトゥラン国の北境付近を掠奪しはじめたので、王は大軍を率いて討伐に出かけました。昨日、王の軍隊が凱旋《がいせん》してきて、大祝宴がもよおされました。兵士たちが酔って浮かれ騒いでいる最中に、わたしは絶好の機会をとらえ、盗み出した馬に乗って都をぬけ出しました。これでやっと逃げ出すことができたし喜んでいたのですが——王があとを追ってきて、今日のお昼ごろ、追いつかれてしまいました。わたしの馬は、家来たちの馬より速く走ってくれましたが、王の手は逃れることができなかったのです。そこへあなたが来てくださいました」

「おれは葦の茂みに身を隠していた」未開人が唸るようにいった。「〈自由の仲間〉という掠奪部隊に

加わって、国境近くの村々を襲い、家を焼き、獲物《えもの》を漁《あさ》っていた。総勢は五千人、二十いくつかの氏族民から成り立った部隊だった。元はといえば東コトで叛乱《はんらん》を起こした王子の傭兵なんだが、王子がろくでもない国王と和を結んだから、職を失ったわけだ。そこで仕方なしに、コト、ザモラ、トゥランの諸国の外辺地方を満遍なく荒らしまわって食いつないでいた。ところがいまから一週間前、アムラト王の罠に引っかかった。イルバルス河の岸におびきよせられて、一万五千の大軍にとり囲まれたんだ。ミトラの神よ！　空は禿鷹《はげたか》の群れに黒く覆われていた。まるまる一日、苦しい闘いの末、ついにおれたちの戦列が破られて、ある者は北へ、ある者は西へ逃れようとした。しかし、逃げのびた者がいたかどうか。草原のいたるところで、騎兵たちが逃亡者を追いつめていったのだからな。おれだけは東へ向かって、とうとうヴィラエット内海の岸に接するこの沼地の端にたどりついた。

それからずっと、じめじめした沼地に隠れていた。ようやく一昨日《おととい》になって、おれみたいな逃亡者を捜していた騎兵の連中も、葦の茂みを叩いてまわるのをやめた。おれは蛇がのたくるみたいにして、湿地に穴を掘って身をひそめ、近よってくる麝香鼠《じゃこうねずみ》をつかまえては、料理する火がないので生のままで食べた。ところが、きょうの夜明けごろ、葦の茂みに隠れていたこの小舟をみつけた。夜になるまでは海へ乗り出すつもりもなかったが、アムラト王を殺したいまとなっては、鎖帷子で身を固めたやつの家来どもが、すぐに迫ってくるだろう」

「で、これからどうします？」

「おれたちがあとを追われるのはまちがいない。小舟のあった痕《あと》はできるかぎり消しておいたから、それがみつからなかったとしても、沼地でおれたちをみつけられなければ、やつらも、逃れる先は海の上しかないと察しをつけるだろう。さいわい、こっちはひと足先んじることができた。どこか安全な岸にたどりつけるまで、腕の力のおよぶかぎり、漕ぎつづけるまでのことだ」

「安全な岸なんてあるかしら」彼女は暗い表情でいった。「ヴィラエット内海はヒルカニア人の池みたいなものですわ」

「どの氏族もそう考えるとはかぎらんよ」コナンはにやりと笑っていった。「ことに、ガレー船から逃げ出して、海賊になった奴隷たちは」

「で、あなたのこれからの計画は？」

「南西の岸は数百マイルのあいだ、ヒルカニア人に押さえられている。やつらの国の北境を越えるまでには、まだまだ長い道のりが待っているわけだ。おれとしてはこの舟を北へ向けるつもりだ。やつらの国境を過ぎたと思うところまで漕ぎつづけ、それから西へ方向を変える。無人の草原地帯に面した岸辺に上陸してみる考えだ」

「内海の上で海賊か嵐に襲われたら？」彼女は訊いた。「それに草原地帯で飢え死にするかもしれないわ」

「おいおい」コナンは彼女に思い出させるようにいった。「おれはおまえに、ついてきてくれと頼んだ憶えはないんだぜ」

「すみません」彼女は形のよい黒い髪の頭を下げ、「海賊、嵐、飢え——そのどれも、トゥランの男ほど残酷ではありませんわ」

「そのとおりだ」コナンの浅黒い顔にきびしさが増した。「おれにはまだ、やつらへの仕返しが残っている。しかし、女、心配することはない。この時季、ヴィラエット内海に嵐が起こることは滅多にないのだ。草原地帯に上陸したら、おまえを飢え死にさせるようなおれじゃない。おれは不毛の曠野《こうや》で育った男だ。それより厄介《やっかい》だったのはあの沼地さ。いやな臭いとうるさい蠅に苦しめられて、夜にはさしものおれも気が滅入った。高地なら、故郷へもどったも同然だ。それに海賊といえば――」と謎めいた笑みを浮かべて、櫂の上に身をかがめた。

太陽が鈍色《にびいろ》にきらめく赤銅の球のように、火と燃える内海の水に沈んでいった。水の青さと空の蒼《あお》さが溶けあって、その双方が暗く柔らかいビロードに変わり、そこに数知れぬ星が輝き、その星を映す鏡が海面に出現した。オリヴィアは静かな横揺れをつづける小舟の舳先にうずくまって、夢うつつの状態にいた。頭上と水面の双方に星影を見ているうちに、彼女自身が空中に浮揚している錯覚におちいった。無言で漕ぎつづける男の姿だけが、柔らかな薄明のなかに鏤刻《るこく》されたように見える。その手の操る櫂の音は、途切れることもなく、停滞もなかった。男が幻の漕ぎ手であって、彼女を小舟に乗せて死の湖を横切っているのだとしても不思議はない。だが、恐怖感が鈍って、単調な櫂の動きに惹き入れられ、いつか彼女は静かな眠りに落ちていた。

オリヴィアは目が醒めて、暁方《あけがた》の色に気づくと同時に、突き刺すような飢えを感じた。彼女を目醒めさせたのは、小舟の動きに変化が生じたからで、コナンは櫂を漕ぐ手を休めて、彼女の頭越しに目を凝らしていた。彼が夜どおし休むことなく漕ぎつづけていたのだと悟って、その鋼鉄の耐久力に彼女は驚きの目をみはった。そして身をよじって彼の視線の先を追うと、水ぎわからいきなり木立《こだち》と灌《かん》木《ぼく》の茂みが緑の壁を盛りあがらせ、大きな曲線を描いて、小さな入り江をとり巻いていた。その水域は、青いガラスのように静かだった。

「これは、この内海に散らばっているたくさんの島のひとつだ」コナンが説明して聞かせた。「そのどれもが無人島で、ヒルカニア人も滅多に訪れることがないと聞いている。おまけに、やつらのガレー船は、たいてい岸辺から離れずにいる。つまりおれたちの舟は、ずいぶん遠くまで来たことになる。昨夜、日が沈む前に、本土が見えないところまで漕ぎ出ていたくらいだからな」

そこでまた少し櫂を動かして、小舟を岸に着けると、コナンはとも綱を水ぎわにそびえる大樹の根元にきつく結んだ。彼が先に小舟を出て、オリヴィアの上陸を助けようと手をさし出した。彼女は彼の手の血痕を見て、わずかにひるんだが、けっきょくそれをつかんで、曠野育ちの未開人の筋肉にひそむ精悍《せいかん》な力をまざまざと感じとった。

青い入り江を縁どる木々の上に、夢のような静寂が立ちこめていた。どこかそのはるか後方で、小鳥が一羽、朝の歌を奏でている。微風《そよかぜ》が葉群れをそよがせて、優しい声で囁《ささや》きかける。オリヴィアはふと気がつくと、なにかの気配に一心に耳を澄ましていた。なにを聞いているのか、自分にもわからなかった。立木が生い茂るだけで、これといった名も持たぬこの小島に、なにがひそんでいるのであろうか？

彼女がおずおずと木立のあいだの暗がりをのぞいてみたとき、鋭い羽搏《はばた》きとともに陽光のなかへ飛び出してきたものがあった。それは巨大な鸚鵡《おうむ》だった。落ちるようにして、葉のついた枝の上に止まると、そこで躰を揺すった。緋《ひ》と翡翠《ひすい》の光彩を放つ華麗な彫像のようだ。美しい冠毛《かんもう》の頭を横に向けて、きらめく黒玉の目でときならぬ闖入者《ちんにゅうしゃ》ふたりを眺めやった。

「クロムの神にかけて！」キンメリア人は呟いた。「鸚鵡族の御先祖様でいらっしゃる。齢《よわい》千年の古《ふる》強者《つわもの》にちがいない！　悪魔みたいな目つきを見るがいい。おい、悪賢《わるがしこ》い邪神め、おまえはどんな神秘を守護している？」

とつぜん鸚鵡が焔《ほのお》のような翼を拡げて、その止《と》まり木から舞いあがった。そして、しゃがれた声で、「ヤグコーラン・ヨク・ター、フタルラ！」と叫ぶと、怖ろしいほど人間じみた笑い声をあげ、木々のあいだをぬけて、乳白色の影の射す方向へ飛び去った。

オリヴィアは目をみはって、そのあとを見送るうちに、得体の知れない不吉なものが、冷たい手でしなやかな彼女の背筋に触れてくるのを感じた。

「なんていいましたの？」彼女は声を低めて訊いた。

「人間の言葉にちがいはないが」コナンは答えた。「どこの国の言葉か、そこまではおれにもわからん」

「だったら、わたしにわかるわけがないわね」若い女がいった。「でも、人間の口から学びとったものにちがいないわ。人間か、でなければ――」彼女は隙間《すきま》もないほど密生した葉群れへ目をやりながら、理由も知らずに身を震わせた。

「畜生、腹が減った！」キンメリア人はひとり毒づいた。「いまなら野牛一頭だって食べられるだろう。果物でも捜すとしよう。だが、その前に躰にこびりついた泥と血を洗い落としたいな。沼地へ隠れるなんてこりごりだよ」

そういいながら、彼は長剣をわきにおいて、躰を洗うために青い水に肩まで漬かった。水からあがったときは、力強い彫線を見せているブロンズ色の手足が光り輝いていた。水をしたたらせている黒い総髪は、もはやもつれてはいない。青い眸《ひとみ》が煙ったような色のうちに消すことのできぬ火を燃やして、いまは血走ってもいなければ鈍くもない。だが、猛虎《もうこ》のようにしなやかな四肢《しし》と鋭い顔立ちは変わらなかった。

コナンは長剣をふたたび腰に結んで、若い女にあとについてくるように合図をすると、岸辺を離れ、葉をつけた巨木の枝のアーチの奥に進んだ。そこは丈短《たけみじか》な緑の芝草がつづいて、足音を消してくれた。樹幹《じゅかん》のあいだに、妖精の国のような景色がちらちらと見えてきた。

やがて葉群れのあいだに、金色と小豆《あずき》色の果実がかたまりあって垂れているのを見いだして、コナンは歓びの声をあげた。若い女に倒れた木を指さして、あれに腰かけて待っているようにといってから、異国風の珍味を彼女の膝の上に積みあげ、自分もだれはばかることなく食欲のとりことなった。

「イシュタールの神よ！」果実をほおばった彼の口から、声が洩れた。「おれはイルバルス河の沼地以来、鼠を捕え、臭い泥のなかから木の根を掘り出し、それを食糧にして生きてきた。それにくらべたら、こんどのこれは、口のなかで溶けてしまうくらいの美味《びみ》だ。腹の足しにはたいしてならんが、たくさん食べたら、けっこう腹の虫が収まってくれるだろう」

オリヴィアも果実を口へ運ぶのが忙しくて、返事もろくにできなかった。キンメリア人は飢えの鋭い切先《きっさき》をどうにか鈍らせると、美しい連れに目を向け、光り輝く黒髪、短い絹の短上衣《チュニック》が存分に引き立てている桃の花のような肌の色、柔軟な体軀の円味《まるみ》を帯びた輪郭を、以前よりも興味を募らせてみつめはじめた。

食事が終わると、コナンの窃視《せっし》の対象も顔をあげた。燃えるような男の視線に気がついて、顔を赤らめ、食べ残りの果実が、その指のあいだからすべり落ちた。

コナンはなにもいわずに、この探検を続行したいと身振りで知らせた。そして立ちあがると彼女もそのあとにつづき、ふたりは木立から出て林間の空き地にはいった。その向こう端は深い藪と境を接していた。ふたりが空き地を歩きだしたとき、藪のなかでなにかを引き裂くような物音がした。コナンはすばやく女を抱きかかえ、横っ飛びに飛んで、かろうじて身を避けた。空《くう》を切って飛来する物があって、凄まじい音響とともに、大樹の幹《みき》に激突した。


コナンは剣を引きぬいて、空き地を跳《は》ね飛び、藪に飛びこんだ。沈黙がつづき、恐怖のとりことなったオリヴィアは、芝草の上にうずくまって動くこともできずにいた。しばらくしてコナンがもどってきたが、その顔には不審そうな表情が浮かんでいた。

「あの藪のなかにはなにもない」コナンは不機嫌な顔でいって、「だが、さっきはたしかに――」かろうじて身を避けることのできた飛び道具を調べていたが、おのれ自身の感覚が信じられぬようにうめき声をあげた。それは緑色の巨大な石塊《せっかい》で、大樹の根元の芝地に転がっている。樹幹はその衝撃でひび割れていた。

「人間の住まぬ島に、こんな石があるのからして不思議だ」とコナンが唸るようにいった。

オリヴィアの可憐《かれん》な目も驚愕《きょうがく》に大きく見開いていた。石塊は左右均衡の形で、明らかに人の手が加わっている。しかも、驚くほど巨大なのだ。キンメリア人はそれに両手をかけ、両脚を踏んばり、腕と背中の筋肉を盛りあがらせ、頭上高くさしあげると、渾身《こんしん》の力をこめて投げやった。しかしそれは、彼の前わずか数フィートの地点に落下しただけであった。コナンは思わず悪態をついた。

「生きた人間の力では、これだけの大石を空き地越しに投げつけられるものでない。できるとしたら、大型の弩《いしゆみ》か投石機を使ったときだが、あの藪のなかにはそんな道具は見当たらなかった」

「もっと遠い場所から、強力な道具の力で投げつけたのではありませんの？」と彼女は意見を述べた。

コナンは首をふって、

「そうだとしたら、おれたちの頭の上から落ちてきたはずだ。ところがこいつは、あの藪から飛んできた。あそこの小枝の折れ具合を見ろ。それでいて小石を投げたような速さだった。しかし、どんなやつの仕業なのか？　いったいなにが狙いだ？　さあ、ついて来い！」

彼女はためらいながらもあとにつづいて、ふたりは藪のなかにはいっていった。藪の外周の内部では、葉の多い灌木が輪を形作って、下生《したば》えの草は案外まばらだった。完全な静寂が支配して、弾力性のある芝草が足跡を消している。しかし、この謎に満ちた藪のなかから、あの致死的な飛び道具が猛烈な速さで投げ出されたのだ。コナンは身をかがめて芝草の上に目を凝《こ》らした。そのここかしこが踏みにじられている。彼は腹立たしげに首をふった。その鋭い眼力をもってしても、草を踏みつぶしたものがなんであるか見当もつかなかった。つづいて彼は視線を頭上に移して、厚い葉と錯綜《さくそう》した枝とが織りなしている緑色の天蓋《てんがい》を見やった。そしてぴたりと動きを止めた。

それから長剣を手に立ちあがると、オリヴィアを背後へ押しやって、後退を開始した。

「ここから出るぞ、急げ！」彼は低い声で急きたてた。それが彼女の血を凍りつかせた。

「どうかしましたの？　なにか見まして？」

「なんでもない」コナンは用心深く答えた。そのあいだも退却の足をゆるめなかった。

「でも、それならどうして？　この藪になにかひそんでいますの？」

「死だ！」翡翠色の天蓋が空を遮断しているあたりに目をやったまま、コナンが答えた。

ひとたび藪を出ると、コナンは彼女の手をとって急に早足になり、まばらになっている木々のあいだを走りぬけ、ついには草ばかりでほとんど樹木のない斜面を駆けのぼっていった。登りきったところは、さして高くもない台地になっていて、草はかなり丈長《たけなが》のものだが、木々はまばらに散在しているだけであった。この台地の中央に、いまは崩壊の状態ながら、緑色の石を用いた横長の建造物がそびえていた。

ふたりは呆気《あっけ》にとられた形で、目をみはるばかりであった。ヴィラエット内海に浮かぶ島々のうちに、このような廃墟があるという伝説は聞いたことがなかった。石壁の上を苔《こけ》が覆い、崩れ落ちた天井の隙間から青空がのぞいているのに目をやりながら、コナンと女は慎重な足どりで建造物へ近づいていった。その周囲には、おびただしい石の砕片《さいへん》が堆積《たいせき》して、微風に揺れる草のなかに半ば埋もれている。それからしても、かつてはこの台地に多くの建造物が立ち並んでいたと思われる。ひょっとしたら、町がひとつあったのかもしれない。しかし、いまはわずかにひと棟、大会堂と呼ぶにふさわしい建物だけが、青空を背にして立っているだけだ。しかもその四方の石壁が、つる草の匍《は》いまわるなかに、酔いどれのように傾いでいるのだった。

どのような扉が守っていたかは知りようもないが、柱廊《ちゅうろう》玄関そのものが、はるか昔に崩れ落ちていた。コナンとその連れは、広い入口に足を止めて内部をのぞきこんだ。石壁と天井の空隙《くうげき》から陽光が流れこんで、建物内に仄《ほの》暗い光と影の織りなす模様を描きだしていた。長剣の柄《つか》を握りしめたコナンは、首を低くし、足音を忍ばせ、獲物《えもの》を狙う豹のような前かがみの姿勢で用心深くはいりこんだ。オリヴィアも爪先立ちの恰好で、そのあとにつづいた。

内部に足を踏み入れた瞬間、コナンは驚きのあまりうめき声を洩らした。オリヴィアもかろうじて叫びを抑え、

「見て！　ああ、あれを見て！」

「見たよ」コナンは答えた。「しかし、怖《おそ》れることはない。彫像だ」

「でも、生きているみたい――怖ろしい顔をして！」彼女は低く叫んで、男に身をすりよせた。

ふたりの立っているところは大広間の跡である。かつては磨きあげてあった石の床に塵埃《じんあい》が厚く積もって、天井から崩れ落ちた石材の破片が散乱し、床石の割れ目はつる草が埋めつくしている。かなりの高さのある天井は穹窿《きゅうりゅう》形でなく、平面が大きく拡がり、それを四面の壁に沿ってつづく太い石柱の列が支えている。その石柱と石柱のあいだに、ひとつずつ異様な形状の彫像が据えてあるのだ。

彫像はどれも鋳鉄《ちゅうてつ》製のものらしく、これまで磨きつづけてきたかのように黒光りしている。鷹《たか》のように凶暴な顔をして、柔軟な身のこなしのうちにも力強さを示す長身の男を表現して、いずれも等身大の裸体像である。関節と筋肉の盛りあがりと窪み、隆々たる体軀《たいく》の線、すべてが驚くほど真《しん》に迫っ

ている。しかし、もっとも生きた人間らしいところは、傲岸《ごうがん》で冷酷な顔の表情だった。顔立ちはひとつとして同一のものがなく、それぞれ顕著《けんちょ》な個性をあらわしているが、その全部に共通する部族の特徴がそなわっているのもたしかだ。しかも、こと容貌に関するかぎり、装飾的な技法に基づく単調な画一性はいささかも見られなかった。

「まるでわたしたちの言葉を聞いていて――なにかを待っているみたい！」オリヴィアは落ち着かない様子で囁いた。

コナンは彫像のひとつに長剣の柄をぶつけてみて、

「鉄でできている」とオリヴィアに教えて、「だが、クロムの神にかけて！　これを作るのに、いったいどんな鋳型《いがた》を用いたのだろう？」

彼は首をふり、困惑した顔でそのたくましい肩をすくめた。

オリヴィアはおじけづいて、音もなく静まりかえる広間の内部を見まわした。しかし、彼女の目がとらえたものは、つる草の匍いまわる石壁と巻きひげのからみつく石柱、そのあいだにひっそりと立っている黒い鋳鉄像だけであった。不安になって身をもじもじさせ、早くこの場所から遠去かりたいと願う彼女であったが、頼りにするコナンが奇妙なほど彫像に惹きつけられて、動く様《さま》も見せないのだ。彼はそれを念入りにあらためたうえ、未開人らしい率直さで彫像の手足をもぎとろうとした。しかし、その強固な材質は、いかに力をこめようと、びくともするものでなく、どれひとつとして壁龕《へきがん》から引き離すこともできなかった。ついにコナンは諦めて、不思議そうな顔でなにやら呟いた。

「いったいどこの種族を象《かたど》ったものだろう？」彼はだれにいうともなくいった。「まっ黒な色に仕上げてあるが、黒人を写しとったわけでもなさそうだ。こんな種族は見たこともない」

「日光の明るい場所に出ましょうよ」オリヴィアがしきりと急《せ》きたてるので、コナンはうなずいて、壁に沿って沈思している彫像群に当惑した眸を走らせ、見納めにした。

こうしてふたりは薄暗い広間から、真夏の太陽が明るいきらめきを見せている屋外へ出た。オリヴィアは太陽の位置を見て驚いた。思ったより長い時間を廃墟の内部で過ごしていたのだ。

「舟にもどりましょう」彼女が提案した。「ここは怖いの。なにか異様で、邪悪が支配している場所にちがいなくてよ。石のかたまりを投げつけたものが、いつまた襲いかかってこないともかぎらないわ」

「立木の下にいなければ心配ないと思う」コナンは答えた。「さあ、行こう」

台地の端は、東と西と南の三方が下り勾配《こうばい》で樹木の生い茂った岸辺へつづき、北に向いた一方が登り勾配になり、その先は岩塊が複雑に入り組んだ絶壁に接している。それを登りつめると、この島最高の地点に達することができる。コナンはその方向に足を向け、大きな歩幅を連れに合わせて加減しながら歩きだした。ときどき彼女を盗み見ているのだが、彼女もそれに気づいていた。

ふたりは台地の北の端に達して、そびえ立つ絶壁を見あげた。その東と西は、峻険《しゅんけん》な崖の線にしがみつくように木々が密生して、台地の縁を形成している。コナンは疑わしげな視線を木立に走らせたが、オリヴィアに手を貸しながら、崖道を登りはじめた。傾斜は切り立っているというほどではなく、そのところどころに張り出しや玉石《たまいし》のかたまりがあるので、足がかりに不自由はしなかった。山嶽《さんがく》地帯に生《お》い育ったキンメリア人のことで、彼自身は猫に劣らぬすばやさで駆けのぼることもできるのだが、オリヴィアには難渋《なんじゅう》をきわめる仕事であった。たびたび足が地を離れ、躰が宙に浮く気持ちになり、障害物をひとつ乗り越えただけで全身の力が尽き果てそうになり、いまさながら男の体力のすばらしさに驚きが募るのだった。いまは彼女もコナンの手が触れるのを厭《いと》わしいとは感じなくなり、むしろ鋼鉄のようなその把握力に保護の期待を寄せていた。

ふたりはようやく絶頂に立ち、海の風に髪をなびかせていた。脚下には三、四百フィートの断崖が切り立って、その末は海浜を縁どる狭い森林地域に達している。南の方向へ顔を向けると、島全体が大きな楕円形の鏡のように横たわるのが眺められた。斜角をなすその周囲が、この崖の部分一個所を除き、急激な傾斜で緑なす森林のへりに呑みこまれている。その先は視野の届くかぎり、平穏な水面が青く拡がり、遠い夢のような霞《かすみ》のなかに消えている。

「内海は静かですわね」オリヴィアが溜息混じりにいった。「やはりわたしたち、舟を乗り出すほうがいいと思うわ」

コナンは断崖の端に青銅像のように突っ立ち、北の方角を指で示した。オリヴィアが目を凝らすと、アーチを描く霞のなかに浮かんでいるように見える白い斑点があった。

「あれ、なにかしら?」

「帆だ」

「ヒルカニアの船?」

「あんな遠くでは、どこの国の船か見てとれんよ」

「この岸辺に錨《いかり》を下ろして——わたしたちを捜すつもりなのね!」彼女はたちまち狼狽《ろうばい》して叫んだ。

「そうではないだろう。あれは北方から来たものだから、おれたちを捜している船であるはずがない。もっとも、なにかの理由でこの島に錨を下ろすかもしれんから、そのときは、できるだけ上手に身を隠さねばならんだろう。しかし、たぶんあれは海賊船か、北方の国を荒らしてもどってきたヒルカニアのガレー船のどちらかだ。ガレー船だとしたら、こんな島に立ちよるわけがない。しかし、あれが見えなくなるまで、おれたちは海へ出ることができぬ。なぜかというに、あれはおれたちがめざす方向から来ているからだ。どっちみちやつらは、今夜のうちに、この島のそばを通過してしまうはずだ。だから、夜が明けたら舟を漕ぎ出すとしよう」

「だったら、今夜はこの島で過ごしますの？」オリヴィアが震え声で訊いた。

「それがいちばん安全な方法だ」

「では、ここで眠りましょう。この岩の陰で」と彼女がうながした。

コナンは首をふり、生長を阻害された矮樹《わいじゅ》の群れ、足もとの崖下から水辺までつづく木立、断崖の斜面に触手を伸ばしている緑のかたまりを見まわして、

「ここには木が多すぎる。廃墟のなかで眠ったほうが利口だ」

オリヴィアが抗議の叫び声をあげた。

「あそこだったら、おまえに害を加えるものはない」と、なだめるようにコナン。「さっきの石を投げたのがどんなやつかはわからんが、木のないところまでは追ってはこなかった。それに廃墟のなかには、どんなけものにしろ、ひそんでいる様子はなかった。おまけにおまえは肌が弱い。そして屋根とうまい物に慣れている。一方おれは、雪のなかに裸で眠ることもできるし、それを不快に感じるわけ

でもない。だが、屋根のないところで寝たとしたら、おまえの躰は夜露《よつゆ》に当たっただけで痙攣を起こすに決まっている」

オリヴィアはなすすべもなく男の言葉に従って、ふたりして断崖をくだり、台地を横切ると、もう一度、長い時代を経《へ》た暗鬱《あんうつ》な廃墟に近づいていった。そのころまでに、太陽は台地のへりの下に沈みかけていた。ふたりは断崖の近くの木々に果実を見いだして、それを夜の食事の糧《かて》とした。食べる物と飲む物の双方である。

南国の夜は早い速度で暮れていき、蒼黒い空に大きな白い星がきらめきだした。コナンは影に包まれた廃墟に歩み入り、気の進まぬオリヴィアを引き入れた。壁に沿って並ぶ、壁龕に収まった黒い影に目が触れると、彼女は激しく身震いした。星明かりがかすかに洩れてくるだけの闇のなかでは、その輪郭をはっきりと見分けられるわけでない。彼女に感じとれるのは、その彫像たちがなにかを待っている——計り知れぬ何世紀かの遠い昔から、なにかをずっと待ちつづけているということだけだった。

コナンは、葉をたくさんつけた柔らかそうな枝を腕いっぱいかかえてきた。それを積み重ねて、彼女のために褥《しとね》を作ってやった。オリヴィアはそこに身を横たえて、蛇の巣で寝るような異様な感慨にとらわれた。

オリヴィアの胸を騒がせるものがなんであったにしろ、コナンはそれとは無縁だった。彼女のそばに腰を下ろし、石柱のひとつに背をもたせて、長剣を膝に横たえた。その目は黄昏《たそがれ》のなかの豹《ひょう》のそれのようにきらめいていた。

「眠るがいい、娘」彼はいった。「おれの眠りは狼のように浅い。なにがこの広間にはいりこもうと、必ずおれは目を醒ます」

　オリヴィアは返事をしなかった。木の葉の寝所の上から、柔らかな闇のなかにぼんやりと浮かぶ、身動きひとつしない男の輪郭をみつめていた。なんという不思議な成り行きであろうか。幼いころ、その話を聞いただけで怖ろしさに身震いした蛮族のひとりと行動をともにして、世話をされ、保護されているのだ！　その男は、血に飢えた凶悪な種族のひとりである。野生と近しい関係にあることは、その一挙一動から察しとれる。いまもそれが、青く煙った彼の目に燃えている。しかし、この野蛮人は彼女を傷つけようとしなかった。彼女を一番ひどい目に遭わせたのは、この世で文明人と呼ばれている男であった。甘美《かんび》な疲労が、ゆるんだ手足に忍びよって、いつしか彼女は、眠りの泡立つ波のうちに沈んでいった。そして眠りに落ちる一瞬前の意識に、彼女の柔らかな肉体をきつくつかんだコナンの指の感触を思い出していた。

2

　オリヴィアは夢を見ていた。夢のなかを、花園を匍《は》う黒い蛇のような邪悪の影が忍びよってきた。その夢は絢爛《けんらん》たる色彩の異国風な断片の連続で、ついぞ見かけたことのない型のものであったが、しだいに結晶して、とてつもなく大きな石と石柱の建物を背景にした恐怖と狂気の光景と変わっていった。彼女の見たものは広大な広間で、どっしりした壁に沿って等間隔に並んでいる石柱が、高い天井を支えている。石柱のあいだには、緑と深紅《しんく》の大きな鸚鵡《おうむ》が飛び交《か》い、鷹《たか》のような顔をした黒い肌の戦士の群れが、広間の床を埋めつくしていた。彼らは黒人でない。その衣服にしろ武器にしろ、彼女の知っているどの国のものともちがっていた。

戦士たちが、石柱のひとつに繋《つな》がれた男をさいなんでいるところだった。それはほっそりした体軀《たいく》を持つ白皙《はくせき》の若者で、雪花石膏《アラバスター》のように白い額《ひたい》に、金色の巻き毛が房《ふさ》をなして垂れ下がっている。その美しさは人間のものでなく――生きた大理石に刻んだ神の姿だった。

黒い戦士たちは若者を嘲笑し、異国の言葉でからかっていた。その残酷な手の下で、若者のしなやかな裸身が身もだえし、象牙色の腿《もも》を伝わる鮮血が、磨きあげた床にしたたっている。犠牲者の悲鳴が広間にこだました。とそのとき彼は首をあげて、天井とその先の星空を仰ぎ、怖《おそ》ろしい声でひとつの名を叫んだ。黒檀《こくたん》の手に握られた短剣がその叫びを断ち切った。金髪の頭が、象牙色の胸にがっくりと落ちた。

あたかも絶望的な呼びかけに応《こた》えたかのように、天空を駆ける戦車の轍《わだち》の音を思わせる雷鳴が轟《とどろ》き、虚空《こくう》から突如出現したかのように、ひとつの人影が殺戮者《さつりくしゃ》たちの前に立った。それは人間の形をとってはいるが、現《うつ》し身の人間が、かくまで神々《こうごう》しい美しさを持つわけがない。この人物と鎖に繋がれたまま生命を失った若者のあいだには、見落とすべくもない相似性《そうじ》があった。だが、若者の気高さをやわらげている人間味が、異人の容貌《ようぼう》にはまったく欠けていて、それは見る者に畏怖《いふ》の念をあたえる不動の美しさだった。

彼の前に黒人の戦士たちはちぢみあがって、光る目を細くするばかりだった。異人は片手をあげて、口を切った。声が沈黙の広間にこだまして、深いゆたかな音響の波となった。黒い戦士たちは催眠状態におちいったように、じりじりと後退して、壁に沿った位置に整列して立ち並んだ。それを見て、鑿《のみ》で刻んだようにととのった形の異人の唇《くちびる》から、奇怪な呪文が発せられた――「ヤグコーラン・ヨク・ター、フタルラ！」

その怖ろしい呪文の叫びに、黒い戦士たちは躰《からだ》をこわばらせ、凍りついた。彼らの四肢《しし》に不思議な強直作用が伝っていき、不自然な化石化が行なわれた。異人の手がぐったりした若者の躰に触れると、繋いでいた鎖が床に落ちた。彼は死体を両腕で抱きあげ、背中を向ける前に、無言で立ち並ぶ黒檀の像に静かな視線をふたたび走らせた。そして窓を通して銀色の光を投げ入れている月を指し示した。戦士たちは了解した。これまでは人間であり、いまは強直した姿に変わって、なにかを待っている彫像たちは……。

オリヴィアは目を醒《さ》まして、木の枝の褥《しとね》の上に起きあがろうとした。全身の皮膚を冷たい汗が覆い、静寂のなかに心臓だけが高鳴って、彼女は狂ったような目で四辺を見まわした。コナンは石柱に背をもたせて、厚い胸に頭を押しつけて眠っている。ぱっくりと口をあけた天井から晩《おそ》い月の銀色の光が射しこんで、塵の積もった床に白い線を長々と描いていた。黒い影像のぼんやりした形が、彼女の目に映った。それは緊張した姿で――なにかを待ちつづけている。湧きあがるヒステリーの発作と闘いながら、彼女は見た。石柱の列とそのあいだの偶像の上に月光が軽《かろ》やかに宿っているのを。

あれはなにかしら？　月光が落ちている偶像の影のあいだで空気が揺れている。麻痺するような恐怖が彼女をとらえた。あの場所には、死のごとき不動があるはずだ。それなのに、それが動いている。

黒檀の手足がねじれ、たわみ、ゆっくりと動いている――彼女の唇から怖ろしい悲鳴がほとばしった。そのとたん、彼女を押さえつけ、口を封じていた呪縛《じゅばく》が破れた。その叫びにコナンは立ちあがって、歯を光らせ、長剣をかまえた。

「偶像が！　偶像が！――ああ、神さま、偶像が生き返ったわ！」

そして、その叫びとともに、彼女は壁の割れ目から飛び出して、足にまつわりつくつる草のあいだを狂ったように駆けぬけ、走り、また走った――目がくらみ、悲鳴をあげるばかりで、なにも考えることができず、無我夢中で走りつづけた――最後に手が彼女の腕をつかんで押さえつけたが、彼女はなおも悲鳴をあげ、つかんでいる腕をふり離そうと争った。だが、聞きおぼえのある声が彼女の恐怖の霧《きり》を貫いたので、ふり返ると、そこにコナンの顔があった。当惑に包まれた仮面のような顔が月光を浴びている。

「クロムの神の名にかけて、どうしたんだ？　悪い夢でも見たのか？」その声がはじめて聞くもののように、そして遠く離れた場所で響いているように思われた。オリヴィアは泣きじゃくりながら、男の太い首に腕を投げかけ、その胸にしがみついた。そして身を震わせ、喘ぎあえぎいった。

「あれはどこ？　追いかけてきませんの？」

「追ってくる者なんかいるわけがない」コナンが答えた。

オリヴィアは彼にしがみついたまま上体を起こして、怖ろしそうに四辺を見まわした。闇雲に逃げてきたので、そこは台地の南の端であった。すぐ下はゆるやかな斜面で、裾を木立の黒い影に覆われている。ふりむくと、中天高くかかった月の光を浴びて、廃墟が浮かびあがっていた。

「あの偶像を見ませんでした？　偶像が動きだしたのを。両手をさしあげ、闇のなかに目を光らせたのを？」

「なにも見なかった」未開人も不安を感じとった様子で答えた。「おれはいつになくぐっすり眠りこんでいた。夜どおし眠り通すことなど絶えてなかったのだからな。しかし、そこはおれのことだ。なにかが広間に忍びこんでいたら、必ず目を醒ましたはずだ」

「なにもはいってこなかったのよ」彼女はヒステリックな笑い声をあげて、「あの広間には、はじめから妖《あや》しいものがいたのよ。ミトラの神に誓っていえるわ。わたしたち、妖しいもののあいだで眠ったのよ。小羊が、狼の群れのなかに寝床を作ったみたいに！」

「なんの話だか、さっぱりわからん」コナンは語気を強めた。「おれはおまえの叫び声で目を醒ました。するとおまえが、壁の割れ目から飛び出していくところだった。怪我をさせてはならんと、ここまで追ってきた。悪い夢でも見たんだろうと思ってな」

「ええ、悪夢を見たわ！」と彼女は身震いし、「でも、現実は夢よりも怖ろしかった。聞いて！　わたしの話を！」そして彼女は、夢に見たところと、現実に見たと信じている妖異とを詳しく語った。

コナンは熱心に聞いていた。文明人の通弊である懐疑心は、コナンの知るところでなく、彼の神話のうちには悪霊、幽鬼《ゆうき》、妖術師のたぐいが棲息《せいそく》していた。オリヴィアの話が終わったあと、コナンはなにもいわずに、しばらくは長剣をもてあそびながら、放心の状態のままでいた。

「やつらにいじめられていた若者と、あとからはいってきた背の高い男と、顔かたちがそっくりだったというのだな？」とうとう彼がそうたずねた。

「ちょうど父と息子みたいだったの」彼女は答えてから、ためらいがちにあとの言葉をつづけた。「神と人間との結びつきで子供が生まれると考えてよければ、あの若者がちょうどそれだわ。古い時代の神々は、ときどき人間の女と交わったそうよ。わたしたちの神話が伝えているわ」

「どんな神々だ？」コナンは低い声で訊いた。

「名前までは伝わっていないのよ。忘れられた神々。どんな神だかわからないけど、みんな静かな湖《こ》畔《はん》か高い山の奥、でなければ星の彼方の入り江に帰ってしまったの。神々も人間と同じで、ひとつ場所に落ち着いていないものなのよ」

「だが、あの偶像が元は人間で、神か悪魔の力で鉄の像に変えられていたにしても、どうやって生き返ることができたんだ？」

「月の光には妖しい力があるのよ」彼女は身を震わせながらいった。「夢のなかの異人が、月を指したわ。月が偶像に光を浴びせているあいだ、彼らは生き返るの。きっとそうだわ」

「だが、やつらはおれたちを追ってこなかった」コナンは呟くようにいってから、おぼろにかすむ廃墟のほうへ目をやって、「やつらが動いたのを夢に見ただけかもしれん。引き返して、確かめてみるか」

「だめ、だめよ！」彼女は男にしがみついて、絶望的に叫びたてた。「たぶん呪いがかかっているから、あの場所を動けないんだわ。引き返したりしないで！　きっとあの偶像につかまって、手足を引き裂かれるわ。ねえ、コナン、早く舟に乗って、この怖ろしい島を逃げだしましょう！　ヒルカニア人の船は、通り過ぎてしまったはずよ！　さあ、行きましょう！」

女の訴えが狂気の域に達しているので、コナンも心を動かされた。怪しい偶像をもういちど調べてみたいという好奇心が、蛮族の心に巣食う迷信の力と釣り合った。肉と血をそなえた敵であれば、いかに不利な立場に追いこまれようと、いささかも怖れることはない。だが、超自然的なものがほんのわずかでもうかがわれるときは、たちまち恐怖本能の強烈な力にとらえられる。それは未開人の血の仕業だった。

コナンは女の手をとって斜面をくだり、密生した木立のなかへはいりこんだ。そこでは木の葉が囁《ささや》き、名も知らぬ夜の鳥がものうげに呟き、木々の下に濃い闇が凝《こ》り固まっている。コナンは茂みが密になった地点を避けて進んだ。絶えず左右に目を配り、幾度となく頭上の木の枝に視線を投げた。早足に、しかし用心怠《おこた》りなく進んでいく。彼はオリヴィアの腰に力強い腕をまわしているので、彼女は導かれているというより運ばれている感じだった。ふたりとも口をきかなかった。聞こえるものは彼女の激しい息づかいと、その小さな足が草を踏む音だけ。やがてふたりは木立のあいだをぬけて、月光の下に溶解した銀のようにきらめいている水ぎわに出た。

「食糧に木の実を集めてくれればよかった」コナンは呟くようにいった。「だが、つぎの島がみつかるにちがいない。どうせならいま舟を乗り出すとしよう。あと少しすれば東の空が白《しら》みだすだろうから――」

彼の声は尾を引くように消えていった。もやい綱はいまなお大樹の根元に結びつけられているが、その反対側は打ち砕かれた残骸と変わって、浅瀬に半ば沈んでいたのだ。

押し殺した叫びが、オリヴィアの口を洩れた。コナンはふりむいて、濃い影と向かいあった。凶悪なものの影がそこにうずくまっている。とつぜん夜の鳥の啼《な》き声がやんだ。木々の上空を無気味な静寂が支配している。枝をそよがす風もないのに、どこかで木の葉がかすかに音を立てた。

猫のようなすばやさで、コナンはオリヴィアをかかえあげると走りだした。樹間の影を縫って幽鬼のように走った。そのあいだ、頭上と背後に枝葉を鳴らす異様な音が執念深くつづいて、しだいに追い迫ってくる。そのとき急に月光が射して、ふたりの顔を明るく照らし出した。ふたりはさらに足を速めて、台地の斜面を一気に駆けのぼった。

頂上でコナンはオリヴィアを地においた。そしてふりむいて、いま見捨ててきた影の淵に見開いた目を向けた。しかし一陣の風に木の葉がそよいでいるだけであった。コナンは総髪《そうはつ》を揺すって、怒ったような唸り声をあげた。その足もとにオリヴィアが怖れおののく子供のように匍いよった。恐怖の暗い泉のような目で男を見あげ、

「これからどうする気、コナン?」と小声で訊いた。

彼は廃墟を見やり、眼下の木立にふたたび目を凝らすと、

「断崖へ行ってみよう」とオリヴィアを助けて立ちあがらせ、「夜が明けたら筏《いかだ》をつくる。好運を信じて、もう一度内海へ乗り出してみる」

「わたしたちの舟を壊したのは──あれたちとはちがうものね?」彼女のその言葉は、半ばコナンへの質問であり、半ば彼女自身にいい聞かすためであった。

コナンはうなずいただけで、不機嫌な沈黙をつづけていた。

月光に浸された台地を横切るにあたって、オリヴィアはその一歩ごとに恐怖の汗を滲《にじ》ませたが、おぼろに見える廃墟から黒い影が忍び出てくる気配はなかった。ふたりはようやく、黒々とそびえ立つ絶壁の裾《すそ》に達した。コナンは少しのあいだ肚《はら》を決めかねた表情で立ちどまっていたが、けっきょく大きな岩が張り出している下を休息の場所に選んだ。その近くに樹木がまったく見られないからであろう。

「ここに横になり、できたら眠るがいい、オリヴィア。おれが見張っているから」

しかし、オリヴィアに眠りは訪れてくれなかった。身を横たえてはみたが、遠い廃墟と、台地を縁《ふち》どる木立から目を離すことができずにいた。そのうちに星の光が薄れ、東の空が明るみだし、朝の太陽が昇ってくるにつれて、草の葉においた露《つゆ》が金色に燃えはじめた。

彼女はこわばった躰を起きあがらせたが、心は昨夜の出来事へもどっていった。朝の光のなかでは、その恐怖のいくつかが、緊張しすぎた気持ちが作りだした想像の産物のように思われた。そのときコナンが大股に近よってきて意外な言葉を聞かせたので、彼女の躰に戦慄《せんりつ》が走った。

「陽の昇るちょっと前だが、船桁《ふなげた》のきしみ、帆綱《ほづな》のこすれ、櫂《かい》が水を切る音を聞いた。船が一隻はいってきて、ここからあまり離れていないところに錨を下ろした——たぶん昨日、帆を見かけた船だろう。この断崖の上から、どんな船か見ておきたい」

ふたりは断崖をよじ登って、大石のあいだに腹這いになった。西の方向、木立の向こうに、華やかな色に塗りあげた帆柱《マスト》が突き出ている。

「索具《さくぐ》の張り方から見て、ヒルカニアの船だ」コナンが低い声でいった。「船乗りどもはどこへ行ったのかな――」

そのとき遠くから大声の人声が聞こえてきた。断崖の南の端に匍《は》いよって見おろそうとしたとき、台地の西のへりを形作っている木立のあいだから、色とりどりの服装をした男たちがあらわれて、そこで円陣を作り、なにやら相談をはじめた。各自がしきりと腕をふり、剣の柄《つか》を叩き、口論とまちがいそうな話し合いをつづけていたが、やがて全員揃って廃墟へ向かって台地を横切りだした。その角度からして、一行が断崖の裾近くを通るのは明らかだった。

「海賊だ！」コナンは薄い唇に不敵な笑いを浮かべて、小声でいった。「あの船は、こいつらが分捕《ぶんど》ったヒルカニアのガレー船だ。さあ――この岩のあいだに潜《もぐ》りこめ。おれが呼ぶまで、出てくるんじゃないぞ」と彼女を断崖の頂《いただき》に入り乱れている巨岩のあいだに隠して、指示をあたえ、「おれはあの犬どもに会いに行ってくる。おれの計画が成功すれば、万事うまくいって、やつらの船で出ていける。やり損なったら――まあ、いい。やつらが立ち去るまで、岩のあいだに隠れていろ。この島にどんな残酷な魔物が棲《す》みついているか知らんが、あの海の狼どもにくらべたら、まだしもましだからな」

ひとりとり残されるのを嫌うオリヴィアがすがりついてくるのをふり払って、コナンは崖を駆け降りていった。


オリヴィアが頂上からおそるおそる見おろすと、海賊たちの一隊は、すでに断崖の裾に近づいていた。彼女が見ているあいだにも、長剣を手にしたコナンが巨岩のうしろから歩み出て、海賊たちの行く手に立ちはだかった。海賊たちは口々に驚きや威嚇《いかく》の叫びをあげてあとずさり、岩場から突如出現したこの男を不審そうにみつめた。この荒くれ者の集団の人数は七十あまりで、コト、ザモラ、ブリトゥニア、コリンティア、シェムと、多くの国々の男たちから成り立っていた。容貌は性格の凶暴さを如実にあらわして、ほとんどの者が鞭打《むちう》ち刑を受けた痕《あと》とか焼き鏝《ごて》をあてられた傷を残している。耳や鼻をそぎ落とされた男、片方の目が空洞の男、手首から先のない男——どれもみな処刑台に登らされたしるしか、戦場での傷の名残《なごり》である。大部分が半裸だが、たまたま身支度をしている者の服装は豪奢《ごうしゃ》な品で、黄金の組み紐《ひも》で縁どった上着、繻子の腰帯、絹地のズボン。ただし、いまは破れが目立ち、タールと血痕《けっこん》で汚れていた。そして銀の打ち物飾りつきの鎧《よろい》の一部を身に着けた者、鼻輪や耳輪や短剣の柄に宝石をきらめかせた男もいる。

このような異様な男たちと向かいあって立ったキンメリア人は、その強靭《きょうじん》な青銅色の手足と鋭く刻まれた生気あふれる容貌で、きわだった対照を示していた。

「きさまはだれだ？」海賊たちは口々に叫んだ。

「キンメリアのコナンだ！」彼の声はライオンのそれに似て、深味のある挑戦的な響きがあった。「〈自由の仲間〉に属しているひとりだ。〈赤い兄弟たち〉を相手に運を試してみたい。おまえらの首領はなんという男だ？」

「イシュタールの神に誓っていうが、首領はおれだ」牡牛《おうし》が吠えるような声でいって、長身の大男が進み出た。腰まで裸の巨漢で、突き出た腹に巻きつけた広幅の腰帯が、だぶだぶの絹のズボンを支えている。頭を剃《そ》りあげて、頭顱《とうろ》にひと房の巻き毛を残し、鼠捕りの罠のような口の上には長い口髭が垂れさがっている。爪先の反《そ》りかえったシェム製の緑色をした上履《うわば》きをつっかけ、手に握ったのは長身の直刀である。

コナンは目をみはって、

「クロムの神にかけて、クロシャのセルギウスじゃないか！」

「そのとおり。イシュタールの神の名にかけて、おれさまはセルギウスだ」小さな黒い目に憎悪をたぎらせて、巨漢は大声でいった。「おれが忘れたとでも思っておったのか？　ハッ！　セルギウスさまは仇敵《きゅうてき》を忘れるような男じゃねえ。さあ、うぬの踵《かかと》に綱をつけて吊《つ》るしあげ、生皮《なまがわ》をひんむいてやるぞ。おい、てめえら、こいつをやっつけろ！」

「いいとも、腹のでかいの。きさまの犬どもをけしかけろ」コナンは冷笑に痛烈な嘲《あざけ》りをこめていい放った。「きさまはいつも臆病者だったからな。コトの牝犬め」

「臆病者だと？　おれに向かって、なんという言葉だ！」幅広の巨漢の顔が、怒りでどす黒く変わった。「後悔するなよ、北国の野良犬《のらいぬ》め！　うぬの心《しん》の臓《ぞう》をえぐりとってやる！」

一瞬のうちに、海賊たちは宿敵ふたりを囲んで輪を作り、目をぎらつかせ、血に飢えた歓喜の息を歯のあいだから吐き出した。断崖の上の岩のあいだでは、オリヴィアが興奮のあまり掌《てのひら》に爪を痛いほど食いこませ、崖裾の光景をみつめていた。

闘争者たちは反則というもののない乱闘を開始した。セルギウスは巨大な図体《ずうたい》に似合わぬ大猫のような敏捷《びんしょう》さで躍りかかっていった。食いしばった歯のあいだから呪いの叫びをほとばしらせつつ、猛然と直刀を揮《ふる》い、受け流す。一方コナンは無言のまま、かがり火のような青い焔《ほのお》を目に燃やして闘った。

　コト人の巨漢は息切れを避けるために、わめくのをやめた。いま聞こえる音は、芝草を踏みしだくすばやい足の運びと、海賊の喘ぎ、そして激しく打ちあう鋼鉄の響きだけであった。朝の太陽の光のうちに、二本の大剣が白熱の火のようにひらめき、鋭く回転し、触れあったと見るや、その瞬間に離れていた。セルギウスは劣勢に立ちつつあり、その最高の剣さばきが、キンメリア人の目にも止まらぬ速さの猛襲からかろうじて身を護《まも》っていた。高鳴る鋼鉄の響き、刀身が擦《す》りあう音、苦しげな絶叫――海賊たちの一団のあいだから激しい叫び声がほとばしって、朝の空気を切り裂いた。コナンの長剣が、彼らの首領の巨大な躰を貫いたのだ。その瞬間、セルギウスの肩と肩のあいだにコナンの長剣の切先《きっさき》が震え、朝陽の光に掌の幅ほど白熱の火をきらめかせた。そしてその長剣をキンメリア人が引きぬくと、海賊の首領の躰が音を立ててうつぶせに倒れ、しだいに拡がる血溜《だ》まりのなかに横たわり、わずかのあいだだが、大きな両手を痙攣《けいれん》させた。

　コナンはふりむいて、唖然《あぜん》として立ちすくむ海賊の部下たちを睨《ね》めまわし、

「見たか、犬ども！」と吠えるようにいった。「きさまたちの首領は、地獄へ送りとどけた――〈赤い兄弟たち〉の掟《おきて》では、このあとの始末をどうすることになっている？」

　だれか答えるかと見るうちに、仲間のうしろに立っていた鼠のような顔のブリトゥニア人が、すばやく石投げ器で石を投げつけた。石は矢のような速さで飛来して、狙いはたがわずコナンはよろめいた。そして樵《きこり》の斧に切り倒される大樹のように倒れた。断崖の上でこれを見たオリヴィアは、岩につかまって身を支えた。目の前の光景がぐらぐら揺れ、彼女に見えたのは、頭から血を滲《にじ》ませ、力なく

芝草の上に横たわるキンメリア人の姿だけだった。

鼠面《づら》の男は勝利の叫びをあげて、倒れている男にとどめを刺そうと駆けよった。だが、痩《や》せぎすのコリンティア人が彼を押しもどして、

「なにをするんだ、アラトゥス。てめえ、〈赤い兄弟たち〉の掟を破る気か？」

「掟なんか破っちゃおらんぞ」ブリトゥニア人が唸り声でいった。

「なに？　破っておらん？　なにをいうか！　てめえがいま射ち倒した男は、掟によっておれたちの首領になっていたんだぞ！」

「ばかなことをいうな！」アラトゥスが叫んだ。「こいつはおれたちの仲間じゃねえ。ただのよそ者だ。仲間でねえ者が、セルギウスを殺したところで、首領になれるわけがねえ。おれたちのひとりが、やつを殺してしまえばだ」

「そうはいうけど、あいつは仲間にはいりてえと望んでいたんだぞ」コリンティア人がいい返した。

「やつがはっきり、そういってた」

そのあげく大議論がはじまった。ある者はアラトゥスに味方し、ある者はコリンティア人の肩を持った。このコリンティア人は、イヴァノスと呼ばれていた。呪いの叫びが飛び交い、挑戦の言葉が交わされ、ともすれば、手が剣の柄《つか》にかかるのだった。

最後にひとりのシェム人が、喧騒を押さえつけるような声で、「死んでしまった男のことで議論したところではじまらねえぞ」といった。

「死んじゃいねえ」うつぶせに倒れているキンメリア人のそばから立ちあがりながら、コリンティア

人が答えた。「石がかすって気を失っただけのことだ」

それでまたいい争いが新しくはじまった。アラトゥスが意識のない男にとどめを刺そうとするので、ついにイヴァノスは、倒れている男を跨《また》いで剣をぬき放ち、近づこうとする者と闘う気がまえを示した。このコリンティア人がおのれの主張にこだわるのは、コナンを助けるよりはアラトゥスを敵視するからであろう、とオリヴィアは見てとった。明らかにこの連中は、セルギウスの部下のうちでも頭株で、ふたりのあいだに親愛の情というものはないのだ。なおしばらく激論が沸騰したあげく、コナンを縛《しば》りあげて連行し、その運命の成り行きを後日の決定に待つことに話がまとまった。

意識を回復しかけているキンメリア人を革の腰帯でがんじがらめに縛りあげ、海賊どもが四人がかりで担《かつ》ぎあげたが、不平やら悪態やらが盛んに四人の口から洩れた。それでもこの荷物を隊列に加えて、一行はふたたび台地を横切りはじめた。セルギウスの死骸は倒れた場所に棄ておかれ、陽光に洗われた芝草の上に匍《は》いつくばった無残な姿をさらしていた。


崖上の岩塊のあいだでは、オリヴィアがことの成り行きに呆然としていた。彼女は声を出すことも行動に移ることもできず、野獣のような　団が彼女の保護者を運び去るところを、恐怖の目をみはって眺めることしかできなかった。

どのくらい長い時間そこに横たわっていたかは、彼女自身も知らなかった。海賊団が廃墟にたどりつき、捕虜を引きずって内部にはいりこむのが、台地を挟んで見えていた。彼らはあちこちの扉や壁の割れ目を出入りし、残骸物の堆積《たいせき》をつついてみたり、石の壁をよじ登ったりしていた。しばらく経《た》つと、二十人ばかりが台地を引き返してきて、西のへりにそびえ立つ木立のなかへ消えていった。セルギウスの死体を引きずっていったので、おそらく海中へ投げ捨てるのであろう。廃墟に居残った連中は、近くの木を伐り倒して、焚火《たきび》用の薪《まき》を作りにかかった。オリヴィアの耳に彼らの大声が聞こえてくるが、距離がありすぎるので内容まではつかめなかった。木立のなかに消えた連中の声もこだましていて、やがてこの連中が姿を見せた。酒樽や食糧を詰めた革袋を担《にな》っていて、荷の重さに威勢よく悪態をつきながら、廃墟へ向かっていくのだった。

オリヴィアは、これらすべてを機械的に意識しただけで、緊張しすぎた頭脳は、昏倒《こんとう》寸前の状態にあった。保護者もなくひとりとり残され、キンメリア人の有り難さをいまさらながら思い知らされた。そして漠然とではあるが、狂ったような運命のいたずらに驚きの目をみはらずにいられなかった。一国の王者の娘に生まれた身が、血に染んだ手を持つ未開人と行動をともにしようとは。そう考えると同時に、自分の同族に反撥《はんぱつ》せずにいられなかった。父にしろアムラト王にしろ、文明人中の文明人である。その彼らから彼女が受けたものは苦しみだけであった。これまでの経験からしても、文明人の親切には、必ずやその裏によこしまな動機が隠されている。コナンは彼女をかばい、楯《たて》となって護ってくれた。それでいて――少なくともこれまでのところは――なんの返礼も求めようとしない。彼女は両腕のあいだに頭を埋《うず》めて涙を流した。だが、泣きじゃくっているうちに、遠く聞こえる海賊たちの酒宴の騒ぎが大きくなって、身の危険にあらためて気づくのだった。

暗くなった廃墟を見やると、遠く小さく、異様なものの影がふらふらと動きまわり、緑の樹林の仄《ほの》暗い深みへと消えていった。昨夜の廃墟内での奇怪な経験が夢にすぎなかったとしても、いま脚下に見る緑の葉の深淵にひそむ脅威は、悪夢の作りだしたものではなかった。コナンが殺されるか、捕虜として連れ去られるかするときは、海の狼どものあいだにこの身を投げ出すか、悪鬼の跳梁《ちょうりょう》するこの孤島にひとりとり残されるか、ふたつにひとつの道しかないのだ。

現在おかれた状況に思いいたると、怖ろしさのあまり彼女は気を失って、前のめりに倒れた。

3

オリヴィアが意識をとりもどしたとき、太陽はすでに沈みかけていた。軽やかな風が、遠い人声と野《や》卑《ひ》な唄《うた》の切れ端を彼女の耳にまで運んでくる。用心しながら立ちあがって、彼女は台地の向こうを眺めやった。廃墟の外に大きな焚火《たきび》を燃えあがらせ、その周囲を海賊たちがとり囲んでいた。そこに別の数人が、廃墟の内部から引きずり出してきたものがある。それがコナンであるのを見て、オリヴィアの胸が騒いだ。厳重に縛《しば》りあげたままのコナンを外壁に寄りかからせてから、盛んに武器をふりまわしての長い議論が再開された。そして最後にコナンを廃墟の広間に連れもどし、また新しく酒盛りがはじまった。オリヴィアはほっと息を吐いた。とにかくコナンがまだ生きているのを知ったからだ。新しい決意が生じ、彼女の心に鋼鉄の強さをあたえた。日が落ちきって、闇の訪れと同時に、あの無気味な廃墟に忍び入ってコナンを救い出すか、自分もまた捕えられるかだ。そして、この決意をうながしたのがわが身可愛《かわい》さだけでないのを、いまの彼女は知っていた。

その覚悟を胸に抱いて、彼女は勇敢にも隠れ場所から忍び出ると、近くにまばらに生《な》っている木の実をもいで腹ごしらえをした。昨日からなにも口にしていなかったのだ。夢中で木の実を食べていると、ふとなにかに見られている感じがした。不安の目で岩場をうかがううちに疑惑が強烈に湧いてきたので、断崖の北の端まで匍《は》っていって、崖裾《がけすそ》に緑の波を描いている樹海を見おろした。日の沈んだいま、それはすでに闇に沈んでいた。従って、なにも見えない。ということは、断崖の端に立たないかぎり、樹林のなかに潜《ひそ》むものから見られることもないはずである。それでいて、隠れた目のきらめきがはっきりと感じとれる。何か知覚力のある生き物が、彼女の存在と隠れ場所に気づいていると感じられるのだ。

彼女は岩のあいだの隠れ家に忍び足でもどって、そこに身を伏せ、遠い廃墟の監視をつづけた。夜の幕が覆い隠したあとも、かがり火の光でその場所を見定めることができた。黒い人影が跳《は》ねまわっているのは、乱酔状態に達しているのであろう。

そこまで見きわめて、彼女は立ちあがった。いまこそ意図を決行すべきときである。しかし、まずは断崖の北の端に歩みよって、海浜を縁どる木立を見おろした。そして仄暗い星明かりのもと、目を凝《こ》らしてみつめるうちに、思わず彼女は身をこわばらせた。氷のように冷たい手が心臓に触れたような気がした。

はるか眼下に、なにかが動いた。黒い影が脚下に拡がる闇の深淵から分かれたかのようだった。それが切り立つ断崖をゆっくりと登ってくる――半闇のなかに、形の定かでない巨大なものが。恐怖がオリヴィアの喉をつかみ、思わず悲鳴をあげたくなって、それを抑えるのに必死だった。彼女は身をひるがえして、南側の斜面を駆け降りた。

影に包まれた斜面を駆け降りるのは、悪夢のなかの苦行だった。彼女はすべり、転び、血の気《け》の失《う》せた指でギザギザの岩につかまった。ゴツゴツした大石の上で柔肌が破れ、たおやかな手足に傷がつくが、この岩場を越えるとき、コナンは軽々と抱きあげて運んでくれたのだ。いまさらながら鋼鉄の筋肉を持ったあの未開人が頼もしく思われる。しかし、その思いも、めくるめくばかりの恐怖の渦のなかにひらめいては消える意識にすぎなかった。

　くだりの道は果てしなくつづくかに思われたが、ようやく足が芝草の平地に触れて、それからの彼女は、焚火が夜の赤い心臓のように燃えている個所をめざして、狂ったような速度で駆けつづけた。駆けながらも、背後の崖の急斜面に落石が驟雨《しゅうう》のような音を立てるのを聞き、その音が彼女の足に翼をあたえた。どんな怖ろしい登攀《とうはん》者がその石を崩したのかは、あえて考えないようにした。

　必死の肉体的行動が、彼女の盲目的な恐怖心を幾分なりとも消散させてくれて、廃墟の近くにたどりついたときは、気持ちも落ち着き、手足こそ激しい運動で震えていたものの、判断能力がよみがえっていた。

　彼女は芝草の上に腹這いの姿勢をとり、海賊たちの斧を免《まぬか》れた矮樹《わいじゅ》のうしろまで匍いよると、敵の様子をうかがった。海賊たちはすでに食事を終えていたが、叩き割った酒樽《さかだる》の鏡のあいだに、しろめ作りの大コップや宝石をはめこんだ酒杯を突っこんで、いまだに飲みつづけていた。ある者は酔いつぶれて草の上に大いびきをかき、またある者はふらふらした足どりで廃墟のなかへはいっていった。コナンの姿は見られなかった。彼女はしばらく身をひそめたままでいた。周囲の芝草や頭上の木の葉に露《つゆ》が降りて、焚火を囲んだ男たちはわめきあい、賭け事をし、議論しあった。わずかな人数を焚火のまわりに残しただけで、ほとんどの者が眠りをとりに廃墟のなかへはいっていった。

彼女はなおも監視をつづけた。待機の緊張感に神経が張りつめ、自分もまた監視されているのではないかとの疑惑に、肩のあいだを餉いまわるものがあった――なにかが背後に忍びよってくる不安。時間が鉛《なまり》の足どりでのろのろと過ぎていった。焚火のまわりの男たちは、ひとりまたひとりと酔いつぶれて眠りこみ、けっきょくは全員が意識のない眠りに落ちて、焚火の火も消えかけた。

オリヴィアはなお躊躇《ちゅうちょ》していた――そのとき、木々のあいだに遠い光が射して、彼女ははっと身を引きしめた。月が昇ってくる！

大きく息を吐いて立ちあがり、廃墟へ急いだ。ぱっくりと口を開いた入口のわきで酔いつぶれて寝ている海賊どものあいだを爪先立ちで通ったときは、背筋の凍る思いがした。内部にはもっと多くの人数が眠りこんでいた。淫《みだ》らな夢を見ているのか、しきりと寝言を呟き、寝返りを打つが、彼女が通り過ぎるあいだ、目を醒《さ》ました者はいなかった。コナンの姿をみとめて、彼女の唇から歓喜の叫びがあやうく洩《も》れるところだった。キンメリア人は、立ったまま石柱に縛りつけられていた。目をかっと見開いていて、その眸《ひとみ》が戸外の消えかけた火をかすかに映してきらめいている。

眠りこけた海賊たちの躰《からだ》を避けながら、彼女はコナンに近づいていった。音も立てずに近づいたつもりだが、彼はすでに気づいていた。入口に立ったときから見ていたにちがいない。その引きしまった唇には、かすかな笑みが浮かんでいた。

男のそばによると、オリヴィアはいきなりしがみついた。その心臓の高鳴りが男の胸にも感じとれた。壁の広い割れ目から月光が忍びこんで、空気にたちまち微妙な緊張がみなぎった。コナンはそれを意識して躰をこわばらせた。オリヴィアも気づいて息を呑んだ。いぎたなく眠りこんだ海賊どもは、大いびきをかきつづけている。彼女はすばやくかがみこんで、正体をなくして眠っている海賊の腰帯から短剣をぬきとると、コナンの縛《いまし》めを解きにかかった。それは太く重たい帆綱《ほづな》で、船乗りの結び方で縛りあげてあった。彼女は必死に短剣を動かしつづけた。そのあいだにも月光が徐々に床を匍い進んで、石柱のあいだにうずくまる黒い偶像の足もとに達しかけていた。

彼女の息づかいが喘ぎに変わった。コナンの手首は自由になったが、肘と足は固く縛られたままだった。彼女は壁に沿って並ぶ偶像へちらっと目をやった——なにかをひたすら待ちつづけている偶像。不死の怖るべき忍耐力で、彼女を見張っているように思える。足もとで眠りこんでいる海賊たちが身じろぎし、唸り声をあげはじめた。月光が広間の床を匍いより、偶像の黒い足に触れた。コナンの腕から帆綱が落ちた。キンメリアの男は彼女から短剣を受けとると、それを一閃《いっせん》させて脚の縛めを断ち切った。そして石柱から離れて、手足を屈伸させ、血行《けっこう》がもどるまでの苦痛を殉教者のように耐えた。オリヴィアは彼の足もとにうずくまって、木の葉のように震えていた。黒い偶像の目に火が点もり、それが闇のなかに赤くきらめいて見えるのは、月光のいたずらなのだろうか？

コナンは密林の豹のような敏捷《びんしょう》さで行動に移った。そばに積みあげてある武器の山から自分の長剣をとりあげると、オリヴィアを軽々と抱きあげ、木蔦《きづた》の匍っている壁の割れ目から外へぬけ出した。

ふたりのあいだに、ひと言も交わされなかった。男は彼女を両腕に抱きかかえたまま、月光に浸《ひた》った芝草の上を早足に横切っていった。オピルの国の女は男の鉄のような首に腕をまわし、巻き毛の黒髪を力強い肩に押しあて、目をつぶった。甘美《かんび》な安心感が全身に拡がっていった。

その重荷にもかかわらず、キンメリア人はすばやく台地を渡りきった。オリヴィアが目をあけると、ふたりはいま崖下の影のなかを通り過ぎていくところだった。

「さっき何かがこの崖を登っていったのよ」彼女は男の耳に囁《ささや》いた。「わたしが降りてきたとき、匍いあがっていく音がうしろのほうに聞こえたの」

「運を天にまかすしかないな」と唸り声でコナン。

「いいわよ――もう怖いことなんかないわ」彼女は吐息を洩らした。

「おれを助けにきてくれたときも怖がっていなかったな」と彼は応じた。「それにしても、ひどい一日だった！　あんなにうるさい怒鳴りあいは聞いたことがない。おかげで耳が潰れるところだった。アラトゥスのやつが、おれの心臓をえぐりとるといった。イヴァノスがそれに反対した。アラトゥスを嫌っているんで、反対してみただけのことだが、一日じゅういがみあって、口論をつづけ、ののしりあった。ほかの連中がさっさと酔いつぶれてしまったんで、おれの始末は宙に浮いて――」

彼が急に足を止め、月光を浴びた青銅像のように突っ立った。すばやい動作でオリヴィアの躰をそっとかたわらに下ろす。彼女は柔らかな芝草の上に膝をついて起きあがったが、それと同時に悲鳴をあげた。

崖下の影のなかから驚くほど巨大な物が、のそりのそりと近づいてくる――人間の形をとった恐怖、造物主の戯《たわむ》れによる怪奇な姿。

全体の輪郭《りんかく》は人間に似ていないこともない。だが、明るい月光に浮きあがったその顔たるや、ぺったりとくっついた耳、拡がった鼻、垂れ下がった厚い唇、それに白い牙までそなわって完全にけもののものであった。全身が灰色の毛に覆われて、ところどころに銀色のさし毛が混じり、月光にきらめいている。不恰好な大きな前足が、地面すれすれまで垂れていた。やがてこの巨大な物が、短い湾曲《わんきょく》した脚を止めて、丸い頭を持ちあげた。それは、向かいあって立っているコナンの頭上はるかのところにあった。毛に覆われた胸の大きさと肩と肩との拡がりは、見る者をして息を呑ませるものがあり、両腕も節くれだった巨木の樹幹《じゅかん》を思わせた。

月光の明るいその場の光景が、オリヴィアの視野のなかで揺れ動いた。では、苦難の逃避行もこれで終わるのか――毛に覆われた筋肉の山ともいうべき獰猛な怪物の怒りの前に、どんな人間が対抗できようか。しかし、彼女が恐怖に目を見開いて、青銅像のように怪物と向かいあっているコナンをみつめるうちに、敵対者のあいだのぞっとするような相似性にオリヴィアは気づいた。これは人とけものの闘争というより、両者ともに非情と凶暴さをそなえた野性のもののふたつの死闘であった。白い牙をひらめかせて、怪物が突進してきた。

突進しながら、怪物は力強い腕を大きく拡げた。その巨大な躰と短い脚からは想像もできぬ敏捷さだった。

コナンの動きもオリヴィアの目には見てとれぬすばやさだった。彼女が見たものは、コナンが死の把握をみごとに避けて、長剣を白い電光のようにひらめかし、巨大な腕の肩と肘の中間に斬《き》りこんだところだけだった。おびただしい血がほとばしって芝草を染め、斬り落とされた腕が無気味に痙攣《けいれん》したが、剣が腕を切り飛ばす間に、もうひとつの不恰好な手が、コナンの黒い総髪《そうはつ》をつかんでいた。

その瞬間に首の骨の折れずにすんだのは、ひとえにキンメリア人の鋼鉄のような筋肉のおかげだった。彼の左手が怪獣のずんぐりした首にさっと伸びて、喉を締めあげ、左の膝がけものの毛深い腹へ押しあてられた。それから身の毛もよだつ組み打ちが開始された。それも寸刻《すんこく》の間であったが、麻痺したオリヴィアにとっては、永劫《えいごう》につづくかと思われた。

猿人はコナンの髪をつかんだ手を離さず、月光にきらめく牙のほうへと引きよせていった。キンメリア人は左腕を鉄のように硬くして、怪獣の凶暴な力に耐えながら、右手の長剣を肉切り庖丁のように揮《ふる》って、相手の股間《こかん》と胸と腹とにくり返し突きを入れた。見るも怖ろしい傷口から血が猛烈に噴き出したが、怪獣はこの懲罰《ちょうばつ》を無言で受けとめて、いささかも体力の弱まる気配がない。猿人の圧倒的な力の前に、コナンが突っ張った腕と膝はみるみる押し曲げられた。コナンの腕は否応なくたわめられ、躰が徐々に、よだれをしたたらせ、彼の命を奪おうとする顎に引きよせられていく。いまや未開人の燃える眸が、猿人の血走った目と向かいあうまでに近よった。しかし、毛だらけの巨体に食い入った剣を引きぬこうと焦《あせ》るうちに、キンメリア人の顔から一インチと離れぬところで、泡を吹いている怪獣の口が発作的に閉じた。そしてコナンの躰は、怪物の断末魔の痙攣によって芝草の上に投げだされた。

気を失いかけたオリヴィアの目に、猿人が胸と腹とを波打たせ、あがき、のたうち、躰に突き刺さった剣の柄《つか》を人間のようにつかむところが映った。吐き気をもよおすこの一瞬のあと、怪物の巨躰《きょたい》に痙攣が走ると、それはぴくりとも動かなくなった。

コナンは起きあがって、よろめく足を踏みしめながら、怪獣の死骸を見おろした。それから太い息を吐き、歩きだしはしたものの、全身の関節と筋肉がねじくれた感じで、耐久力の限界に達したかに思われた。血まみれの頭に触れ、その黒髪の長いひと房が鮮血に染まったまま、怪獣の毛深い掌《てのひら》に握られているのを見て罵声を発した。

「クロムの神にかけて！」彼は喘ぎながらいった。「搾《し》め木にかけられる思いをさせられたぞ！　十人の人間と闘うほうがまだましだ。あと少しで、おれの首はかじりとられていた。畜生め、おれの髪をひと房根元からむしりとりやがった」

そして剣の柄に両手をあてがって、渾身《こんしん》の力で引きぬいた。オリヴィアもそばへ寄ってコナンの腕につかまり、目をみはって、地上に横たわっている怪物を眺め、

「なにかしら――これ？」と小声でいった。

「灰色の猿人だ」コナンが唸り声で答えた。「口がきけんで、人を食う。この内海の東の岸の山地に棲《す》みついているのだが、どうしてこいつがこの島にいるのかは、さっぱりわからん。たぶん嵐のときに流木に乗って、本土から流れついたのだろう」

「大石を投げつけたのは、こいつだったのね」

「そうだ。おれはあのとき藪のなかで、頭の上の大枝がたわむのを見て、こいつの仕業じゃないかと見当をつけておいた。この仲間はいつも深い森のなかにひそんでいて、滅多にそこから出てこない。なんでまたこんな開けたところへやってきたものか。しかし、おれたちとしては、それで助かったわけだ。木立のなかで襲われたら、ひとたまりもなかった」

「わたしを追いかけてきたんだわ」彼女は震えながらいった。「崖を匍いあがってくるのを見ましたも

の」

「台地を横切ってまでは追いつづけず、本能に従って、崖の影の暗いところにひそんでいたんだ。これは暗闇と静かな場所を好むけもので、太陽だの月だのが大嫌いなんだ」

「仲間がいますかしら？」

「いないだろうな。いるとしたら、海賊のやつらが木立を通り過ぎるとき、襲撃を受けていたはずだ。灰色の猿人というやつは力こそ強いが、ひどく用心深い。藪のなかでおれたちに襲いかからなかったことでも、それがわかる。おまえがよほど気に入ったと見えて、とうとう木立の外で襲いかかる羽目になったわけだ。おや、なんだ——？」

彼はぎくっとして、もと来た道のほうをふり返った。夜のしじまを怖ろしい絶叫が引き裂いたのだ。それは廃墟のほうから聞こえてきた。

直後にわめき声、悲鳴、神を呪う叫びと、さまざまな声が入り乱れて聞こえ、それに刃物を打ちあわせる音が加わった。戦闘というよりは大虐殺というべき激しさだった。

コナンは凍りついたように突っ立ち、オリヴィアは恐怖のあまり男にすがりついた。騒ぎはしだいに狂乱の域へと高まっていった。やがてキンメリア人はふりむくと、月光に照らしだされた木立が縁どる台地の端へ向かって足早に歩きだした。オリヴィアは脚が震えるので歩くことができない。それと見て、コナンは彼女をかかえあげた。力強い腕に抱かれると、彼女の心臓の激しい鼓動も鎮《しず》まるのだった。

ふたりは影に包まれた森を通りぬけたが、漆黒のわだかまったところに怖ろしいものの気配はなく、葉群れを洩れる銀色の月光も、醜悪《しゅうあく》なものを暴きださなかった。夜の鳥の眠たげな囁きが聞こえている。背後に響く虐殺の音もしだいに弱まり、遠く聞こえる不明瞭な音のかたまりとなっていった。どこかで鸚鵡《おうむ》が、無気味なこだまのような叫びをあげた――「ヤグコーラン・ヨク・ター、フタルラ!」そしてふたりは木立に縁どられた水ぎわにたどりついた。見ると、そこにガレー船が錨を下ろして、月光に帆を白く光らせていた。すでに夜明けが近く、星の光は薄らいでいた。

4

幽霊のように青白い暁光《ぎょうこう》を浴びて、ぼろをまとい、血に染まった人影が、木立のあいだからよろめき出て、狭い海浜へ近づいてきた。総数は四十四人、臆病風に吹かれ、意気阻喪した一団である。喘ぎあえぎ水ぎわまでたどりつくと、ガレー船へ乗りこもうと水中を徒渉《としょう》しはじめた。そのとき船首のあたりで大声が響いたので、全員がそこに立ちすくんだ。

白《しら》みかけた空に彫りつけられたように舳先《へさき》に突っ立っているのは、キンメリア人コナンであった。長剣を片手に、黒い総髪《そうはつ》を朝風に吹きなびかせている。

「動くな!」彼は大声にいった。「近よるんじゃないぞ。海の犬どもめ、なにしにきた?」

「船に乗せてくれ!」毛深い大男が、耳を斬《き》りとられて、血まみれになっているところに指を触れながら、泣き声でいった。「こんな悪魔の島から逃げだしたい」

「この舷側《げんそく》をよじ登ってくるやつは、頭を叩き割ってやるから、そう思え」とコナン。

四十四人対ひとりだが、主導権はコナンにあった。男たちは戦意を失っていた。

「お願いだ、コナン。船に乗せてくれ」赤い腰帯を巻いたザモラ人が、静まりかえった森へ恐怖の眼差しを肩越しに走らせながら、哀願をくり返した。「おれたちみんな噛みつかれ、引っ掻かれ、引き裂かれ、怪我人ばかりだ。闘っては逃げまわり、もうくたくたで、剣も持ちあげられねえ始末だ」

「アラトゥスの犬めはどこにいる？」コナンは訊いた。

「死んだよ、ほかの連中といっしょに！　おれたちは魔物にやられたんだ！　目を醒《さ》ましたら、仲間の何人かがずたずたに引き裂かれていた――腕に覚えのある海賊の十何人かが、眠っているうちに死んでいった。あの廃墟のなかは、燃える眸《ひとみ》を持った影でいっぱいだった。そいつがみんな、牙と鋭い鉤爪を持っていて――」

「そうなんだ！」と別の海賊があとを引き継いで、「この島の魔物にちがいねえ。おれたちの目をくらますために、鋳像《ちゅうぞう》の形をとっていやがった。イシュタールの女神にかけて！　おれたちはやつらのあいだで眠っちまった。意気地がなくてやられたわけじゃねえ。命にかぎりのある人間が闇の力にあらがえるかぎり、必死になって闘ったんだ。それから隙《すき》を見て逃げ出した。ジャッカルみてえに屍肉《しにく》に噛みついている魔物を残してだ。だけど、やつらが追っかけてくるのはまちがいない」

「だから、船に乗せてくれ！」痩身《そうしん》のシェム人が叫んだ。「乗せてくれたら、おとなしくしている。さもないと、剣を手にして乗りこむ羽目になる。いまのおれたちは疲れきってるし、おめえの腕だから、おれたちのうち相当の人数はおめえの剣の餌食になるだろう。しかし、これだけの仲間を皆殺しってわけにはいかねえぜ」

「そのときは船底に穴をあけて、船を沈めてしまうまでだ」とコナンはきびしい顔つきで応じた。海賊の集団はいっせいに説得に努めたが、コナンは、ライオンの咆哮《ほうこう》さながらの一喝《いっかつ》を浴びせた。

「犬め！　仇敵《かたき》を助けてやるおれだと思うのか？　おれはおまえらを船に乗りこませ、この心臓をえぐりとる機会をあたえるほどの馬鹿じゃない」

「まあ、まあ、待ってくれ！」彼らは熱心に叫びだした。「味方だ——味方なんだよ、コナン。おれたちはおまえの仲間だ！　ここには腕っこきが揃ってるんだ。おれたちが憎んでいるのはトゥランの国王で、おたがい同士が憎みあうことはねえだろう」

そして全員の視線が、コナンの陽灼《ひや》けした渋面《じゅうめん》に注がれていた。

「だったら、おれが〈赤い兄弟たち〉のひとりだとしたら」コナンは強い語調でいった。「仲間の掟《おきて》がおれにもあてはまるわけだ。おまえたちの首領を正々堂々の闘いで斃《たお》したんだから、おれはおまえたちの船長ってことだな！」

その言葉に反対意見は出なかった。海賊どもは気持ちが挫《くじ》けて、この恐怖の島から逃げ出したい一心。ほかのことまで考えている余裕はないのだった。コナンは海賊たちを見まわしていたが、血に染まったコリンティア人をみつけて、

「やあ、イヴァノス！」と呼びかけた。「おまえは昨日、おれをかばってくれたな。もう一度、おれの肩を持ってくれるか？」

「もちろんだ。ミトラの神に誓って、おれはおまえの味方だ！」この海賊は、仲間一同の心の動きを察しとって、キンメリア人にとり入りたい気持ちに駆られていた。「おい、みんな、コナンのいうとお

りだ。彼こそ、おれたちの掟による船長だ！」

賛成の声がばらばらにあがった。熱意には欠けているかもしれない。だが、背後の静まりかえった森に、赤い目をして鉤爪から血をしたたらせた漆黒《しっこく》の魔物が隠れひそんでいるかと思うと、心から承服するしかないのだった。

「剣にかけて誓え」コナンが要求した。

四十四本の剣の柄《つか》が、コナンに向かってかかげられ、四十四人の声が揃って海賊の忠順の誓いを立てた。

コナンはにやりと笑って、長剣を鞘《さや》に収め、

「では、乗船しろ、おれの勇敢な部下たち。そして櫂《かい》を握れ」

それから、ふりむいて、舷縁を楯《たて》にうずくまっていたオリヴィアを助け起こした。

「わたしはどうなるの？」と彼女はたずねた。

「おまえこそどうするつもりだ？」コナンは彼女をじっとみつめて、鸚鵡《おうむ》返しに訊いた。

「あなたといっしょなら、どこへでも行くわ。世界の果てまでも！」そう叫ぶなり、彼女はその白い腕《かいな》を青銅色の男の首に投げかけた。

海賊たちは舷側を乗り越えてきて、驚きのあまり息を呑んだ。

「血しぶきと虐殺の道へ船出することになるが、それでもいいのか？」コナンは重ねて問うた。「この竜骨《りゅうこつ》の進むところ、青い海が赤く染まるのだぞ」

「ええ、あなたといっしょに、青い海でも、赤い海でも」彼女は情熱的に答えた。「あなたは未開人。

わたしは親兄弟にも見捨てられて、国も家もない女。ふたりともあぶれ者、この世の放浪者よ。ああ、いっしょに連れていって！」

彼は心の底からの笑い声をあげ、彼女を抱きあげると、激しい口づけをあたえた。

「おまえを青い海の女王にしてみせる！　おい、野郎ども、とも綱を解け！　クロムの神に誓っていうが、これからイルディズ王を火あぶりにしてやるぞ！」

魔女誕生

A Witch Shall Be Born

1　鮮血に染まった三日月

カウランの女王タラミスが、夢魔《むま》に悩まされたまどろみから目醒めると、そこは寝静まったいつもの宮廷内というより、夜陰《やいん》の地下墳墓《ふんぼ》を思わせる静寂に支配されていた。女王は暗闇のなかに横たわったまま、黄金の大燭台に明るく燃えているはずの蠟燭《ろうそく》の火が、なぜ消えてしまったのかと怪しんでいた。黄金の枠をはめた窓の外に、星の光がきらめいてはいるが、部屋の内部までは明るくしてくれなかった。しかし、いま、タラミス女王の目の前の闇に、ぽつりと光輝《こうき》の点が浮かびあがった。あれはなにかと訝《いぶか》ってみつめるうちに、光度が強まり、大きさが増して、いつしかそれが無気味な光の円盤となり、反対側の壁を覆う黒ビロードの垂れ布の前にぽっかりと浮かんだ。タラミス女王は息を呑み、半身を起こしかけた。光の円盤の中央に黒い物が見えてきた――人間の頭だ。

突然襲った恐怖に、女王は唇を開いて侍女を呼ぼうとしたが、思いとどまった。光輝が強まるとともに、頭の輪郭《りんかく》がはっきりしてきた。それは女の頭で、小ぶりながら優美な形であるうえに、光沢のある黒髪を高く結《ゆ》いあげ、豪奢《ごうしゃ》な姿を見せている。女王の凝視の前に、顔がしだいに明瞭になって――それがなんであるかに気づいたとき、タラミスはあっと叫びかけたが、それさえ喉に凍りついて声にならなかった。彼女自身の顔ではないか！　鏡のなかに自分の顔を見ているだけのことで、それが反射作用のいたずらから、牝虎《めすとら》のような目のきらめき、復讐の鬼にも似た唇の歪みを見せているのかもしれない。

「イシュタールの神よ！」タラミス女王は喘ぐようにいった。「わたし、魔にとり憑かれたのでしょうか！」

驚いたことに、幻影が口をきいた。毒を含む甘い声だ。

「魔に憑かれた？　ちがうわよ、お姉さま！　魔法なんかじゃないわ」

「お姉さまだって？」当惑した女王は口ごもった。「わたしに妹なんかいない」

「妹がなかったというの？」甘いが毒のある声が、嘲笑するようにつづいている。「あなたと同じに、愛撫するにも傷つけるにもふさわしい柔らかい肌を持った妹――双生児《ふたご》の妹があるのを忘れたの？」

「生まれたとき、双生児の妹がいたことは知っている」タラミスは夢魔のとりこになっているのをいまだに確信して答えた。「でも、その妹は死んでしまった」

光の円盤のなかの美しい顔が、怒りの色に引きつって、怖ろしい形相に変わったので、タラミスは思わずあとずさった。蛇のような巻き毛が、女の象牙色の額《ひたい》のまわりでいまにもくねりだし、しゅうしゅうと音を立てるかと思えたのだ。

「嘘をおいいでない！」非難の言葉が、歯をむき出した赤い唇のあいだからほとばしった。「死んでなんかいるものか！　ばか女め！　こんな猿芝居、飽き飽きした！　見ていな――その目を驚かしてやるから！」

そして光が焔《ほのお》を放つ蛇のように垂れ布の上を急に走ると、なぜか黄金の燭台の蠟燭にふたたび火が点《とも》った。タラミス女王はビロードの寝椅子の上にうずくまった。しなやかな両足を折り曲げ、大きく見開いた目で、すぐ前に嘲弄《ちょうろう》するような姿勢で立ちはだかった牝豹《めひょう》の女を凝視した。もうひとりの自分がそこにいるようで、顔立ちといい、姿かたちといい、彼女自身とまったく同じで、ただそれを生き生きしたものに見せているのが、どこか異国風な邪悪の翳《かげ》であった。この奇怪な女の顔には、女王の持つ性格の正反対のものがあらわれていた。きらきら光る眸《ひとみ》に、肉と謎との歓《よろこ》びがひらめき、ゆたかな紅《あか》い唇の歪みに残忍の色をただよわせ、しなやかな肢体《したい》の動きのひとつひとつが、そこはかとなく思わせぶりである。結いあげた髪の形は女王のそれとそっくりで、足に履いた金色に輝くサンダルも、タラミスが寝間で用いるものとまったく同じ。胸の開いた袖なしの短上衣《チュニック》にしろ、腰に巻いた金糸織《きんしお》りの帯にしろ、女王の夜間用の服装の二重写しだった。

「おまえはだれなの？」タラミスは喘ぐようにいったが、氷のような悪寒が背筋を匍《は》いあがってくる理由を説明できなかった。「なぜここへ来たのか、そのわけを話してお聞かせ。そうしないと、侍女に衛兵を呼ばせるよ！」

「天井の梁《はり》がひび割れるほど叫ぶがいい」奇怪な女は平然と答えた。「おまえのだらしのない侍女たちは、夜が明けるまで目を醒ますものか。たとえ宮殿が燃えだして、あたり一面火の海になったとしてもね。衛兵にしたって、おまえの悲鳴なんか聞きつけるわけがない。みんな、宮殿のこの棟から追い払ってある」

「なんですって？」タラミスは叫んで、怒りのうちにも王者の威厳をとりもどそうと身をこわばらせた。「わたしの近衛兵《このえへい》に、だれがそんな命令をくだしたの？」

「このあたしがくだしたわ、かわいいお姉さま」相手の女は冷笑を顔に浮かべて、「ほんの少し前、この部屋を訪れるに先立ってね。あの兵士たち、あたしを敬愛する女王陛下と思いこんでしまったのよ。ハッ！　あたしの演技のみごとだったこと！　女王らしい威厳を女らしい優しさでやわらげて、鎧《よろい》と羽根飾りつきの冑《かぶと》で跪《ひざまず》いている兵士たちに話しかけると、図体《ずうたい》ばかり大きい無骨者揃いで、疑ってみようともしなかったわ！」

タラミス女王は、息を詰まらせる当惑の網が周囲に張りめぐらされた感じで、

「おまえはだれなの？」と絶望的な叫びをあげた。「これはいったいどういうこと？　おまえ、なにをしにきたの？」

「あたしはだれだろうね？」おだやかな口調の応答だが、牝の毒蛇の悪意がこめられていた。女は寝椅子の端まで近づくと、指に力をこめて女王の白い肩をつかみ、かがみこんで、驚きにみはったタラミスの目を正面からのぞきこんだ。幻惑に惹《ひ》き入れずにおかぬその凝視に、女王は呪文にかけられた気持ちで、王者の肌をつかむ無礼な手をふり払うことも忘れて呆然としていた。

「このばか女！」女は食いしばった歯のあいだから吐き出すようにいった。「おまえがそれを訊くの？　あたしがだれだかわからないの？　あたしはサロメだよ！」

「サロメですって！」タラミス女王はその言葉を吐き出した。心の萎《な》えるような、とうてい信じがたい真相に思いあたると、髪の毛が逆立つのだった。「あのサロメなら、生まれ落ちてまもないうちに死んだと聞いていたけれど――」と女王は細い声で呟くようにいった。

「みんな、そう思いこんでいるだけよ」サロメと名乗った女が答えた。「あたしを死なすつもりで沙漠

へ連れていった、悪いやつらさ！　泣き声もろくにあげられないか弱い赤児《あかご》、蠟燭の火ほどの力もない幼児《おさなご》を殺そうとしたんだからね。なぜそんな真似をしたか、わかる？」

「わたし——その話を聞いたことはあるけど——」タラミスは口ごもった。

サロメは激しく笑って、その胸を押し拡げた。衿《えり》のあいた短上衣《チュニック》がさらに開いて、引きしまった胸の上半分がむき出しになった。盛りあがった乳房のあいだに奇妙な形の痣《あざ》が光っている——三日月なりに、血のように赤い痣。

「魔女のしるし！」タラミスが身を引きながら叫んだ。

「そうよ、そのとおり！」サロメの笑い声は憎悪に鋭く尖《とが》って、短剣の刃先を思わせた。「これはカウランの王たちの呪いよ！　市場《バザール》で、ばかな男たちが顎鬚《あごひげ》を揺すり、目を丸くして囁《ささや》きあっている話でもわかること。あたしたちの家系の初代の女王が、暗黒界の魔王と取り引きして、今日まで残る忌《いま》わしい伝説のなかに生きる娘をひとり、魔王とのあいだにもうけたのよ。その後は一世紀ごとに、アスカウラン王家に生まれてくる女の児は、胸に緋色《ひいろ》の三日月のしるしをつけている。それがその児の運命を定めることになったんだわ。

世紀ごとに、魔女がひとり生まれてくる——それが太古からの呪いで、今日までのところは、呪いどおりになってきた。そのような赤児のある者は、生まれると同時に殺された。あたしが殺されかかったようにね。そしてある者は、カウラン王国の誇り高い主権者の娘でありながら、象牙色の胸に地獄の三日月を焼きつけて生まれたばかりに、魔女として大地を歩む羽目になった。そのひとりひとりがサロメと名づけられた。だから、あたしもサロメなのさ。魔女はみんな、サロメだった。これから生まれる魔女にしても、名前はやはりサロメ。極地から氷山が押しよせて文明国が滅亡し、その灰塵《かいじん》のなかからまた新しい世界が興ったにしても――やはりそこにサロメが生まれて大地を歩き、その魔力で男たちの心をとらえ、世界の王たちの前で踊り、みずからの快楽のために賢者たちの首が斬り落とされるのを見ることになる」

「でも――でも、おまえは――」タラミス女王は口ごもりつづけた。

「あたしのこと?」妖しい目が謎の暗い火を燃やして、「悪いやつらが、都《みやこ》から遠く離れた沙漠にあたしを連れていって、燃えあがる太陽の下《もと》、熱い砂の上に裸のまま置き去りにした。ジャッカルや、禿《はげ》鷹《たか》や、沙漠の狼の餌食《えじき》にさせようとしたのよ。

だけど、あたしの体内にひそむ生命力は、並みの人間とはくらべものにならぬほど強かった。ただの人間の頭には思いもおよばぬ、暗い深淵に湧き立つ力の精髄《せいずい》を受け継いでいるのだものね。幾時間かが過ぎ、太陽が地獄の劫火《ごうか》のような光で照りつけても、あたしは死ななかった――そうだわ、あのときの苦しみのいくつかは、いまだに記憶の底に残っているわ。かすかに遠く、形のないぼんやりした夢を思い出すみたいに。そのうちに駱駝を連れた男たちが通りかかった。黄色い皮膚の男たちで、絹の服を着て、おかしな言葉を操《あやつ》る連中だった。それが隊商の道を踏み迷ったことから、すぐそばを通りかかって、隊長があたしをみつけたっていうわけよ。あたしの胸に緋色の三日月を見いだすと、隊長はあたしを抱きあげて生命をあたえてくれたんだわ。

その男は遠いキタイの国の魔術師で、スティギア国までの旅を果たし、故郷の王国へ帰るところだった。そして紫の塔がそびえ立つ都パイカンへあたしを連れていってくれた。つる草のからむ竹の林のなかに小尖塔《せんとう》がきらめく都へ。あたしはその地で、彼の教えのもとに生《お》い育った。この魔術師は、年とともに邪悪の力を弱めるどころか、いよいよ黒い魔術の奥義をきわめて、あたしにもずいぶん多くのことを教えてくれたものよ――」

そこで女はいったん言葉を切って、謎めいた微笑を浮かべた。黒い眸に妖しい光をきらめかせると、首をのけぞらせ、

「でも、その男、しまいにはあたしを追いだしたわ。ずいぶん仕込んだつもりだが、おまえはやはりただの魔女、この先奥義まで教えてみたところで、魔界の力を完全に駆使する域には達しそうもない。最初はおまえを世界の女王にして、おまえを通じて諸王国を支配する考えでいたが、どうやらおまえは闇の国の売女《ばいた》にすぎんようだ。あの男はそんなことをいったわ。だけど、そんなのはこっちから願い下げ。黄金の塔に閉じこもって長い時間を水晶球をみつめることに過ごし、蛇の皮に処女の血で書いた呪文を唱え、忘れられた古代文字で記されたかび臭い書物に読みふける毎日――そんなものに耐えられるわけがないわ。

彼はいうのよ。おまえは地上の魔女にすぎず、全宇宙の魔力を秘めた深淵については知ることがない。しかし、この世にはおまえの望むすべてがある――権力、栄光、壮麗な宮廷生活、情夫《じょうふ》としての美貌の男、奴隷《どれい》にする柔肌《やわはだ》の女。それをみんな、自分のものにするがいい、とね。そしてあたしの素《す》性《じょう》と、呪いの件と、王家の者として受け継ぐべき遺産について話してくれたわ。あたしはそれをとりもどしにきたのよ。あんたと同じだけ女王の椅子に就く権利があるんだもの。いまそれは、生得の権利であたしのものよ」

「なにをいいだすの!」タラミスは跳《は》ね起きて、驚きと怖《おそ》れを押しのけ、妹と称する女と向かいあった。「わたしの侍女を薬で眠らせ、衛兵をたぶらかして遠去けたからといって、カウラン国の王座に就く権利を手に入れたことにはならないのよ。カウランの女王はわたしだってことを忘れるんじゃないわ! もちろん、わたしの妹として高い地位に就けてあげる。でも——」

サロメは憎悪をこめた笑い声をあげた。

「まあ、ご親切なこと、お優しいお姉さま! だけど、あたしをふさわしい地位に就けてくれる前に——城壁のすぐ外の平原に野営している兵士たちはどこの国の軍隊なのか、教えてもらいたいものだわね」

「あれはシェム人の傭兵部隊で、指揮官《ヴォイヴォウド》はコンスタンティウスという男。彼はコト王国の自由軍団を預かっている総督よ」

「その連中が、このカウラン国でなにをしているの?」サロメは甘ったるい声で訊いた。タラミス女王は、巧みに嘲弄されているのを感じとって、なけなしの威厳をこめた口調で答えた。

「コンスタンティウスはトゥラン王国へ向かう途中、わがカウラン国の一部を横切る許可を求めてきた。その軍隊がこの国の領土内にいるあいだ、乱暴な行為に出ない証《あかし》としてコンスタンティウス自身が人質になっているのよ」

「そしてそのコンスタンティウスが」とサロメが追及した。「きょう、あなたに求婚したのじゃなくて?」

タラミス女王の目に疑惑の影が射して、女の顔をみつめた。

「どうしてそれを知っているの？」

ほっそりした裸の肩をふてぶてしく揺すってみせたのが、魔女サロメの返事だった。

「そしてあなたは拒絶した。そうだったわね？」

「もちろん拒絶したわ！」タラミス女王は怒気《どき》をこめて叫んだ。「おまえだって、アスカウラン家の王女として、カウラン国の女王のわたしが、侮辱《ぶじょく》としか考えられぬこの申し込みをどう扱ったか、聞かなくてもわかってるはずよ。おのれの罪で祖国を追われた血に染んだ手のあぶれ者、掠奪と殺しを職業にする徒党の首領のごときと、女王のわたしが結婚するわけがないじゃないの。

黒鬚《くろひげ》の殺戮者《さつりくしゃ》どもがこのカウラン王国の領土内へはいるのを許すべきでなかった。でも、コンスタンティウスを事実上の囚人として、南の塔に閉じこめて、兵士たちの見張りをつけておいたわ。あすはその軍隊をわが領土から退去させるように、きびしく命令するつもりよ。全員が国境を越えるまで、あの男を人質にしておくつもり。そのあいだ、都の城壁はわたしの兵士たちが固め、彼の部下が村人や家畜の群れに危害を加えたときは、彼の生命を奪うことになるといい渡しておいたわ」

「コンスタンティウスは南の塔に閉じこめられているのね？」サロメが訊いた。

「さっきもいったとおりよ。なぜそんなことを訊くの？」

返事の代わりにサロメは手を叩いた。そして残忍な笑いに喉を鳴らしてから、大声で呼ばわった——

「女王がお目どおりを許すそうよ。出ておいで、隼《はやぶさ》！」

金色のアラベスク模様の扉が開いて、長身の男が部屋へはいってきた。その姿を見て、タラミス女王は驚きと怒りの叫びをあげた。

「コンスタンティウス！　だれの許しを得て、わたしの部屋にはいってくる！」

「お召しによって参上しました。女王陛下！」ことさらにへりくだった様子で、鷹《たか》に似た顔の黒髪の頭を深々と下げた。

世人《せじん》から隼と呼ばれるコンスタンティウスは、長身で肩幅が広く、腰の締まった強靭《きょうじん》な体軀《たいく》、弾力性のある鋼鉄を思わせる男で、鷲のように非情な顔はいちおう美貌といえた。その顔が黒々と陽《ひ》に灼《や》けて、狭い額から後退した頭髪が鴉《からす》のように黒かった。眸の色も漆黒《しっこく》、それが油断なく光り、薄い唇の示す苛酷《かこく》さは、黒く細い口髭もやわらげることができない。コルダヴァ革の深靴《ふかぐつ》を履き、無地の黒絹の上衣《うわぎ》とズボンは、野営の疲れと鎧の錆《さび》に汚れていた。

口髭をひねりながら、身をちぢめている女王をじろじろと眺めまわし、その厚かましい凝視で女王をたじろがせた。

「イシュタールの女神にかけて、タラミス女王」と彼は甘ったるい口調でしゃべりだした。「女王の衣服で威儀を正している昼間より、夜衣に寛《くつろ》いでいるときのほうが、はるかにお美しい。まったく今夜は、すばらしい夜だ！」

女王の黒い眸に恐怖の色が濃くなった。賢い彼女のこととて、コンスタンティンがこのように大胆な態度に出ているのは、よほどの自信があってのことと察しとった。

「気がちがったんだね」彼女はいった。「わたしがこの部屋でおまえの力に屈すると思っているのなら、たいへんな考えちがいだよ。この躰にちょっとでもおまえの手が触れたら、わたしの家来にずたずたにされるんだからね。生きていたかったら、いますぐこの部屋を出てお行き」

相手のふたりは嘲《あざけ》るような笑い声をあげた。そしてサロメが、じれったげな身振りを示して、

「茶番狂言はもうたくさん。この喜劇の第二幕をはじめましょう。まあお聞き、お姉さま、コンスタンティウスをこの国へ送りこんだのは、このあたしなのさ。カウラン国の王座を頂戴《ちょうだい》しようと肚《はら》を決めると、手助けをしてくれる男を捜しはじめて、この隼を選んだってわけ。その理由は、世間でいう《善》とやらが、この男にはまったく欠けているからよ」

「王女さまにはかないませんなあ」コンスタンティウスはうやうやしく頭を下げて、皮肉な口調でいった。

「この男をカウランの都に送りこんで、その部下の一隊が城壁の外に野営し、コンスタンティウス自身が王宮にはいりこんだのを見届けると、あたしも西の城壁の小門から都城内にはいりこんだ――門を固めていたまぬけな衛兵たちは、あたしのことを夜遊びからもどってきた女王と思いちがえて――」

「まあ、なんてはしたない真似を！」タラミス女王の頬に血がのぼり、怒りが王者としての自制力を失わせた。彼女は徳が高いという自分の評判に重きをおいていたのである。

サロメは冷笑を浮かべて、

「当然のことだけど、あのまぬけども、意外そうな顔をしたものの、なにもいわずに門をあけてくれたわ。同じようにして王宮内にはいりこみ、驚いている近衛兵にあちらへ行けと命令して、南の塔でコンスタンティウスを監視している兵士たちも追い払った。そしてこの部屋へ来る途中で、侍女たちの始末をしておいた」

背後にある邪悪な陰謀の無気味な形が見えてきて、タラミスは指を握りしめ、まっ青な顔になり、

「それで、これからどうしようというの？」と震え声で訊いた。

「お聞き、あの音を！」サロメ自身も少しく頭を傾けた。窓の外に、まだかすかではあるが、鎧に身を固めた兵士たちの行進してくる音がしている。異国の言葉でわめきたてる声、怒号に混じった警告の叫び。

「街の連中も目を醒まして、怯えはじめたようだな」コンスタンティウスは皮肉な口調でいった。「サロメ、出ていって、慰めてやれよ！」

「タラミスとお呼び」サロメが応じた。「いまから慣れておかなきゃいけないよ」

「なにをしたの？」タラミス女王が叫んだ。「おまえたち、なにをしたの？」

「さっき城門へ行って、扉をあけるよう守備兵に命令したのさ」とサロメが答えた。「ひどく驚いていたけど、命令に背くことはなかった。いま聞こえるのは、隼の軍団が都城内へ行進してくるところさ」

「女悪魔！」女王は叫んだ。「わたしの姿を借りて、都の住民を裏切った！　このわたしを裏切者に見せようとするんだね！　これから真相を知らせに――」

サロメは残酷な笑い声をあげて、女王の手首をとらえ、ぐいっと引きもどした。そのほっそりした手足にひそむ鋼鉄のような強靭さが、復讐の力をまざまざとあらわして、その前には女王の権威もひとたまりもなかった。

「この王宮から土牢《どろう》への道を知っているね、コンスタンティウス？」怖ろしい魔女がいった。「よし。いきりたつこの女を、いちばん頑丈な牢へ閉じこめておしまい。牢番はみんな薬の力で眠りこんでいる。あたしが手配しておいたのさ。目を醒ます前に、だれかをやって、あの連中の喉を掻き切ってしまうがいい。それで、今夜この王宮内で起きたことは、だれにも知られずにすむ。これからはあたしがタラミス女王。そして本物のタラミスは、だれも知らない土牢のなかの、名もない囚人というわけさ」

コンスタンティウスは、その細い口髭の下に白い強そうな歯を見せて笑い、

「心得た。だが、その前にちょっと──あー──楽しみを味わわせてくれるんだろうな？」

「いいとも！　おまえの好きなように、このじゃじゃ馬を飼い慣らすがいい」邪悪な笑いとともに、サロメはその姉をコト人の腕に押しやって、外の廊下へ通じる扉から出ていった。

恐怖がタラミス女王の愛らしい眸いっぱいに拡がって、彼女はコンスタンティウスの腕に抱きしめられたしなやかな躰をこわばらせ、もがきぬいた。街なかを行進する兵士の足音も、女王の権威に対する冒瀆《ぼうとく》も、女性の身に迫る危機に面して、すべて彼女の頭から消え去っていた。コンスタンティウスの目に燃えあがる淫欲《いんよく》の光、嘲笑の色、そして強烈な皮肉の前に、恐怖と恥辱《ちじょく》以外の思いはことごとく忘れて、男の力強い抱擁のなかに、全身をわななかせるだけであった。

サロメは外の廊下を急ぎながら、王宮内に響きわたる絶望と苦痛の悲鳴に悪意のこもった笑みを浮かべていた。

2　死の十字架

若い兵士のシャツとズボンは、乾いた血痕《けっこん》に汚れ、汗に濡れ、土埃《つちぼこり》で灰色に変わっていた。太腿《ふともも》の深い傷から血がしたたり、胸と肩に無数の斬《き》り傷が見られる。鉛《なまり》色の顔に汗が光り、横たわっている寝椅子の覆いを指が握りしめているが、その口を洩れる言葉は、肉体の痛みを上まわる精神的な苦悩をあらわしていた。

「女王は狂気におちいられたにちがいない！」若者はひとつ言葉をくり返し呟いた。あまりにも意想外の出来事に唖然とするばかりだったのだ。「まるで悪夢だ！　カウラン国全人民の尊崇《そんすう》の的だったタラミス女王が、愛するはずの人民を裏切って、コトの国からきた悪魔に売りわたすとは！　おお、イシュタールの神よ、なんでおれを戦死させてくださらなかった？　敬愛する女王が反逆者に、売女《ばいた》に変わるさまを見るよりは、死んだほうがましだった！」

「おとなしく寝ていなさい。ヴァレリウス」震える手で傷口を洗い、包帯を巻いていた娘が、哀願するようにいった。「ああ、お願いだから、じっとしていて！　それじゃあ傷が悪化するばかりよ。こんな騒ぎでは、お医者を呼びに行くこともできないし――」

「医者なんか呼ぶんじゃない」傷ついた若者はいった。「コンスタンティウスの手下の青鬚《あおひげ》を生やした悪魔どもが、この界隈《かいわい》を駆けまわって、負傷したカウラン国の兵士を捜索しているはずだ。彼らに刃向かって傷を負った男をみつけ出したら、残らず首を吊《つ》るすにちがいない。おお、タラミス女王！　なんであなたは、あなたを崇拝しているわれわれを裏切りました」若者は激しい苦悶に身もだえしながら、怒りと恥辱《ちじょく》に涙を流した。恐怖に怯《おび》えた娘が、もだえぬくこの若者を両腕で抱きしめ、前後左右にふりまわす男の頭をしっかりと胸にかかえこみ、静かにしているようにと訴えつづけるのだった。

「きょうという日は、黒い恥辱がわがカウラン国を襲った最悪のとき。こんな目を見るより、死んでしまったほうがいい」若者はうめきつづけた。「イヴガ、おまえはあれを見たのか？」

「いいえ、ヴァレリウス」娘は柔らかな指先をすばやく動かして、生々《なまなま》しい傷口をそっと洗い、包帯を巻きながら、「街筋に闘いの音がしたので、目を醒《さ》まして――窓からのぞいてみたら、シェム人の兵士たちが街の人たちを斬り倒しているところだったの――そのうち外の横丁の木戸で、あたしを呼ぶあなたの声がかすかに聞こえたのよ」

「おれは体力の限界に達していた」若者は低い声でつづけた。「この横丁で倒れたまま、起きあがることもできずにいた。そこに倒れていれば、やつらにみつけられるのもわかっていた――イシュタールの女神にかけて、おれは青鬚の野獣どもを三人まで斬り倒した！　どんなことがあろうと、あいつらにカウラン国の街筋を荒らさせるものか！　地獄の鬼よ、やつらの心臓を食いちぎってくれ！」

若い娘は震えながら、怪我《けが》をした子供にするように、若者に優しく話しかけ、わめきたてる男の口に彼女の甘い唇《くちびる》を押しつけて、黙らせようと努めるのだった。しかし、若者の心に燃える憤《いきどお》りの火が、無言でいるのを許さなかった。

「シェム人が侵入してくるとき、おれは城壁に居合わせなかった」またも若者はわめきだした。「非番のほかの連中といっしょに兵舎で眠りこんでいたのだ。夜明けちょっと前に、おれたちの隊長がはいってきた。冑《かぶと》の下の顔がまっ青に変わっていた。隊長はこういった。『シェムのやつらが都城内へはいってきた。女王が南の城門までお出ましになって、やつらを入れてやれと命令なさった。コンスタンティウスが王国内に軍隊を入れてから、城壁を固めていた守備兵を退去させたんだ。まったく理解に苦しむ。だれだってそうだ。しかし、女王のご命令とあって、いつものように、ご命令どおりに行動した。するとつづいて、おれたち全員、王宮前の広場に集合せよとのご命令だ。兵舎の外で隊伍《たいご》を組み、武器と武具をそこにおき、行進せよとおっしゃる。このお言葉の意味はイシュタールだけがご存じだ。しかし、それが女王のご命令なんだ』

そういうわけで王宮前の広場に集まると、王宮の反対側からシェム人の歩兵が進出してきた。総勢一万人あまりの完全武装をした青鬚どもだ。広場を囲む民家では、窓という窓、扉という扉から人々が首を突き出していた。広場に通じる道路にも、なにごとかと怪しんで集まってきた人たちが鈴なりになった。王宮前の階段の上に、タラミス女王が出御《しゅつぎょ》なさった。付き添っているのはコンスタンティウスだけ。こいつは、たったいま雀《すずめ》を呑みこんだ大きな痩《や》せ猫といった恰好で、口髭をひねりながら女王と並んで立っていた。そしてシェム兵五十名が、それぞれ弓箭《ゆみや》を手に階段の下に整列した。

そこは本来ならば、女王の近衛兵《このえへい》が固める場所なんだが、どういうわけか完全武装のシェム兵が居並んでいる。それもまた女王陛下のご命令なんだそうだ。

タラミス女王がわれわれに説明なさった。コンスタンティウスの申し出を再考慮し――それがもう奇怪な話で、つい昨日、公式の席上できっぱり拒絶なさったはずなのに――彼の希望を容《い》れ、王婿に迎えることに決定したといわれるのだ。そして信用ならないシェム人を都に入れた理由は説明なさらず、それどころか、コンスタンティウスが率いる職業兵団がいるので、従来のカウラン国軍は不用に帰した。従って、この場ですぐさま解隊する。各自、おとなしく家へもどるがよろしい、と命令なさるのだ。

女王のお言葉に従順であるのは、われわれの第二の天性であるが、このときばかりは啞然として、答える言葉も知らなかった。頭がぼうっとして、自分がなにをしているのかもわからないうちに列を乱しだした。

ところが、王宮の守備兵までがご命令どおりに武器を捨て、解散しはじめたとき、守備隊長のコナンが駆けつけてきた。話によると、彼は前夜が非番なので酒を飲みすぎ、酔いつぶれていたのだそうだ。しかし、いまは素面にもどっていた。彼は守備兵に、彼の口からなんらかの命令が出るまでそのままでおれと大声に呼ばわった――兵士たちはあの男に信服しているので、女王の命令にもかかわらず、その言葉に従った。コナンは王宮の階段まで大股に歩いていって、タラミス女王を睨《ね》めすえると――吠えるような大声でいった。『この女はタラミスとちがうぞ！　女王の偽物《にせもの》だ！　どこかの悪女が女王に化《ば》けているんだ！』

それからはたいへんな騒ぎだ！　どんなことが起きたのか、おれにもはっきりとはわからん。とにかく、シェムの兵士のひとりがコナンに斬りつけたが、コナンはその男を返り討ちにした。つぎの瞬間、広場は戦場に変わった。シェムの軍団がわが守備隊に襲いかかり、すでに武装を解除していたわが将兵は、槍《やり》と矢の前につぎつぎと斃されていった。

それでもおれたちの仲間の幾人かは、ありったけの武器を掻き集めて、力のかぎり闘った。なんのための闘いをしているのか見当もつかなかったが、とにかく敵はコンスタンティウスとその配下の兵士だった。誓っていうが、タラミス女王に刃向かう気持ちはなかったんだ！　しかし、コンスタンティウスのやつは、反逆者を斃せと号令をかけていた。おれたちは謀反人《むほんにん》じゃないのに！」

絶望と疑惑が、若者の声を震わせた。娘は男のいうことのすべてを理解したわけでなかったが、恋人の苦悩にはやはり心を痛め、慰めの言葉を呟きつづけた。

「街の人々は、どちらに味方してよいのか迷わぬわけにいかなかった。その場は疑惑に混乱して、蜂の巣をつついたような騒ぎになった。おれたちの戦闘は、どこから見ても分《ぶ》がなかった。隊伍はととのわず、鎧《よろい》はなく、武器のある者は半分にすぎなかったからだ。敵のやつらは完全武装で、方陣を作って襲いかかってくる。ただ、その人数が五百名にとどまっていたので、かなりの打撃を加えてやることができた。とはいっても、闘いの結果は明白だった。女王の軍隊はしだいに斬り倒されていく。ところが、タラミス女王はどうかというに、階段の上に立って、コンスタンティウスの腕に腰を巻かせ、美しいだけで慈悲を知らぬ悪魔みたいに声をあげて笑いつづけているのだ！　なんという気ちがい沙汰《ざた》だ——なにもかも狂っている！

それにしてもコナンはよく闘った。あんな闘いぶりは見たことがない。王宮の庭の壁を背にして、敵兵の波に呑みこまれる前に、太腿の高さまで周囲に死人の山を築いた。だが、ついにはシェムの兵士に引きずり倒された。百人を相手に、たったひとりで闘っていたんだからな。彼が引きずり倒されたのを見て、おれも戦闘から離れた。指の先で世界が破裂したみたいな思いだった。最後に聞いたのは、コンスタンティウスが部下の犬どもに命令する声で、おれたちの隊長を生け捕りにしろというのだ――口髭をひねり、唇に憎しみの笑いを浮かべて、その号令をくだしたのだ！」

まさにそれと同時刻、コンスタンティウスの唇には同じ微笑が浮かんでいた。彼は馬にまたがり、その周囲を部下たち――胴まわりが太く、青黒い鬚と鉤《かぎ》なりの鼻を持つシェム族の兵士たち――がとり囲んでいた。西の地平線に沈みかけた太陽の光が、兵士たちの先尖りの冑と、銀の小札《こざね》をつらねた銅鎧にきらめいている。そこは、ゆたかな牧草地帯の中央に塔と城壁がそびえ立つカウラン国の都《みやこ》から一マイル近く離れた地点であった。

隊商の通う道のわきに頑丈な十字架が立てられ、この無気味な木にひとりの男が吊るされている。両手両足に鉄の犬釘《いぬくぎ》が打ちつけてあるのだ。腰布一枚のその男は、巨人といってもよい体軀《たいく》で、隆々と盛りあがった筋肉のかたまりである手足と全身が、長年にわたる陽灼けで茶色に焦げている。顔と力強い胸に苦痛の汗が点々と噴き出ているが、広い額の上に垂れ下がるもつれた黒い総髪《そうはつ》の下から、青い眸《ひとみ》が消すことのできぬ火を燃えあがらせている。釘を打たれた両手両足から血がたらたらと流れ落ちていた。

コンスタンティウスが、皮肉な口調で話しかけた。

「やあ、隊長閣下。おまえが息を引きとるところに立ち会って、できれば末期《まつご》の苦しみを軽くしてやりたいところだが、あちらに見える都で、やらねばならん仕事があってな――われらのお美しい女王陛下をお待たせするわけにもいかんのだよ！」低い笑い声をあげて、「そこであとはおまえ自身の才覚にまかせるつもりだ――それとあの美しい連中にな！」彼は意味ありげに、はるか上空を絶え間なく旋回《せんかい》している黒い影を指さした。

「あの連中がいないことには、おまえみたいに頑丈なけものは、十字架にかけられていても何日かは生きていることだろう。しかし、見張りもおかずにおれが立ち去ったにしても、助かるなんて甘い考えを抱くなよ。ちゃんと布告が出してあるんだ。おまえの躰を、生死はともかくこの十字架から下ろしにかかるやつは、その家族もろとも生きたまま広場で皮剥《は》ぎの刑に処するとな。おれはカウラン国での権力をしっかりと確立したから、おれの命令は、守備兵全軍の威力を上まわるものがある。ここに見張りを残しておかぬのは、人間が近くにいるかぎり、あの禿鷹《はげたか》の群れが舞い降りてこないからだ。あいつらに気兼ねさせたくないのだよ！　都を遠く離れたこんな場所までおまえを運んできたのも、やつらを喜ばしてやりたかったからだ。沙漠の禿鷹なるものは、この地点より城壁には近よらん習性があるのだからな。

といったわけで、勇敢なる隊長どの、これでさらばだ！　あと一時間もしたら、タラミスはおれの腕に抱かれているだろうが、そのときおまえのことを思い出してやる」

犠牲者の木鎚《きづち》のような拳《こぶし》が、痙攣《けいれん》的に犬釘の頭を握りしめ、とたんに打ちぬかれた掌《てのひら》から血が新しくほとばしった。太い腕の筋肉を盛りあげて、コナンは首を前に突き出すと、コンスタンティウスの顔に唾《つば》を吐きかけた。敵将《ヴォイヴォウド》は冷ややかに笑っただけで、鎧の喉当てにかかった唾をぬぐいとると、手綱《たづな》を絞って、馬の首の向きを変えた。

「いずれ禿鷹の群れが、きさまの生きた肉を引き裂きにくる。そのとき、おれのことを思い出すがいい」コンスタンティウスは嘲《あざけ》りをこめて声をかけた。「沙漠の腐肉漁りどもは、とりわけ貪婪《どんらん》な性質のものだ。おれは何度か見たことがあるが、こうやって十字架に吊るされていると、まずは目玉がつき出され、耳がなくなり、頭の皮を剥がれ、そのあと内臓まで食い荒らされるという寸法だ」

ふりむきもせずに、コンスタンティウスは馬を駆り、都を指して帰っていった。磨きあげた鎧に落陽の光をきらめかし、しなやかな体軀《たいく》を直立させ、その側面を鬚面の頑健な従者が固めていた。彼らの馬の駆け去ったあと、砂埃が薄く舞いあがっている。

夕暮れどきの沙漠は荒涼として人影はなく、生あるものは十字架上の男ひとり。一マイルと離れていないカウランの都も、世界の向こう側にあるもの、別個の時代の存在かと思われた。コナンは目に流れこむ汗をふり払って、見慣れた土地をぼんやり眺めていた。都の両側とその先には、肥沃《ひよく》な牧草地帯が拡がって、遠くに草を食《は》んでいる家畜の群れが見えており、そこで牧場《まきば》と葡萄《ぶどう》畑が平原に碁盤目を描きだしている。西と北の地平線には村落が点在しているが、それも遠方のこととて豆粒ほどの大きさである。南東のやや近いあたりに銀色の輝きを見せているのが大河の流れで、それを越えたところに砂沙漠がいきなりはじまって、地平線までつづいている。コナンは籠《かご》に入れられた鷹が大空をみつめるように、落ちかかる太陽の光を浴びて黄褐色にきらめく無人の沙漠を眺めていた。そして視線がカウランの輝く塔に触れると、全身に嫌悪の震えが走った。あの都がおれを裏切った――おれを罠にかけ、木の十字架に吊り下げられる境遇に追いこんだ。木に釘づけにされた兎同様の状態にさせた。この苦痛の木から下り、あの茫漠たる荒れ野へ逃げこめさえしたら――人が人を裏切っても平然としているよこしまな街路や、壁に囲われた棲処《すみか》には永久に背を向けてやる。

その考えも、復讐の赤い欲望に洗い流された。呪いの言葉が、断続的に男の口からほとばしった。彼の全宇宙は収縮し、凝結《ぎょうけつ》し、その意識のすべてが、生命と自由を緊縛《きんばく》する四本の犬釘に集中した。たくましい筋肉が震え、鋼索《こうさく》の結び目のような瘤起《りゅうき》を作った。男は血の気の失せた肌に玉の汗を噴き出させ、犬釘を引きぬこうと必死にあがきつづけたが、すべては無駄な努力に終わった。犬釘は深く打ちこんであったのだ。そこで手のほうを引き離しにかかったが、けっきょくは諦《あきら》めざるを得なかった。それは短剣でえぐられるような苦痛からではなく、何の意味もないことと悟ったからだ。犬釘の頭は幅広く、重く、傷口をどう拡げたところで手足を引き離せるものではない。生まれてはじめての無力感が、大波となってこの巨漢を震わせた。彼は頭を胸に押しつけたまま、落陽の光輝《こうき》に痛む目を閉じて、身動きもせずに吊り下げられていた。

翼の羽搏《はばた》きを聞いて顔をあげると、上空から黒い影が箭《や》のように降下してくるところだった。鋭いくちばしが目を狙い、頬を切り裂こうとしている。コナンは首をねじ曲げ、思わずまぶたを閉じた。そして大声に叫んだ。喉にからんだ必死の叫びだった。禿鷹はその音に怖れをなしたのか、顔をかすめただけで飛びのいていった。そいつらは彼の頭上で旋回を再開した。血がしたたって口に流れこみ、コナンはわれ知らず唇を舐《な》めたが、その塩からい味に吐き出した。

激烈な渇きが襲ってきた。昨夜、彼はしたたか酒を飲んで、広場での暁方《あけがた》の戦闘が開始されるまで、一滴の水も口にしていなかった。そして戦闘は塩の汗を噴き出させ、喉の灼けつく仕事なのだ。彼は地獄に堕《お》ちた男が開いた鉄格子の向こうを見るように、遠方の大河を眺め、奔流が白い泡を立てて胸にぶつかり、硬玉《こうぎょく》色の水が肩まで浸《ひた》すところを空想した。そして角《つの》状の大杯から吹きあふれる麦酒《エール》の記憶をよみがえらせ、無造作に飲み干したり酒場の床に撒《ま》きちらしたりした葡萄《ぶどう》酒を思い起こした。そして耐えがたい苦悶のあまり、責めさいなまれた動物の吼《ほ》え声に似た怒号《どごう》をあげまいと唇を嚙みしめた。

太陽が、血の海のなかの円塊《えんかい》のように、無気味な光を放って沈んでいった。地平線を縁どる城壁が緋色《ひいろ》にきらめき、その向こうに大小の塔が、夢のなかのもののように非現実の姿を浮きあがらせている。空そのものも、彼のかすんだ目には血に染まっているように見えた。黒く変わった唇を舐め、血走った目で遠い河を見ると、それもまた血のように赤く、東から忍びよる夜の影が、黒檀《こくたん》のように黒かった。

耳の力も鈍っていたが、羽搏きの音が大きく響いた。頭をあげると、幾つかの影が狼のような目をきらめかして旋回している。もはや叫び声で脅かして追い払うこともできない。一羽が降下を開始している――しだいに低く――どんどん低く舞い降りてくる。コナンはできるかぎり頭を引いて、曠野《こうや》とその子供たちにそなわった怖るべき忍耐力で待ち、それらの動きを目で追った。禿鷹が凄まじい羽《は》鳴《な》りとともに飛びかかってきた。嘴《くちばし》をひらめかせたと見るや、コナンに首をのけぞらす間もあたえず、顎《あご》の皮膚を切り裂きにかかる。その瞬間、猛禽《もうきん》が飛びのくより早く、コナンも強靭な首の筋肉の力で頭を前に突き出した。彼の歯が狼のそれのように、禿鷹のむき出しになった首の肉垂《にくだ》れに食い入った。

たちまち禿鷹はけたたましい鳴き声をあげ、狂ったように羽搏いた。翼が彼の目を叩き、爪が胸を掻きむしった。しかし、コナンは強情に歯をゆるめず、顎の筋肉を盛りあがらせ、いよいよ強く嚙みしめた。その力強い歯のあいだで、食肉鳥の首の骨が音を立てて砕けた。痙攣的な羽搏きのあと、鳥はぐったりとした。コナンは歯をゆるめ、口中の血を吐き出した。ほかの禿鷹どもは仲間の運命に怯え、いっせいに遠くの木に逃れ、集会に group む黒い悪魔たちのように枝に止まった。

凶暴な勝利の歓《よろこ》びが、コナンの疲れた頭を突きぬけ、生命が血管内で荒々しい鼓動をとりもどした。おれにはまだ死を追い払う力がある。おれはまだ生きている。この感覚の疼《うず》きが、激烈な苦痛さえが、死を否定するものなのだ。

「なんだこれは！」声がしたようだが、幻聴がはじまったのであろうか。「ミトラの神の名にかけていうが、こんなものははじめて見たぜ！」

汗と血を目からふり払うと、夕暮れどきの薄明かりのなかに、馬にまたがった四人の男がこちらを見あげていた。そのうちの三人は白い衣服をまとった痩身《そうしん》の男たちで、鷹のように尖った顔つきから、河の向こうに住む遊牧民のズアギル族とひと目でわかる。あとのひとりも同様な白衣姿だが、これは高貴の身分と知れる帯つきの長衣《カーラート》に、駱駝《らくだ》の毛を三重に編んだ輪を額にはめ、頭飾りの裾《すそ》を肩口まで垂らしている。しかし、この男はシェム族でなかった。といって、どこの種族の男であるかは――夕闇はまだそれほど濃くなっていないのに、そしてコナンの鷹のように鋭い視力が鈍りきっているわけでもないのに――その顔立ちからでは判別できなかった。

男の背丈はコナンに劣らないが、手足の筋肉が盛りあがっているわけではない。肩幅は広く、鋼鉄の頑健さと鯨骨のしなやかさをあわせ持つ躰つきだった。尖った顎の先に短い鬚を生やし、頭巾《ずきん》の影からのぞく灰色の眸が、長剣で射ぬくように光っている。この男がしっかりした手綱さばきで落ち着きのない馬をなだめながら、「ミトラの神にかけて、おれはこの男に見憶えがあるぞ！」といった。「あるはずですよ！」連れの男が、喉音《こうおん》の強く響くズアギルなまりで答えた。「女王の近衛兵の隊長だったキンメリア人でさ」

「あの女は、これまで重用していた連中をひとり残らず追放してしまったらしいな」馬にまたがった男が呟くようにいった。「タラミス女王も変わったものだ。こんな真似をするとは、だれしも想像できなかったろう。もっと早いうちに、血みどろの闘いを仕掛けておくんだった。そうすれば、おれたち沙漠に住む者にも掠奪の機会があったはずだ。それが、いまみたいな情勢に変わっては、城壁近くまでやってきても、見つかったのはそのやくざ馬一匹」——と、遊牧民のひとりが引いている去勢馬《きょせいば》を見やってから——「それに死に損ないの犬だけだ」

コナンは血に染んだ頭をあげて、

「おれがここから下りることができたら、きさまを死に損ないの犬にしてやるところだ。ザポロスカの盗《ぬす》っ人《と》め！」と黒く色を変えた唇で悪口を投げつけた。

「驚いたな。この男、おれがだれだか知っとるぞ！」相手が叫んだ。「おい、どうしておれを知ってるんだ？」

「うぬの種族で、この地方に立ちまわっているのは、うぬひとりだ」コナンは小声で答えた。「名前はオルゲルド・ウラディスラフ。無法仲間の頭領だろう」

「そのとおりだ！　きさまの推察どおり、以前のおれはザポロスカ河流域に住むコザックの首領だった。ところで、きさま、生きたいか？」

「ばかだけがする質問だぞ」とコナンが喘ぎ声でいう。

「おれは生来、非情な男だ」オルゲルドがいった。「人間のとりえは、どこまで頑張りぬけるか、強情さひとつにあると考えておる。そこできさまを試してみたくなった。男と呼ぶにふさわしいやつか、ただの犬にすぎないか──犬のほうなら、そこでおとなしく死んでいくがいい」

「十字架を切り倒したら、城壁から見られてしまいますぜ」遊牧民のひとりが異議を唱えた。

オルゲルドは首をふって、

「これだけ暗くなれば見えるものか。おい、ドジェバル、この斧で十字架を根元から切り倒せ」

「この木が前に倒れたら、こいつ、押しつぶされてしまいますぜ」ドジェバルと呼ばれた男は反対した。「うしろに倒れるように加減して切ることもできんわけでないが、それにしても倒れたはずみに頭が割れるだろうし、臓腑《ぞうふ》だってめちゃめちゃになるに決まってる」

「それでいいんだ。生き残るようなら、馬に乗せて連れていくだけの値打ちがあるとわかる」オルゲルドは平然としていった。「駄目なときは、生きるに値しなかっただけだ。さあ、切れ！」

戦斧《せんぷ》が十字架の根元に叩きつけられると、その震動が苦痛の槍となって、コナンの腫《は》れあがった手足を貫いた。くり返しくり返し斧の刃が木に食いこみ、その打撃のひとつひとつが傷ついた頭に鳴り響き、痛めつけられた神経を震わせた。しかし、コナンは歯を食いしばって、うめき声ひとつ洩らさなかった。そして斧の刃が木柱を断ち割り、十字架は根元から揺れはじめ、うしろへ向けて倒れた。コナンは全身の筋肉を鋼鉄のかたまりに変え、頭をしっかり木柱に押しつけた。横木が大地に激突して、わずかながら跳ねかえった。その衝撃で傷口が裂け、彼は一瞬、目がくらんだ。まっ黒な潮が襲いかかり、吐《は》き気と眩暈《めまい》と闘ったが、内臓を覆っている強靭な筋肉が、致命的な負傷から救ってくれたのには気づいていた。

鼻孔から血が噴き出し、腹の筋肉が吐き気に震えていたが、コナンは声も立てなかった。ドジェバルはこれでよしといいたげに唸り声をあげ、蹄鉄《ていてつ》用の釘抜きを手にしてかがみこんだ。そしてコナンの右手の犬釘の頭をくわえさせにかかったが、犬釘の先は深く打ちこんであるので、皮膚を引き裂かねばならなかった。その釘抜きはこの仕事に小さすぎた。ドジェバルは汗を流してしぶとい鉄釘相手に格闘し、悪態をつきながら釘抜きを前後に動かした――腫れあがった肉と木材もろともに。血がほとばしってキンメリア人の指を濡らした。コナンは死んだように横たわって、その厚い胸を走る痙攣のほかは、身動きひとつしなかった。ようやくにして犬釘がぬけた。ドジェバルは満足げな唸り声を洩らし、血だらけの鉄片を高くかかげると、遠くへ投げやってから、つぎの犬釘の上に身をかがめた。

同じ作業がくり返されたあと、ドジェバルは注意をコナンの串刺しにされた足に向けた。しかし、キンメリア人は無理矢理に上半身を起こし、ドジェバルの手から釘抜きを引ったくると、激しいひと突きで彼を押しのけた。腫れあがったコナンの手はいつもの二倍近い大きさがあった。指はどれもが親指の太さに感じられ、手を握りしめるだけで激しい苦痛が全身を貫き、噛みしめた歯のあいだから血が流れ出た。しかし、おぼつかないを両手でどうにか釘抜きをつかむと、最初の釘を引きぬき、つづいて第二の釘もぬきとった。足の犬釘は、手のそれとちがって、それほど深く打ちこまれていなかったのだ。

彼はこわばった躰を起き直らせ、腫れあがり、切り裂かれた足で酔漢《すいかん》のようにふらつきながら立ちあがった。顔と全身から氷のように冷たい汗がしたたたっている。痙攣が襲ってきて、彼は歯を嚙みしめて、吐き気と闘った。

無関心に眺めていたオルゲルドは、盗んできた馬をコナンに示した。コナンはよろめく足どりでその馬に近づいていった。一歩ごとに突き刺す痛みが全身を走り、唇が血の泡を噴き出した。醜く変わった手が鞍《くら》の前輪《まえわ》を不器用に探りあて、血だらけの足がどうにか鐙《あぶみ》を見いだした。歯を食いしばって飛び乗ったが、その途中、あやうく気を失うところだった。しかし、鞍の上に腰を落ち着けることができた——その瞬間、オルゲルドの鞭《むち》が馬の尻を鋭く叩いた。驚いた馬は後足で跳ねあがった。鞍の上の男の躰は大きく揺れて、あやうく砂袋のように転げ落ちるところだった。コナンは手綱を両手に巻きつけ、親指でしっかり押さえつけた。ふらふらしながらも節《ふし》くれだった二頭筋の力をふり絞って、馬の首をねじ伏せようとした。顎がはずれそうになった馬が悲鳴をあげた。

シェム族のひとりが、水を入れた皮袋をさしあげて、首領の顔を見た。

オルゲルドは首をふって、

「幕舎《ばくしゃ》にもどるまで我慢させせろ。ほんの十マイルだ。沙漠に生きるにふさわしい男なら、水を飲まんでも、それくらいなら死ぬことはあるまい」

一行は馬を駆って、すばやく過ぎ去る幽霊のように河の方角へ向かった。コナンは彼らのあいだに挟《はさ》まれて、酔った男のように鞍の上の躰を揺すっていた。血走った目が光を失い、黒く変わった唇の泡も乾きかけていた。

3　ネメディア国への書翰《しょかん》

高名な学者アストレアスは、飽くことを知らぬ知識欲を満たすために、東方への旅路にあった。その途次《とじ》彼は、祖国ネメディアに住む友人であり、同僚でもある哲学者アルケミデスに一通の書翰を書き送っている。西方人種の心のなかで、東方諸国は常に霧に包まれた半神話的ともいえる地域であり、当時そこに起きた出来事についての西方文明国人の知識は、すべてこのアストレアスの書翰で伝えるところに基づいているといっても過言《かごん》でなかった。

その書翰の一部に、アストレアスはこう記している。「――親愛なるわが友よ、現在この小王国がおかれている情況は、きみにはとうてい理解できまい。先にとり急ぎしたためた書状で簡単に触れておいたことだが、この情況はタラミス女王がコンスタンティウスとその傭兵を登用したことから生じている。あれから七カ月を経過したが、その間この不幸な王国には、大魔王みずからの跳梁《ちょうりょう》にゆだねたかのごとき紊乱《びんらん》状態が継続している。タラミス女王は完全な狂気におちいったかに思われる。かつての彼女は、淑徳、公正、慈愛等の美徳をもって知られていたが、いまや、以上列記したものとは正反対の性格で悪名を高からしめている。その私生活は醜聞《しゅうぶん》の連続で――いや、『私生活』と呼ぶのは正しい用語でない。女王は、王宮内の頽廃《たいはい》ぶりをいささかも隠そうとしないのだ。そこに彼女は、汚辱にまみれた饗宴《きょうえん》を日夜開いて、貴婦人たる者は処女たると既婚者たるとを問わず、この乱痴気騒《らんちき》ぎに参加を強制されている。

女王自身は、情夫《じょうふ》コンスタンティウスとの結婚を顧慮《こりょ》していない様子だが、このコト人はすでに王婿気どりで、女王と並んで摂政《せっしょう》の座に就き、その配下の者どもも彼の例にならい、目をつけた女性があるときは、その位階身分を無視して、情を通じるに躊躇《ちゅうちょ》しない。哀れな人民は法外な重税に喘ぎ、農夫は骨の髄まで搾取され、商人はぼろをまとって歩いている。苛酷《かこく》な収税吏《り》の手が残したものは、わずかそれだけ。いや、皮まで剥《は》がれなかったことを幸福と思わねばならぬ実状なのだ。

わが友アルケミデスよ。カウラン王国の情況について、いささか誇張がすぎるときみが考えるのも無理はない。われわれ西方の文明国に住む者には、想像もつかぬ情況であるからだ。しかし、東西ふたつの世界のあいだには天地の懸隔《けんかく》が存在することを理解してもらいたい。とりわけ東方のこの地域において、それが強調していえるのだ。そもそもカウラン国は強大な国家でなく、かつてコト王国の版図《はんと》のうち、東部を形成していた多くの公国のひとつであり、独立国の地位を回復してまだ日が浅い。この地方は小王国が群立して、西方の強大な王国や極東の大教主国にくらべれば豆粒ほどのものにすぎないが、隊商路の要地にあたることから、そこに集まる富は莫大なものがある。

カウランはこれらの公国群のうち、もっとも南東の位置を占め、東部シェムの沙漠地方と境《さかい》を接している。国内における都邑《とゆう》らしい規模を持つものはカウランの都《みやこ》ひとつで、それが牧草地帯を沙漠と隔てる大河を臨《のぞ》む土地に築かれ、背後の肥沃《ひよく》な牧場《まきば》を守る監視塔の役目を果たしている。地味が肥え、年に三回から四回の収穫があり、都の北と西の平野には村落が点在している。この国の小さな農場と葡萄《ぶどう》畑は、西方の広大な農園と牧畜場を見慣れた者の目には奇異に映るが、しかし、その穀物と果実がもたらす彼らの富は、豊饒《ほうじょう》の角《つの》から溢《あふ》れ出るものに喩《たと》えることができる。住民は農民以外のなにものでもない。土着の混血種族で、もともと戦争を好まず、おのれの身を守ることもできないうえに、武器の携帯を禁じられている。かくて村の防備は都の兵士たちに一任されている形であるが、それが現在のような情況では、なすすべもないのも当然であろう。西方の諸国であれば、田園地帯に大規模な叛乱が生じるところだが、この国にあってはそれさえ不可能なのだ。

彼らはコンスタンティウスの鋼鉄の手のもとに、苛烈《かれつ》な苦役《くえき》に甘んじている。コンスタンティウス配下の青鬚《あおひげ》のシェム族が、鞭《むち》を手に馬にまたがり、絶え間なく耕地を駆けめぐり、南ジンガラの農場に黒人奴隷《どれい》を追い使う奴隷監督さながらの酷使をつづけているのだ。

といって、都城内の住民が農民よりましな状態にあるわけではない。彼らの富はことごとく没収され、彼らの美しい娘たちは、コンスタンティウスとその配下の兵士たちの飽くなき情欲を満たすために連れ去られた。この男たちは憐憫《れんびん》ないしは同情といったものをまったく知らず、わがネメディア国の兵士たちが、アルゴス国と同盟したシェム族軍との戦闘で知った、憎悪すべきあの種族の性格のすべてをそなえている――非人間的な残忍性、淫欲《いんよく》、野獣の凶暴性。この都邑に住む人々は、ほとんどがハイボリア系で、カウラン国の支配階級に属し、勇敢にして好戦的である。しかし、女王の裏切りが、彼らを圧制者の群れの手に売りわたした。いまやカウラン国ではシェム人だけが武装した兵力であり、武器を隠し持つカウラン国人を発見するときは、目を覆うばかりの残虐な刑罰を加えるのだ。しかも、武器を扱える若者たちを絶滅せよとの指令があると見えて、組織的な迫害が行なわれている。多くの若者が仮借《かしゃく》なく殺戮《さつりく》され、生き残った者は奴隷としてトゥラン国に売られた。国外に脱出した者が数千名にのぼり、そのある者は他国の支配下に安住の地を求め、またある者は国境地帯に出没する数多くの盗賊団に逃げこんで、無法者と呼ばれる身になった。

近時、この国には、沙漠を根拠地とするシェム系の遊牧民から侵寇《しんこう》を受ける可能性が生じている。コンスタンティウス配下の軍団は、西方のシェム系の都市から雇い入れた傭兵を主軸とするもので、ペリシュティア人、アナキア人、アッカリア人が多数を占め、これらの種族は、ズアギル族をはじめとする遊牧民と仇敵《きゅうてき》の間柄にある。わが友アルケミデスよ、きみも知るごとく、これらの蛮族は西方の牧草地帯の各地に小国家を建設し、それが遠く大海にまでおよび、それぞれ都邑の住民として定着している。一方、東方の沙漠では、同系統の種族が遊牧民として痩地の放浪をつづけている。都邑の住民と沙漠の放浪者のあいだに、間断なき戦闘がくり返されているのだ。

ズアギル族は数世紀にわたりカウラン王国と闘い、幾度となく侵寇を試みたものの、いずれも失敗に終わっている。しかし、西方の同族がこの国を征服したことには憤《いきどお》っている。その天性の敵意を女王の近衛兵《このえへい》の前隊長が煽りたてているとの噂がある。この人物はコンスタンティウスの憎しみを買い、実際、十字架にかけられたが、かろうじて死を免《まぬが》れ、逃亡先を遊牧部族のあいだに求めたといわれている。名をコナン、蛮族の出身で、その種族キンメリア人の凶暴ぶりたるや、わが将兵のあいだにも、一度ならず戦闘において多大の犠牲を払わされたことから熟知されている。これもまた噂に聞くところだが、コナンは北方の草原地帯から南下してきて、沙漠のズアギル族集団の首領となったコザックの冒険者オルゲルド・ウラディスラフに、右腕として重用されているとのことである。噂はまだ尽きず、ここ数カ月のあいだに、ズアギル族のこの集団はいちじるしく勢力を強化し、首領オルゲルドは、まちがいなくこのキンメリア人の煽動《せんどう》によるものだが、カウランの都に攻め入ることさえ検討しだしたといわれている。

それは単なる襲撃に終わる公算が大きい。ズアギル族は攻城用の兵器を持たず、都城《とじょう》を包囲する軍事知識を欠いているからだ。そして過去の戦闘においてくり返し証明されたことであるが、遊牧民というものは戦闘隊形が粗雑で――むしろ、隊形を組むことがないというべきであろう――白兵戦《はくへいせん》となるときは、訓練で鍛えあげられ、完全武装をしたシェム族都市の戦士たちに対抗できるものではないのだ。カウラン都城内の人民は、おそらく征服者を歓迎するであろう。なぜかというに、遊牧民が現在の支配者以上に苛酷な態度をもって人民に臨むとは考えられず、仮に全滅の悲運を見るにしても、いまの苦しみにくらべれば、まだしもましと思うからである。ただ、怯懦《きょうだ》で無力な彼らとしては、侵入者に手を貸すことができぬだけである。

彼らの悲惨な境遇も極限に達している。悪魔にとり憑《つ》かれたらしいタラミス女王の悪業は、とどまるところを知らない。イシュタール女神の信仰を禁止し、神殿を偶像崇拝の寺院に変えた。東部ハイボリア種族が信仰する象牙の女神像を破壊し（この信仰は、われら西方諸国におけるミトラ神崇拝の正しい宗教には劣るにしても、悪霊に祈るシェム族の邪教よりは数段優《まさ》るものである）、イシュタールの神殿を考えられるかぎりの淫《みだ》らな偶像で満たした――倒錯した姿態をとる夜の男神と女神、堕落した頭脳にのみ思い浮かぶ、胸を悪くする好色の顔。これらの偶像の多くは、シェム、トゥラン、ヴェンドゥヤ、キタイの邪神と特定できるが、曖昧模糊《あいまいもこ》たる古代神話のなかでのみ忘れられずに語られる、凶悪無慚《むざん》な邪霊の面影を伝えているものもある。女王タラミスがどこからこのような知識を獲得したかは、あえて推測する気にもなれない。

女王は人身御供《ひとみごくう》の制度を設けて、コンスタンティウスを事実上の配偶者として以来、五百人をくだらぬ男、女、幼児を邪神の生贄《いけにえ》とした。そのある者は、女王が寺院内に築いた祭壇の上で、女王みずから揮《ふる》う祭儀用の短剣によって死んでいった。だが、大部分の者はより怖《おそ》ろしい運命に遭遇しなければならなかった。

タラミス女王は、寺院の地下納骨室に、ある種の怪物を棲《す》みつかせた。その正体と、どこから来たものかは、だれも知らない。しかし、コンスタンティウスに対する近衛兵の絶望的な反抗を粉砕し終わった直後、女王は十二人の捕虜だけをともなって、寺院の奥に閉じこもった。その夜、悪臭を放つ濃密な黒煙が、寺院の円《まる》屋根から渦を巻いて立ちのぼり、夜を徹《てっ》して呪文を唱える女王の声がつづき、苦悶《くもん》を訴える捕虜たちの悲鳴が聞こえ、その怖ろしさに人々は身震いを禁じ得なかったという。そして暁《あかつき》ごろ、これらの音にいまひとつの声が入り交じった——耳にしただけで血の凍る、人間のものとは考えられぬ異様な吼《ほ》え声が。夜が明けきると、タラミス女王は酔漢《すいかん》のような足どりで寺院から立ちあらわれたが、その目は悪魔的な勝利の色にきらめいていた。捕虜たちの姿は二度とふたたび見られることがなく、異様な声もまた聞かれなかった。しかし、寺院内には女王のほか入室を禁じられた部屋があって、人身御供はここへ連れこまれる。そしてこの犠牲者たちの姿も二度と見られることがない。この陰鬱《いんうつ》な部屋に、数世紀の暗黒の夜を経《へ》てきた怪物が棲息《せいそく》し、タラミス女王が連れこむ生贄を餌食にしていることは、いまや周知の事実といえるのだ。

もはやタラミス女王は人間の女性とは考えられぬ。犠牲者の骨と肉に囲まれた血塗られたねぐらにうずくまり、朱《あけ》に染まった長い爪を蠢《うごめ》かしている凶悪な女悪魔と見るべきである。何がゆえに神々は、かくも残虐な非行が、彼女の恣意のままに行なわれるのを黙視したもうのか、それを考えると、神意の厳正への信念さえ動揺する思いに襲われる。

七カ月前に、はじめてカウラン国を訪れたさいの女王と、現在の彼女の所業を思いくらべるときは、困惑のあまり頭の混乱を感ぜざるを得ない。そして多くの人々の意見に賛同したくなる——つまり、悪魔が彼女の体内にはいりこんだというのだ。若い兵士のヴァレリウスは別の解釈をしている。魔女がカウラン国人の敬愛する主権者に化《ば》け、本物のタラミスはあの騒擾《そうじょう》の夜にかどわかされ、どこかの土牢《どろう》に監禁され、いまの支配者は女王の姿を借りた女妖術師にほかならぬ。それがヴァレリウスの信念で、真実の女王が生存しているのなら、必ずや捜し出すと断言している。しかし、彼自身がコンスタンティウスの残虐行為の犠牲者になるのではないかと大いに危惧《きぐ》されるところだ。彼は近衛兵の反抗に加わり、からくも逃走に成功したが、安住の地を国外に求めるのをかたくなに拒否して都城内に潜伏していたのであり、その間にわたしと出逢《であ》い、この信念を語って聞かせてくれたのである。

しかし、彼の姿も見えなくなった。想像するのも忌《いま》わしいことだが、ほかの多くの人々と同様、コンスタンティウスの密偵《みってい》の手で逮捕されてしまったものであろうか。

しかし、このあたりで筆を擱《お》かなければならない。この手紙は、伝書鳩の肢《あし》にくくりつけて城外へ運び出させる。コトの国境付近で買い求めた鳩であるから、その地へ翔《と》びもどるはずである。あとは馬か駱駝の隊商が、きみの手許《てもと》まで送り届けることであろう。急がねばならない。夜明け前に手配を完了する必要がある。すでに夜も更《ふ》けた。城都カウランの庭草を植えた屋根屋根の上に、星屑が青白い光輝を放っている。身震いをおぼえさせる沈黙が全都を包み、そのなかに遠くの寺院から陰鬱な太鼓の音が響いてくる。またしてもタラミスが、悪魔の所業を企《たくら》んでいるのに相違ない」

　しかし、この高名な学者の、タラミスと呼ばれる女の所在についての推測は正確でなかった。カウラン王国の女王と見られている若い女は、土牢のなかに立っていた。唯一の照明である松明《たいまつ》の焔《ほのお》が顔の上に躍って、美貌にひそむ悪魔の残虐性をきわだたせている。

　彼女の前の石の床に、ぼろ布一枚の裸形がうずくまっている。

　サロメは金箔《きんぱく》をおいたサンダルの反りかえった先でなぶるようにそれに触れ、犠牲者が身をちぢこまらせるのを残忍な笑顔で眺めやった。

「あたしに撫でられるのがいやなのかい、お姉さま？」

　七カ月のあいだ、ぼろ布一枚の姿で監禁され、虐待されつづけていても、タラミスの美しさに変わりはなかった。妹の嘲弄《ちょうろう》に答えず、頭《こうべ》を垂れたままでいるのは、このような処遇に慣れてしまったからであろう。

　諦念に徹しきったその様子が、サロメには気に入らなかった。朱唇《しゅしん》を噛み、サンダルの先で石の床を叩き、眉を寄せて、あらがわない姉の姿を見おろしていた。サロメの服装はシュシャンの国の女のそれで、未開人好みのきらびやかさに満ちていた。松明の焔の光を受けて、金箔をおいたサンダルの上や、黄金の胸当てと、それを吊るす細い鎖の上に宝石がきらめいた。躰《からだ》の動きにつれて黄金の足輪が音を立て、宝石入りの腕輪が裸の腕に重い。高々と髪を結《ゆ》いあげたのはシェム女の風習であり、驕《きょう》慢《まん》な首をいらいらと動かすたびに、耳輪からぶらさがった翡翠《ひすい》の垂れ飾りが燦然《さんぜん》と輝く。宝石を鏤《ちりば》めた腰帯の支える絹のスカートが透《す》きとおり、裸体をふしだらと非難する陋習《ろうしゅう》を嘲弄する気がまえかと見えた。

深紅の外衣が肩から背にかけて垂れ下がって、包みをかかえている片腕を無造作に覆っている。

サロメは急に身をかがめ、包みを持たぬほうの手で姉の乱れた髪をつかみ、ぐいと引きあげ、その目をのぞきこんだ。タラミスは、牝虎《めすとら》のようなその視線をひるむ様子もなく見返した。

「あんたも以前みたいに、すぐ涙を流さなくなったね、お姉さま」魔女の妹は呟くようにいった。

「いじめられるのに慣れて、涙も出なくなっただけよ」タラミスは答えた。「カウラン国の女王が跪《ひざまず》いて、哀訴《あいそ》の涙をこぼすのを見て楽しむ。それが狙いとわかったこともあるわ。わたしを生かしておくのは、ひとえにいじめぬいて、苦しむのを見るため。だから殺しもせず、拷問にしても、手足を切りとって不具にするまでのことをしない。でも、わたしはもう怖れてなんかいないわ。希望、恐怖、恥《ち》辱《じょく》、みんな最後の一滴まで絞りとられてしまったんだから。早く殺されて、始末をつけてもらいたいだけのこと。おまえを楽しませる涙は、残らず流し終わったのよ。この地獄からきた女悪魔!」

「負け惜しみもほどほどにね、お姉さま」サロメは笑って、「いままでのところは、そのきれいな躰を苦しめ、女王の誇りと自尊心を叩きつぶしてやっただけよ。あんたは忘れているわね。あたしとちがって、あんたは精神的な苦悩に耐えられない。あたしがそれに気づいたのは、あんたの愚かな臣民たちを相手に演じてみせた喜劇の話を語ってあげたときだった。でも、こんどはその茶番の生々しい証拠を持ってきてやったわ。あんた、知ってるかしら? あんたの忠実な大臣クラリデスが、トゥラン国から内々で帰国していたことを。あの男、あたしの手で逮捕してしまったのよ」

タラミスの顔がまっ青になった。

「で、あの男を――どんな目に遭《あ》わせたの？」

返事の代わりに、サロメは外衣の下から謎の包みをとり出すと、包んでいた絹布《けんぷ》をふり払って、かかげてみせた――それは若い男の首で、あたかも人間には耐えられない苦悶のさなかに死をとげたかのように、引きつった表情を凍りつかせていた。

タラミスは心臓を貫かれたような叫びをあげた。

「おお、イシュタールの神！　クラリデスが！」

「そうよ！　このばか者、あたしに対して叛乱を起こさせようと、人民を煽動していたんだわ。あたしが本物のタラミスでないとコナンがいったとき、真実を語っていたのだと言いふらしていたのよ。叛乱を起こしたところで、シェム族の隼《はやぶさ》軍団に抵抗できるものか。棒切れと小石で闘うっていうの？　ばかばかしい！　いまごろは犬の群れが、市場に捨てられたこの男の首のない死骸を食いちらしているでしょうね。このいやらしい首も下水に放りこんで、腐るにまかせるつもりよ。

いかがかしら、お姉さま！」サロメはいったん言葉を切り、冷笑を浮かべた顔で犠牲者を見おろしてから、「まだ涙を流し足りなかったことがわかったんじゃない？　いい気味だわ！　精神の苦悶は最後にとってあったのさ。これからは、それを小出しに見せてあげる――その皮切りがこれよ！」

斬りとられた首を手に、松明の光を浴びて立っているサロメの姿は、たぐい稀《まれ》な美貌にもかかわらず、人間の女として生まれ来たものとは見えなかった。タラミスは顔をあげなかった。じめじめした石の床に顔を伏せたまま、苦悶の嗚咽にほっそりした身をわななかせ、握り拳《こぶし》で床石を叩いていた。サロメはゆっくり扉に向かった。ひと足ごとに足輪が陰鬱な音を立て、耳の垂れ飾りが松明の焔にきらめいた。

その後まもなく中庭に通じる横門の扉が開いて、サロメの姿があらわれた。中庭の先は、曲がりくねった裏通りになっていて、そこに立っていた男が、彼女のほうにふりむいた――大男のシェム人で、暗い色の目と広い肩が牡牛《おうし》を連想させ、黒い顎鬚《あごひげ》が、銀の胸当てをつけた力強い胸まで垂れ下がっている。

「彼女、泣いていたかね？」がらがらしたその声にも、牡牛を連想させて低く響く荒々しさがあった。彼は傭兵軍団の将軍で、コンスタンティウスの腹心のうちでも、カウラン国の女王の秘密を知っている数少ない男のひとりだった。

「そうなんだよ、クムバニガッシュ。あの女の感受性には、まだ手の触れてない部分が残っている。絶えずつついてやって、その部分も鈍ってきたら、また新しく、もっと痛みの激しいところをみつけるだけさ。おい、そこにいる男、こっちへおいで！」この裏通りから中庭へかけてのあちこちに、ぼうぼうの髪に汚ないぼろをまとって寝ている物乞いのひとりが、ぶるぶる震えながら立ちあがると、足を引きずるようにして近づいてきた。近ごろは、カウランの都に物乞いが掃《は》いて捨てるほどいるのだ。サロメはその物乞いに首の包みを投げやって、「これを近くの溝へ捨ててきな。クムバニガッシュ、手真似で教えておやり。この男、耳が聞こえないようだ」といった。

将軍はサロメの言葉に従った。物乞いは髪の乱れた頭でうなずいてから、痛む足を引きずって立ち去った。

「なんでこんなばかげた狂言をつづけておるのかね？」ががらがら声でクムバニガッシュが訊いた。「あんたの王位は固まって、なにがあろうと、びくともするものでない。カウランのばか者どもが真相を知ったところで、どうだというんだ？　何もできやしないさ。思いきって正体を明かしてしまえよ！　前の女王を広場へ引き出して、これがきさまたちの敬愛の的《まと》だったタラミスだと見せてやる――そのうえで首を斬ってしまうのだ！」

「まだその時機じゃないんだよ、クムバニガッシュ――」

サロメのきつい言葉と、いきりたつクムバニガッシュ将軍の言葉が響くなか、拱門《アーチ》の扉が音を立てて閉まった。中庭の片隅に例の物乞いがうずくまっていた。何人《なんびと》も気づいていないのだが、切断された首を抱いた手が激しく震えていた――たくましい茶色の手。汚いぼろをまとった腰の曲がった躰とは、奇妙にそぐわない力強さをうかがわせるものであった。

「思ったとおりだ！」聞きとれぬくらいの低い声だが、きびしい語気に震えていた。「女王は生きておられる！　ああ、クラリデスよ、あなたの死は無駄でなかった！　女王は土牢に幽閉《ゆうへい》されておられるのだ！　おお、イシュタールの神よ、正しい人間を愛しておられるならば、いまこそ、われにご加護を！」

4　沙漠の狼たち

オルゲルド・ウラディスラフは、黄金の酒瓶から宝石入りの大杯《たいはい》へ、緋色《ひいろ》の葡萄酒《ぶどう》をなみなみと注ぎ終わると、黒檀《こくたん》の酒卓《しゅたく》越しにキンメリア人コナンの前へ突き出した。オルゲルドの服装は、どんなに虚飾を好むザポロスカ人の族長の心でも満足させるものだった。

長衣《カーラート》は純白の絹布《けんぷ》で、胸のところに真珠が縫いつけてある。腰にバカラの特産である広幅の帯を巻き、たくしあげた裳裾《もすそ》の下から絹地の寛《ひろ》い袴《はかま》をのぞかせ、袴の先を半長靴のなかに折りこんで、その柔らかい緑色の革には金糸《きんし》の縫取りがほどこしてある。頭には黄金を打ち出した先尖り《さきとが》の冑《かぶと》をいただき、さらにその上から緑色の絹のターバンを巻きつけている。身に帯びた唯一の武器は、キルカシア人が鍛えた広刃《ひろは》の半月刀《はんげつとう》である。これを象牙の鞘《さや》に収め、コザック風に左の臀《しり》の上高く吊《つ》るしている。鷲《わし》を彫刻した金色の椅子に身をもたせかけたこのオルゲルドは、靴を履いた足を大きく拡げて、泡を噴く葡萄酒を音高く飲みくだした。

彼の豪奢《ごうしゃ》な服装と、向かい側の椅子についたキンメリアの巨漢のそれは、きわだった対照を示していた。短めに刈った黒い総髪《そうはつ》、傷痕《きずあと》のある茶色の顔、青い光を放つ眸《ひとみ》。黒色の鎖帷子《くさりかたびら》を着こんで、身に着けた品のうち光り輝いているものといえば、すり切れた革鞘に収めた長剣を吊るす革帯の幅広い黄金の留《と》め金ひとつである。

絹張りの天幕内にいる者は、彼らふたりだけであった。金糸を織りこんだ垂れ布、豪華な絨毯《じゅうたん》、ビロードのクッション、隊商から掠奪した品の数々。天幕の外には、低いざわめきが絶え間なく聞こえている。これは宿営地にかぎらず、およそ人間の集団のあるところにはつきものの騒音である。ときどき沙漠の突風が吹ききたって、椰子《やし》の葉を鳴らしていた。

「きょうは影のなかだが、あすは太陽の下」オルゲルドは諺《ことわざ》を引用していうと、緋色の腰帯を少しゆるめてから、またも葡萄酒の瓶に手を伸ばし、「それが人生というものだ。かつてのおれはザポロスカの族長だったが、いまは沙漠の首領だ。七カ月前、おまえはカウラン城外で磔《はりつけ》にされていた。それがいまでは、トゥラン国と西方の牧草地帯のあいだに最大の勢力を持つ男の片腕だ。おれに感謝せんわけにいかんだろうな！」

「それというのも、おれが役に立つと知ったからだ」コナンは笑いながら大杯をとりあげて、「おれを重用《ちょうよう》しているのは、それがおまえ自身に利益だと見ただけのことだ。おれのいまの地位は、おれ自身の血と汗で勝ちとったものさ」そしてコナンは、掌《てのひら》に残った傷痕にちらっと目をやった。躰《からだ》のほかの個所にも、七カ月前にはなかった傷がたくさんあった。

「たしかにおまえは、悪魔の軍隊みたいな働きをする」オルゲルドは一歩譲《ゆず》って、「しかし、おれの軍団に加えてくれと、あとからあとから希望者が押しよせてくるのは、おまえの手柄と思うなよ。おれの才覚で、戦闘のたびに勝利を得てきたから集まってきたのだ。このあたりの遊牧民は、いつも優秀な首領を求めていたし、自分と同族の男より異国人に忠誠を誓う傾向があるんだ。

おれたちにできることに限界はない！　いまのところ一万一千の配下が集まった。あと一年経ったら三倍の人数になるだろう。きょうまではトゥラン国の前哨《ぜんしょう》基地と、西方の都市国家を掠奪するだけで満足してきた。しかし、兵力が三万から四万になったら、掠奪程度で満足できるものか。諸国を征服して、新しい王朝を作りあげ、支配者にならねばなるまい。おれはシェム全土の皇帝になる。そのときはおまえを大臣にしてやるつもりだ。ただし、おれの命令に疑問を差し挟まずに実行すればだぞ。ところで、さしあたっては軍団を東方へ移動させて、トゥラン国の前哨基地ヴェゼクを急襲しようと思う。あの町に落ちる隊商の通行税は莫大な額にのぼるそうだ」

　コナンは首をふって、「おれの意見はちがうな」といった。

　オルゲルドは目をむいて、いまにも癇癪《かんしゃく》が破裂しそうな顔を見せ、

「どういう意味だ、きさまの意見がちがうというのは？　この軍団の行動を考えるのは、このおれさまだ！」

「いまこの軍団には、おれの目的に充分な人数が集まっている」キンメリア人は答えた。「待つには飽き飽きした。返しておきたい借りがある」

「ああ、そうか！」オルゲルドは顔をしかめて、葡萄酒を一気に飲み干してから、にやりと笑い、「まだ十字架の恨《うら》みが忘れられんのだな。それもよかろう。おれは恨みを忘れん男が好きな性分だ。しかし、復讐はあとまわしにしてもらおう」

「おまえのその口が、カウラン城を奪取するのに手を貸してやるといったじゃないか」

「たしかにいった。だがそれは、この軍団の力でなにをやってのけられるかを知る前のことだ」オル

ゲルドは答えた。「おれの頭にあったのは、あの都《みやこ》を掠奪することだけだった。たいした利益もないのに、兵力を浪費させたくはない。カウラン城は強固すぎて、現在のおれたちには、割ることのできぬクルミみたいなものだ。あと一年辛抱しろ。それまでには――」

「一週間以内だ」とコナンは答えた。その言葉の断固とした響きに、コザックは思わず目をみはって、

「落ち着けよ、コナン」とつづけた。「仮におれが、おまえの向こう見ずな企《くわだ》てに乗って兵を送ったとして――どうなると思う？　あの狼どもにカウランみたいな都城を包囲して攻撃できると思うのか？」

「包囲なんかすることはない」キンメリア人は答えた。「コンスタンティウスを平原へおびき出せばいいことで、それにはちゃんと策がある」

「おびき出したら、どうだというんだ？」オルゲルドが悪態混じりに叫んだ。「矢の射《う》ちあいになったら、おれたちの騎馬隊はひとたまりもなくやられるぞ。傭兵《アッシューリ》部隊の鎧《よろい》はずっと上物《じょうもの》なんだ。剣の打ちあいに持ちこんだにしても、戦闘訓練を積んだ剣士が密集隊形で押しよせてくる。おれたちのやわな隊列じゃ、あっという間に衝き破られて、風の前のモミ殻《がら》同様、吹きとばされてしまうのが落ちだ」

「決死的なハイボリア人の騎兵三千人が、おれの教える強固な楔《くさび》形《がた》隊形で闘ったら、そうはならんよ」

「その三千人のハイボリア部隊を、どこで掻き集めてくる気だ？」オルゲルドは痛烈な皮肉をこめていった。「呪文かなんかで空中から呼びよせるつもりか？」

「すでに集めてある」コナンは落ち着き払って答えた。「カウラン国の旧兵士三千名が、アクレルのオ

アシスに集結して、おれの命令を待機中だ」

「なんだって？」オルゲルドは驚いて、狼のように目をむいた。

「いまいったとおりだ。彼らはコンスタンティウスの暴政から都を脱出した連中で、そのほとんどがカウラン城の東の沙漠に無法者の生活を送っている。痩せこけてはいるが、それだけに意志が固く、死を怖れず、人食い虎のような状態にある。彼らのひとりが、他人の国で怠惰《たいだ》な日を送っている傭兵三人に匹敵し、しかも迫害と苦難から性根《しょうね》がすわり、身内に地獄の火を燃やしている。いままでは小さな集団に分かれていた。彼らに必要なのは、ひとりの指導者だけだった。おれが使者を送ると、その言葉を信用してくれて、オアシスに集結して、おれの指揮を待っているところだ」

「それをみんな、おれに知らせずにやってのけたのか？」凶暴な光が、オルゲルドの目にきらめいた。

彼は剣を吊るした腰帯に手をやった。

「彼らの望みはおれの指揮に従うことで、おまえに従うことじゃない」

「で、その逃亡者どもに、どんなことをいって忠誠を誓わせた？」オルゲルドの声に危険な響きがともなってきた。

「こういったんだ。沙漠の狼たちを使って、コンスタンティウスの軍団を打ち破り、カウラン国をその人民の手にとりもどす手伝いをさせるのだ、と」

「ばか者め！」オルゲルドは低い声で叫んだ。「首領になったつもりでおるのか？」

そしてふたりは立ちあがり、黒檀の食卓を隔てて睨《にら》みあった。オルゲルドの灰色の冷たい目には悪魔の光が躍り、キンメリア人の固く結んだ唇《くちびる》に、きびしい笑いが浮かんでいた。

「きさまを四本の椰子の木のあいだで引きちぎってやる」コザックが落ち着き払った声でいった。

「だれでもいいから、部下を呼んで命令してみろ！」コナンが挑戦的に応じた。「命令どおりに彼らが動くか、見てみるがいい！」

歯をむき出して、片手をあげたが、オルゲルドはそこで黙りこんだ。キンメリア人の陽灼《ひや》けした顔に浮かぶ自信の色が、彼を動揺させたのだ。その目に、狼のそれのような火が燃えはじめた。

「西の国の山のなかから流れてきたやくざ野郎め！」彼は小声で吐き捨てた。「おれの権力を奪いとりにかかったのか？」

「そんな必要はなかった」コナンは平然といってのけた。「さっきおまえは、この軍団に人が集まってくるのは、おれに関係したことでないといった。だが、あの言葉はまちがっている。みんな、おれあてのことだ。おまえが命令をくだすが、彼らが闘うのはおれのためだ。ズアギル族の集団には、ふたりの首領が併立する余地などない。おれがおまえより強いことは、だれもが知っている。おれはおまえ以上に彼らを理解している。彼らもおれを理解している。おれも野蛮人だからだ」

「で、おまえが彼らにカウラン軍と闘えと命令したら、どんな返事がもどってくると思う？」オルゲルドが皮肉な口調でいった。

「みんなおれの命令に従うさ。王宮から駱駝《らくだ》一隊分の黄金を持ち出してよいと約束した。コンスタンティウスを追い払った報酬に、カウラン人はそれくらい喜んで提供するだろう。そのあとでおれは、おまえが計画したとおり、彼らを率いてトゥラン国軍と闘うつもりだ。彼らは戦利品を望んでいる。そのためなら、コンスタンティウスだろうがだれだろうが、進んで闘う気持ちでいるんだ」

オルゲルドの目のうちに、敗北を認める色が濃くなってきた。帝国創建の絢爛《けんらん》たる夢を追いつづけたばかりに、身辺に進行しつつあった事実を見すごしてしまったのだ。以前はなんの意味もない出来事と見ていたものが、その真実の重要性をあらわして、彼の心のうちにひらめきだし、コナンの言葉がいたずらに虚勢を張っているのでないと知るにいたった。黒い鎖帷子に身を包んで、彼の眼前に立ちはだかっている巨漢が、ズアギル族の真《しん》の首領なのだ。

「おまえが死ねばちがうぞ!」オルゲルドは叫んで、剣の柄《つか》に手をやった。だが、それより早く大猫のような敏捷《びんしょう》さでコナンの腕が食卓越しに伸び、力強い指でオルゲルドの前膊《ぜんぱく》を押さえつけた。バキッと骨の折れる音がして、一瞬、その場が凍りついた。ふたりの男は睨みあったまま、彫像のように身動きもせず、オルゲルドの額に汗が噴き出しはじめた。コナンは哄笑し、折れた腕をつかむ手をゆるめようともしなかった。

「オルゲルド、おまえに生きていく資格があるのかね?」

コナンの笑顔は変わらないが、前腕の筋肉の盛りあがりがいよいよ高まって、指の先がコザックの小刻みに震える肉に徐々に食いこんでいく。折れた骨がきしみあって、オルゲルドの顔は灰色に変わり、歯の食いこんだ唇から血が流れ出した。しかし、さすがにうめき声は洩らさなかった。

コナンは高らかに笑うと、手を離して身を引いた。コザックの男はよろめいたが、無事なほうの手で食卓の端をつかんで、体勢を立て直した。

「命だけは救《たす》けてやるぞ、オルゲルド。おまえがおれを救けてくれたように」コナンは静かにいった。

「おれを十字架から下ろしたのが、おまえの運の尽きだったわけだ。あのときは、おれも手痛い試練を食わされた。おまえなんかに耐えられるものじゃない。いや、おまえにかぎらん、あれに耐えぬく力のある者は、西方の曠野《こうや》育ちの男だけだ。

さあ、馬に乗って立ち去れ。おまえの馬は、この天幕のうしろに繋《つな》いである。食糧も水も鞍袋《くらぶくろ》に詰めてある。だれも見ておらんから、急いで出て行け。没落した首領の落ち着ける場所など沙漠地帯にない。戦士たちにみつかったら、手足を斬られ、放りだされるだろう。生きて宿営地から立ち退《の》くのを許してもらえるはずがないのだ」

オルゲルドは答えなかった。剣もなしに、ゆっくりと背を向けると、天幕のなかを横切って、入口の垂れ布の外へ出た。葉を拡げた椰子の木陰にたくましい白馬が繋いであり、彼は無言でその鞍にまたがった。そして骨の折れた腕を長衣《カーラート》の胸に突っこむと、無事な手で手綱《たづな》を引き絞り、馬の首を東に向けた。そこには大沙漠が拡がっている。ズアギル族の生活圏外にある広大な沙漠が。

天幕のなかではコナンが葡萄酒の大杯を空《から》にし、舌つづみを打っていた。そして空になった酒杯を隅に投げやり、腰帯を締め直すと、正面の出入口から大股に外へ出ていった。そこでしばらく足を止め、四辺を見まわした。駱駝の毛を織って作った天幕が、目の前に列をなして並び、そのあいだを白衣姿の男たちが、あるいは歌い、あるいは話しあい、馬具を修理したり、彎刀《わんとう》を研《と》いだりしながら動きまわっている。

コナンは宿営地の最先端まで届けとばかり、雷のような大声をはりあげた――

「おーい、みんな、耳を澄ましてよく聞くんだ！　急いでここに集まれ。話しておくことがある」

5　水晶球のなかの声

城壁に近い塔の一室に男たちの集団が首を集めて、ひとりの話に聞き入っていた。集まっているのは若者ばかりで、それが揃って筋骨たくましい体軀《たいく》の持ち主であり、逆境に耐えぬいた者だけにそなわった厳しさを身につけている。鎖帷子《くさりかたびら》の上にすり切れた革服を着て、腰帯に剣を吊《つ》るしていた。

「コナンの言葉は嘘でなかった。あの女はタラミスじゃないぞ！」話し手が叫んだ。「この何カ月か、おれは耳の聞こえない物乞《ものご》いを装って、王宮近くを徘徊《はいかい》していた。そしてついに信じておったとおりの真相をたしかめ得た――われわれの女王は、王宮に隣接する建物の地下牢に幽閉《ゆうへい》されておられる。機会をうかがっていたところ、シェム人の牢番をつかまえることができた――昨日の深夜、中庭を離れたのを殴り倒し、意識を失わせておいて――近くの穴蔵《あなぐら》に引きずりこんで尋問した。けっきょくは死んでしまったが、いま話したことを白状しおった。おれの推察に誤りはなかった――このカウラン国を支配している女は魔女なのだ。名前はサロメ。そして牢番の洩らしたところだと、タラミス女王はもっとも奥深い地下牢内に監禁の身だ。

こんどのズアギル族の侵攻《しんこう》こそ、われわれにとってのまたとない機会といえる。コナンの狙いがどこにあるかは、わかりようもない。コンスタンティウスに復讐したいだけかもしれぬし、都を掠奪しておいて破壊する狙いかもしれん。彼みたいな蛮族出の男の気持ちは、われわれには想像もつかんものだ。

しかし、われわれのとるべき行動は決まっている――ズアギル族との戦闘の最中に、タラミス女王を救い出す！　コンスタンティウスは敵軍を迎え撃つために、平原に兵を進めるだろう。すでに彼の部下は進撃の準備を開始している。都城内の食糧が充分でないので、包囲されると苦境に立つのがわかっているからだ。沙漠からのコナンの進攻が不意打ちだったので、食糧を運びこむ時間がなかったのだ。それにあのキンメリア人は攻城《こうじょう》戦用の兵器を装備している。斥候《せっこう》たちの報告にも、ズアギル人の部隊が攻城砲を運んでいるとある。コナンの指示で造りあげたものであるのは疑いない。あの男は、西方の諸国を渡り歩いているので、戦闘技術を知りぬいているのだ。

コンスタンティウスは長期の包囲戦を望んでいない。そこで全部隊を平原に進出させ、コナンの軍勢を一気に蹴散《けち》らす作戦をとる。都城内に残しておくのは数百名程度。それも城壁上と城門を見おろす塔内に集結する。

牢舎《ろうしゃ》はほとんど無防備のままに捨ておかれる。タラミス女王を救い出したあと、われわれのとるべき行動は、そのときの情況しだいだ。コナンの軍が勝利を得たら、タラミス女王を見せることで、町の人々の決起をうながす――彼らは立ちあがる！　そう、必ずや決起する！　武器がなくても、都城内に残ったシェム人兵士なら数で圧倒できるから、城門を閉ざし、傭兵部隊と遊牧民の双方を食いとめておく。どちらも城内に入れてはならん！　それからコナンを相手に話しあう。あの男はいつもタラミス女王に忠実だった。この真相を知ったら、そして女王が彼に訴えたら、この都《みやこ》の破壊は思いとどまるだろう。それよりも可能性が強いのだが、もし勝利がコンスタンティウスの手に帰《き》し、コナンが敗走する結果になれば、われわれは女王を擁《よう》して都を脱出し、いずくにか安住の地を見いださねばならぬ。

みんなわかってくれたか？」

一同は口を揃えて、了解した旨《むね》を告げた。

「では、いつでも刀の鞘《さや》を払えるようにして、われわれの魂はイシュタールの神の意にまかせ、牢獄に向かって出発するとしよう。すでに傭兵部隊は、南の城門から進出しつつあるはずだ」

その言葉は真実だった。暁《あかつき》の光に先尖《さきとが》りの円冑《まるかぶと》をきらめかせ、華麗な馬衣をつけた駿馬《しゅんめ》にまたがった騎兵軍団が、押し開いた城門から大河のように流れ出ていく。やがて開始されるであろう戦闘は、東方の国にのみ見ることのできる騎馬戦なのだ。鋼鉄の河のように城門から流れ出した兵士たちは――いずれも浅黒い躰《からだ》を黒と銀の鎧《よろい》に包み、黒くちぢれた顎鬚《あごひげ》と鉤《かぎ》なりの鼻、その種族特有の冷酷な気質を目の色にあらわし――死への怖《おそ》れを知らぬ代わりに、慈悲心もまったく欠いていた。

街路と城壁には群衆が列を作って、彼らの都の防衛に進軍していく異人種の戦士たちを無言のままみつめていた。声もなく、表情を消した鈍い目で、みすぼらしい身なりの痩《や》せ細った人々が、帽子を手につかんで。

南の城門に通じる広い道路を見おろす塔では、サロメがビロードの寝椅子に寝そべったまま、コンスタンティウスが引きしまった腰に幅広の剣帯を巻き、腕に籠手《こて》をつける様子を冷笑的に眺めていた。部屋にいるのは彼らふたりだけだった。黄金の枠をはめた窓を通して、律動的な馬具の響き、軍馬の蹄《ひづめ》の音が、大波のように流れこんでくる。

「日が暮れるまでに」細い口髭をひねりながら、コンスタンティウスがいった。「寺院の怪物の餌に適当な捕虜を連れてきてやる。あいつも都育ちの柔らかい肉にうんざりしだしたのではないか？　沙漠の男の歯ごたえを味わわせてやるがいい」

「タウグより怖ろしいけものの餌食《えじき》にならないように気をつけることね」女が警告した。「沙漠の猛獣どもを指揮しているのがだれなのか、忘れるんじゃなくてよ」

「忘れるわけがあるものか」彼は応じた。「おれがあいつを迎え撃つ作戦をとったのには理由がある。あの犬め、西方の各地で戦闘の経験を積んだことから、城攻めの戦術を心得ている。こちらの斥候は敵になかなか近づけない――先頭隊の監視の目が鷹《たか》みたいに鋭いからだ――それでもかなりの距離まで近づいて、偵察したところを報告してきた。やつら、攻城用の兵器を牛車《ぎゅうしゃ》に積み、駱駝《らくだ》に引かせてやってくるそうだ――弩《いしゆみ》、破城鎚《はじょうづち》、弩砲《どほう》、投石機といったものをだ。イシュタールの神にかけて、一万人からの男たちを、一カ月のあいだ夜昼ぶっつづけに働かせたにちがいない。材料をどこで手に入れたかは見当もつかんが、たぶん、トゥフンのやつらと手を結ぶことで、あの国から供給してもらったんだろう。

どのみちそんなものは、無用の長物になる。おれには沙漠の狼どもとの戦闘経験があるんだ――しばらくのあいだは矢の応酬だ。ここではおれの戦士の鎧がものをいう――つづいて突撃を開始し、おれの強固な騎馬隊が、遊牧民のしまりのない集団へ突っこんでいく。そしていきなり転回して、やつらの背後を急襲する。この戦術で、またたく間に蹴ちらしてしまうという段どりだ。日没前には、裸の捕虜を数百人、馬の尻尾《しっぽ》に繋《つな》いで南門に帰還してみせる。今夜は大広場で祝杯をあげるとしよう。おれの兵士たちの大好物は、捕虜を生きながら皮剥《は》ぎにすることにある――その材料をしこたま仕入れて、臆病者の町のやつらにも目の保養をさせてやるつもりだ。とりわけ楽しみはコナンのやつで、うまく生け捕ることができたら、王宮前の階段で串刺しにしてくれようじゃないか」

「好きなだけ生皮《なまかわ》を剥ぐことね」サロメは気がないような口ぶりで、「あたしは前から、ちゃんと鞣《なめ》した人間の皮で服を作りたいと思っていたのよ。でも、少なくとも百人の捕虜を連れてきてもらうわ――祭壇に供《そな》えるのと、タウグの餌に」

「まちがいなく用意する」コンスタンティウスは籠手を着けた手で、薄くなった髪を陽灼《ひや》けした広い額から掻きあげ、「勝利とタラミス女王の栄光を称《たた》えるために！」と皮肉な口調でいうと、面頬《めんぼお》つきの冑を腕にかかえ、片手をあげて一礼し、鎧の音を響かせながら部屋を出ていった。とたんに部下の隊長たちに命令する彼の大声が聞こえてきた。

サロメは寝椅子に仰臥《ぎょうが》してあくびをし、しなやかな猫のような肢体《したい》を伸ばして、

「ザング！」と大声に呼んだ。

黄色に変わった羊皮紙を骸骨《がいこつ》に貼りつけたような顔つきの僧侶が、猫そっくりに足音を立てず部屋へはいってきた。

サロメは象牙の台座に顔を向けて、そこに載っている二個の水晶球のうち小さいほうをとりあげると、光り輝くそれを僧侶に手渡して、

「馬に乗って、コンスタンティウスといっしょにお行き」と命じた。「戦闘の模様を逐一《ちくいち》報告するのだ

よ。さあ、お行き！」

骸骨の顔をした僧侶は、心得顔でうやうやしく一礼して、水晶球を暗赤色のマントの下に隠すと、急ぎ足で部屋を出ていった。

外の街路では、行進する軍馬の蹄の音が響いていたが、城門の閉じる音が聞こえると、あとは死んだように静まりかえった。サロメは屋上に通じる大理石の広い階段を登っていった。屋上は平坦で、周囲を大理石の胸壁が囲み、天蓋《てんがい》が設けてある。いま彼女は、都城内のどの建物よりも高い位置にいた。街路に人の往《い》き来が途絶《とだ》え、王宮前の大広場も人影がまったくなかった。広場の向こう側に陰鬱《いんうつ》な姿でそびえ立つ寺院の付近は、平素でも人々が怖れて近づかぬところだが、いまは都城内全体が死の街のように眺められた。わずかに南側の城壁の上と、そこを見おろす屋根屋根だけに生命のしるしが残っている。町の人々がそこに密集しているのだ。彼らは態度を決めかねていた。コンスタンティウス軍の勝利を祈るべきか、はたまたその敗北を願うべきか、彼らにはわからなかった。コンスタンティウスの勝利は、その無慈悲な支配の下に悲惨な状態が継続することを意味し、敗北はおそらく掠奪と血の虐殺を意味する。コナンの言葉は届いておらず、その意向は知りようもない。彼もまた蛮族の出であることを思い出さずにはいられなかった。密集した人々の上に沈黙が重くのしかかり、無気味に思えるほどだった。

傭兵の騎馬軍団は平原に進出しつつある。はるか遠く、河のこちら岸に黒いかたまりが蠢《うごめ》いていて、目を凝《こ》らすと、それが騎馬武者の集団であるのが見てとれる。向こう岸に点々と見えているのは、コナンが用意した攻城用の兵器であろうが、こちらの岸に運んでこようとしないのは、渡河《とか》の途中で襲撃されるのを怖れてのことであろう。しかし、コナンの全部隊は渡河を完了していた。太陽が昇りきって、黒い集団のうちからまばゆい光が撥ねかえっている。都城内からの騎馬軍団は駒《こま》の歩みを速めだし、そのどよめきが、城壁に立つ人々の耳にも届いていた。

黒い団塊《だんかい》が入り乱れ、混ざりあった。遠方のこととて、もつれあった混乱が目に映るだけで、細かい情況までは見てとれない。攻撃と反撃とを識別しかね、軍馬の蹄の下から土埃《つちぼこり》が雲となって湧きあがり、奮戦する兵士たちを押し包んだ。その渦巻く雲のなかに、騎馬武者の軍団が見え隠れし、槍がきらめいている。

サロメは肩をすくめて、階段を降りた。王宮の内部は静まりかえっていた。奴隷《どれい》たちは残らず城壁に駆けつけて、町の人々といっしょに南の平原を空《むな》しくみつめているのだった。

サロメはコンスタンティウスと話しあっていた部屋へもどって、台座に近よった。水晶球の表面に雲がかかり、血を思わせる深紅の線条《せんじょう》が走っている。彼女は呪いの叫びを口走って、水晶球に覆いかぶさる姿勢をとり、

「ザング！」と呼んだ。「ザング！」

水晶球の表面の霧が揺れはじめ、波打つ土埃の雲と変わり、それを通して突進する黒い人影と、闇を切り裂く稲妻のような刀槍のきらめきが見えてきた。つづいてザングの顔が、驚くほど明瞭に浮かびあがった。まるで目をみはってサロメをみつめているように見える。骸骨そっくりの頭に大きな傷があいて血を噴き出し、泥のこびりついた土気色《つちけ》の顔に、したたる汗が筋を作っている。唇《くちびる》を開いて、しきりと動かしつづけるが、サロメ以外の者には何も聞きとれず、水晶球のなかの男が、無言で

顔を歪めているだけと見たことであろう。しかし、サロメの耳は灰色の唇から洩れる言葉をはっきりと聞きとっていた。数マイル離れたところで小水晶球に呼びかけている僧侶の声が、同じ部屋にいる者のそれのように響いているのだ。このちらちらと光る二個の水晶球を繋ぐ目に見えぬ魔法の糸がどのようなものであるかは、暗黒の神々のほか知ることもできない。

「サロメさま！」血みどろの顔が叫んでいる。「サロメさま！」

「聞いているよ！」彼女も叫びかえした。「お話し！　戦況はどうなんだい？」

「不利です！　戦況はわが軍に不利です！」幽霊のような顔が叫びつづけた。「カウラン側は潰走《かいそう》しています！　ああ、頂戴した馬も倒れ、逃げのびるすべはありません！　まわりで兵士がばたばたと斃《たお》れていきます！　銀の鎧をつけたまま、蠅のように死んでいくのです！」

「泣きごとはおやめ！　どんなことが起きたかを話すんだよ」彼女も喉にからんだ声で叫んだ。

「わが軍が沙漠の犬どもに接近しますと、やつらは迎撃《げいげき》の態勢を示しました！」僧侶が泣き声混じりに叫んだ。「両軍のあいだに矢の雨が飛びかって、遊牧民の部隊が動揺しました。コンスタンティウス将軍は突撃の命令をくだし、われらの兵士は整然たる隊形で進撃を開始しました。

するとと遊牧民の部隊は左右に割れて、そのあいだから三千名あまりのハイボリアの騎兵隊が突進してきました。これは予想もしなかったことで、憎悪《ぞうお》に狂ったカウラン人の戦士たち、完全武装で駿馬にまたがった大男の集団であったのです！　それが鋼鉄みたいに強固な楔形《くさびがた》隊形を組んで、電光のように打ちかかってきます。わが軍の兵士は情況に気づくより先に隊伍《たいご》を乱すと、ふたたび沙漠の犬どもが、左右から襲いかかってくるのでした。

わが軍は四分五裂《しぶごれつ》の状態となり、ついには潰走を余儀なくされました！　これがコナンの悪魔の計略でした！　攻城用の兵器は見せかけ——椰子《やし》の木で作った枠組みに絹布《けんぷ》を貼って色を塗ったものにすぎず、斥候たちは遠方から眺めただけなので、まんまと騙されてしまいました。それがわが軍を破局におびき寄せる罠だったのです！　味方の戦士は敗走しています！　クムバニガッシュは斃されました——コナンに惨殺されたのです。コンスタンティウス将軍の姿は見当たりません。カウラン兵が血に狂ったライオンのように、右往左往するわが軍団のあいだを駆けめぐっていますし、沙漠の男たちが矢を浴びせかけています。わたくしは——あっ！」

電光のようなきらめきが走り、鋼鉄の打ちあう音が鋭く響き、つづいて鮮血がほとばしった——そして突然、泡が破裂するように、僧侶の顔が消えた。あとはサロメが、水晶球に映るおのれの怒りの顔を凝視しているだけであった。

暫時《ざんじ》、彼女は身動きもせずに、その場に突っ立ったまま虚空《こくう》をみつめていた。やがて手を叩くと、ザングと同じように髑髏《どくろ》めいた顔をした別の僧侶が、同じように足音も立てずにはいってきた。

「コンスタンティウスが負けた」サロメは早口にいった。「あたしたちの最期《さいご》のときがきた。一時間と経《た》たぬうちに、コナンの軍が城門に押しよせてくる。あたしをつかまえたら、どんな目に遭わせるか、いわなくてもわかっているだろう。でも、その前にあの憎らしい姉が二度と王座に就くことがないように、手を打っておくつもりだ。ついておいで！　早いところ、タウグが満腹になるまで餌をあたえてやる」

彼女は階段を降り、王宮の回廊を伝って急いだ。そのとき、遠く城壁のあたりにどよめきの音があがるのが聞きとれた。町の人々も、戦闘がコンスタンティウスの軍に不利に傾いたのに気づきはじめたにちがいない。土埃の雲のあいだを、騎馬武者の群れが城門に向かって駆けてくるのが見えるのだ。

王宮と牢獄のあいだは、窓ひとつない長い回廊で結ばれていて、回廊の上は影の深い円天井《まる》になっている。そこを急いで、偽《にせ》の女王と奴隷僧が、突き当たりの重い扉から薄暗い燈火《とうか》ひとつの牢舎内にはいりこんだ。扉のなかが同様な円天井を持つ広い廊下で、一端《いったん》に口があいて、地下の暗黒に通じる石の階段をのぞかせている。とそのとき、サロメがいきなり罵声を発して飛びのいた。廊下の薄暗がりのなかに、動くことなく横たわっているものがある——シェム人の牢番だった。短い顎鬚を天井《てんじょう》に向けて、首が胴から離れかけていた。サロメの耳に地下からの荒い息づかいが聞こえてきた。彼女は円天井の暗い影に身をひそめて、僧侶を自分の背後に押しやり、帯のあいだに短剣を探った。

6　禿鷹《はげたか》の翼

　カウランの女王タラミスは、何もかも忘れ去ろうと、つかの間の眠りに逃れていたが、煙をあげる松明《たいまつ》の光に目を醒《さ》ました。手をついて起きあがり、乱れた髪を掻きあげ、またしてもサロメが苛責《かしゃく》の種を持ちこんだのかと、嘲笑《ちょうしょう》の顔を予想して目を向けた。代わりに同情と恐怖の叫びが耳に届いた。

「タラミスさま！　おお、女王さま！」

　思いがけぬ声なので、タラミスはまだ夢を見ているのかと思った。しかし、松明の焰《ほのお》の向こうに、いくつかの人影と鋼鉄の刃《やいば》のきらめきが見分けられ、つづいて五つの顔が見おろしているのを知った。浅黒い鉤鼻《かぎばな》を持つ顔ではなく、痩《や》せこけてはいるが、茶色に陽灼《ひや》けした鷲《わし》のように鋭い顔である。ぼろをまとった彼女はうずくまったまま、目をみはって凝視した。

　人影のひとつが進み出て彼女の前に跪《ひざまず》き、訴えるように両腕をさし出した。

「おお、タラミスさま！　ご無事でしたか、イシュタールの神よ、感謝いたします！　わたくしをお忘れですか？　ヴァレリウスめにございます。コルヴェカの闘いのあと、そのお口からお誉めの言葉をいただいたことがあります！」

「ヴァレリウス！」彼女は口ごもった。急にその目から涙が溢《あふ》れ出た。「いいえ、夢を見ているのだわ。

わたしを苦しめるためのサロメの魔法だわ！」

「ちがいます！」歓喜の叫びがほとばしった。「あなたの忠実な臣下が、お救いにあがりました。だが、急がねばなりません。いまコンスタンティウスの軍隊は、河を渡って押しよせてきたコナンの率いるズアギル族部隊と平原で戦闘中です。しかし、都城内にはなお三百名のシェム兵が守りを固めています。われわれは牢番《ろうばん》を斬り殺し、鍵を奪いとりました。ほかに監視の兵は残してないようです。そうはいっても、急ぐ必要があります。さあ、おいでください！」

女王の足はいうことをきかなかった。長い監禁に弱っていたからでなく、あまりにも意外な出来事の反動だった。ヴァレリウスが女王を子供のようにかかえあげ、松明持ちの男を前に立たせ、勇士たちは地下牢をぬけ出し、すべりやすい石の階段を登っていった。それは果てしなくつづくかと思われたが、やがて広い廊下へ出て、そこからくだりになった。

暗い拱門《アーチ》をくぐりぬけたとき、いきなり松明を叩き落とされて、松明持ちの男は激しい苦痛の叫びを短くあげた。暗い廊下に青白い火が然えあがって、その閃光《せんこう》のなかに、瞬間、怒りに狂ったサロメの顔が浮きあがった。彼女のかたわらには、なにやらけものめいたものがうずくまっている——しかし、ヴァレリウスたちはいまの閃光に目がくらんで、それが何であるかを確かめることもできなかった。

ヴァレリウスは女王の躰《からだ》をかかえたまま、よろめきながら廊下を走りぬけようとした。肉に深く打ちこまれる刃物《はもの》の殺人的な響きと、それにともなう死の喘ぎ、そしてけものじみた唸り声が聞こえてきた。そのとき彼の腕から女王の躰が荒々しく引き離され、彼自身は、冑《かぶと》の上からの強烈な一撃で石の床に叩き伏せられた。

目の前に躍り狂う青い焰を追い払おうと、頭をふってそろそろと立ちあがり、ようやく視界をはっきりさせたが、その廊下にいる者は彼ひとり——あとは死者だけであった。四人の同志は頭と胸を断《た》ち割られ、血の海のなかに横たわっている。地獄の焰のきらめきに目がくらんだまま、身を護《まも》る機会もあたえられずに死んでいったのだ。女王の姿は見えなかった。

苦い悔恨《かいこん》のうめきと呪詛《じゅそ》の声をあげたヴァレリウスは、剣をつかみ、割れた冑を頭からもぎとって床石の上に叩きつけた。頭の傷口から流れ出る血が頰を伝ってしたたった。

そして足もとがよろめき、この先どんな行動をとったものかと判断に迷っている耳に、緊迫した調子で彼の名を呼ぶ声が聞こえた——「ヴァレリウス！　ヴァレリウス！」

ふらふらする足で声の方向へ近づいていくと、廊下の角を曲がったところで両腕のあいだに柔らかな肉体が飛びこんできて、それが狂ったようにしがみついてきた。

「イヴガ！　気でもちがったのか！」

「来ないではいられなかったの！」彼女はすすり泣きといっしょに答えた。「あなたのあとを追ってきて——中庭の拱門《アーチ》の陰に隠れていたのよ。ちょっと前に、あの女がけものそっくりの僧侶を連れて出てきたの。その僧侶の腕にかかえられているのがタラミス女王だと見てとって、あなたの失敗したのを知ったんだわ！　まあ、ひどい怪我《けが》ね！」

「かすり傷にすぎん！」彼はすがりつくイヴガの手をふり離して、「急がなければならんのだ、イヴガ。あの女悪魔とけもの、どっちの方向へ向かった？」

「広場を横切って、寺院のほうへ走っていったわ！」

ヴァレリウスは顔蒼ざめて、

「おお、イシュタールの神よ！　あの悪魔め、崇拝する魔物にタラミス女王を捧げるつもりだな！　急ぐんだ、イヴガ！　南の城壁へ駆けつけて、戦争の模様を見守っている町の人たちに伝えてくれ！　本物の女王がみつかったということを——そして、偽物《にせもの》の女王がタラミス女王を寺院へ引きずりこんでいくところだと！　さあ、急いでくれ！」

すすり泣きながら、イヴガはいっさんに走った。その軽いサンダルの音が敷石の上に響く。一方ヴァレリウスは中庭を突っ切り、街路に飛び出し、その先にある広場へ駆けこむと、広場の向こう側にそそり立つ巨大な建造物へと急いだ。

ヴァレリウス自身の足は、大理石の床を蹴立《けた》て、広い階段を駆けあがり、柱廊《ちゅうろう》玄関を走りぬけた。女悪魔の捕虜が激しい抵抗を示しているのは明瞭だった。死の淵《ふち》へ引きずりこまれる運命を悟ったタラミスが、その若い肉体に残った最後の力をふり絞って、必死の抵抗を試みているのが見てとれる。一度はたしかに、けものめいた僧侶の手を逃れたらしいが、ふたたび引きずり倒された跡が残っている。

その一団は、寺院の広い内陣を半ばほど進んでいた。その奥に無気味な祭壇が設けてあり、さらに祭壇の背後には、卑猥《ひわい》な彫刻をほどこした鉄扉が見えている。あの扉こそ、数知れぬ男女がはいっていったものの、サロメ以外はひとりとして出てきたことのないところだ。タラミスの呼吸は激しい喘ぎと変わり、ぼろの着衣は抵抗のあいだに引きちぎられていた。彼女は半獣神《サチュロス》の腕に抱きしめられた白い裸体のニンフのように身をくねらせて、猿人めいた僧の手から逃れようとあがきつづけた。その様子をサロメは皮肉な目で眺めていたが、待ちきれなくなったものか、彫刻入りの鉄扉へ足を進めた。高い内壁に沿って忍びよる夕闇のなかに、淫《みだ》らな神々と悪魔の群れが、好色な生命に息を吹きこまれたもののように、この騒ぎを見おろしていた。

憤怒《ふんぬ》に喉を詰まらせたヴァレリウスは、剣を手に、広い内陣を突進した。サロメの口から鋭い叫びが洩れた。髑髏《どくろ》の顔の僧侶が顔をあげ、タラミスを離すと、太い短剣をぬき放った。それはすでに血塗られていた。そして襲いかかるカウラン国の兵士を迎え撃ちに走った。

しかし、憎悪と憤怒にいきり立つハイボリアのたくましい若者が相手では、サロメが放つ悪魔の閃光に目のくらんだ男たちを斬り倒すようにはいかなかった。

血のしたたる短剣をふりあげたが、ふり下ろす以前に、ヴァレリウスの細身の剣が鋭く大気を切り裂き、短剣を握る拳《こぶし》を血しぶきとともに斬り落としていた。その躰もへたへたと倒れかけたが、猛《たけ》り狂ったヴァレリウスは、なおもつづけて剣を打ち下ろし、肉と骨とを断ち斬った。髑髏のような頭は床の一方に転がり、半ば切り裂かれた胴が反対方向に倒れた。

ヴァレリウスはくるりとふりむくと、ジャングルの山猫のような猛々《たけだけ》しい目で、サロメの姿をすばやく求めた。さすがの魔女も焰の粉を地下牢内で使い果たしたにちがいない。タラミスの上にかがみこんで、姉の黒髪を片手につかみ、反対の手に短剣をふりかざしていた。そのせつな、口を突く叫びとともにヴァレリウスの剣が魔女の胸を貫き、切先《きっさき》が肩の骨のあいだを突きぬけた。怖ろしい悲鳴をあげて魔女は床にくずおれ、全身に痙攣《けいれん》を走らせ、剣が血をしたたらせながら引きぬかれると、むき出しの刀身《とうしん》を素手でつかもうとした。その目の色は人間のものでなかった。人間以上の生命力で、象牙色の胸に緋《ひ》の三日月となっている傷口から引き汐《しお》のように引いていく生命にとりすがろうとしていた。床に腹這い、苦痛のあまり、むき出しの敷石を爪で掻きむしり、歯を立てているのだった。

その光景にぞっとしながら、ヴァレリウスは身をかがめて、半ば失神状態にある女王をかかえあげた。そして床に苦悶《くもん》をつづけている魔女に背を向けると、足をもつれさせながら出口へと急いだ。柱廊玄関に達すると、階段の降り口で立ち止まった。広場は群衆の海と変わっていた。イヴガの支離滅裂《しりめつ》な叫びで駆けつけた者もあれば、沙漠の遊牧民軍の来襲を怖れて城壁を離れ、理由もなく都城《じょうと》内の中心部へ逃げてきた者もあった。運命に身をまかせた諦念《ていねん》の沈黙は消え失せていた。人々はわめきたて、怒号《どごう》と悲鳴をあげている。道路のここかしこで、敷石と木材の砕かれる音がしていた。

目を血走らせたシェム人兵の一隊が、群衆を引き裂くようにして馬を飛ばしてきた――これは北門に配置されていた守備兵で、南門を固める同僚の支援に急ぐところだった。広場まで来て、寺院の玄関前の階段の上に、ぐったりした裸身を抱いた若者を見ると、手綱《たづな》を絞って馬の歩みを止めた。群衆の顔もまた寺院の方向を向いて、だれもが新しい驚きに唖然《あぜん》とし、混乱がいっそう激しさを増した。

「ここにわれらの女王がおられる！」ヴァレリウスは、ごうごうたるどよめきを貫いて群衆の耳に入れようと声をはりあげた。しかし、それは高まった騒音がもどってきたにとどまった。人々にはこの事情が理解できず、ヴァレリウスは狂乱のなかに空《むな》しく声をはりあげるだけであった。シェム人の部隊は、槍《やり》で群衆を掻《か》き分け、寺院の階段に馬を向けた。

そのときこの混乱状態に新たな身の毛のよだつ要素が導入された。ヴァレリウスの背後に立つ寺院の内部の薄暗がりから、白いほっそりした女身が鮮血の糸を垂らしながら、よろめく足どりであらわれ出たからだ。人々はいっせいに、あっと叫んだ。いままでヴァレリウスの腕に抱かれているのが自分たちの女王だと思っていたのに、寺院の戸口にふらふらと立っているもうひとりの女性も、鏡に映したかのように、まったく同じ顔かたちなのだ。群衆の頭は混乱した。ヴァレリウスもよろめきながら立つ魔女を見て、血の凍る思いに襲われた。彼の剣はこの女を突き刺し、その心臓を貫いた。彼女は死んでいなければならぬ。自然の法則からして、死んでいなければならぬのだ。それなのに女はそこに、よろめきながらも足を踏みしめ、生にしがみついている。

「タウグ！」女は戸口でふらふらしながら、金切《かなき》り声をふり絞った。「タウグ！」その怖ろしい呼びかけに答えるように、寺院の内部にしゃがれ声が雷鳴のように轟《とどろ》いて、木材と金属の引き裂ける音が響いた。

「あちらが女王だぞ！」シェム兵の隊長が、弓をかざして大声にわめいた。「あの男と、その腕に抱かれている女を射ち殺せ！」

しかし、群衆のあいだに忠実な猟犬の吠え声に似た叫びがあがった。彼らもついにヴァレリウスの必死に訴える言葉の意味を知ったのだ。若者の腕にぐったり抱かれている女性こそ彼らの真実の女王である、と。魂を揺り動かす怒号をあげて、人々はシェム兵めがけて押しよせ、歯と爪と素手で彼らを引き裂こうとした。長いあいだ抑えつけられていた怒りが、ついに解き放たれたのだ。彼らの上では、サロメがよろめき、大理石の階段を転げ落ち、ついに死んだ。

ヴァレリウスの周囲に雨あられと矢が降り注いだ。彼は女王の躰を身をもってかばいながら、玄関の円柱の陰に隠れようとした。シェム人兵の騎兵は、容赦《ようしゃ》なく矢を放ち、槍を揮《ふる》って、猛り狂う群衆のなかに一歩も退く様子を見せない。ヴァレリウスは寺院の扉へ駆けよった――戸口に片足をかけた瞬間、思わずあとずさって、恐怖と絶望のあまり叫びをあげた。

広い内陣の奥の薄暗がりに巨大な黒い影が浮かびあがり――途方もなく大きな蛙《かえる》が飛び跳ねるような恰好で、彼に向かって突進してくる。地上のものとは思われぬ大きな目の輝きと、爪であろうか牙であろうか、長く鋭いものがきらめくのを見た。ヴァレリウスは扉口から転げ出たが、そのせつな、唸りをあげる一条《ひとすじ》の矢が耳もとをかすめて、背後にもまた死が待ち受けているのを思い知らされた。彼は絶望的な気持ちで、身をひるがえした。シェム兵の四人か五人が群衆を駆け散らして、階段に馬を乗りあげ、彼の頭上から矢を浴びせかけた。彼はすばやく柱廊のうしろに飛びすさった。矢は円柱に当たって砕けた。失神したタラミスは、ヴァレリウスの腕のなかに身動きもしなかった。

シェム人兵は二の矢を継ごうとしたが、そのとき、扉口いっぱいに巨大なものの影が立ちはだかった。シェムの傭兵たちは恐怖の叫びをあげ、狂気じみた逃走に移った。馬を群衆のあいだに乗り入れて、必死に逃れようと焦《あせ》るのだが、群衆も思わぬ恐怖の出現に先を争っての潰乱《かいらん》状態で、踏みつけられる者、押しつぶされる者、広場は地獄絵図そのものであった。

しかし、怪物はヴァレリウスとタラミス女王を注視しているように思われた。その輪郭の定かでない大きな躰をちぢめるようにして扉口をぬけ出ると、階段を駆け降りるヴァレリウスに飛びかかった。彼は背後を巨大な黒い影が押し包むのを感じた。夜の心髄《しんずい》から切りとられた自然の戯画《ぎが》、定かな形状も持たぬ漆黒《しっこく》の影。そこに輝く目ときらめく牙だけがはっきりと見えている。

突如、怒濤《どとう》のような蹄《ひづめ》の音が聞こえてきた。血みどろの潰走《かいそう》状態に変わったシェム人部隊が、密集した群衆を闇雲に馬蹄《ばてい》にかけて、南から広場へ雪崩《なだ》れこんでくる。その背後に騎馬武者の一団が出現した。血に染まった剣をふりまわし、聞き慣れた言葉で勝鬨《かちどき》をあげている——亡命者たちがもどってきたのだ！　彼らといっしょに黒鬚《くろひげ》を生やした沙漠の戦士五十名が馬を駆っており、この部隊の先頭に、黒の鎖帷子《くさりかたびら》に身を固めた巨漢の姿が眺められた。

「コナンだ！」思わずヴァレリウスが叫んだ。「コナン！」

巨漢が大声に命令をくだした。沙漠の戦士たちは馬を疾駆《しっく》させたまま、弓をあげて矢を放った。矢の雲が唸りとともに広場を横切り、騒ぎわめく群衆の頭越しに飛び、黒い怪物の躰に矢羽まで深く突き刺さった。怪物は動きを止め、身を震わせ、うしろ足で立ち、大理石の円柱の黒い染みのように見えていたが、またしても弓が鳴り、矢の雲が飛来し、怪物はついにくずおれ、階段から転落し、それを太古の闇から招き寄せた魔女と同じに死んでいった。

コナンは柱廊玄関のかたわらに馬を止め、鞍《くら》から飛び降りた。ヴァレリウスは女王を大理石の床に横たえ、疲れきった自分もそのそばにへたりこんだ。群衆が雪崩を打って押しよせてくる。コナンがそれを大声で押しもどしてから、女王の黒髪の頭を持ちあげ、おのれの鎖帷子の肩にもたせかけ、

「クロムの神にかけて、これはどういうことだ？　本物のタラミス女王じゃないか！　こいつは驚いた！　だが、向こうで死んでいるのは何者だ？」

「女王の姿を借りた悪魔だ」とヴァレリウスが荒い息を継ぎながら答えた。

コナンは大声で悪態をつき、兵士の肩からマントを剥《は》ぎとると、女王の裸身を包んだ。彼女は黒く長いまつ毛を頬の上に震わせ、目を見開き、信じられぬようにキンメリア人の傷痕のある顔を見あげ

た。

「コナン！」と柔らかな指で男のざらざらした手をつかみ、「わたし、夢を見ているのかしら？　あの女から、おまえは死んだと聞かされたけど——」

「まさか！　死ぬわけがあるものか！」コナンのきびしい顔がゆるんで、「夢じゃない。あなたはふたたびカウラン国の女王だ。コンスタンティーウスの軍勢は、河に沿った場所でおれが打ち破った。やつの部下で生きて城壁にたどりついた者はほとんどいないはずだ。コンスタンティウスは捕虜にするが、あとのやつらは生かしておくこともない——そういう命令をくだしたからだ。都城の守備兵がおれたちの目の前で城門を閉じたが、味方の兵士は馬上のまま破城鎚《はじょうづち》を揮って、門扉《もんぴ》を叩き壊した。そしておれは、部下の大部分を城壁の外に残し、この五十人だけを率いて入城した。沙漠の狼どもまで入城させたら、なにをやりだすかわかったものでないからな。城門の守護には、このカウラン国の若者だけで充分だろう」

「悪夢のような毎日だったわ！」タラミス女王が涙ぐんでいった。「おお、気の毒なカウラン国の人たち！　長いあいだの苦しみの埋め合わせをしてやりたい。コナン、おまえも手伝ってちょうだい。これからは近衛《このえ》隊長であるとともに、助言者にもなってもらうわ！」

コナンは大声に笑ったが首をふった。そして立ちあがって女王を助け起こし、敗走するシェム人部隊を追っていかなかったカウラン人の騎兵隊を招きよせた。彼らは馬から飛び降りて、新しく発見した女王の命令を待った。

「あいにくだが、そうはいかんのだ。この国でのおれの役目は終わった。いまのおれはズアギル族の首長なんだ。彼らを率いてトゥラン王国に侵攻する。それをおれは約束した。この若者ヴァレリウスが、おれよりも立派な隊長になることだろう。おれはもともと大理石の壁に囲まれて暮らすようには生まれついておらん。しかし、あんたと別れるにあたって、この闘いの後始末だけはつけておく。シェム人がまだカウラン城内に生き残っておるからな」

タラミス女王は、歓呼の声とともに道をあける群衆のあいだを通って広場を横切り、王宮へ向かった。ヴァレリウスがそのあとにつづこうとしたとき、そのたくましい指のあいだに、おずおずとすべりこむ柔らかな手があるのを感じた。ふり返ると、イヴガのほっそりした躰がすがりついてきた。彼は両腕で受けとめ、固く抱きしめ、熱烈な接吻《せっぷん》を味わった。その口づけには、苦難の嵐を切りぬけて、ようやく休息を勝ち得た疲れきった戦士の感謝の念がこめられていた。

しかし、すべての男が休息と平和を求めているわけでない。なかには血管のうちに嵐の魂《たましい》を持って生まれ、暴力と流血の使徒《しと》たることに生き甲斐《がい》を感じ、ほかにとるべき道を知らぬ男もいて……。

太陽が昇ってきた。古代からの隊商路は、白衣をつけた騎馬武者で満ちみちている。その隊列は、カウラン城の城門からはるか平原の一個所まで蜿蜒《えんえん》と伸びていた。その列の先頭で、キンメリア人コナンが切り倒された木の株のそばに馬を止めていた。近くに大きな十字架が立っていて、それに男が吊り下げてあり、手足には犬釘《いぬくぎ》が打ちつけてあった。

「おい、コンスタンティウス」コナンがいった。「七カ月前、こうして吊るされていたのがおれ。ここで馬上から眺めていたのがきさまだった」

コンスタンティウスは答えなかった。灰色に変わった唇を舐《な》め、目が苦痛と恐怖でうつろだった。痩せぎすの躰の筋肉も、縄のようによじれている。

「きさまは拷問に耐えるより、人に責苦をあたえるのに向いた男だ」コナンは平静な口調でつづけた。「おれは、いまのきさまと同様に十字架にかけられていたが、あのときの情況と、未開人に特有の体力のおかげで生きながらえることができた。しかし、きさまのような文明世界で育った男は軟弱だ。おれたちとちがって、背骨に生命力がこもっておらんのだ。剛毅《ごうき》そうに見えるのは、敵を苦しめるのに容赦ないだけのことで、苛責《かしゃく》に耐えぬく力があるわけでない。日が暮れるまでには死んでいるだろう。そういうわけで、沙漠の隼《はやぶさ》よ、沙漠の別の鳥の世話になるがいい」

コナンは禿鷹の群れを身振りで示した。頭上を旋回する猛禽たちの影が、砂上を行き交っていた。コンスタンティウスの口から、人間のものとも思われぬ絶望と恐怖の叫びが洩れた。

コナンは手綱を操《あやつ》り、河の方向へ馬を進めた。その水面が、朝の太陽の光に銀色に輝いている。彼の背後では、白衣の騎馬武者の一隊が馬の歩みを速めだした。そしてある地点を通りかかると、朝陽に黒く浮きあがっている十字架と、それに吊るされた痩身の男のほうにちらっと目をやるものの、沙漠の男の例に洩れず、それぞれの視線は冷淡で、憐《あわ》れみの色は皆無だった。馬の蹄が沙漠の砂に弔《ちょう》鐘《しょう》を鳴らし、飢えた禿鷹の翼が、しだいに旋回を低めてくるのだった。

資料編

死の広間（梗概）

グンデルマン族の傭兵、ネストル隊長に率いられたザモラ人兵士の一団が、狭い峡谷《きょうこく》を進んでいた。キンメリアのコナンという盗賊を追跡しているのだ。この男は、最寄《もよ》りのザモラの都邑《とゆう》で、富裕な商人や貴族を相手に盗みを重ねたため、支配層の逆鱗《げきりん》に触れたのである。コナンは街から逐電《ちくでん》し、山嶽《さんがく》への道をたどったのだった。峡谷は、左右が切り立った崖で、地面は丈高《たけたか》い草に厚く覆われている。先頭に立って、この草むらを掻《か》き分けていたネストルは、なにかに足をすくわれて、ばったりと転倒した。そのなにかとは、コナンが道に張りわたしておいた生皮《なまかわ》の紐《ひも》だった。つぎの瞬間、木の枝で作った発条《ばね》仕掛けが発動し、大小さまざまな岩塊《がんかい》が、雪崩《なだれ》を打って押しよせてきた。兵士は全滅し、助かったのはネストルただひとり。その彼にしても全身に打撲傷を負い、胸甲《きょうこう》は傷だらけでへこんでいる始末だった。憤怒《ふんぬ》に燃える彼は、単身で道をたどり、やがて高地に出て、古代人の廃都に行きあたった。ここで彼はコナンと出遭《であ》い、たちまちキンメリア人に襲いかかったものの、激闘の末、冑《かぶと》に剣の一撃をくらって昏倒《こんとう》してしまう。コナンは、相手が死んだものと考え、廃都にはいりこんだ。しかし、ネストルは息を吹きかえし、キンメリア人のあとを追った。一方、城門が閉ざされていたため、城壁をよじ登って死都にはいりこんだコナンは、この死都に棲《す》みついている怪物と遭遇していた。高所から大きな石塊《せっかい》を投げ落とし、これを斃《たお》すと地上へ降り立ち、長剣で切り刻んだ。そして死都の中心に立つ広壮な宮殿へたどりついた。それはひしつの岩山を彫り刻んだものであった。入口を捜しているうちに、剣を手にしたネストルが、またしても姿をあらわした。コナンを追って城壁を乗り越えていたのである。闘いに倦《う》んだコナンは、剣を交える代わりに手を組んで、途方もない財宝を手に入れないかとネストルに持ちかける。多少のやりしりがあり、グンデルマン族は承諾し、二人は宮殿にはいりこんで、ついに財宝を収めた広大な部屋に行き着いた。そこでは、悠久《ゆうきゅう》の昔に息絶えた戦士たちが、生前と変わらぬ姿で警備の任に就いていた。二人組は黄金と貴石《きせき》を袋詰めにし、祭壇を飾っている異様きわまりないひと組の宝玉をどちらが取るかで揉めたあと、投げ銭で決めることにした。その祭壇の上には翡翠《ひすい》の蛇が横たわっており、ひと目で神と知れた。投げ銭に勝ったのはコナンの方で、問題の宝玉以外の宝石と黄金のすべてをネストルに譲《ゆず》り、コナン自身は、祭壇の上の宝玉と翡翠の蛇を獲《え》物《もの》袋に押しこんだ——しかし、その蛇を祭壇から持ちあげたとき、なんとも怖ろしいことに、古代の戦士たちがよみがえったのだ。そして激烈な闘いがはじまり、盗賊たちは命からがらその場から逃げ出した。宮殿から飛び出したものの、巨漢揃いの戦士たちが追いかけてくる。しかし、日の光を浴びたとたん、彼らは崩れて塵《ちり》と化した。と思う間もなく、大地を激震が揺さぶり、廃都は瓦解《がかい》して、二人組は袂《たもと》を分かつ。コナンは都に引き返し、大鎚《おおつち》横丁にある一軒の居酒屋にはいった。そこでは彼の情婦が酒を舐《な》めており、コナンは麦酒《エール》の飛び散ったテーブルに宝玉を袋からふり出した。すると驚いたことに、宝玉は緑の塵《ちり》と化してしまう。つぎに彼は、まだ革袋にはいっている翡翠の蛇を検分しようとした。情婦が袋を持ちあげたが、悲鳴をあげてとり落とした。なかでなにかが動いたというのだ。

このとき、多数の兵士を引き連れた巡邏《じゅんら》隊長が、店内に踏みこんできて、コナンを捕縛《ほばく》しようとした。コナンは背中を壁につけて仁王立ちになり、剣を引きぬいた。兵士がコナンを包囲する暇もなく、巡邏隊長が袋に手をつっこんだ。その少し前、やはり都にもどっていたネストルは、死都で潰れる運命を免《まぬか》れた金貨で代金を支払って酒を飲みながら、冒険の顚末《てんまつ》を吹聴《ふいちょう》していた。ネストルにも捕吏《ほり》がさしむけられたが、彼は酒に酔っていたものの、なんとか血路を開いて、脱出していた。さて話をもどすと、巡邏隊長は、肉づきのいい手を袋につっこんだとたん、悲鳴をあげて、袋を放り出した。生きている蛇が、その指に牙を食いこませていたのだ。つづく混乱に乗じて、コナンと情婦はまんまと脱出する。

ネルガルの手（断片）

I

戦場は深い沈黙に閉ざされている。手足を伸ばした兵士の死骸が一面に散らばり、そのあいだにできた血だまりが、赤い筋のはいった夕焼け空を映しているところが、死の湖を思わせる眺めであった。丈《たけ》高《たか》い草むらからこそこそと出てくるものがあった。猛禽《もうきん》の群れが、黒い翼を羽搏《はばた》かせて戦死者の山へ舞い降りてきた。不吉な運命の先触れのような青鷺《あおさぎ》の列が、葦《あし》の茂った河岸めざして悠然と飛んでいった。いまは戦車の車輪も真鍮《しんちゅう》の喇叭《らっぱ》も轟《とどろ》かず、死の静寂が合戦《かっせん》のどよめきと入れかわっていた。

それでも、この戦死体の散らばる荒廃の地を動く人影がひとつだけあった——広大な暗赤色の空を背に歩いている姿は、矮人《こびと》のような印象をあたえる。男はキンメリア人。黒い総髪《そうはつ》を額《ひたい》ぎわまで垂らし、煙ったような青い目をした巨人である。その腰帯と、ふくらはぎまで革紐《かわひも》を巻きつけたサンダルには血が飛び散っており、右手に提《さ》げている長剣も、柄《つか》もとまで血に濡れていた。よろよろと歩いているのは、太腿《ふともも》に深手を負っているからである。注意深く、しかし性急な足どりで、死体の山のあいだを歩きつづけ、死骸から死骸へと蹌踉《そうろう》とうろつきまわり、怒りの文句を呟きつづけた。掠奪《りゃくだつ》を図ったが、ほかの男たちに先を越されていたのだ。捜せど捜せど、腕輪ひとつ、宝石を鏤《ちりば》めた短剣ひと振り、銀の胸飾りひとつとしてみつからなかった。狼が流血の場所にいつまでも未練を残していると、肝心の獲物《えもの》を山犬に横取りされる。この場合は人間の山犬であった。

死者の散らばる平原を眺めわたしても、金目《かねめ》の品を奪いとられていない死体、あるいは動いている者の姿は見あたらなかった。傭兵と、軍勢に付き従う者たちの短刀の仕業《しわざ》であった。甲斐《かい》のない戦場漁《あさ》りを諦め、彼は思案をめぐらしながら、暗さを深めてゆく平原の彼方《かなた》へ視線を投げた。そちらでは都邑《とゆう》の塔が、落日を浴びてかすかにきらめいていた。と、彼はさっと首をめぐらした。苦しそうなうめき声が耳に届いたのだ。声がするということは、傷を負っているものの、まだ生きている人間がいるということだ。それならば、おそらく掠奪を免《まぬか》れているだろう。彼は痛む足を引きずりながら、音のするほうへすばやく歩いていき、平原のはずれに行きあたった。河岸のあちこちに群生している葦《あし》を掻《か》き分けてのぞいてみると、なにか弱々しいものが足もとに横たわっていた。

まだ年端《としは》もいかぬ少女であった。裸身で、まっ白な手足のそこここが傷ついている。長い黒髪に血がこびりついていた。黒い目をうつろに開いて、苦痛の色が濃く、うわごとをいいつづけている。

キンメリア人は少女を見おろし、一瞬、目を曇らせた。この表情がほかの男の顔に浮かぶときは、同情心のあらわれと受けとられることであろう。彼は剣をふりあげ、少女を苦しみから救ってやることにした。そして少女の上に長剣をふりかざしたとき、彼女はまたも苦痛に悩む子供のような泣き声をあげた。長剣を宙にかかげたまま、キンメリア人は少しのあいだ、青銅像のように動くこともできなかった。そして急に思い直して剣を鞘《さや》に収め、身をかがめて、その力強い腕に少女を抱きあげた。彼女は弱々しいながらも身をもがいて、半意識のうちに抗拒《こうきょ》の動作を示した。痛みをあたえぬように気を遣《つか》って、キンメリア人は彼女の躰《からだ》を、少しばかり離れた葦の茂る河岸へと運んでいった。

2

ヤラレトの都邑《とゆう》では、夜の訪れと同時に、どの家でも窓を閉め、扉にかんぬきをかけ、人々は屋内に閉じこもる。身を震わせながら椅子につき、できるだけ蠟燭《ろうそく》の火を明るくし、家庭の守護神に祈りを捧げ、白《しら》みかける暁《あかつき》の光に全都の塔がいっそう鮮明に浮かびあがるのをひたすら待ちつづける。ここでは街路を見回る巡邏《じゅんら》兵も、暗い物陰から通行人をさし招く脂粉《しふん》の色濃い売春婦も、曲がりくねった路地を潜行する盗賊も、夜間はいっさい姿を消す。悪漢も善良な住民も同じように夜の闇を避け、不潔な臭気のただよう部屋か薄暗い居酒屋に安息所を求め、日没時から夜明け時まで、ヤラレトは沈黙の街であり、人通りはまったく途絶《とだ》えた。

夜間に出没する怪《あや》しのものの正体を、明確に見てとった者がいるわけではないが、必ずしもそれが、根拠のないたわごととも思えなかった。住民は扉のかんぬきをかけ、忍び歩く影について囁《ささや》き交わし、窓の隙間からのぞくと——飛び交っている影は、人間の知識の圏外にある奇怪な姿で、かいま見ただけで頭を狂わせる。噂が伝えるところだと、夜間に扉板がひび割れして、屋内からこの世のものならぬ悲鳴があがる。そしてその後は死の沈黙がつづき、破れた戸口から暁方《あけがた》の光が射しこむと、それがいきなり開いて、のぞいてみると、屋内にはひとりの姿も見えないという。

異邦人でさえ、夜が明けきる前の暗黒のなか、人けのない街路に響きわたる亡霊戦車の車輪が立てる音について噂した。その音が聞こえても、あえて正体を見きわめようとする者はいなかった。一度、ひとりの子供がのぞき見たが、たちまち気が触れて、闇に閉ざされた窓から見えたものについてはなにもいわないまま、悲鳴をあげ、口から泡を吹きながら死んでいった。

やがてある晩のこと、ヤラレトの民がかんぬきをかけた扉の奥で震えているころ、ビロードの垂れ布をかけ、蠟燭の火を照明にしたアタリスの館の一室で、異様な密議が行なわれていた。このアタリスなる人物は、世人から哲学者とも詐欺師とも呼ばれている男であった。アタリスは中肉中背の貧弱な体軀《たいく》に、たぐい稀《まれ》な優れた頭脳と学究にふさわしい峻厳な容貌をそなえていた。厚手の布を用いた無地の長衣をまとい、学術と技芸に身を捧げているのを表現するように、頭顱《とうろ》を丸く剃《そ》りあげている。身振りを交えて話しているのだが、動かすのは左手だけで、右手は膝の上に、不自然な角度で伸ばしたままである。ときおり顔を凄《すさ》まじい表情に歪《ゆが》めるのは、突如、強烈な苦痛に襲われるからで、そのようなさいは、長衣の下に隠された右脚も、くるぶしのあたりで無理やりねじ曲げられた形をとっているのだった。

密談の相手は、この城都ヤラレトではだれひとり知らぬ者のないタン公子であった。長身で優雅な姿態、若く凜々《りり》しい風貌の持ち主。黒い頭髪を巻き毛にし、羽根飾りのついたビロードの帽子を着用した華美《かび》な装いであるが、引きしまった手足と鋼鉄のように冷徹な灰色の目は、大軍を叱咤《しった》する戦士のそれであった。

闇のなかの怪（梗概）

舞台——クシュの都市シャンバラ。スティギアの南、広大な草原地帯に位置している。クシュの首都であり、その住民は、ガラー族として知られる、凶暴で好戦的な黒人種族である。彼らを支配するのが、チャガ族として知られる肌の浅黒い貴族階級であり、遠い昔にこの南方の地に移りきたって、王国を樹立したスティギア人一派の末裔《まつえい》だという。従って、その風習がクシュに遺《のこ》っているのである。支配階層はほんの数百人を数えるのみだが、陰謀と暴虐《ぼうぎゃく》をもって、その地位を維持している。

登場人物——頽廃《たいはい》して狂気の縁《ふち》にあるクシュ王。眉目秀麗《びもくしゅうれい》で、残酷、かつ官能的なその妹、タナンダ。王家の血を引く反逆貴族、トゥトメス。囚《とら》われのネメディア娘、ディアナ。ガラー族の狂信的な魔術師アゲーラ。キンメリア人コナン。

粗筋——ガラー族戦士の黒人指揮官が、タナンダの不興《ふきょう》を買って、ある塔の上階に投獄された。夜半に目醒《めざ》めた彼は、豚に似た怪物に殺される。塔の壁をよじ登り、窓から桟《さん》をもぎとったこの怪物は、忘却に沈んだ時代からの生き残りで、コルガファン出身の浅黒い冒険者に操られていた。一時間後、指揮官の死体が発見され、ひとりの男がトゥトメスのもとへ走り、注進におよんだ。残っていた歯型から、指揮官を殺したのが人間ではないことは歴然としていた。トゥトメスは、ガラー族を煽動《せんどう》して、王とその妹に対して蜂起《ほうき》させる機が熟したと男に告げ、黒人魔術師アゲーラをみつけて、タナンダが指揮官を殺したとほのめかせと命令した。そのあとトゥトメスは屋上に登り、城壁都市と、城壁の彼方の平原に果てしなく連《つら》なるガラー族の泥小屋を見わたしながら、もの思いにふけった。じつは、彼自身が怪物をさしむけて、指揮官を殺させたのである。クシュの実質的な支配者、タナンダに嫌疑をかけるためであった。彼は、ガラー族をうしろ盾《だて》に現王朝を転覆し、みずからが王位に就《つ》くことを企《たくら》んでいた。しかし、それは一《いち》か八《ばち》かの賭けであった。というのも、ガラー族の感情は、純粋な黒人がクシュの王位に就くべきだという方向に、以前から傾いていたからである。トゥトメスは、王に献上《けんじょう》するための白人女を捜しにいかせる。彼女を通じて王を破滅させようという魂胆《こんたん》であった。密使は、シェム族の奴隷商人からネメディア人の娘を購《あがな》った。アルゴスの交易船から捕えられた、ディアナという娘である。

その後まもなくタナンダが、プントとして知られる都《みやこ》の城外地区に駒を進めていた。そこへアゲーラが姿をあらわし、人々を煽動して彼女に敵対させた。暴徒の手にかかって護衛は殺され、タナンダは鞍《くら》から引きずり下ろされて、着衣を剥《は》ぎとられ、あわや八つ裂きというとき、コナンによって救われた。放浪の冒険者であり、最近まで海賊であったコナンは、ちょうどシャンバラに着いたところであった。彼女は近衛《このえ》隊長をその部下に槍《やり》で突き殺させ、コナンを隊長の後釜《あとがま》に据えた。その後まもなく、彼は黒人の蜂起を鎮圧し、王のおぼえがめでたくなる。

ディアナはトゥトメスのもとへ連れていかれた。彼はディアナに指示をあたえ、王のもとへさしむけた。しかし、タナンダが彼女を誘拐し、彼女を目にしたコナンは、大いに興味をそそられた。アゲーラは、黒人指揮官の殺害がトゥトメスの仕業《しわざ》であったことを魔法で知り、トゥトメスを糾弾《きゅうだん》したところ、逆に捕えられ、拷問にかけられて死亡した——あるいは、トゥトメスはそう考える。トゥトメスは、コナンが生きているかぎり、王を打倒できないものと知り、コルダファン人の操る怪物をさしむけて、コナンの殺害を謀《はか》る。

タナンダはディアナに命じて、トゥトメスの陰謀の詳細を語らせようとするが、娘は頑《がん》として拒《こば》む。正気を失いかけるほど、トゥトメスに脅《おど》かされていたからである。タナンダは彼女を鞭《むち》打つが、そこへコナンが割ってはいり、タナンダを制止した。激昂《げっこう》したタナンダは彼を脅迫するが、コナンは笑いとばし、娘を家へ連れ帰る。

城内地区の大広場では、ひとりの妖術師が拷問にかけられ、大群衆がそれをみつめ、嘲《あざけ》りの声をあげていた。自宅で怪物に襲われたコナンは、そいつに致命傷を負わせ、この広場まで追跡してきた。魔物は主人であるコルダファン人のもとへ急ぎ、ばったりと倒れて絶命した。半狂乱になった群衆が、コルダファン人を八つ裂きにした。そのときアゲーラが姿をあらわし、トゥトメスの悪事を暴《あば》いた。トゥトメスもまた暴徒に殺害され、つづいて黒人たちが蜂起して、シャンバラを破壊する。その混乱に乗じて、コナンとディアナは脱出する。

闇のなかの怪（草稿）

I

アンボーラはゆっくりと目醒《めざ》めた。昨夜の宴会で飲んだ酒が、いまだに彼の感覚を鈍らせている。目醒めたばかりのときは頭が混乱していて、自分がどこにいるのかも思い出せぬくらいであった。桟《さん》をはめた窓から月光が射しこんで、周囲の見慣れぬものを浮きあがらせている。やがて記憶がよみがえり、そこが牢獄の二階の独房であるのに気づいた。クシュ国王の妹、タナンダの逆鱗《げきりん》に触れて、ここに押しこめられたのであった。そこはふつうの独房ではなかった。さしものタナンダとはいえ、クシュ王国の軍隊の主力である黒人槍兵《そうへい》部隊の指揮官を罰するには、慎重を要したからである。絨毯《じゅうたん》、綴《つづ》れ織《お》りの壁掛け、絹張りの床几《しょうぎ》、酒のはいった壺——彼は目を醒ましたのを思い出し、なぜ目を醒ましたのかと首をひねった。

視線をさまよわせると、四角い月光に行きあたった。横縞《よこじま》がはいっているのは、窓の桟が逆光になっているからである。と、あることに気づき、酔いが半ばまで醒め、かすんだ視界がしゃきっとした。その窓の桟が曲がり、歪み、ねじれていたのだ。窓がたわんだ音で目が醒めたにちがいない。しかし、あの桟を曲げられるのは、いったいなにものであろうか？　どんな力を加えれば、あそこまで曲げられるものであろうか？　そのときアンボーテは、酔いが急に醒めはてて、冷たい手に背筋を撫であげられた感覚に襲われた。なにかがその窓をぬけてはいってきて、そのなにかが、いま自分とともに独房内にいるのだ。

低い叫びをあげて、彼は床几の上で半身を起こし、周囲を見まわした。と、床几のわきにじっと佇《たたず》んでいる影像のような姿を目にして凍りついた。これまで怖《おそ》れというものを知らなかったアンボーラの心臓を、氷のような手が鷲《わし》づかみにした。その音を立てない灰色の影は、動きもしなければ、口を開きもしなかった。仄暗い月光を浴びて立っているだけ、いびつに歪んだその輪郭《りんかく》は、正気の埒外《らちがい》にあるものだった。アンボーラが必死に目を凝らすと、鼻面が突き出て剛毛《ごうもう》に覆われた、豚のような頭が見分けられた――だが、怪《あや》しのものは直立しており、毛むくじゃらの太い腕の先には、できそこないの手が――

つんざくような悲鳴をあげて、アンボーラは跳ね起きた。そのせつな、いままで不動だった怪物が行動を起こした。悪夢のなかに現われるもののけの持つ、唖然《あぜん》とするばかりのすばやさであった。黒人の戦士は、狂気の産物としかいえぬものを見た――歯を鳴らし泡を吹く口、月光にきらめく大のみを思わせる牙……そのしばらくあと、床に転がった血まみれの床几の覆いの上で、ぶざまに横たわる黒人の躰《からだ》を、月光が照らし出していた。よろめくように歩く灰色の影が、音もなく部屋を横切り、星空を背に壊れた桟が傾いている窓のほうへ向かった。

2

「トゥトメスさま！」

呼びかける声は、緊迫した響きを持っていた。チーク材の扉を叩く拳《こぶし》にも同様のものがあった。ここは、シャンバラの都でもっとも野心的で知られる王族の眠る部屋である。

「トゥトメスさま！　あけてくだされ！　シャンバラに悪魔が野放しになっております！」

扉が開いて、声をはりあげていた男が室内に駆けこんだ――痩《や》せてはいるが、筋肉が引きしまった躰《からだ》つきで、浅黒い肌を袖つきの白い長衣に包んでおり、白目《しろめ》をぎらぎらと光らせている。男を出迎えたトゥトメスは、長身で痩せぎす、浅黒い皮膚と、その階級に特有の細面の顔を持つ人物であった。

「騒がしいぞ、アファリ。なにごとだ？」

アファリは扉を閉めてから答えた。かなりの距離を走りつづけていたとみえて、息を切らせていた。

トゥトメスよりは小柄で、黒人の血を引いているしるしは、その顔立ちに濃くあらわれていた。

「アンボーラが死にました！　赤い塔のなかで！」

「な、なに？」トゥトメスも叫んだ。「タナンダが処刑に踏み切ったのか？」

「いいえ、いいえ、そうではないんで、あの女とて、それほど無分別ではありません。アンボーラは処刑されたのではなく、殺害されたのです。何者かが独房の桟《さん》を破り、彼の喉首を引き裂き、肋骨《あばらぼね》をへし折り、頭の骨を砕きました。セトの神にかけていえますが、わたしもこれまで、ずいぶんたくさんの死人を見てきたものの、アンボーラの死体ぐらい、ぞっとさせるのに出遭《であ》ったことはありません。トゥトメスさま。あれはまちがいなく悪魔の仕業《しわざ》です。アンボーラの喉首は嚙み切られていましたが、残っていた歯型は、ライオンのものでも、狒狒《ひひ》のものでもないんです。剃刀《かみそり》の刃に負けずに鋭いのみの痕《あと》みたいでした！」

「それは、いつのことだ？」

「真夜中ごろでした。塔の下の階には近衛兵《このえへい》が詰めていて、彼の幽閉《ゆうへい》されている独房へ通じる階段を見張っておりましたが、悲鳴を聞きつけて、階段を駆けのぼり、独房へ飛びこんだところ、いまお話ししたような怖《おそ》ろしい死体を発見したってわけです。わたしはご命令どおり塔の下の階で寝ておりましたが、死体を目にすると、だれにも口外するなと衛兵どもにいいおいて、まっすぐこちらへ駆けつけました」

トゥトメスは微笑を浮かべたが、見るものをぞっとさせる無気味なものであった。

「大胆な男には、神々と悪魔の働きかけがあるものだ。アンボーラを殺すほどタナンダが無分別だとは思わぬが、殺したくてたまらなかったのはたしかだ。あの女が彼を投獄してこのかた、黒人たちは不穏な空気を示しておった。これ以上は牢に閉じこめておけなかっただろう。

だが、これでわれわれの手に武器が転がりこんできた。あの女の仕業だとガラー族が考えれば、好都合というもの。王朝に対する恨《うら》みのひとつひとつが、われわれにとっては武器となる。さあ、行って、この一件が王の耳にはいる前に手を打つがよい。まず黒人槍兵《そうへい》部隊の分遣隊《ぶんけんたい》を率いて、赤い塔におもむく。任務を怠《おこた》り、居眠りをしておった罰で、今夜の当直兵をひとり残らず殺すことだ。そのさい貴卿《きけい》のその処置は、わたしの意向であることを明らかにするのだ。それによって、槍兵部隊の指揮官の仇《かたき》を討ったのは、ほかならぬこのわたしであるとガラー族に理解させ、タナンダの手からその武器のひとつを奪いとることになる。あの女が手をくだすに先立って、われわれの手で近衛兵どもを殺してしまうのだ。

そのあとでプントへおもむき、魔術師のアゲーラ老人に会う。これがタナンダの命令による処断だとあからさまに知らせるまでのことはないが、ほのめかしておく必要はあるであろう」

アファリは身震いした。

「われわれ凡俗の人間が、どうしたらあの黒い悪魔を相手に嘘をつけましょう？　まっ赤に燃える石炭のようなあの目は、底知れぬ深淵でも見透《みす》かさずにはおきませんぞ。以前にも見たことがありますが、アゲーラという男は、死体を起きあがらせて、歩かせたり、髑髏《どくろ》の顎《あご》をきしらせて、歯を鳴らさせたりするのです」

「嘘をつくわけではない」トゥトメスは答えた。「ただ、われわれの疑惑をほのめかすだけでよい。アンボーラの生命を奪ったのが悪魔であるにしても、それを闇のなかから呼び出したのは人間の仕業なのだ。けっきょく、この事件の黒幕はタナンダかもしれん！」

庇護者《ひごしゃ》の命令を受けて、アファリはあれこれと頭を絞りながら飛び出していった。そのあとトゥトメスは、ふだんはむき出しの手足に絹の寛衣《かんい》を巻きつけ、幅の広い磨きあげたマホガニー材の短い階段を登って、館の平坦な屋根の上に出た。

そしてトゥトメスは、手摺《てす》り壁越しにシャンバラ城内のひっそりとした街路を見おろした。宮殿、庭園、城内広場、そこには告知のありしだい、隣接した兵舎から千人の黒人騎兵が駆けつけるはずである。

さらにその先に目をやると、青銅製の巨大な城門と、その向こうの城外地区が見わたせた。プントと呼ばれる城外地区は、城内都邑《とゆう》エル・シェベーとは截然《せつぜん》と分かれている。シャンバラは、ところどころ低い丘にさえぎられるだけで地平線まで拡《ひろ》がる大平原の中心部にあった。細い川が草地を曲がりくねって走り、城外地区の家もまばらな外縁に接している。統治者階級の館が建ち並ぶ地域を囲んで城壁がそびえ立ち、エル・シェベーとプンーとを遮断している。支配者層はスティギア人の末裔《まつえい》で、何世紀か昔、彼らの祖先がこの南方の土地に移りきたって王国を樹立し、自分たちの高貴な血と、黒人の被統治者たちの血とを混ぜあわせたのである。エル・シェベーは整然とした街路と広場、石造りの建物と庭園とで精緻《せいち》に設計されたものであった。一方プントは、泥造りの小屋がごたごたと建ち並んで、道は不規則に曲がりくねり、末は広場とは名ばかりの広場に通じている。この国の土着民であるクシュの黒人ガラー族は、城外地区プントに居住していた。召使いや衛兵として仕えている黒人の騎兵を除けば、城内地区エル・シェベーに住んでいるのは統治階級層チャガ族だけである。

トゥトメスは、むさくるしい小屋の列が果てしなく拡がっているあたりへ目をやった。いびつな形の広場には火が燃えて、うねうねとつづく街路のあちこちで松明《たいまつ》の焔《ほのお》が前後に揺れている。ときおり忿懣《ふんまん》と血の渇望を底に秘めた蛮人の歌が、途切れとぎれに流れてきた。トゥトメスは身のまわりに寛衣を掻きよせ、身震いをした。

それから彼はさらに屋上を進み、人工庭園の椰子《やし》の木陰に眠りこんでいる人影を見て足を止めた。その男は、トゥトメスの爪先で突つかれると、目を醒まして跳び起きた。

「口をきく必要はない」トゥトメスが注意をあたえた。「仕事は終了した。アンボーラは死んだのだ。夜が明けはなれるまでには、プントじゅうの男女が、タナンダの手によって彼が殺害されたことを知るであろう」

「で――例の魔物は？」身震いしながら、男は小声に訊いた。

「しーっ！　呼び出されてきた闇へもどっておる。よく聞けよ、シュバ。いよいよ、おまえの活動する時がきた。シェム人のあいだから、ふさわしい女を捜してこい――白人の女だぞ。みつかりしだい、この館へ連れてくるのだ。月のあるうちに連れてきたら、その女の目方だけの銀をあたえよう。しかし、もしみつけ出せぬときは、あの椰子の木におまえの首を吊るしてくれるぞ」

シュバはひれ伏して、土埃に額《ひたい》をすりつけた。それから立ちあがると、急いで屋上庭園を降りていった。トゥトメスはもう一度、プントを見わたした。こころなしか、火の色が輝きを増したように見えて、太鼓《たいこ》の音が、不吉に響く単調な調べを打ちはじめた。そしていきなり、そこかしこに激しい憤怒の叫びが、星空に届かんばかりの勢いでほとばしった。

「どうやら彼ら、アンボーラが死んだのを知ったようだな」トゥトメスはそう呟いて、またも激しく躰を震わせた。

3

汚物の散らばるプントの街路では、いつもながらの生活がはじまっていた。黒人の大男たちは、草葺《くさぶ》き屋根の小屋の戸口にしゃがむか、日陰の地面に寝ころがるかしているのだった。一方、黒人の女たちは、ひょうたんや籠《かご》を頭に載せて街路を行き交っている。子供たちは、埃のなかで取っ組みあい、笑い声や金切り声をあげていた。広場では黒人たちがバナナ、ビール、真鍮《しんちゅう》を打ち出した装身具などを値切ったり、交換したりしていた。鍛冶屋は小さな炭火の前にかぶさるようにしてうずくまり、槍身《そうしん》の打ち延ばしに汗を流している。黒人たちの汗、陽気な騒ぎ、怒り、赤貧《せきひん》、むさくるしさ――それらすべてを、灼熱の太陽が照りつけているのである。

突如その様相が一変して、新しい要素が加わった。駒《こま》の蹄《ひづめ》の音を響かせて、騎馬隊がやってきたのだ。駒にまたがっているのは、男が六名に女がひとり。隊を指揮しているのは、その女だった。女の肌は黒みを帯びた茶色で、ゆたかな黒髪をうしろにまとめ、金の紐《ひも》で束ねていた。足のサンダルと、浅黒い胸の一部を覆う宝石を鏤《ちりば》めた金の胸当てを除けば、身に着けている衣裳《いしょう》は、腰にまとった短い絹のスカートだけである。ととのった目鼻立ち、きらきらと大胆に光る目は、挑戦と確信に満ち、宝石をはめこんだ馬勒《ばろく》と、金飾りをつけた幅広の赤革の手綱《たづな》を自信をもって扱い、サンダルを履いた華奢《きゃしゃ》な足を幅広の銀の鐙《あぶみ》にかけ、すらりとしたクシュ馬をいとやすやすと進めている。

この女性が通り過ぎるのを見ると、男たちは仕事の手を止め、女たちはおしゃべりをやめた。黒い顔が暗い表情に変わり、陰気な目が赤い焔《ほのお》をあげた。黒人たちは頭を寄せて、囁《ささや》きあい、やがてその囁きが、はっきりと聞きとれる不吉な呟《つぶや》きと変わっていった。

指揮者の女性より少し退《さ》がって馬を進めていた若者が、不安をおぼえたものか、曲がりくねってつづく行く手の道を見わたした。青銅の城門は、まだいまのところ差し掛け小屋のあいだに隠れて見えないが、そこまでの距離のおおよそを見積もって、女性に向かって囁きかけた。

「タナンダさま、民衆のあいだに不穏な形勢が見受けられます。プントへ駒を進めたのは、賢明でなかったように思われます」

「クシュの黒犬どもを気にすることはないぞ。この狩りをやめて、どうするのだ」と女性は答えた。「怪《け》しからぬ所業に出るような気配が見えたら、駒の蹄で踏み殺してやるがよい」

「いうはやすく、行なうはかたしと申します」ものいわぬ群衆の様子をうかがいながら、若者は低い声でつづけた。「彼らはみな小屋から出て、街路をいっぱいに埋めだしております――おお、あそこをごらんください！」

彼女を囲む一行は、荒れはてた広場にさしかかったが、そこもまた黒人の群れが蠢《うごめ》きあっていた。広場の一方の側に、この近辺のどの家よりも大きな、日干《ひぼ》し煉瓦《れんが》と椰子《やし》の幹で作った建物が立っていて、その幅広い戸口の上には髑髏《どくろ》が鈴なりにぶら下げてあった。これがユラーの神殿で、チャガ族がスティギア渡来の祖先たちの崇《あが》めた蛇身の神セトを尊崇しているのに対して、黒人たちは彼らの神ユラーへの信仰を変えずにいるのだった。広場に群がりつどった黒人たちは、黙々として騎乗の一行をみつめていた。たしかに彼らの態度には、不穏な気配を感じさせるものがあった。タナンダはいまはじめて、かすかながら心に動揺をおぼえたところで、別の道からこの広場に近づいてくる騎乗姿の男があったのに気づかなかった。ふつうの場合であれば、この騎乗姿の男が人目を惹かぬわけがなかった。チャガ族でなく、ガラー族でもなかったからで、鎖帷子《くさりかたびら》と冑《かぶと》を身に着け、緋色《ひいろ》の寛衣《かんい》をなびかせたその男は、白人であったのだ。

「この者どもは、われわれに危害を加える考えでいるとみてよさそうです」

タナンダのかたわらで、若者が彎刀《わんとう》を半ば引きぬき、小声で注意をあたえた。ほかの近衛兵《このえへい》たち――彼らは周囲の群衆と同じ黒人であった――は、タナンダの周囲を馬で固めていたが、剣を引きぬくまでのことはしなかった。群衆のなかには不穏の呟きが高まりつつあったが、動きらしいものは認められなかったからだ。

「動かぬやつらは踏みのけて、まっすぐ進むがよい」

手綱を引きながら、タナンダは命令した。黒人たちはしぶしぶと道をあけて、彼女の一行を通した。そのとき、例の悪魔の家から痩《や》せこけた黒人が姿をあらわした。腰布ひとつまとっただけのその男が、老アゲーラだった。老人はタナンダを指さして叫んだ。

「手を血で濡らした女が、馬を駆っていくぞ！　その女が、アンボーラを殺したんだ！」

老人の叫び声が、爆発を誘う火花となった。群衆のあいだに凄《すさ》まじいどよめきが起こって、彼らは口々に「タナンダを殺せ！」と叫びたてて、彼女に向かって殺到した。たちまち多くの黒い手が、騎乗者の脚につかみかかった。タナンダのそばにいた若者が、暴徒と女主人のあいだに割ってはいったが、飛んできた石がその頭を打ち砕いた。そのほかの近衛兵は、剣を引きぬき切りまくったが、馬から引きずり下ろされ、殴られ、踏みつぶされ、突き刺されて死んでいった。さすがのタナンダも恐怖に駆られて、馬が棹立《さおだ》ちになったとたんに悲鳴をあげた。二十人ばかりの猛《たけ》り狂った男女が、彼女につかみかかっていった。

ひとりの大男がタナンダの腿《もも》を引っつかむと、鞍《くら》から引きずり下ろして、待ちかまえる群衆の狂暴な手のうちに彼女を投げあたえた。スカートが剥ぎとられて、彼女の頭上にはためくと、殺到する群衆のなかから野卑な笑い声があがった。女がひとり、タナンダの顔に唾を吐きかけ、胸当てをむしりとって、汚れた爪でその胸を引っかいた。飛んできた石が、タナンダの頭をかすめて過ぎた。彼女は恐怖のあまり、半狂乱になって悲鳴をあげた。二十本の狂暴な手が、彼女をずたずたに引き裂こうとしているのだ。石をつかんだ黒い手が見えた。その手の持ち主が、人込みのなかで彼女に手を伸ばし、脳天を打ち砕こうとしている。各所で短剣がぎらりと光った。さいわい、そのあいだに群衆がぎっしり詰まっているので、ただちに命を奪われることだけは免《まぬか》れた。しかし、「その女を悪魔の家へ運べ！」と大声があがり、たちまち、どよめきがその叫び声に応じた。殺到する暴徒に半ば抱えられ、半ば引きずられるようにして、タナンダは運ばれていった。黒い手が彼女の髪といわず、腕といわず、脚といわず、つかめるところをどこでもつかんでいる。押しあいへしあう大勢の躰《からだ》にさまたげられて、彼女の命を狙う打撃だけはそらされた。そのとき衝撃が群衆全体をよろめかせた。たくましい駿馬《しゅんめ》にまたがった騎手が、凄まじい勢いで群衆のなかへ突っこんできたのだった。

悲鳴をあげて倒れた男たちは、蹄の下に踏みつぶされた。タナンダは、そのきわどい瞬間に見てとっていた。群衆の上にそそり立つ壮漢《そうかん》の姿を、鋼鉄の冑の下の傷痕《きずあと》の残る浅黒い顔を、鎖帷子をまとったたくましい肩からなびいている緋色《ひいろ》の寛衣《かんい》を、深紅の血しぶきを撥《は》ねとばしながら、長剣をふりあげふり下ろしているそのさまを。だが、群衆のうちのだれかが突き出した槍の穂先が、壮漢の乗る馬の腹部を貫いて、馬は悲鳴をあげ、前のめりに倒れた。しかし、騎手は平然と地面に降り立って、群がる黒人たちを右に左に打ち払った。必死にくり出された槍《やり》や短刀が、壮漢の冑と左腕に持った楯《たて》にあたっては撥ねかえるあいだに、彼は長剣を揮《ふる》って、黒人どもの肉を斬《き》り骨を断ち、頭蓋骨を叩き割っては、血に染《そ》んだ大地に脳漿《のうしょう》と臓腑を撒《ま》き散らした。

肉と血から成る人間では、とうてい太刀《たち》打《う》ちできるものではない。周囲の敵を追い払うと、壮漢は身をかがめて、怯《おび》えた女をかかえあげ、楯でその躰をかばいながら、あとへあとへと退《さ》がりだした。退路をさまたげる敵を容赦なく斬り伏せ、城壁の隅まで逃げのびた。そこでタナンダを背後に押しやり、彼はその前に仁王立ちになり、喊声《かんせい》をあげながら襲いかかる黒人どもを相手に奮闘をつづけた。

そのとき蹄の音が聞こえて、近衛兵の一隊が広場に馬を乗り入れてきた。と見るまに、暴徒どもの追い散らしにかかった。近衛兵の隊長は、濃朱《のうしゅ》の絹服と金鍍金《きんめっき》をほどこした馬具というきらびやかな装いの黒人の巨漢であったが、タナンダのそばへ近よった。

「なんだ、いま時分。ずいぶんぐずぐずしていたんだね」いまは立ち直って、平静をとりもどしたタナンダがいった。

隊長はさっと顔色を変えた。彼が身動きもできずにいるうちに、タナンダは、隊長の背後に従う部下に目配せをした。そのうちのひとりが両手に槍を握りなおし、隊長の肩のあいだに突き刺した。その穂先が胸を貫いて、隊長はその場に膝をついた。さらに六本からの槍が、命ぜられた任務の仕上げをした。

タナンダは長い黒髪を揺すりあげて、コナンと向かいあった。胸と腿につけられた二十数個所の傷から血を流し、もつれた髪を背中へ垂らし、生まれたばかりの嬰児《えいじ》同然の裸体であったが、彼女は動揺も逡巡《しゅんじゅん》も示すことなく壮漢をじっとみつめた。男もじっとみつめ返した。彼女の平然とした振舞いと、豊満な褐色の手足への賛嘆を露骨に示す目の色であった。

「おまえはだれなの？」彼女は問いただした。

「コナンというキンメリア人だ」

「このシャンバラでなにをしているの？」

「栄達を求めてこの都までやってきた。もとはといえば海賊だ」

「なんと！」タナンダの黒い眸《ひとみ》に新たな興味の色がきらめいた。彼女は両手で髪をまとめ直し、「おまえの話は聞いている、人呼んで獅子のアムラ。でも、もう海賊じゃないとしたら、いまはなにをしているんだい？」

「文なしの放浪者さ」

タナンダは首をふって、

「セトの神にかけていうけど、これからのおまえは、一文なしの男じゃない。近衛兵の隊長よ」

絹と鋼鉄をまとい、ぶざまな恰好で横たわっている前任の隊長の姿が、ふと彼の目にはいった。しかしそれも、彼の顔に笑いが浮かんでくるのを引っこめさせるまでにはいたらなかった。

4

シュバがシャンバラへもどってきた。大理石の床に豹の毛皮を敷きつめてあるトゥトメスの部屋にはいると、シュバは報告した。

「お望みどおりの女をみつけてまいりました。アルゴスの商船から捕えられたネメディアの娘でして、わたしはこれを、シェムの奴隷《どれい》商人に大判の金貨を大量に支払うことで、買いとってきました」

「見せるがいい」トゥトメスが命じた。

シュバは部屋を出ていったかと思うと、すぐに女の手を引っ張ってもどってきた。娘のしなやかな姿態《したい》は、トゥトメスの見慣れた茶色や黒の皮膚とはきわだった対照でまっ白に光り、金色の髪が波打つ流れとなって白い肩に垂れ下がっていた。身に着けているのはぼろぼろのシュミーズだけであったが、それさえシュバの手で脱がせられ、娘はまったくの裸となって躰《からだ》をちぢめた。

トゥトメスは冷静に観察してから、うなずいてみせた。

「たしかにこの女、立派な商品といえよう。もしおれが王座を狙う賭けをしておるのでなかったら、自分のためにとっておきたい気になったかもしれん。命じておいたとおり、このクシュ国の言葉を教えこんであるのだろうな?」

「はい、シェム人の町で、そのあと隊商といっしょに旅するあいだ、わたし自身が教えこみました。シェム人のやり方にならって、どうしてもおぼえなければならんのだと、上靴で殴りつけたものです。

名前はディアナといいます」

トゥトメスは寝椅子に腰を下ろし、足もとの床に脚を組んで坐《すわ》れと、娘に指示をあたえた。彼女はいわれるままにした。

「おれはおまえを、クシュの王に献上《けんじょう》する考えでおる」とトゥトメスはいった。「おまえは名目上は王の奴隷となる。だが、実際は、依然としてわしのものだ。おまえは機会のあるたびにわしから指示を受け、必ずそれを実行する。王はふしだらで、怠惰《たいだ》で、酒色《しゅしょく》に耽《ふけ》っておる。王を意のままに操るのは、おまえにとってたやすいことだろう。だが、王宮内にはいってしまえば、わしの手も届かぬとみて、わしに背こうとするかもしれん。そのような気持ちにならぬよう、わしの力を見せてやる」

トゥトメスは彼女の手をとると、廊下をぬけて、石の階段を降り、照明の薄暗い部屋へ導いた。長方形の部屋が、水晶の壁で等分に仕切られている。その水晶の壁は、厚さが三フィートあまりもあって、雄の象の突進にも耐えられる強靭さを持っているが、水のように透《す》きとおっていた。トゥトメスは彼女をそちらへ連れていくと、この壁に向かって立たせ、自分はあとへ退《さ》がった。とつぜん灯火が消えた。彼女が繊弱《せんじゃく》な手足を得体《えたい》の知れぬ恐怖におののかせているうちに、暗闇のなかから光が射しはじめた。そして彼女は、闇のなかに醜悪な形の頭が浮かびあがるのを見た。けもののそれに似た鼻面、いいのみのような歯、剛《こわ》い毛。その怪物が彼女のほうへ近よってくる。水晶の厚い壁があいだにあるのも忘れて、彼女は恐怖の悲鳴をあげ、逃げ出そうとした。そのようなディアナを、闇のなかでトゥトメスの腕が抱きとめ、耳もとで脅しの言葉を囁《ささや》いた。

「おまえが見たのはわしの召使いだ。わしのいいつけに背くじゃないぞ。もし背くようなことがあれば、あの怪物がおまえを捜し出すし、あやつから隠れられるものではない」

そして彼女の小刻みに震える耳に別のなにかを囁くと、ディアナはたちまち気を失った。トゥトメスは彼女をかかえて階段を登り、黒人女の手にゆだねた。そして、この女の息を吹き返させ、食べ物と葡萄酒をあたえたら、王に献上できるよう、湯浴《ゆあ》みをさせ、髪をくしけずり、香水をふりかけ、美しく装うようにと命じた。

R・E・ハワードからP・S・ミラーへの手紙

一九三六年三月十日
テキサス州クロス・プレインズ
私書函三一三号

親愛なるミラー君へ

あなたとクラーク博士が、コナン物語に興味を持たれたばかりか、その主人公の生涯を年表にまとめあげ、彼の時代の地図を作成されたご努力に、作者のわたしは身に余る光栄を感じるものであります。両者とも、ご使用になった資料の不備を考慮するときは、あまりの正確さに驚嘆しないではいられません。わたしもはじめてコナンの物語を執筆するにさいして、一応の地図を描きあげておきました。至急それを捜し出して、ご一覧に供したいと考えています。ただし、わたしの作成したものは、ヴィラエットより西、クシュの北にあたる国々を含む部分だけであって、南方と東方の諸王国については、その地理に関してかなり明確な概念を持ってはおりますが、地図を描くまでにはいたりませんでした。それには理由のあることで、西ハイボリア諸王国の住民が、南方および東方の諸国家と住民の実情に無知であったことは、中世ヨーロッパの人々がアフリカやアジアについての知識を欠いていたのと同様であったのを反映するものであります。西ハイボリア諸国に起きた事件を記載するさいは、明確に知られている国境と領土を意識することになりますが、いったん筆がそれを超えると、想像の翼を自由に羽搏《はばた》かせてもよいと感じます。地理学と人種学上の確定された概念を採用したところでは、正確性を貫徹《かんてつ》させる必要から、この概念に忠実であることを強《し》いられます。しかし、東方および南方に関した部分では、わたしの観念はそれほど明確でなく、といっても、気ままにすぎることもないのであります。

しかし、クシュについていえば、じつけ、これはスティギアの南方に拡《ひろ》がる黒人の諸王国のうち最北の位置にあるもので、南方海岸地方の総称となっています。従って、ハイボリア人がクシュと呼ぶときは、その国固有の名称でなく、黒い海岸地方一帯の総称でありました。つまりハイボリアでは、ケシャン人、ダルファル人、プント人、ないしは本来のクシュ人にせよ、黒人であるかぎり、すべてクシュ人と呼んでいましたが、それも当然のことで、彼らがはじめて接触した黒人種族はクシュ人——当初は交易を行ない、のちには侵略を加えてきたバラカ群島の海賊団であったからです。

コナンの運命が、最終的にはいかなるところにたどりついたか——率直にいって、わたし自身にも予言することはできかねます。彼の冒険を書き残すにあたって、わたしは常に、ただ単純に、彼が告げるところを忠実に記録しようと心がけました。物語の発表順次が、事件の年代を無視して大きく前後しているのは、その理由によるものです。概して冒険者というものは、波乱に富んだその生涯を伝えるのに、秩序立ったプランによることは滅多になく、多くは思いつくがままに、時代と場所にとらわれぬ挿話として物語る傾向があるのです。

ご送付の年表を拝見しますと、わたしの考えとほとんど相違がなく、彼の生涯を完璧に跡づけていまして、少しの差異があるにしても、末梢《まっしょう》的な個所にすぎません。ご推定のとおり「象の塔」事件によって、コナンが紙上に登場したのは、彼が十七歳のときであります。いまだ成年には間があるのに、同年配の文明国の若者にくらべれば、身心ともにはるかに成熟したものがありました。彼はその部族とヴァニールの侵冦《しんこう》軍との戦闘のさなかに、戦場で産声《うぶごえ》をあげたのです。当時コナンの氏族が占拠していたのは、キンメリアの北西地域で、純粋のキンメリア育ちとはいえ、その血管には異種族の血が混じっていました。祖父にあたる人物は南方種族のひとりで、部族間に血で血を洗う復讐がつづくのを嫌い、長い年月を諸国の放浪に費やしたあげく、ようやく北辺の部族の聚落《しゅうらく》に逃避所を見いだしました。彼は若いころ、まだ祖国を離れぬ当時に、ハイボリア諸国への侵略軍に幾度か参加した経験があり、そのとき知った優美な国々の実情を語り聞かせたことが、幼いコナンの心に、それらの国々を見たい願望を植えつけたものと思われます。コナンの生涯には、わたし自身も詳しくは知らぬ出来事が数多くあります。たとえば、彼がはじめて文明国の人々を見たときのことがそれです。おそらくヴァナリウムでの戦闘にさいしてと考えられますが、あるいは、それより以前に国境近くの都邑《とゆう》を平和裡《り》に訪れたことがあったかもしれません。ヴァナリウムの戦闘では、まだ十五歳の少年でありましたが、すでに敵軍から頑強な戦士として畏怖《いふ》されていたようです。完全な成育にはなお多くのものを欠いていたにもかかわらず、身長は六フィートを超え、体重百八十ポンドにおよぶ偉丈夫《いじょうぶ》であったからです。

ヴァナリウムの戦闘からザモラ国の盗賊の都に潜入するまでには、一年ほどの間隔がありました。この期間内にコナンは一度、氏族の根拠地である北方の辺土《へんど》にもどり、キンメリアの国境を越える最初の旅に出ています。奇異に思われることですが、向かった先は南方ではなく、北方の地でした。その動機ないしいきさつは定かでありませんが、彼は北辺の蛮族エーシルのもとで数カ月を過ごし、ヴァニール族およびヒューペルボリア族相手の戦役に従軍しています。このときの苦しい体験からヒューペルボリア人に強い憎悪を抱くにいたり、それが生涯を通じて消えることなく、後年、アキロニアの王位に就《つ》くにおよんだとき、その政策に影響をあたえました。その体験とは、彼らによって捕虜にされたことですが、辛苦《しんく》の末に南方へ逃れ、ザモラ国にたどりつき、そこで出遭《であ》った事件によって、広く読者に紹介されるのであります。

「館のうちの凶漢たち」に記録された冒険の場所がザモラ国内であるかどうかについては、わたし自身、明確な知識を持っていません。むしろ、いくつかの政治団体が争っている事実からして、他の国の事件であるように思われます。なぜかといいますに、当時のザモラは専制君主が絶対的な権力を揮《ふる》い、異なった政治上の意見は許容されていなかったからです。従ってわたしは、この事件の生じた都邑を、ザモラのすぐ西方に散在する小都邑国家群のひとつであろうと推測しています。事実、コナンはザモラ国を去ったあと、その地方を放浪していました。その直後、いったんキンメリアへもどった形跡があります。このとき以外にも、彼が故国へ帰還したことはたびたびあるように思われます。彼の冒険の年代記的な順序は、その間隔が少し短すぎることを除けば、あなたがたの推定されたところがほぼまちがいありません。コナンがアキロニアの王位に就いたのは四十歳ごろ、「龍の刻」事件は四十四、五歳当時にあたります。王妃を選ばなかったことから、当時の彼には後継者たるべき嫡出《ちゃくしゅつ》の男子がなく、数多くの寵姫《ちょうき》による庶出《しょしゅつ》の子息たちは、王冠を継承する資格を認められていませんでした。

コナンは長期にわたってアキロニアの王位を維持しましたが、その時代はハイボリア文明が絢爛《けんらん》たる華《はな》を開いた高潮時《こうちょうじ》にあたり、諸国の王の胸には全世界征覇《せいは》の野望が火と燃えていたことから、彼は激動的かつ安穏を欠く統治に心を砕いていたものと思われます。当初は自国防衛のための戦役に明け暮れしていたものの、いつか自衛上、他国への侵冦を余儀《よぎ》なくされるにいたったようです。その結果、果たして彼が全世界を併呑《へいどん》しての一大帝国樹立に成功しえたか、あるいは、その試みによって滅亡の淵《ふち》に沈む憂《う》き目を見ることになるのか、現在のわたしにはわかっていません。

彼はあまねく諸国を遍歴《へんれき》しました。それはアキロニア王の身分を獲得する以前のことだけでなく、王位に就いたのちにあっても同様でした。彼の足跡は遠くキタイとヒルカニアからヒルカニアの北、キタイの南に位置する、あまり世に知られぬ辺境地方にさえおよび、さらには西半球にある無名の大陸を訪れ、それに近い島々の巡回まで敢行しました。そのうちどれだけが紙上に発表されるかは、正確な予告をすることは不可能といわねばなりません。しかし、ヤマル半島（ロシア中北部の半島）での発見についてのあなたがたの所見《しょけん》には、非常な興味をおぼえました。それに言及されたのは、あなたがたがはじめてであるからで、たしかにコナンは、あの特殊な文明を発達させた人々と――少なくともその先祖たちと――直接に接触したにちがいありません。

わたしの小文「ハイボリア時代」をご一読あらんことを希望します。この返事に、わたしの作成した地図の写しを同封しますから、これまたご一覧願います。ついでながら、ナポリ（一九三〇年代にヘウィアード・テールズ〉誌上で活躍したイラストレーター）が描いたコナンの肖像画はみごとな出来栄えといえますが、ときにその容貌にラテン民族の型が強くあらわれる点に不満を感じていることを申し添えます。それはわたしの頭にある型と合致するものでありません。といっても、苦情を申し立てるほどのことではないのでありますが。

同封の資料が、あなたがたの質疑にご満足のゆく答えとなればさいわいです。そしてまた、ご希望とあれば、そのほかの問題についても喜んで討議に参加させていただき、コナンの経歴、ハイボリアの歴史ないし地理のいかなる部分についても、より精細な検討を行なう用意があります。文末ながら、再度あなたがたのコナンに対するご関心に感謝し、あなたとクラーク博士のご幸福を祈らせていただきます。

敬具

ロバート・E・ハワード

追伸　貴翰《きかん》には地図と年表を返却せよとありませんので、しばらくお預かりして、友人たちにも見せたいと考えております。至急返却すべきものであれば、その旨《むね》お知らせを願いあげます。

ハイボリア時代

この短文のいずれの個所も、容認されている正史を否定する試みでないことをお断りしておく。これはただ空想上の物語の仮説的な背景であって、わたしは数年前、コナン・シリーズを書きはじめるにさいし、彼の時代と当時の民族に関し、このような「歴史」を用意したのであった。コナンとその英雄譚《たん》に鮮明な現実性をあたえるには、これが必要であると考えたからだ。そしてわたしは、この歴史の「事実」と精神を固守することで、物語の執筆中、主人公を既製品《レディ・メイド》でなく、真に血と肉を持つ人物として思い描くこと（そして読者に提供すること）が、より容易になったと信じている。コナンとその時代の諸王国における冒険について書くあいだ、わたしは一度として、ここに記載した「歴史」の「事実」や精神に背《そむ》いたことがなく、常にこの歴史の線に沿って筆を進めた。正史に則《のっと》った歴史小説を書く作者が、正史の線に従うのと同じで、わたしはこの「歴史」をコナン物語の指標としたのである。

ネメディア年代記は大地変以前の時代に言及しているが、その後期を除けば、記載するところはきわめて少なく、しかも伝説の霧《きり》に包まれている。とはいえ、われわれの知りうる歴史は、この前時代文明の末期にはじまる。当時の世界では、カメリア、ヴァルシア、ヴェルリア、グロンダル、トゥーレ、コモリアの諸王国が勢威を揮《ふる》っていた。これらの諸国の住民はほぼ同一の言語を用いており、同じ祖先から分かれたものと考えられる。そこにはまた、同程度の水準にある文明国がいくつか存在した。しかし、それは系統のちがう、あきらかにより古い種族の後裔《こうえい》が住む王国であった。

　そのころの未開人というと、西の海のはるか沖合に散在する島々に住むピクト人、ピクト群島と本土、すなわちトゥーレ大陸の中間にあった小大陸に居住するアトランティス人、東半球の大洋中に浮かぶ群島に住まうレムリア人がそれであった。

　広大な地域が未踏査のままであった。文明国の領土がいかに広大であったにしても、地球全体から見るときは、比較的小部分にすぎなかったからである。トゥーレ大陸の西の果てにヴァルシア王国、東の端にグロンダル王国があった。後者は同系統の諸王国にくらべると、開化の度合いが若干《じゃっかん》遅れていて、その東方には不毛の沙漠が拡《ひろ》がっていた。この地域のうち、乾燥度の激しくないところは密林がつづき、山脈がそびえ、原始的な蛮族が氏族や部族の単位で散在していた。はるか南方の土地にも、トゥーレのそれとは類を異にした、あきらかに現人類以前のものといえる謎の文明が存在していた。大陸の極東部、海に接した地方には別の人種が住みついていて、人類にはちがいないが、トゥーレ人とはまったく異なる不可解な種族であった。レムリア人がときおりこの種族と交渉を持ったが、おそらくレムリア群島のさらに東方に横たわる、名も知られぬ謎の大陸から渡来してきたものであろう。

　そのころトゥーレの文明は瓦壊《がかい》の途《と》をたどりつつあった。軍団の編成をもっぱら未開人の傭兵に依存し、その結果、ピクト人、アトランティス人、レムリア人が将軍になり、政治家になり、ときには王にさえなった。王国間の争い、ヴァルシアとコモリアとの数度におよぶ戦役《せんえき》、さらには度重《たびかさ》なる遠征を利用して、アトランティス人の傭兵部隊が本土に王国を築くにおよんだ経緯については、正確な史実というより伝承に近いものであるのをお断りしておく。

やがて地球上を大地変が襲った。アトランティスとレムリアが海底に沈み、逆にピクト群島が隆起して、新しい大陸の山脈の頂《いただき》と変わった。トゥーレ大陸の各所が波浪《はろう》の下に没し、あるいは沈降して内陸の巨大な湖や内海を形成するにいたった。火山は爆発をくり返し、激烈な地震が諸王国の輝かしい都邑《とゆう》を揺り倒した。かくて文明国の全部が崩壊した。

未開人の運命は、文明国人のそれよりはいくらかましであった。ピクト群島の住民は全滅したが、ヴァルシア国南境の山地に、隣国の侵冦《しんこう》にそなえて移駐させられた開拓民の大聚落《しゅうらく》が無傷のままで残った。アトランティス人が大陸に建設した王国も、同じく災厄《さいやく》を免《まぬか》れ、沈みゆく彼らの故地から同種族の何千人かが船で逃れてきた。多くのレムリア人の避難した先は、比較的被害が少なかったトゥーレ大陸の東海岸であったが、彼らはその地に先住していた古代種族の奴隷《どれい》となり、その後数千年のあいだ、けもの同然の境涯《きょうがい》におかれた。

大陸の西の部分は、気候条件の変化で動植物に異種が生じた。密林が平原に拡がり、大河が海に注ぎ、山嶽《さんがく》はいよいよ高く、肥沃《ひよく》な渓谷《けいこく》にあった古い都邑の廃墟を湖が呑みこんだ。アトランティス人の大陸における王国は、これら水没した地域から移り来たった数百万にもおよぶ獣類と蛮族——猿人と猿——との群棲地となった。従ってアトランティス人は、生存のために絶えざる戦闘を強《し》いられ、その結果、未開人としては割合いと発達した段階にあった大地変以前の状態を維持することができた。金属の使用と鉱石の採取が不能になったので、遠い先祖たちと同じ石器の製作者となりはしたが、その製作技術に鍛練《たんれん》を積んで、後年、ピクト人の強力な国家と兵戈《へいか》を交えるにいたったころは、真に芸術的な水準に達していた。ピクト人もまた、一度は、燧石《ひうちいし》しか知らぬ段階にもどったが、植民と戦闘の術に急速な進歩を示した。彼らはアトランティス人のような芸術的天分には恵まれていなかった。より力強く、より実践的、より生産性に富む種族であり、絵画や象牙《ぞうげ》細工の代わりに、すばらしく効果的な燧石の武器を大量に遺した。

石器文明に後退した諸王国がぶつかりあい、あいつぐ血みどろな戦闘の結果、数において劣勢なアトランティス人は原始人の状態に追い落とされ、勝利を得たピクト人にしても、その進化は停滞した。かくて大地変後五百年の時点では、未開人の王国も消失していた。いまや昔ながらの蛮族の集団に復帰したピクト人が、別の未開人集団であるアトランティス人と果てしなき戦闘をくり返している。ピクト人は数と団結の力で優勢を保ち、アトランティス人のあいだには統一への志向がまったく欠けていた。以上が当時の大陸西部における情勢であった。

はるかなる東部にあっては、巨人のような高山が隆起し、広大な湖の連なりが生じたために、大陸のほかの地域とは断絶の状態におちいった。ここには先住民の支配下におかれたレムリア人が、苦難の奴隷生活を送っている。遠い南方は、謎のヴェールに包まれたままであるが、大地変の被害を受けていないために、まだ原人の段階にとどまっていると想定される。トゥーレ大陸の文化の進んだ種族については、ヴァルシア人と別系統の国の遺民が、南東に連なる低い山塊《さんかい》のあいだに残存している――これがいわゆるゼムリ族である。一方、蛮族のほうは大陸のそこかしこに散在して、猿に近い生活を営《いとな》み、偉大な文明の興亡にはまったく無縁な毎日を過ごしている。しかし、はるか北方の地に、別種の人類が、緩慢な動きではあるが台頭《たいとう》しつつあった。

地殻変動のさなか、ネアンデルタール人とさほどちがわぬ進化段階にある蛮族の一団が、地変による身の危険を避けて、北方へ移動した。そして雪に覆われた地域には、獰猛《どうもう》な雪猿《せつえん》しか棲息していないのを知った。これは全身、白色の毛に包まれた大柄な獣類で、明らかに寒冷な風土に適合した生物であった。彼らはこれと闘って北極圏へ駆逐《くちく》し、極寒の地で死滅させたものと考えた。ところが、雪猿は苛烈《かれつ》な新たな環境に順応し、繁栄するにいたった。

ピクト人とアトランティス人との絶え間のない戦闘が、新文化を生み出すはずの萌芽《ほうが》を摘《つ》みとったあと、またひとつ、大地変ほどの規模ではなかったが、地殻の変動が生じて、大陸の様相をさらに改変した。すなわち、幾多の湖が連《つら》なった地域がひとつの大きな内海となったことで、大陸の西と東は完全に遮断され、地震、洪水、火山の爆発が、相互の抗争による蛮族国家の自滅を早める結果をもたらしたのである。

第二の地殻変動から一千年後、大陸の西部は密林、大湖、急流の目立つ曠野《こうや》としての姿をさらしている。その北西の丘陵を覆う森林のなかに、放浪をつづける猿人の群れがいる。彼らはアトランティス人の末裔《まつえい》であり、人語を忘れ、火や道具を使用する知識を失い、悠久の昔に先祖たちが努力の末に到達した文化段階から、密林内をキイキイ声をあげて跳びまわる猿の境涯まで、一挙に転落してしまったのだ。南西の地方にも、退化して穴居人に復帰した蛮族が散在している。その言語はもっとも原始的な形態だが、ピクトの名称だけは残している。それは、彼らが命と糧《かて》を賭けて競っている真の獣類と彼ら自身を区別するための人類一般を指す名辞《めいじ》となっていた。彼らと以前の段階との繋がりはこの言葉ひとつで、矮軀《わいく》のピクト人にせよ、猿に似たアトランティス人にせよ、ほかの種族や民族とは、まったく接触を欠いている。

はるか東方では、獣類同様の奴隷の境遇におかれ、獣類同様の悲惨な生活を送っていたレムリア人が、ふたたび知能を向上させて、支配階級の先住民を打倒するにいたった。かくて彼らは、異様な文明の廃墟を歩きまわる蛮族となった。一方、その文明の生存者たちは、奴隷の凶悪な復讐を怖《おそ》れて西方へ移動していた。そこはトゥーレ大陸の南境にあたり、謎に満ちた前人類種族の王国が存在していたが、亡命者たちはこれを転覆《てんぷく》させ、彼ら固有の文明に征服した民族のそれを取り入れた。こうして築きあげた新王国がスティギアである。そして全体としての民族が滅びたあとも、旧国家の一部は生き残り、崇拝の対象とさえなったように思われる。

大陸の各所で、蛮族の小グループが文化向上の兆候を示しはじめている。それぞれ独自の動きで、統一には間《ま》のある段階である。しかし、北方では蛮族が台頭しつつある。この民族はハイボリア人あるいはハイボリと呼ばれる。主神はボリ――元来は古代の大首長で、大地変の時代に民を北方へ導いた王として、さらに古い時代の事績が伝承となっており、大地変そのものにしても、相当に歪曲《わいきょく》された民話の形態で記憶されているのみである。

この種族が大陸の北辺一帯に勢力を張り、南下の動きをうかがわせている。いまのところは他の民族と接触はしておらず、戦闘は氏族同士で行なわれていた。北辺の風土における千五百年の歳月が、彼らを長身、黄茶色の髪と灰色の目を持ち、勇壮強健、闘争を好む人種に育てあげ、すでに洗練された芸術家としての手腕と、詩人的性向さえ示しているのだった。彼らは依然として主に狩猟で生計を立てているが、南部に住みついた部族は牧畜の術を知ってすでに数世紀を経ていた。これまでのところ他の民族とは完全な隔絶の状態にあると述べたが、ひとつだけ例外がある。はるかな北方に足を踏み入れた者が、一年を通じて厚い氷に閉ざされている不毛の極地に、猿に似た人類の一大集団が棲息しているという報告を持ち帰ったのだ。これは明らかにハイボリア人の先祖によって、より住みよい地域から追いやられた雪猿の子孫である。報告者はつづいて、いまのうちに軍団を派遣して、北極圏の猿人どもを殲滅《せんめつ》してしまわぬことには、将来それが真の人類に進化する怖れがあると警告した。しかし、部族民の嘲笑《ちょうしょう》を買ったにとどまり、若い冒険者の小部隊が彼に従って北へ向かったが、ひとりとして帰還しなかった。

しかし、ハイボリアの諸部族は徐々に南下をつづけており、人口の増大に伴って、この動きに拍車がかかった。次の数世紀は、移動と侵冦の時代であった。古来、人類世界の歴史は、民族間の移動で絶えず場面を転回するパノラマといえるのだ。

五百年後の世界を見るがよい。黄茶色の頭髪を持つハイボリア人の諸部族が、団結を欠く弱小氏族の多くを征服したり、滅ぼしたりしながら、南方と西方へ移動をつづけている。被征服種族の血を吸収することによって、古い種族の末裔である者たちが、すでに新しい人種的特徴を示しはじめていたが、この混成人種が、新しい純血種族の猛攻を受け、ついには箒《ほうき》で掃《は》き出される塵《ちり》のように満遍なく掃蕩《そうとう》される。かくして混血はさらに進み、種族の特徴がからみあって、新人種を創りあげるのだった。

とはいえ、征服者たちはまだハイボリア人以外の古い種族との接触を果たしていない。南東の地方では、ゼムリ族の後裔《こうえい》が、ある未統一の種族と混じりあった結果の新しい血にうながされて、古代文化の残り花を咲かせる兆しを示している。西方では、猿人にもどったアトランティス人が、長い道程を経たのち、ふたたび人類への途に就こうとしている。要するに、彼らは生存の過程をひとめぐりしたのであり、人類であった過去を忘れて久しく、以前の状態を意識することなく、人類であった当時の記憶に救《たす》けられも妨《さまた》げられもせず、進化の階段をよじ登りつつあるのであった。ただ南方のピクト人だけは、いまだに蛮族の状態にとどまって、進歩するでもなく、退化するでもないのは、明らかに自然法則に反しているといえよう。そして遠く南方では、謎に満ちた旧時代の王国スティギアが夢に浸っており、その東方の曠野には、シェムの息子たちとしてすでに知られている諸氏族が遊牧生活を送っている。

さらに、ピクト人の国に隣《りん》する大山脈に護《まも》られたジングの広大な渓谷に、名称は定かでないが、いちおうシェム人の枝族に分類される集団が、比較的進歩した農業による生存様式を発展させつつあった。

ハイボリア人の移動を促進させる新しい因子がひとつ加わっていた。その一氏族が、石材を使用する建築法を思いついたのである。これによって、ハイボリア人の最初の王国が出現していた。粗野な未開人の国家ヒューペルボリアがそれで、異部族の来冦《らいこう》を防ぐために石塊《せっかい》を積みあげ、砦《とりで》らしきものを築いたのがその端緒《たんしょ》であった。やがてこの部族は、従来の馬皮《ばひ》の幕舎《ばくしゃ》を棄《す》て、石造りの家に変えた。粗雑ではあるが、堅固《けんご》に造られており、外敵を撃退するのに効果的であったことから、この部族は強大になっていった。世界史のうちでも獰猛な蛮族の王国ヒューペルボリアの勃興《ぼっこう》ほど劇的な出来事は少ないであろう。彼らは遊牧民の生活を急転換して、荒削りの石材を用いて住居を造り、巨石を積みあげた防壁に囲まれた城邑《じょうゆう》を構築した。磨石器《ませっき》時代からいくらも進化していない人種でありながら、運命の気まぐれから、最初の建築法を会得《えとく》した賜《たまもの》であった。

　この王国の勃興は、他の多くの種族を追い払う結果を招来した。戦闘に敗れ、城砦《じょうさい》に住む同種の部族の支配下におかれるのを拒否する多くの氏族が、長い歳月をかけての移動を開始し、大陸の半ばに近い地域に分散した。そして、そのころすでに、大陸の北辺に住む諸氏族は、猿人からあまり進化していない長身金髪の蛮族の侵寇に悩みだしていた。

　次の一千年はハイボリア人の興隆期で、この好戦的な侵略者が、大陸の西部一帯を支配するにいたる歴史である。彼らの原初的な諸王国は形態をととのえつつある。これら黄茶色の頭髪を持つ侵寇民族は、ピクト人と衝突して、これを西方の不毛の原野に追いやっていた。北西には、猿人から原人の段階に匍《は》いのぼりつつあるアトランティス人の子孫たちがいたが、まだいまのところ征服者と遭遇していなかった。はるか東方では、レムリア人が独自の文化、異様な半文明ともいうべきものを築きかけている。そしてまた南方では、シェムの土地と呼ばれる牧草地帯と境を接したところに、ハイボリア人のコト王国が建設された。この地域の蛮族は、ハイボリア人との接触、さらには数世紀も掠奪を欲しいままにしてきたスティギア人との接触によって、原人的な状態を脱却しつつある。極北の地の金髪長身の蛮族が、力と数を増大したことから、北方のハイボリア人が南下を開始して、彼らに先立ってその地を占拠していた同血の部族を駆逐する。由緒あるヒューペルボリア王国は、これら北方渡来の一部族のために崩壊させられるが、征服者は旧来の国名を踏襲する。ヒューペルボリアの南東では、ゼムリ族の王国がザモラの名で成立していた。南西の情勢はというと、ピクトの一氏族が肥沃な渓谷ジングに侵入し、その地の農耕民族を征服して、彼らのあいだに定住していた。かくて混血した種族が、のちにハイボリの放浪部族に征服される番となり、かくて混《こん》じあった三つの要素からジンガラ王国が誕生した。

その後の五百年間、大陸は以下に述べる諸王国に明確に分割される。すなわちハイボリア人の王国としては、アキロニア、ネメディア、ブリトゥニア、ヒューペルボリア、コト、オピル、アルゴス、コリンティア、そして辺境王国として知られるものがそれで、それぞれ西方世界に勢威を揮っている。東方にザモラ国があり、これらの諸王国の南西にはジンガラ国がある。この二国の住民は、浅黒い肌と異国風な習俗という点で似ているが、そのほかの点ではまったく異質である。はるか南方には、外寇をこうむることもなく、スティギア国が眠ったような存在をつづけている。だが、シェムの人々は、スティギア人の強圧的支配から逃れて、比較的圧迫することの少ないコト王国に隷属するようになっている。浅黒い皮膚の旧支配者たちは、ステュクス、ニルス、ナイルと三つの名を持つ大河の南へ追いやられた。この大河は人跡未踏の奥地に源を発して北上し、途中でほぼ直角に進路を曲げ、シェムの牧草地帯をほぼ正確に西に向かい、末は大海に注いでいる。一方、大陸の西の果てにあるハイボリア人の王国はアキロニアで、その北の地域にはキンメリア人が定住している。この種族は、いまなお野蛮人の生活状態から脱却していなかったが、侵寇者によって隷属させられることなく、むしろ彼らの影響で急速に文明国への道を進んでいる。キンメリア人とはアトランティスの遺民の後裔で、アキロニアの西方の曠野に住む宿敵ピクト人よりは、はるかに着実に進化の跡を示していたのである。

さらに五世紀を経過するうちに、ハイボリア人の諸王国は文化の担《にな》い手となっており、その影響力は、これと接触する諸蛮族を未開の泥地から脱出させるに足る力強いものがあった。なかでも最強の国家はアキロニア王国であるが、そのほかの諸王国も、その武威と華麗な文化で、これと拮抗《きっこう》するところがある。ハイボリア人というのはかなりの混血種族となっており、そのうち古代の血筋にいちばん近いのが、アキロニアの北辺の地グンデルランドを根拠にするグンデルマン族である。しかし、ハイボリア人における混血現象は、この種族を弱体化するわけでなく、大陸の西部に君臨《くんりん》する強力な国家群であることを変えなかった。とはいえ、辺境の曠野に棲む未開の諸部族も、その実力を蓄積しつつあった。

北方では、北極圏に追われた猿人の末裔、金髪碧眼《きんぱつへきがん》の蛮族が、雪と氷の国から残存するハイボリア人を駆逐しており、その猛攻に抗しえたのは、古いヒューペルボリア王国だけである。碧眼族の樹立した国はノルドヘイムと呼ばれ、これがさらにヴァナヘイムの赤毛国ヴァニールとアスガルドの黄髪《おうはつ》国《こく》エーシルとに分かれている。

レムリア人もヒルカニア人の名で、ふたたび歴史に登場してくる。彼らは数世紀にわたって着実に西進してきており、いまやその一氏族が大いなる内海ヴィラエットの南岸まで進出し、そこから南西岸にいたる地域にトゥラン王国を建設している。内海とその東方に拡がる先住民の国土とのあいだには、広大な草原地帯《ステップ》が横たわっており、それを挟《はさ》んだ北と南は荒漠たる沙漠である。この地域にはヒルカニア人以外の種族も散在していて、遊放生活を営んでいる。そのうち北部に見られる集団は、氏族と呼ばれるほどのまとまりを欠いていたが、南方のそれは団結が強固で、シェム族と自称した。この地域の土着民であるが、侵冠者のハイボリア人の血をわずかながら混じていた。この時代の後半期には、そのほかのヒルカニア部族も西方への進出を開始して、内海の北側を迂回し、ヒューペルボリア王国の東方前哨地と衝突するにいたる。

ここでこの時代の諸民族の容姿風貌《ようしふうぼう》を簡単に記しておく。最強の部族であるハイボリア人は、もはやその全部族民が黄茶色の頭と灰色の目の持ち主であるとはいえない。被征服種族との混血がそれほど顕著《けんちょ》であったのだ。シェム人の血が濃厚に混じ、コト王国の住民にはスティギア人の血までが混入し、程度の差こそあれ、アルゴス王国の住民にも同一の現象が見られる。後者にあっては、シェム人以上にジンガラ族の血がより濃く混入しているようである。東部ブリトゥニアの部族民は、皮膚の浅黒いザモラ族と交婚し、南部アキロニアの人々は、茶色の肌のジンガラ族と混じりあったことから、最南の地であるポイタインでは、黒髪と茶色の目が住民の典型となっている。創立のもっとも古い王国ヒューペルボリアでは、異民族との接触が比較的少なかったが、それでも住民の血管には、純粋でない血がかなり大量に流れている。これは他国から掠奪《りゃくだつ》してきた婦女子――ヒルカニア、エーシル、ザモラ等の血であった。グンデルランドだけは、奴隷をたくわえる風習がなかったことから、ハイボリア人の純血が汚《よご》されずに保存された。しかし、未開人は血液の純粋性を維持している。キンメリア人は長身で膂力《りょりょく》に優れ、黒い髪と、青ないし灰色の目を持っている。ノルドヘイムの蛮族もこれとよく似た体格だが、白色の皮膚、碧《みどり》の目、金髪または赤毛の容姿を変えなかった。ピクト人は古代人そのままの風貌で、短軀《たんく》、褐色の肌、黒い眸《ひとみ》と黒い髪の持ち主であり、ヒルカニア人も褐色の肌には変わりないが、これは概して長身痩軀《ちょうしんそうく》である。ただし、彼らのうちにも切れ長の目を持つ短軀のタイプがしだいに数を増しつつある。それは彼らが西方への進出にさいして、ヴィラエット内海の東方にそびえる山脈内で異様な種族を――一応の知性をそなえているが、その後成長を停止した矮人族《わいじんぞく》であった――征服したことで、その血が混入したからである。つぎにシェム族はというと、そのほとんどが中位の身長で――ときおりスティギア人の血があらわれて、例外的に肩幅広く、筋骨たくましく、雄偉《ゆうい》な体格の男もいないわけでないが――鉤鼻《かぎばな》、褐色の目、青黒い頭髪の持ち主である。そしてまたスティギア人は、皮膚の色こそ浅黒いが、少なくとも支配階級は均整のとれた彫りの深い顔立ち、長身タイプの種族である。しかし、その下層階級には、古来圧迫を受けつづけている遊牧民の大群がいて、これは黒人種族、スティギア、シェム、さらにはハイボリアの血までが混じりあった雑種である。スティギアの南方にはアマゾン、クシュ、アトラ、雑血のゼムバブウエイといった黒人の国が拡がっている。

アキロニア王国とピクト人の棲息する曠野の中間が、ボッソニア辺境地帯と呼ばれている。ここには、ハイボリア人が移動を開始した初期に、その一氏族によって征服された原住民の子孫が残存している。この混血種族は、純血に近いハイボリア人の文明に到達することができず、辺境地帯に追いやられたのだった。彼らボッソニア人は中肉中背で、目の色は茶色か灰色、長頭と短頭の中位にある頭蓋の持ち主であり、主として農耕で生計を立て、大きな壁をめぐらした聚落に住み、アキロニア王国の支配に服している。その地勢が、北は蛮族の国に接し、南西はジンガラとの国境まで伸びていることで、キンメリア人とピクト人双方の侵略に対するアキロニア王国の防塞《ぼうさい》の役を務めている。住民は不屈の闘志をそなえた防御型の戦士であり、数世紀にわたって、北方と西方の蛮族相手の戦闘をつづけていたことで、金城鉄壁《きんじょうてっぺき》ともいえる防衛技術を身につけている。

五百年後、ハイボリア文明は掃蕩された。その没落は、史上類を見ないものであった。内部の腐敗によるものではなく、未開人諸国、並びにヒルカニア人の台頭に帰因《きいん》するものであったからだ。ハイボリア民族は、その活気ある文化が絶頂をきわめた時期に、覆滅《ふくめつ》の憂《う》き目を見たのであった。

とはいえ、間接的ではあるものの、その滅亡を招いたのは、アキロニアの強欲であった。帝国の拡張を望んだ歴代の王は、近隣諸国に戦争を仕掛けた。ジンガラ、アルゴス、オピルは属領となり、コトのくびきを脱したばかりであったシェム族の西方諸都市も、さらに東方の同族と並んで同じ運命をたどった。コトそのものは、コリンティア、並びに東方シェムの諸部族とともに、アキロニアへの朝貢《ちょうこう》を余儀なくされ、戦役にさいしては援軍をさしむけることを強要された。また、アキロニア人とヒューペルボリア人のあいだには、古来、血で血を洗う反目がつづいていたが、後者はいまや、西方の宿敵の軍勢を迎え撃つため、兵を動かすにいたった。辺境王国の平原が凄惨《せいさん》な激闘の舞台となり、北方の軍勢が大敗を喫《きっ》して、雪深い根拠地へ撤退する羽目となった。勝ち誇るアキロニア軍も、そこまでは追撃しなかった。一方、何世紀にもわたり、西方の覇者《はしゃ》に良く拮抗しつづけてきたネメディアは、いまやブリトゥニアとザモラを、さらには秘密裡《り》にコトを同盟に引きこみ、隆盛の一途《いっと》をたどる帝国を打倒するに足る勢力を結集した。ところが、彼らの軍勢が戦闘に加わる暇もなく、新たな敵が東方に姿をあらわした。ヒルカニア人が、はじめて西方世界に真の闘いを挑んできたのであった。ヴィラエット内海の東岸を根城《ねじろ》にする放浪民を味方につけたトゥランの騎馬民族は、ザモラを席巻《せっけん》し、東部コリンティアを壊滅させ、ブリトゥニアの平原まで進んだところでアキロニア軍と対決し、一敗地《いっぱいち》にまみれて、東方へ逃げもどった。しかし、先の同盟は効力を失い、ネメディアは、将来の戦役にそなえて防備を固めるほかなくなった。ブリトゥニアと結ぶ場合もあれば、ヒューペルボリアと結ぶ場合もあり、例によって例のごとく、秘密裡にコトと結ぶ場合もあった。このヒルカニアの敗北で、西方の覇者の実力が諸国の前に明らかとなった。その精強を誇る軍隊は、傭兵によって増強されており、その主力は異民族であるジンガラ人、未開のピクト人、並びにシェム人であった。ザモラはヒルカニア人の手から奪還され、あらためてアキロニアに征服されたが、その住民にしてみれば、支配者が東国から西国に入れ替わったにすぎなかった。アキロニアの兵士がザモラに進駐したが、荒廃した国土を防備するためだけでなく、住民を服従させておくためでもあった。しかし、ヒルカニア人は屈服したわけではなかった。さらに三度にわたり、侵略の波がザモラ国境とシェムの土地に押しよせた。鋼鉄の甲冑《かっちゅう》に身を固めた騎兵が、内海の南端を迂回し、東方から駒《こま》を進めてくるたびに、トゥランの軍勢は大規模になっていた。それでも、三度ともアキロニア軍に撃退されたのだった。

しかし、アキロニアの王をその高みから引きずり下ろす運命を担った勢力が、西方において伸長しつつあった。北方では、キンメリア国境に沿って、黒髪の戦士たちとノルドヘイム人とのあいだで小競《こぜ》り合いが絶えなかった。エーシル人は、ヴァニール人との戦闘の合間にヒューペルボリアを攻撃し、都邑をつぎつぎと破壊して、国境を南に押し進めた。キンメリア人は、ピクト人やボッソニア人とも兵戈を交えており、アキロニア本国に攻め入ることもたびたびだったが、彼らの闘いは、侵略というよりは掠奪を目的とした襲撃にすぎなかった。

しかし、ピクト人は、人口と勢力を驚くほどの勢いで増大させつつあった。奇妙な運命のよじれというべきか、彼らが最終的に帝国建設へ乗りだすきっかけとなったのは、もっぱらひとりの男、それも異民族である人物の努力によるものだった。この男がアルス。ネメディア人の神官で、生まれながらの改革者であった。いかなる理由で、彼の心がピクト人に向いたのかは定かでない。だが、歴史の伝えるところによれば――彼は西方の曠野へおもむき、温和なミトラ神崇拝を伝道することで、粗野な異教徒の風習をあらためることを決意した。交易商人、探検家をはじめとする先人たちの身に降りかかった世にも怖ろしい運命の話にもひるむことはなかった。そして、どういう運命の気まぐれか、単身、徒手空拳《としゅくうけん》のまま、捜し求めていた民族のもとへたどりつき、即座に槍《やり》で突き殺されることも免れたのである。

ピクト人は、ハイボリア文明との接触で恩恵をこうむってきたが、その接触を峻拒《しゅんきょ》するのが常だった。とはいえ、少なくとも、彼らの国土でわずかにみつかる銅や錫《すず》を粗雑な加工品に変えるすべを習得しており、後者の金属を入手するため、ジンガラの山嶽地帯へ掠奪に出たり、あるいは獣皮、鯨《くじら》の歯、海象《せいうち》の牙《きば》など、未開人が交易品としてさし出せるわずかな品目と交換していた。彼らはもはや洞窟や、木の差し掛け小屋を住みかとしておらず、獣皮の天幕や、ボッソニア人のそれを真似た粗末な小屋を建てて住んでいた。生計の道は、依然として狩猟と漁労が主であった。彼らの曠野には、ありとあらゆる猟獣が群れ、河川と海には魚があふれていたからである。しかし、穀物の栽培方法を習得しており、一部とはいえ実行に移して、近隣のボッソニア人やジンガラ人の富を盗むことに代えていた。彼らは氏族単位で暮らしていたが、氏族同士は概して深く反目しあっており、ネメディア生まれのアルスのような文明人にとって、その単純素朴な風習は、理解を絶する血に飢《う》えたものであった。ボッソニア人が両者の緩衝役を務めたので、ピクト人がハイボリア人と直接の接触を持ったことはなかった。しかしアルスは、彼らが進歩する能力をそなえているといって譲《ゆず》らず、その主張の正しさは、その後いくつかの出来事によって立証されるにいたった――もっとも、彼の思い描いていた事態とは似ても似つかぬ形であったが。

アルスが身を寄せたのは、さいわいにも、水準以上の知能に恵まれた族長のもとであった――その名はゴルム。ゴルムはひと言ではいいあらわせない人物であり、チンギス・ハーン、オスマン、アッチラを筆頭に、原野に生まれ、素朴な未開人のあいだに育ちながらも、征服と帝国建設の本能を持ちあわせていた英傑たちと肩を並べる存在である。神官アルスは片言のボッソニア語を用いて、来訪の目的をこの族長に理解させた。ゴルムは、大いに面食らったものの、神官を殺さず、部族にとどまることを許した――この民族の歴史において類を見ない事例であった。ピクト人の言葉を習いおぼえたアルスは、ピクト人の生活の不愉快な面――たとえば人身御供《ひとみごくう》、血で血を洗う宿怨《しゅくえん》、捕虜の火あぶり――を根絶《こんぜつ》する仕事にとりかかった。ゴルムの前で長々と熱弁を揮い、たとえ族長の反応が鈍《にぶ》くとも、興味を惹いているらしいのを見てとった。想像力を働かせれば、その情景がありありと目に浮かぶだろう――虎皮の衣《ころも》をまとい、人間の歯を連ねた首飾りをした黒髪の族長が、編み垣の小屋の地べたにうずくまって、神官の長広舌《ちょうこうぜつ》に熱心に耳を傾けている。一方、おそらく神官は、彫刻をほどこし、毛皮を張ったマホガニーの木塊《もっかい》、すなわち、彼に敬意を表して用意された椅子に坐《すわ》っているだろう――絹の長衣《ちょうい》をまとったネメディア人の神官は、ほっそりした白い手を盛んにふりながら、ミトラ神の真理である永遠の公平と正義を説いて聞かせている。小屋の壁を飾る髑髏《どくろ》の列を嫌悪もあらわに指さして、しゃれこうべをこうした用途にあてるのをやめ、代わりに敵を許すようゴルムに説《と》いているのは、疑問の余地がない。生来が芸術家気質であり、数世紀を閲《けみ》した文明によって洗練をきわめた民族が生んだ最高の産物――それがアルスであった。他方、ゴルムの背後には、雄叫《おたけ》びをあげる野性が十万年にわたって継承してきた遺産があった――虎の足運びが、その忍び足に宿っており、ゴリラの膂力が、その黒い爪を生やした手に宿っており、豹の目に燃える焔《ほのお》が、その目で燃えていたのである。

アルスは実際的な男だった。彼は未開人の物欲に訴えかけた。ミトラ神の力を示す例として、ハイボリア諸王国の権力と威光を挙《あ》げ、ミトラの教えと助力が彼らをその高い地位に押しあげたのだと説いた。そして数多《あまた》の都邑、肥沃な平原、大理石の壁と鉄の戦車、宝石で飾られた塔、きらびやかな甲冑をまとって戦場に駒を進める騎兵について語って聞かせた。するとゴルムは、未開人特有の過つことのない本能で、神々とその教えに関する神官の言葉を聞き流す一方、鮮やかに描写された物質的な力の数々に心を奪われた。かくして、床も張られていない編み垣の小屋のなか、絹の長衣をまとい、マホガニーの木塊に腰かけた神官と、虎の皮をまとい、地べたにうずくまった浅黒い肌の族長のあいだで、帝国の礎が築かれたのであった。

先述したとおり、アルスは実際的な男だった。ピクト人と寝食をともにし、たとえその人類が虎皮の衣をまとい、人間の歯を連ねた首飾りをしていても、知性をそなえた人間であれば、人類の進歩に貢献できることを発見した。ミトラの神官の例に洩《も》れず、彼は諸芸万般に通じており、ピクトの丘陵地帯に莫大な量の鉄鉱石が埋蔵されていることを探りあてると、採鉱、精錬、道具に加工する技術を原住民に教えこんだ――その道具が農器具だったのは、彼の信念の然《しか》らしめるところだった。彼はこれら以外の改革にも着手したが、なにより重要なのは以下の点である。すなわち、文明の地を見たいという欲望をゴルムに植えつけたこと。ピクト人に鉄の加工法を教えたこと。そして、彼らと文明世界とのあいだに接触を確立したことである。族長の求めに応じて、彼は族長と配下の戦士数名を引き連れ、ボッソニアの純朴な村人たちが驚きに目をみはるなか、辺境地帯を通過して、輝かしい外界へと導いたのであった。

自分はピクト人の暮らしを百八十度転回させつつある、とアルスが考えていたことは疑問の余地がない。ピクト人は彼の言葉に耳を傾け、銅の斧《おの》で彼を打ち殺すことを控えていたからである。しかし、ピクト人は、敵を許し、戦争の道を棄て、勤勉な労働で汗水を垂らせという教えに関しては聞き流しているも同然だった。通説によれば、ピクト人は芸術的な感覚を欠いており、その資質は、全面的に戦争と殺戮《さつりく》に向いているという。じっさい、神官が文明諸国の栄光について述べたとき、浅黒い肌の聞き手たちは一心に耳を澄ましたものの、彼らが耳を傾けたのは、宗教の理想ではなく、無意識のうちに語られた掠奪の対象、すなわち、ゆたかな都邑や光り輝く土地にまつわる話であった。ミトラの神がいかにして王たちに助力をあたえ、敵を打倒させたかを神官が語ると、彼らはミトラの奇跡にはなんら注意を払わず、代わりに戦線、騎馬武者、弓兵や槍兵の作戦行動に関する詳細に聞き入った。黒い目を鋭くし、表情ひとつ変えずに耳を傾け、なにもいわずに立ち去った。一方、鉄の加工や、それに類する技術を教わるときは、神官が喜ぶほどの熱心さで注意を払うのだった。

アルスがやってくるまで、彼らはボッソニア人やジンガラ人から鋼鉄製の武器や甲冑をくすねとったり、あるいは銅や青銅を叩いて、粗雑な武具をあつらえていたりしていた。しかし、新たな世界が彼らの前に開け、大鎚《おおつち》の打撃音が国じゅうに鳴り響いた。そしてゴルムは、この新たな技芸のおかげで、半ば戦闘により、半ば奸智《かんち》と交渉術により、他部族に対して優越を示しはじめた。とりわけ、後者の点で、彼は他の未開人を寄せつけなかった。

安全通行権を得たピクト人は、いまやアキロニアを自由に往来し、甲冑の鍛造《たんぞう》と刀鍛冶《かたなかじ》に関する情報をさらに本国へ持ち帰った。それればかりか、アキロニアの傭兵部隊に入隊し、屈強なボッソニア人の激しい反感を買うことになった。アキロニアの王たちは、ピクト人をキンメリア人にぶつけ、双方の脅威を払拭《ふっしょく》するという考えを弄《もてあそ》んだが、南方と東方への侵略にかまけていたため、漠然としか知られていない西方の地へ注意を払う余裕がなかった。その西方の地からは、傭兵部隊に入隊しようと、ずんぐりした躰《からだ》つきの戦士たちが、続々と集まっていたのである。

これらの戦士は、兵役《へいえき》が明けると、文明国の優れた戦争技術と、文明に親しんだ結果として生じた軽蔑心を抱いて、故郷の曠野へ帰還した。丘陵で太鼓《たいこ》が鳴りはじめ、高地で狼煙《のろし》があがり、蛮族の刀鍛冶が、無数の鉄床《かなとこ》の上で鋼鉄を打ちはじめた。あまりにも数多く、あまりにも迂遠《うえん》であるため列挙するのもままならない手練手管《てれんてくだ》を駆使して、ゴルムは族長のなかの族長となり、数千年前に実在したピクト人の大王の地位まであと一歩というところまで迫った。彼は長いあいだ待った。もはや中年の域を過ぎていた。しかし、ついに国境地帯へ打って出たのである。交易のためではなく、侵寇のために。

アルスは自分の過ちに気づいたが、あとの祭りだった。彼は異教徒の魂《たましい》には触れられなかった。その魂には、万古不易の堅固な獰猛性がひそんでいた。アルスの流暢《りゅうちょう》な説得の言葉は、ピクト人の良心にさざ波ひとつ立てられなかった。ゴルムはいま、虎皮の衣の代わりに銀の鎖を編んだ胴鎧《どうよろい》を着用しているが、その鎧の下は、なにひとつ変わっていなかった――永続する蛮性は、神学や哲学に動かされることなく、その本能は強奪と掠奪にしっかりと根ざしているのだった。

ピクト人は、火と剣を携えてボッソニア国境へ攻めよせた。往時のように虎皮の衣をまとい、銅製の斧をふりかざすのではなく、鎖帷子を着こみ、鋭利な鋼鉄の武器を揮っていた。ちなみにアルスは、図《はか》らずも招いてしまった事態を旧に復そうと、最後の努力を重ねているとき、ある泥酔したピクト人に頭を砕かれた。ゴルムは忘恩《ぼうおん》の徒《と》ではなかった。神官を祀《まつ》った石塚の頂部に、殺害者の頭蓋骨をおいたのである。アルスの亡骸《なきがら》を覆った石塚が、蛮性の仕上げとでもいうべきもので飾られるめぐりあわせとなったのは、宇宙でもっとも苦い皮肉のひとつであろう――暴力と血の復讐に嫌悪の情をもよおした人物に加えられた仕打ちであったのだから。

しかし、新たな武器と甲冑だけでは、戦線を突破するには足りなかった。数年にわたり、ボッソニア人の優秀な武具と不屈の闘志が、侵略者を食いとめ、必要とあらば、アキロニア帝国の兵士も加勢した。ヒルカニア人が襲来して退却し、ザモラが帝国に併合されたのは、この時期のことである。

やがて、予想外の背信によって、ボッソニア戦線は破られた。この背信の顛末《てんまつ》を記す前に、アキロニア帝国の情勢をひと通り見ておいた方がいいだろう。古来、ゆたかな王国であったこの国は、征服によって莫大な富を集積し、奢侈華美《しゃたかび》な生き方が、質実剛健《しつじつごうけん》な生き方にとって代わっていた。しかし、頽廃《たいはい》は、まだ王と臣民の活力を奪うにはいたっておらず、絹や金糸の衣をまといながらも、彼らは依然として活気にあふれた、強壮な民族でありつづけた。しかし、傲岸不遜《ごうがんふそん》が、旧来の朴訥《ぼくとつ》さに代わりつつあったのはたしかだ。彼らは弱小国の民と接するにさいして、侮蔑《ぶべつ》の念を募らせるようになり、被征服民に対してますます貢《みつ》ぎ物を要求するようになった。アルゴス、ジンガラ、オピル、ザモラ、並びにシェムの諸国は属領として扱われた。この仕打ちは、誇り高いジンガラ人をとりわけ憤激させ、彼らは残忍な報復をものともせず、たびたび叛乱を起こした。

ヒルカニアに対してアキロニアの〝保護〟下にあったコトは、実質的な朝貢国であった。しかし、西方の帝国ネメディアは、近年は防戦一方の情勢であり、勝利を得たのは主としてヒューペルボリアの援軍のおかげであったものの、アキロニアに服従させられてはいなかった。この時期、アキロニアはわずか三度ではあったが敗北を味わった。ネメディア併合に失敗し、キンメリアに派遣した軍勢が大敗を喫し、エーシル族の前に一軍が全滅寸前に追いこまれたのである。ヒルカニア人が、アキロニアの重装騎兵の突撃には太刀打《たちう》ちできぬことを思い知らされたのとまったく同様に、雪深い国へ攻め入ったアキロニア軍は、北方人種《ノルド》の獰猛な白兵戦術に圧倒されたのであった。しかし、アキロニアの征服領はニルス河まで拡張された。ここでスティギアの軍勢が激戦の末に敗退し、スティギアの王は、自国内への侵寇を阻止するため——少なくとも一度は——アキロニアに朝貢した。ブリトゥニアは、打ちつづく戦乱の果てに衰退しており、ついには旧敵ネメディアに屈服する寸前となっていた。

傭兵部隊によって大幅に増強されたアキロニア軍は、武具《ぶぐ》をきらめかせて、長年の宿敵を討つべく進撃の途についた。あたかも、この攻勢で、独立国ネメディアは最後の影まで抹消される運命にあるかと思われた。しかし、アキロニア軍と、補助部隊であるボッソニア軍のあいだに意見の相違が生じたのである。

帝国拡張の結果として、当然ながらアキロニア人は、傲慢で狭量になっていた。彼らは自分たちよりも粗野で、洗練されていないボッソニア人を嘲《あざけ》り、それがために両者のあいだに反目が生じた――アキロニア人はボッソニア人を見くだし、後者はアキロニア人の主人面に憤慨したのである――アキロニア人は、いまや大胆にも主人を自称し、ボッソニア人を被征服民のように扱って、法外な税を課し、領土拡張戦のために彼らを徴用した――しかも、その戦役でボッソニア人が利益にあずかることは、ほとんどなかったのである。国境地帯に残った兵士だけでは、辺境を守るには足りるはずもなく、ピクト人が母国へ侵入したという知らせがはいると、ボッソニア全軍がネメディア戦役を放棄して、故国の西方国境へ転進し、大激戦の末に浅黒い肌の侵略者たちを打ち負かしたのだった。

ところが、この戦闘放棄が直接の原因となって、窮地に追いつめられて奮戦するネメディア軍にアキロニア軍が敗北するにいたり、帝国主義者の残虐な怒りが、ボッソニア人に向けられることになった――帝国主義者とは、例外なく狭量で、近視眼的なものなのである。アキロニア軍が秘密裡に国境地帯へ派遣され、ボッソニアの族長たちが、大規模な会議に出席するよう招かれた。その一方で、ピクト人討伐《とうばつ》を装った蛮族シェムの軍団が、疑うことを知らない村人のあいだに宿営した。丸腰だった族長たちは虐殺され、シェム人は、松明《たいまつ》と長剣をふりかざして、茫然自失の村人たちに襲いかかり、武装した帝国主義者の大軍が、まったく無防備の人々を容赦なく血祭りにあげた。北から南まで、国境地帯は蹂躙《じゅうりん》され、アキロニアの軍勢が国境から退《しりぞ》いたとき、あとには廃墟と焦土《しょうど》が残されたのだった。

この機に乗じて、ピクト人が総力を挙げてこの国境へ来寇した。単なる掠奪ではなく、一国の総力を結集した攻勢であり、兵を率いるのは、アキロニアの軍隊に従軍した経験のある族長たち、そして作戦の立案と指揮を担当したのはゴルム――いまや老境にあるものの、激しい野心の火を燃やしつづける人物であった。今回の侵寇では、強固な防壁に囲まれ、屈強な弓兵の配置されている村々に行く手を阻まれることはなく、帝国軍の兵士が駆けつけるまで、怒濤《どとう》のような攻勢を食いとめるすべがなかった。ボッソニア軍の生き残りは一掃され、血に狂った未開人は、余勢を駆ってアキロニアに雪崩《なだ》れこむと、ネメディア軍とふたたび交戦状態にあった帝国軍が西へとって返すまで、掠奪と放火をくり返した。ジンガラはこの機を逃さず、アキロニアのくびきをふり払い、コリンティア、並びにシェム諸部族もこの例にならった。傭兵と属国兵の全部隊が叛乱を起こし、掠奪と放火を重ねながら西進し、それぞれの故国へと進撃した。ピクト人は破竹《はちく》の勢いで東進し、行く手に立ちふさがる軍隊をつぎつぎと踏みにじっていった。ボッソニアの弓兵ぬきでは、さしものアキロニア軍も、蛮族の射ちこんでくる怖ろしい火矢にはなすすべがなかった。帝国の全域から軍団が呼びもどされ、侵略軍に抵抗したが、曠野からは続々と大軍が押しよせてきて、その兵力は無尽蔵《むじんぞう》かと思われた。しかも、この混乱のさなかに、キンメリア人が丘陵地帯から南下してきて、帝国崩壊の仕上げをした。彼らは都邑を掠奪し、国土を荒廃させ、掠奪品を山とかかえて丘陵地帯へ引きあげたが、ピクト人は、侵寇した土地を占領した。かくして、アキロニア帝国は、焔と血のなかで滅んだのである。

そのとき、陰鬱《いんうつ》な東方から、ふたたびヒルカニア人が駒を進めてきた。帝国の軍団がザモラから撤退したことが、その侵寇をうながしたのである。ザモラはその攻勢の前にあっさりと陥落し、ヒルカニアの王は、その国最大の都市をみずからの首都に定めた。この侵略は、ヴィラエット内海沿岸に住むトゥラン族が建てたヒルカニアの旧王国によるものだったが、つづいて、もっと野蛮なヒルカニア人が、北方から攻め入ってきた。鋼鉄の甲冑に身を固めた騎兵の大軍が、内海の北端を怒濤のように迂回して、凍てついた沙漠を踏破《とうは》し、原住民を駆逐しながら草原《ステップ》地帯へはいり、西方諸王国に攻めこんだのである。この新来者たちは、最初のうちトゥラン族とは手を結ばず、ハイボリア人と同様の敵とみなして襲いかかった。二派に分かれた東方の戦士たちは小競り合いをくり返したが、やがて東方の内海べりから駒を進めてきた、ひとりの偉大な族長の下《もと》に団結するにいたった。対抗するアキロニアの軍勢が消滅したいま、彼らは無敵であった。ブリトゥニアを席巻して、これを隷属させ、ヒューペルボリア南部とコリンティアを壊滅させた。さらに黒髪の未開人たちを追いたてて、キンメリアの丘陵地帯に攻めこんだが、騎兵隊の実力を存分に発揮できない丘陵地帯にはいったところで、キンメリア人の反撃に遭い、丸一日つづいた血みどろの戦闘の末、算を乱して退却する結果となった。ヒルカニアの大軍は、からくも全滅を免《まぬか》れたのであった。

　これらの出来事が起きているあいだ、シェム人の諸王国は、かつての支配者コトを征服し、スティギアの侵略を試みて、手痛い敗北を喫した。しかし、コトの滅亡を決定づけないうちに、ヒルカニア人に制圧され、旧来のハイボリア人より苛酷な主人に隷属する憂き目を見た。一方、ピクト人はアキロニアの支配者という地位を固めており、実質的に先住の民を掃蕩していた。彼らはジンガラ国境を破っており、虐殺を逃れてアルゴスへ向かった数千人のジンガラ人は、西進してきたヒルカニア人の慈悲に身をゆだね、臣民としてザモラに入植することとなった。彼らが逃走したあと、アルゴスはピクト人の征服軍による猛火と殺戮の嵐に呑みこまれ、殺戮者たちはオピルへ乱入し、西進するヒルカニア軍と激突した。後者は、シェムを征服したあと、ニルス河畔《かはん》でスティギアの軍勢を打ち破り、その国土を蹂躪して、黒人王国アマゾンまで南下した。そしてこの国の住民を数千人単位で捕虜として連れ帰り、シェム人のあいだに定住させた。ピクト人が西方の征服者に激しい闘いを挑まなかったとしたら、おそらくヒルカニア人はスティギア征服を完遂し、彼らの拡大する帝国に新たな領地を加えていたであろう。

ハイボリア人に屈することのなかったネメディアは、東方の騎兵と、西方の剣士のはざまで窮地におちいっていた。そのとき、雪深い故地から南下してきたエーシル人の一部族がこの王国に侵入し、傭兵として軍務に就《つ》くことになった。彼らは、きわめて有能な戦士であることを立証した。ヒルカニア人を追い払ったのみならず、ピクト人の東進をも食いとめたのである。

当時の世界を素描《そびょう》すれば、以下のようになるであろう。荒々しく、粗野で、野蛮なピクト人の広大な帝国が、北はヴァナヘイムの沿岸から、南はジンガラの南岸まで拡がっている。東はアキロニア全土を併呑《へいどん》しているが、最北の州、グンデルランドだけは例外である。グンデルランドは、丘陵地帯に位置する独立した王国として、帝国の崩壊を生き延び、いまなお独立を保っている。ピクト人の帝国は、アルゴス、オピル、コト西部、シェムの最西端の土地をも併呑している。この未開人の帝国に対抗するのが、ヒルカニア人の帝国であり、その北端はヒューペルボリアの荒廃した辺境地帯と境を接し、南はシェムの土地の南部に拡がる沙漠にまでおよんでいる。ザモラ、ブリトゥニア、辺境王国、コリンティア、コトの大部分、シェムの東方全土は、この帝国に呑みこまれている。ただし、キンメリアの国境は無傷である。ピクト人も、ヒルカニア人も、この好戦的な未開人を屈服させることはできなかった。エーシル人傭兵部隊に支配されたネメディアは、あらゆる侵略の試みを撥《は》ねつけている。北方では、ノルドヘイム、キンメリア、ネメディアが、両征服民族のあいだに割ってはいっているが、南方に目を転じれば、コトは、ピクト人とヒルカニア人の絶えざる戦闘の舞台となっている。東方の戦士が、未開人をコトから完全に追い払うこともあれば、西方の侵略者が、平原と都邑をふたたび手中にすることもある。はるか南方では、ヒルカニアの侵冦に屋台骨《やたいぼね》を揺るがされたスティギアが、強大な黒人諸王国に蚕食《さんしょく》されている。一方、はるか北方では、北方人種の諸部族が、キンメリア人と絶え間なく交戦状態にあり、ヒューペルボリアの辺境地帯を荒らしまわっている。

ゴルムは、ネメディアを支配するエーシル人の族長、ヒアルマルの手にかかって死をとげた。このとき彼は、百歳に近い老人であった。アルスの口から帝国の話をはじめて聞いたときから、七十五年の歳月が過ぎ去っていた——人の一生においては長い時間だが、国家の歴史においてはつかの間である——そのあいだに、彼は放浪する未開人の氏族から一大帝国を築きあげ、一文明を覆滅させたのだった。泥で壁を作り、編み枝で屋根を葺《ふ》いた小屋に生まれた彼が、晩年には黄金の玉座に坐《ざ》し、かつては王の娘であった、肌もあらわな奴隷女がさし出す黄金の皿から骨つき肉をとって、ほおばることになったのだ。征服も、富の獲得もピクト人を変えなかった。瓦解《がかい》した文明の廃墟から、新たな文化が不死鳥のごとくよみがえることはなかった。征服された民族の栄えある芸術を叩き壊した浅黒い手は、それらを模倣しようとはしなかった。崩落した宮殿のきらびやかな廃墟に居をかまえ、滅ぼされた王族の絹服を引きしまった躰にまとってはいるものの、ピクト人は永遠に未開人でありつづけた。獰猛で、素朴で、自明ともいえる人生の根元的な原理にだけ興味を示し、戦闘と掠奪にすべてを捧げるその本能は、変化せず、誤謬《ごびゅう》を知らず、芸術や、人類の文化的進歩を受け入れる余地を持たなかった。

ネメディアに定住したエーシル人の場合は、そうではなかった。彼らはほどなくして、文明人である同盟者たちの流儀にさまざまな面で染まっていった。とはいえ、彼ら自身の強烈な生命力と異質な文化で、それを力強く修整したのだった。

しばらくのあいだ、ピクト人とヒルカニア人は、彼らが征服した世界の廃墟をめぐっていがみ合いをつづけた。やがて氷河期がはじまり、北方人種の大移動がはじまった。南進する氷原に追われて、北方民族は、先住の血縁氏族を駆逐しながら、南へ移動していった。エーシル人は、古王国ヒューペルボリアを壊滅させ、その廃墟を越えたところで、ヒルカニア人と干戈を交えるにいたった。ネメディアは、すでに北方人種の王国となっており、エーシル人傭兵の末裔が支配していた。怒濤《どとう》のような北方人種の侵寇に追われて、キンメリア人は南下の途に就き、彼らの前には軍勢も都邑も潰《つい》え去った。彼らはグンデルランド王国に攻めこみ、これを完膚《かんぷ》なきまでに破壊しつくすと、ピクト人の大軍のあいだに血路《けつろ》を切り開きながら、歴史を誇るアキロニアへ進撃した。そして北方系《ノルド》のネメディア人を打ち破り、彼らの都邑のいくつかを掠奪したが、そこで足を止めようとはせず、東進をつづけ、ブリトゥニア国境でヒルカニアの軍勢を敗退させた。

彼らのあとから、エーシル人とヴァニール人が、南の地へ大挙して押しよせてきて、ピクト人の帝国は、その打撃の前に大きく揺らぐことになった。ネメディアは滅亡に追いこまれ、半ば文明化していた北方人種は、ネメディアの都邑を廃墟と焦土《しょうど》に変えたうえで、自分たちより野蛮な血族から逃げていった。旧王国にちなんで改名していた、これらの逃走する北方人種は――ネメディア人という用語は、これ以後、彼らのことを指す――由緒ある王国コトへ侵入し、ピクト人とヒルカニア人の双方を追い払うと、シェムの民を助けて、ヒルカニアのくびきから解放した。西方世界のいたるところで、ピクト人とヒルカニア人は、自分たちよりも若く獰猛なこの民族の前に退却を重ねていた。エーシル人の一団が、東方の騎馬民族をブリトゥニアから駆逐し、そこに定住すると、ブリトゥニアの名を引き継ぐことにした。ヒューペルボリアを征服した北方人種は、東方の敵に激しい攻勢をかけたので、浅黒い肌をしたレムリア人の末裔は、草原地帯へ撤退を余儀《よぎ》なくされ、ヴィラエット内海の方へ押しもどされていった。

その間《かん》に、南東へ放浪をつづけるキンメリア人は、ヒルカニア人の古王国トゥランを滅ぼし、内海の南西岸に定住した。東方の征服者たちの勢力は、こうして衰退に向かった。ノルドヘイム人とキンメリア人の攻撃を前にして、彼らはあらゆる都邑を破壊し、長い行軍についていけない捕虜を惨殺してから、数千人の奴隷を前に押したて、内海の北端を迂回して、神秘に包まれた東方へと撤退し、数千年後に、フン族、モンゴル族、タタール族、トルコ族として東方からふたたび駒を進めて来るまで、西方の歴史から姿を消した。この撤退には数千人のザモラ人とジンガラ人が同行し、はるか東方の地に定住して、ヒルカニア人との混血民族を形成し、これがジプシーとして後世に登場するのである。

やはりその間に、ヴァニール人の一放浪部族が、ピクト帝国の沿岸を南下し、古い歴史を誇るジンガラを蹂躙し、スティギアへ侵入した。残酷な貴族階級の支配に苦しんでいたこの国は、南に位置する黒人諸王国の攻勢を受けて凋落《ちょうらく》する一方であった。赤髪のヴァニール人は、奴隷を率いて大規模な叛乱を起こし、支配階級を打倒すると、みずからは征服者の地位に就いた。彼らは北端に位置する黒人諸王国を服属させ、広大な南方帝国を築いて、エジプトと名乗った。初期の国王《ファラオ》は、この赤髪の征服者たちの血を受け継いだことを誇りとした。

西方世界には、いまや北方の未開人が君臨していた。ピクト人は依然としてアキロニア、ジンガラの一部、大陸の西岸を死守していたが、ヴィラエット内海の東、そして北極圏からシェムの土地にかけては、ノルドヘイムの放浪部族の子孫だけが住まうことになり、例外は、古王国トゥランに定住したキンメリア人だけであった。スティギア、並びにシェムの土地を除けば、どこにも都邑は存在しなかった。ピクト人、ヒルカニア人、キンメリア人、北方人種から成る侵略の怒濤が、前文明の都邑を廃墟に変え、かつては世界に覇《は》を唱えたハイボリア人は地球上から姿を消し、征服者たちの血管にその血の痕跡をわずかにとどめるだけとなった。ひと握りの地名、部族名、都市名が未開人の言語に残ったにすぎず、それも数世紀を経て、歪《ゆが》められた伝説や昔話と結びつくことになり、ついにはハイボリア時代の歴史全体が、神話と伝承の靄《もや》のなかに見失われた。かくして、ジプシーの言語に、ジンガラ、およびザモラという言葉がいまも残っており、ネメディアに君臨したエーシル人は、ネメディア人と呼ばれ、のちにアイルランド史に登場することとなった。一方、ブリトゥニアに定住した北方人種は、ブリトゥニア人、ブリソン人、あるいはブリトン人として知られるにいたった。

当時は、確固たる北方人種の帝国に類するものは存在しなかった。例によって、各部族が独自の族長なり王なりを戴《いただ》いており、部族同士で激しい抗争をくり広げていた。彼らの運命がいかなるものになっていたかは、知るよしもない。なぜなら、凄まじい地変がまたしても大地を揺さぶり、現代人の知る地形を造り出すと同時に、すべてをふたたび混沌《こんとん》へと投じたからである。西岸の大部分は海に沈み、ヴァナヘイム、並びに西部アスガルド——百年にわたり、氷河に覆われた無人の曠野であった——

は波浪《はろう》の下に没した。大海は西部キンメリアの山嶽を洗って、いまの北海を形成した。これらの山々は、のちにイングランド、スコットランド、アイルランドとして知られる島々となった。そして波濤《はとう》は、かつてピクト人の曠野とボッソニア辺境地帯であった土地を呑みこんだ。北方ではバルト海が誕生し、アスガルドを浸食して、のちにノルウェー、スウェーデン、デンマークとして知られる半島に変貌させた。他方、はるか南方では、西へ流れるニルス河を境《さかい》として、スティギア大陸が他の世界から切り離された。アルゴス、西部コト、並びに西方のシェムの土地は、後世の人間が地中海と呼ぶ青《あお》海原《うなばら》に洗われた。しかし、いたるところで土地が水没する一方で、スティギアの西にあたる広大な陸地が波間から隆起し、アフリカ大陸の西半分全体を形作った。

大地の褶曲《しゅうきょく》が、北方大陸の中央部に雄大な山脈を隆起させた。北方人種の全部族が地上から姿を消し、わずかな生き残りは東方へ退いた。少しずつ干上《ひあ》がっていく内海周辺一帯は、地変の影響をこうむっておらず、その西岸で北方人種の諸部族は遊牧生活を開始し、キンメリア人とおおむね平和裡に共存して、しだいに両者の混血が進んだ。西方では、大地変によっていまいちど石器時代の蛮族の地位にまで失墜したピクト人の生き残りが、その民族特有の信じがたい生命力を発揮して、いまいちど土地の領有をはじめたが、後世、西進するキンメリア人と北方人種の移動集団に敗れ去った。以上は、大陸の分裂から長い時間を経たあとの情勢であり、前文明の帝国群は、曖昧模糊とした伝説に語られるのみであった。

この民族移動は、現在の歴史の領域にはいるので、くり返し述べるにはおよばない。それは内海——さらに後代、はるかに規模を縮小した形で、カスピ海として知られることになった——の西に位置する草原地帯に蝟集《いしゅう》する人口が増大し、ついには経済的必要に迫られ、民族移動を余儀なくされた結果であった。諸部族は南へ、北へ、西へと移動し、現在ではインド、小アジア、中央、並びに西ヨーロッパとして知られている土地に侵入した。

彼らは、アーリア人としてこれらの国に移動した。しかし、これらの原始的なアーリア人はさまざまな亜種に分かれており、今日でも依然として認められる亜種もあれば、とうの昔に忘れ去られた亜種もある。たとえば金髪のアカイア人、ガリア人、並びにブリトン人は、純血のエーシル人の後裔であった。アイルランド伝説に登場するネメディア人は、エーシル系ネメディア人。デーン人は純血のヴァニール人の末裔。ゴート人は――アングロ・サクソンを含む、その他のスカンジナヴィア、並びにゲルマン諸部族の祖先であるが――ヴァニール、エーシル、キンメリアの血統が混じりあった混血民族の末裔。アイルランド人と高地スコットランド人の祖先であるゲール人は、純粋なキンメリア人氏族の末裔であった。ブリテンのキムリック（ウェールズの別名）諸部族は、純血のノルド系ブリトン人がブリテン諸島に移住するに先立って定住していたノルド系とキンメリア系の混血民族であり、かくしてゲール人先住の伝説を生じさせたのである。ローマ人と闘ったキンブル人も同じ血統であり、さらにはアッシリア系のギメライ人、ギリシャ人、ヘブライ系のゴメル人も同様であった。これ以外のキンメリア人の氏族は、干上がりつつある内海の東へ分け入り、数世紀後、ヒルカニア人と混血して、スキタイ人として西方へ帰還した。ゲール人の始祖にあたる民族は、現在のクリミアにその名を残している。

古代シュメール人は、この西方民族と血の繋がりがなかった。彼らはヒルカニアとシェムの血が入り混じった混血民族であり、退却を重ねた征服者たちとはかかわりがなかった。シェムの多くの部族がその捕囚《ほしゅう》を免れ、純血シェム人、あるいはハイボリア人ないしは北方人種と混血したシェム人から、アラブ人、イスラエル人、その他の純血により近いセム人が派生した。カナーン人、あるいはアルプス系セム人の血筋をたどれば、ヒルカニア人の支配のもと、入植してきたクシュ人と混血したシェム人の祖先に行きつく。エラム人がこの種の民族の典型であった。ローマ民族の母体となった、短軀で、手足の太いエトルリア人は、スティギア、ヒルカニア、ピクトの血が入り混じった人々の末裔であり、元をただせば古王国コトに住んでいた。大陸の東岸まで退却したヒルカニア人は、のちにタタール族、フン族、モンゴル族、トルコ族として知られる諸部族へと進化をとげた。

現代の世界に住むその他の民族も、同様に起源をたどれるであろう。ほぼ例外なく、彼らは本人が理解しているよりもはるかに古い民族であり、その歴史は、忘れ去られたハイボリア時代の霧のなかまで伸びているのである……。

解説

中村融

　ここにお届けするのは、《愛蔵版　英雄コナン全集》第一巻である。

　読んで字のごとく、アメリカの作家ロバート・E・ハワード（一九〇六～三六）が一九三〇年代に執筆し、現在ではヒロイック・ファンタシーの源流として広く認められている作品群を集成しようという試みの第一弾だ。

　あらためて書くまでもないだろうが、「ヒロイック・ファンタシー」とは、魔法が通用し、機械文明の興《おこ》っていない世界を舞台に、剣を手にした英雄《ヒーロー》が、邪悪な魔術師や超自然の怪物と闘うさまを描いた冒険物語をさす言葉。

　もちろん、こうした物語は神話・伝説の時代から連綿と語られているわけだが、この言葉が生まれたのは、それほどむかしのことではない。はじめて公《おおやけ》になったのは一九六三年。発案者はアメリカの作家L・スプレイグ・ディ・キャンプだった。ディ・キャンプは、ある一群の小説を愛するあまり、従来の「冒険ファンタシー」や「古代冒険譚」に代わる呼称として、この名称を考えだしたという。

その一群の小説こそ、ここに集成する作品群だった。つまり、あらゆるヒロイック・ファンタシーの原点に位置するのが、このシリーズなのだ。蛮人コナンの物語がなかったら、栗本薫の《グイン・サーガ》も、ロバート・ジョーダンの《時の車輪》シリーズも存在しなかったかもしれない。すくなくとも、ヒロイック・ファンタシーをめぐる様相が、今日とは大きくちがっていたことはたしかだ。

本シリーズの作者ハワードは、一九二〇年代後半から三〇年代なかばにかけて活躍した作家。歴史や考古学に造詣が深く、古代や秘境を舞台にした冒険小説を得意とするいっぽうで、怪奇幻想小説を好み、背すじが凍るような恐怖の雰囲気をかもしだすことにも長けていた。早くから両者の融合を志し、いろいろと試行錯誤を重ねていたが、その完成形となったのが、この《コナン》シリーズだといえる。ちなみに、ヒロイック・ファンタシーには〈剣と魔法《ソード・アンド・ソーサリー》〉という別称もあるが、ハワードの狙いを端的に表している。

蛮人コナンの物語は一九三〇年代に一世を風靡し、サブジャンル成立の原動力となった（平たくいえば、似たような作品が続々とあらわれた）。一九五〇年代に復活をとげたが、これは嵐の先触れにすぎず、大々的な復活の時は一九六〇年代なかばに訪れた。頽廃的な文明に対抗する野生児の物語が、閉塞した社会の変革を求めた時代精神と呼応して、一大ベストセラーを記録するほか、コミックの世界にも進出したのだ。その後ハワード以外の作家による続篇もつぎつぎと書かれ、映画やゲームも作られるようになり、大衆文化の世界において蛮人コナンの名は確固たるものとなった。

とはいえ、コナンというキャラクターが独立して世に広まったおかげで、ハワード自身の原典の影が薄くなった感は否めない。もっとも、これは人口に膾炙《かいしゃ》した小説のヒーローにはよくある話。コナンがシャーロック・ホームズやターザンをはじめとする文化的イコンの仲間入りをした証左だと思えば、かえって喜ばしいことかもしれない。

それを承知でいうのだが、やはりハワードの原典は別格、というのが筆者の偽らざる心境だ。小説としては荒削りかもしれないが、圧倒的なパワーに満ちているうえ、文明に関する驚くほど深い洞察が随所にちりばめられているので、読むたびに新鮮なのである。

そこでこの愛蔵版では、日本独自の編集によりハワードの原典に忠実な全集をめざすことにした。つまり、ハワードが完成させた作品に関しては、後代の手の加わっていない原稿を翻訳テキストとし、未完の作品に関しては梗概・断片・草稿のまま収録。さらには関連資料の充実を図ったのだ。

先にお断りしておくが、筆者はすでに同様の意図でコナン全集を編んだことがある。ハワード生誕百周年の二〇〇六年に刊行がはじまり、二〇一三年に完結した東京創元社の《新訂版コナン全集》(全六巻)がそれだ(現在は電子書籍で入手可能)。今回の愛蔵版は、その新訂版を再編集し、新たな資料を加えたもの。ページ数の関係で収録は次巻以降になるが、本邦初訳の短篇(ハワードのデビュー作や、《コナン》シリーズ第一作の原型となった別シリーズの作品)や、ハワードがみずからの文明観を語った手紙などをお目にかける予定である。もちろん、新訂版におさめた資料もすべて再録する。

さらにいえば、訳文も全面的に見直した。新訂版は、かつて創元推理文庫から出ていた《コナン》シリーズ(全七巻/一九七一~七四)を基礎としており、旧版の翻訳を担当された宇野利泰氏の訳文を極力尊重した。しかし、これは五十年も前の翻訳であり、現在とは流儀のちがう点が多いうえに、中村単独訳の部分との兼ね合いもあって、今回はすこし手を加えさせてもらった。宇野氏の流麗な訳文を損なっていないことを祈るばかりである。

作者ハワードやシリーズについての詳細は、次巻以降の解説にゆずるとして、まずこのような編集方針をとるにいたった理由を説明したい。そのためには、《コナン》シリーズの出版史について簡単におさらいする必要がある。


前述のとおり、ハワードが《コナン》シリーズを執筆したのは一九三〇年代、具体的には三二年三月から三五年七月にかけてだった。

完成作品は二十一篇。このほか梗概や未完の草稿のまま放棄された作品が五篇あった。完成作品のうち十七篇が、伝説の怪奇パルプ雑誌〈ウィアード・テールズ〉に掲載されたが（三二年十二月号から三六年十月号にかけて）、発表順は執筆順とかならずしも一致しない。

掲載を断られた四篇のうち、一篇は主人公の名前を変更して、シリーズに属さない作品として同人誌《ファンジン》に発表された。二篇はハワード死後の一九五〇年代に発見され、後代の手が大幅に加わった形で雑誌に掲載された（前述の一篇も《コナン》シリーズにもどされる形で発表された）。残る一篇は一九六〇年代に発見され、こちらは原型のまま雑誌に載った。

特筆すべきは、シリーズが時系列順に書かれていない点だ。そのため、一連の作品を同名異人の活躍するまったく別個の物語だと思っていた読者もいたという。

ちなみに、ハワードの没後に刊行された本国で最初の作品集 *Skull-Face and Others*（1946）には、「不死鳥の剣」（本全集第四巻に収録）、「真紅の城砦」（同前）、「象の塔」、「館のうちの凶漢たち」、「ザムボウラの影」（本全集第二巻に収録）とエッセイ「ハイボリア時代」が採られている。

シリーズの単行本化は一九五〇年代にはじまり、現在にいたるまでさまざまな版が刊行されている。

主なものはつぎのとおり――

①ノーム・プレス版（一九五〇～五七）。ハードカヴァー。全七巻。
②ランサー・ブックス版（一九六六～七一＋七七）。ペーパーバック。全十二巻。
③ドナルド・M・グラント版（一九七四～八九）。ハードカヴァー。十一巻で途絶。
④バークリー・ブックス版（一九七七）。ハードカヴァーとペーパーバック。三巻で途絶。
⑤ミレニアム版（二〇〇〇～〇二）。大判《トレード》ペーパーバック。全二巻。
⑥ワンダリング・スター／デル・レイ版（二〇〇二～〇五）。ハードカヴァーとトレード・ペーパーバック。全三巻。

①のノーム・プレス版は、コナンの一代記を年表にまとめた熱心なファン、ジョン・D・クラークが編集顧問を務める形で刊行がはじまり、途中からディ・キャンプが参画した。版元はSFファンが興した小出版社で、基本的に読み捨てだったパルプ時代のSFやファンタシーをふたたび世に知らしめることに意を注いだ。
この版は発表順ではなく、コナンの年齢別に作品をまとめているところに特色がある。もっとも、当時は未発見だった一篇が洩れており、しかも作品によってはディ・キャンプの加筆訂正がはなはだし

く、これを決定版と呼ぶのは憚《はばか》られる。なお、七巻のうち二巻は死後共作（シリーズ外の作品をディ・キャンプが《コナン》シリーズに改作したもの）と、スウェーデン人のアマチュア作家が書いた作品にディ・キャンプが手を加えた完全な模作。このノーム・プレス版を再編集して邦訳したのが、ハヤカワ文庫版《英雄コナン》シリーズ全八巻（一九七〇〜七三）である。翻訳は、団精二（荒俣宏）氏と鏡明氏が中心となり、一部を佐藤正明氏と小菅正夫氏が担当した。

ノーム・プレス版でコナンの一代記をまとめあげようしたディ・キャンプが、その試みをさらに押し進めたのが②のランサー版だ。版元はＳＦとミステリの路線で定評のあった中堅ペーパーバック出版社。

この版はハワードの原典に見られるコナンの生涯の隙間を死後共作と完全な模作によって埋めようとしたもの。この場合の死後共作は、新発見されたハワードの梗概や未完の草稿に基づいて、ディ・キャンプとリン・カーターが作品化した行為を指す。ランサー版は、フランク・フラゼッタの描く表紙絵の魅力とあいまって爆発的な人気を呼び、つぎつぎと模作が書かれるきっかけとなった（のちに版元はエース・ブックスに移り、刊行の遅れた第十一巻は、七七年に新しい版元から出た）。創元推理文庫の旧版《コナン》シリーズは、このランサー版の邦訳だが、惜しくも七巻で途絶した。

ランサー版は《コナン》シリーズの普及に多大な功績をあげたが、ハワードの原典を尊重するものとはいえなかった。当然ながら、後代の手の加わっていないハワードの原典を世に出そうという動きが出てくる。

その嚆矢が③のドナルド・Ｍ・グラント版だ。版元は怪奇幻想小説専門の小出版社であり、当時は幻だったハワードの作品をすでに堅牢なハードカヴァーで刊行していた。

この版もカラー・イラスト満載の大判ハードカヴァーで、ハワードの原典を一作、あるいは二作ずつ単行本化しようという贅沢きわまりない試み。残念ながら、完成作十六篇、未完作品二篇とエッセイ「ハイボリア時代」を送りだしたところで刊行が途絶した。この版はハワードの原典に忠実を謳っていたが、のちに恣意的な検閲が行われていたことが発覚した。

④のバークリー版は、〈ウィアード・テールズ〉掲載のテキストに基づいて原典を単行本化したもので、配列は発表順。編集にあたったのは、パルプ雑誌研究家としても著名だった作家のカール・E・ワグナーである。まさにアンチ・ディ・キャンプをめざしたものだったが、版権上のトラブルにより三巻で途絶し、けっきょく完成作八篇とエッセイ「ハイボリア時代」を刊行するにとどまった。

ハワードの原典をはじめて集大成したのが、⑤のミレニアム版である。編集にあたったのは、イギリス幻想文学界の仕掛け人スティーヴン・ジョーンズ。同じ版元から出ていた幻想文学叢書《ファンタシー・マスターワークス》の一環だった。

この版はシリーズ全作を時系列順に並べ、コナン一代記として構成している。特色としては、梗概や草稿を完成作品のあいだにはさみこむ形をとっている点が挙げられる。

⑥のワンダリング・スター／デル・レイ版は文字どおりの全集。編纂にあたった気鋭のハワード研究家パトリス・ルネとラスティ・バークの努力でシリーズの執筆順を明らかにしたうえで、その順序にハワードのオリジナル原稿を配列している。特筆すべきは、完成作の異稿《ヴァリアント》をはじめとして、創作メモや梗概の類をすべて収録している点。まさに完全版であり、イラスト満載の贅沢な作りになって

いるが、イギリスの小出版社ワンダリング・スターから出たものは少部数の限定版であり、すぐにアメリカの大手版元デル・レイから大判ペーパーバックの普及版が出た。前者は製作費がかかりすぎて、完売しても利益が出なかったという。そのため二巻で刊行が止まったが、同じスタッフがデル・レイ版を継続してシリーズを完結させた。

デル・レイ版はカラー・イラストがモノクロで印刷されているほかはワンダリング・スター版と変わりがなく、テキストを読むうえではまったく問題がない。ハワードの原典を手軽に読めるようにした功績は、どれだけ賛美しても賛美しきれるものではない。

このほか、さまざまな作家による模作が五十冊以上あり、一部は邦訳もされているが、本稿では割愛する。

さて、先述したように、筆者は創元推理文庫の旧版《コナン》シリーズに基づいて《新訂版コナン全集》を編纂したが、刊行が中途半端に終わった旧版を単純に補完することはしなかった。近年の動向を踏まえて、原典に忠実な版を作ることに意義があると思ったのだ。

このとき筆者の頭にあったのは、ミレニアム版のコナン全集だった。ワンダリング・スター／デル・レイ版が決定版であることは認めるが、マニアックすぎる嫌いがある。文庫本という形態では、もうすこし気軽に読める形のほうがいいと判断したのだった。

もっとも、作品配列に関しては、編者とジョーンズのあいだに見解の相違があったので、独自の編集をすることにした。つまり、完成作と未完成作を分け、後者は資料編として、エッセイや創作メモなどと同じあつかいで収録。さらに同時代の証言として、ハワードと親交のあった作家の回想記や、父親の手紙を収録することにしたのだ。

今回の愛蔵版は、その新訂版を再編集し、付録を加えたものである。つまり、執筆順や発表順ではなく、コナンの年齢順に作品を並べ、全体としてコナンの一代記として読めるようにしてある。くり返しになるが、本邦初訳の小説など新資料を追加したので、新訂版をお読みの方にも喜んでもらえるのではないかと思っている。

話がセールス・トークめいてきたので、そろそろ収録作品の解説に移ろう。特記されているもの以外は、宇野氏の訳文に中村が手を入れたものである。

◉「氷神の娘」"The Frost-Giant's Daughter"

執筆順では二番目にあたる作品で、一九三二年三月に書かれた。シリーズ第一作「不死鳥の剣」の直後だが、第一作には王となったコナンが若いころに過ごした北方の故地について述懐する場面があり、それが霊感源となったのかもしれない。ともあれ、ハワードは一国の王であるコナンと、一介の放浪者だった若者コナンの物語をつづけて書いたことになる。とすれば、ハワードはコナン一代記の起点と終点を最初に定めたのではないか——近年の研究は、この考えを支持するようになっている。

その根拠となるのが、本書に収録したハワードの手紙に見えるつぎの記述だ。すなわち——

「ヴァナリウムの戦闘から、ザモラ国の盗賊の都に潜入するまでには、一年ほどの間隔がありました。

この期間内に、コナンは一度、氏族の根拠地である北方の辺土にもどり、キンメリアの国境を越え、最初の旅行を試みています。奇異に思われることですが、向かった先は南方ではなく、北方の地でした。その動機ないしいきさつは定かではありませんが、彼は数カ月のあいだを、北方の蛮族エーシルとともに過ごし、ヴァニール族およびヒューペルボリア族相手の戦役に従軍しています」

じつは、この手紙が書かれた一九三六年には、「氷神の娘」という《コナン》シリーズの作品は存在しなかった。ハワードは完成した原稿を「不死鳥の剣」といっしょに〈ウィアード・テールズ〉に送ったのだが、こちらは掲載を拒絶されたのだ。のちに作者は主人公の名前を「アクビタナのアムラ」に書き換え、The Frost-King's Daughter と改題のうえ、〈ザ・ファンタシー・ファン〉という同人誌に送った。同誌三四年三月号に掲載されたとき、題名は Gods of the North に変わっていた。

つまり、「象の塔」に登場するコナンが最年少だと考えていたミラー&クラーク対して、ハワードはこのような形で本篇の内容に触れたのではないだろうか。そう考えれば、この不自然な記述に辻褄があう。したがって、従来「館のうちの凶漢たち」と「黒い海岸の女王」のあいだに置かれていた作品を冒頭に持ってきたわけだ。

一九五一年にオリジナル原稿が発見され、ディ・キャンプの手が大幅にはいった形で〈ファンタシー・フィクション〉一九五三年八月号に掲載された。オリジナル・ヴァージョンの初出は、グラント版 *Rogues in the House* (1976) である。

ハワード研究家のパトリス・ルネによれば、登場する名前の多くは、十九世紀英国の文人トマス・ブルフィンチの著作から採られたものと思しい。神話や伝説をあつかったブルフィンチの著作は広く読まれており、ハワードも愛読していた節がある。この作品はギリシャ神話の「逃げるアタランテー」と「ダフネとアポロ」のエピソードを下敷きにしていると考えられるが、それらもブルフィンチの著作に見られるという。

◉「象の塔」"The Tower of the Elephant"

一九三二年四月に書かれた作品。執筆順では四番目、発表順では三番目にあたる。初出は〈ウィアード・テールズ〉一九三三年三月号。

それまでに発表されたシリーズ作品は、「不死鳥の剣」と「真紅の城砦」であり、ともに王となったコナンを主人公としていた。そのため、若者コナンが登場する本篇は、当時の読者を大いにとまどわせたらしい。

一読しておわかりのとおり、アメリカの作家H・P・ラヴクラフトが創始した《クトルゥー神話》の影響が色濃い。ラヴクラフトは、やはり〈ウィアード・テールズ〉を舞台に活躍した怪奇小説の巨匠で、ハワードより十六歳年上だった。ハワードはこの先輩を敬愛し、生身で会うことこそかなわなかったが、膨大な量の手紙をやりとりして深い親好を結んだ。作中で開陳される幻想の地球史は、《クトルゥー神話》の枠組みと重なる部分が多い。これ以前ハワードは、ラヴクラフト作品の模倣に近い《クトルゥー神話》を書いていたが、ここではその要素を活かして、独自の作品世界を作りあげている。

◉「石棺のなかの神」"The God in the Bowl"

一九三二年三月に書かれた作品。執筆順では三番目にあたるが、ハワードの生前は未発表に終わった。五一年に原稿が発見され、ディ・キャンプの手が大幅に加わった形で〈スーパー・サイエンス・フィクション〉一九五二年九月号に発表された。オリジナル・ヴァージョンの初出は、グラント版 *The Tower of the Elephant* (1975) である。

ハワードはミステリ雑誌への進出を図った時期があるが、本篇はその小手調べ、あるいは副産物だったのかもしれない。

ちなみに、パトリス・ルネによれば、ローマ帝国時代のギリシャ人歴史家プルタルコスの著した『英雄伝』に出てくる固有名詞を変形して使用しているという。

◉「館のうちの凶漢たち」"Rogues in the House"

一九三三年一月に書かれた作品。執筆順では十一番目、発表順では七番目にあたる。初出は〈ウィアード・テールズ〉一九三四年一月号。

この作品を主題にしてフランク・フラゼッタが描いたランサー版ペーパーバック Conan (1968／邦訳は創元推理文庫『コナンと髑髏の都』)の表紙絵はあまりにも有名であり、そのヴィジュアル・イメージは最初のコナン映画『コナン・ザ・グレート』(一九八二)にも採り入れられた。

本作に関しては、ハワード自身が興味深い証言を遺している。〈ウィアード・テールズ〉の同僚作家、クラーク・アシュトン・スミス宛ての手紙（一九三四年一月付）より引く——

「『館のうちの凶漢たち』を気に入ってもらえてさいわい。これは、ひとりでに書きあがったように思える物語のひとつです。ただの一度も書き直していません。記憶にあるかぎりでは、一語を削り、一語を書き換えただけで、書いたままの原稿を送りました。前半を書いたときは、頭が割れるような痛みに襲われていましたが、作品に影響したようには思えません。いつもこれくらいすらすら書けたらいいのに、と心の底から思います」

◉「黒い海岸の女王」"Queen of the Black Coast"

一九三二年八月ごろに書かれた作品。執筆順では六番目、発表順では九番目にあたる。初出は〈ウィアード・テールズ〉一九三四年五月号。マーガレット・ブランデージの描くコナンとベーリトが同号の表紙を飾った。

完成まで四稿を要したらしく、女主人公の名前は初稿ではタメリスとなっていた。けっきょくこの名前は、古代アッシリアに由来するベーリトに変えられた。ちなみに、宇野氏によれば、これは「盗賊の神ベルに、セム語で女性形をあらわす語尾のイトを付けたもので、名前そのものが女盗賊を意味している。これを現代フランス語風にベリーと読んだのではぶちこわしであろう」となる。

初期の稿ではもっとサディスティクな表現が見られたという。たとえば、完成稿では「あたしをお抱き！　この躰を、おまえの激しい愛で押しつぶしておくれ」となっている部分は、「あたしをお抱き！　この躰を、おまえの激しい愛で押しつぶし、思いきり殴りつけておくれ」と書かれていた。〈ウィアード・テールズ〉の編集長ファーンズワース・ライトは、「官能的」すぎる表現を自動的に削除したらしく、ハワードもだいぶ泣かされたのだろう。ともあれ、本篇がシリーズ屈指の秀作であることはまちがいない。

◉「消え失せた女たちの谷」"The Vale of the Lost Women"

一九三三年二月ごろに書かれた作品。執筆順では十二番目にあたるが、ハワードの生前は未発表に終わった。のちに原稿が発見され、原型のまま〈マガジン・オブ・ホラー〉一九六七年春季号に発表された。

それまでのハワードは、ヨーロッパや中近東の神話や伝説を霊感源としていたが、この時期から自分が生まれ育ったアメリカ南西部の歴史や伝承を元にした作品の執筆を模索しはじめる。その最初期の試みのひとつで、十九世紀にテキサス州でじっさい起こった事件を元にしているという。九歳と六歳の幼い子供、シンシア・アンとジョンのパーカ姉弟が先住民にさらわれ、先住民として育てられたという事件である。ただし、ハワードは舞台をハイボリア世界版のアフリカに変えたため、その狙いは不発に終わった。

◉「黒い怪獣」"Black Colossus"

一九三二年八月から十一月のあいだに書かれた作品。執筆順では七番目、発表順では四番目にあたる。初出は〈ウィアード・テールズ〉一九三三年六月号。《コナン》シリーズは同誌のカヴァー・ストーリーに九回選ばれたが、その嚆矢となり、マーガレット・ブランデージの描くヤスメラ姫とミトラ神像が表紙を飾った。

本篇に見られる要素の多くは、当時絶大な人気を博したサックス・ローマーの《フー・マンチュー》シリーズから借用したものらしい。具体的には冒頭に登場する古代遺跡、ヴェールをかぶった預言者、彼がまとめあげる沙漠民の軍団などだ。ハワードはローマーの作品を愛読していたので、じゅうぶんにうなずける説である。

◉「月下の影」"Shadow s in the Moonlight"

ハワードがつけた題名は"Iron Shadows in the Moon"だった。一九三二年十一月に書かれた作品。執筆順では八番目、発表順でも八番目にあたる。初出は〈ウィアード・テールズ〉一九三四年四月号。

ちなみに、《コナン》シリーズの記念すべき初邦訳は、〈SFマガジン〉一九六九年四月号に「月下の怪影」(川口正吉訳)の題名で掲載された本作と、〈ハヤカワ・ミステリマガジン〉同年同月号に「逸楽郷の幻影」(小菅正夫訳)の題名で掲載された「忍びよる影」(本全集第二巻に収録)の二作だった。

◉「**魔女誕生**」**"A Witch Shall Be Born"**

一九三四年五月から六月にかけて書かれた作品。執筆順では十六番目、発表順では十二番目にあたる。初出は〈ウィアード・テールズ〉一九三四年十二月号。

この作品が書かれたころ、《コナン》シリーズの人気はうなぎ登りで、シリーズ開始当初はたびたび原稿を没にしたライトが、首を長くしてつぎの作品を待っている状態だった。じっさい、同年五月号に「黒い海岸の女王」、八月号に「鋼鉄の悪魔」(本全集第二巻に収録)、九月号から三回連載で「黒い予言者」(同前)とたてつづけに掲載され、しかもすべてが表紙絵の題材に選ばれるという栄誉を勝ちとった。十二月号に掲載された本篇にしても例外ではなく、マーガレット・ブランデージの描くタラミスとサロメが表紙を飾った。

シリーズの成功によって自信を深めたハワードは、本作で実験的な作風に挑んでいる。すなわち、全六章のうち半分はコナンが登場しないという構成である。それでいて、コナンの印象は鮮烈きわまりなく、シリーズ屈指の出来映えを誇っている。

〈資料篇〉

◉「**死の広間**(**梗概**)」**"The Hall of the Dead (synopsis)"**　**中村融訳**

もともとは無題の梗概。一九三二年三月ごろに執筆されたものと推定される。

ディ・キャンプがこの梗概に基づいて作品化し、題名をつけて〈ファンタシー&サイエンス・フィクション〉一九六七年二月号に発表した。時系列順では、「象の塔」と「石棺のなかの神」のあいだに位置するとされている。

オリジナル・ヴァージョンは、同人誌〈ファンタシー・クロスローズ〉創刊号（一九七四年十一月）で初公開された。

◉「**ネルガルの手**（**断片**）」**"The Hand of Nergal (fragment)"**

もともとは無題の断片。一九三三年に執筆されたことがわかっている。

リン・カーターが補完し、題名をつけてランサー版第一巻『コナンと髑髏の都』に発表した。時系列順では、「館のうちの凶漢たち」につづくとされている。

ハワードの遺産管理人で、〈ザ・ハワード・コレクター〉という研究誌を出していたグレン・ロードが、ハワードの伝記と書誌をまとめた研究書 The Last Celt (1976) を公刊したとき、オリジナル・ヴァージョンを初収録した。

◉「**闇のなかの怪**（**梗概**）」**"Untitled Synopsis"**　**中村融訳**

もともとは無題の梗概。一九三三年の四月以降に執筆されたと思われる。同人誌〈クロムレック〉

三号（一九八八）に初出。

時系列的には「消え失せた女たちの谷」につづくとされている。

◉「**闇のなかの怪（草稿）**」**"The Snout in the Dark" (draft)**

もともとは無題の草稿。ハワードの梗概に基づいて、ディ・キャンプ&カーターが補完し、題名をつけてランサー版第二巻『コナンと石碑の呪い』（一九六九）に発表した。オリジナル・ヴァージョンは、グラント版*Jewels of Gwahlur*（1979）に初出。

なお、ここに出てくる地名のひとつ「コルダファン（Kordafan）」は、ジンガラの海港「コルダヴァ（Kordava）」とは異なる。ディ・キャンプはこれを「コルダファ（Kordafa）」と改名した。

◉「**R・E・ハワードからP・S・ミラーへの手紙**」**"Letter to P. Schuyler Miller"**

発表当初から《コナン》シリーズは熱心なファンを生んだが、早くも一九三六年には、そのうちのふたりがコナンの生涯を年表にまとめ、ハイボリア時代の世界地図を作成してハワードに送付した。ひとりはSF作家で、のちに高名な書評家となったP・スカイラー・ミラー、もうひとりは化学者で、ロケット工学の専門家となったジョン・D・クラーク博士である。

ハワードはミラーに感謝状を送り、《コナン》シリーズについて有用な情報を伝えた。ちなみに、文中でハワードが触れているナポリとは、〈ウィアード・テールズ〉の常連イラストレーターだったヴィンセント・ナポリ（一九〇七～八一）のこと。《コナン》シリーズの画家としては五人目で、「ザムボウラの影」と「龍の刻」（本全集第四巻に収録）の挿絵を担当した。名前のとおりイタリア系で、彼が描く人物は地中海人種の風貌をそなえていた。

この手紙は、ミラーとクラークが編集に協力したノーム・プレス版コナン全集第四巻 *The Coming of Conan* (1953) において公開された。

◉「ハイボリア時代」"The Hyborian Age"

ハワードは《コナン》シリーズを三作書いた時点で、背景となる擬似歴史と擬似地誌を整理しておく必要を感じたらしい。当初は二ページ程度のメモ（本全集第二巻に収録）だったが、三度にわたる書き足しで八千語のエッセイに膨れあがった。

まず同人誌〈ザ・ファンタグラフ〉の一九三六年二月、八月、十―十一月号に三回分載されたが、分量的には三分の一ほどにとどまる。全文が公開されたのは、私家版の小冊子 *The Hyborian Age* (1938, LANY Cooperative Publications) として刊行されたときで、同書はH・P・ラヴクラフトからドナルド・A・ウォルハイムへの手紙を序文代わりに、このエッセイとミラー&クラークの研究 "A Probable Outline of Conan's Career" を一冊にしたものである。

ランサー版では、〈ザ・ファンタグラフ〉掲載分を第一部とし、後半と分けて収録されていた。したがって、宇野氏の訳は旧版第一巻『コナンと髑髏の都』に収録された第一部しかなく、第二部にあたる部分は中村が新訳した。具体的には「五百年後、ハイボリア文明は掃蕩された」という文章以降が新訳部分である。

最後にお断りしておくが、本稿は新訂版コナン全集第一巻『黒い海岸の女王』（二〇〇六）と第二巻『魔女誕生』（同前）に付した解説を大幅に改稿したものである。

それでは、《愛蔵版　英雄コナン全集》第二巻の解説でまたお目にかかりましょう。

二〇二二年五月

《コナン》シリーズ対照表

◉執筆順

1 「不死鳥の剣」一九三二年三月
2 「氷神の娘」同年三月
3 「石棺のなかの神」同年四月
4 「象の塔」同年四月
5 「真紅の城砦」同年春
6 「黒い海岸の女王」同年八月ごろ

◉発表順

1 「不死鳥の剣」〈ウィアード・テールズ〉一九三二年十二月号
2 「真紅の城砦」同誌一九三三年一月号
3 「象の塔」同誌同年三月号
4 「黒い怪獣」同誌同年六月号
5 「忍びよる影」同誌同年九月号

7 「黒い怪獣」同年八月から十一月のあいだ
8 「月下の影」同年十一月
9 「忍びよる影」同年十一月ごろ
10 「黒魔の泉」同年十二月ごろ
11 「館のうちの凶漢たち」一九三三年一月
12 「消え失せた女たちの谷」同年二月ごろ
13 「鋼鉄の悪魔」同年十月ごろ
14 「黒い予言者」一九三四年一月
15 「龍の刻」同年三月なかばから
五月なかばにかけて
16 「魔女誕生」同年五月から六月にかけて
17 「古代王国の秘宝」同年七月ごろ
18 「黒河を越えて」同年九月ごろ
19 「黒い異邦人」一九三五年一月から二月にかけて
20 「ザムボウラの影」同年三月ごろ
21 「赤い釘」同年六月ごろ

6 「黒魔の泉」同誌同年十月号
7 「館のうちの凶漢たち」同誌一九三四年一月号
8 「月下の影」同誌 同年四月号
9 「黒い海岸の女王」同誌同年五月号
10 「鋼鉄の悪魔」同誌同年八月号
11 「黒い予言者」同誌同年九〜十一月号（三回連載）
12 「魔女誕生」同誌同年十二月号
13 「古代王国の秘宝」同誌一九三五年三月号
14 「黒河を越えて」同誌同年五〜六月号（二回連載）
15 「ザムボウラの影」同誌同年十一月号
16 「龍の刻」同誌同年十二月〜一九三六年四月号
（五回連載）
17 「赤い釘」同誌 一九三六年七〜十月号（四回連載）
18 「石棺のなかの神」〈スーパー・サイエンス・
フィクション〉一九五二年九月号
19 「黒い異邦人」〈ファンタシー・マガジン〉
一九五三年三月号
20 「氷神の娘」〈ファンタシー・フィクション〉
同年八月号
21 「消え失せた女たちの谷」〈ザ・マガジン・
オブ・ホラー〉一九六七年春季号

本書『愛蔵版 英雄コナン全集』は、左記《新訂版コナン全集》全六巻（東京創元社）を基に再編集したものです。

新訂版コナン全集1 黒い海岸の女王（二〇〇六）
新訂版コナン全集2 魔女誕生（二〇〇六）
新訂版コナン全集3 黒い予言者（二〇〇七）
新訂版コナン全集4 黒河を越えて（二〇〇七）
新訂版コナン全集5 真紅の城砦（二〇〇九）
新訂版コナン全集6 龍の刻（二〇一三）

愛蔵版 英雄コナン全集1 風雲編

2022年7月4日 初版発行

著者　ロバート・E・ハワード

訳者　宇野利泰・中村融

協力　牧原勝志（『幻想と怪奇』編集室）

発行人　福本皇祐
発行所　株式会社 新紀元社
〒101-0054 東京都千代田区神田錦町1-7
錦町一丁目ビル2F
Tel.03-3219-0921／Fax.03-3219-0922
http://www.shinkigensha.co.jp/
郵便振替　00110-4-27618

装画・挿絵　寺田克也
装幀　坂野公一（welle design）

印刷・製本：中央精版印刷株式会社

ISBN978-4-7753-1982-6
定価はカバーに表示してあります。
Printed in Japan

COMPLETE **CONAN**

COLLECTOR'S EDITION 1

THE CALLER OF STORMS

BY ROBERT E. HOWARD